读客®图书

暗黑者：离别曲

周浩晖 著

中国城市出版社
·北　京·

图书在版编目（CIP）数据

暗黑者：离别曲 / 周浩晖著. -- 北京：中国城市出版社，2015.10

ISBN 978-7-5074-2992-3

Ⅰ. ①暗… Ⅱ. ①周… Ⅲ. ①推理小说-中国-当代 Ⅳ. ① I247.5

中国版本图书馆 CIP 数据核字（2015）第 248740 号

责任编辑　张礼庆
特约编辑　马伯贤　读客计双羽
责任技术编辑　张建军
策　　划　读客图书
版　　权　读客图书
封面设计　读客刘倩
出版发行　中国城市出版社
地　　址　北京市海淀区三里河路 9 号（邮编：100835）
网　　址　www.citypress.cn
总编室电话　（010）58933140
总编室信箱　citypress@sina.com
经　　销　新华书店
印　　刷　北京海石通印刷有限公司
字　　数　567 千　印　张　35
开　　本　700 x 990（毫米）　1/16
版　　次　2016 年 1 月第 1 版
印　　次　2016 年 1 月第 1 次印刷
定　　价　56.00 元

目录

下 部

引子

优雅的环境，精致的美食，这本是绿阳春餐厅的口碑所在。不过这两点特色此刻却都沦为了陪衬，音乐的陪衬。

女孩轻柔地拉动着琴弦，像是在控制着一方奇妙的泉眼，那优美的乐曲便从这泉眼中汩汩而出，缓缓浸透了厅堂的每个角落。乐曲的节奏低沉舒缓，带着些许忧伤的情绪，正如演奏者此刻的心境。

即便是最粗鲁的食客也难免被这样的乐曲打动，他们侧耳倾听着，甚至不敢用力咀嚼业已送入口腔的美食。同时他们的思绪则随着那些飞舞的音符飘散出去，各自沉迷于一些令人感怀的往事之中。

这就是音乐，一种能够跨越任何交流障碍的奇妙语言。

而被这语言感染最深的无疑还是演奏者本人，她轻咬着柔软的嘴唇，紧闭着秀丽的双眼，似乎要把全身的感官都融入到那根细细的琴弦上。

《离别曲》。

这本是肖邦的钢琴代表作，她以前极少演奏这支曲子。因为她觉得钢琴曲改编成小提琴曲之后，一定会损失很多的韵味。

现在她知道自己的想法是不对的，如果你真正理解了一首乐曲，器械上的差别又怎能限制住演奏者的表达?

当这一曲终了之后，餐厅中静默了片刻。随后有掌声响起，先是零散的，但很快便得到了更多的附和。

掌声越来越热烈，女孩却充耳不闻。她只是默默地坐着，像是在发呆，又像是在等待着什么。

在她此刻的心境中，即使是全世界的掌声也抵不上一束散发着淡雅清香的百合花。

半晌之后，掌声渐渐停息，在一旁候侍的服务生走到了表演台上，他轻轻搭起女孩的右臂，同时叹了口气劝道：“走吧……那个人今天还是没有来……”

女孩无奈地睁开了眼睛。她的双目又大又黑，但却毫无灵动的神采。她把这样一双眼睛转向了餐厅某个特定的角落，脸上则挂满了忧伤而又迷惘的神色……

上 部

第一章 入狱

二○○三年三月二十七日，上午九点三十七分。

这是省城一家颇为高档的咖啡厅，因为刚过开门营业的时间，所以服务区内只是孤零零地坐着一个客人。

那是一个三十岁左右的男子，他身高大概一米七左右，体型有些瘦弱，略显苍白的脸上戴着一副硕大的黑框眼镜，透出一股很浓的书卷气息。他的上身穿着一件加长的棉夹克，这在日趋温暖的早春季节多少有些不合时宜，夹克下则是一条洗得泛白的牛仔裤，套在腿上软塌塌的，一看便是价格低廉的地摊货。

男子这样的穿着与咖啡厅的奢雅氛围颇不合宜，他自己似乎也意识到了这一点，特意挑选了最角落一个隐秘的位置，神态也躲躲藏藏的，一副自惭形秽的生怯模样。

女服务生端着托盘走到男子面前，递过菜单问道："先生，您需要用点什么？"

"不，先不用……"男子摆了摆手，然后又局促地解释道，"我还在……还在等人。"

女服务员点头道："好的。"然后她从托盘里拿起一杯柠檬水放在了桌上。

男子连忙把那杯子推开，又重复了一遍："我在等人，这个先不要。"

女服务员挤出职业式的微笑解释着："这是免费的。"

"哦……"男子松了口气，他双手捧起那杯柠檬水，感激地道了谢，然后送到嘴边小心翼翼地喝了一口。

女服务员暗自好笑，猜想这人一定是个落魄宅男，来到这种场合，恐怕是要和女网友之类的见面约会吧？口袋里没几个钱，却要装出高雅的绅士派头，这样的客人也不少，不过像这样连柠檬水都不敢喝的"小白"，倒还真是第一次见到呢。

后来事情的发展似乎印证着小姑娘的猜测。大概十分钟之后，咖啡厅迎来了今天的第二个客人。这是一个时尚靓丽的女子，大约二十六七岁，正是风韵最为动人的年纪。进门之后她便用目光四下搜寻着，显然是在找人。很快她看到了蜷缩在角落里的那个"宅男"，而后者也同时冲着她挥了挥手。

看着对方那副上不了台面的形象，女子禁不住皱起眉头。不过她还是迈步走向了那个男子，看起来这两人之间的确有着一场尴尬的约会。

女子坐下后，服务员又拿着菜单走了过来，女子还没等她开口便抢先说了句："我们只是坐一小会儿，不需要服务。"

服务员应了一声，在离开前同情地瞥了宅男一眼：很显然这家伙搞不定那个靓女啊，人家对他厌恶得很呢。

这时又有客人走进了店内，那是两个商务打扮的男子，一个四十来岁，另一个二十出头。他们环顾了一圈之后，在靠近店门的位置上相对而坐。女服务员连忙紧走几步去招呼新客人，把那对奇怪的男女甩在了冷清的角落中。

女子冷冷地看着对面的男人，一言不发。

男子则有些发愣似的，他直勾勾地迎着女人的目光，不知在想些什么。半晌之后他才苦笑了一下，幽幽地问道："你一定会恨我的，对吗？"

女人"哼"了一声："这还用问吗？"

"我也不想搞成这样，是你逼我的！"男子忽然间变得激动起来，他似乎想解释什么，但又更像是要发泄压抑在心中的满腔愤懑。

"你喊什么喊？！"女人瞪了男子一眼，后者像是有些怕她，便悻悻地咽了口唾沫，不敢再说什么。

"好了，现在说这些还有什么意义？"女人此刻挑了挑眉头，语气变得柔缓了一些，她看着那男子问道，“你把照片都带来了？”

男子点点头，他拍着棉夹克的口袋，同时反问对方：“你呢？钱带来没有？”

女人用一种无奈的表情看着男子，像是想笑又笑不出来似的：“你真的认为我会带钱来给你？”

男子愕然愣住了：“你什么意思？我们不是说好的吗？”

“你真是天真。”女人冷笑着说道，同时她站起身来，做出想要离去的动作。

男子也紧跟着起身，一把拽住了女人的胳膊：“不许走！”

“你干什么？！”女人愠怒地呵斥着，“把你的手拿开！”

“把钱给我！”男子压着嗓子低吼着。看得出来，他的情绪也很激动，但又生怕这里的动静会吸引其他人的注意。

女人却不管这些，一边挣扎一边大喊：“放开我！”她的声音响彻了整个咖啡厅。

吧台处的女服务员瞪大眼睛看过来，一时不知该如何处理客人间的纠纷。而坐在门口处的那两个商务男子则迅速起身，一前一后向着角落里的男女靠拢过来。

女人回眸瞥到这番情形，她忽然间停止了反抗，转身用讥讽的口吻对那男人说道：“要钱是吗？你现在向警察要去吧！”

男人一怔，抬头看着那两个越走越近的陌生人，他蓦地明白了什么，脸色变得愈发苍白，嘴唇也不由自主地哆嗦起来。

“你在逼我……你在逼我……”他绝望地喃喃说道。

女人不屑地挑着嘴角，一副嘲弄的神色。

“我们是警察。”走在前面的中年男子此刻已不足三步之遥，他掏出自己的证件命令道，“放开她！”

男子咬了咬牙，他不但没有松手，反而拽着女人往角落里又缩了一步。别看他身形瘦小，体内却迸发出惊人的力道来，那女人被他拽得一个趔趄，撞翻了面前的桌子，同时发出了尖厉的惊呼声。

“放手！”中年警察再次呵斥，充满了威严。

男子却变本加厉，反手把女人的胳膊拧转到背后，同时他的左手一晃，不知怎的竟摸出了一把尖刀，赫然架在了女人的脖颈上。

“退后！你们都给我退后！”他狂暴地嘶喊着，额头上的青筋根根迸现。

这个突如其来的变故出乎所有人的意料。两个警察连忙停住了脚步，而女人则吓得噤若寒蝉，先前的据傲神情在瞬间消散无踪。

“你不要冲动。”领头的中年警察换上柔和的语气开始劝解，“有话好好说，先把刀放下来。”

可男子的情绪已经变得难以控制，他用握刀的手紧紧勒住了女人的脖子，声音嘶哑且带着哭腔：“是你逼我的，是你逼我的……你把我害得好惨！”

他所说的“你”显然就是指那个可怜的女人，不过后者却无法回应，因为她实在被勒得太紧，此刻已脸色通红，连气都难得喘上来。

“没有人逼你……”警察向前方伸出手掌，似乎这样有助于安抚对方的情绪，“你有什么要求可以提出来，一切都好商量。”

“我要钱。把钱还给我，把钱还给我！”男子紧张而又狂乱。

“钱是小事。”警察舔了舔嘴唇，“你先把刀放下，一切都好商量。”

“商量什么？你们是来抓我的，你们早就串通好了，你们就是要害我！”

警察无奈地摇摇头，软的不行，他便又在话语中透出些压力来：“不错，我们今天就是专门为你来的。你知道吗？我们早就盯着你了！不过这件事，本来最多是个敲诈勒索的情节，但是如果你还不把刀放下，那就是劫持人质，是暴力抢劫，性质就完全不一样了！”

“敲诈勒索？放屁！放屁！”男子的情绪愈发激动，“你们根本就是一伙的，让开，给我让开！”他换了一只手勒住女人的脖子，腾出手里的尖刀对着警察挥舞起来。

警察向后退了一步，同时伸手推了推身后的同伴：“你先出去吧。”

年轻的警察心领神会，招呼着愣在一旁的服务员：“走，大家都出去。”于是一群人便乱哄哄地往门外拥去，年轻警察趁机摸出了一个对讲机，凑在嘴边低声呼叫着：“松子北路红岛咖啡店发生劫持人质事件，请求增援，请求增援！”

“你也出去！”持刀男子指着中年警察喝道，同时他的目光被年轻警察的异常举动所吸引，禁不住忧虑地皱起眉头，身体的动作也随之停顿下来。

这或许只是一个稍纵即逝的瞬间，但对于那些身经百战的人来说却已足够。中年警察突然一个跨步抢上前，双手反剪住男子的前臂一扭，那尖刀已应声而落。他紧接着又一个背跨，把那男子瘦弱的身体凌空拽起，结结实实地摔在地板上。

重获自由的女人惊叫一声，失魂落魄地向着咖啡馆门外冲去。

年轻警察从门外折返回来，他瞪大了眼睛，屋内局势变化得过于突然，几乎让他有些无法接受。半晌之后，他才愣头愣脑地嘟囔起来："罗队，你……你这也太快了吧，我刚叫了增援呢。"

"赶紧取消吧——趁他们还没出发。"被称作罗队的正是省城刑警队长罗飞，他一边说着话，动作丝毫不停，很快便把那男子双手反剪到背后，用铁铐子锁在了一起。

男子像一只刚刚拱出泥土的虫子，拼命扭动着身体，当他终于意识到自己再怎么挣扎也无济于事的时候，他开始用额头撞击着地面，同时发出一阵阵如野兽般的恐怖低嗥。

"你干什么？！"罗飞也吃了一惊，他连忙强制性地把那男子的脖颈勒起，制止了对方的自残行为。

男子"啊啊"地叫了两声，终于彻底放弃了抵抗。可忽然间，他又放声痛哭起来，涕泪交流。

罗飞和自己的同事交换了一个眼神，两人都有些茫然。他们很少看到一个成年男子像这样的痛哭，就像是全世界的悲伤都压在了他的身上，全身的血液都要被压成泪水挥洒出来……

一个月之后。

已是春暖花开的时节，明媚的阳光洒向大地，带来万物滋润的美妙感觉。不过即便是在同一片蓝天下，也仍然会有阳光无法照耀到的地方。

遮住阳光的是一圈高耸的围墙。墙体由半米见方的石料堆砌而成，坚硬、冰冷、巍峨，而墙头遍布的电网则在阳光下闪耀着阴森的光芒。这堵墙把蓬勃的春意隔绝在外，在体内划定一片如隆冬般寒冷的孤寂之地。

墙外是荒凉的城郊地区，四周只见大片的田地，少有人家。此刻一辆蓝白色的警用客车正从田地间的小路上渐行渐近，最终停在了那圈围墙的正南方脚下。

一名武警从客车副驾座上跳下来，手持一份公文向着墙内的方向走去，很快有一扇厚重的大铁门拦在了他的面前，铁门旁挂着白底黑字的硕大牌匾：A市第一监狱。

武警将公文交递给门外持械的警卫，警卫略略一览，便指引着他进了不远处的一个偏门。大约十分钟之后，大铁门缓缓打开，那武警从墙内走出，又上车坐到了副驾座上。在上车的同时他说了句："手续办好了，送到第四中队重监区。"

"好嘞。"驾驶员一边应着，一边扭头往身后的车厢瞥了一眼，目光中透出同情与幸灾乐祸相交杂的神色。然后他挂挡起步，驾车向着围墙内驶去。车后传来"哐"的一声闷响，却是大铁门又重新闭合在一起，再次隔断了墙外的阳光。

车厢内，两名全副武装的武警看押着八名囚徒。囚徒们剃着光头，各自戴着手铐脚镣，分成两排对面而坐。听到铁门关闭的声音，其中一个戴眼镜的青年人便茫然地抬起头来，向着窗外的方向瞥了一眼。

"看什么看！把头低下去！"武警严厉的呵斥声立刻响起，青年人赶紧又低下头，一脸的惶恐。

围墙后是一片鳞次栉比的建筑群。司机似乎轻车熟路，在这片建筑之间自如地穿梭着。驶离建筑区之后，囚车又依次驶过了一片开阔的农场和几排像工厂一样的低矮平房，最后停在了一幢孤零零的大楼面前。

说是一幢大楼，但却给人一种怪怪的感觉。整个楼体都是灰白灰白的，色彩单调得令人厌恶，建筑格局则是极为死板的四方形，外墙面上不仅没有任何装饰，就连窗户也少得可怜。而且每一扇窗的面积都很小，最高层的窗棂间也插满了密密麻麻的铁栅栏。

最奇怪的地方在于，这幢楼居然完全没有阳台，这使得大楼从外面看起来就像是一个密不透风的盒子，或者说，更像是一座硕大的阴冷坟墓。

楼前站了三个狱警在等待着。见到囚车停稳，他们便向着驾驶室的方向迎了过来。带头的武警下了车，与那三名狱警熟络地打着招呼。而车厢内则又响起押解员的呼喝声："自己把镣铐打开，拿好包裹，排队下车！"

说话的押解员打开车厢后门，自己先跳了下去，然后把一串钥匙扔在囚犯们脚下。囚犯们按照吩咐，各自打开镣铐后，抱起自己或大或小的包裹排成一列纵队下车站好。

戴眼镜的青年人看着眼前那幢苍白的坟墓，愣愣地不知想些什么。他的身形瘦弱，混在一排膀大腰圆的凶徒中显得有些弱不禁风。

过了一会儿，青年人的视线开始漫无目的地四下游动，最后定在了百十米开外的某个高处。那明显是一个岗楼，岗位上的武警正虎视眈眈地看着他们这帮新来的“客人”，锃亮的枪支在阳光下闪着森严的寒光。

青年人似乎被那寒光刺痛心尖，竟不由自主地哆嗦了一下。

囚车的另一端，两帮警察寒暄过后开始道别。随后武警们驾车离去，而狱警们则来到了囚犯们的面前。

站在中间位置的那个狱警显然是这三人中的头头。他大约三十七八的年纪，个子不算高，但身材挺拔，洋溢着一种精干之气。从相貌上来说，他谈不上帅气，但也绝不难看，而他的一双眼睛则会给人留下非常深刻的印象。

那是一对标准的虎目，眼球明亮有神，眼角则在外侧向两边吊起，透出威严且敏锐的气势。现在他正用这双眼睛扫视着众人，在他的目光所及之处，再凶恶的囚犯也免不了要低下头去，不敢和他对视。

这样的效果令他非常满意，于是他淡淡地说了句：“排好队，跟着我走。”言毕，便当先迈开了步伐。他的两个手下则自动散在两侧，监视着囚犯们的行动。

没有人敢造次，八个囚犯排得整整齐齐，跟着狱警们向大楼内走去。大楼的入口位于东南角上，拦着一道铁制的推拉门。走过这道推拉门，又在狭窄的走道内拐了两个弯，这才算真正进入了楼内，而在这里竟有了一种豁然开朗的感觉。

众人面前出现了一个狭长的大厅，面积大概像是三个篮球场竖着排在了一起。楼内的监室则围着大厅修建，共计有四层，每一层监室外都有一圈走廊或是阳台。

叫阳台也许并不合适，因为这些“阳台”完全密封在大楼内部，一年到头也见不到些许阳光。

大厅一楼正东向的墙上挂着一个电子钟，时间显示是下午的四点二十五分，此刻室外应该还是阳光普照的明亮世界，但这幢楼内感觉已经和夜晚无异，必须靠一盏盏日光灯来维持室内的亮度。

一张张面庞出现在监室门口，透过铁栅栏向外张望着。这些人都是重监区的常住客，而楼下的“新人”此刻则成了他们眼中的西洋景。有人在吹口哨，有人在起哄，还有人则“一二一”地帮着新人们喊着前进的口令。

眼镜男看着这个完全陌生的世界，脚步不受控制地慢了下来。

“安静！”带队的狱警大喊了一声，待喧哗平息之后，他指挥着新人们在大厅中间站成一排，然后又命令道，“把包裹放在地上打开，外衣也都脱掉。”

囚犯们机械地执行着指令，摊开包裹后开始脱衣。眼镜男在脱掉外套和长裤之后，动作不免有些犹豫。

“磨蹭什么？继续脱。”一个年轻狱警走上前呵斥了一句，他的手里提着一根电棍，威胁似的挥了挥。

三楼有人发出怪笑声：“哈哈，小白脸还害羞呢。”

眼镜男的脸憋得通红，显得尴尬无比。他看看两边的同伴，全都脱得只剩下一条小小底裤。他也只好无奈地舔着嘴唇，把贴身的衬衣和秋裤通通除去，近乎全裸地忍受着各种无礼的目光。

年轻狱警上前用电棍在包裹和衣服堆里拨弄着，检查有没有违禁物品，而监室里的囚犯则开始兴致勃勃地对新人们的身体发表评论。

“哎，戴眼镜那小子真白啊，跟个娘们似的。”

“嗯，得好好检查下，别是个做过手术的二尾子。”

眼镜男缩了缩身体，恨不能自己能像刺猬一样团起来。

围观者一阵哄笑之后，矛头又指向了别处。

“看看排第二那个，文身不错啊。”

“嗯，老鹰整得还行。”

“行个鸡巴，脑袋那么小，跟个龟头似的。到了老子手里，再给丫刺个笼子，丫就老实了。”

被言及的是个高大壮硕的小伙子，满脸横肉，一看就是野惯了的。他可受不了这样的羞辱，立马转头向着话语传出的方向吼了一句：“孙子，你就等着死吧！”

挑衅者“嘿”地干笑了一声，没有回嘴，周围则响起零零散散的嘘声。文身男觉得自己占了上风，便得意洋洋地昂起头，傲然四顾。

不过现场的气氛却开始变得怪异，各种声响逐渐平息，透出一片死气沉沉的寂静。文身男纳闷地收回目光，忽地心头一紧，像被火镣子烫了一下似的。

那个带队的狱警正用灼人的眼神死死地盯着他。文身男有些发毛，连忙把视线避开，不过他又不甘心一下子憋夙了，脖子还在顽强地梗着。

“你们还不认识我吧？”狱警的目光仍然停留在文身男身上，但说话的口气却是在面向所有的新人。

大家都不说话，只有个别人摇了摇头。

狱警便又面无表情地自答：“我姓张，叫张海峰，是四中队的中队长。不过你们只需要叫我张管教，记住了吗？”

这次众新人纷纷响应：“记住了。”但声音却参差不齐。

张海峰倒并不在意，他紧接着提出了第二个问题：“这是什么地方？”

这个问题过于简单了，反而没人敢贸然回答。

张海峰便向前走了几步，目标直指向那个文身男。而他的每一步似乎都踩在了文身男的气场上，后者的脑袋渐渐垂了下来。

张海峰直走到跟文身男脸贴脸的地步，这才停下了脚步。他背着手，把口唇附在对方耳边又问了一遍：“这是什么地方？”

张海峰的个头比文身男矮了不少，他说话的时候甚至要微微踮起脚尖。但他的气势已经完全压倒了对方，文身男瑟瑟地往后躲了一下，同时咧着嘴答道：“监狱。”

张海峰嘿嘿地笑了起来，那笑声古怪得很，听不出是高兴还是恼怒。文身男摸不着头脑，也只好傻傻地赔着笑了两声。不过他的笑声刚刚出口便忽地扭转了腔调，变成了一阵鬼哭狼嚎般的惨叫。

他身边的人都被这瘆人的惨叫声吓了一跳，尤其是那个眼镜男，更是明显地震慑了一下。定睛看时，却见张海峰背着的手已经伸到了前方，手里的电棍正结结实实地戳在文身男的腋下。后者像中风似的抽搐了两下，然后便蜷成虾米一般倒在了地上。

“监狱？原来你认为这里只是监狱？”张海峰冷冷地瞪着那文身男说道，“难怪你敢这么放肆。”

文身男大口大口地喘着气，无法言声，剧烈过电造成的肌肉痉挛让他的呼吸都变得异常困难。

张海峰上前踢了他两脚，喝道："起来，站好！"

文身男不敢违抗，挣扎着爬起来，脸色苍白。

张海峰不再搭理他，转而在新人们面前踱起了方步，并接着先前的那个问题说道："我告诉你们这是什么地方——这是四中队，是重监区！你们来到这里，说明你们都曾犯下累累罪行。对于你们这些人，我很乐意用最残酷的手段来惩罚你们。"

张海峰的声音不大但却森严有力，而他手中的电棍依旧向外伸展着，棍头噼啪作响。他走到哪儿，相应位置上的囚犯便现出畏缩的神色，生怕他的手往前轻轻一送，自己便要大吃苦头。

张海峰在眼镜男面前停下了脚步，盯着对方看了一会儿。后者怯生生地咬着嘴唇，大气也不敢出一口。他这副生怯的样子似乎令张海峰的心情好转了一些。于是那管教关闭了电棍的开关，换了种语气又继续说道："当然，政府把你们交到我手上，不是让我来惩罚你们的，而是让我来拯救你们，让你们迷途知返，重新做人。政府可谓一片苦心，但你们未必能懂。不过不懂也不要紧，你们在这里，只要记住两个字：服从！我让你们干什么，你们就干什么，我不让你们干，你们就把尾巴夹在裤裆里，老老实实地缩着！听明白了吗？"

众人忙不迭地齐声表态："听明白了！"只有那文身男还没从电击后的惶恐中恢复过来，嘴巴嗫嚅了一下，却没有出声。

张海峰皱了皱眉头，伸手一指道："我看他脑子不够转的，你们再帮他醒醒。"另一个狱警便笑嘻嘻地走上前去，手里的电棍噼噼啪啪地再次戳在了文身男的腰间。后者嘶嚎一声倒在了地上。

狱警跟着蹲过去，电棍一下一下地追逐着那个翻滚的躯体，像是顽皮的小孩用木棍调戏着一只硕大的虫子。文身男一边徒劳地躲避，一边用变了调的声音高喊着："听明白了！听明白了！"

张海峰负着手站在一旁，任由那刺耳的声音折磨着众人的鼓膜。足有半分钟之后，他才终于挥了挥手，让自己的手下停止了这番虐刑。

文身男斜着嘴，涕泪横流。不过他这次学乖了，不待管教吩咐便用尽力气爬起来，直挺挺地站回到队列中。那只文在他背部的老鹰现在则沾满了灰尘，变成了一只灰头土脸的家雀。

张海峰的目光往这边蔑然扫了一眼，又道："我知道你们这些人，在外头都是横着走路的，要给你们上规矩恐怕不太容易。没关系，你们想怎么野就怎么野……”

“可不敢野，我们一定听从管教的指挥，绝不敢惹管教生气。”抢着表态的是个上了年纪的家伙，一双三角眼贼忒兮兮，一看就是个遍历江湖的老奸猾。

“生气？”张海峰却笑了，他向那老头走上两步问道，“你认为我刚才生气了吗？”

老头应变也真是快，立刻赔着笑道：“没有没有……您大人大量，肯定不会和我们一般见识。”

“我告诉你，我不但没有生气，反而很高兴。我说：你们想怎么野就怎么野，这是真心话——”张海峰眯眼瞧着那老头，拖着长腔道，“你知道为什么吗？”

老头愣住了，使劲挤着眼睛，却不知该如何回答。

“因为我不想让手里的电棍闲着！”张海峰猛然提高了声调，用锐利的目光扫视着面前这些新收的囚徒，“我每天都要待在这座坟墓一样的监狱里，忍受着没有尽头的徒刑，这全是拜你们所赐！你们这些渣滓，我恨不能把你们全都电得死去活来！可惜监狱的规章制度不允许我随便地惩罚你们，我能怎么办？我只好寄望于你们尽情撒野，这样我才有充足的理由来享受你们的痛苦——就像刚才那样。”

说话间，张海峰又踱到了那文身男子面前，用电棍轻轻敲着对方的肩头：“我要谢谢你。你知道吗，很多事情都像吸毒一样，是有瘾的。谢谢你，今天让我过足了瘾。”

文身男子干咽了两口唾沫，似乎想笑，但那笑容实在比哭还要难看。

张海峰则露出心满意足般的神情，他冲自己的手下招了招手：“好了，送他们各归各屋。”

在狱警的指挥下，惊魂甫定的囚徒们抱起自己的衣物包裹，半裸着身体排成一队，往监室方向走去。当那眼镜男经过张海峰身边的时候，后者忽然叫住了他。

“你叫什么名字？”

“杭文治。”眼镜男转过身体，立正答道。

“嗯……”张海峰沉吟了片刻，“我知道你的事情——但既然到了这里，就要遵守这里的规矩。你现在是一个罪犯，和其他罪犯一样，没有任何特殊的地方，你明白吗？”

杭文治答了声“明白”，但语音却是无比的酸涩。

“明白就好。”张海峰挥挥手，“跟着队伍去吧。”

众人在监区一路前行，每次停下时，便有一名囚犯被送入某个监室中。杭文治希望早点轮到自己，因为仅着内裤在数百号人的注视下来回走动实在是令人尴尬。可现实却不如人愿，杭文治偏偏被安排在最后，直到上了四楼，两个狱警才在东南拐角处停了下来。其中一个狱警打开了临近监室的铁门，努了努嘴道：“进去吧。”

杭文治看了眼铁门上的编号：424，然后便黯然走进了那间屋子。屋里的光线有些昏暗，他努力瞪大眼睛调整着自己的视力。

铁门在身后重新锁好，同时有个声音说道：“这小子身子骨细，你们可别欺负他。”

“放心吧，周管教。”屋里有人笑着回应，“我们不敢给政府添麻烦。”

杭文治的眼睛此刻渐渐能看清周围的环境，却见这是一个十来平方米的小屋，进门的左手边是一个简易的卫生间，阵阵骚臭味扑鼻而来，右手边则是一张上下铺的铁架子床，上铺躺了个人，下铺却空着。

“眼镜，那就是你的床铺。”刚才说话的人指着那张空铺说道，他自己躺在靠里面的一张下铺上，在他对面还有一张床，下铺上并排挤坐着三个人。

杭文治示好似的笑了笑，同时在心里盘算了一下：三张床六个人，看来这个监室现在是“满员”了。他把包裹放下，然后坐在床上拿起秋裤便要往腿上套。

“你妈个逼的，让你穿衣服了吗？”里面床上坐着的一个人不干不净地骂了起来。这是个非常年轻的小伙子，看起来还不到二十岁。虽然面相稚嫩，但他说话的时候却斜眉咧嘴的，一脸的痞气。

杭文治的动作僵在了一半，手里拿着裤子，穿也不是，不穿也不是。

“你过来。”先前说话的男子冲杭文治招招手，看他怡然躺着的悠闲姿势，似乎是这个监室里的老大。

杭文治把秋裤放回床上，半裸着身体走到那男子面前。却见对方四十岁左右，矮壮矮壮的身材，左脸颊上立了道刀疤，容貌甚是凶悍。

刀疤脸上下打量着杭文治，像是要把他看透似的。后者无奈而又尴尬地垂着头。

“你他妈的是哑巴啊？”小痞子忽然从后面跳过来，劈手在杭文治的脑壳上甩了一巴掌，“还不叫平哥？”

杭文治转过头去，神色有些愤然。小痞子立马瞪起眼睛：“怎么着，想炸刺啊？”

“嘿，就这小模样，还挺有脾气呢，也不想想这是什么地方。”另一个坐在对面床上的男子冷笑着说道，听声音这正是先前挑衅文身男的那个人。杭文治意识到自己绝不能多说什么，只好忍住气冲着躺在床上的矮壮男子叫了声：“平哥。”

平哥哼了一声，算是应了，然后问道：“你叫什么名字？”

“杭文治。”

“嗯，人挺文，名字也挺文。”平哥又瞥了他一眼，“是文化人吧？一点礼貌都没有，你就算到别人家里做客，不也得先跟主人打个招呼？”

“是，平哥。”杭文治倒也认了，又转过身看着对面坐着的那三人，“我初来乍到，不懂规矩，诸位大哥包涵着。”

平哥这时指着那三人分别介绍：“这是黑子，这是阿山，这是小顺。”他每介绍一人，杭文治便要跟着叫“黑子哥”“山哥”“顺哥”。黑子和阿山都是三十来岁的年纪，黑子身高体壮，阿山则要精干一些，这两人叫“哥”倒还好，只是那个痞子“小顺”年纪轻轻，自己却也要叫“哥”，杭文治心中多少有些憋屈。不过既到了这个地方，还有什么道理可讲？

躺在门口铁床上铺的男子一直没有起身，杭文治犹豫着，不知是否也要上前打个招呼。平哥看出了他心中所想，撇了撇嘴说：“他在睡觉，不用管他。”而黑子此刻则“哼”了一声，似乎对那人还存着些不满的情绪。

“哎呀，快开饭了吧？”平哥忽然吸了吸鼻子，从床上坐了起来。

他这么一说，其他人也都闻到了一股淡淡的饭香。黑子的情绪更是大为好转，兴奋地搓着手道：“今天我得有加餐吧？”

“放心吧，肯定有你的。”阿山笑着说，“老张心是狠，但说话还是算数的。就凭你今天的表现，肯定有肉吃。”

小顺也跟着附和："黑子哥那句话可真绝：给丫刺个笼子！哈哈，我一想到就乐。"

黑子得意地自夸道："话绝是一方面，最主要是眼睛准。今天这帮新犯，㞞人太多。我一眼就看出只有那个文身儿可以挑唆。怎么样，被我抢了个头彩吧？"

杭文治渐渐听出些味儿。原来入监时老犯们的言语欺凌竟是在张海峰的授意下进行的，其目的不言自明：就是要找出新犯中最"炸刺儿"的那个，然后杀鸡骇猴，给其他人一个下马威。只可怜那个文身男直到现在还蒙在鼓里。

见这几位聊得欢快，杭文治便小心翼翼地回到了自己的铺位上。这次倒没人再呵斥他，他连忙抓紧时间穿好了衣裤，总算摆脱了难堪的境地。

忽听得头顶上窸窣声响，随即眼前一花，床前平添了一个身影，原来是那上铺的男子也跳了下来。杭文治连忙站起身，想打个招呼却又不知该如何称呼。

"新来的？"那男子抢先开了口。却见此人大概二十来岁的年纪，身高在一米八以上，高鼻大眼，脸型周正，额角分明，倒是个狱中难得一见的英俊汉子。

杭文治用力点点头，同时报出了自己的名号："我叫杭文治。"

"我叫杜明强。"英俊男子懒懒地伸着腰，像是还没有睡够似的。

"哦，强哥……"

"什么哥不哥的，我有那么老吗？"杜明强嬉笑着打断了对方，一伸手从上铺床头摸出个饭盆来，招呼道，"饭车都快到门口了，哥几个还不赶紧候着？"

"我可算是服了你了。"平哥"嘿"了一声说道，"吃得下睡得着，你这不是蹲大牢，你这是进了疗养院啊？"

"属猪的呗。"黑子嘀咕了一声，语气中颇多嘲讽。

杜明强晃了晃脑袋，反笑着说："猪有什么不好的？有几个人能比猪过得开心？你说是不是，治哥？"

杭文治愣了片刻才反应过来对方是在和自己打趣，便也赔着干笑了两下。

黑子嘴一撇："好什么好？挨刀的杀货。"

这句话尽露锋芒，已和挑衅无异。小小的监室忽然间安静下来，阿山和小顺都在看着杜明强，像是在等他的反应。平哥则漫不经心地扒拉着自己的手指，摆出事不关己的姿态。

杜明强却只是嬉笑，装作没听见一样。他晃悠悠地走进了对面的卫生间，片刻后，一阵尿液冲入水面的声音打破了寂静，同时还有一声慨然长叹："唉，舒服啊。"

"这个憋屄……"小顺忍不住偷笑起来，一旁的阿山则皱眉摇了摇头。黑子感觉自己受了侮辱，忽地站了起来，像是要爆发的样子。

平哥抬起头，瞪了黑子一眼。后者吁出一口气，悻悻地坐了回去。

很显然，这个杜明强和平哥等人并不是一路。黑子倒是有意挑事，但不知为何平哥却在中间拦了一道。

便在众人说话之间，餐车已经来到了424监室的门口。负责送饭的是两个年迈的无期犯，另有一个管教随行监护。

管教打开监室铁门，小顺立刻蹦跶着从杭文治的身边挤了出去，他手里拿着好几个饭盆，而平哥、阿山和黑子则端坐未动，看来小顺在这几个人面前只是个被使唤的杂役。

送饭人依次往各个饭盆打了米饭，然后又扣上一勺菜。小顺忙前忙后地把打好的饭菜送到屋里，剩下最后一个饭盆时，他特意强调了一句："管教，这个盆是黑子的。"

管教冲负责打饭的囚犯努了努嘴，后者便单独拿出一个餐盒来塞到了小顺手里。

"尖椒炒肉丝。"管教瞥了眼监室里的黑子，"张队赏给你的。"

"谢谢管教！谢谢政府！"黑子欢欣鼓舞地回应着。小顺则屁颠屁颠地捧着那个餐盒，一路送到了几位大哥面前。

"呦，好香啊！"杜明强伸着脑袋从厕所里踱了出来，像是被香气吊住了鼻子一般。他把饭盆夹在腋下，两只手兀自在裤腰间忙碌着。

"猪肉，能不香吗？"黑子还在有意无意地纠缠着有关"猪"的话题，同时他把那盒菜首先推给了平哥，"平哥，你先来吧。"

平哥当仁不让，挥起筷子扒拉了足足半盒，然后才挥挥手："都是你们的了。"

黑子、阿山和小顺便把那剩下的半盒肉丝分了个底朝天，其中大头自然归了黑子，小顺排在最后，分到的菜量少得可怜。

“还有谁没打饭的？赶紧！”管教在门外催促起来。杭文治给杜明强让开道路：“你先来吧。”

杜明强笑道：“咱们又吃不到肉，有啥好客气的？”一边说一边打了饭，大咧咧在杭文治的铺位上坐下。杭文治则最后来到餐车前，盛上了自己的饭菜。那米饭颜色灰白，一勺菜里只见白菜和粉条，难觅得半点荤腥。

这样的饭菜当然谈不上美味，再加上杭文治一直心事重重的样子，所以只吃了一小半便没了胃口。旁边的杜明强却是另一副模样，狼吞虎咽没几分钟就吃完了自己的那份。见杭文治在端着饭盆发愁，他便凑过脸来问道：“怎么了？吃不进去？”

杭文治“唉”了一声，给自己找了个理由：“我不饿。”

“刚进来都是这样，过两天就好啦。”杜明强颇有经验地说道，同时他把自己的饭盆伸了过来，“吃不完就给我吧，别浪费了。”

杭文治把剩下的大半盆饭菜都扣在了对方盆里。杜明强便又呼哧呼哧地大吃起来，既不嫌脏，也不觉得撑得慌。这一通又吃完之后，他去厕所里胡乱洗了把脸，转身爬回了自己的上铺。

“哎，眼镜，过来！”说话的是小顺，他们那边似乎也吃完了。

杭文治走上前，小顺一指几个人面前空空的饭盆：“去，把这些盆儿刷了。”

看着对方那颐指气使的样子，搁谁也难免要产生些愤恨。而那小子也不过是个欺软怕硬的角色。不过杭文治是无论如何不想在这里挑事的，他忍住心中的不满，将那一摞饭盆收起，默默地往卫生间而去。小顺满足的笑声在他身后响起：“嘿嘿，有了这小子，我以后总算能得个轻闲了。”

到了卫生间，却见杜明强的饭盆被胡乱地扔在水池里。杭文治便顺手也一块刷了，擦干后送到了对方床头。不过他的好心后者却未必能知情，因为杜明强已经倒在了床上，鼻腔中正在发出轻微的鼾声。

还真是个属猪的。杭文治忍不住在心中暗自评论了一句。接着他把平哥等人的饭盆也一一洗好送回，当然同样也未得到半句的谢辞。

小顺的目光一直追随着杭文治，脸上则挂着不怀好意的贼笑。眼看着那些本该属于自己的活儿都被对方干完了，小顺把脑袋往床对面凑了凑，跃跃欲试地问了句："平哥，开审吗？"

平哥伸手在小顺额头上拍了一巴掌，道："急什么！我也得消消食啊。"

小顺揉着脑门，挺无趣的样子。平哥打出个饱嗝，又道："先面壁。"

杭文治虽然听不懂这些人在说啥，但知道总和自己有关。正揣摩间，黑子已转过脸冲他吼了一句："说你呢，面壁去！"

杭文治眨了眨眼睛，不明所以。小顺立刻跳过来搡了他一把："傻啊你？听不懂人话？上床冲着墙坐好，反思罪行，等待审判。"

杭文治唯唯诺诺地应着，脱鞋坐上了床。小顺在一旁骂骂咧咧地指导着他的动作：面朝里紧贴着墙壁，打坐般把两腿盘在一起，还要挺胸收腹抬头，目不斜视。

这个姿势一开始还行，时间一长杭文治便有些支持不住，腰酸腿疼不说，眼镜也被汗水浸滑了，一路溜到了鼻子尖上。偷眼看平哥等人时，却见他们已经聚在一起玩起了扑克，像是把自己这茬给忘了。

杭文治暗自叫苦，但又不敢懈怠。一旦哪个地方不对惹恼了这帮人，必然还得受到更大的折磨。

这一坐足有两三个小时，到了约莫九点钟的时候，监区里响起了电铃声。平哥等人便收了扑克，各自去卫生间撒尿洗漱，杭文治从他们的对话中判断：该是到了熄灯就寝的时间了。

等这帮人上床睡觉之后，自己就能够解脱了吧？杭文治自我宽慰着。然而现实却远不像他想的那样简单。

二十分钟之后，监室里的灯灭了，只有片缕的月光从两米多高的小窗中透射进来，给监室带来一层朦胧的亮色。

"行了，开审。"却听平哥说了一句，然后便是黑子吆喝的声音："眼镜，别坐着了，上这儿来！"

杭文治从床上挪下来，一瘸一拐地走到里屋两张床中间的位置。因为盘坐的时间太长，他的小腿往下已经麻得失去了感觉。

"蹲下。"小顺伸出根手指划了划，像命令阿猫阿狗似的。杭文治反应略有些迟缓，右腿内膝处便被人踹了一脚，他一个踉跄，差点跪倒在地上。转脸看时，踢他的人却是那个精瘦的男子阿山。此人脸上总挂着一副阴森森的表情，令人不寒而栗。

杭文治咬着牙蹲了下去，刚刚有些活络的腿部又传来一阵胀痛的感觉。

平哥独占着一张床，叉开两腿舒舒服服地坐着。见杭文治一副老实受气包的样子，他反而觉得有些无趣，便漫不经心地问了句："判了多少啊？"

"无期。"杭文治哑着嗓子答道，语气中透出沮丧和愤懑的情绪。

"呦，能耐啊！"平哥的精神振奋了一下，"说说，犯了什么事儿？"

这次杭文治却报以沉默。

"说话！"黑子瞪起眼喝了一声。

杭文治这才摇了摇头，似有些恍惚地说道："我没犯事。"

"放屁！"黑子一脚踢在杭文治的臀部，"没犯事你他妈的能在这儿？"

杭文治硬着身体挨了这一脚，然后转过头来瞪视着黑子。黑子"腾"一下便上了火，探出手点着对方的鼻子："我靠，要跟我犯倔？"

杭文治的目光软了下来，但嘴上却没有认输："我就是没犯事——我是被冤枉的。"

"冤枉？"黑子发出一阵怪笑，抬头看着对面床铺，"平哥，他说他是冤枉的。"

平哥冷笑了一声，脸上的刀疤在夜光中颤动着："那哥几个可得商量商量，帮着你平反啊……"

杭文治听得对方的语气不善，便索性低了头不言声，摆出副爱信不信的姿态。

"平哥，小的也冤枉啊，大老爷可得给我做主。"小顺尖着嗓子，学起了戏台上的唱腔。黑子扬起拳头作势要揍他："你个小杂碎。"

"都别闹了，"阿山冷冷地抛出一句，"听平哥说话。"监室里立马又安静下来，看来这个阿山虽然不怎么开口，但讲起话来还是有些分量的。

平哥又在扒拉着他那几根粗短的手指头，过了一会儿才说道："既然到了这儿，就得认命。什么冤枉不冤枉的，说给谁听呢？妈的，进了号子喊冤，早干什么去了？有胆子犯事，没胆子认账？我再问你一遍，什么活儿进来的？"

平哥的话杵在这里，继续装哑巴也不行了。杭文治只好再次试图去说服对方："我真的是冤枉的……我被一个女人给害了。"

"我操！"平哥忽然变了脸色，"被女人害了？你小子是不是犯的花案？"

花案就是强奸，是监狱中最令人不耻的罪名。黑子一听平哥说了这话，上去一脚就把杭文治踹倒在地上："我说磨磨叽叽不肯开口，原来是花案！"

"不，不是……"杭文治忙不迭地辩解。

"还不是？看你小子这么娘，我早就猜到了。"小顺摆出事后诸葛亮的派儿，眼珠子转了两转又分析道，"还给判了个无期，你丫肯定祸害的幼女！"

"真他妈的不是人！"黑子越说越气，脚丫子不停地往杭文治身上招呼。后者一边翻滚躲避，一边兀自在辩驳："不……我真的，冤枉……"但很快小顺和阿山也加入了战团，他滚到哪里，一双双臭脚就跟到哪里，踹得他连话也说不齐全了。

出于自卫的本能，杭文治蜷起身体，双臂在胸前胡乱地遮挡着，偶然环抱之间却抓住了一条小腿。正巧这时他的后脑勺又重重地挨了一下，他吃痛不过，拧着身体一翻，把怀里那条腿的主人也一同薅下了床。

"还敢还手？！"被抱住的人正是小顺，他气急败坏地挣扎着，但很快两条腿都被抱住，反而坐倒在了地上。

"要疯啊！"平哥恶狠狠地骂着，凑上前一脚踹在了杭文治的腰眼上，后者立刻弓成了一只虾米，两只胳膊夹在腋下，再也动弹不得。

小顺爬起来，发泄般的又踢了好几脚。杭文治只是闷哼着，连抵挡的力气都没有了。

"看不出这小子还挺茬。"黑子也起身补了两脚，然后问道，"平哥，现在怎么整？"

平哥往床头一靠，不知从哪摸出根香烟点了起来，他斜眼看着地上的杭文治，吐出口烟圈说道："既然是花案，那就给他洗洗吧。"

黑子应了声："行嘞！"阿山和小顺也心领神会，三个人抬起了杭文治，往卫生间的方向走去。

杭文治肋部挨了平哥一脚之后，许久才慢慢地缓过气来。勉力睁眼一看，只见自己已经被扔在了卫生间冰凉的地板上，黑子和阿山摁着他的身体，小顺却把手探到他腰间解他的裤子。

"你们干什么？"杭文治气辱攻心，扭着身体喝问道。但他又怎能抗得过三个凶徒的合力？一切挣扎都只是徒劳。小顺扯着他的内外裤子，一下子全都扒了下来。

杭文治只觉得下体一凉，知道自己最隐秘的部位已经袒露在众人面前。虽说都是男人，但这样的奇耻大辱终令人无法忍受，他什么也顾不上了，扯起嗓子开始咒骂："你们这帮混蛋！流氓！"

平哥在卫生间外皱起眉头："小点声，别把管教招来了。"

阿山顺手扯了团臭抹布塞到了杭文治嘴里，后者的咒骂变成了沉闷的"呜呜"声。

"叫你小子不老实！今天哥几个帮你洗洗干净，好让你重新做人。"小顺一边说着，一边从水池边抓起一把洗衣粉，胡乱几把抹在了杭文治的裆部。杭文治感觉到命根子上传来的火辣感觉，又惊又怒，两只脚像倒风车似的乱蹬起来。小顺一个不备，竟被踹了个跟头。

黑子冲阿山撇撇嘴说："你过去把他的脚抱住。"他自己则把双手插到杭文治的腋下，反背着对方的双手，控制住他的上半身。阿山便腾出手来，趁着杭文治歇气的当儿，猛地把他的两腿抱住，死死地摁在了地上。

小顺再没了后顾之忧，他跑到水池边上，在一堆漱口杯里翻寻着什么。

"用我的，我那杆新，毛硬！"黑子狞笑着说道。

小顺连声说"好"，等他又转过身时，手里已多了杆牙刷。杭文治隐隐猜到了什么，他惊恐万状地瞪大了眼睛，口中发出沉闷的哀鸣。

小顺举着牙刷蹲上前："奶奶的，让小爷好好伺候伺候你这二两烂肉。"说着话，他用左手抓了把水，将杭文治裤裆里的洗衣粉抹开，然后右手的牙刷便伸了过去，没头没脑地一阵乱捅。

一阵刺骨的辣痛直入心扉，伴随着足以令人崩溃的屈辱。杭文治紧紧地咬着嘴里的破抹布，两行泪水从眼角夺眶而出。

这样的身心折磨令杭文治完全丧失了时间的概念，他感觉自己在经历着一个漫长的世纪，直到一个声音在卫生间门口嚷嚷起来："我说你们瞎闹腾啥呢？"

小顺停手往身后看去，说话的却是杜明强，他睁着惺忪的睡眼，像是刚刚被吵醒似的。

"有你什么事？滚一边去！"黑子压着声音，语气却异常凶悍。

杜明强却梗着脖子不依不饶："怎么没我的事？明天还得赶早出工呢，你们还让不让人睡觉了？"

“你大爷的，存心是吧？”黑子早就看对方不爽了，此刻再也按捺不住，一个跨步冲到对方面前，伸手蛮横地推了一把。

杜明强被推了个趔趄，他扶了把墙才勉强站住，同时咋咋呼呼地喊起来：“哎，你怎么随便打人？”

黑子还要上前，却听有人在里屋方向说道：“差不多了，睡觉吧。”

说话的正是平哥，黑子便也不敢再撒蹶子。就在这时，卫生间里忽然又起了一阵骚动，黑子还没来得及转身就被人一下撞开，定睛一看，原来是杭文治挣脱了控制，正没命地向监室铁门处冲去。

“快抓住他！”平哥从床上跳了起来。黑子如梦初醒，想拦却哪里还来得及。杭文治早已冲到了门后，嘴里的破抹布也被扯掉，他抓住两根铁栅栏，把脑袋竭力往门外伸去，同时扯直了嗓子嘶喊起来：“救命啊！救命啊！”

这凄厉的声音带着哭腔，在黑夜中听起来直如鬼嚎一般。监区内那些刚刚躺下的犯人便跟着骚动起来，有抱怨的，有咒骂的，有跟着起哄的，乱成了一团。

“你他妈的，回来！”黑子赶过去用胳膊勒住杭文治的脖子，使劲把他往回拉。杭文治的声带被压住，呼喊声便被硬生生地掐断了。但他的双手像铁钳一般死死地扣在门栅上，难以拉动。

小顺和阿山此刻也冲到了卫生间外面，一看这副架势，阿山低声招呼道：“别跟他较劲了，赶紧上床！”小顺则毫不含糊，干脆哧溜溜地直往里屋奔去，他的铺位在平哥上方，往上爬的时候被平哥狠狠地踹了一脚。

“就你跑得快，奶奶的三个人制不住一个小白脸！”平哥恨恨地骂了一句，他这一脚正踹在小顺的裆部，后者痛得直咧嘴，但又不敢反驳啥，只能愁眉苦脸地滚到了床铺上。

黑子知道一时半会拖不动杭文治，便也放弃了，松开手往自己的铺位跑去。他和阿山共享一张双人床，阿山在上，黑子则占据着相对舒服的下铺。

杭文治失去了束缚，便更加没命地喊叫起来。不远处的杜明强苦笑着摇摇头，也爬上了自己的铺位。几乎在他上床的同时，监区内的日光灯忽然间全都亮了起来，把里里外外照得如同白昼一般。平哥等人纷纷在床上坐起身，摆出一副茫然无辜的神态看向安置在铁门上方的监控摄像头。

灯光让杭文治的紧张情绪也得到了缓解，他停止了呼喊，随即又意识到自己仍然光着下身，连忙弯腰先把裤子提了起来。

“424监室，怎么回事？！”严厉的呼喝声很快在监室内响起。杭文治茫然抬头，找了半天才看到里屋靠着通风窗的地方装着一个扩音喇叭，管教的声音正是从那里传来的。

那喇叭的位置离小顺的铺位最为接近，此刻小顺已经灵巧地凑上前去，对着喇叭旁边的麦克风口说道：“报告管教。这个新收不服政府，抗拒改造，他说自己是冤枉的，喊救命呢！”

“不……不是！”杭文治喃喃地为自己辩驳着，可是他的声音既小，距离麦克风又太远，对方根本连听都听不到。

管教没有再说什么，喇叭似乎也关闭了，只是灯光仍然亮着，这引起了其他监室的犯人们又一阵抱怨。

杭文治愣愣地站在门口，继续喊也不是，解释也不是，他茫然地舔了舔嘴唇，不知道自己还能做些什么。

“安静！”呵斥声再次响起，却是监控室的管教出现在了监室区。随之而来的还有电棍敲击在铁门上“当当当”的声响，这声响充满了威慑力，相应监室的犯人们立刻沉寂下来。

“嘿，来了！”小顺冲杭文治坏坏地笑着。黑子则指着斜对面上铺的杜明强，拧着嘴唇威胁道：“小子，我警告你，一会儿别乱说话！”

杜明强装聋作哑地不搭对方的茬。

脚步声越来越近，听起来急促而又烦乱。片刻后，值班管教出现在424监室的铁门外，他的身后还跟着两个人高马大的狱警。

下午新人们入监的时候这个管教并不在场，所以他一打眼看见杭文治是个生面孔，首先便问了句：“你是新来的吧？”

杭文治像见到救星似的连连点头。

管教沉着脸，又问道：“刚才是你喊救命？”

“是！”杭文治伸手指向里屋的方向，“他们……他们几个欺负我！”

黑子小顺等人立马翻脸驳斥起来：

“哎，你胡说什么呢？”

“谁欺负你了？”

……

“你们都别说话。”管教瞪着眼睛在监室内扫了一圈，制止住混乱的局面。然后他很快找到了解决问题的关键，用电棍指了指置身事外的杜明强，道：“你来说说，怎么回事？”

杭文治期待地看着杜明强，指望对方能帮自己说几句。可杜明强却皱着脸，一副睡眼惺忪的样子：“我哪知道怎么回事？我一早就睡着了。”

杭文治没想到对方这样回答，着急地叫起来：“一开始你是在睡觉，可后来的事情你明明看见了啊！”

“行了行了！”管教觉得这种单方面的表述毫无意义，他打断了杭文治的话，反问道：“他们怎么欺负你了？”同时他的目光在对方身上仔细打量着，但并没有找到殴打留下的伤痕。

“他们……他们……”杭文治涨红了脸，先前的遭遇实在过于耻辱，他吞吞吐吐的，一时说不出口。

管教皱起眉头，眼神中渐渐现出质疑的神色。

平哥估摸着时机合适了，便起身说道：“报告管教。这个新收就是不服政府的判决，非说自己是冤枉的。熄灯了也不肯就寝。黑子是吓唬了他两句，但绝对没有动手打他。”

黑子立刻站起来配合：“报告管教。骂人是我的不对，我检讨……不过这家伙大半夜的喊冤，不但攻击政府，还影响别人休息，我实在是看不过去……”

“哦？”管教的目光冷冷地盯在杭文治的身上，“你觉得自己冤枉了？”

杭文治咬了咬嘴唇，这个问题似乎干系到他的人格底线，所以他无论如何也不肯松口。

“是……我是被冤枉的、被陷害的！”他哑着嗓子却又无比坚定地回答道。

管教“嘿”地笑了起来：“那就是政府错了，法律错了？”一边说着，他一边掏钥匙打开监室铁门，踱到了杭文治的面前。

杭文治感觉到事态不对，刚想要解释几句：“不是政府的错，是那个女人……”他的话只说了一半，忽然觉得身体一麻，整个人不受控制地抽搐起来。

管教的电棍正戳在杭文治的腰间，强大的电流瞬间把他击倒在地。

“人不做，你偏要做鬼！”管教气冲冲地骂道，“这号子里头凶的、滑的，我什么样的没见过？第一天进来你就敢抗拒改造，作死啊你？”

杭文治瘫软着身体，目光绝望而又悲凉，但他兀自咬着牙齿，喃喃地说道：“冤枉……我冤枉！”

“不服判决你可以上诉啊！都送到号子里了还喊什么？”管教不耐烦地嘟囔着，懒得再搭理这个不可理喻的家伙。然后他又大步走到黑子面前，训斥道：“有人干扰监室秩序，你可以向管教报告。谁给你权力骂人了？你是不是以为自己是老犯人，就可以高人一等？”

“报告管教：不敢！”黑子站得笔直以示恭敬，“我就是脾气急了点，看不得任何歪风邪气！”

“你脾气急，我脾气还急呢！”管教挥起手里的电棍，做出威吓的姿态。

“报告管教，我已经知错了。请管教省电。”黑子一本正经地大声说道。

管教被逗得一乐：“你态度倒不错。早有这觉悟，何必费这么大事？这个新收，你们再好好开导开导他，要帮助他，带着他共同进步。”

“您放心吧。”平哥再次恰到好处地站了出来，“我向政府保证，424监室绝对不会再出乱子。”

管教满意地点点头，又瞥了杭文治一眼，然后便向着监室外走去。杭文治勉力从地上爬起来，神色悲凉却又一声不吭——他知道此刻再说什么都没有用了。

监室的铁门重新落锁，管教的脚步声渐渐远去，不久之后，日光灯也熄灭了，监区重新陷入了一片夜色之中。而杭文治就这样默默地站着，任凭无边的黑暗把自己彻底地淹没。

“眼镜，你等着吧。既然咱们这么有缘，哥几个一定陪你玩到底。”恍惚中似乎听见小顺的声音，轻浮的语气令杭文治又想起了刚刚遭受过的凌辱。

“得了。今儿都睡吧，时间还长着呢。”平哥跟着发了话。

是的。时间还长着呢……长得令人望不到边际。杭文治颓然倒坐在自己的铺位上，良久之后，从他所在的位置隐隐传出被压抑的啜泣声。

平哥等人早已心满意足地睡去。只有上铺的杜明强似乎微微地轻叹了一下，不过他也只是翻了个身，随即便又闭上了眼睛……

不知过了多久——或许已到了第二天的凌晨时分。反正夜色已经极为深重，整个监区内寂静一片，听不到半点的人声。

小顺睡觉前和几个大哥打扑克，被灌了好几杯白水。现在睡得正香，小腹下面却不争气地闹胀起来。尿意一旦开始滋生便再也控制不住，他只好慵懒地下了床，一路歪斜着向着卫生间走去。

从窗口透进来的月色拐不了弯，这使得卫生间内显得尤为黑暗。好在便池所在的位置早已了然于小顺心中，他打了个大大的哈欠后，干脆闭着眼睛凭感觉继续前行。

忽然间脚下一滞，像是被什么东西给绊了一下。小顺诧异地低下头，却见便池前横卧着一个黑乎乎的人影。这个意外发现让他的心一惊，睡意在瞬间散去了七八分。

“谁呀？躺这干吗呢？”他咋咋呼呼地嚷了起来。

小顺下床的时候平哥就醒了，现在又听见对方嚷嚷，第一个便搭腔问道：“怎么了？”

“地上躺着个人。”小顺一边说一边把身子探到卫生间外瞅了瞅，却见门口下铺的床是空着的，他随即给出了判断，“好像是眼镜。”

“搞什么呢？”平哥不耐烦地咂着嘴，“别吵着老子睡觉！”

“起来起来！”小顺折回去踢了地上那人两脚，但那人却软绵绵的毫无反应。小顺有了些不祥的预感，声音也慌了，“平哥，你过来看看吧……好像不太对劲！”

平哥也没了睡意，他骂骂咧咧地下了床，顺手摸了个打火机带着。等到了卫生间之后，便“啪”的一下打着了火，照亮了监室内这个小小的角落。

却见便池边果然蜷着一个人，从身形看来正是今天刚刚入监的杭文治。他俯身冲下，一只手垂在便池里，一动不动地趴着。

小顺蹲下身，凑近了杭文治细细观察，在摇摆不定的火光中，却见暗黑色的液体正从杭文治的手腕部流淌出来，顺着便池池壁漫进了排污口内。

小顺伸手探了探那液体，只觉稠腻腻的还带着腥味。他当然知道那是什么，立马惊慌失措地叫起来：“我的妈哎！血！”

“慌什么！”平哥斥了小顺一句，自己则快速地退到了卫生间外。小顺也意识到什么，连忙跟着跑了出来。

“怎么了，平哥？”黑子坐在床上问道，他看起来刚刚被吵醒。同时睡在上铺的阿山和杜明强也纷纷坐起。

“我操，死人了！”小顺脱口说道，黑子和阿山便都吃了一惊。

平哥倒还镇得住，他摆了摆手：“别慌，这事和我们无关。小顺，赶快报告管教！”

小顺“嗖嗖”地爬到自己的铺位上，按下了喇叭旁边的呼叫开关。很快对讲系统便被接通，管教的声音传来：“424监室，又怎么了？”

“报告管教，死人了！新收那小子死了！”小顺战战兢兢地汇报着，而他的语音未落，整个监区的灯光又再次亮了起来。

平哥等人早已回到自己铺位上坐好，杜明强却一个翻身跳下床，径直扎进了卫生间里。片刻后，众人听到了他的喊声：“人还没死呢，都过来帮帮忙！”

“没死？”小顺松了口气，急吼吼地下了床想过去看看。走到卫生间门口时，他忽然意识到平哥等人都没有动弹，便又停下脚步回头张了一眼。

“傻逼，有你什么事？”黑子不屑地勾着眼睛，“别惹得一身臊气。”

小顺明白黑子的意思，不过他手上已经沾了血，这臊气是想甩也甩不掉了。想到这层，他只能硬起头皮再次走进了卫生间。却见杜明强已经把杭文治流血的胳膊从便池里拣了出来，并且按住了对方的手腕动脉。而后者正紧闭着双眼，脸色苍白，毫无神志。

见到小顺进来，杜明强急切地招了招手：“快，找块抹布给我！”

小顺捡起地上的抹布扔过去，那正是此前他折磨杭文治时塞进过对方嘴里的那块。

杜明强把抹布扯成条，在杭文治的臂弯处打了结，然后又牢牢地扎死。后者的手腕部有一个割裂的伤口，此刻血流得到了有效的遏制。

监室的铁门被哗啦啦地打开，随着一阵急促的脚步声，值班管教出现在了卫生间里。

“怎么回事？”看到眼前的情形，管教的眉头皱成了两坨化不开的大疙瘩。

“是自杀。用眼镜片割的，”杜明强一边说一边指了指便池旁几块沾着血迹的玻璃碎片，“血进了便池里，不知道流了多少。不过从肤色上来看，应该不会有生命危险。”

管教挥挥手:“赶紧把人送到医务室!”两个跟班狱警随即走上前来，抬起了杭文治的身体。

“得把他的手举起来，高过头顶。”杜明强在一旁指点着说道。

“你懂急救?”管教眯起眼睛问他。

杜明强点点头:“懂一点。”

“那你跟着帮帮忙。”管教招呼了一声，然后他又扫了扫屋里的其他囚犯，“你们几个老老实实待着，明天别出工了，等待问讯!”

硬邦邦地撂下这句话之后，管教和杜明强等人便忙着抢救杭文治去了，只把424监室的其他人员又锁在了狭小的囚屋中。

耳听得忙乱的脚步声渐渐远去，小顺擦了把额头上的虚汗，心有余悸地说道:“靠，幸亏没死，这要死了还真是说不清了。”

“你小子傻啊?”黑子臭了他一句，“死了才省心呢，我们又没碰他。”

小顺咽了口唾沫，暗自合计:你倒是没碰，我在现场那是脚印指纹啥都没落下，真是站着说话不腰疼。不过这些话他也就在心里嘀咕嘀咕，不敢说出来。

“现在还真是麻烦……”平哥也皱起了眉头，“一会儿张头肯定得赶过来，等眼镜醒了，把之前的事情一说，那可够受的了。”

一想到监区张队长的电棒，小顺立刻露出愁容。先前折磨杭文治的时候数他最积极，而且他也知道，一旦事情被捅出来，屋里的几位大哥肯定会把自己推在前面顶缸，到时候可真是要吃不了兜着走了。不过忧虑之余，他也抱着些侥幸:“眼镜可不敢瞎说吧?他要说了，我们以后还不整死他?”

阿山摇摇头:“眼镜还没被捋平呢。”

小顺心中一阵沮丧，他明白阿山的意思:睡觉前他们几个折腾杭文治，后者可一直没有服气。人家当时就扒着铁门大喊“救命”，幸亏平哥和黑子戏演得好，才把那个糊涂管教给对付了过去。现在杭文治被送到了医务室，再要说什么他们可没法阻止。况且张海峰是什么样的角色?这事多半要瞒不过去。

“妈的，要我说，都赖那个杜明强!”黑子恨恨地抱怨开了，“要不是他碍事，哥几个还不早把眼镜给收拾了?”

小顺一拍手:“真是啊!我们审眼镜的时候，就是这小子碍手碍脚，结果让眼镜炸了包。这会儿眼镜寻死吧，他又把人给救了。等眼镜给张头前后一说，他可美了，只给咱哥几个尿了一身骚。”

见有人附和自己，黑子便更加来劲，捶着床板叫嚣道：“就该把那小子一块收拾了。”

阿山也道：“这小子是得办。要不然这屋里不太平啊。”一边说，他一边抬眼去看平哥的态度。

平哥点起根烟，凑到嘴边深深地吸了口，暂时没有表态。

“我早就想办他了！”黑子有些按捺不住，带着抱怨的语气说道，“可好几次不都是平哥在中间挡着吗？”

“你们几个看得浅啊。”平哥吐出一串长长的烟圈，沉默片刻后又道，“这家伙可不好碰。”

黑子不屑地翻了翻眼睛：“有什么不好碰的？不就是个五年犯吗，能有多大个量？”

平哥伸出左手食指冲黑子点了点：“问题就在这里。”

黑子挤着眉头，想不通其中的状况，一旁阿山倒是沉吟起来，像是品出了些滋味。

却听平哥又说道：“四中队是什么地方，这个不用我说了吧。”

“重监区啊，全市最恶的犯人都在这儿集中着呢。”黑子扬着头，好像还挺自豪的样子。

“嗯，那我们这个监区，和别的监区有什么不同？”

“那可就惨了……”黑子咧咧嘴，蹦出一句顺口溜来，“四中队，鬼见愁，张头、坟头、子弹头。”

这句顺口溜正是在省城监狱广为流传的谐语。囚犯们用此来描述四中队最为“可怕”的三件事情：张头，即指监区的铁腕队长张海峰；坟头，指的是像坟墓一样密不透风的监舍大楼；子弹头，则是说四中队关押的都是重犯，其中不少人还是等着吃“子弹头”的死囚。

“四中队，鬼见愁……”平哥颇为感慨地叹道，“说得好啊，嘿嘿，我在这‘鬼见愁’的地方待了也有十年了，杜明强是我见到的第一个五年犯。你们想想，这家伙如果不是个厉害角色，又怎么会被关在这里？”

黑子心中一动，明白了平哥的逻辑。以杜明强的刑期完全没资格进重监区，可他却偏偏被关了进来，这不正说明他是一个真正的危险分子，必须要靠人人闻之色变的“鬼见愁”四中队才能制住他吗?

虽然想通了这层关系，但黑子却并不服软，他反倒“哼”了一声：“就算这小子真是个硬茬又怎样? 我黑子怕过谁了? 妈的，他要是识趣，我还给他三分面子；敢跟我炸刺，我一样削平了他！”

平哥挑着嘴角看看黑子，似乎对后者的狠劲颇为欣赏，同时他点点头道：“我本来也是这个意思。这小子入监的时候还算乖巧，哥儿个审他，他也挺老实。后来虽然有点装疯卖傻的，但基本的规矩都还摆得住，所以我也懒得理他，图个大家相安无事。不过他这次可就有点甩大了……”说到这里，平哥的声音渐渐变得低沉，他用拇指和食指用力一搓，将那仍在燃烧的烟头捻成了粉末，然后又冷笑着说，“既然这样的话，我们就陪他玩一玩。”

黑子捏着拳头，现出一副跃跃欲试的兴奋神色。他已经在这坟墓一般的监室中憋了太久，正需要找个机会发泄一下呢……

这场议论中的焦点人物杜明强对平哥等人的密谋毫不知情。在监区大楼一层的医务室里，值班医生给杭文治做了简单的止血处理后，建议将其送入监狱附属医院做进一步治疗。管教不敢怠慢，带着一行人出了大楼，又急匆匆往医院方向赶去。

杜明强负责背负着人事不知的杭文治前行，因为后者体态瘦弱，这个任务对他来说并不吃力。他一路呼吸着清新的空气，间或还抬头看看幽远的星空，感受这难得的自由气息。

只可惜这段旅途实在短暂，大约五六分钟之后，一幢四层小白楼已出现在众人面前。此刻正值凌晨时分，放眼向四周看去，监狱高墙内一片黑暗，只有这幢小楼内仍然灯光通明。杜明强知道这里就是监狱中的附属医院了。

监狱医院没有挂号的流程，病人入院都是随到随治。众人把杭文治送到二楼的外科病房，一个中年狱医过来了解情况后，立刻着手安排输血事宜。

犯人的入监材料中配有体检表，所以很容易便查到了杭文治的匹配血型，一番忙碌之后，一个血袋被连接在杭文治的静脉血管上，生命的希望随着血液一起又流回到了病者的体内。杭文治的面色渐渐红润，呼吸也变得匀重起来。

“没啥大问题。你们安排个人看着吧，等病人醒了再来叫我。”狱医给值班管教送了颗定心丸，然后便告辞去忙自己的一摊事情了。

管教松了口气，带着手下狱警撤到门口抽起烟来。杜明强则陪护在杭文治的身边，负责观察后者的状况。

而杭文治的恢复速度印证了狱医乐观的预测，管教等人的一根烟还没抽完，他已经缓缓地睁开了眼睛。随后他的眼珠漫无目的地转动着，依稀看清了眼前的情形。

“我……我没有死吗？”他吐出一口浊气，黯然说道，那声音轻得如游丝一般。说话的同时，他看到了坐在自己身边的杜明强。

杜明强冲着他无声地笑了一下，然后压低身体，把嘴凑在他耳边调侃道：“这是个没有自由的地方，连死的自由也没有。”

杭文治无奈地摇摇头，不愿再答复什么。站在门口的管教注意到杜明强的举动，他把抽了一半的香烟胡乱掐灭在门框上，一边迈步过来一边问道：“他醒了吗？”

杜明强却像没听见管教的问话，只是继续对着杭文治耳语，而这次他的语气变得极为郑重：“口风紧点，千万别说昨晚的事情！”

杭文治的心一缩，“昨晚的事情”……那是他有生以来遭受到的最大的羞辱，为什么对方不让他说出来？他凝目看着那个年轻人，似乎心中颇多困惑。

杜明强却来不及做过多的解答了，因为管教已经来到了床前，他一把将杜明强拉了起来，愤愤然地喝问道：“你干什么呢？耳朵聋了？”

“他刚醒，我给他把把脉。”杜明强讪笑着编了个谎。

“你把个屁的脉！给你脸了啊？站一边去！”管教把杜明强推开，凑上前看了看杭文治的气色，换了柔和的语气说，“你现在什么也别想，先好好休息。”

“哎，张队！”屋外守候的狱警忽然招呼了一声，带着点给屋内报信的意思。值班管教连忙转过身来，而随着一阵沉闷的皮鞋声响，张海峰的身影已经出现在了病房门口。

“张队，你来了。”管教肃然打了个招呼，杜明强则低下脑袋，双手紧贴在裤管上，摆出了立正的造型。

“怎么回事？”张海峰阴着脸，目光很快地在屋子里扫了一圈。

“这个新收不服判决，闹情绪，用眼镜片割脉自杀。幸亏我发现得早，给救过来了。”值班管教简单地说了两句，不但隐去了监室里犯人争斗的情节，还把救助的功劳也揽在了自己身上。

杭文治闷哼了一声，脸上现出愤懑的神色。照这么一说，他倒成了没事找事的麻烦角色，实际上他可是个受尽了委屈的苦主。

张海峰捕捉到杭文治的细微表情，目光一凛道："恐怕没那么简单吧？"说着话，他已经踱到了床边，半俯着身直接询问杭文治："你自己说说，怎么回事？"

杭文治怔了一会儿，没有直接回答，却略略移开视线去看站在一旁的杜明强。后者也早已把脸偷偷转了过来，和杭文治目光相交的那一刻，他凝重而又缓慢地摇了摇头。

张海峰心思敏锐，立刻转头顺着杭文治的视线看去，不过杜明强此时已经恢复了老老实实的表情，低头垂手，目不斜视。

"我想不开，我没有犯罪……我是冤枉的……"杭文治终于喃喃地自语起来，而他的说辞正与先前管教的解释完全吻合。

张海峰略一沉吟，指着杜明强对那值班管教说道："你把他先带到隔壁病房，我一会儿要问他的话。"

值班管教应了声"是"，而杜明强不待对方推搡，自己乖乖走在了前面。不多会儿两人便来到了隔壁空闲的病房中，管教命令杜明强贴着墙角站好，自己则在门口附近来回踱着方步，显得有些心神不定的样子。他不得不担心杭文治曝出睡觉前的监室冲突，这样他便免不了被扣上"管理不善"的帽子。

不过事态的进展还算乐观。大约五分钟之后，张海峰也跟了过来，一进屋他便冲值班管教挥挥手说："你先回去吧，监区那边盯着点，别再出什么乱子了。"

值班管教松了口气，正要招呼杜明强时，张海峰却又伸手一指："把这家伙留下，我还没问他话呢。"

值班管教点点头，一个人离开了病房。他知道杜明强是个懂规矩的老油条了，应该不会乱说什么。他刚一出门，张海峰便找了张椅子坐下，两眼则直勾勾地盯在了杜明强的身上。

杜明强还是老老实实地站着，头也不敢抬。

"杜明强……"张海峰开口了，"这是你的名字吗？"

"报告管教，是！"杜明强很郑重地答道。

张海峰笑了笑，喜怒莫测的样子。然后他冲杜明强招招手："你过来，在我面前站好。”

杜明强顺从地走上前，停在了距离张海峰一步远的地方。张海峰把右手探到腰间，摸出了别在皮带上的那根电棍。

“你入监有两个月了吧？”张海峰又问道，语气平淡得像是在拉家常一般。

杜明强则始终保持着同样的态度：“是。”

张海峰用电棍轻轻敲着自己的左手手掌，微笑道：“我还是第一次找你谈话。”

杜明强顺竿子爬将起来：“那说明我表现好，从不让管教费心。”

“哈！”这下张海峰笑出了声，“从不让管教费心？你可是最让我费心的一个！”说话间，他右手抬起了那根电棍，慢慢地向着杜明强的身体伸去。

杜明强暗暗咬了咬牙，不躲不闪，眼看着电棍头部戳到了自己的左手上，但并没有电击的痛感传来。他挑了挑眉头，略现出些诧异的神色。

原来张海峰尚未打开电击开关，他只是用电棍挑起了杜明强的左手，然后往回一勾，将那只手勾到了自己眼前。

那是一只属于年轻人的手，皮肤光泽，肌肉饱满，棱角分明的关节透出令人羡慕的力量感。但那只手却又远远称不上完美，因为在它的中指部位缺少了最上端的一个指节。

那是一只残缺不全的手。

张海峰盯着那只手看了许久，像是在看一件精美的艺术品，看够了之后他抬起头来，饶有兴趣地问道：“这是你自己咬掉的？”

杜明强咧咧嘴：“我咬自己干什么？是以前打工被机器轧的。”

张海峰抖了抖电棍，甩开了杜明强的左手，同时他颇遗憾地叹了一声：“你不老实啊。”见杜明强只是垂着头不吭声，他又接着说道，“刑警队的罗队长亲自关照，要把你送到我的手上。所以有关你的那些传言，我多少还是知道一些的。”

杜明强苦笑了一下，继续装他的哑巴。

张海峰的嘴却不闲着，他斟酌了一会儿，继续说道：“其实我对你以前做过什么并不关心，那是你和刑警队之间的事情。我和你既不是敌人，更不是朋友，你知道我们是什么关系吗？”

杜明强摇摇头，同时表现出洗耳恭听的态度。

张海峰手中的电棍在两人之间来回指了指，拖长了声音说道："工——作——关——系。你在我这里服刑，我就要负责把你看管好。你别给我添乱，我也不会找你的麻烦，你明白吗？"

这回杜明强终于开口道："明白。"

"很好。"张海峰长长地松了口气，然后用电棍指着隔壁房间问道，"那是怎么回事？"

杜明强摊着手，神态非常坦然："和我无关。"

"可是你隐瞒了真相！"张海峰忽地从椅子上站了起来，直要和杜明强逼得脸贴脸，"而且你还阻止了杭文治说话！你以为我傻了？看不出来吗？"

"我没指望能瞒得过您。"杜明强露出无奈的表情，"但他不能说话，否则他真的活不下去。"

张海峰"嘿"地冷笑了一声："你是在拿我的威严做人情吗？"

"他不说话就无损您的威严。而且，"杜明强这时抬起头来，不再躲避对方的目光，"您也不希望再出乱子，不是吗？"

张海峰眯起了眼睛，似乎心有所动。片刻之后他转过身去，又将那电棍插回到腰间，然后背着手问道："你能保证不会再出乱子？"

杜明强听出对方的态度有了回旋的意思，便趁热打铁地说道："杭文治是个苦主，脾气又拧，如果用监狱里的那套规矩去磨他，非把他磨断了不可。您让我去开导开导他，他是个文化人，应该能听劝。"

张海峰沉吟了足有半分钟，当他再次转过头来的时候，终于做出了决断："那就先由你陪着他吧。我给你们一个白天的休息时间，明天晚上送你们俩回监区。"

"谢谢管教，谢谢政府！"杜明强接连说了两句谢谢，情感由衷而发。

张海峰摆摆手："别废话了，去吧。"

杜明强鞠了个躬，转身离开这间病房，又走到了杭文治所在的房间。先前的两个狱警仍然在门口站着，半是照顾半是看管的意思。而杭文治的状态又恢复了不少，已经可以保持半坐的状态了，看到杜明强进来，他的眼睛立刻盯在了对方身上，似乎早就在等待着什么。

杜明强拖过床头的凳子坐下，笑嘻嘻地抢先说道："托你的福，管教让我照顾你。嘿嘿，这可是难得的美差啊，不用干苦力，还能混上顿病号饭。”

杭文治没心情关注这些，他压低声音，迫不及待地问道：“你刚才为什么不让我说话？”

“说什么？说你昨天晚上被人给揍了？”杜明强把脸凑到对方床前，“你知道这样会连累多少人？平哥他们，包括值班管教，一个个全都要吃不了兜着走！那个张海峰张队长，他的手段你难道没见过？”

“他们活该的！我还得替他们考虑吗？”一想起昨晚受到的侮辱，杭文治的情绪变得异常激动，甚至控制不住地哆嗦起来。

杜明强用同情的眼神看着杭文治：“不是替他们考虑，是替你自己考虑。”

杭文治慢慢转过头来，脸上挂满不解的神色。

“如果他们受到一分的责难，那一定会用十分的力气报复在你的身上。”杜明强伸手在杭文治肩头轻拍了两下，叹道，“这就是监狱里的游戏规则。”

杭文治愕然愣住，半晌之后，他的眼角渐渐湿润，带着哽咽喃喃说道：“你们干吗还要救我？这样的日子，何不让我死了算了？”

“死了，那就什么都没有了；活着，至少还有希望。”杜明强把目光转向病房的窗口，虽然隔着黑黝黝的铁栅栏，但是天边依稀的晨光还是隐隐透了进来。

“希望？”杭文治重复了一遍，嘴角却挂着冷漠的自嘲，“别和我说希望，这个词只会让我的心滴血。”

“我知道你是个苦孩子。好了，说说看吧，你到底承受了多大的冤情？”

杭文治看看杜明强，欲言又止。

“说吧。”杜明强用微笑鼓励着他，“我会认真听的。”

杭文治还在犹豫着问道：“你相信我不是坏人？”

“这有什么不信的……”杜明强在杭文治的腿上拍了拍，意味深长地说道，“在坐牢的不一定都是坏人，坏人也不一定都在坐牢。”

这句话像是点中了杭文治的心窝，他蓦然看着杜明强，大有知己难逢的感觉：“你说得太对了！”

“你在外面是做什么的？”见交谈的气氛渐渐融洽，杜明强便拉家常似的问了起来。

杭文治很快速地回答:“我在市政设计院工作。”看来他已经彻底撤掉了针对杜明强的心理防线。

“很好的单位啊。稳定，待遇也不差吧?”

杭文治谦虚地一笑:“还不错。”

“你说还不错，那肯定是相当不错。”杜明强挥挥手，很有把握地分析道。

杭文治的笑容却渐渐变得苦涩:“工作好有什么用?最终还不是要到监狱里过下半辈子?”

杜明强陪着他感慨了一会儿，又切入了更深层的问题:“你说是被一个女人陷害的?”

“是的。这个……”杭文治恨恨地咬着牙，憋了半天才在自己的词库中找出个骂人的词汇来，“这个贱货!”

杜明强抱起胳膊:“不用说，你肯定是被这个，嗯……这个‘贱货’迷住了。”

杭文治沮丧地点点头，算是默认了。过了一会儿他又主动解释道:“我和她是通过婚姻介绍所认识的，我只看到她出众的外表，没想到她竟会是那样一个无情无义的人。”

“婚介所?”杜明强咧了咧嘴，那里鱼龙混杂，甚至有很多以骗人为职业的“婚托”，不过他暂时没有把话说得太绝对，只是摇头道，“那里认识的人的确不靠谱啊。”

“我开始也觉得婚介所不靠谱，可是没办法，家里人催得紧啊。”说到这个话题，杭文治显得有些尴尬，“不怕你笑话，我当时三十一周岁了，在去婚介所之前还从没谈过对象。家里就我这一个儿子，父母着急了，我身边又找不到女孩，只好去婚介所试试看。”

杜明强“嗯”了一声表示理解。像杭文治这样貌不出众的男子，性格又懦弱内向，在个人问题上的确会有些困难。而他感情经历一片空白，如果遇到一个漂亮又有心机的女子，无疑会被对方轻松玩弄于股掌之上。

“和我说说那个女人吧。”杜明强接着问道，“你对她了解多少?”

“她比我小四岁，没有工作。据她自己说，她大学毕业之后都在联系出国，不过一直也没有成行。现在年纪也不小了，想找个合适的人结婚，安定下来过日子。”

“小四岁就是二十七，大学毕业应该是二十二岁——”杜明强盘算着，“那她也折腾好几年了。这可不像能安定的人啊。”

“你判断得很准！”杭文治颇为钦佩地看了杜明强一眼，“后来我的遭遇正像你预测的那样。不过当时我完全被那个女人蒙蔽了，真心想和她成家，两个人一起过日子。”

这也在杜明强的预料之中，他点点头问：“后来怎样了？”

杭文治自嘲地苦笑着：“后来？后来她又认识了另外一个男人，这个男人可以帮她出国，于是她就提出要和我分手，我当然不能接受，但是她非常决绝，简直一点情义都没有。”

杜明强“嘿”了一声：“你们之前有情义？”

“有啊。”杭文治认真地说道，“我和她什么都发生了呢。”

杜明强看着对方那副郑重的样子，暗暗感慨：像杭文治这样情感幼稚的处男，还真以为只要发生关系就是情投意合了？对方没准只是玩玩，排遣些空虚寂寞罢了。

不过这种话又不方便直说，所以杜明强只好从另一个角度去宽慰对方：“既然什么都发生了，那分了就分了吧，你又不吃亏。男人嘛，总得经历一些感情波折才能成熟起来。”

“你说得轻巧。”杭文治瞪眼看着杜明强，“她都快把我的血榨干了，还让我怎么分？”

杜明强一怔，他原先以为杭文治是不能接受情感打击，一时冲动以致犯罪入狱。现在听来，这其中似有更复杂的纠葛。略一沉吟，他已猜到了七八分，便皱起眉头问道：“她骗了你的钱？”

“不光是我的……”杭文治握紧拳头，身体因为激动而微微发抖，“还有我父母一辈子的积蓄，都被她骗走了。”

“怎么会这样？”杜明强有些想不通了，男女交往，如果男方涉世不深，在女方身上花钱过度倒也正常，但没听说过把父母一辈子的积蓄也搭进去的。

杭文治悲凉地苦笑着：“奇怪吧？嘿，这都是我做的好事啊……那会儿我们交往快半年了，我开始筹划和那女人结婚。可那女人却说：要结婚至少得有套房子吧？而且为了保证我们今后的生活质量，这房子至少得三居室，地点也要好，还得全款购入，不能欠贷。”

杜明强咂了咂舌头：“好大的胃口！”这几年城市的房价一直在涨，尤其是省城这个地方，要想在市中心购入一套三居室的房子，需要的资金绝对不是一个小数目！紧接着他又猜测道：“你向你父母借钱了？”

杭文治点点头：“当时我们全家都着急让我结婚。所以那女人一提房子的事情，我父母就主动表示会支持我们。这样他们拿出一辈子的积蓄有三十万左右，再加上这些年我自己攒的十多万元，我们在市中心买了套一百多平方米的房子。”

杜明强默叹了一声，心想这“啃老”啃得可真是彻底。不过现在年轻人要想早早买房结婚，又有几个能不“啃老”的？

却听杭文治继续说道：“其实买房本身倒也没什么。不管我是不是要结婚，这房子迟早是要买的。只是我千不该万不该，我不该把房产证写上了那个女人的名字。”

这下杜明强张大了嘴，愕然半天才送出两个字来：“糊涂！”

“的确是糊涂。”杭文治无意辩驳，“当时那女人对我说，要用房产证上的名字来考验我对她的感情。嘿嘿，感情，这两个字当时完全把我给麻醉了，我连一点思考能力都没有……”

“你父母呢？他们也能同意？”

杭文治咽下一口苦水道：“我瞒着他们办的，那女人不让我和父母说，她早把我们一家算得死死的。”

杜明强看着杭文治，不知道还能说些什么，目光中只有“同情”二字。

两人相对默然了许久，杜明强才又开口道：“她提出要和你分手，可是房子又不肯还给你，是吗？”

杭文治黯然垂下眼睛：“她说那是她应得的——弥补她的感情损失。”

“果然是贱货！”杜明强实在忍不住，愤然骂出了声。在这两人的交往中，遭受感情损失的显然应该是杭文治。他完全能体会对面那个男人愤怒而又无奈的心情。

“我明白了……”他幽然叹道，“难怪你会犯下那些罪行。”

杭文治却扭过脖子，断然反驳道：“不，我没有犯罪，我是冤枉的。”

“嗯？”杜明强挑起眉头，做出愿闻其详的表情。

“我无法接受这样人财两空的结果……”

“谁也接受不了！”杜明强插了一句，表明自己的立场。杭文治释然点点头，继续说道：“于是我追着那女人索要房款，但她根本没有归还的意思。后来我实在没有办法，只好采用了一些非常的手段……”

“哦？”杜明强好奇地看着他，不知道这个懦弱的男人能有什么非常手段。

杭文治尴尬地停顿了一下，说：“我和她交往的时候，用手机拍过一些照片，涉及她的隐私。我后来就用这些照片做筹码，要那女人把房款还给我，否则我就把照片发到网络上去。”

杜明强一猜就知道那是些什么样的照片，他也就没有深问。想想杭文治的手段倒也有两把刷子，那女人如果不是无耻到一定境界，应该会有所顾忌吧？不过转念一想，杭文治肯定还是玩不过那个阴险的女人。毕竟结果摆在眼前：这可怜的家伙正在大牢里蹲着呢。

“后来呢？”杜明强很感兴趣地问道。

“后来那女人打电话过来，同意把钱还给我，我们约定了一个咖啡馆进行交易。”

“你可不能去。”杜明强马上做出了判断，“那一定是个陷阱。”

“你真是比我厉害多了，一听就明白怎么回事。”杭文治感慨道，“可我偏偏那么笨，居然真的去了，而且还很愧疚，觉得对不起那女人。谁知道那女人根本没想还钱，她报了警。当确定我把照片带在身上之后，她就发出了信号，让警察过来抓我了。”

杜明强“嘿”了一声，算是把前因后果整了个透彻，随后他斟酌了一会儿，又开始分析道：“如果你不能举证那女人欠你房款……这话其实不用说，以那个女人的手段，肯定没给你留下什么证据。这样的话，你的行为就符合‘敲诈勒索罪’了。你索要的房款是四十多万，属于数额特别巨大，量刑点估计得在十年左右。”说到这里，他露出诧异的表情，“哎，你怎么被判成无期了？”

杭文治伸手挠了挠光秃秃的脑壳，神态囧然地说道：“我……我还动刀子了。”

“你？”杜明强不敢相信似的，“你还动刀子？”

“我身上正好带了把刀，是我搞设计的时候，用来裁切图纸的。那时候我看到警察过来抓我，一激动，就把那女人给扣住了。我把刀架在她的脖子上，让她还钱。”

“完了，抢劫！”杜明强恍然大悟般拍了拍大腿，“持刀，数额还特别巨大，就算是未遂，也够判你个无期了。不冤，不冤。”

“我怎么不冤？”杭文治愤然瞪了杜明强一眼，“我那是索要自己的钱，能叫抢劫吗？”

杜明强连忙解释说：“我不是那个意思……我只是说从法律的角度看确实没问题，毕竟你举不出对方欠你钱的证据啊。”

“那倒是……”杭文治也不得不承认这一点，不过他随即又不甘心地咬着嘴唇道，“法律？法律就一定正确吗？”

“当然不一定。”说到这个话题，杜明强深有所感，“法律保护不了所有的好人，更惩罚不了所有的坏人……有的时候，我们必须借助法律之外的力量。”

杭文治似乎感受到了杜明强的情绪，却又无法理解，只能茫然问了一句：“什么力量？”

杜明强沉默不语，他还不想和对方说得太多。可杭文治自己琢磨了一会儿，却突然冒出一个词来：“Eumenides！”

杜明强心中一惊，脸上却不动声色，假装没听清似的问道：“什么？”

“Eumenides，一个网络杀手，你没有听说过吗？”杭文治现出些兴奋而又神秘的表情，“他在网上征集那些法律制裁不了的罪犯，然后施加惩罚。”

杜明强不明所以地摇摇头：“我不怎么上网。”

杭文治遗憾地瘪了瘪嘴，又自言自语般说道：“如果我当时也去网上发帖，不知道他会不会理我？不过他要是真把那女人杀了，好像又有些太过分了……”

杜明强不再接杭文治的话茬，他把目光转向窗外，不知凝神想些什么。

此刻天色已经大亮，一缕阳光正从地平线爬上来。

第二章 暴风骤雨

早春时分，正是这个城市最美妙的季节。春风煦暖，泥土芬芳。经过一两场细雨的滋润后，柔嫩的树芽纷纷从枯败已久的枝头钻将出来，给整个城市蒙上了一层如薄雾般朦胧、又如朝霞般蓬勃的醉人绿色。

或许这番美景就是“绿阳春餐厅”命名时所取的寓意所在。

阿华并不是第一次来到这家餐厅，也不是第一次见到在乐台中间演奏的那个女孩。去年他的手下阿胜遭遇离奇车祸丧命，阿华曾循着线索一路追查到这里。当时他了解到阿胜死前对那个女孩有过冒犯，不过他想不出有谁会为这个孤苦无依的女孩出头。

后来他终于有了答案。

一个化名为杜明强的年轻人把女孩的照片推在他面前，并且托付他照顾这个女孩。

阿华对那个年轻人恨之入骨，但他却无法拒绝对方的要求。因为对方同时送来的还有一盘录音带，在那盘录音带中记载了阿华和龙宇集团副总蒙方亮的密谋过程。

因为邓骅的遇刺，龙宇集团一度陷入了内乱之中。两位副总林恒干和蒙方亮都想借机上位，获得对整个集团的掌控权。而阿华为了保全邓氏遗孤的权益，暗中篡合蒙方亮除掉了林恒干，随后又转手杀死蒙方亮，这番设计虽然瞒不过刑警队长罗飞的眼睛，但后者却无法找到关键的证据——那盘录音带。

阿华收下了录音带，同时也就收下了杜明强的托付。不管他们之间还存在着怎样的过节，阿华一定要把这个托付完成。

受人之惠，忠人之事。这是阿华的处事准则，因为这个准则，他要帮助杜明强照顾那个叫作郑佳的女孩；同样也因为这个准则，他一定要杀死杜明强。

这两件事情在他看来一点都不矛盾。

所以他又一次来到了“绿阳春餐厅”。

阿华坐在餐厅中最不起眼的角落里。他没有点餐，只是要了一杯酒慢慢地喝着。当那音乐悠悠传来的时候，他知道了杜明强为什么会迷上这里。

这确实是个可以令人安静的地方，尤其对于那些内心并不安静的人。

曲声终了，女孩站起身来，向着乐台下款款地鞠了一躬。同时她睁开双眼，向着阿华所在的方向看过去。她的眼睛虽大但却黯然无光。

阿华知道女孩什么也看不见，他也知道对方并不是在寻找自己。他无动于衷地端坐着，玩弄着杯中的残酒。当女孩起步往后台走去的时候，他便一仰脖，将那杯残酒尽数倾入了口腹之中。

半个小时后，女孩出现在距离“绿阳春餐厅”不远的一家咖啡馆中。她坐在那个熟悉的位置上，像是在等待着什么。她的脚边趴着一只乖巧可爱的导盲犬，那是她最亲密的伙伴“牛牛”。

几个月来，女孩和她的伙伴已经习惯了这种没有希望的等待。不过她还是每天都来坐一会儿，她相信有一天那个人终将出现，如此突然，就像他离去的时候一样。

女孩静静地待了片刻，用耳朵观察着咖啡馆内的人来人往，忽然，她的神情变得专注起来，因为她听见有人正向着自己所在的方向走来，而且从步伐的节奏和力度来看，对方无疑是个年轻的男子。

女孩的心一阵急跳，但很快又在失望中复归平静，因为牛牛忽地立起了身，喉咙中发出“呜呜”的闷哼声，像是要给主人一些警告似的。

那肯定不是他了，牛牛早已熟悉了他的气味，见到他只会欢快地摇起尾巴。女孩告诉自己。在失望的同时，她也露出了困惑和警觉的神色。

“你好。”来人已率先打起了招呼。那声音听起来似曾相识，女孩略一凝思便有了些回忆。

“是你？”女孩皱了皱眉头，她俯下身轻轻地在牛牛脑袋上抚摸了几下，牛牛重新卧倒在她的脚下，不过双眼仍然睁得大大的瞪着那不速来客。

“我叫阿华，我们见过一次面。”来人暗暗惊叹于女孩过人的记忆力，然后又解释道，“不过我不是因为上次那件事来的。”

女孩轻轻地“哦”了一声，神色略微放松了一些。

“我可以坐在这里吗？”阿华看着女孩问道，得到对方点头许可之后，他在女孩对面的沙发上坐了下来。

“你找我有事？你怎么知道我在这里？”女孩心中仍有很多疑惑。

“有人让我到这儿找你。”

“是他？！”女孩急切而又惊讶地问道。

阿华淡淡地回答：“是他。”

虽然两人都没有说出那个人的名字，但女孩无疑已经得到了肯定的答复。在最初的激动平息之后，她反而茫然愣住了。半晌，她才又喃喃地问道：“他现在在哪里？”

对方给出了一个不算回答的回答：“他不希望你了解得太多。”

女孩露出一丝苦笑：自己了解得过多了吗？自己不知道那个人从哪里来，也不知道他去了哪里；自己不知道他是干什么的，也不知道他多大岁数；自己甚至不知道他的名字、他的长相，这难道也算是了解得太多吗？

可自己为何又如此的在意他？或许就像那个怪人说过的，一切都是“宿命”？然而就在自己最相信那段宿命的时候，他又为何突然间消失无踪？

女孩有太多太多的疑问，却被阿华轻轻松松的一句话便全部堵了回去。不过那句话也并非全无信息，至少女孩现在知道那个人安全无恙，并且对方仍然在关心着自己。

想到这一层女孩便释然了许多，她转过了话题的方向：“那你找我有什么事情呢？”

阿华没有直接回答，他反问道：“他说过要照顾你，帮你治好眼睛，是吗？”

女孩犹豫了一下，然后点点头。

“他来不了了——所以他托我帮他完成这些事情，完成对你的承诺。”

“来不了了……”女孩慢慢品味着这几个字的含义，轻问，“是暂时来不了了，还是别的什么？”

阿华相信那个人永远也不会来了，因为那人已经成了自己的瓮中之鳖，他又怎能允许对方再继续活下去呢？不过看着面前的女孩，阿华却没有勇气把真实的想法表达出来，在沉默了片刻之后，他含糊地敷衍说：“我不知道。”

女孩垂下了头，不再说话。直到她又听见了阿华的声音。

“我需要你的身份证。”

“嗯？”女孩对这个突如其来的要求搞得有些莫名其妙。

“前一阵我一直在联系美国的眼科专家，现在一切都安排好了，只等你去美国做手术。”阿华解释说，“这两天我会帮你办理护照和签证，所以你暂时得把身份证交给我。”

女孩点头表示理解，她掏出钱包把自己的身份证拿了出来。阿华接过身份证的时候笑了笑，因为对方如此爽快的举动无疑在传递着一种信任感，他很喜欢这样的感觉。

当然，这信任感很大一部分该是来源于另外一个男人打下的基础吧。想到这里，阿华不免多打量了那个女孩几眼。

在他面前是一张秀丽清新的面庞，流淌着某种脱俗的气质。

阿华也见过很多美女，但那些女人和女孩相比显然缺少了某些很重要的东西。阿华不禁有些羡慕起那个家伙了。

在他们之间到底曾发生过怎样的故事呢？阿华看着女孩，饶有兴趣地转起了脑筋。不过他的脸上仍是一副漠然平淡的表情。

他不喜欢流露出自己的任何情感，这已成为他多年来难以改变的习惯。

与女孩分别之后，阿华开车来到了市中心的凯旋门大酒店。这是省城首家五星级的宾馆，同时也是龙宇集团旗下的产业。阿华在酒店的最高层有个专用包房，不过他没有直接去房间，而是先来到二楼的桑拿部，舒舒服服地洗了个澡，然后在桑拿包间内小憩起来。

片刻后，一个服务生轻轻推门进了包间，毕恭毕敬地鞠了个躬道：“华哥，您来了。”

阿华半闭着眼睛“嗯”了一声。

“叫个小妹来给您按按吗？”服务生又谄笑着问道，得到肯定的答复之后，他便一转身又走了出去。

这个桑拿部是阿华经常光顾的地方，所以服务生也早已摸清了他的口味。片刻后，他便带着一个妖冶的女子来到了包间内。

“华哥，您看这个小妹行吗？”

出乎他的意料，阿华盯着那女子看了半天，最后却摇了摇头。

“那我给您换一个。”服务生赶紧把那女子领出包间，又去叫了另一个美女进来。

这女子长腿细腰，发髻高盘，俨然带着种贵族般的冷艳气质。

可阿华却仍不满意似的，他沉吟了一会儿，对那服务生说道：“这样吧，你多叫几个进来，我比较比较。”

“明白！”服务生一猫腰折了出去。既然华哥发话说多叫几个，他怎敢怠慢？当服务生再次回来的时候，身后呼啦啦跟着一群女孩，几乎挤满了整个房间。

“华哥，您看看，有合适的吗？”服务生小心翼翼地问道，同时心中暗自打鼓，不知华哥今天为何会如此挑剔？

阿华的目光在佳丽群中来回扫了一圈，最后停在了包间角落里。那儿站着一个女孩，她的个子不高，甚至是有些瘦弱，当其他女孩都在争先恐后展示自己的风韵时，她却一动不动地站着，神态安静。

阿华冲那个女孩指了指：“她。”

服务生顺着阿华的指向走到女孩面前，求证似的问道：“她吗？”

阿华点点头。

“华哥今天想换口味啦？”服务生调笑着把女孩往阿华面前推了推，“去吧。华哥看得上你，是你的福气。”

女孩低头叫了声“华哥”，同时用手拢了拢自己的头发。而其他女孩和那服务生则识趣地离开了包间。

阿华细细地打量着她，虽是风尘中的女子，但眉眼间倒确有几分清丽的气质。

“你叫什么名字？”他淡淡地问了句。

“明明。”女孩一边回答一边坐到了床头，柔软的双手轻轻按在了阿华的胸膛上，“华哥累一天了吧？好好放松一下。”

阿华闭上眼睛，随着那双细嫩的小手在他的胸前游走，他的耳边似乎又响起了一段段优美柔和的乐曲声……

或许是明明的服务过于完美，阿华这一晚上睡得格外香甜。当他在宾馆包房内睁开眼睛的时候，天色早已大亮。他下床拉开窗帘，让早春煦暖的阳光照射进来，给人带来一种懒洋洋的快感。

看看时间，已经是上午九点十五分，阿华知道自己不能享受太久，他还得赶到龙宇大厦，为今天下午即将举行的一场土地拍卖会做准备。

自从除掉了林恒干和蒙方亮之后，龙宇集团的权势便都集中在阿华一人手里。虽然他自己并不贪恋这些身外之物，但邓骅的妻儿尚且孤弱，还不能全面接管集团的事务，所以阿华必须要肩负起多重的职责。

近期地产市场的前景一片看好，也引来了众多的投资者。下午要拍卖的地皮位于新城开发区，升值潜力巨大。如果能把这块地搞到手，至少可以保证龙宇集团五年的收益。更重要的是，利用这个项目让邓氏妻儿参与进来，培养起忠于他们的新势力，自己也就可以安心地卸下重担，一遂邓总的遗愿。

所以阿华对这次拍卖势在必得，而且他也充满了信心，毕竟以龙宇集团的实力，在省内有谁能够抗衡呢？只是集团内部刚刚经历过剧烈的动荡，这或许会给某些窥伺者以可乘之机。

正踌躇之间，手机铃声忽然响了起来。阿华从床头拿起手机看了一眼，却是一个熟悉的号码。

阿华接通了手机："喂，龙哥。"

这个叫龙哥的人物曾是集团副总林恒干的心腹。邓骅死后，他本想随着林恒干的势力一举上位，但怎料林恒干却毙命于龙宇大厦之中，龙哥便也随之没落。此刻他突然打电话过来，阿华隐隐觉得未必有什么好事。

"呵呵，阿华啊。"龙哥在电话那头显出很熟络的语气，"有些日子没见了，想哥哥没有？"

"呵。"阿华也略略赔了声笑，随后又问道，"有什么事情吗？"

"请你吃个饭，旺海酒楼。赶紧过来吧。"

"现在？"

"是啊，我已经在等你啦，不见不散。"

“现在恐怕不行，下午有块地要招标……”

“我知道。”龙哥打断了阿华的话头，笑道，“你以为我找你干吗？就是要商量商量招标的事情！”

阿华一怔，暗想：这招标的事情和你有什么关系？这话虽然没有直说出来，但龙哥却像猜到了似的，反而先一步开口堵住了他：“怎么了，阿华？是不是林总死了，哥哥在龙宇集团就连说话的资格都没有了？”

对方这句话撂出来阿华便不好再说什么了。本来林恒干的死在双方心中就留下了芥蒂，现在大局初定，阿华并不想再掀起什么波澜。进一步考虑，既然龙哥已经说明是要谈招标的事情，就不妨过去看看，不管是好事坏事，至少心里有个准备。

想到这里，阿华便“嘿”了一声道：“龙哥这是说的哪家话？我马上就过来。”

挂断电话，阿华简单地洗漱了一下，下楼开车，直奔旺海酒楼而去。半个小时后抵达目的地，远远就看见一个身形魁梧的男子正站在酒楼门口东张西望的，此人正是龙哥。

阿华停好车走上前去，冲龙哥打了个招呼。

“这么快就到了，够爽快！”龙哥拍了拍阿华的肩膀，“走，到三楼，我已经定好包间了。”

阿华淡淡一笑，随着龙哥进酒店向着楼上走去。到了三楼刚一拐过楼梯口，忽听得犬声大吠，同时一条黑背大狼狗从楼道角落里蹿出来，气势汹汹地直扑向二人。

龙哥吓了一跳，往后连退好几步。阿华则立刻绷起了身形，做好迎击的准备。眼看那狼狗就要扑到阿华的身上了，却听得有人大喝了一声：“刀疤，回来！”

那狼狗甚是听话，立刻掉转头向着发话人奔去。他的主人上前一步抓住了狼狗的项圈，顺势在它的脖颈处揉了两把。大狼狗立刻尾巴乱摇，显得与那人亲热无比。

“哎呀，高老板啊，你养的这条大狗，真要把人吓出心脏病来。”龙哥拍拍自己的心口，咋呼呼地说道。

“畜生不懂事，两位不要见怪。来，里面坐吧。”被称为“高老板”的人招着手说道。此人大约四十来岁的年纪，中等身材，瘦瘦的脸上立着副鹰钩鼻子，眼睛不大但锐利逼人。

阿华回头看着龙哥，有些不明所以。

“我说明一下，今天我只负责请客，高老板才是做东的主人。”龙哥一边说一边抢上两步，来到了二人中间，又一指阿华道，“这是我的小兄弟，阿华。两位都是道上大名鼎鼎的人物，不用我再详细介绍了吧？哈哈！”

阿华站在原地没有动弹，脸色却渐渐凝重起来。的确，对面这位高老板无需介绍，因为他早就听闻过对方的大名。

十年前，当阿华刚刚来到邓骅身边的时候，邓骅就曾对他说过这样的话：“如果有一天我被人杀了。你给我报仇，第一个要找的人叫作高德森，在整个省城最有能力对我动手的，非此人莫属！”

从此阿华便开始关注这个高德森的一举一动，他对此人最深刻的印象就是那副阴森森的鹰钩鼻子。他还知道，这个高德森也是省城吃遍黑白两道的厉害角色，他与邓骅之间迟早会有一场惊心动魄的火并。

不过后来邓骅的势力越来越大，高德森却并没有什么大的动作，他在南城自己的地盘上偏安一隅，似乎不愿再参与省城内部的争斗。最终邓骅形成了一家独大的局面，但他也一直没有主动去招惹高德森。这个人物也就渐渐被阿华淡忘了。

现在时过境迁，邓骅已死于Eumenides的设计之下，而高德森却在此刻突然出现，这意味着什么呢？

高德森自然能猜到阿华心中的顾虑，他又笑着说道：“我本该亲自登门去请阿华兄弟的，但又怕太唐突了，所以才委托了阿龙。阿华兄弟不会见怪吧？”

见对方如此淡然，阿华便也稳稳地回道：“高老板言重了。你做东，我吃饭，有什么唐突不唐突的？只要有缘坐在一起，大家都是兄弟。”

龙哥哈哈一笑：“我就说了吧，阿华兄弟是个爽快人！来来来，快进屋坐下聊。”说话间他已揽住阿华的肩头，引着后者往包厢门口走去，俨然像是半个主人一般。

高德森站在不远处笑脸相迎，可他身旁的那条叫作刀疤的大狼狗看起来却不甚友好。那畜生弓起背，两眼闪着冷冷的幽光直盯着阿华，口中则发出一阵阵短促的恶吠。

“老实点！”高德森轻拍着刀疤的头部，但刀疤却不听话，只是呜呜呜地叫着，不让阿华靠近。

“这畜生通人性，它感受到了你的威胁。”高德森看着阿华似笑非笑地说，“你身上有杀气。”

龙哥也在一旁附和：“高老板，你的刀疤只是一条狗，我的阿华兄弟，那可是一匹狼！”

阿华微微笑了笑，似乎听不懂这两人言辞中的寓意。“刀疤只是对我不熟悉吧？”他一边说着，一边侧身从那狼狗身边绕了过去。

“来来来，进屋吧。”高德森再次招呼，“这里是我的地盘，两位请随意。”

龙哥把阿华让在了最前面，三人鱼贯进了包间。那包间奢华气派自不用说，房间的中心位置摆了张直径足足有四米的大圆桌，但桌面上却只陈放着三副餐具。

几个精干的小弟早已在包间内伺候着，见到三人进来，便齐刷刷地鞠躬高呼一声：“大哥好！”

高德森对那些小弟瞧也不瞧，一指餐桌中间的贵宾席位：“阿华兄弟，请上座。”

阿华淡淡回了句：“高老板客气了。”走上前泰然坐好。高德森又招呼龙哥坐在阿华右手边，自己则坐在了阿华左手边的主陪位置。

刀疤也在主人身边坐好，它的体型庞大，即使是坐着的时候也有一人多高。

龙哥看着那狗咂咂舌说：“早就听说高老板爱狗，今天才算真正开了眼。这么纯的大黑背，谁看谁不喜欢啊？”

“这狗是我托人从德国带回来的，跟了我好几年了，每天光肉就得吃好几斤。”高德森抚摸着刀疤的脑袋，“你们看它的左耳，那里有条刀疤，那是两年前，城南有个混混想暗算我，这狗帮我挡了一刀。”

“好狗啊！”龙哥由衷地赞了句，“怪不得叫刀疤呢。”

刀疤似乎听懂了人们的夸赞，它坐得愈发笔直，抬头挺胸，气宇轩昂。

阿华默默地坐着，似乎对这两人一狗之间的事情不感兴趣。高德森不想冷落了他，便搭话似的问了句："阿华兄弟对狗不感兴趣吧？"

阿华"呵"地一笑，道："我是个粗人，不懂养狗，只知道吃狗肉。"

龙哥似乎被阿华逗乐了，他一边哈哈地笑着，一边用手拍着阿华的肩膀，打趣道："兄弟，这狗肉你可吃不起，像这么一条纯种黑背，身价得好几十万呢。"

高德森也笑了，不过他的视点却集中在阿华的头半句话上。

"粗人，嘿，粗人好啊。说话办事直来直去，不用拐弯抹角。我就喜欢和粗人打交道。"如此感慨一番之后，高德森又冲小弟们招招手，"把菜单拿来给阿华兄弟看看。"

一个领头的小弟连忙凑过来，恭恭敬敬地把菜单递到了桌前。

阿华却不伸手去接，只说了句："不用看了，客随主便。"

小弟的动作僵在了半途，进也不是，退也不是，只好求助似的看着高德森。

高德森倒也不再谦辞，一摆手道："那就由我来安排吧。"

小弟便收了菜单，转而把自己手里拿着的点菜用的纸笔交给了高德森。

高德森向着两位客人解释道："他们都知道我的习惯。我点菜从来不看菜单，只是写几个想吃的菜，交给后厨去做就行。"一边说一边拿起笔刷刷刷地写了起来。他写得很快，不一会儿就把下好的单子交还给小弟，嘱咐道："让后厨抓紧做，快点上菜。"

小弟利落地回了句："明白。"

高德森又拍拍刀疤："你也跟着出去吧，我和两位贵客要吃饭了。"他的语气极为温柔，就像在娇哄自己的爱子一般。

刀疤"呜"了一声，摇着尾巴站起来，乖乖地跟在了小弟身边。小弟亦不再停留，一手攥着下菜单，一手提着刀疤的项圈，领着那大狼狗出门往后厨而去。

片刻后便有服务生把四碟冷菜摆了上来，另有小弟给三位大哥斟上美酒。只是先前去下单子的那个领头小弟却迟迟未回，想必是在后厨盯工吧。

高德森率先端起了酒杯："感谢两位兄弟光临，别的先不说，这杯酒我敬二位，干了！"言罢便一饮而尽。龙哥道了句："谢谢高老板！"跟着把杯中酒喝完。阿华也端起了自己面前的杯子，虽然没说什么话，但是酒倒也喝得爽快。

立刻便有小弟上前续了酒，高德森毫不停歇，紧接着又举起了第二杯。按照酒场惯例，这第二杯酒主人就该提起些话题了。

“这些年大家都在省城，走动得却不多。所以今天我特意摆下这桌酒，请两位兄弟过来聚聚。也没有别的意思，就是想和两位兄弟多联系联系，以后相互间好有个照应。”说完这番话之后，他一仰脖子，将这第二杯酒又倒入了腹中。

龙哥也随着喝完第二杯酒，表态道：“说的是啊。大家都在一路打拼，不靠兄弟靠什么？说句俗的，团结起来力量大嘛！”

阿华只是跟着喝酒，却依旧沉默不语。高德森见气氛有些冷，便放下酒杯，干脆直愣愣地把话向着对方抛了过去：“阿华兄弟，你觉得呢？”

阿华把空杯子捏在手中把玩了片刻，终于开口道：“相互照应当然是好。高老板年纪比我们俩都大，可得好好提携提携我们这两个小兄弟。”

龙哥一听这话如此靠谱，不禁脸色一喜，满口打起了包票：“那是一定的，高老板请我们吃饭，不就是这个意思吗？”

高德森却听出阿华话里有话，他只是例行公事般微微一笑，等待对方的下文。

果然，龙哥话音刚落，阿华便又继续说道：“今天下午龙宇集团会拍下新城的那块地皮。等地皮到手之后，在工程运作方面，还请高老板多多指教。毕竟小弟刚刚接手公司的运作，好多事情都还缺些经验。”

高德森舔了舔嘴唇，陷入了沉默之中，龙哥的笑容更是僵在了脸上。本来这次他们把阿华约来，正是要洽谈下午那块地皮的事宜。没想到阿华不等他们提出来，便抢先一步展现出对那块地皮志在必得的气势。这一下就反客为主，反倒让高德森不好开口了。

一片寂静中，龙哥跳出来打了个圆场：“哎呀，这件事一会儿再说。来，大家先把第三杯酒干了。高老板，这杯该我们敬你。”

龙哥刚刚端起酒杯，高德森却做了个“且慢”的手势。随即后者端起自己的那杯酒，沉吟着说道：“阿华果然是个直来直去的汉子……既然你提到了那块地，那就不妨把话敞开说吧。新城的这块地，你老哥我也想要。”

阿华端着酒杯迎上去：“那就等下午的拍卖会之后，我请高老板喝酒，给老哥赔罪。”他说话的语气泰然自若，好像那块地已经划归在龙宇集团旗下一般。

高德森一缩手，把酒杯撤了回来。他喟然轻叹了一声：“阿华兄弟，我知道龙宇集团一向财势旺盛，你们要想拿那块地，恐怕没人能拼得过你们。不过大家拼来拼去有什么好？到头来反倒便宜了外人。你如果信得过老哥，倒不如先听我说几句。”

阿华也将酒杯放下。这几个回合下来，他已隐隐占了些上风，现在既然对方要说话，不妨就静观其变。

高德森斟酌了一会儿之后，又继续说道：“当年邓总在的时候，龙宇集团要拿地，我想省城没人敢说个不字。可现在邓总走了，形势难免就要复杂一些。东城的王麻子，郊区的彭大炮，还有市区，包括外埠的几个大老板，现在都对那块地虎视眈眈啊。在这种情况下，你们即便能拿到这块地，恐怕价格也未必能那么如意。”

阿华点点头，这话他倒也认同。邓骅死了之后，龙宇集团的威慑力已大不如前，而越多的人参与竞标，最后的价格肯定就越高。

见对方接受了自己的言论，高德森的精神为之一振，趁热打铁抛出了自己的算盘：“如果我们两家联手起来，局面就大不一样了。”

阿华微微眯起眼睛：“怎么个联手法？”

高德森迎着阿华的目光：“不瞒你说，这些天我已经把其他想要竞标的人都搞定了，今天下午，他们只是过去陪着玩一玩。现在就只剩下你我二人，如果我们都不往上抬，这块地的价格就高不了。”

阿华明白高德森的意思，只是对方对于最关键的问题还没有说明。他不喜欢兜圈子，单刀直入地把这问题抛了出来：“既然我们都不喊价，那这块地到底给谁呢？”

高德森笑了笑：“你刚才也说了，对工程建设方面没什么经验。既然如此，不如就把这块地先交给老哥。然后我们可以一起来做，到时候兄弟你的那一块，老哥绝对不会亏待了你。”

“这一点我可以担保。”龙哥拍着胸脯说道，“高老板做事情，该清楚的地方绝对不会含糊。”

“我的那一块……”阿华细细地品味了片刻，问，“你说的是我个人，还是龙宇集团？”

高德森“嘿”了一声道：“这又有多大区别呢？照我说，龙宇集团不如就和我旗下的公司合并在一起，集团的资产就算作你们兄弟二人在我公司里的股份。”

这番话终于彻底暴露了高德森的野心：他竟是要通过阿华和龙哥挖去龙宇集团的墙脚，最终实现将龙宇集团一口吞并的目的。这个思路即便龙哥也是第一次获悉，他瞪着眼睛，喉头“咕”的一声，干咽下一大口唾沫。

对方的胃口实在太大，可开出的条件却又足够诱人！

阿华紧盯着眼前的那杯酒，良久不语。

高德森再次举杯：“两位如果不嫌弃高某无能，就喝了这第三杯酒吧！”说完便先干为敬。

龙哥端起自己的酒，转眼瞥见阿华仍一动未动，又犹犹豫豫地放了下来。

高德森料到会有这样的场面，毕竟此事干系太大，搁在谁眼前都很难立时决断。他也不催促，只是笑道：“看来阿华兄弟对我的诚意还是有所怀疑啊。没关系，没关系！”连说了两句“没关系”之后，他转过头看看身后的小弟：“你们去催催，酒都喝了好几杯了，热菜怎么还没上来？”

一个小弟小跑着出了包厢，没过半分钟便又折了回来，气喘吁吁地汇报：“高总，大菜已经做好了，正往屋里端呢！”

高德森点点头，那小弟又闪到了他的身后。就在这时，一股浓郁的香味悠悠地飘了过来。阿华一早起床还没有吃饭，闻到这股香味，腹中倒也是咕咕咕地食欲大起。

随着一阵急促的脚步声，先前去下菜单的那个领头小弟碎跑着进入了包厢内。他两臂环抱，托着一个硕大的铜锅，阵阵香味正是从那铜锅中散发而至。

高德森使了个眼色，领头小弟便将铜锅放在了阿华面前。却见里面满满一锅，炖的都是通红油亮的肉块。另有小弟上前拿起锅中的舀勺，给三位大哥的碗中各自盛上了一勺肉。

高德森做了个“请”的手势：“吃吧，千万不用客气。”

龙哥早已被那肉香勾起了馋虫，他夹起一块肉送入口中，边吃边赞：“不错不错，高老板手下，就是个厨子也非同凡响啊。”

高德森也夹起一块肉品了几口，同时招呼阿华：“阿华兄弟，别愣着啊，这道菜可是专门为你准备的。”

“为我准备的？那我倒要仔细尝尝。”见对方如此热情，阿华也不好太过冷漠，他夹起碗中肉，入口之前又不经意地问了句，“的确是很香啊，这是什么肉？”

高德森双目一凛，道：“狗肉。”

阿华一愣：“狗肉？”

“阿华兄弟刚才不是说：不懂养狗，只知道吃狗肉吗？所以我就让手下宰了刀疤，做成这锅狗肉，请阿华兄弟一饱口福！”高德森用锐利的目光看着阿华的双眼，一字一句地说道。

龙哥听得瞪圆了眼睛，一副不可思议的样子，然后他忙不迭地把口中还未嚼烂的肉通通吐了出来：“这……这是刀疤的肉？！高老板，你，你这又何必？”

“在兄弟面前，一条狗算得了什么？”高德森却把口中的狗肉畅快淋漓地吞入腹中，神色泰然自若。

阿华手里的筷子停在了空中，他看着眼前这个鹰钩鼻的男子，终于理解了邓骅为何会把此人列为自己的头号对手。如果说此前的交锋曾让阿华渐渐轻敌，此刻他的后背却实实在在地透出一阵彻骨的寒意。坐在自己身边的这个人，其手段之阴狠毒辣，简直是闻所未闻！

且不说此人只为了展示诚意，便把跟随自己多年的爱犬炖成了一锅狗肉，更加可怕的是，他只是通过一张菜单向属下传达了自己的命令，而看到菜单的小弟竟没有提出任何的疑义，可见此人平时言出必行，在众人面前早已积累下令人思之可怖的威严！

这是一个为达目的不惜采取任何手段的凶狠之徒；这是一个为了利益，不惧割肉断骨的亡命之徒；这是一个赏罚分明养着一帮死忠小弟的野心之徒！无论是谁和这样一个人为敌，都会是一件极为凶险的事情！

高德森看出了阿华情绪上的变化，他给自己的杯子里再次斟满了白酒，举杯冲着两位来客敬了一圈，道：“怎么样？有了这锅狗肉下酒，两位应该不会再空端此杯了吧？”说完之后，他自己又是一干到底，同时用鹰一样的目光盯视着身旁二人。

那目光中透出巨大却又无形的压力。龙哥被这压力迫得几乎喘不过气，终于，他端起自己的那杯酒慢慢地送到嘴边，一咬牙，咕噜一声喝了下去。然后他转过头来，和高德森一起把目光集中在了阿华身上。

良久的沉默之后，阿华这才开口："高老板的盛情阿华心领了，但这锅狗肉，我确实是吃不起。"

高德森等到了最终的回复。这回复虽然让他有些失望，但也没有太出乎他的意料。长叹一声之后，他把手中的空杯子轻轻放回到桌面上，森然说道："如果这锅狗肉你不愿吃的话，恐怕以后也就没有给你吃的菜了！"

"我明白。"阿华不再多说什么，起身道了句，"告辞了。"说完之后也不等高德森答复，竟自行离去了。

"这个……"龙哥被独自撂在桌上，显得颇为尴尬，他小心翼翼地看了看高德森，"要不，我再去劝劝他？"

高德森摆摆手："不用了。"他又夹起一块狗肉，一边大嚼一边感慨着，"这么香的肉有人就是不吃，他自己要饿死，我能有什么办法？"

"他不吃我们吃！"龙哥宣誓般的大声说了句，然后他也夹起碗里的狗肉，无所顾忌地大吃起来。

当阿华走出旺海酒楼的时候正值中午，阳光明媚，暖风徐徐，可他却有一种被狂风骤雨重重包卷的压抑感觉。

即便已经有了种种不祥的预感，但这番狂风骤雨来势之快之猛，还是出乎了阿华的意料。

下午两点半，阿华带着他的团队来到了普兰会议中心一层大厅，新城那块地皮的拍卖会即将在这里进行。

高德森正坐在拍卖席最中心的位置，他懒懒地叼着一根烟，神态悠闲。而其他的与会者在进入现场之后，都会主动和高德森打个招呼，大家相视一笑，很多事已心知肚明。

高德森并没有说大话，他确实已经搞定了所有的竞拍者，那些人今天来到会场只不过是当一回陪衬。

"搞定"这两个字听起来简单，实际上却包含着太大的学问。对不同的人需要用不同的手段，有时候玩的是"钱"，有时候玩的则是"命"。

当然也有一些人，不管你玩"钱"还是玩"命"都没有用，这个时候就没法玩了，只能硬碰硬地去拼“实力”。

高德森觉得自己最大的优点就是总能准确地判断出敌我双方的实力。所以他知道什么时候可以拼，什么时候不能拼。

邓骅得势的时候，整个省城的人都在看着高德森，等着他与邓骅之间的龙争虎斗，但他却退却了。只要邓骅势力染指的范围，高德森从不去争，因为他知道自己并不具备那个实力。

很多人从此以为高德森不过如此，不过这些人多年来积攒的认识在短短的几个月内就被彻底扭转。

邓骅死了之后，高德森便拿出了自己的全部实力，他相信在整个省城再没有人能拼得过自己。

确实，他的实力很快扫平了一切，现在能站在他面前的就只有龙宇集团，只有那个不肯吃“狗肉”的阿华。

当阿华走进拍卖厅的时候，高德森特意起身向对方挥了挥手，他满脸笑意，像是在和最亲密的老朋友打着招呼。

阿华却只是略略点了点头，然后他找了个靠角落的位置坐下，面无表情。他不喜欢让任何人看到自己的情绪，不管是真诚的还是虚伪的情绪，因为很多时候你精神上的弱点正是通过这些情绪传达给你的对手的。

最重要的是集中精神做好自己的事情。这是阿华此刻正在恪守的准则。而对于敌我之间的分析，他早在出发之前就已经深入地钻研透彻了。

“这次拍卖的地皮，总面积是60亩，合计4万平方米。按照2.0的规划容积率，这块地可以建造出来的商品房总面积为8万平方米。现在新城地区的商品房均价在3000元每平方米，建筑和其他成本1000元每平方米，所以我们花2000元每平方米楼面费用，理论上是个不赔不赚的局面。这样计算下来，这块地的最高价值为1.6亿元。

“不过我们还要考虑新城地区房产价格的增量，根据我们的研究，该地区的房价两年后至少在4000元每平方米以上，这样这块地皮的最高价值可以达到2.4亿元。

“这些都是透明的部分，大家都会算，而龙宇集团还有某些隐藏的优势。事实上，我们可以把容积率做到3.0，这上上下下的关系邓总当年早已捋平，所以我们可以建设的商品房面积其实是12万平方米，折合成土地价值是3.6

亿，也就是说，3.6亿才是我们参与这次竞拍的价格红线。

“考虑到高德森也对这块地皮势在必得，所以我们在竞价的时候，还可以再突破一些。如果高德森喊到3.6亿，我们可以喊4亿。这是一个比较危险的数字，很可能赚不到钱，但即使是赔，也在龙宇集团可承受的范围之内，只要能打压住高德森，这个险值得一冒。如果高德森继续往上喊，我们就不要跟了，等着让这块地把他自己拖死吧。”

做出这番分析的龙宇集团首席工程咨询专家，阿华对他的眼力和计算精准度毫不怀疑。所以今天他来到拍卖现场根本就不用考虑高德森想干什么，他只要按照专家制定的方针来运作，其他的事情随便高德森怎么折腾。

高德森还在有一口没一口地吸着香烟，不知他此刻又在想些什么?

下午三点，拍卖会正式开始。主持人先是宣读了竞拍者名单，然后又报出了竞拍低价1.2亿元，同时宣布启动竞价程序。

“1.25亿。”前排一个矮胖子最先举牌。不过随后就有人紧紧跟上：“1.28亿。”这次举牌的是个中年女子。

“1.3亿。”

“1.35亿。”

“1.4亿。”

……

举牌报价者络绎不绝，但报价的增幅却不大。阿华冷眼旁观，他知道这些举牌者只是在烘托气氛而已，他们根本不是真正的参与者。

真正的参与者除了自己，就只有那个坐在人群中吞云吐雾的高德森。

当那些陪衬基本上都举了一圈价牌之后，高德森终于开口了。

“1.8亿。”他报出了目前为止的全场最高价格。

现场像是得到了某种指令，喧嚣的竞价声骤然停歇下来。大家似乎都被这个价格镇住了，虽然谁都明白1.8亿还远远达不到竞价的上线。

“1.8亿第一次。”主持人开始报锤了。

高德森悠悠地吐出一个烟圈，然后他转过头来看着角落里的阿华，他知道只有那个人还会继续往上抬价。

果然，阿华在主持人第二次报锤之前喊出了自己的价格。

“3亿！”

他的声音不大但却气势十足。现场立刻响起了一阵骚动，所有人的目光都齐刷刷向着阿华投射过去。他报的价格不仅大大超出了高德森的报价，甚至已经超出了绝大部分人对于这块地皮的估值，怎能不让人惊叹三分？

而这也正是阿华想要营造的效果。他深信高德森必将在竞拍价格上和自己纠缠不休，既然如此，索性第一次便报出高价，在气势上先压住对方。

在所有人的注视之下，阿华转头看向高德森，他的目光极为坚定，传递着一种人人都能读懂的强硬信号。

高德森避开了阿华的视线，他把手里的烟蒂扔在地板上，用鞋底认真地踩了几下。

“3亿第一次。”主持人又开始报锤。

旁观者转移了焦点，他们纷纷看向高德森，等待着他的反击。

阿华也在等待着，相信高德森不会就此认厌，而且以此人的本事，他同样可以在这块地皮上盖起超出规划容积率的房子。所以3亿绝不是他们这场争斗的终点。

“3亿第二次。”

高德森却只是埋着头，他还在和那根可怜的烟蒂较着劲。

有些沉不住气的人已经开始交头接耳地议论起来。这个不可一世的高老板难道就这样被阿华一击拿下？

就连阿华自己也有些纳闷了。高德森此刻的表现好像他才是个真正的陪衬，现场将要发生的状况根本和他毫无关系。

众人没有等到高德森的反击，他们等来的是主持人一锤定音的喊声：“3亿，成交！”

拍卖席上一片茫然，所有的人都是摸不着头脑的困惑表情。他们想不通高德森花了那么大的代价策划了这么一场拍卖会，难道就这样甘心给阿华做了件嫁衣？

这时高德森终于抬起了头，他看着阿华笑了笑，送上了一个祝贺的手势。

对方的笑容并不是伪装出来的，阿华隐隐觉得有些不对，可又不知道问题出在哪里。而现场的形势也没有给他太多的思考时间，主持人已经在台上催促：“请中标的龙宇集团过来签署相关文件。”

阿华等人起身向着主席台走去。在这个团队中有律师，有经济分析员，有理财师，个个都是顶尖的人才。

主持人摊开一叠文件，同时叮嘱道："你们需要在三个工作日之内先缴纳百分之十的定金，否则拍卖的结果无效，认购资格顶替给现场第二高的出价者。"

没问题，阿华掏出钢笔开始签署那些文件，同时他吩咐身后的理财师："给银行打电话约一下，我们明天过去转账。"

理财师自觉地撤到一边去打电话。两分钟之后，阿华签完了文件，当他转过身来的时候，却看到了一张惊慌失措的脸。

理财师的电话捏在手上尚未挂断，他似乎费了很大的劲才艰难说道："华哥……集团的账户刚刚被……被冻结了！"

阿华蓦然一震，随即下意识抬头往拍卖席中心的位置看去。

高德森依旧悠然自得地坐在那里，他又新点起了一根香烟，嘴角正挑起一丝若有若无的笑意。

当阿华火急火燎地赶到龙宇大厦之后，他才真正意识到事态的严重性。

大厦门口停着好几辆警车，身穿警察制服的人正走进走出，把一台台电脑主机搬到警车上。

留守大厦的属下向阿华汇报了相关情况：这批警察大概是一个小时之前到的，他们对大厦的办公区域进行了清场，然后一部分人在清找集团的各种文件，另一部分人则开始搬运办公室里的电脑主机。

阿华在十八楼的总裁办公室里找到了带队的警官，那是一个四十来岁的白净男子。在得知阿华的身份之后，男子掏出了警官证展示了一下，同时自报名号道："我们是省城公安局经侦大队的，龙宇集团涉嫌一系列的经济案件，请你配合我们的调查。"

阿华当然不会和警方硬碰硬，他只好乖乖地跟着经侦大队的干警们回到了警局。不过他在应付审讯方面早已百炼成精了，不管警察提出什么问题，他都以刚刚接手集团事务为由，以一问三不知的态度泰然待之。

不过他内心深处却越来越感到惊骇，因为那些警察的提问条条都直指龙宇集团曾经的污点所在。这些污点如果被查实，整个集团都将面临着崩溃的危险。

好在阿华以前一直是以保镖身份出现在邓骅身边，好多事情没有真凭实据倒也追究不到他的身上。

饶是如此，这一番半软半硬的审讯也持续了整整一夜。直到第二天上午，阿华才获准离开经侦大队，同时被勒令禁止离埠，随时听候传唤。

与警方全力周旋了十多个小时，即便是阿华这样精力充沛的悍将也难免有些头昏脑涨。他直接打了辆出租车往凯旋门大酒店而去，准备好好地睡上一觉。

谁知下了出租车一看，酒店前竟也停着警车，同时酒店大门口还被拉上了警戒线，酒店内的一些工作人员似被赶了出来，正站在警戒线外探头探脑地张望着。而警戒线内尚聚集着大批的住客，正在接受警察的盘问和搜查，半天才获许放行一个。

阿华心头禁不住一阵恼火。如果说龙宇集团本身历史就不干净，警察找上门来无话可说，这凯旋门大酒店可是邓骅生前特意注册在妻子名下的企业，除了有些灰色的经营项目之外，别的地方挑不出任何毛病来，现在警方居然把整个酒店都封闭了，他们的权力从何而来？

想到这些，阿华便理直气壮地走上前，直接跨过警戒线向酒店内闯去。

“站住！”一个警察马上过来把他拦住，“你干什么？”

“我是这里的负责人。”阿华冷冷地反问道，“你们在干什么？”

“你是负责人？”警察上下打量了阿华几眼，态度变得温和了一些，然后自我介绍说，“我们是刑警队的，正在办案。”

刑警队？阿华心中更加踏实了。如果是酒店的灰色项目犯了事，那应该是治安大队的管辖，现在他面前却是刑警队的人马，那这个案子肯定和酒店本身没什么关系。难道是屋漏偏逢连阴雨，哪个不开眼的家伙在酒店客房里犯了案，以至于引来了这么多警察？看这架势，案子怕是不小呢。

正思忖间，酒店大堂内几个正在盘查住客的警察已循声往这边走了过来。其中一人身着便服，看起来当是带队的负责人了。

阿华看到那人时不禁愣了一下，而对方也有些意外似的，脱口道：“是你？”

原来那身穿便装的男子不是别人，正是省城刑警队的队长罗飞。几个月前阿华设计杀死林蒙二人的时候曾和罗飞有过激烈的交锋，他的杀人手段虽然被罗飞识破，但因为韩灏的死亡，罗飞无法获得足以给阿华定罪的证据。所以此案一直还悬而未决，两人之间留着不小的梁子。

阿华刚刚松弛下来的神经又紧绷了起来，不过他表面仍然不动声色，反而迎上两步主动握手道："罗队长，你好。"

罗飞也场面化地应了声好，同时问道："这里是你负责的？"在他身边一个略显文质的警察正对着阿华怒目而视，此人正是罗飞的助手尹剑，他对阿华逼死韩灏的往事一直耿耿于怀。

阿华点点头，反问："出什么案子了？"

"贩毒。"罗飞简短地回答，"我们跟了一个星期了。"

阿华"哦"了一声。即使邓骅在世的时候，也已经好多年没有碰过毒品了，所以这样的案子肯定和自己没有任何关系。

"在这里交易的？"他又问。

"对。"

"既然罗队长都出手了，那肯定是人赃俱获吧。"

"人是抓住了，但毒品还没有找到。"罗飞转头环顾了一下，"不过肯定就在这幢大厦里。"

阿华苦笑了一下，他总算明白警方为什么要把这座大厦封闭得严严实实，大动干戈。除非他们找到了被隐藏的毒品，否则酒店的戒严不会被解除的。

"希望你们快点完事。"阿华不得不提醒罗飞，"我们这里停业一天，那可是十多万的损失。"

"我们会尽力的——不多说了，我这里正紧张呢。"罗飞表达出告辞的意思。

阿华当然也没兴趣留下来看热闹，他无奈地摇摇头，转身走出了酒店。正想着再打个车回住处的时候，忽然听到有人叫他："华哥！"

阿华转过头，却见一个瘦弱清秀的女孩站在不远处，正可怜兮兮地看着自己。因为衣着过于单薄，虽然在煦暖的早春，女孩仍然被冻得瑟瑟发抖。

"明明？"阿华认出女孩正是前天晚上给自己"服务"的那个小妹，"你在这儿干什么？穿得这么少。"

明明委屈地嘟起了嘴："衣服都在酒店里呢……我也没别的地方去啊。"

阿华知道新来的小妹都是在酒店内集中住宿，若离开酒店倒的确是无家可归。他便有些心软，想了想道:“那你跟我一块儿走吧。”

“谢谢华哥！”明明的脸色立刻阴雨转晴，变得比六月天还要快。

阿华伸手拦了辆车，先把明明送到后座，自己正要跟上车时，忽听得手机铃声响了起来。

号码显示来电的是梦乡楼的大堂经理，梦乡楼同样是邓骅生前注册在妻子名下的餐饮企业，是整个省城屈指可数的几家高档酒楼之一。此刻酒店经理忽然打来电话，阿华料想怕是不会有什么好事。

果然，电话接通之后，听筒里传来焦急的声音:“华哥，你快过来看看吧，酒店出事了！”

“我马上就到。”阿华也不细问，直接挂断电话，同时把明明从出租车里拉了出来。

“哎，华哥……”明明的脸色倏地一下又变了回去，泪水在眼睛里打着转。

阿华掏出钱包，翻出两百块钱，然后又解下一串钥匙一股脑塞给明明:“城里水乡19号楼1402，自己过去吧。”说完之后也不等明明反应，便自上车拉好车门，对那司机说道:“梦乡楼，越快越好！”

十五分钟后，阿华抵达了目的地。大堂经理早已在门口候了多时，这个二十来岁的小伙子叫作马亮，平时办事利落得很，若不是真的遇上棘手的事情，他也不至于急着向阿华求救。

阿华问了句:“什么情况？”脚步却不停，直接往酒楼内走去。马亮要一路小跑才能跟上他的速度，一边跑一边说着:“早上一开门就来了一帮人，每人占了一张桌子，只点一瓶啤酒和一盘炒土豆丝……”

小伙子话还没有说完，阿华已经全明白了，因为那副场景已经清清楚楚地展示在他的面前:在酒楼的一层大厅内，每一张餐桌前都坐了一个年轻壮硕的男子，他们全都剃着锃亮的光头，正就着一盘土豆丝慢条斯理地喝着啤酒。

“华哥，你看他们这副架势，还有哪个客人敢进来？”马亮指着那些男子继续说道。且不说那一颗颗光头就让人看着发毛，不少男子还故意卷起袖管，露出胳膊上乌七八糟的刺青，一看就不是什么正路货色。而他们吃东西的速度则慢得惊人，每次只夹起一根土豆丝，照这速度，这盘菜直到晚上打烊也未必能吃完。

“谁是领头的？”阿华一边压低声音问道，一边凝起目光在这些人身上一一扫过。光头男子们也注意到了阿华，不过他们一言不发，只装作没看见似的。

马亮摇摇头，表示看不出来。

阿华略沉思了片刻，又低声吩咐马亮：“到后厨招呼一下，每桌给加一个菜，多找些服务员同时端上来，大声报我的名字，就说是我送的。”

马亮虽然想不明白此举的用意，但还是很干脆地应了声：“好嘞。”不过刚刚迈出去一步，他又折回来问道，“加什么菜？”

“土豆丝！”阿华不假思索，“他们不就爱吃这个吗？”

马亮一溜小跑扎入了后厨，阿华则踱到了大厅前台，把身体半搭在台板上看着那些男子。众男子毫不在意，你看你的，他们是该吃吃，该喝喝，只是速度慢得像蜗牛，食口小得像蚂蚁。

过了大约有十分钟，马亮从后厨出来，凑到阿华身边道：“土豆丝都准备好了。”

阿华点点头：“上菜吧。”

马亮便扯起嗓门，像扩音喇叭似的：“上菜！”

随着这声呼喊，一溜服务员排着整齐的队伍从后厨鱼贯而出，每人手里都端着一盘土豆丝。到了前厅之后，她们各自找好目标将那土豆丝送到了光头男子们桌前，同时大声报出了菜名：“素炒土豆丝，华哥送的，请慢用！”

这队伍足有几十号人，前面尚是年轻的女服务员，后面连膀大腰圆的厨子也上场了，想是端菜的人不够，又得满足阿华“同时上菜”的要求，所以只好拉鸭子上架了。

这一番上菜气势恢宏，报菜名之声此起彼伏，短短十几秒钟之内，每个光头男子的面前统统又多出了一盘素炒土豆丝。

这个变故显然出乎光头男子们的意料，很多人脸上都现出茫然的神色，一时不知该如何应付。他们便下意识地转过脸去，目光齐聚向大厅东南方向四十八号桌上坐着的那名男子。

那男子也是二十来岁的年纪，右臂上文了一株青松。唯有他目光不乱，点头向服务员道了声谢，然后拿起筷子，从新上的土豆丝中夹起一根送入了口中。

其他男子见状便稳住了心神，又像先前一样自斟自饮，只是他们现在夹菜的时候又多了一个选择——虽然菜品同样还是土豆丝。

阿华露出一丝难以察觉的冷笑。他一转身从前台酒架上取下一瓶白酒，同时告诉马亮："给我拿两个杯子来。"然后他便提着那瓶酒向着四十八号餐桌走去。

右臂文青松的男子抬头瞥了阿华一眼，他看出对方正冲着自己而来，但他仍然不动声色，只是一根一根地夹着土豆丝。

阿华在那男子对面坐下，马亮紧跟着跑过来，把两只酒杯放在了餐桌上。

"这位兄弟怎么称呼？"阿华看着那男子问道。

男子终于放下手中的筷子，他毫不示弱地回视着阿华，片刻后才开口道："贱命一条，没什么称呼，兄弟们都叫我老五。"

阿华点点头，他打开那瓶白酒斟了满满两杯，自己端了一杯，把另一杯推到了老五面前："啤酒对兄弟来说太淡了吧？我这店里别的不敢说，好酒有的是。来，我请你喝一杯。"

老五嘿嘿一笑："我可是要天天来的，你请得起吗？"

"别人能请你喝多少天啤酒，我就能请你喝多少天白酒。"阿华把酒杯往前更推进了一步，话语中透出诱惑的意味，"兄弟，哪种酒好喝，选择一下吧。"

老五却变了脸色："好不好喝是一回事，我愿不愿意喝又是一回事。华哥既然在旺海酒楼拒绝了高老板的狗肉，为何还要拿这样无聊的选择来为难兄弟？难道我老五就长着一副见利忘义的面孔吗？"

听到对方的这番言辞，阿华神色一凛，目光中倒添了几分敬重的意味。沉吟片刻后，他端起自己身前那杯酒说道："是兄弟我冒昧了，这杯酒我自罚。"言罢便一饮而尽。

老五的神色也缓和了一些，他回了句："华哥言重了。"然后自己也喝了一杯，不过喝的仍是先前的啤酒。

既然谈不拢，阿华就不再多说什么，他拿起带过来的那瓶酒，离席而去。马亮紧跟着他，一路又回到了前台。

"亮子，打电话给豹头吧，让他把兄弟们都召集起来。"阿华把酒放回酒架，淡淡地说道。

马亮一听豹头的名字，两眼立刻发出了兴奋的光芒，他压低声音问道：“华哥，要开打吗？”

阿华点点头：“打，必须要打了！”

“就是得打！”马亮跃跃欲试，“这帮孙子，装逼也不选个地方。一会儿让他们把吃下去的土豆丝一根根全给我吐出来。”

阿华却转头用目光蜇了马亮一眼：“你想什么呢？人家正常吃饭，你打什么打？而且这是咱们自己的饭店，打了以后生意还能做吗？告诉豹头，让他把兄弟们都拉到皇宫夜总会，我在那里等着他们！”

“哦……”马亮也意识到自己的想法过于鲁莽，怯怯地瘪了瘪嘴。然后他便掏出手机，一边拨号一边往后厨方向走去。当呼叫被接通的时候，他回头远远地瞪了老五一眼，心中暗暗骂道：“孙子，你等着吧，早晚有你拉稀的那天！”

皇宫夜总会位于市中心的花园广场。此地据说在几百年前曾是某位皇帝南巡时的行宫所在。五年前市里开发了这块土地，搞成一个大型的花园式休闲娱乐广场。邓骅便买下了广场边最为上风上水的黄金地段，建起这座夜总会，命名为“皇宫”。

这家夜总会同样是挂名在邓骅妻子的旗下。看来即便在邓骅最为辉煌的时刻，他也从来没有忘记过自己一身所处的危局。所以他在龙宇集团之外专门置办了三处实业留给妻儿，以备日后的不时之需。

这三处实业正是凯旋门大酒店、梦乡楼以及皇宫夜总会。

邓骅当然不会让妻子真的去管理这三处实业，他把自己这些最保险的家底交给了一个最保险的人来看管，这个人正是阿华。

阿华对邓氏家族的忠心早已经历过十多年的风雨磨证，而且他还拥有完全能媲美于那颗忠心的胆识和才智。所以他在召集人马的时候，直接把地点定在了皇宫夜总会。

从昨天下午开始，接连不断的风雨暴潮一波又一波地吞噬着邓骅十多年来苦心打造的基业。这显然是一场蓄谋已久的阴谋。敌人的攻势跨越了黑白两道，从每一个可能的角度侵袭而来。他们的目的非常明显，就是要把曾经属于邓骅的势力一举击得粉碎，然后从省城这个舞台上抹个干干净净。

看到梦乡楼里的那些光头男子之后，阿华就意识到凯旋门大酒店里发生的贩毒案绝不是什么巧合，更重要的是，阿华还知道皇宫夜总会也绝不会在这场风暴中独善其身。所以他很快下了决断，就把迎击敌人的战场选择在皇宫夜总会。现在离夜总会开门还有好几个小时，他手下的兄弟们可以有足够的时间做好准备。

离开梦乡楼之后，阿华直接打车赶往了皇宫夜总会。在路上他已经电话通知了夜总会的经理严厉，让他召集场子里所有的当班人员开会。

像严厉、马亮这样的经理以前也都是跟着阿华打拼过的兄弟，做起事情来毫不含糊。当阿华来到皇宫夜总会的时候，严厉已经集合好场子里所有的服务生和保安。一大群人在一楼大厅黑压压地站成一片，虽拥挤但却秩序井然，鸦雀无声。严厉则站在这群人的最前头，他今年三十来岁，看起来比马亮要沉稳许多。

“给华哥问好！”看到阿华进来，严厉扯起嗓子招呼了一句。他年纪虽然比阿华大，但因为地位上的差别，还是习惯以“华哥”称呼对方。

大厅内两三百号人便齐齐地大吼一声：“华哥好！”气势倒也惊人。

阿华顾不上搭理这些人，他冲着严厉招招手，脚步丝毫不停。后者会意，一路紧跟着阿华来到了经理办公室。

阿华让严厉关好门，然后正色问道：“这两天有没有什么不正常的情况？”

“没有啊。”严厉下意识地答了一句，看到阿华神色郑重，又反问道，“华哥，咋了？”

阿华回答得很简略：“有人要来这里搞事。”

“谁的人？”

“南城的高德森。”

“让他来。”严厉有些不在乎似的，“我们还怕他了？”

“这次不是小事。”阿华把嗓子压得阴森森的，“对方是想要吃掉我们。”

严厉的眼角抽动了一下，脸色也沉了下来。经营夜总会这样的场所，平日里小打小闹多得很，严厉早就习以为常。这个帮那个派也好，打来打去也就是这点事，最后多半是双方大哥出面谈判，势力弱的赔点钱，息事宁人。所以他一开始听说高德森的人要来也并不在意。可现在阿华说得明白，对方这次可是要玩大的，牵涉到两股势力间的火并。严厉在十年前曾经参与过这样的火并，那可不是闹着玩的，双方都会有死伤，也免不了有人坐牢挨枪子，而失败一方的势力则会被彻底清除，弟兄们的境遇从此落魄悲惨。

片刻的沉默之后，严厉眯着眼睛说道："那我得去准备准备了。你别看下面人多，能派上用场的也就三四十个，真要干起来，恐怕还得整点家伙！"

阿华却摇摇头："不，你们千万别动手。"

严厉眨眨眼睛，不明白阿华的意思。

"我们在自己的场子里，行事一定要非常谨慎。你告诉你的人，把眼睛都擦亮点，看到有进场子的生客，就一个跟一个地盯着。但是记住一条：不管对方怎么挑事，你们都不要动手。"

严厉咂了咂嘴："这样也不是办法吧？对方既然过来了，我们再怎么忍气吞声，他们终究还是要动手的。"

阿华拍了拍严厉的肩膀："这个你们不用管，今天你们的任务就是要受欺负。"

严厉干咽了口唾沫，看起来非常不爽。

阿华并不理会他的情绪，继续往下说道："就算对方动手了，你们也要至少忍受一分钟，同时在这一分钟的时间里，把其他无关的客人清出场——这个应该不难吧？"

严厉撇撇嘴："还用我们清？事情真的起来了，他们跑还来不及呢……"

"那就好。"阿华微微笑了笑，又道，"不过我要告诉你，有一些客人是不会走的，他们会和摄像头一起见证你们被欺辱的场景。等一分钟之后，对方的人会不小心误伤到他们，于是这些客人便会替你们出气。这时候你们可以上去拉拉偏架……"

严厉的脑子略微一转便明白了这些"客人"的来历，他会意地笑了起来。

"打得差不多了，你就报警。那些'客人'们肯定会在警察来之前跑得干干净净，但是那些来找事的家伙，一个也别放走，明白吗？"

"明白了。"不用阿华说得太细，严厉已是心中通透，不过他还有些其他顾虑，于是又多问了一句，"华哥，你找来的那些'客人'行不行啊，到时候可别压不住对方。"

“放心吧，”阿华看了看手表，“他们应该一会儿就到，你先去把监控关了，别给警察落下口实。”

严厉点点头，转身离开办公室，按照阿华的吩咐一一进行。他首先关闭了监控，然后给手下的服务生和保安开大会，交代了既定的事宜。这边会议刚刚开完，却听见入口处门帘一撩，一个留着长发的男子走了进来。

这男子看起来和严厉差不多的年岁，身高在一米七五左右，体型不壮但腰背挺直，走起路来虎虎生风。他的头发又长又卷，还天然带着些暗黄的颜色，配着脸庞上那双往外凸起的眼睛，令人一看就印象深刻。

“豹头！”严厉兴奋呼喊的同时抢上两步，和那男子来了个亲热的熊抱。

“好久没见，你小子又白了，活得挺滋润吧？”豹头在严厉的背上拍了拍，紧跟着问了句，“华哥来了吗？”

“在屋里呢。”严厉一边说，一边当先领路。此刻他的心彻底踏实下来了，也明白了阿华的信心所在：既然豹头到了现场，敢来搞事的人肯定讨不了好处。

从十年前开始，豹头就是邓骅麾下的头号打手。在省城黑道上，他多年来一直背负着“单挑无对手”的称号。而他的实力从发型上便可见一斑。

在黑道上充当打手的人一般都会剃个光头，这其实并不是在渲染武力，而是为了斗殴时的需要。在混乱的群殴中，最忌讳的就是被别人拽住了头发，那时候即使你有三头六臂也无法施展，难免被人打成个闷葫芦。但豹头却从不在意这个细节，他始终留着一头飘逸卷曲的长发，而且他的这头长发在十多年的生涯中从未被别人抓住过。

豹头在打斗上的惊人实力使得他多年来一直是邓氏集团解决暴力问题时的首选悍将。严厉曾经也是和他一起并肩作战的兄弟，但现在两人各司所长，已经有好一段时间没有见过面了。这次老朋友来到自己的地盘上，自然别有一番感慨。

不过现在并不是叙旧的时候，严厉领着豹头急匆匆直往办公室而去。豹头显然也知道出事了，从露面开始神色就一直很郑重。

两人进屋之后，阿华把大致情况给豹头说了说，豹头一言不发地听完之后，对阿华道：“没问题，如果真有人敢上门闹事，我肯定让他们回不去。”

阿华放心地点点头，又问豹头：“你带来多少人？”

“二十八个，我没让他们进来，都是粗人。”

阿华“嗯”了一声，他想了一想，又吩咐严厉：“你跟豹头一块儿去看看，不行的话给兄弟们置办几身衣服，有光头的带个发套，要不然太扎眼了。”

严厉应了，和豹头一同往屋外走去，同时在心里暗暗佩服阿华想得周到。

等这一番安排完毕，天色已渐渐擦黑。眼看离夜总会营业的时间越来越近，各路人马都各就各位，在一片安静的气氛中等待着那场即将到来的风暴。

阿华、严厉和豹头移步到了监控室中，他们将在这里掌控全局。

夜总会每天傍晚六点开始营业，到了五点四十分左右，一个领班模样的年轻男子敲开了监控室的大门。小伙子先给几位大哥问了好，然后小心翼翼地看着严厉：“严总，您出来一下。”

“我出去干什么？”严厉颇不耐烦地责备道，“这里没外人，有事直说。”

领班便如实汇报：“严总，场子里的小妹，今天一个都没来……”

严厉皱起眉头：“搞什么呢？月灵来了没有？”

领班摇摇头：“也没来。”

这个月灵正是皇宫夜总会里带小妹的妈咪，这样的人虽然地位不高，但在场子里的作用却是举足轻重。听说她也没来，严厉知道有些不对劲了，他转过头来，忧虑地看了阿华一眼。

阿华却不看他，眼睛只盯着那个领班，面无表情地问道：“给她们打电话了吗？”

“打了，没人接。”领班一脸无奈。

“别用你的电话打，从下面找个人打。”阿华点着手指说，见小伙子还在发愣，他只好把话补充明白，“这么大的场子，我就不信没有服务生和小妹搞姘头的！”

“赶紧去！”见手下人不开窍，严厉显得有些恼火，加重语气道，“电话打不通，今天你给老子当小白脸陪客人！”

领班连忙唯唯诺诺地退了出去，五六分钟后，他又急匆匆地赶回来：“华哥、严总，打听到了……”

“快说！”严厉催促着。

“月灵被另外一个场子挖过去了，所有的小妹也都跟着她走了。”

“哪个场子？”严厉有些火大。

“是个新开的场子，靠近南城，叫什么广寒宫。”

严厉和阿华对视了一眼，两人心中雪亮，这一定是高德森的手笔。他们猜到了高德森会对皇宫夜总会下手，但没想到是以这么一种方式。对方没费一兵一卒，但局面却令阿华等人尴尬无比，因为一个没有小妹的夜总会，简直就像没有美酒的饭店一样无聊至极。

“妈的，挖墙脚，这也太不地道了吧！”严厉恨恨地骂起了脏话，然后他咬着牙道，“华哥，这事不能客气，打上门吧。是他们先坏了规矩，打起来也是我们在理。”

“上门去打……”阿华沉吟着，“只怕对方早有准备了。”

“反正豹头都过来了，还怕什么！我把手下的弟兄也组织组织。今天不开张，把这帮贱人抢回来再说。”

阿华快速地思考了一会儿，转过头征询豹头的意见：“你觉得呢？”

豹头却没有说话，神色有些尴尬似的。

“你怎么想的就怎么说。”阿华帮他宽了宽心，“如果你觉得没把握，我们就先稳一稳。”

豹头又沉默了一会儿，这才开口道：“华哥，你今天喊我过来，只是说帮阿厉看场子的，事先可没说要去外面打。而且这里面到底发生了什么事，我也不太清楚……”

严厉一听这话就有些急了：“别人都已经骑在我们头上撒尿了，这还有什么不清楚的？”

阿华对豹头的话也有些诧异，他摇摇手，示意严厉不要着急，然后看着豹头道：“豹头，我们有多少年的交情了？”

“十一年。”豹头不假思索地答道，看来这个数字在他心里记得非常清楚。

“那还有什么话不能直说的？”阿华的目光变得锐利起来，“你那边是不是有什么事？”

豹头想想也敷衍不过去，便说道：“我知道广寒宫，那是龙哥新开的场子。”

“龙哥的场子？”严厉一下子愣住了，他还不知道这里面的复杂关系。

阿华也略略有些意外，不过这其中的奥妙对他来说并不难解。随后他用两句简洁的话语把目前的形势又总结了一遍：“看来龙哥已经和高德森勾搭在一起了，而高德森的目标就是要吃掉我们。”

“我靠！”严厉愤愤然啐了一口，不知是在唾骂龙哥还是在感慨局势的严峻。

既然已经开了口，豹头就不再遮遮掩掩的：“龙哥昨天来和我聊过。他说高德森只是想和我们合作，合作大家都好，没必要打个你死我活。”

“合作，合作个屁！这不就是要咱们兄弟给那个姓高的去当王八吗？”严厉不可理喻地瞪着豹头，“你这脑子是咋地了？连这事都看不清楚？”

阿华却知道豹头未必是看不清楚，他眯起眼睛看着豹头，最后突然笑了。

“龙哥许了你什么？”阿华淡淡地问道，语气却令人无可回避。

豹头咬咬牙，心一横说出了实话：“龙哥新开的那个场子，就是要交给我的。”

严厉的眼睛瞪成了黑仁大汤圆：“你小子……你他妈的真不是东西，这点好处就把你收买了？”

“是，就这一点好处。”话说到这个份上，豹头也无所谓了，他和严厉对视着，“你当经理有五年了吧？我呢？一直在打打杀杀，我去年老婆刚生了孩子，你或许看不上这点好处，但我，我不能不看。”

这些话倒真把严厉给噎住了，他和豹头当年都是一同拼过来的兄弟。后来自己接手了皇宫夜总会，小他们好几岁的马亮也管着个饭店。只有豹头一直还在当打手，这倒不是大家瞧不起他，只是他确实太能打了，谁都没想过要给他换个角色。怎料到此事却会成为豹头情绪上的爆发点。

阿华没有参与豹头和严厉之间的争吵，他只是看着豹头。等对方说完那番话之后，他这才又苦笑着问道：“既然是这样，你今天干吗还要来？”

豹头能和愤怒的严厉对视，却不敢去面对阿华平淡的目光。他低下头道：“我豹头并不是无情无义的人，对不起华哥、对不起兄弟的事我不会做的。龙哥从场子里挖小妹，这件事我之前真的不知道……”

“你不用解释了，我明白。”阿华打断了豹头的话，“所以我喊你看场子你也来，你想当双面胶吗？两边都不得罪？”

豹头沉默不语。严厉呼呼地喘着气，却也不知道该说些什么。

良久之后，阿华默叹一声，说道:“这些年是我疏忽了，没有把你安排好。事情已经这样，我现在再想给你场子，也显得没意思了。这样吧，”阿华转头看看严厉，“阿厉，你到财务室，提二十万现金过来。”

严厉一愣，豹头更是连忙摆手:“华哥，这不是钱的事……”

“你以为我要用钱买回你的心？你错了，”阿华摇着头说道，“心变了，用多少钱能买回来？就算你现在同意留下来，我们还能是以前那样的兄弟吗？”

这番话似把豹头说得也有些心酸，他不安地叫了一声:“华哥……”

阿华略顿了顿，继续说道:“只是这江湖上的事情，是当不了双面胶的。你想夹在中间，就会被两边的力量一同碾碎。我们十一年的交情，加上我给你儿子的见面礼，一起算二十万，你把这钱带走，不要推辞。你的事业刚刚起步，那些小妹就算是严厉对你的支持。以后我们之间一清二白，你好自为之吧。”

豹头这才听得明白。原来阿华是用这二十万买断了他们之间的交情，以后再要见面就是两个阵营的敌人，只能各为其主，拼死相搏。他愣在了原地，无言以对。

“行了，今天就到这儿吧。严厉，你把这件事情办好。”阿华交代完之后，便独自一人向着屋外走去。

“我已经三十多个小时没睡觉了。我太累了，我得休息一会儿。”这是他最后抛下的疲惫的话语。

当阿华走出皇宫夜总会的时候，天色已经全黑。想到自己的车还停在龙宇大厦门口，他便打了辆的士先去取车。

因为龙宇集团的账户已被警方冻结，所有的业务自然也就无法开展。平日里灯火辉煌的龙宇大厦现在已冷冷清清。阿华下了出租车之后，看着黑黝黝的楼体仰面长思。这座大厦里曾经集中了人人为之侧目的财富和权势，如今却摇摇欲覆，令他独力难支。

怆然之余，阿华的嘴角却又现出笑容，那是一丝如钢铁般坚硬的冷笑。他早年随着邓骅一路拼杀，什么样的惊涛骇浪没有见过？敌人虽然来势汹汹，但要想将他打垮，那还早着呢!

正如龙哥说的那样，阿华是一匹狼，顽强、冷静、坚韧十足。你可以把他打得鲜血淋漓，但你永远无法夺去他的獠牙和利爪。只要他还有一口气，就随时有可能一举爆发，咬中对方的致命咽喉。

现在这匹狼需要找个地方休养生息。可是阿华把车打着之后，一时却不知该去往哪里。

他的身体很疲惫，可他的脑子却沉浸在忙乱的思绪中，无法停歇。他需要一个安静的地方，既能让他的身体放松，又能让他的思绪更为流畅地运转。

若在往常，他会毫不犹豫地前往凯旋门大酒店，享受那间属于他自己的高档包房，但现在酒店仍然处于戒严状态，今晚肯定是不能去了。

他也不想回家，像所有单身男人的独居所一样，那里又脏又乱，只会让他更加心烦。

阿华便没有急着离去，他摇下车窗，点起一根香烟慢慢地抽起来。当那烟燃尽的时候，他突然想到了一个地方。

半个小时后，当阿华来到绿阳春餐厅的时候，女孩的小提琴演奏恰好刚刚开始。阿华仍然选择了那个偏僻的角落，他点了几个雅致的小菜，一边吃一边聆听优美的乐曲。

柔和的音符像流水般从耳膜处汩汩而入，然后又渗入血液的循环，向着全身的毛细终端浸漫过去。一种难以描述的舒适感便随着这样的过程占领了听者的全部神经，令人再也顾不上去旁骛一切烦忧。阿华很快就迷上了这样的感觉，他将酒菜吃完之后，干脆闭起眼睛仰靠在座位上，就像漂浮在一片温暖的海洋之中。

他那烦乱的心跳也随之慢慢地平静下来。

阿华知道自己来对了地方，他也更加理解Eumenides为何也会迷上这里。

女孩的演奏渐渐接近尾声，但阿华却还未完全过瘾。他招手把服务生叫了过来。

“能不能让那个女孩多拉一会儿？”

服务生礼貌地回绝了他：“不行的，我们的乐师每天都有固定的演奏时间，您想听的话，可以明天再来。”

“请你帮我争取一下吧，我是她的朋友，昨天我们还在一块儿坐过。”阿华一边说，一边将一张百元的钞票塞进了服务生胸前的口袋，这个举动让后者无法再拒绝他的要求。

“我帮您问一问，请您稍等。”服务生说完便向着演奏台走去。女孩正在那里收拾乐器，服务生在她耳边言语了几句，女孩想了一会儿，不知回了句什么，服务生便又往阿华处折了回来。

“不好意思，因为下面还有别的演奏，所以我们的小提琴手不可能再继续下去。”服务生躬着腰对阿华说道，当失望的神色刚刚在后者面庞上浮起的时候，他却又微笑着话锋一转，“如果您愿意的话，可以跟着那女孩到后台，她愿意为您单独演奏几曲。”

阿华也笑了，他抽出两百块作为餐费压在桌子上，然后起身跟着女孩往后台走去。

“谢谢你。”赶上女孩的步伐之后，阿华由衷地说了句。

“你太客气了。”女孩轻声回复道，“你帮我安排了手术，我还不知道该如何报答。”

“我只是受人所托。”阿华如实说道。

“你是他的朋友吗？”

“不……不是。”

女孩微微张了张嘴，有些出乎意料的样子。

“我们……”阿华费力地解释着，“嗯，我们只是有一个交易。”

“交易？”女孩皱起眉头，愈发困惑了。

“就是我帮他完成一件事情，他也帮我完成一件事情。”

“哦？”女孩略略侧过脸庞，“那他帮你完成的那件事情很难吗？”

“那件事……对我来说非常重要。”

女孩露出笑容，似乎颇感欣慰。阿华心中一动，猜到了女孩所想。

那人用一件非常重要的事情来交换对自己的托付，说明自己在那个人心中也是同样重要吧？

从演奏区通往后台的路并不长，两人很快就走进了一间小屋中。

“这是我的休息室。”女孩介绍道，“请坐在墙边的沙发上吧。”

小屋不大，靠墙的地方放着一只单人沙发，对面则是一套梳妆台，应该是女孩表演前化妆的地方。牛牛正趴在梳妆台下面等待着主人，此刻便兴高采烈地站起来，尾巴摇个不停。

阿华在沙发上坐好，女孩则摸索着坐到梳妆椅上，然后她把小提琴从箱子里拿出来，做好了演奏的姿势。

“你想听什么曲子？”女孩问了一句。

因为对音乐并不了解，阿华只能无奈地答道：“我也不知道。”

女孩想了一会儿说：“那我给你拉一首《沉思》吧，这也是他很喜欢的一首曲子。”

“他懂音乐吗？”阿华似乎想和那个人比较些什么。

“他很有天赋。”女孩说完这句话便屏住了呼吸，片刻后，她的右手轻轻一划，悠沉的乐曲声从琴弦下流淌出来。

阿华再次陷入那种被海水包围的感觉中，平静而又浩瀚的海水，带着舒适的暖意。他在海水中懒懒地睁开眼睛，看着那个女孩。

因为知道女孩看不见自己，所以阿华的目光可以无所顾忌地直盯在对方的脸庞上。

那是一张近乎完美的脸庞，洁白秀美，而紧闭着的双目则掩盖住了这面庞上唯一的缺陷。

如果那女孩再拥有一双明亮的眼睛，该是一幅多么绝伦的美景？阿华忍不住开始幻想对方睁开双眼之后明眸善睐的样子，可他自己的视线却在这个过程中渐渐模糊起来……

于是他的整个人也变得恍恍惚惚的，压在心头的很多东西也随着意识一同消散，最后竟进入了一种完全虚无的境界。这样的情形不知持续了多久，直到他忽然感觉到有一种奇怪的力量要把自己往海水深处拖拽时，才猛地警醒过来。

“啊！”阿华情不自禁地惊叫了一声。

“你醒了？”女孩轻柔的声音在他耳边响起，阿华这才意识到自己刚才原来是睡着了。他努力凝起散乱的眼神，看清楚拖拽自己的原来是牛牛。这个小家伙正咬着裤管和他较劲，像是要把他从沙发上拉下来一样。

阿华模仿女孩的动作，伸手想去摸摸牛牛的脑袋。牛牛却不领情，一扭身子向着主人那边跑去了。

“不好意思……”阿华尴尬地笑了笑，“我睡了多久？”

“有半个多小时吧。”

阿华深感丢人："我这样的听众……真是差劲。"

女孩却对阿华说道："不，你是一个合格的听众，完全和音乐融在了一起。本来你的心很乱，听到音乐后便沉静下来，呼吸也越来越均匀。于是我又换了一首安眠曲，因为我感觉到你很疲惫，你需要睡一会儿。"

原来是这样……阿华欣慰地松了口气，然后他从沙发上站起身来："我该走了，我已经耽搁了你不少时间。"

"耽搁倒谈不上，不过我也不留你了。"女孩用苍白的目光看着阿华，淡然说道，"因为再漫长的停留，终究也得有离别的时刻。"

城里水乡小区位于省城北郊，一条小河从小区的中心部位穿过，使得楼盘开发商有了炒作"水景豪宅"这个概念的资本。五年前，阿华在这里买了一套小户型的单身公寓，不过他却很少住在这里。

邓骅遇刺之前，阿华几乎和他形影不离。所以他早就习惯了在外漂泊不定的生活，那套小公寓似乎只是他用来堆放私人杂物的地点。

不过今天晚上，他必须要回到这个小屋过夜了。

阿华出现在小屋门口的时候已经临近午夜，他翻遍了全身却找不到屋门的钥匙，这时他才想起来，自己早在上午就把钥匙交给了那个叫作明明的女孩。

阿华只好按响了门铃——他在自己家门口，现在却像是个来访的客人。

好在明明很快就过来打开了屋门，然后阿华便傻傻地愣在了门外。

他几乎要怀疑自己真的是个客人了，因为他眼前看到的景象实在不像是自己的那个"家"。

他的"家"应该是个凌乱不堪的小屋，脏衣服随处堆挂，地板上落满灰尘。可是现在却整洁得像名门秀女的闺房。

阿华知道这翻天覆地的变化只有一种可能性，他把惊讶的目光移转过来，盯住了眼前的那个女孩。

"怎么样？大吃一惊吧？"明明清脆地笑着，得意非凡。

阿华轻轻地"呵"了一声，他走进屋子，在关门的同时问道："你是在报答我吗？"

"不。"明明伸手指点着阿华的鼻子，一本正经地回答说，"是你的屋子实在太乱了，乱到任何一个女孩都没办法忍受。"

除了邓骅之外，很少有人敢用手指着阿华的鼻子。当然以前也曾有不知轻重的家伙尝试过，他们通常会遭遇手腕骨折的下场。

可这次阿华却忍受了对方的教训，他甚至还缩了缩脖子，好像真的犯了错误似的。然后他又注意到了另外一些事情。

“你穿着谁的衣服？”他瞪眼看着明明，后者娇小的身躯上穿了一件硕大的衬衣，衬衣下摆已经到了膝盖的位置，几乎像是件连体短裙。

“从衣柜里翻出来的。”明明摊着手说道，“我洗完澡没别的衣服换。不过你也不吃亏啊，我把你攒了几个月的脏衣服都给洗了。”

白色的衬衣下，明明玲珑有致的身段散发出魅惑的光芒。而她的下身似乎只穿了一件内裤，露出纤长白皙的双腿。

阿华感到一股欲望在自己的小腹下方燃烧起来，这是任何一个男人都无法抗拒的欲望，尤其当他们遭遇到外界各种压力的时候，就更需要通过这种欲望来宣泄被压抑的情绪。

阿华一把将明明拽到了自己胸前，而女孩猝不及防，她先是“嘤”地惊叫了一声，随后她意识到了什么，便瞪大眼睛看着阿华，呼吸变得沉重而急促。

阿华的手掌在明明的脸庞上抚过，同时他说了句：“你的眼睛真大。”

“漂亮吗？”明明居然露出了羞涩的表情。

阿华无声地点点头，他看着那双漆黑的大眼睛，心神一阵荡漾……

第三章　监舍斗

经过一天的休养，杭文治的身体已无大碍。在监区医院享用了一顿营养晚餐之后，他被送回了424监室。

四监区的中队长张海峰亲自执行了这次押送，到达监室之后，他让手下先把杭文治和杜明强留在门外，自己一个人踱到了监室里。

平哥等人立刻齐刷刷地站了起来，毕恭毕敬地喊道："管教好！"

张海峰扫视着那几个家伙，暴喝一声："好？好个屁！"

平哥等人感觉到空气中的压力，一个个噤若寒蝉。小顺更是深深低下了头，连正眼都不敢再抬一下。

"三更半夜的被电话叫醒，连觉都睡不了，还怎么个好法？！"张海峰又向前走了两步，扯着嗓门咆哮道，唾沫星子都快要溅到平哥等人的脸上。

张海峰声音虽然大，但他只是在强调觉没有睡好，言辞中并未涉及关键的要害，这让平哥品出了一些意味。后者便把眼睛微微一眯，斟酌着凑上话儿："张头，那个新收头天晚上就自杀，这谁能想到呢？不光您没睡好，咱们兄弟几个也是累了一夜啊，现在这么站着，虚得腿肚子都打瓢呢。"

"你们也知道累？"张海峰斜眼睥睨着平哥，收起嗓门冷语威吓，"知道累就少给我折腾！"

"我们哪敢折腾？以后哥几个轮流值班，一定把那个新收照看好。"平哥顺坡下驴，积极表明了态度。黑子等人也赶紧跟着点头附和。

“这可是你说的，那我就把人交给你负责，如果以后再出什么状况，我唯你是问！”张海峰逼视着平哥，阴沉沉地说道。

平哥倒也镇得住，泰然一笑说：“您就放心吧。我保证他连一根汗毛都少不了。”

张海峰对这样的回答似乎很满意，他紧绷着的面皮慢慢地松弛下来，竟似露出了些许的笑意。平哥等人的神经便也跟着放松了，但就在这当儿，张海峰却又忽然瞪起眼睛，压低了声音呵斥道：“你们几个都给我听好了！这次的事情我都给你们记在账上，以后有收拾的时候！别以为你们谁都不开口，我就只能装瞎作哑！”

这几句话说得掷地有声，其中的含义也清晰得很：这次因为没人出来说明真相，自己没理由下狠手，但这笔账却是要记下了。以后一旦被抓出茬儿，那就得新账旧账一起算个明白！

平哥仍然在赔着笑，但笑容却已经僵硬了很多。迎着对方犀利的目光，他只觉得脸上热辣辣的，像被针刺着一般锐痛难耐。

张海峰就这样瞪着对方，直到平哥终于忍受不了低下头去，他这才“哼”了一声，转身离开了监室。

平哥等人眼看着他的背影消失，这才敢长出了一口气，如释重负。

而在门口等待的杜明强却是另外一副愉快的心情。他竖起耳朵听到了屋内的那番对话，知道杭文治的安全状况今后将大大改善，至少那几个家伙在一段时期内是不敢再折磨他了。

“还不赶紧谢谢管教。”眼见张海峰已经来到了他们身边，杭文治却还木愣愣地傻站着，杜明强忍不住轻声提醒了对方一句。

杭文治幡然苏醒，向着张海峰一鞠躬，说了声：“谢谢管教关照。”仓促之间动作僵硬滑稽，像是影视剧中被刻意丑化过的日本鬼子。

“行了行了。”张海峰不耐烦地摆了摆手，“你们也给我好自为之吧。”

虽然说的是“你们”，但张海峰说话时目光却只盯着杜明强一人。后者则嘿嘿一笑，一副若无其事的懒散劲儿。

张海峰不再搭理他们，只对自己的下属吩咐了一句：“押进去。”说完便迈着方步离开。留下来的管教把杭文治和杜明强送进监室，随后也落锁离去。

“哎呀，又可以睡觉啰。”一进屋杜明强先抻了个懒腰，然后便扶着床往自己的上铺爬去。

黑子不屑地撇出一句：“真他妈的猪。”

平哥却对杜明强视而不见，只是对着杭文治说道：“嗨，你今天可爽了吧？又是睡软床又是吃小灶的。我们哥几个可就惨了，在这号房里提心吊胆地憋了一天。”

听到这样揶揄的话语，杭文治心中愤恨交加。不过白天杜明强已反复叮嘱过他，回监室之后一定要克制忍耐，否则吃亏的终究还是自己。所以他只是咬着嘴唇回视着对方，并不言语。

因为丢了眼镜，杭文治现在看远处的东西时不得不把眼睛眯成一条缝，目光也因此显得蒙眬而迷离。小顺看着他这副模样，便坏笑着讥讽道：“嘿，眼镜蛇变成瞎家雀了。”

“这小子梗是梗点，嘴门子把得倒还严实。”阿山算是帮杭文治说了句好话。

平哥也点点头，抬手冲着杭文治指点着说道：“算你小子聪明。你知道不？这号子里头最大的忌讳就是在管教面前告密！你如果敢瞎说，那兄弟们吃的苦以后都得加倍算在你头上！”这番话透着狠劲，明面上是在夸对方，实地里却是不折不扣的恐吓和威胁。

杭文治愣了片刻，像是要找些词儿回敬对方，但终究还是什么也没有说。然后他坐到了自己的床铺上，仰起头看着天花板，茫然不知在想些什么。

或许是张海峰之前的警告起了效果，平哥等人倒也没有继续为难他，他们凑在一块儿玩了会儿牌，等到熄灯之后便各自洗漱睡了。

这一夜无话，到了次日早晨六点，监舍里的灯亮了起来，同时铃声大作。各监舍的犯人们从梦中被唤醒，一边抱怨着还没睡够，一边争先恐后地起床往卫生间赶去。424监室里要数小顺的动作最为麻利，他第一个跳下床帮平哥打好了洗漱用水，又挤好牙膏送到了对方床前，然后自己排在黑子和阿山身后等着洗漱。杭文治不愿和那几个家伙凑在一块儿，就在床上多待了一会儿。和他同样不着急的还有杜明强，不过后者主要的目的是想多睡一会儿，监区内已经喧嚣一片了，他却还在悠然自得地打着呼噜。

大概二十分钟后，有管教人员来到监区，挨个监室地打开牢门，同时拿着犯人名单点名核查人数。杜明强这才下了床，和杭文治一起挤在水池边草草地洗了两把。

今天是工作日，整个监区四百多号重刑犯在点名之后全都来到楼下大厅集合。到了六点三十分，六个管教人员押送着这些犯人来到监区食堂集体用餐。

早餐的时间很短暂，六点五十分，犯人们离开食堂，被监送到不远处的一幢两层小楼，这里就是四中队的工作区了，犯人们每周有五天的时间要在这幢小楼内进行劳动改造。

四百多号人被分到了六个大厂房中，每人一个小桌作为工作台，七点钟的时候，一天的劳作正式开始。

昨天在医院休息的时候，杭文治已经听杜明强介绍了有关劳动改造的相关情况：

同一个厂房的劳作人员被编为同一个班组，配备一个管教监督劳作。同时还会有一个犯人作为班长协助管教的工作，这个“美差”通常都是由通了门路的关系户霸占着。在班组之下，又按照宿舍关系分成若干个小队，每天的劳动任务被平均分配到各个小队的头上。而在同一个小队中，劳动任务再细化到个人的配额时，则完全是由“小队长”来说了算。

杭文治所在班组的带班管教姓黄，是个五十来岁的瘦干男子，平时不爱说话，一般不会主动给犯人找茬，但据说一旦脾气上来了也非同小可。协管“班长”是个经济犯，据说以前是某个银行的小领导，四十多岁，长得白白胖胖的，其他犯人给他起了个外号叫作“大馒头”。仗着自己在外面有点门子，加上以前当领导当惯了，“大馒头”还真把自己这个“班长”当盘菜，动不动对别人吆五喝六的。不过大家都不太看得起他，若不是碍着管教的面子，他这只“馒头”恐怕要三天两头就被揍得发酵一回。

在犯人中真正有实权有地位的还是各个宿舍的“小队长”，那些人一个个都是能服众的“大哥”级狠角色。杭文治原本猜想424监舍的队长一定是平哥了，可到了劳动现场之后却发现事实并非如此。

“杜明强，这个新收就交给你带着吧，今天你们俩的任务是两百个，有问题吗？”待众人坐定之后，站出来发号施令的人是黑子。他的语气硬邦邦的，根本没留出任何讨价还价的余地。

杜明强无奈地苦笑着，应了声：“没问题。”杭文治则是一副释然的表情，能和杜明强分在一组，对他来说应该是非常理想的结果了。

黑子又继续分派道："小顺，你年轻，手脚麻利，也拿一百的任务吧，阿山，你八十个，剩下的我和平哥分着。"

小顺利落地"哎"了一声，好像很积极的样子。阿山则什么也没说，只管自己一个人忙活去了。

"赶紧动手吧。"杜明强拉了把懵懵懂懂的杭文治，"完不成任务的话，晚饭都吃不上呢。"

杭文治有些摸不着底细："两百个很难完成吗？"

杜明强撇撇嘴道："每个小队每天的定额是四百五十个，咱们俩就占了将近一半。你还是个啥也不懂的新手，你说难不难？"

杭文治眨了眨眼睛，很快算清了这笔账。一共四百五十的任务，自己、杜明强、小顺每人一百，阿山八十，敢情黑子和平哥加一块儿才承担七十，这也太不公平了吧？想到这里，他忍不住要转头向那两个"闲汉"白上一眼。

杜明强这时已经把自己的凳子搬到了杭文治桌边，见到后者愤愤不平的表情，他"嘿"了一声说道："你不用看他们，平哥肯定不会自己动手的，黑子是他的亲信，能承担七十的任务已经不错了。"

果然，平哥只是抄着手，根本没有要干活的意思。原来"队长"黑子只是他的管理工具，在这个监舍里仍然是平哥独享着至高无上的尊贵地位。

"他们这样欺榨同舍，难道管教不知道吗？"杭文治压低声音抱怨道。

"管教知道也不会过问的，他们也需要这样的人。"

杭文治挑起眉头看着杜明强，好像不明白对方的意思，后者只好又继续解释说："像平哥这样的角色能够镇得住同监舍的其他犯人，管教就利用这种人对犯人们进行管理，同时也会默认他们的一些特权。这里和外面的世界不一样，什么公平、道理是行不通的，这里就是一个弱肉强食的社会，有它自身的运行规则。"

杭文治点点头，他也不是笨人，对方只需略略一点，他便能想通其中的玄机：这里的犯人哪个不是刁蛮难缠的主？只有以暴控暴，让平哥这样的人发挥出管理作用，才能形成一种相对稳定的局面。如果搞什么民主、公平，那肯定得乱套不可。

"别瞎琢磨了，赶紧干活吧。"杜明强再一次提醒杭文治。同时他把自己的劳动用具也搬到了这张桌子上，计有一大叠硬纸、一卷编织绳、一支铅笔、一个卷笔刀、一把木尺、一个剪刀和一瓶胶水。

监狱里的劳动项目并不确定，一般取决于外联的管教能接来什么样的活儿。最近一段时间四监区的劳动任务是制作硬纸袋，就是很多商场里的购物专柜会免费赠送的那种盛装小件的手提袋子。

杜明强自己先制作了一个纸袋，借此给杭文治讲解了整个制作的过程：先按照特定的尺寸要求用铅笔在硬纸上画好制作线，然后用剪刀剪开，折好并用胶水粘起来。

接下来就要到打孔机那里去打一个金属环孔，打孔机每个车间配备一台，由专门的技术犯人操作运行。

打完孔之后，在孔眼中穿上编织绳作为手提装置，这样一个硬纸袋就算是大功告成了。

完成这样一系列的工作，一个熟练的犯人大概需要五六分钟的时间，手脚笨拙一点的则要七八分钟甚至更长。

“你试试吧。”做完示范之后，杜明强冲杭文治努了努嘴。他自己则抬头看着墙上的挂钟，准备给对方计时。

杭文治拿起发给自己的那支新铅笔，塞到卷笔刀里转了十来圈，然后左手抓过木尺就在纸板上比量起来。他的落尺极准，几乎不用调整右手的铅笔就直接画了上去，动作娴熟无比。

“嗯？”杜明强一见这副架势禁不住惊讶地瞪大了眼睛，“你以前干过这活儿？”

“我是搞设计的啊，整天都画工程图，画这个还不是小菜一碟？”杭文治说话间动作不停，很快就在纸板上把基准线画了个清清楚楚，然后他很潇洒地把铅笔叼在嘴里，又换上剪刀开始裁剪。

“对了对了，我倒忘了你原来的行当。”杜明强拍着自己的脑门说道，同时心中颇为欣喜。要知道这制作纸袋最重要的步骤就是画基准线，杭文治视这个环节为拿手小菜，那无疑将极大地提高他的工作效率。

果然，一个纸袋做完，杭文治只用了五分半钟的时间，这对第一次上手的新人来说可称是个了不起的成绩。杜明强咧开嘴，神情大悦：“行了行了，本来我还发愁会被你拖了后腿，现在看来，嘿嘿，你比我做得还快呢！”

杭文治也笑了起来。自从他进入监狱之后，这还是第一次露出如此由衷的笑容。能得到杜明强的赞赏似乎令他非常高兴，或许是因为对方帮过他一次，而自己总算找到了某种能够回报的方式吧。

"得了，我不跟你废话了，咱们都抓紧干活吧。"杜明强起身准备回自己的座位，在收拾东西的时候他又叮嘱道，"这些工具你可得保管好了，丢失工具可是了不得的大事。"

杭文治点点头："你放心吧，我这个人不是马大哈。"

杜明强继续说道："尤其是铅笔，绝对不能丢了，最后不能用的铅笔头都得交回去。"

"铅笔头还得交回去？"杭文治咂着舌头，"这也太抠了吧？"

"不是抠不抠的问题，是为了安全。"杜明强郑重其事地说道，"这里到处都是亡命之徒，一个小铅笔头都能成为伤人的凶器！"

"哦。"杭文治的神情也变得严肃起来。当铅笔削尖了之后确实是可以伤人，而在这样的敏感区域，对这种危险物品的管制一定要非常严格才行。他回想起监舍里配发的牙刷都是短短的手柄，柄头圆溜溜的，想必也是出于安全的考虑吧。

不仅如此，现在用到的其他工具，不管是木尺、剪刀还是卷笔刀，也全都做了特殊的防范措施：木尺的两头是圆钝的弧形；剪刀套着圆溜溜的塑料壳，像是儿童玩具一样，其刃口的锐利度也仅能用来剪纸而已；卷笔刀则是一个彻底的儿童玩具，工作部件被隐藏在一个陶瓷做成的玩偶中，铅笔要从玩偶的嘴里塞进去卷刨，而笔花则暂存在玩偶的大肚皮中。除非你把玩偶砸碎，否则根本无法接触到内部的刀刃。

如此看来，这些犯人们唯一能接触到的危险器具还就是手中的铅笔了，对此进行苛刻的管理倒也并不为过。

杜明强看到杭文治的表情变化，知道对方对此已经有了足够的重视。他这才放心离去。此后便各自埋头忙于自己的工作，无须多表。

在这期间，黄管教搬了张椅子坐在车间门口，执行着自己的监管工作。其实他并不需要太过操劳，因为车间内的四个摄像头会把即时情形传递到监控室，所以很少有犯人敢在车间内兴风作浪。

唯一的监控盲区就是车间内的独立卫生间，出于对犯人隐私权的尊重，这个地方没有安装摄像头。不过那个卫生间几乎是全封闭的，除了通往车间的大门外，连一扇和外界相连的窗户都没有，所以根本不必担心犯人会经由这个卫生间逃遁到厂房外部。

班长“大馒头”则背着手在车间内转来转去，一副煞有介事的模样。看见有谁闲散了一点，他还会上前呵斥几句。不过他也就只敢挑拣些软柿子捏捏，像平哥这样的人物就算把二郎腿跷到工作台上，“大馒头”也没胆子说些什么的。

到了中午十一点半，黄管教从椅子上站起来，他掏出只哨子“嘟”地长吹了一声。

车间内响起一阵欢呼，劳作了一个上午的犯人们摇头伸脚，放松着自己疲劳的肌肉和神经。对他们来说，这哨声比美妙的音乐还要动听，因为它的响起意味着午饭时间终于到了。

“嘚瑟什么？都给我安静，收拾好自己的工具，排队出门！”“大馒头”一边嚷嚷着，一边赶到车间门口，在门前摆出了四个大箱子，却是分别用来回收木尺、剪刀、铅笔和卷笔刀的。

犯人们乱哄哄地排着队，其间黄管教、“大馒头”抑或是监舍大哥们此起彼伏地呵斥几句，秩序才渐渐地平定下来。

杜明强本想和杭文治一块儿交还工具，但动作稍微慢了一点，便被几个心急吃饭的犯人插在了队伍中间。于是只好随着队伍耐心地往前挪动着。眼看着前面的杭文治终于排到了队首，正把手中的工具分别放入那几个大箱子中。

忽听得“大馒头”厉声喝道：“你的铅笔怎么回事？！”

杜明强忧虑地皱起眉头，他特意向杭文治强调过保管好铅笔的重要性，难道对方还是出了什么差错吗？

而杭文治则勉力在解释什么，声音怯然而窘迫：“我只是习惯了，没事喜欢把铅笔咬在嘴里……”

杜明强把上身探出队伍向前方张望，只见“大馒头”手里攥着杭文治刚刚丢下的铅笔，一脸厌恶的样子。而造成他厌恶的原因也很明显：那支铅笔的尾部牙痕累累，已经被咬得稀烂不堪。

“好好的一支新铅笔，还没怎么用就被你咬成这样，你他妈的恶心不恶心？”“大馒头”用铅笔屁股戳着杭文治的脸骂道。

杭文治知道自己理亏，红着脸不知该如何是好。他以前用铅笔什么时候想过还要送还？所以养成了用嘴咬铅笔屁股的习惯，现在这笔被咬成这样，对别人来说确实是没法用了。

“这笔我们可不想碰。‘大馒头’，你得把这笔留在一边，下午还给他自己用。”杜明强这时接着茬儿说道。他表面上是在抱怨，实际上却是提出了一个可行的解决方案，算是给杭文治解了个围。

黄管教听到杜明强这话，便在一旁点了点头，冲“大馒头”说道：“就这么办吧。”只要工具没有遗失，对于这些乱七八糟的小事他也懒得多管。

既然管教发了话，“大馒头”也不好再多说什么。他只好把那支铅笔单独甩在箱子的一个角落里，同时又瞪了杭文治一眼，嘀咕道：“你小子属狗的啊？干着活还要磨牙？”

杭文治也不和对方争执什么，只是认错似的赔着笑，然后又转过头来冲杜明强略点一点下巴，以示谢意。

第一次出工，虽犯了点小差错，但总算有惊无险地度过了。一干犯人交还完劳动工具之后，又在管教们的押送下来到集体食堂享用午餐。

饭菜虽然简单，但经过一上午的劳作，犯人们早已是饥肠辘辘，一个个都大口吞咽，吃得分外香甜。

午饭的时间留得比较长。吃完饭之后，犯人们便三三两两凑在一起，闲坐着聊天。杜明强便又找到杭文治，给对方讲了些监狱中日常的生活规矩。

原来监狱里也和外面一样，实行每周五天工作制。周一到周五犯人们都要进行劳动改造，一日三餐便在食堂里。周六和周日是休息日，这两天大部分的管教都不上班，食堂也放假。所以犯人们便只能整天待在监舍中，所吃的饭菜也是提前准备好的。

杭文治想起自己前天刚到监区的时候，犯人们都在宿舍里无所事事，晚饭也是有人推着餐车送到宿舍的，原来却是休息日的缘故。

到了十二点五十分左右，管教一声哨响，宣布了午休时间结束。犯人们便又排队来到厂房小楼，开始下午的劳作生活。

黑子给自己分配的任务最少，加上平哥有时候实在穷极无聊了，也会搭手帮他做上一两个。所以他那边的任务是最先完成的。不过按照规矩，每个小队要等四百五十个纸袋全部做完之后，由质检员检验合格，才能获许离开车间，提前回监舍休息。

阿山不久之后也做完了他那八十个，就和黑子、平哥坐在一块儿聊天休息。只剩下杜明强、杭文治和小顺仍在埋头苦干。这三人的工作效率似乎都差不多，一直到下午五点钟出头的时候，整个小队的任务算是全部完成了。

"行啊，手脚挺麻利的。"黑子用眼睛瞟着杭文治，似乎对他的表现有些惊讶，然后他又踢了小顺一脚，"哎，帮我抱着，咱俩验货去。"

小顺便弯腰把大家做好的纸袋全都抱起来，跟在黑子的身后向车间门口走去。在门后负责验货的美差当然又是被"大馒头"把持着。小顺把厚厚的一摞纸袋放在桌子上，"大馒头"便起身开始检看。

检验的方法倒也简单，首先看看袋子的粘接、绳扣是否完好，然后拿起一叠纸袋，夹进去一个标准样品，凑成一堆在桌面上墩几下，看看尺寸是否符合要求。"大馒头"虽然为人讨厌，但这活儿干起来倒是认真得很，想必也是要在管教面前留下个好表现吧。

平哥懒懒地靠在工作椅上，斜眼看着门口验货的过程。片刻之后他"嘿"地冷笑了一声，说道："操，好像没过关啊。"

他这句话说得声音很大，像是有意要让周围的人听见一样。杜明强和杭文治本来正在闲聊，听见这话便抬起头来，向着车间门口投去关注的目光。

果然，"大馒头"正板着脸把一部分纸袋从桌子上摔出来，嘴里还嘟嘟囔囔的，虽然听不清说些什么，但肯定是没啥好话。

黑子也张了张嘴，从口型看应该是骂了句脏话，然后他转身便往回走，小顺则蹲在地上把那些摔出来的纸袋一只只的捡起来，看起来有二三十个的样子。

不一会儿黑子便回到了424监舍的工作区。他用目光扫着杜明强和杭文治，脸色阴沉地说道："你们俩的活儿不合格，一会儿留下来加班吧！"他的话音刚落，小顺也赶回来了，后者把捡起的纸袋摔在杭文治的桌子上，一脸幸灾乐祸的表情。

杭文治先是一愣，随即便忍不住问道："你怎么知道是我们俩的不合格？"他做纸袋的时候非常细致，自信应该不会出现次品。

"你还敢不服？我们队里就你一个新手，除了你还有谁出问题？"黑子瞪着眼睛呵斥了一句，然后他又冲着杜明强骂道，"让带新收是看得起你，你就给老子带成这样？妈的，这些活儿你们俩一块儿补上！”

杭文治只觉得心中一堵，瞬间便憋起一肚子的怨气。只因为自己是新手，就一定会做出次品吗？再说了，既然是大家一起送检的时候出了问题，最次也应该是大家一起来承担责任，怎么可以如此武断地把过错全都推在自己身上？而且因为这个问题还要连累杜明强一起挨罚，这更是让他接受不了。

“我就是不服！”他终于按捺不住地站了起来，昂着脖子顶撞了一句。

黑子看着杭文治这副模样，不怒反笑：“嗬，有种啊！觉得有管教给你撑腰了，胆子更肥了是吧？行，我们就看看管教怎么说，小顺，去把管教叫来！”

小顺立刻向着门口的方向蹿出去，边跑边喊：“报告管教，这里有新收不服管理！”

黄管教也正在关注着这边的动静，小顺这么一招呼，他立马就提着电棍快步走了过来。“大馒头”则屁颠屁颠地跟在他的身后。

平哥和阿山站起身，摆出恭敬的迎候姿势。杜明强则无奈地摇摇头，也站在了杭文治的身边。

“怎么回事？”干瘦的管教问了一句，态度倒还算平和。

黑子汇报道：“这个新收做的活儿有次品，我安排他加班返工，他不服气。”

“哦。你是新来的？”黄管教打量了杭文治几眼，然后用解释的口吻说道，“监狱里面生产也是有任务的，做出了次品，就要返工，这是制度。”

“可那些次品不一定是我做的，为什么要我一个人承担？”杭文治为自己辩解道，在管教面前，他也不敢把话说得太绝对，只是用了“不一定”这个说法。

黄管教倒也不和他争辩，只是回头问了“大馒头”一句：“这个监室多长时间没出过次品了？”

“有一个多月了吧。”大馒头答道，想了一会儿后，又补充，“以前就算出次品，也就一件两件的，从来没有过今天的情况。”

黄管教便又转头看着杭文治，目光慢慢地变得严厉起来，透出股不怒自威的气质。

杭文治心中一沉，有苦难言。管教想表达的意思已非常明显：这个小队已经一个多月没出过次品了，这次却一下出了这么多，而今天恰好又是自己第一次出工，这里头的责任几乎是不言自明。

就算是杭文治自己也难以对这样的逻辑关系产生质疑。

“你还有什么说的吗？”黄管教冷冷地反问道。

杭文治垂着头，黯然无语。

见对方不再辩驳了，黄管教便满意地哼了一声。然后他又看着黑子说道：“这个事啊，你作为队长也是有责任的。你明知道他是新手，为什么不多带一带他？这样的生产事故，应该消灭在萌芽状态嘛。”

黑子立刻胸有成竹地给出回复：“报告管教，我已经安排队里技术最好的学员帮助他了，可没想到还是出了这样的问题。”

“哦？你安排的哪个？”

黑子指了指杜明强，后者则咧开嘴主动坦白道：“我。”

“你可不够负责啊。”黄管教透出不满的语气。

“他就顾着自己赶任务了！”小顺在一旁打起了小报告，“他就给新收做了一次示范，然后就不管了。”

杜明强苦笑着，他不得不承认对方说的确实是实话。

“管教，这可不关我们的事啊，要罚就得罚他们两个。”平哥这时也开口了，说话的态度不疼不痒的。

“嗯。”黄管教点着头拍板，“就让他们俩留下加班。”

黑子应了声“明白”，待管教和“大馒头”转身离去的时候，他的嘴角才挑起一丝不怀好意的笑容。

杭文治还杵在那里，有些不甘心的样子。杜明强拉了他一把说：“赶紧开工吧，这些活儿一个小时都补不完呢。”

杭文治干咽了口唾沫，虽然心里老大的不爽，但又不知道该从何说起。愣了片刻之后，只好又老老实实地操起工具，重新忙活起来。

其他的犯人此刻则纷纷完工，通过检验之后都排着队去食堂吃晚饭了。十来分钟过后，偌大的车间内空空荡荡，只剩下了杜明强和杭文治两个人。

寂静中忽然出现一串“咕咕咕”的轻响，杭文治一愣，随即明白这是杜明强的肚子在叫唤。他便用同情而又歉意的目光看着对方。

“唉。”杜明强长叹一声，“今天晚上可要饿肚子了。”

“怎么？连晚饭都不让吃了吗？”杭文治不解地问。

杜明强耸耸肩膀：“食堂可不会等我们，过了点就下班。”

杭文治想想也觉得有些不妙，忙道：“那我们应该先吃饭啊。吃完饭再回来加班不行吗？”

“管教还等着下班呢，你能让他等着我们？”杜明强冲着门口方向歪了歪嘴，老黄正百无聊赖地坐在椅子上，神情已经颇不耐烦。

杭文治轻轻“哦”了一声，略微理出点头绪。片刻后他又追问：“那我们一直做不完，管教就一直在这里守着啊？”

杜明强“嘿嘿”一乐：“管教能有那么傻？他最多耗到下班的点，六点钟准时走人。如果我们俩完不成，就要加在明天的工作量上。明天还完不成，晚上接着加班，到时候还是没饭吃！”

杭文治皱皱鼻子，深刻体会到了形势的严峻，手上的动作愈发快捷起来。不过两三个纸袋做完之后，他又有话要忍不住说出来。

“我还是觉得这事不对。”

“嗯？”杜明强挑眉看着他，手上动作不停。

杭文治把铅笔咬在嘴里踌躇了片刻，说道：“这些次品真的不是我做的。”

杜明强不说话。杭文治摸不透对方的态度，便扒开一个次品纸袋解释说：“你看，这个纸袋完全是按照画好的基准线折出来的。既然尺寸不对，那一定是基准线画得有问题。我第一次上手，要说别的地方出差错倒有可能，但是基准线绝对不会画错。”

杜明强还是不说话，只是看着对方。

“你不相信？我画图画了多少年了！”杭文治有些着急了，他把叼在嘴上的铅笔拿下来，刷刷两下，在废弃的纸袋上画出了两个记号，对杜明强道，“你量量吧，这两条线之间的距离是三十厘米，误差不会超过零点五。”

杜明强还真拿起木尺量了一下，果然是三十厘米，非常精准。

“你看，我不用尺都能画得这么准，拿着尺还能画错了？！”杭文治急迫地要证明自己。

杜明强终于说话了，而他开口的同时脸上则挂着一丝无可奈何的苦笑。

“你还真以为今天的事情是有人做出了次品？”

对方显然话里有话，杭文治愣了一下，摆出努力思索的样子。而杜明强此刻已经继续说道：“这是黑子他们故意栽赃呢。”

“故意的？”杭文治眨着眼睛，“他们故意做了这些次品，就是想让我们吃不上晚饭？”

“吃不上晚饭，嘿嘿，那倒无所谓。”杜明强的目光渐渐凝重起来，“只怕后头还有好戏呢。”

“什……什么意思？”杭文治禁不住有些怯然。

“你也不想想，昨天他们那么折腾你，结果被我给搅黄了，他们能善罢甘休吗？”

杭文治愤然反问：“可他们还想怎么样？张管教不是都警告过他们了吗？”

“就是芥蒂张管教的警告，他们才会搞出这么一场戏吧。”杜明强悠悠地分析道，“今天晚上如果监舍里再起什么冲突，他们大可以给咱俩栽上一个‘不服劳动改造，蓄意挑衅报复’的罪名。”

是这样！杭文治簇起眉头，越想越觉得有道理，露出又气又怕的神色。杜明强见状便轻拍拍他的肩膀：“不过你也不用担心，他们这次主要是冲着我来的。”

杭文治抬头看着对方，用目光表达着心中的疑惑。

“如果只是要整你，何必把我们俩编成一组？现在这个阵势，明显是要对我下手呢。所以你只要别顶撞他们，他们应该不会对你怎么样的。”

听杜明强这么一说，杭文治心中反倒激起了一分豪气，瞪起了眼睛道：“那我就能看着他们整你？他们也不要欺人太甚了，到时候我大不了跟他们拼命，反正我本来也不想活了！”

杜明强微微一笑，对杭文治这番有难同当的劲头甚是赞赏。不过他随即又摇头劝道：“为什么不想活？好日子还长着呢！再说了，就是要死，也不值得把命搭在这几个家伙身上啊。”

“那还能怎么办？”杭文治神色愤然，“还不都是被他们逼的。”

杜明强仍是微笑，片刻之后他说了一句：“我有办法对付他们。”

这是极平淡极普通的一句话，但语气却无比镇定，透出十足的把握。杭文治甚至不需要去询问那到底是什么办法，因为对方的目光正在告诉他：这些都是自己没有必要了解的。

杭文治那颗慌愦亢乱的心便在这句话语中慢慢地平息下来，然后他真诚地、跃跃欲试地说道："无论需要我怎么帮忙，我都一定会做到。"

"我只需要你做到一件事，"杜明强用明亮的眼睛注视着杭文治，缓缓说道，"我要你今天晚上早早上床。随后无论在监舍中发生什么情况，你都要老老实实地坐在你自己的铺位上，不要下床，也不要说一句话。"

真是奇怪的要求，杭文治不解地咬了咬嘴唇，反问道："为什么？你是怕有什么事连累到我？如果你这么想，那你就太小看我了！"

"我真的没有这么想。"杜明强认真地摇着头，"只是你不这么做的话，有可能会破坏我的计划。所以你现在必须回答我，能不能做到？"

杭文治和对方对视了片刻，终于点头道："能！"

经过这番交谈之后，杭文治的心情就很难再平静下来，干活也干得不那么顺溜了。杜明强倒像是什么也没发生，一副满不在乎的样子，有时候还调笑杭文治两句，说是早知道会影响工作效率，就不把那些话说给他听了。

到了下午六点钟，果然像杜明强说的那样，管教开始催促两人收拾工具回监室。两人清点一下加班完成的纸袋，正好是二十个，剩下的几个明天如果抓紧干的话，应该可以在晚饭前补完。

无论如何今天的晚饭肯定是错过了，两人饿着肚子回到监舍，却见平哥等人正凑在里屋，一个个志得意满，看起来惬意得很。

押送的管教刚一离开，黑子便怪腔怪调地嚷嚷起来："嗨，劳动模范回来了啊，大家鼓掌欢迎。"说完自己先带头噼噼啪啪地拍起来，旁边立刻有人跟着附和，使的劲比他还大，不用看也知道，这个唯恐天下不乱的家伙肯定是小顺。

杭文治心里恨得直咬牙，但他记住杜明强关照的话，只管坐回到自己的床上，对黑子等人的挑衅像是没听见一样。

杜明强还是一副懒散的样子，他一边舒展着筋骨一边径直走进了卫生间，看样子是有些内急。

黑子却没有因为对方的隐忍态度而罢休，他站起来晃悠悠地走到外屋，把胳膊搭在上铺床头，半俯着身子问杭文治："怎么了？没吃上晚饭有情绪啊？"

杭文治还是不开口，眼睛也不看着对方。黑子不乐意了，往他腿上踢了一脚："说话啊，你丫的眼睛不好使，耳朵也聋啦？"

却听杜明强在卫生间里搭茬道："我们没情绪，肚子有情绪。"

黑子便龇牙一乐，转头看着卫生间的方向："谁让你们工作态度不端正呢？就你们俩这小样，明天照样还得有好几十件不合格，到时候不光是没晚饭吃，我还得检举你们蓄意抗拒改造。"

卫生间里沉默了一会儿，然后便听得杜明强"嘿"地笑了一声，用抱怨的语气大声说道："真是奇了怪了，这屋里头也不养畜生，怎么总是有股子臊味？"

这句话中的羞辱意味清晰无比，听得屋里众人都是一愣。这个杜明强平日里懵懵哈哈的，好像不管你说什么他都不太在意似的，今天却突然抛出如此强烈的措辞，实在是有些出人意料。只有杭文治知道杜明强是有备而来，一时间既忐忑又期待，心跳也怦怦地加快了许多。

黑子本来就一直看杜明强不爽，这次更是蓄意要修理对方，此刻听到这样的话语怎么可能还按捺得住？再加上对方正好处于监控盲区，他便恶狠狠地骂了句："你他妈的想死了吧？！"然后便一头向着卫生间里冲进去。

杭文治的床铺正对卫生间，他看见杜明强还在面对着便池整理衣裤，而黑子已经冲到了他的身后，高举起右手就要挥拳往他的后脑门上砸。杭文治禁不住大喊一声："小心！"

杜明强也不转身，右手突然往后翻出，像长了后眼一样准确地攥住了黑子挥击过来的手腕，然后他顺势一个摆臂，两个人的身体同时一转，等停顿下来时已经变成杜明强站在了黑子身后，而黑子的胳膊还被反拧着，狼狈不已。

猛然间局势失控，黑子不由得发出一声又怒又骇的怪叫："我操——"而杜明强则好整以暇，他的左手甚至还在忙活着自己尚未完全打理好的裤腰。

黑子涨红了脸，使劲挣扎着，可自己的手腕却像被铁钳扣住了一般，丝毫动弹不得。于是他又连声呼喝："松手，你他妈的给我松手！"一方面给自己壮壮声势，一方面也是向同伴呼叫求援。

平哥虽然看不到卫生间内的情形，但听声音知道不对。他向两边使了个眼色，阿山和小顺同时起身往卫生间方向赶去。

他们刚刚走出两步，黑子的呼喊声忽地又戛然而止。寂静中却听到杜明强低声骂了句："滚吧！" 语气轻蔑无比。

与此同时，黑子就像在配合杜明强的喝骂一样，果真从卫生间里翻滚着摔了出来。他跌倒的位置正好在杭文治的脚下，那姿势就像是抱着脑袋给对方磕了个头一般。

阿山和小顺一愣，下意识地停住脚步看向黑子。却见黑子灰头土脸地从地上爬起来，看起来身体倒是没什么大碍，但神情却沮丧无比。

杜明强悠悠然踱出了卫生间，对黑子等人看也不看一眼。

在监狱里犯人之间的斗殴时有发生，最重要的就是要比一个"狠"字。像平哥等人这样已经形成势力的团伙，一个人吃了亏并没有什么，接下来只要众人蜂拥而上，在监舍这么小的空间内，任对方是三头六臂也招架不住。所以阿山和小顺一见这副架势，几乎是同时瞪圆了眼睛就要往上冲。

便在这时令他们万万想不到的事情却发生了。黑子一闪身拦在了三人中间，用近乎哀求的语气说道："别，先别动手。"

这一下变故太过突然，阿山和小顺都有些摸不着头脑。他们看看黑子，又看看杜明强，却见后者正往自己的上铺爬去，对身后发生的事情不闻不问，一副有恃无恐的样子。

"操。"小顺慢慢品出些滋味，他讥讽似的撇着嘴角，对黑子道，"你丫不是㞞了吧？"

"你他妈的才㞞了！"黑子陡然间又暴怒起来，他有些控制不住自己的情绪，竟当胸给了小顺一拳，小顺猝不及防，被他打了一个趔趄，险些摔倒。

"你打我干吗？"小顺也恼了，"你他妈的被人揍了，拿我撒什么气？"不过骂归骂，鉴于平日里的地位，小顺倒也不敢去向黑子还手。

阿山完全搞不清局势，有些茫然地站在原地，上也不是，不上也不是。正在这尴尬的时刻，监室里的对讲机忽然响了。

"424监室，干什么呢？别闹事！"管教的声音传了过来。

平哥一直在冷眼旁观，此刻他终于压低声音发了句话："闹什么闹，还没熄灯呢！"

这一句话提醒了众人。确实，灯还亮着，监舍里的一举一动都会被监控的管教看在眼里。所以一旦离开卫生间可就不太好动手了。阿山便转头又走向了里屋，小顺则讪笑着冲着对讲机的方向喊了句："报告管教，我们逗着玩呢。”

“精力过剩是不是？再闹明天你们队的劳动任务加倍！”管教在对讲机那头呵斥了一句，然后便关闭了电波。

小顺和黑子也各归各位，小顺一路走，一路揉着胸口被黑子拳击的部位，不满地瞥着对方，心想：就算是现在不方便动手，你也不至于给自己人一拳吧。

平哥也在看着黑子，脸色阴沉，目光像是带着锐刺一样。很显然，他对于后者刚才的表现很不满意。

黑子悻悻地咧开嘴，勉强挤出些笑容给自己辩解道：“妈的，一时大意了，着了那小子的阴招。”他说话的声音很轻，似乎自己也觉得这样的借口实在是拿不出手。

平哥撇撇嘴：“先坐下吧，一会儿再说。”声音冷冰冰的。

黑子黯然坐在自己的床位上。在这个监舍中，他的地位仅在平哥之下。即便是在整个监区，除了平哥之外，他也从来没服过谁。而且他脾气火爆，眼里容不得半点沙子，素来是有仇必得现报的角色。这次大家计划对杜明强动手，也是他先撺掇起来的。可谁能想到他会如此不堪一击，而且竟一点脾气也没有？

此刻不光平哥等人心存疑虑，最为诧异的却是杭文治。

因为所处的位置最接近事发地点，杭文治清楚地看到了杜明强和黑子冲突时的每一个细节。除了那两个当事人之外，只有他知道，黑子后来的表现绝不是顾忌到管教的监控，而是因为杜明强所说的一句话。

当时杜明强反拧着黑子的胳膊，黑子一边挣扎一边叫骂，而杜明强则把嘴唇凑到他的耳边，轻轻地说了句什么。

杭文治不可能听到那句话的内容，但他却从黑子的脸上见证到一种具有震撼效果的威力。当杜明强说完那句话之后，黑子的脸就像被电棍击中一样剧烈地抽搐着，同时他的叫骂声也像冰冻了一样戛然而止。他浑身的精力都被抽干了，身体软软地变成了一摊稀泥。随后杜明强只是轻轻地一脚就把他硕大的身躯从卫生间里踹了出来。

“滚吧。”当杜明强说出这两个字的时候，语气几乎就是在调戏一个幼稚园的孩童。而黑子竟然如此委顿，不要说反抗了，他甚至连愤怒的勇气也没有。

杭文治很想问问杜明强，他到底是凭借什么将不可一世的黑子如此轻松地击倒。但他又牢记着对方关照过的话：什么都不要做，什么都不要说。所以他只能静静地等待着，同时他有一种强烈的预感：一场好戏才刚刚开始！

此刻屋内谁也不说话，似乎每个人都有心事。唯独杜明强上床之后不久便又发出了轻微的鼾声，好像一辈子都睡不够似的。

时间在一种怪异的气氛中慢慢流逝，就如同暴雨前那种乌云压顶般的感觉，宁静却又令人窒息。

终于监区内的电铃声再次响起，又到了该熄灯就寝的时间了。平哥等人倒也正常去卫生间洗漱，只是这一次谁也没有洗脚换鞋。显然大家都知道，熄灯后还有一场剧烈的“活动”在等着他们。

小顺照例排在这帮人中的最后一个，等他洗完的时候监区内的灯也熄了。他便没有回自己的床位，而是径直走到了杭文治面前。

既然商议了要对杜明强动手，平哥等人自然也是做好计划的。正如杜明强分析的那样，白天生产过程中的栽赃只是“前奏”，作用就是为晚上将要发生的争端找一个理由，万一惊动管教了，也好有个说法。而晚上的大戏也是编排好的，首先仍然要在杭文治身上找茬，因为他们此前觉得杭文治更容易被激怒，而杜明强反倒赖兮兮的，有可能会让人无从发力。

虽然情况在杜明强和黑子冲突之后已经有所变化，但平哥等人并没有机会再去商讨新的策略，一切便仍然按照既定的方案进行。反正只要挑火了杭文治，杜明强肯定不会坐视不管的。

小顺乐得去当这个“先锋官”，他本来就是个好挑事的主。刚才黑子吃了个憋，反而更让他跃跃欲试——他平时也没少受黑子的气，或许今天倒是个借题翻身的机会。更何况他的身后还有阿山和平哥呢，大伙对付一个杜明强，难道还真能吃了亏？

带着这样的想法，小顺便直愣愣地对着杭文治说道：“哎，劳动模范，今天交给你一个任务，去把厕所刷了吧。”

杭文治仰面躺着，不理不睬。

“你他妈的还装哑巴？”小顺骂咧开了，“你信不信我把屎墩子揣你脸上！”

“为什么要他刷厕所？”上铺有人搭腔。不出所料，果然是杜明强跳了出来，他翻了个身，脸冲外躺着，一低头正好和小顺四目相对。

“他不刷也行，你来刷啊。”小顺按照事先设计好的台词应付过去。他们的目的就是要尽快把杜明强拖下水。

“为什么他不刷就是我刷，你们不能刷吗？”杜明强居然跟小顺对起问答来，他说话的语气极为认真，但杭文治怎么听怎么觉得他是在逗对方玩儿。

平哥等人事先的设计可没有这么详细，小顺一时想不出该怎么回复，面红耳赤地憋了一会儿后，这才抛出一句：“操，谁让你们俩睡得离厕所近呢。”

“你先前不是说屋里有臊味吗？把厕所刷刷干净，还不是你们两个靠得近的最享福？”平哥在里屋不冷不热地说道。或许是觉得小顺语言上斗不过杜明强，所以他便插进来施了个援手。

“哦，是这样。”杜明强闻言点了点头，很严肃的样子。然后他一伸胳膊，忽地从上铺跃了下来，一下子翻到了小顺的身后。

小顺吓了一跳，以为对方要突然动手，连忙向旁边闪开一步，做好了防备的姿势。

杜明强却只是笑嘻嘻地看着他说：“我这个人很懒啊，你让我刷厕所我肯定不愿意。不过我倒有个更简单的方法来解决这个问题。”

小顺料到对方没什么好话，干脆不搭他的茬了：“妈了个逼的，你废什么话，让你刷你就刷！”

这句脏话却是个暗号，屋子另一边，阿山倏地站起身，和小顺形成了夹击杜明强的阵势。按计划黑子此刻也要上前帮手，但他却磨磨叽叽地有些犹豫，直到平哥冰冷的目光逼视过来时，他这才勉强站起身，跟在了阿山的背后。

杜明强察觉到异状，他转过身看着阿山等人，笑道：“你们这么紧张干什么？我只是想和小顺换换床铺，这样刷厕所的问题不就解决了吗？”

监舍里的床铺分配是非常有讲究的，铺位的好坏直接标志着囚犯在监舍中的地位。杜明强提出要和小顺换床，便是赤裸裸地要打压对方的了，小顺立刻便一身暴喝：“我操你妈的，跟老子换床，你凭什么？！”同时趁着对方转身露出空当，他便甩开膀子一拳抡了出去。

阿山也毫不含糊，高高地飞起一脚，直接踢向杜明强的面门，这一脚踢得实实在在，立刻引起了一阵惨呼。

只可惜大声呼痛的那人不是杜明强，而是小顺。原来杜明强已经一闪身转到了小顺身后，同时他的右手臂勒住小顺的脖子一扯，把对方拉到自己身前，结结实实地当了一把挡箭牌。

“我操！”小顺几乎迸出了哭腔，“你们今天都他妈吃错药了？尽往我身上招呼！”

阿山尴尬地咽了口唾沫，也不说话，目光却变得更加凶狠。他攒足了劲，手脚并用地向着杜明强攻去。杜明强也不反击，只是把小顺拉来拉去便尽数化解了对方的攻势。小顺偌大的一个活人，现在完全成了一只纸偶似的，不仅毫无自由，还免不了又连挨了好几下夹心的拳脚，苦骂不迭。

这番滑稽的情形就发生在杭文治的眼前，后者有些忍俊不禁，但又强熬着不敢发出声响。

“行了，先住手！”平哥终于看不下去了，他喝止住了阿山，同时沉着脸从里屋的下铺上站了起来。

“平哥，这小子手硬得很啊，今天恐怕拿不下他，还得从长计议。”黑子凑到平哥身边，压着声音嘀咕道。

阿山刚才和杜明强周旋的时候黑子一直站在旁边按兵不动。这一切都被平哥看在眼里，现在听到黑子说这样的话，他心头无名火起，甩手就给了对方一个耳刮子，骂道：“计议你个狗蛋！”

黑子被抽了一个趔趄，脸上火辣辣地烧疼。但他又不敢发作，只能瑟缩在一旁看着平哥，愁容满面。

平哥不再搭理黑子，迈步向着外屋方向走去。一边走一边狞笑着对杜明强说道：“我早就看出你小子不简单，可真没想到你能有这样的身手。”

杜明强便也嬉笑着回复：“平哥过奖了。和弟兄几个玩一玩，应该还过得去。”

小顺看到平哥走过来，就像旧社会的贫农看到了解放军一样，痛苦的面庞上立刻浮现出期冀的神情，语气也壮了起来。

“你个王八蛋，赶紧把老子放开，别他妈的在平哥面前作死！”他扭动着身体挣扎喝骂，但杜明强只是用一只手攥住了他的左右手腕便已让他动弹不得了。

“你别担心，他不敢动你的。”平哥在距离两人三步开外的地方停下脚步，他似乎在对小顺说话，可目光却一直盯着杜明强，“他是个短刑犯，这样的人最不敢在监狱里惹事，他害怕加刑。”

杜明强倒也点头认可：“你说得不错，我不想惹事。”

“可我不一样。”平哥慢慢地眯起眼角，问对方道，“在这个监区里，每个犯人都怕我，你知道为什么吗？”

杜明强嬉笑的表情变成了苦笑，然后他回答说：“我知道，因为你从来不怕加刑。”

平哥点点头：“我现在是无期，要加也加不了了。我也不指望减刑，所以在这个监区里，不管是哪个犯人，我想打就打，想骂就骂，只要不搞出人命，最多就是吃个电棍，关个禁闭，妈的，今天我就豁出去了！”

杜明强轻叹一声，他很清楚对方说的的确是实情。事实上，不管在哪个监狱里，狱方管理犯人最重要的手段就是减刑的诱惑。各种良好的表现都有可能获得积分，而积分达到一定程度便能得到减刑的机会。与此同时，一次违纪就会导致以前辛苦攒下的积分化为乌有。正是在这样的制度下，犯人们不得不谨小慎微，因为他们的每一次冲动都会进一步拉大自己与自由之间的距离。

可平哥却由于某种特殊的原因不想离开监狱，所以减刑对他来说没有任何作用。张海峰的电棍虽然也有摄人的威力，但那终究只是一时之痛，对于平哥这样的悍徒咬咬牙还是能挺过去的。因此平哥在监区中受到的约束就比其他犯人少很多，这也正是他能在这个虎狼之地为霸一方的最重要的因素。

“既然你知道这些，那你凭什么跟我斗？”平哥见杜明强不吭声了，便恶狠狠地冷笑起来。笑了两声之后，他忽然一转身，向着不远处杭文治的床铺扑去。

平哥的动作迅猛无比，而杭文治又毫无提防，当后者意识到不妙时已经晚了，平哥像老鹰捉小鸡一样把他从床上拽了下来，并且凶恶地反拧住了他的右臂。

杭文治闷哼了一声，咬牙强忍住手肘处传来的疼痛感觉。

“阿山，你继续招呼吧。”却见平哥自己坐在了那张床铺上，胸有成竹地说道，“如果他再敢用小顺来挡招，我就当场把这小子的胳膊扭断！”

杜明强知道平哥说到做到，只好苦笑着摇摇头，一脚把小顺踢开。阿山眼看没了阻隔，便又蓄足力气扑向杜明强，两人缠斗在了一起。杜明强只是闪躲招架，并不还手，一方面他不想把事情闹大，另一方面，他也担心真的惹恼了平哥，后者对杭文治下了重手，那可就不好收拾了。

小顺被踢出战团之后，晃了几晃稳住了身形。一抬头，却看见黑子正站在一旁发愣，他便带着抱怨的口吻招呼道："看啥呢？大家一块儿上啊！"

黑子"嗯"了一声，脚下却不动弹。小顺可不等他，转身便向着杜明强冲了过去。后者用余光有所察觉，一侧身，带脚轻轻勾了一下，小顺便收不住势，一个跟头摔倒在监舍门口。

"真他妈的废物！"平哥对着小顺啐了一口，满脸的不屑。

小顺的自尊被深深地伤害到了，又羞又恼。他知道自己的身手和杜明强实在相差太远，情急之下也不起身了，直接向着杜明强的脚下滚了过去。后者便抬脚踢向他的胸口，小顺咬咬牙，忍着痛不躲不避，趁势抱住了杜明强的右脚，然后又将整个身体缠上去，想要将对方摔倒。

这样的打法已和街头无赖没什么差别。而监舍内空间狭小，杜明强倒也无从闪避，虽然他下盘扎得很稳，但脚下缠着大活人，步伐便迈不开了。这下要躲避阿山来势刚猛的拳脚就困难了许多。

"操，我倒看你三头六臂，还能挺多久。"平哥在一旁阴恻恻地笑着。杭文治在他的钳制下努力抬着头，同样也在关注着这场近在眼前的打斗。

却见阿山又是一个摆拳挥向杜明强的脑袋，后者已经被小顺缠在了墙角，在无从躲避的情况下双手一架，呈十字状夹住了阿山的右臂，然后他又翻动手腕，将对方的臂膀压在了自己身前。

阿山用力往回一夺，却挣脱不开。他干脆又攥起左拳，拼命一般抡上去，全然不顾自己胸口破绽大开。

杜明强双手一拉，借着对方抡拳的力量带着他转了半个圈，同时他忽然"嘿"地一笑，说道："方伟山，你忘了太平湖的命案吗？"

这句话带着一种神秘的力量，立刻将阿山的身体定在了原地。方伟山正是他的全名，自他入狱后便很少有人提及，现在却突然从杜明强的口中蹦了出来，令他禁不住心生茫然。而对方的后半句话更是让阿山极为骇异，他愕然半晌之后，这才忐忑反问道："你说什么？"

"一九九六年五月三日凌晨，你和潘大宝在太平湖边抢劫一个单身男子，结果遭到了对方反抗，你们恼怒之下就杀了这个男子，尸体被抛进了太平湖。”杜明强一边说，一边分出精力对付脚下兀自纠缠不休的小顺，直到将对方牢牢地踩在墙根之后，他才抬起头来对着阿山笑道，“这事不是我编的吧？”

阿山瞪大眼睛看着对方，一时间无言以对。他的这副表情显然是在印证着杜明强的言辞。屋内其他人便都露出了惊讶的神色，关注的焦点也随之转移过来。

“你小子身上还背着命案呢？”平哥喝问了一句。

阿山脑门上迸起几根青筋，踌躇了半晌之后，他才压着嗓门说道：“平哥，这事现在说不得！”

对阿山而言，这事当然说不得。他三年前因为连环抢劫案入狱，被判了二十年徒刑，虽然他身上背的一起命案并没有被警方挖掘出来，但此事却一直是他的心病。他在监狱中一直沉默寡言，也是有这个原因在里面。没想到此事却突然间被一个陌生人抛了出来，他心中的震惊确实非同小可。

“潘大宝把我咬出来了？”片刻的沉默之后，却听阿山颤着声音问道。

“他要是咬出了你，你还能活到现在？”杜明强看着阿山，“潘大宝已经死了，这件事情就只有我一个人知道。”

杜明强说的都是事实。阿山和潘大宝犯下的那起命案警方并未破获。而杜明强当年受训成为Eumenides的时候，曾经清理过一批警方的积案，其中就有太平湖命案。杜明强循线索找到了潘大宝，并从后者口中得到了另一个涉案者的名字：方伟山。他给潘大宝下了死亡通知单，而方伟山因为已经入狱，所以便逃过了他的私刑。

这个过程阿山自然无从得知，而他现在也并不关心这些。他只是咬着牙问杜明强：“那你……你想要怎样？”

“我本来倒是不想怎样。不过——”杜明强淡淡一笑，“如果有人整天要追着我打架，你说我会不会觉得很烦躁？”

阿山自然能听懂对方的言外之意。他颓然垂下了头，转身茫然地看着平哥。

“妈的，你小子敢当谍报？那就省得老子动手了，整个监区的人都会憋着劲废了你！”平哥冲着杜明强恶语威胁道。所谓“谍报”，就是把犯人间的秘密出卖给管教的角色，这样的人在囚犯中间是最遭痛恨的，会被视为囚犯群体中的“叛徒”。

杜明强当然也清楚其中的利害关系，他“呵”了一声道：“那案子的细节我一清二楚，要想当谍报的话还等到现在？一条人命案，嘿嘿，怎么也能捞到个重大立功表现吧？”

“不当谍报算你小子识相。”平哥冲阿山招招手，“你过来吧，这架你是打不了了。”

阿山撤到了平哥身旁，兀自有些心神不定。今天这事被杜明强捅了出来，整个监舍的人可全都听见了。以后不管从谁的嘴跑出点风声都有可能给自己带来无尽的麻烦。

见阿山退了下去，杜明强脸上的神色变得愈发轻松，他从墙角走出来，打着哈哈道：“打架本来就解决不了任何问题。我们应该坐下来谈谈，你们看，有些事情一谈不就清楚了吗？”

平哥阴着脸，现在他知道眼前的这个家伙不仅身手了得，心机竟也极深。略沉默片刻后，他冷冷地问道：“你还想谈些什么？”

“之前我就说过了啊——换床。”杜明强晃着脑袋说，“我和小顺换换，省得这卫生间没人打扫，总是一股的臊味。”

“你凭什么跟我换？”小顺从地上爬起来，一副不服气的样子，不过他又不敢上前找苦头吃，只好在言语上抢些先机，“我可是杀人进来的，你算老几？”

监狱中囚犯们的地位往往和他们的罪名密切相关，其中便属杀人犯最受人敬畏。小顺以前就喜欢把自己的罪名挂在嘴边，以此来弹压那些令他不爽的对头。这招如果搁在平时倒也好使，但此刻杜明强却丝毫不为所动，反而蔑笑着反问道：“你也杀过人？”

小顺扬起脖子：“废话，我不但杀过人，而且杀的是大喇叭，你打听打听，那可是城东道上鼎鼎大名的人物！”

“哦，你说的是‘九二七’恶性杀人案吧？”杜明强眯起眼睛，像是在回忆着什么，然后他又不紧不慢地说道，“那是在前年夏天，混迹城东多年的大喇叭在新安商厦的门口被人用东洋刀给劈死了。因为案发闹市，又是光天化日之下，所以引起了市民的极大震动。后来查明，原来是道上的另一个大哥想找大喇叭寻仇，就支使本市技校的一个学生混混去做这件事。没想到那个学生混混下手不知轻重，居然拿把东洋刀从身后直接劈断了大喇叭的脖子。更荒唐的是，他出发前还让自己的一个‘小弟’叫上了一大帮技校学生前往助阵围观。事情闹大之后，这个混混和支使他的道上大哥都被判了死刑，而帮他叫人的‘小弟’也受到牵连，以故意杀人罪被判处了十五年徒刑。听说这个‘小弟’在庭审现场涕泪交流，悔恨不已。他向法官哭诉，自己也是被混混同学欺压，不得已才去叫人的。看到大喇叭被砍死，他当场都尿了裤子。嘿嘿，没想到这段经历也值得吹嘘？”

在杜明强的话语声中，小顺的脸色变得极为难看，高昂的头颅也不得不瑟缩起来。他进监狱之后时常以“砍死”大喇叭作为炫耀的资本，但其中的细节却从没向任何人描述过。现在被杜明强揭开了老底，那些“资本”就只能沦为无聊的笑料了。

“妈的，我就说了，就你那屃样能杀得了大喇叭？”平哥冲小顺撇了撇嘴，厌恶地说道，“你这点出息还真是不配睡里床的，你就换到外铺去吧。”

小顺苦着脸不敢反驳，他还能说什么？只要杜明强不把自己的这段“光荣史”在监舍外宣传，他就谢天谢地了，哪还能再和对方争什么床铺？

“嗯。”杜明强点点头，看起来对平哥的这个安排非常满意，然后他又说道，“我换了铺，我的朋友可不能留在外屋受罪。这样吧，就让他和黑子换换。黑子，你没意见吧？”

自从晚上冲突发生之后，黑子就一直在里屋待着，像是不想牵连其中。现在杜明强专门点了他的名，他想装聋作哑也不行了。于是他只好往外屋方向走上几步，笑着说：“不就是个床位吗？有什么的，里屋外屋还不都是一样睡觉。”

平哥看看杜明强，又斜眼瞥着黑子，忽然骂道：“妈的，你小子是不是也有把柄捏在人家手里？”

黑子神情尴尬，承认也不是，辩白也不是。

“自己说，怎么回事？！”平哥瞪起了眼睛，“别他妈的还等别人给你抖出来！”

黑子平日里虽然跋扈，但对平哥的话从来不敢不听。现在见平哥动了怒，自己也思忖：到这个地步肯定想瞒也瞒不住了，只好如实说道：“平哥，是我点了马三……您知道我犯的事儿，不把马三点出来的话，我肯定是没命了……"

黑子是贩毒进来的，判了个死缓，后来又改成无期。马三是以前和他一起混的兄弟，比他犯事早，后来一直在外面逃亡。此期间黑子便主动帮助照料马三年迈的父母，这一点让后者颇为感动。后来马三被警察抓住判了死刑，行刑前羁押在四监区，没少夸黑子的好。平哥也是因此觉得黑子仁义，所以在号子里才格外抬着黑子。现在一听黑子说是他点了马三，平哥是又诧异又上火，他没好气地追问道："你不是帮马三照顾爹娘吗？把他点了是怎么个说的？！"

黑子咧着一张苦脸，小心翼翼地回答说："我在马三家装了监听，他家老爷子用的手机卡也是我悄悄给办的，所以马三和家里的联络我都能查到。后来我的事犯了，为了保条命，我就把马三的行踪给点了。"

"我操你妈的。"平哥怒不可遏地骂起来，"黑子黑子，你小子果然够黑啊！你是早就留了一手要坏马三吧？妈的，老子真是瞎了眼，居然高看你这样的东西！滚！上厕所门口给我跪着去，今天晚上别沾床了！"

黑子自知理亏，也不敢犟嘴，老老实实地跑到厕所门口跪着去了。就连小顺都忍不住蔑视了他一眼，心中暗道："操，谍报，还出卖朋友！"

平哥这时又把目光转回到杜明强身上，不咸不淡地说道："行啊，你小子知道的事情还真不少。"

杜明强嘿嘿一笑："我是一个记者嘛，记者就是打探各种秘密的人，要不是玩过了火，我也不会待在这个牢房里。"

他这几句话半真半假。的确，他入狱的原因之一就是犯了非法获取国家秘密罪，但他对黑子等人底细的了解却和"记者"身份毫无关系。那是因为他在接受杀手培训的时候，曾花费大量时间钻研过省城所有的大案和重刑犯人。这种钻研既是为他的惩罚寻找猎物，同时也是为了应付日后可能会经历到的囚徒生涯。

平哥也懒得纠缠这些背后的关节。他的嘴角浮起一丝冷笑，问杜明强："那关于我的情况，你肯定也打探到不少吧？"

杜明强和平哥对视着，侃侃而言："你的真名叫沈建平，今年四十三岁。在二十多岁的时候，你已经是省城道上屈指可数的几位大哥之一。不过十一年前你却遭遇了人生的滑铁卢，因为你败给了一个更加厉害的对头。那个对头开始追杀你，你几乎无路可逃，最后只好向警方自首，借以躲进重刑犯监区。你知道这里是全省戒备最为森严的地方，即使是那个神通广大的对头也不可能在这里杀了你。从此你就在监区称霸一方，为所欲为，不但不追求减刑，反而数次加刑直到无期。这并不是因为你不渴望自由，只是你不敢再离开这个监狱罢了。你在高墙内的嚣张其实正反射着你对某个人极端恐惧的情绪。”

平哥默然听完了这段讲述，然后他点点头，很平静地说道：“你说的很对，我是害怕那个人，不过这并不是什么丢人的事情。事实上，敢于和那个人作对已经是我此生值得自豪的事情了。我只是想问你，我还有没有什么见不得人的、可以被你要挟的把柄攥在你手里？”

杜明强撇着嘴，摇头道：“没有。”

“那就好。”平哥的语气变得森然可怖，“今天你踩了我的三个弟兄，不管他们以前怎样，我终究是他们的大哥。所以这份场子我必须得找回来。现在你拿住了我这三个弟兄的软肋，我就要了你朋友的一条胳膊，这笔交易勉强还过得去吧？”

说话间，平哥的手腕发力，将杭文治的右臂扭过来。杭文治闷哼一声，额头上开始渗出豆大的汗珠。

“等一等！”杜明强做出伸手阻拦的姿势。

平哥冷眼看着他：“你还有话说？”

“如果你伤了他，你一定会后悔的。”杜明强正色说道，“因为我还给你带来了一条消息，一条足以改变你生存状态的消息。”

平哥皱起了眉头，他相信对方并不是在虚张声势。于是他便略略松开杭文治的手臂，追问道：“什么消息？”

杜明强向上凑前一步，他紧盯着平哥的眼睛，一字一句地说道：“你惧怕的那个对头，他已经死了！”

“死了？”平哥一下子瞪圆了眼睛，“怎么死的？”

“被人杀了。”杜明强回答说，“现在可以把我朋友放开了吧？”

平哥脸上兴奋的神色却转瞬即逝，他不但没有放手，反而又加了把劲，同时摇着头冷笑着说道：“你骗我，不可能有人杀得了他！”

杜明强耸耸肩膀，有些无奈于平哥固执的态度。略想了想后，他用手一指杭文治：“你可以问问他。”

平哥揪着杭文治的衣领把他翻过来，双眼死死地盯着对方，酝酿出一种森严的威吓气氛，然后才开口问道："你知道邓玉龙吗？"

杭文治愣了一下，有些茫然："邓玉龙？"

"就是邓骅，邓市长！"杜明强在旁边补充了一句。而随着他报出这个名号，监舍里的其他人也各自露出愕然的神色，因为这名号对他们来说实在是过于响亮了。

"邓骅我知道。"杭文治这时也连忙回答说，"他确实是死了！"

平哥关注着杭文治说话时的眼色表情，他相信对方没有说谎。他的手开始微微地颤抖起来，心中某种激动的情绪已然压抑不住。他深吸一口气控制了一下，然后又继续追问："他是怎么死的？你说给我听听！敢瞎编的话，我就把你的舌头拽下来！"

"有一个网络杀手给他下了死亡通知单，然后在机场候机大厅里把他给杀了。"杭文治如实说道，看平哥似乎意犹未尽，他又补充了一句，"再详细的情况，我就不清楚了。"

"网络杀手？"平哥对这个词不太理解，他又抬起头，想从杜明强那里得到更多的答案，"他是给谁做事的？"

杜明强沉默了片刻，回答说："他不为任何人做事，他独来独往，专杀那些犯了罪却没有得到惩罚的人。"

平哥松开杭文治，陷入沉思的状态，片刻后他慨然摇了摇头，叹道："外面的世界变化很大啊……"

杭文治终于摆脱了束缚，他揉着肿胀的手腕，用一种异样的目光看着杜明强。昨天他们在一起聊天的时候，后者还显得对Eumenides一无所知，而他此刻却又无所不知，这种截然相反的表现中隐藏着什么呢。

杜明强读懂了对方无声的询问，他只是淡淡地笑了笑，却什么也没有说。

那边平哥独自感慨了一会儿，又开始抛出新的问题："那是什么时候的事情？"

"去年深秋。"

"妈的。"平哥低声抱怨了一句，"好几个月了，高老二也不给我捎个信进来。"

杜明强"嘿"地一笑："邓骅死了，现在正是高德森独霸省城的好机会，他告诉你干什么？十年了，你还真以为他还能拿你当大哥？"

平哥沉着脸不说话，心中却很明白这个道理：不错，此刻相比起来，他以前的那些“小弟”们可能更希望自己永远待在大牢里不要出来吧。

十年了，他确实已经和外界脱离得太久，好多事情都不会再像他记忆中的那样了。

这一番思绪上来，平哥已无暇顾及发生在监舍中的这场争斗。他默然站起身向着里屋方向走去。不过他并没有上床休息，而是站在墙根前抬头看着脑袋顶上的那扇气窗。淡淡的月色正从窗口洒进来，和十年来数千个夜晚并无不同之处。可是在平哥的眼中，今晚的月色却透出了一丝令人既兴奋又感伤的别样光辉。

第四章 阿华的反击

省城公安局。

刑警队长罗飞一大早就来到了局长办公室，和一个五十来岁的男子相对而坐，那男子个头不高，外形上已留下明显的岁月痕迹：身材发福，脑门也有谢顶。不过他的双目中仍然蕴藏着一种无法磨灭的精神，威严而又充满了斗志。

这个气质不凡的男子正是省城公安局的局长宋振东，也是罗飞的直属上司。他正在和罗飞讨论着什么，从桌上堆放着的案卷资料和两人脸上的严肃表情来看，他们的话题显然与一起重大的案件有关。

大约在十天之前，罗飞领导的刑警队得到一条匿名举报信息，说有一个外号叫作“热狗”的毒贩控制着城北地区K粉和摇头丸等新型毒品的分销。罗飞便安排技术人员对“热狗”进行全天候的监控，而这监控不久之后便有了令人振奋的结果：一个南方口音的男子联系上了“热狗”，说是有一批好货刚刚入境，希望能从“热狗”手上获得省城的销售渠道。这个人虽然是第一次和“热狗”联系，但口气非常大，看起来在行内的背景很深。罗飞意识到案件的重要性，便组织起最精干的力量投入其中。

南方人和“热狗”联络了几次之后，双方约定于三月二十六日上午在凯旋门大酒店进行交易，现场验货，现金结算。罗飞亦提前做好周密部署，亲自埋伏在交易地点旁边的客房中。

到了交易日，“热狗”和南方男子先后来到凯旋门大酒店。南方人带着三个人高马大的随从，每个随从手里都提着一只高档密码箱。根据监听得到的情报，大量的毒品就藏匿在其中的某只密码箱中。

毒贩也展现出很强的反侦察意识。进了酒店之后，只有南方人自己如约来到了交易房间。他的三个随从则各自提着一个密码箱分散开来，在整个酒店内来回闲逛。而这三人彼此间形成掩护的态势，警方的便衣没办法跟得太紧，只好先撤出来控制住酒店的相关出入口，形成瓮中捉鳖的局势。

南方人在交易房间内见到了“热狗”，他随即拿出样品供对方验货。“热狗”对货源的品质非常满意，接着两人就准备离开酒店，让各自的小弟留下来正式完成货款间的交易。

罗飞知道这正是毒贩的狡猾之处：他们事先离开现场，这样交易时即使被警方截获，他们也仍有逃脱的机会。而罗飞当然不会允许这种情况发生，基于外围已布置好天罗地网，罗飞果断下达了出击的命令。

抓捕过程非常顺利。罗飞带人冲入交易房间，南方人和“热狗”双双束手就擒。而由助手尹剑指挥的外围力量也将游离在酒店各个角落的诸“小弟”统统拿下。但众人也遭遇到一个小小的挫折：在所有的三只密码箱中都没有找到等待交易的毒品。很显然，南方人的三个随从已经趁着在酒店内游荡的机会将毒品藏了起来。

交易房间里的样品已经被“热狗”倾入抽水马桶里冲走，所以必须找到其他的毒品才能证明双方的贩毒行为。罗飞对这个问题并不是很担心，因为根据监听信息，毒品肯定被带到了酒店之内，既然在抓捕过程中没有嫌疑人离开酒店，那找到毒品只不过是时间的问题。

于是罗飞便组织警力将凯旋门大酒店围了个水泄不通，一边清理所有无关人员离场，一边展开了细致的搜索工作。在这个过程中，他与阿华不期而遇，这才知道凯旋门大酒店原来是属于邓氏家族的产业。

当时罗飞并没有闲心和阿华产生纠葛，他只想尽快找到消失的毒品，好给这起贩毒大案画上一个完美的句号。然而事与愿违，整整一天的搜索却毫无结果，预期中的毒品神秘地不知所踪了。

因为凯旋门大酒店实在太大，要想把整个酒店滴水不漏地翻一遍将会是一场非常浩大的工程。罗飞便思忖着转移突破口，通过审讯的方法从疑犯口中获得有价值的信息。

麻烦又出现了，所有的嫌疑人都像事先约定好了一样，不管警方如何询问，他们全都一语不发。这种态度令警方的审讯人员最为头疼，因为这实际上形成了一种尴尬的僵局，要想打破僵局，警方必须首先展示出过硬的证据来。

听完罗飞的汇报之后，宋局长凝眉沉思了片刻，问道："现在搜索工作还在继续吗？"

罗飞点点头："我们不可能停下来的——除非找到那些毒品。"

"还有一个月的时间，"宋局长眯起眼睛，"找到应该不成问题吧？"

罗飞明白领导的意思。对这样涉嫌贩毒的大案，公安机关可以对犯罪嫌疑人实施最长时间为一个月的刑事拘留，在这一个月的时间内必须完成初步的侦查，然后向人民检察院呈报资料、提请批捕。如果到时候还没找到毒品，那么公安机关的报捕材料就缺少了最基本的立足点，肯定无法得到检察院的批准。既然逮捕不了，那一个月拘留期满之后就只能放人了。

按理说凯旋门大酒店再大，一个月的搜查时间对警方来说还是很充裕的，找到毒品应该是不成问题。不过罗飞此刻的神色却不像宋局长那么乐观，他右手握起虚拳，用拇指肚和食指的第二个关节轻轻捏摩着自己的下巴，同时话里有话地回答道："时间倒是足够，我只是担心这件事会另有玄机。"

"哦？"宋局长的目光闪了一下，"你已经有什么新发现了？"

既然话题已经点出来，罗飞也就不卖关子，直言道："昨天晚上我们对那几个家伙突击审讯了一夜，有些情况比较反常。"

宋局长的身体往前探了探，表现出关注的态度，而罗飞则继续说道："每个犯罪嫌疑人都是被分开审讯的，其间我们运用了一些心理攻势，比如告诉嫌疑人说：毒品已经找到了，证据确凿，现在最先开口的人可以作为立功表现记录在案。可那些家伙居然全都无动于衷，好像这件事情根本和他们无关一样。"

"那确实是有问题啊。"宋局长沉吟着说道。警方在审讯的时候通常会利用博弈论中的囚徒困境理论对拒不开口的嫌疑人各个击破，而这种手法也可谓屡试不爽。按理说毒品既然就在酒店里，这帮嫌疑人应该知道，毒品被找出来是早晚的事情，瞒肯定是瞒不过的。这个时候只要警方略加引诱，他们应该争先恐后地争取立功表现才对，像这样集体性的以沉默来对抗审讯实在是解释不通。

“你是怎么想的？”宋局长很快又询问罗飞。他知道对方既然主动来找自己，那应该心里多少是有点谱了。

罗飞用手指轻缓地敲击着桌面，凝目道：“酒店里恐怕根本就没有毒品，所以这帮家伙才会如此有恃无恐。”

“你的意思是，毒品被藏在了别的地方，并没有带到酒店里去？”

“也不是……我们一直监控着双方的交易过程，他们说得很明白，就在酒店里交易，一手交钱，一手交货。”

“那你是什么意思？”宋局长有些糊涂了。

“如果毒品不在酒店里的话，那说明他们此前商讨的细节全都是假的，是一场彻头彻尾的骗局。”

宋局长愣了一下，露出愈发莫名其妙的苦笑：“他们在搞什么？”

“确实很难理解，”罗飞抬头看着自己的领导，忽然间话锋一转，“不过后来我想起在案发现场看到的一个人，于是我有了一些新的猜测。”

“什么人？”

“阿华。”罗飞报出那个名字之后，进一步解释道，“凯旋门大酒店是挂在邓骅妻子名下的产业，而酒店实际的管理者正是阿华。”

宋局长“哦”了一声，开始品味这个名字背后隐藏的玄机。而罗飞只是略顿了顿，紧接着又抛出一连串有趣的事情来：“据我了解，在案发的那几天，龙宇集团正在接受经侦部门的审查，而阿华管理的一座高档酒楼也遭到了不明人士的骚扰，再加上凯旋门大酒店涉及毒案被封闭搜查，邓骅遗留下来的产业似乎正遭受到一连串的冲击，这些冲击令阿华狼狈不堪。”

“龙宇集团……”宋局长回视着罗飞，透出一种欲言又止的语气，不过最终他还是决定把一些事情告诉对方，“经侦部门的行动是我部署的，事实上警方对于邓骅的监控从几年前就开始了。这些年来我们早已积累了龙宇集团涉足各种经济犯罪的证据……”

罗飞“嗯”了一声，虽然没有说什么，但目光中却传递出明显的困惑：既然已监控了好几年，证据充足，为何会等到现在才动手？

宋局长知道罗飞在想什么：“邓骅的案子很复杂，牵涉到的东西太多。所以如果邓骅没有死的话，恐怕警方也很难对龙宇集团下手……这一点你应该能理解。"

罗飞在心中默然轻叹，在这个现实社会中确实还有很多事情无法在他认同的规律下运行……从这一点上来说，警方是否应该感谢Eumenides？如果不是他设计杀死了邓骅，警方对龙宇集团的行动还要拖多久呢？

罗飞控制了一下自己的思路没有深想下去，毕竟他现在要面对的完全是另外一桩案件，而Eumenides也已经被他亲手送进了重刑犯监区。

"不过你说到邓骅的产业遭受到其他势力的冲击，这个情况我就不太了解了。"此刻宋局长又看着罗飞问道，"你是觉得这里头会有什么联系吗？"

罗飞点头道："很可能是有人想趁着警方对龙宇集团采取行动，借机将邓骅在省城的残余势力压垮。"

宋局长略一沉吟，顺着罗飞的思路捋下去："照你这么说，这起贩毒案也根本就是子虚乌有，只是有人故意要给阿华捣乱？"

"以我十多年的刑警生涯来判断，只有这么解释才是最合理的。"罗飞很认真地说道，"因为这帮人的目的似乎就是要让警方一直在凯旋门大酒店搜查下去，即使找不到任何东西也不敢轻易放弃。而对于凯旋门这种规模的企业来说，停业封闭一个月已足以给他们带来震荡性的冲击。"

宋局长翻起眼睛盯着天花板看了一会儿，然后收回目光："如果真是这样的话，一定有人在背后遥控了……这个家伙是谁？"

"我还没抽出时间细查……不过要查的话应该不难，"罗飞很有把握地说道，"那肯定是个想在省城取代邓骅地位的家伙。"

"嗯。"宋局长把十根胖乎乎的手指揉在一起搓了搓，又问罗飞，"你接下来准备怎么办？"

"我想把这几件事放在一块儿盯一盯，把幕后的那个人找出来，因为这些事如果继续发展下去，可能会出问题。"

宋局长的目光敏感地跳了一下。

"我了解阿华，"罗飞解释道，"别人惹上门来，他是绝对不会善罢甘休的。如果警方不及时介入的话，恐怕会出恶性的刑事案件。"

宋局长用手指了指罗飞："你已经有计划了吧？说说你具体的想法。"

"我想停止在凯旋门的搜查工作，因为那里的行动实在是占用了太多的警力。然后我把抓到的那几个人放掉，但是暗中派人盯着他们，如果顺利的话，我很快就能知道谁是这些事件的幕后策划者。”

“你的目的呢？最终你想达到怎样的效果？”

“至少可以掌控两个团伙间可能会发生的火并……更进一步，或许能够在行动中挖出可以制裁阿华的线索。”罗飞慢慢地凝起眼睛，燃烧起充满了求战欲望的火焰。他知道阿华身上至少背负着林恒干和蒙方亮两条人命，但因为韩灏在最后关头主动求死，警方失去了指控阿华最关键的证人，而韩灏留下的录音证据又被Eumenides半路截走，这使得罗飞只能眼睁睁地看着阿华逍遥法外，这对他来说无疑是一种难以忍受的痛苦煎熬。

宋局长能够理解罗飞的心情，但他却不得不给对方泼上一盆冷水：“对凯旋门大酒店的搜查暂时不能停止，因为我们并没有切实的证据证明这只是一场骗局。无论如何，你们都要把酒店彻底地搜查一遍，任何角落都不能放过。毕竟这是一起贩毒案，是出不得任何差错的。”

罗飞略显出些无奈的神色，但他也只能领命道：“明白。”

“当然，你之前的想法我也不会忽视的。”宋局长又用宽慰的口吻对罗飞说道，“对于有可能发生的恶势力争斗，我会布置治安大队的同志进行处理，你只管放心好了。”

罗飞点头表示认可。防止寻衅滋事，维护社会秩序，本来就是属于治安大队的工作职责，在尚未发生刑事案件的时候自己倒也确实不便插手。不过还有一个很关键的问题，他觉得必须向宋局长点明一下。

“在查那个幕后黑手的时候，可能需要谨慎一点，尤其是警局内部的保密工作。”

宋局长立刻警惕地皱起了眉头：“你觉得我们内部有问题？”

罗飞略带着担忧的神色说道：“那家伙的行动是经过精心策划的，并不是一两天心血来潮的结果。而他的行动时间正好和经侦部门对龙宇集团动手的时间契合，我担心这并不是什么偶然……”

“我明白你的意思。”宋局长的脸色也愈发凝重，良久之后才道，“我会关注这件事情。你先下去吧，做好你自己的工作。”

“是！”罗飞郑重地敬了一个礼，起身离去。

阿华从睡梦中睁开眼睛的时候天色已经大亮。他听到一阵轻微的噼噼扑扑的声音，同时有一股香味飘来，令人饥肠辘辘。他便起身向着这一切的来源之所——厨房走去。

到了厨房门口，却见明明正在炉灶前忙得不亦乐乎。她拿着一个木头铲子翻动着平底锅中的两个煎鸡蛋。

“你也醒啦？”感觉到阿华的到来，明明忙里偷闲地转头打了个招呼。

“你在干什么？”阿华显得有些茫然，在他的一生中还从来没有感受过这样的场景。

“做早餐啊。”明明伸左手往身后指了指，“柜子里头有牛奶，你自己拿着喝吧。”

阿华难以理解地皱着眉头，又问：“哪来的牛奶和鸡蛋？”

“当然是我买的啊。”明明转头瞥了阿华一眼，很奇怪对方怎么会有这么多愚蠢的问题。

阿华摇摇头，离开了厨房。他把客厅里的窗帘拉开，站在窗后向屋外看去。这里是整幢大楼的最高层，所以阿华的目光可以看得很远，他喜欢这样的感觉。

很多事情必须要去解决，而居高临下地眺望这座城市时，他便有一种掌控全局的优越感，这使得他无论在怎样的压力和困境中都能爆发出最顽强的战斗力来。

随着一阵踢踢踏踏的脚步声，明明也走出了厨房，她端着牛奶和鸡蛋招呼阿华：“来吃早饭吧，尝尝我的手艺。”

阿华的思路被打断了，他也觉得自己需要些食物来补充一下空荡荡的肚子，于是便走到餐桌前坐好。

“快吃吧。”明明把煎好的鸡蛋推到阿华面前，同时脸上闪过一丝忐忑的表情，“哎呀，好久没做过了，也不知道好不好吃。”

阿华夹起一只鸡蛋囫囵吞进嘴里，嚼了三两下就咽下了肚子——味道倒还不错。

明明看着阿华狼吞虎咽的样子，嘴角浅浅地笑了起来。

“你怎么会做这些事情？”阿华忽然问道。

明明歪了歪脑袋反问：“哪些事？”

“做饭、洗衣服、收拾房间……”

“这些都是女孩应该会做的呀。”

“我以为你们这些女孩会不一样，你们应该不喜欢做家务，是那种……”阿华说了一半停住了，似乎不知该怎样用词才比较妥当。

“好吃懒做是吗？”明明帮对方把话接了下去。

阿华不置可否，抓起一盒牛奶，自顾自地打开喝起来。

“你有这种想法并不奇怪……”明明叹了口气说道，“可是我并不是你想的那种女孩，我做这一行是迫不得已的，我有一个弟弟……”

“别说了。”阿华摇手打断了对方，“我知道你们每个人都能讲出好几个令人痛心的故事。”

明明郁闷地咬着嘴唇：“别的女孩都是编出来的，可我的故事是真的。”

阿华无所谓地摇摇头：“真的假的对我来说都没有意义，因为根本不在乎这些。”说话间他的目光忽然直愣愣停在了明明的胸前。

明明一窘：“你干什么？”垂下头来看时才知道是自己想歪了。她仍然穿着阿华的衬衫，现在胸口处多了一块大大的油渍。

“不好意思……”女孩歉意地抓着头发，“家里没找到围裙……”

阿华无奈地苦笑着：“这件衬衫一千多块，现在被你拿来当工作服。”

“我的衣服都在酒店宿舍里呢。”明明嘟着嘴为自己辩解道。

阿华盯着明明看了一会儿，他的眼睛慢慢地眯了起来，脑子里不知在想些什么。

“怎么了？”明明被看得浑身不自在，而对方的目光里似乎闪动着一些寒光，更是让女孩心中发毛。

“没什么。”阿华的思绪收了回来，淡淡说道，“一会儿我带你上街，给你买两身衣服。”

明明露出欣喜的表情：“真的？”

阿华点点头，又道：“不过你得帮我做几件事情。”

明明满口答应：“没问题。”

阿华挑起眉毛：“你不问问是什么事情？”

“那有什么好问的。”明明撇嘴一笑，“你让我做什么我就做什么。”

阿华半开玩笑般说道：“如果我让你杀人放火呢？”

明明只是略微一愣，马上又说：“那我也去。”

这下轮到阿华愣住了："为什么？"

"所有的人都说，华哥最是恩怨分明的人物。所以如果能帮到华哥，不管什么事情，我都愿意去做。"明明微笑着说道，"我想成为你的朋友，因为华哥从来不会亏待朋友。"

阿华便也露出了笑容——那是很少在他脸上出现的真诚而又善意的笑容。

与此同时，在这座城市的另外一个角落里，某个年轻的男子也刚刚醒来，他睡眼惺忪，神色慵懒，似乎尚未完全摆脱宿醉的酣意。

与阿华的高档公寓楼相比，男子居住的地方要寒碜了很多。这是胡同里的一间低矮平房，潮湿而且简陋，空气中则弥漫着一种消散不去的霉味。

不过男子对这种窘迫的处境却不以为意。他并不是一个贪图眼前享受的人，他要凭借自己的血汗去打拼出一片属于个人的天地。

他对自己很有信心，而且他觉得在眼前已经展开了一条充满诱惑的辉煌大道。

三年前他和一帮同乡来到这座城市的时候，没人认识他，更没人看得起他。他甚至没有一个能让人记得住的名字，只因在同乡之间年龄排行第五，所以后来大家便简称他为"老五"。

他当时为这样的状况感到深深的羞耻，他发誓要闯出自己的名号。三年过后他做到了，当很多人再次提到"老五"这两个字的时候，敬畏已经取代了曾经的蔑然态度。

大家都知道，老五是个狠角色。他不怕死，他敢和任何人拼命。

于是有人开始来找老五办事，从最初装场面、打群架之类的小活儿，到后来帮人讨债、看场子，老五的名头越闯越大。终于在一周之前，一个真正的大人物找到了他。

高德森，高老板——道上的兄弟对这个名字早已如雷贯耳。这个大人物专门摆下一桌酒席宴请老五和他的兄弟们。席上高老板不仅端出了好酒好菜，更重要的是，他还摆明了一个机会。

这是一个令老五思来热血沸腾的机会。如果把握住这个机会，他的人生或许将拉开崭新的篇章。

"你知道吗？在十多年前我也没有名字，大家都叫我'高老二'。可现在他们改口叫我高老板。老五兄弟，你如果跟着我，不用五年，这省城就是我们的天下。到时候你就不是老五了，所有的人看见你都得叫一声‘五哥’。”酒至半酣的时候，高德森拍着老五的肩膀说道。

老五便把自己面前满杯白酒一饮而尽，然后他只说了一个字：“好！”

在很多时候，越简洁的言辞越体现出坚定的决心。老五已经完全沉醉于高德森为他呈现出的美好前景中，同时他相信自己也绝不会令对方失望。

当然他也很清楚，出现在他面前的将会是一个怎样可怕的对手。

自老五到省城以来，他还从来没听说过有谁敢和华哥作对。不过越是以前没人敢做的事情，真做起来岂不是越畅快？

而且这个世界上又有谁是绝对碰不得的？就算是阿华的老板邓骅，最终不也毙命在如日中天之时？

旧的势力倒下去，也就意味着有新的势力要站出来。如果错过了这个机会，老五自己都无法原谅自己。

况且阿华再厉害，他也只有一条命而已。从这一点上来说，老五觉得自己更具优势。因为他至今仍住在低矮的贫民区里，孑然一人。所以他没有任何牵挂。

老五不怕死，他随时都可以把自己的这条命拼出去。他相信阿华是无法做到这一点的。所以他便在这场争斗中捏住了一张令对方无法招架的底牌。

当老五走进梦乡楼的时候，他已经揣好那张底牌，做出了最坏的打算。所以他一点也不畏惧。即使当大名鼎鼎的阿华真的出现在他面前，他也能面不改色地喝着自己的啤酒，而对阿华送过来的白酒视而不见。

老五知道，在江湖上闯荡有些原则是不能触碰的。他已经喝了高德森的酒，如果他再喝下阿华的酒，那两种美酒就会冲撞成致命的毒药。这毒药即使不会燃尽他的躯体，也会腐蚀掉他在道上的名声。而一旦失去了名声，他便只能再次回归为遭人蔑视的角色。

所以老五便用冷冷的目光迎视着阿华，明确地传达出无法动摇的敌意。

阿华自罚了一杯酒，然后悄然退下。

这件事被在场所有的弟兄看在眼里，并且在短短半天的时间内便传遍了省城。人们议论纷纷：一个叫作“老五”的年轻人拒绝了华哥的敬酒，难道省城江湖真的到了改朝换代的时刻？

晚上老五离开梦乡楼的时候，早已有些消息灵通的朋友在等着他。他们簇拥着老五，一定要请他痛快地喝一顿。后者也没有推辞，他觉得自己现在配得上这样的待遇。

老五喝得大醉，他甚至不记得自己是怎么回到这间小屋的。也许是被那帮朋友送回来的？这里的环境确实有些丢人，不过有什么关系呢？属于自己的辉煌时代已经在拉开序幕了。

上午醒来之后，老五没有立即起床。他懒懒地躺着，透过窗户欣赏着户外灿烂的阳光。同时他开始盘算该去哪里先填一填肚子，因为一会儿又得对着一盘土豆丝耗上一整天呢。

正思忖间，屋外忽然传来了敲门的声音。

“谁啊？”老五闷声闷气地问了句，同时警惕地皱起了眉头。他这个地方一般是不会有客人到访的。

“送外卖的。”敲门的人在屋外答道，“有个朋友给您订好了早餐，让我们送过来。”

老五松开眉头，嘴角露出一丝笑意，暗想：肯定是昨晚请客的朋友吧，他们的心思倒是挺周到呢。于是他应了句：“稍等啊。”然后起身简单地套了条裤子，赤膊着往门口走去。

刚刚开春不久，余寒犹存。但老五习惯光着膀子。他喜欢展示自己强健的肌肉以及胳膊上文着的那株苍劲的青松。

屋门打开之后，老五看见门口站着一个服务生打扮的小伙子。那小伙子看到老五，立刻把一个纸制的快餐袋递送过来。

老五伸手接过，同时漫不经心地问了句：“是什么？”

“是您最爱吃的。”小伙子笑嘻嘻地，言辞间还带着些许神秘。

老五看轮廓原以为是汉堡之类的东西，可接到手里感觉硬硬的又不太像。他也懒得猜了，直接把袋子里的东西倒了出来。却见那东西圆圆的如拳头般大小，却是一只灰不溜秋的土豆，表皮上还沾着泥巴，就像刚从地里挖出来的一样。

老五的脸色顿时沉了下来。“谁让你送的？”他瞪着眼睛问道。

“你不是最爱吃土豆吗？现在给你送到家里来，你怎么还不高兴了？”伴随着这句戏亵的话语，又有一个年轻人从屋门外的墙角里闪了出来，这人皮肤白白的，看起来很文静，只是一双眼睛黑溜溜，又显得鬼灵得很。

老五一打眼就觉得这人面熟，略一回想认出对方正是梦乡楼的酒店经理马亮。他的心先是一紧，随即便又沉住气，皮笑肉不笑地说道："我是喜欢吃土豆，不过得到梦乡楼找个座，就着啤酒慢慢吃。"

"妈的，废什么话！"马亮突然间变了脸色，暴喝一声道，"小冰，喂丫的！"

小冰正是那个服务生打扮的小伙子，他得到马亮的命令后，立刻便挥拳抡向老五的面门，而此刻他的笑容尚且还挂在脸上未曾散去。

老五已经有所提防，他略一侧身，伸出左臂格了一下，同时抬脚去踢小冰的下盘。小冰不但不躲，反而又向上抢了一步，硬拼着吃了老五一脚，趁势和对方纠缠在一起，成了近身角力的局势。老五虽然体格上更健壮一些，但是在狭小的门廊下一时也占不到太大的便宜。

而这正是小冰追求的效果，因为在他旁边还有一个马亮呢。见小冰和老五纠缠不清，马亮毫不含糊，上去对着老五的肋部就是一拳。老五一声闷哼，被这一拳打得几乎窒息。他的身体不受控制地蜷缩起来，手上的力道也失去了。

小冰把老五推到屋里，马亮也跟进来，一边反手关上屋门，一边骂咧咧地说道："操你妈的，老子亲自上门服务，你还挑三拣四的敢不吃？！"

老五这时略喘过一口气，他瞪起眼睛直愣愣地盯着马亮，咬牙说道："你他妈的有种就把老子打死，要不你就等着我弄死你！"

"靠，茬挺硬啊？那老子今天就成全你了！"马亮冷冷地笑了一声，又一拳打在老五的太阳穴上，后者这次连哼也没哼，身体直接便瘫软了。

小冰把老五放倒在地上，转头冲着马亮咂了咂舌："马哥，你不会真把他打死了吧？华哥可吩咐过，千万别整出大乱子。"

"我有数的。"马亮把拳头凑到嘴边吹了吹，像是牛仔潇洒地吹着心爱的手枪，"这一拳昏迷十分钟，不信你拿个表掐着。"

小冰当然不会真的去拿表，他拿出了一根绳子，把老五的手脚结结实实地捆绑起来。捆完没过一会儿，老五果然勉力睁开双眼，幽幽地恢复了清醒。

马亮早已在旁边等得不耐烦了，他手里攥着先前的那个土豆直接往老五的嘴里塞去："妈的，爱吃土豆是吧？今天我让你一次吃个够！"

老五的头脑昏沉沉的，一时也不知道抵抗。等他明白是怎么回事的时候，那土豆已经有一小半塞到了他的嘴里，感觉又硬又凉，并且掉了一嘴的泥渣子。

老五咬住牙，开始把那土豆往外吐，同时用呜哇哇的声音表达着自己的愤怒。

马亮冲小冰努了努嘴，招呼道：“哎，小样跟我较劲呢，我还塞不动了。过来帮踹一脚。”

小冰先前被老五踢了一脚，虽然没什么大碍，但终是隐隐作痛。现在有机会报复自然求之不得，他亮起鞋底便向着老五嘴上的那颗土豆踹去，老五下意识地缩了下脖子，结果这一鞋底正踹在鼻梁上，顿时眼冒金星，眼泪都不由自主地流了出来。

“别他妈乱动。”马亮一手掐住老五的脖子，一手兀自扶着那土豆，警告说，“这要踹在你眼睛上，你眼球都得爆了。”

老五“哼哼”了两声，想挣扎却发现手脚都已被牢牢捆住。他只好无奈地看着小冰再次亮出了鞋底，这一次倒是结结实实，精准地踹中了那颗土豆，老五只觉得牙关一震，整个口腔都被那土豆撑开，塞了个满满当当。

小冰又补了几脚，直到大半个土豆都塞到了老五嘴里之后才罢休。老五被撑成了雷公嘴，眼睛瞪得老大，但一点声音也发不出来了。

“怎么样？梦乡楼的土豆味道不错吧？”马亮看着老五坏笑了两声，又转头对小冰说道，“把相机拿出来吧，拍照留念！”

小冰随身背着一个挎包，他此刻把挎包打开，从里面掏出个相机，同时像是解释什么似的对老五说道：“很多有头有脸的人物到梦乡楼吃饭，都会和我们经理合个影呢。你昨天也看到了吧，墙上挂的一张一张的。今天算你面子大，我们经理也得和你照一个。”

“跟他说这些废话干啥？”马亮不耐烦地摆摆手，“赶紧把衣服给他穿上。”

“好勒。”小冰答应了一句，嘴里却还是不闲着，“拍照吧你也不能光着膀子啊，太不文明了。你看，我们经理想得多周到，连服装都给你带来了。”

说话间小冰一摸挎包，又翻出了两件衣服抖开来。而老五一见这架势简直连肺都要气炸了，因为那衣服竟是一件吊带小衫和一条鲜艳的短裙。

小冰根本无视老五的情绪，胡乱把吊带小衫和短裙套在了对方的身上。于是一个赤膊的健硕大汉便穿上了妖娆的女人服饰，那副场面自然是滑稽无比。

“马哥，你看这身还行吗？”小冰诚恳地问道。

马亮上下打量了老五一番，咧着嘴说：“衣服倒是不错，就是丫的身材差了点。”

“嗯。”小冰点头表示认同，“得想个办法整整。”他的目光在屋里滴溜溜转了一圈，然后有了些主意。

小冰往屋里走了两步，从床头柜上拿过一卷手纸来。然后他一边扯一边揉搓，用那卷手纸做出了两个大纸团。

马亮猜到小冰要做什么，嘿嘿嘿的只是坏笑。

小冰也得意地笑着，将那两个纸团塞到了老五胸前的小衫里，老五的身材立马变得“凹凸有致”了。

“不错啊，你小子现在有点想法。”马亮赞赏了一句，凑到老五身前蹲下来说，“拍吧！”小冰便拿起相机咔咔嚓嚓地乱拍了一气。

老五完全能够想象出此刻自己是怎样一副屈辱的形象。他又羞又怒，无奈嘴被土豆塞着，手脚又被捆着，就连一点反抗的情绪都无法表达。

看小冰拍得差不多了，马亮便又摆摆手：“行了，你先出去吧。”

小冰应了一声，把相机往挎包里一揣，自顾自地出门走了。

老五看着小冰的背影消失在门外，然后痛苦地闭上了眼睛。他现在有种欲哭无泪的感觉，他知道自己已经败了，而且败得如此彻底，连一丝一毫的翻身机会都没有。

因为对方手中已经握住了他最为珍惜的东西。

——他的尊严。

老五可以拼命，他甚至可以不怕死，但他唯独不敢失去的正是那份尊严。这是他在这个江湖上唯一值得自豪的东西，如果失去了，他从此便会不名一文。

马亮完全明白对方心中所想。他拍了拍老五的肩头，收起笑容，换了朋友般的劝慰语气说道：“老五啊，我们华哥知道你是条汉子，所以也不想刻意为难你。刚才拍的照片，我们暂且当做私人藏品，不会挂到梦乡楼的墙上去。”

老五睁开眼睛，闪过些许希望的光芒。

马亮的目光和老五对了一下，语气忽又变得森然：“不过省城已经容不下你了，你明天就得离开。”

老五瞪着眼睛，他虽然说不出话，但目光中明显透出不甘的神色。

“你现在走，换个地方还能混出来。”马亮不软不硬地说道，“如果那些照片真的挂出去，嘿嘿，你自己想想，你恐怕就只能回老家种田了吧？”

老五的喉头咕的一声，吞咽下一口唾沫。那唾沫里混杂着土豆皮上的泥沙，又苦又涩。

马亮像似读懂了老五的心思，他伸手给对方胳膊上的绳索解了个活扣，然后便站起身来，怡然自得地扬长而去了。

晚九点许，广寒宫夜总会。

繁华都市中的夜生活刚刚拉开通往高潮的序幕。在喧杂的音乐声中，男男女女们尽情狂欢，或畅饮，或欢跳，享受着酣畅的放纵时刻。

对于很多有钱又有闲的男人来说，夜店永远是猎艳的最佳场所。而那些尚无男伴的年轻女孩正是他们眼中美味可口的佳肴。

此刻在舞场大厅的东北角上就坐着这样一个女孩。她身形纤弱，独自一人静静地守着一张小桌。舞场上的灯光忽明忽暗，隐约能映出女孩的容颜，却是淡妆素面，别有一番清丽的风味。

很快便有不少男人注意到了这个女孩，包括不远处卡座中的一群小伙子。从装束打扮来看，这帮人像是一伙游手好闲的纨绔子弟，他们之中大部分人都找到了女伴，唯独一个剃着毛寸头的瘦高个仍然是孑然一人。于是众人便调笑了一番，鼓动那毛寸头去搭讪这独坐的女孩。

毛寸头也是在场子里混惯了的，当下便嘻嘻一笑，起身从卡座里拿起两瓶啤酒走向了那个女孩。女孩倒没在意，她正用双手托着脸颊，目光停留在舞池中男男女女晃动不休的身影上，不知在想着些什么。

“美女，我坐在这里可以吗？”毛寸头走到桌前，用身体挡住了女孩的视线，问道。

女孩用漆黑的眸子看了对方一眼，没说话但点了点头。毛寸头便大咧咧地拉了张椅子坐在女孩身边，同时竖起大拇指冲自己的同伴们做出了一个炫耀的手势。

女孩似乎没想到对方会和自己坐得这么近，她皱了皱眉头，挪动身体往旁边让了让。

毛寸头把手里提溜着的啤酒放到桌上，然后把其中一瓶推到了女孩的面前，说道：“我请你的。”

“不用了。”女孩连忙把啤酒又推了回来，“我不会喝酒的。”

毛寸头有些尴尬。一瞥眼却见自己的同伴们正坏笑着窃窃私语，显然是在等着看自己的洋相呢。于是他赶紧又重振精神说道：“那我给你要杯饮料吧。”

女孩却再一次拒绝了他：“不用，需要的话我会自己叫的。”

毛寸头并不理会对方的话语，自作主张地挥手叫过服务生，点了一杯橙汁送到了女孩面前。女孩无奈地撇了撇嘴，把脸转向了另一边，以示和对方之间划清界限。

男人悻悻然地挠了挠自己的毛寸头，有些打退堂鼓的意思。不过这么灰头土脸地回去肯定会在同伴之间落下笑柄，他又无法甘心，揣摩踌躇了一会儿后，他决定使出最终的必杀技。

“你开个价吧，多少钱？”他拖着椅子凑到女孩身边，在对方的耳畔说道。

女孩转过头，莫名其妙地看着对方反问：“什么？”

毛寸头挤着眼睛，嬉皮笑脸地说：“别装了，不就是这么回事吗？今天晚上你陪我，说吧，多少钱？”

女孩瞪圆了眼睛，似乎气愤得都不知该说些什么好了。片刻之后她冷冷地扔出一句：“无聊！”随即起身便欲离去。

不远处的卡座里发出一阵哄笑声，有人吹起了口哨，有人在怪叫着起哄。毛寸头的脸色在这哄闹中沉了下来，他探出身子一把抓住了女孩的手腕，把对方又拽回到了座椅上。

“你干什么！？”女孩一边斥问一边挣扎着，不过她实在太过瘦弱，完全无法摆脱对方的纠缠。

“妈的，别给脸不要脸，给我坐下！”毛寸头板着脸，语气中透出威胁的意味。

女孩脸上的愤怒转变成了惊惧的神色，她一边继续挣扎，一边无助地转头四顾。很快她看到一个身材健硕的中年男子正冲着这个方向走来。

毛寸头也注意到了那个男子，不过他倒并不慌张，只是把女孩的手腕往桌面下压了压。

男子似乎正是冲着这桌来的，他在桌前停下脚步，问了句："你们在干什么？"

"你管得着吗？"毛寸头瞪眼看着男子，"我们俩处朋友呢。"

女孩连忙澄清道："不，我们不是朋友，我不认识他。"

男子点点头，对毛寸头说道："你把她放开。"声音不大，但语气却硬得很。

"我靠，你什么意思啊？找事是吧？"毛寸头放开女孩，同时站起身和那多管闲事的男子对视着。他已经知道今天很难搞定那个女孩，索性换个渠道把怨气发泄发泄，全当找回些面子。

男子轻蔑地看着毛寸头："你知道这是谁的场子，敢在这里惹事？"

"妈的，谁的场子也不好使，你也不在这片打听打听，我叫毛寸！"毛寸头梗着脖子说道，但心里却有些发虚了。虽然自己和对方身高差不多，但体型却柔弱了很多，这要真动起手来恐怕占不到什么便宜。于是他便刻意加大了音量，同时把目光投向了自己的同伴们。

卡座内的男女们注意到了这场摩擦，又有三四个小伙子起身向这边走来。毛寸头的胆气立刻壮了，用手指着中年男子的鼻子喝道："马上给我滚！"

中年男子也不说话，只是用目光在周围众人脸上扫了一圈。围过来的几个小伙子里当先者穿了件大红色的罩衫，他和中年男子的目光对上之后便蓦然一怔，喃喃叫了声："龙哥。"

周围众人也都愣住了，一时间竟呆若木鸡。对他们这些小混混来说，龙哥这个名字实在太过响亮，他们根本不敢设想自己能在这样一种局面下和对方相遇。

这中年男子的确就是龙哥，而广寒宫夜总会正是他在高德森的资助下新开的场子。由于最近局势敏感，这两天他都是亲自在场子里坐镇。女孩被骚扰的地方正好是在一个监控摄像头的下方，所以龙哥对事发经过看得清清楚楚。本来对这样的小事只要派两个内保过去就能解决了，但龙哥却对那女孩颇感兴趣，于是他才亲自过来查看。

对于这几个小混混，龙哥当然是不会放在眼里的，现在见他们已经认出了自己，龙哥便哼了一声，斜眯着眼角道："还不走？"

几个小伙子忙不迭地退了回去。毛寸头闷着脑袋也想跟着开溜，却被龙哥伸手拦了下来："你得等会儿。"

"龙……龙哥，我以前没见过您，您……您一定海涵。"毛寸头苦着脸，说话的声音都有些打战了。

龙哥蔑然一笑："我能跟你一般见识吗？你配吗？"

"那您……您这是？"毛寸头看着对方兀自横着的手臂，不明所以。

龙哥冲着小桌努努嘴："这啤酒是你带来的吧？橙汁也是你要的吧？"

毛寸点头："是，都是。"

"扔这儿干吗啊？"龙哥忽然把眼睛一瞪，"喝完再走！"

毛寸头哪敢违背？连忙拿起橙汁就往嘴里倒，那橙汁镇得冰凉，一口气喝下去嗓子都有些麻木了。但他可不敢喘歇，一旁还有两瓶冰镇啤酒呢。

与橙汁相比，带汽的啤酒喝到肚子里可胀多了。毛寸头勉强灌进去一瓶便感觉肚子撑得难受，第二瓶拿在手里实在是有些无力。

"赶紧的，拿着酒不喝，还等我敬你怎么着啊？"龙哥冷冷地催促了一句。

毛寸头咬咬牙，把啤酒瓶对在口中，仰起脖子使劲往下吞咽着。中间好几次熬不住，喝到肚子里的酒水又反嗝了出来。即便这样他的动作也不敢有丝毫停顿，拼着命又把第二瓶酒全部喝完。

"滚吧。"龙哥这才把身体侧过一步，脸上带着奚落般的嘲笑。

"谢谢……谢谢龙哥！"毛寸头的舌头含糊不清，一边说话一边勉力压住翻涌上来的酒水。当他快步逃回到自己卡座的时候，终于按捺不住，一张口"哇"地喷吐如泉。

龙哥不再搭理对方，他转过头看着坐在一旁的女孩，问道："你没事吧？"

女孩微笑着摇摇头，然后感激地回了声："谢谢你。"

"不用客气。这种地方乱得很，像你这么漂亮的女孩得格外小心才行。"龙哥一边关切地嘱咐着，一边很自然地在女孩对面坐了下来。

女孩又是一笑，带着点羞涩的表情。不管怎样，被别人夸赞"漂亮"总能让一个女人感到开心的。

龙哥又在一旁问道:“你自己来的吗?”

“不，我跟朋友一块儿。”见龙哥略有些失望，女孩便又补充说，“是我的姐妹带我来的。”

“哦。她怎么把你一个人扔下了?”龙哥好像很替对方抱不平似的。

“她和男人跳舞去了，哪里还顾得上我?”女孩自嘲地笑了笑，“她就喜欢这样的场合，我可不太习惯，只是当个陪客。”

“难怪呢，你的气质确实不像是来这里玩的人。”

女孩低头看了看自己的穿着，有点窘迫地问道:“是我太土了吗?”

女孩上身穿了件白色蕾丝边的女式衬衫，下身配了条黑色的裙子，齐齐的刘海，长发则直披在肩头。怎么看怎么像是个文静的女学生。

“你长得非常清纯，这身打扮非常漂亮。”龙哥先是夸赞了两句，然后话锋一转，“只不过在这个环境下就不太适合了。因为这里的光线很暗，你必须化非常浓的妆，衣着光彩鲜丽，这样才能吸引更多男人的眼球。”

女孩却释然了，她耸着肩膀笑道:“吸引那么多男人干什么?我可没兴趣。”

“你很特别。”龙哥盯着女孩看了一会儿，又问，“你叫什么名字。”

女孩抿着小嘴:“我叫小静。你呢?那些人好像叫你龙哥?”

龙哥点点头。

“他们怎么那么怕你?”女孩歪着脑袋，睁大眼睛好像很好奇的样子。

龙哥笑了。不经常混夜场的人或许会不认识自己，但是没听说过“龙哥”名号的人可确实不多。他愈发确信对面这个漂亮的女孩是个不谙世事的“雏儿”，而这种女孩在他眼里无疑是一块极为鲜嫩的肥肉。

“以后你会知道的。”龙哥给出了一个含糊的答复。他并不想让自己的身份把对方吓跑，同时他也知道，要对付这样的小女孩，保持足够的神秘感是非常有效的手段。

果然，女孩正用一种充满探索欲的目光看着龙哥，好像已经被这个男人深深地吸引住了。

“我请你喝一杯吧。”龙哥见缝插针地建议道。

“不行啊，我不会喝酒。”女孩摇着头说。不过她这次的态度要比先前拒绝毛寸头时柔和多了。

“我让调酒师给你调点鸡尾酒，很柔和的，很甜，就像饮料一样。你尝尝看，喜欢的话就喝两口，不喜欢就算了。”龙哥也完全没有勉强的意思，而他的这种态度反而让女孩打消了顾虑，后者略犹豫了一会儿，点头道:“好吧。”

于是龙哥招招手，很快便有服务生走过来毕恭毕敬地等候吩咐。龙哥在服务生耳边低语了几句，后者便赶去酒台下了单子。过了一会儿当服务生再次回来的时候用一个托盘端来了满满一盘酒杯，每个酒杯里都盛满了刚调好的鸡尾酒，红红绿绿，煞是好看。

“怎么叫了这么多啊?”女孩惊讶地问道。

“我不知道你爱喝哪种口味的，所以我吩咐调酒师把拿手的作品都端上来了，你可以慢慢品尝。”

“我酒量那么小，肯定喝不下的。”女孩有些苦恼，“到时候岂不都浪费了。”

“浪费就浪费吧，能喝多少喝多少。”龙哥摆出无所谓的态度。他相信自己这么一说之后，女孩反而会尽量地多喝，因为她一定不好意思辜负自己的“一片好心”。

“那你也喝点吧，我真的喝不了多少。”女孩建议说。

“我一个大老爷们，喝这些干什么?”龙哥豪迈地一挥手，冲服务生嚷道，“给我开瓶洋酒，要高度的。”

很快服务生又送上了一瓶高度洋酒，龙哥给自己斟上一杯，举杯劝道:“相识就是有缘。来吧，为我们的相识先干一杯!”

女孩便从一堆鸡尾酒中挑了颜色最艳丽的那杯迎了过来，碰杯之后她只是轻轻地酌了一小口，而抬眼却见龙哥已将一杯洋酒一饮而尽，然后倒过杯子说道:“我这烈酒可都干了哦。”

女孩有些不好意思了，只好也将自己的那杯酒继续喝完。好在那酒果然是甜甜的味道，入口清爽得很。

龙哥笑问:“感觉怎么样?”

女孩则实话实说:“味道挺好的。”

“我就知道你会喜欢的，这酒度数低，比啤酒还淡呢，所以你就放心喝吧。”龙哥一边说，一边帮女孩挑出了第二杯酒，“来，尝尝这个，这里面配了鲜榨果汁，可以美容呢。”

“好吧。”女孩接过酒杯，想了想说，“这杯我敬你，谢谢你帮我把那个家伙赶走。”

龙哥痛快地给自己斟了酒，一口气喝完。而女孩也跟着喝完了第二杯鸡尾酒，她白嫩的脸颊上开始泛起一丝红晕。

龙哥观察到女孩的变化，心中暗暗得意。要知道这几杯鸡尾酒虽然入口甜美，但度数可并不像他说的那样低。这样一杯杯地喝下去，非得把那女孩喝晕了不可。

果然，两杯酒下肚之后，女孩的眼神开始有些发飘，话也多了起来。而龙哥则尽情展示着自己浸淫多年的泡妞功力，一边挑起各种女孩感兴趣的话题，一边频频举杯劝酒。于是两人你来我往，喝了个不亦乐乎。

不知不觉，女孩竟把端来的鸡尾酒全都喝完了，而龙哥这边也有大半瓶洋酒进了腹中，两人都已是醉意朦胧。龙哥还想再给女孩要几杯酒时，女孩却忽然想起了什么似的，她着急慌忙地看了看表，然后苦着脸说道：“哎呀，坏了，宿舍快锁门了呢。”

“宿舍？”

“是啊，我住学校宿舍的，晚上十一点锁楼门，现在都十点五十啦。”女孩开始收拾自己的随身物品，“我得赶紧回去了。”

果然是个大学生啊。龙哥一边暗喜，一边按住了女孩的手说：“你急什么？只有十分钟，再着急也赶不回去了啊。”

“那怎么办呢？我会没地方住的……”女孩睁大眼睛，一副可怜兮兮的样子。

龙哥便顺势说道：“我家大，有好几个空房间呢，你今天就去我那里住一晚上吧，明天我开车送你回学校。”

女孩虽然有些醉醺醺的，但还保持着本能的警惕心理，她把手抽了回来，踌躇着：“这个……不太方便吧。”

“我就是一个人，有什么不方便的？”龙哥一着急，舌头也有点大了，“你……你是信不过我吗？”

“那倒没有……”女孩涨红了脸。

“那就走吧。”龙哥探过身子，又一次抓住了女孩的手。这次女孩犹豫了一下，没有再挣扎，她羞涩地点了点头。

龙哥大喜，连忙把桌子收拾收拾，搀扶着女孩往夜总会门外走去。女孩开始步履倒还清楚，出了大门冷风一激，脚步便有些踉跄了，想必是酒劲涌了上来。

龙哥自然是希望对方越醉越好，他急匆匆地把女孩扶到自己的小车里，安置在副驾驶的座位上。然后自己也钻进车，打火发动而去。

女孩脸颊绯红，脑袋斜歪在肩膀上，似要沉沉睡去。龙哥闻着从她身上散发出来的阵阵幽香，早已是心猿意马。他狠踩着油门，恨不能一步就飞回到自己独居的公寓中。

龙哥的住处在省城的东郊。穿过了几条灯火通明的市区主干道之后，小车驶入了一条相对幽暗的偏僻路段。这段路位于一座尚未完工的楼盘旁，刚刚修好，还没来得及安装路灯。不过道路挺宽的，机动车道和非机动车道之间还隔着一条全封闭的绿化带，所以开起来倒也舒畅。

在这条路上开了没一会儿，女孩忽然清醒了过来，她睁眼往四周看了看，叫了声：“停车！快停车！”

龙哥被吓了一跳，连忙把车停在路边，问道：“怎么了？”

女孩睁着蒙眬的醉眼，神色迷茫：“我……我这是在哪里？”

看来是喝断片了……龙哥暗自猜测，同时不得不解释说：“你们宿舍楼已经关门了，我带你去我家住一晚上。”

女孩转脸看着龙哥，忽然从副驾座上探过身，用火热的双唇吻住了对方的大嘴。这一下连龙哥都有些猝不及防，不过美女的香吻很快就让他如醉如痴，于是他便顺势把女孩抱入怀中，尽情地享受起来。

女孩用手捧着龙哥的脑袋，抚摸了几下，然后却又向后摸索，将脑后座椅的头枕悄悄地取了下来。完成了这个工作之后，她忽然挣脱了龙哥的怀抱，用手揉了揉心口娇喘道：“不行了，我喝多了……我想吐。”

龙哥也怕脏了爱车，连忙从车座旁抽出几张面纸递给对方：“那就出去吐一下吧，我在车里等你。”

女孩拿着面纸走下车，旁边正好就是绿化隔离带，她站在隔离带上哇哇地吐了几口，忽然又想起什么似的回手敲了敲车窗，用撒娇的语气说道：“哎，你把车灯关了，现在不许看我。”

龙哥心中暗暗好笑，到底是大学生，脸皮薄，都这个份上了还顾及面子呢。好吧，不看就不看，反正今天晚上我怎么都能把你看个透。

这么想着，龙哥便拧灭了车灯，然后优哉游哉地把身体往车座上靠去。随即他发现头后空空的，靠枕却不知去了哪里。

正纳闷间，忽听得“砰”的一声巨响，车体猛地往前冲了一下。龙哥毫无防备，脑袋随着巨大的惯性重重地甩向了身后。他只觉得脖颈处传来一阵强烈的顿挫感，然后便眼前一黑，什么都不知道了……

不知过了多久，龙哥从昏迷的状态中悠悠醒转。虽然睁开了眼睛，但他的记忆仍有些模糊，不明白发生了什么事，也不知道自己身在何处，只感觉正仰面躺在一张柔软的床上，而视力所及的上方则是一片洁白的墙顶。

“阿龙，阿龙，你醒了……”耳边传来女人悲伤的呼唤声，龙哥能分辨出那是自己的老婆。他想转头往老婆所在的方向看一眼，但整个脖子却感觉硬邦邦的，丝毫动弹不得。

“你不要乱动——现在带着护颈支架呢，想动也动不了。”伴随着陌生的声音，一个陌生男子的面庞出现在龙哥的视线上方。从那男子的白色着装可见他应该是个大夫，而那人接下来的动作也印证了龙哥的判断。他翻了翻龙哥的眼睑，给刚刚苏醒的病人做一些例行检查。

“我怎么了？”龙哥下意识地问了句，同时在脑海中努力搜索着相关的回忆。

“你出车祸了，”那大夫回答说，“你驾驶的车辆被另一辆车追尾，因为没有头枕的保护，导致你颈椎骨折。”

龙哥依稀想起了些什么，而女人在一旁哭泣的声音让他有了种不祥的预感，他忐忑不安地追问道：“这会很严重吗？”

大夫没有直接回答对方的问题，而是反问了一句：“你的右手现在有感觉吗？”

右手？龙哥确实感觉不到自己的右手在哪里，他只能如实答道：“没有。”

一旁的女人哭得更加悲切，因为她清楚地看到丈夫的右手正被大夫用力捏动着。在发现病人毫无感觉之后，大夫便无奈地轻叹一声，说：“高位截瘫，具体到什么程度还要做进一步的检查。”

龙哥的脑子“嗡”的一下，在某个瞬间变得完全空白。而随即有太多的思绪又蜂拥而至，将他的心口塞堵得近乎窒息。

“阿龙……”女人在一旁哭岔了气，她几次想要扑到丈夫身上，但都被旁边看护的护士扶开了。

龙哥知道自己从此将面临怎样的处境，他绝望地闭上眼睛，两颗浑浊的泪珠慢慢滚落下来。

病房内一时间无人说话，直到女人的悲泣在护士的劝慰下慢慢停歇，龙哥才又听见那大夫在对自己说话。

“你现在状态怎么样？”

龙哥转动眼球，在自己的右手边勉强勾勒到大夫的身影，然后他茫然地“嗯”了一声。

状态？自己已经到了这副田地，还能有什么状态？所以他不知道该如何回答对方的问题。

好在大夫紧接着阐明道：“交警队的同志已经在医院里等了很久了，他们想向你核实一下事故发生时的状况，你觉得你现在的状态可以接受他们的调查吗？”

“可以。”龙哥想也没想就给出了肯定的答复。因为他心中也有太多的疑问需要得到解答。

大夫走出了门外，片刻后一个年轻的交警被他引到了病房内。那交警手里拿着一个文件夹，进屋后便自行拖了张板凳坐在龙哥的床前。

“你叫韩德龙？”警察用这样一句例行问话揭开了调查的序幕，同时他打开文件夹，拿出纸笔做好了记录的准备。

龙哥答了声：“对。”同时他再次转动着眼球——这是目前他整个躯体上为数不多的可受自身掌控运动的器官。

交警看起来面无表情，他已经见惯了各种车祸，包括许多惨不忍睹的罹难者，龙哥的现状无法激起他更多的同情。

“车祸发生前的事情你还记得吗？”交警与龙哥的目光斜斜地对了一下。

龙哥想点头但脖子被护颈支架牢牢地勒着，他必须用语言回答说：“记得。”

“那请你描述一下吧，关于车祸具体发生的过程。”

龙哥便整理着自己的思绪：“我记得我是要送一个朋友回家。开车到半路的时候，我那个朋友想下车呕吐，我就把车停在路边等她，然后我的车就遭到了撞击。”

因为面对的是警察，而且自己的老婆也在旁边，所以对很多细节龙哥感觉不方便表述，便含糊带过了。

只是警察可不像女人那么好糊弄。龙哥刚刚说完，那交警已单刀直入地问道：“你们此前喝酒了吗？”

龙哥犹豫了一下，避重就轻地答道：“我那个朋友喝多了。”

可交警的目标很明确：“你呢？你喝了多少？”

龙哥知道完全抵赖也不现实，就打了个折扣说：“我没喝多少，大概二两洋酒吧。”

交警把笔停了下来：“你确定吗？”

“……差不多吧。”

“你再好好想想。”

“就是二两左右……最多三两。”

交警摇摇头，他没时间和对方纠缠不清，直接从文件夹里拿出一张化验单举到病床上方：“我们已经对你做了血检，结果表明事发时你血液中的酒精含量是每一百毫升一百三十二毫克，已经远远超过醉酒驾车的标准。你再想想，到底喝了多少。”

龙哥沉默了一会儿，终于服软道：“那可能有半斤多吧。”

交警在询问笔录上记下了这个结果，然后他又提出另一个让龙哥难受的问题：“和你同车的那个女人，跟你是什么关系？”

“没什么关系，就是普通朋友。”

“你知道她叫什么名字吗？”

龙哥想了一会儿，终于回忆起来了：“她说她叫小静。”

“全名你不知道？”

“不知道。”

“哦。”交警嘴角挑起一丝讥讽的浅笑，“你们是在夜总会认识的吧。”

“……是的。”

在龙哥无奈的回答中，女人本已停歇的哭泣又在一种妒怨交加的复杂心态中重新奏响了。

而警察的问话还在继续：“你们在汽车上亲热了吗？”

龙哥终于无法忍受了，他很想给对方一个凶狠的瞪视，可惜全身僵硬的状态却让他斜着眼睛鞭长莫及。于是他只能硬邦邦地扔下一句：“我拒绝回答这个问题！”

警察倒不急不恼，只是按照自己的思路往下进行着：“根据我们的现场勘查，两车相撞的程度并不严重，你之所以会颈椎骨折，主要原因是承受后方撞击时头部失去了支撑保护。你的座椅上当时没有头枕——你知道头枕去哪里了吗？”

龙哥茫然回答：“不知道。”他想起了自己在车祸发生前也发现了这个问题，那头枕到底去了哪里？

见对方说不出来，交警便帮他回答了：“和你同车的那个女人说，你们事发前在车前座上亲热，她觉得头枕碍事，所以就取了下来——这个说法属实吗？”

“……可能是吧，这个我真的不记得了。”龙哥干咽了一口唾沫，心中觉得无比的窝火。现在回想车祸前发生的一切，那个叫作“小静”的女人真是个不折不扣的“扫把星”！

“好了。”交警记录完毕又抬起头来，“最后一个问题，车祸发生的时候，你的车有没有开灯？”

“没有。”龙哥没好气地答道。他也不想解释关闭车灯的原因，因为那些事情前前后后串起来，连他自己都觉得是个极为丢人的笑柄。

“那就行了。”交警露出轻松的表情，他把询问笔录合上，又从文件夹里拿出几页打印好的资料说道，“你刚才的讲述和我们此前了解到的情况基本吻合，包括另外两个当事人以及路边的几个目击者。所以对于这起事故的责任认定应该是很清晰的，我现在就向你宣读一下交警部门的认定结果。”

龙哥竖起了耳朵，一旁哭泣的女人也静了下来。虽然知道前景不太美妙，但他们心中还是本能地存在着某种期望。

只可惜这期望很快就被警察的话语击得粉碎。却听那警察念道：

道路交通事故责任认定书，第0312号

2003年4月28日23时28分，韩德龙酒后驾驶别克小客车，在东郊东庄路机动车主干道违章停车，适有饶东华驾驶切诺基吉普车以约六十公里时速途经此路。由于该路段灯光昏暗，视线欠佳，饶东华未及时发现前方停留的小客车，等他最终发现后虽踩了紧急刹车，但此时距离已非常接近，停车不及，吉普车前部撞在小客车后部，造成小客车内驾驶员韩德龙颈椎骨折、两车均有损坏的交通事故。

发生交通事故的原因是：韩德龙酒后驾车，属违反《道路交通管理条例》第二十六条“机动车驾驶员，必须遵守下列规定：（六）饮酒后不准驾驶车辆”的规定；韩德龙在东庄路机动车主干道临时停车，属违反《道路交通管理条例》第六十二条“车辆在停车场以外的其他地点临时停车，必须遵守下列规定：（三）在设有人行道护栏（绿篱）的路段、人行横道、施工地段（施工车辆除外）、障碍物对面，不准停车”的规定；韩德龙临时停车过程中关闭车灯，属违反《道路交通管理条例》第六十二条“车辆在停车场以外的其他地点临时停车，必须遵守下列规定：（七）机动车在夜间或遇风、雨、雪、雾天时，须开示宽灯、尾灯”的规定。

根据《道路交通事故处理办法》第十九条的规定，韩德龙负事故全部责任，饶东华不负责任。

承办人：宋海、郭浩田 2003年4月29日

朗读完这份认定书之后，那交警停顿了一会儿，又问道：“韩德龙，你对认定结果有什么异议吗？”

龙哥哀叹了一声，虽然他此刻悲闷至极，但就这起事故来说确实是找不到对方的任何由头，他只好苦笑着回答：“没有。”同时心中暗暗盘算：白道是走不通了，但不管用什么手段，也一定要从对方身上榨出些赔款来！

女人这时懵懵懂懂地抬起泪眼问那警察：“全部责任是什么意思？那个人把我老公撞成这样，难道他一点钱都不用赔吗？”

“从法律的角度来说是这样的。”交警转头看着那个女人，目光中终于透出同情的神色来。违章者可以说是自作自受，他的家属才是最无辜的受害者。

女人低下头，无奈而又绝望。

“其实不仅他不用赔钱，你们还得出钱给他修车。”警察又继续说道，“不过对方已经主动放弃了索赔的权利。他甚至希望能够绕过法律的层面，给你进行一些经济补偿。”

龙哥眨了眨眼睛，显得有些困惑。天下哪有这样的好人？

警察试图帮他解开困惑：“那人说他认识你。”

龙哥却愈发地纳闷了。饶东华？他对这个名字实在是没什么印象，他揣摩着那人是不是也在道上混过，多少知道自己的背景，所以才会积极地花钱免灾？

那警察又说：“对方现在也在医院里呢。他很想和你谈谈，表达表达歉意。我看你们俩可以先谈谈，能谈拢就最好了。法律归法律，人情归人情，这两者有时候并不矛盾的，你看呢？”

连警察都是这样的态度，龙哥还有什么理由拒绝？他立刻说了声：“行。”

于是警察就起身到外面叫人。过了一会儿听得脚步声响，应该是一个男人跟着那警察走进了病房。

龙哥无法看到来人的相貌，他只能依稀感觉到那人似乎绕着自己的床铺转了半圈，然后又听那人极为感慨地叹了一声：“龙哥啊，你说咱们兄弟之间怎么会弄出这种事呢？”

这句话就像是锐利的尖针直刺入龙哥的耳膜，他的眼睛蓦然间瞪得老大，一副惊愕不已的样子，同时他口中喃喃地吐出两个字来：“阿华？！”

来人正是阿华。他负手站在床尾，自嘲地苦笑着：“是我。唉，这么多年了，连你都不知道我的全名，想起来也真是可悲。”

的确，华哥的名字在道上如雷贯耳，但又有几个人知道他的全名原来叫作饶东华？而这样的情况在江湖上其实是一种常态，大家都忌讳把自己的全名告知予人，相互之间都是以诨名互称。

龙哥此刻却无暇去附和对方的这番感慨，他的心胸中正被好几种巨大的情绪来回冲撞着。原本存留的一些困惑在瞬间得到了解答，而他先前沮丧和悲哀的情绪也立刻被满腔的愤怒所取代了。

“你是故意撞我的，你设局陷害我！”急剧地喘息了几下之后，龙哥大声呼喊起来。

阿华也不反驳，只是摆出一副无辜的表情看着身旁的警察。

警察干咳了一声，用提醒的口吻说道："韩德龙，你不要乱说，这种话要有凭据的。"在交通事故中，受到伤害的一方如果得不到法律的支持，往往会想尽各种办法去讹诈另外一方，这种情况他早就屡见不鲜了。

"他和那个女人，他们肯定是一伙的！"龙哥咬牙切齿地说道。

"那个女人我们已经调查过了。有很多人证，包括夜总会的监控录像也显示了：是你主动找对方搭讪的，还劝人家喝了很多酒。现在酒驾出事了，你怎么能把责任都推给别人？而且饶东华主动来看你，态度是蛮不错的。"警察的语气略略透出些不满。在他看来，龙哥的指责不光是要讹对方一把了，他还在公然藐视警方作出的调查结果。

龙哥干张了张嘴，不知还能说些什么。警察说的都是事实，的确是自己怀着龌龊的想法主动去接近了那个女人。现在虽然他确信其中必然有阿华的巧妙安排，但自己也只能是哑巴吃黄连，有苦说不出了。

阿华这会儿倒说话了："警察同志，要不你们先出去一下。我单独和他聊聊……这种事情吧，有些话有外人在了，反而不太好说。"

警察立刻点头表示理解："嗯，那你们先聊聊，我们去外面等着。"说完他冲着屋里的其他人也做了个出去的手势。于是大家便都跟着他向门外走去。

"不，你们别走！"龙哥又大喊起来，"他会害死我的，他要杀人灭口！"

警察立刻驳斥道："你冷静点，我就在门口看着，他怎么可能害你？"

"你们俩是一伙的吧？你是不是已经被他收买了？"情急之下，龙哥有些口不择言了。而他的这番说辞自然引起了警察的极大反感。

"你胡说什么？你老婆也在这里，难道她也被收买了？莫名其妙。"硬邦邦地扔下这句话之后，警察便快步走到门外站着了。医生和护士也跟了出来。只有女人犹豫了一会儿，不过她想想还是觉得不能得罪警察，于是就悲切切地劝了句："阿龙啊，你先和他聊聊看吧，我们都在门口呢，不会有事的。"说完也出去了。

病房内只剩下了阿华和龙哥二人。阿华慢慢地踱到床头，把脑袋伸到了床铺上方，这样龙哥终于可以不用转头就能看见对方了。

阿华用锐利的眼神瞪视着龙哥，然后他轻轻地问了一句："你还想玩下去吗？"

就这么简简单单的一句话，龙哥却像听到了惊雷一般。他的脸颊不由自主地颤抖着，目光中的愤恨突然间消失了，取而代之的是无尽的恐惧。

还要玩吗？自己百般得势的时候尚且如此，现在已经瘫痪在床，还能怎么玩？对方想要碾死自己，恐怕比碾死只蚂蚁都要简单呢。

见龙哥如此神色，阿华便把目光收了回去。他一猫腰坐在了刚才警察拖过来的那张板凳上，然后拿起龙哥的右手，一边摆弄着一边说道："你的伤情我详细问过了。找个好大夫做了手术，再精心的调养，恢复上半身的功能还是很有把握的。如果运气再好一点，你以后或许还可以拄着拐杖站起来。"

龙哥斜眼看着阿华，不管对方此话的用意如何，在他看来，终究能使黑暗的未来之路又燃起些许希望。

阿华这时把龙哥那只毫无知觉的右手重新放回到床边，又说道："你现在指望谁来帮你？高德森？嘿嘿，他要你这个废人干什么？倒是我们兄弟一场，就算是有些误会，也不至于完全丢下你不管……"

"行了，你别说了。"龙哥艰难地鼓动着喉结，半晌之后，他长叹一声，哽咽着说道，"我服了……"

阿华便伸手在龙哥的肩头拍了拍，那是对方残存不多的尚有知觉的躯体，然后他又冲着门外挥了挥手："警察同志，我们聊完了。您进来吧，没问题了。"

"没问题就好。"警察一边进屋一边把那张认定书又翻了出来，"那你们双方就在认定书上签字吧。"

阿华先签了字。龙哥已无法完成这么高难度的动作，还好在警察的协助下按了个手印。然后由老婆作为他的监护人代签了认定书。这些工作做完，警察便心满意足地拿着资料回去交差了。阿华则不冷不热地和周围众人闲聊了几句，没多久也起身告辞。

刚刚走出病房，还没拐到楼梯口内，却见迎面一个熟悉的身影急匆匆地赶来。那是一个健硕的男子，手里提着果篮鲜花，一脸风尘仆仆的样子。

"豹头。"阿华认出了那人，便抢先叫了一声。

豹头一愣，他显然没想到会在这里遇上阿华。

"来看龙哥啊？"阿华却像没事人似的闲唠着。

"是……华哥。"豹头尴尬地赔着笑问道，"你刚出来的？龙哥怎么样了？"

“废了。”阿华淡淡地说道，然后他又向豹头身前压上一步，特意补充说，“被我撞的。”

豹头睁大了眼睛，一时间说不出话来。就在他愕然的情绪中，阿华早已迈开大步，悠悠然地扬长而去了。

阿华独自走出医院大门，在路边稍站了一会儿。很快有一辆白色的轿车从停车处驶出来，开到阿华身前停下。从副驾驶的车窗里探出马亮的脑袋："华哥，快上车吧。”

阿华钻进了车后排。小车随即发动。开车的却是严厉，他转头殷勤地打了个招呼："华哥，您这一天可真辛苦了，一夜没睡吧？”

阿华打着哈欠："没什么，早就习惯了。”他昨天一整夜都在交警队录口供，毕竟也是个重大事故，虽然设计得滴水不漏，但人还是免不了要吃些苦头的。

马亮在一旁咕噜起来："您也是的，这些脏活随便找个弟兄去做就得了，干吗还把自己折进去？”

严厉嘿嘿地笑起来："这你就不懂了吧？就那什么阿龙能值得华哥亲自出马？华哥要的是这个效果。要让大家都知道，阿龙对华哥起了二心，华哥就把他给撞废了，撞了之后还去医院看他。以后谁还敢不服？”

马亮露出恍然般的表情，然后他扭头看着阿华，似乎想从对方身上得到进一步的证实，不过阿华却默然不语，马亮便识趣地打住了这个话题。

小车一路穿行，最后停在了梦乡楼酒店的门口。马亮抢先跳下车，帮阿华打开了后座车门。阿华下车后先环顾了一会儿，此刻已接近傍晚的饭店，却见酒店门口不断地有食客结伴而入，营业秩序显然已恢复了正常。

阿华冲着马亮微微一笑，略示赞赏，那边严厉也把车入位停好，三人一同向着酒店内走去。

马亮早已提前安排好了最好的包间，里面酒菜齐备自不用说。而当三人进入包间的时候，里面已有一人在等待着他们。

那是个清秀文静的女子，穿着打扮也很清纯。她一边叫着“华哥”一边迎上前去，神态中却又透出一股十足的柔媚劲儿。

“你还别说，真有点大学生的样儿呢。”严厉饶有兴趣地打量着那个女子，半开玩笑地赞了一句。那女子正是在广寒宫夜总会内化名为“小静”的明明，她昨夜的装扮行为都是在阿华的授意下完成。龙哥贪酒好色的毛病道上早有耳闻，尤其是容貌清纯的女大学生对他最有杀伤力，所以阿华便瞄准对方的弱点定好计谋，果然一击中的。

明明招呼着三人落座，然后又是端茶又是点烟。她原本就是服务场上混惯了的人，料理这些小事当然是不在话下。

“行了，别忙活了。”阿华挥了挥手，“你也坐下吧，这儿有服务员呢。”

“我的服务员可不如明明伶俐，漂亮程度就更不如啦。”马亮一边说着吹捧的话，一边给明明拉过一张椅子，并且特意安排在了阿华身边。

看明明坐下之后，阿华看似随意地问了一句：“怎么样，警察那边好对付吗？”

“有什么不好对付的？就装得非常害怕，然后一口咬定全都是意外不就完了吗？”明明颇得意地挑着眉头，又道，“再说了，谁没见过几次警察呀，怕什么？”

“嘿嘿。”严厉看着明明那副样子不禁莞尔，“行啊。你要是个老爷们以后肯定能混出来。”

马亮也嘻嘻一笑，却道：“女人也有女人的好处，华哥身边需要有个女人。”

明明垂下头，像是有些害羞似的，同时又用眼角瞥了瞥阿华，暗自欢喜。

阿华却没有心思和他们打趣，他看着身旁的明明，神色有些严肃。明明很快感觉到气氛不对，便抬起头问道：“怎么了？”

“你明天就离开省城吧。”阿华抛出这句话之后，又转头吩咐马亮，“一会儿你去账面上给她提两万块钱。”

明明一愣，脸上的神色瞬间便有了一百八十度的变化。“为什么要让我走，我做错什么了？”她委屈地问道，眼圈都有些红了。

严厉和马亮对视了一眼，心中各自有数。却听严厉笑着解释说：“华哥这是爱护你呢。阿龙就这么被撞废了，你如果再待在华哥身边，恐怕会有麻烦。”

“我不怕。”明明嘟起嘴说道，“就算我和华哥认识又怎么样？又找不到我们事先串通的证据，警察不是都拿我没办法吗？”

严厉摇摇头：“这不是警察的问题，主要是防备高德森那边。他接连吃了几个大瘪，肯定不能善罢甘休啊，我们几个倒没事，你一个女人还是小心点好。”

明明还是那句话：“我不怕！”她睁大眼睛看着阿华，希望对方能够改变主意。

“别说了，就这么定了。”阿华的语气很坚决。其实说到底他还是对明明不太放心，她毕竟是个女人，万一落到高德森手里，扛不住威逼利诱那就麻烦了。

明明瘪了瘪嘴，不敢再说什么，只是一副闷闷不乐的样子。马亮见场面有些尴尬，便出来打了个圆场：“哎呀，只是让你先出去避一避，等事情过去了华哥肯定会接你回来。到时候你在华哥心里的地位可就不一样啦。”

明明眼泪汪汪地看着马亮，对方的最后一句话总算让她找到了一点安慰。

“行了行了，快吃饭吧。”马亮拿起筷子招呼着，“今天这桌都是梦乡楼新上的招牌菜，大家尝尝怎么样。”

折腾了一整天，阿华也确实是饿了。当下便不再多说什么，只管大快朵颐。马亮等人在一旁陪着，其间免不了要畅饮几杯。明明自己吃得很少，光顾着给阿华倒酒点烟。严厉看在眼里，心中暗自赞许。他本身也是管场子的，对风尘中的女子了如指掌，明明那种体贴入微的劲头倒的确是情感的真实流露，并无矫揉的做戏感觉。

酒至半酣的时候，严厉的手机响了起来。他出去接了个电话，回到包厢的时候脸色愉悦，对阿华说道：“华哥，月灵刚才打电话来了，她带的那帮小妹们现在都想回来做。”

阿华淡淡地“哦”了一声，道：“回来就好。”从他的神态看得出，这番变故早在他的意料之中了。

“呸，墙头草！还有脸回来？”明明啐骂了一句，一脸的鄙视。

“月灵说先前广寒宫许给她们的提成比皇宫高五个点，她们一时心热就过去了，现在想想还是觉得华哥仁义，跟着华哥混才有前途。”严厉一边说一边笑，自己都觉得这些话实在虚假，最后看着阿华道，“月灵还想当面给您赔个罪。”

“赔罪倒不用了。”阿华沉吟片刻说，“告诉她们好好干，只要她们干好了，皇宫的提成也不会比其他场子低。”

严厉点头道了声：“明白。”心中则钦佩不已。如此恩威并施才称得上真正的大哥风范，自己要学的地方还多着呢。

“豹头呢？他还没个说法？”却听马亮在一旁问了句，像是有所期待似的。

阿华立刻摇头道："别想他了。豹头和月灵是两回事，兄弟情分也能来回倒？"

马亮不说话，自己喝了杯酒。他以前和豹头的关系最好，现在弄成这样难免有些伤感。

众人又各自吃喝了一会儿，眼看得酒足饭饱，严厉便提议道："一会儿到我场子里玩一玩吧。妈的，前两天憋屈坏了，今天得好好放松一下。"

马亮刚想应一声"好"，忽见阿华沉着脸没有发话，赶紧把到了嘴边的喝彩声又咽了回去。

阿华注意到马亮的神态，笑了笑说："你们俩去吧。"

严厉看看阿华，又看看明明，似乎明白了什么，便冲马亮偷偷使了个暧昧的眼色。不过他的猜测很快就被证明是错误的，因为阿华随即又说道："不过你们得先把明明护送回去，我另外还有点事情。"

明明仰头看着阿华，勉力掩饰着失望的情绪。不过她并没有多说什么，因为她知道自己根本无力改变那个男人的任何想法。

一个小时之后阿华出现在绿阳春餐厅中。因为刚刚饱餐过一顿，所以他只是要了一杯绿茶，在柔和的小提琴乐曲声中慢慢地品味着。

那乐曲像山间的溪流一样清灵纯净，涤荡着阿华内心深处的暴戾和血腥。他微微地闭上眼睛，开始拨弄手掌中的一串佛珠。

这佛珠曾经戴在邓骅妻子的手腕上，那女人每天为自己的丈夫祈祷平安，可惜邓骅终究未能逃脱Eumenides的死刑惩罚。邓骅死后，龙宇集团的两个副总图谋霸占邓氏家产，结果双双死于阿华的设计之下。邓妻知道此事后并没有多说什么，她只是把这串陪伴了自己多年的佛珠送给了阿华。

阿华当然明白对方的用意，但他停不下来。就像今天下午，当他听到龙哥老婆悲伤绝望的哭泣时，他也会产生怜悯和愧疚之情，可他却仍要板起面孔用最凌厉的目光去摧毁对方仅存的防线。

这就是江湖，只有获胜者才能生存下去。即便因此而血腥累累，不得不抚摩佛珠来寻求片刻的慰藉。

无论如何，这总比让对手抚摩佛珠来纪念自己要好吧？

演奏终了之后，阿华跟随那个盲眼的女孩来到了后台。

"你来了。"女孩听出了他的脚步声，微笑道，"你今天的心情好像不错。”

“你能感觉到？”阿华挑起眉头，惊讶于对方的敏锐。

女孩点点头：“对于一个瞎子来说，这个并不难。我可以听到你的呼吸，揣摩你走路时的频率……还有，牛牛见到你之后的情绪也可以作为参考。”

阿华看了看女孩脚下的那只导盲犬，小家伙正冲着自己兴奋地喘息着。他以前听说人愉悦的时候身体会发出一种特殊的气味，被犬类捕捉到之后就可以分享主人的心情。今天看来这种说法还真不是无稽之谈。

略作寒暄之后，阿华引出自己此行的正题：“去美国手术的事情，我已经安排好了。你这两天准备准备吧，大概一周后就可以动身了。”

女孩一怔，心头涌起一股复杂的情绪：欣喜、渴望，还有一点点不真实的虚幻感觉。良久之后，她才得以用诚挚的语气回复道：“我没想到会这么快……谢谢你。”

阿华却不愿接受对方的谢意。

“你真的不用谢我。我说过了，这只是一次交易。”顿了顿之后，他甚至补充说，“从我的角度来讲，我还真不想把你送到美国。”

“是吗？”女孩现出些奇怪的表情。

“你走了之后，我就听不到这样的音乐了。”阿华一边说一边摊着手表示遗憾，不过对方无法看到他的肢体动作。

“是这样啊。”女孩笑了，“其实我已经考虑到了，所以特意给你们准备了礼物。”

说话间，女孩从自己琴包的夹层里摸出了两张光盘：“这些都是我最喜欢的曲子，我分成了两张光碟，一张是给你的，还有一张，请帮我转交给他吧。”

阿华当然知道“他”是谁。他犹豫了一下，还是上前接下了那两张光盘。

“而且我很快就可以回来了呀。”女孩又说道，“到那时候，我的双眼是不是就可以复明了？”

“应该没问题。”阿华的回答很有把握，让人一听便充满了信心。女孩睁大了双眼，那黯淡的瞳孔中似乎已经在散发着一些光彩。

“那真是太美妙了，我几乎无法想象。”她用兴奋的语调说道。

阿华忍不住问她：“那你现在最想看到的东西是什么？”

女孩踌躇了一会儿，然后她回答说："人。"并且特意强调，"三个人。"

"三个？"阿华暗自猜测这里面会不会有自己，不过他又不好意思问出来。

好在女孩主动坦白了这个问题："有一个人是你，另一个人是他。还有一个，是我最想见到的……"

女孩说到这里，语气忽然变得凝重起来。而阿华更是一愣，他没想到那个人在女孩心中居然并没有排在"想看到的人"中的第一位。

那排第一位的人又会是谁呢？

仍然不需要阿华提问，女孩自己已经继续往下说道："我不知道这个人是谁，我甚至不知道他的名字，我只知道他是一个凶手，在网络上他有一个代号，叫作Eumenides。"

"什么？"阿华无法抑制心中的惊讶，他终于忍不住叫出声来。

女孩误解了阿华的情绪，她深吸了一口气说道："你一定也听说过这个人，对吧？我之所以最想见到他，是因为他杀死了我的父亲。"

阿华愈发觉得不可思议，他忽然发现自己很傻，对于女孩和那个人之间的故事，他根本就一无所知！

女孩这时又想起什么，连忙解释道："你别误会了，我父亲是个警察，是在追踪那个凶手的时候被杀害的，和他在网上征集到的猎物可不一样。不过无论如何，我是不会原谅那个家伙的，我一定要亲手抓住他！"

"你知道他在哪里吗？"阿华有些庆幸对方是个瞎子，否则自己绝对掩饰不住脸上的惊骇表情。

女孩摇摇头："曾经有新闻说他被炸死了。不过后来我知道那是假的，因为他又出手做了几件案子。"略微沉默片刻之后，女孩又说道，"我希望他不要停下来，直到被我抓住的那一天。"

阿华明白女孩的意思，她绝不是赞同杀手的做法，她只是觉得，只要对方不停手就终究有踪迹可循，而自己也就有了报仇的机会。

阿华看着女孩空洞的眼睛，那里面闪动着仇恨的光芒。阿华苦笑着，同时感觉到一丝莫名的寒意。

可寒意中却又夹杂着一种难以描述的快感，如此的怪异……

第五章 失踪的铅笔

自那一夜杜明强与平哥等人放手一搏之后，424监舍的人员格局产生了巨大的变化。原本风光无限的黑子地位一落千丈，只能和小顺一起挤在外屋那张臭气熏天的床铺上。平哥仍然是监舍老大，但行事风格却改变了许多，不再随心所欲、无所忌惮。

杜明强俨然成了监舍的二号人物，不过他除了关照关照自己的朋友杭文治之外，并不愿意掺和其他人之间的纷争。平哥等人自然也不会再去招惹这个什么都知道的“记者”。

阿山取代黑子成了平哥新的臂膀。虽然有了些实权，但他并不敢像昔日黑子那样跋扈。他和黑子、小顺其实形成了一个相互钳制的三角关系：每个人都掌握着其他人的秘密，同时自己也被其他人钳制掌握着。

杭文治的日子就轻松了。在这一夜发生的变故中，他并没有得罪任何人，但是却成为了最大的既得利益者。他握住了黑子、阿山和小顺的把柄，同时对自己却毫无牵制。即使没有杜明强罩着他，监舍里的其他人也不敢再随意欺凌他了。

这种格局的变化也体现在了此后的劳动安排上。黑子和小顺自然开始承担最重的任务，阿山原本可以轻松许多，但他为人低调谨慎，并不愿意占便宜落人口实，所以他把省下来的份额给了杜明强，杜明强当然也不独占，总是顺带照顾一下杭文治。这两人得个轻松，干完活了就凑在一块儿闲聊闲聊，关系愈发的亲密。

如此几天倒也无事，不知不觉又到了周末。按照监狱内的管理制度，周末犯人是不用劳动的，这两天的时间一天用来安排亲友探视，另一天则集中进行思想政治学习。

周五晚上便有管教将第二天的探视安排告知了相关犯人。有人来探视的犯人自然喜上眉梢，因为通过这样的机会不仅可以得到亲友们捎来的食品等紧俏物资，更重要的是能享受到一次温暖平等的情感交流——这正是所有犯人们最渴望得到的东西。

“杜明强，探视时间：上午九点；杭文治，探视时间：上午九点半；钟小顺，探视时间：上午十点。”管教在424监舍前嚷嚷了几嗓子之后，便又向着其他监舍而去了。

“行啊，记者。你不是说没人管你么？这不还是有人来看你了？”平哥躺在自己的铺位上，用脚往对面床上铺指了指——那个铺位原本是小顺睡的，现在已经属于杜明强。

平哥和黑子、阿山入狱的时间比较长，已经很少会有亲朋来探望他们。所以他们便很关注同监舍犯人的待遇，因为一旦有人收到亲友送来的食品，按规矩总是要拿一些出来给“大哥”们分享的。小顺的家人一直来得比较勤，算是在这方面对监舍“贡献”最大的一个。而杜明强则寒碜得很，自打他入狱之后从来没人来看过他。所以这次的探视安排中出现了杜明强的名字，平哥反而觉得有些奇怪了。

杜明强在上铺“嘿”了一声道：“不见得是什么好事。”同时心中也在暗自思忖：知道自己身份的人在这个世界上委实不多，除了“四一八”专案组的那几个警察之外，就只有阿华了。明天要来见自己的人会是哪一个？来人又会抱着什么样的目的呢？

平哥见杜明强不愿多说，也就懒得和他搭腔，转而去调侃杭文治和小顺，问他们是不是有相好的小妞要来。小顺涎着脸嘻嘻哈哈地应付着，杭文治却沉默不语，像是被说中痛处一般。

平哥纯属要寻个开心，于是又撇下杭文治专攻小顺。小顺被撩拨了几句之后，情绪也亢奋起来了，开始没边没谱地吹嘘自己入狱之前风流倜傥，当时学校里那几个“太妹”被他把了个遍，现在还有人要死要活地等着他出狱呢。

黑子正在卫生间里撒尿，见小顺越说越嘚瑟，便一边拎着裤子一边出来插话道：“你他妈的吹牛逼吧。就你这𡒄包还把小妹呢？我看你装小白脸给别人舔舔屁股还差不多！”

“我怎么𡒄了？”小顺不服气地昂起脖子，“我在学校也是‘四大金刚’之一，那些太妹们就是整天围着我转，怎么了？”

“怎么了？就你这小样毛还没长齐吧？来，先让大爷验个货。”黑子存心要调戏小顺，说话间突然伸出手去，在小顺的裆部重重地掏了一把。

以前在424监舍里，小顺也是被平哥、黑子等人调笑惯了的。有时候即便过分一点，他也只能干笑着悻悻了之。不过自从那天晚上黑子被爆出“谍报”的身份之后，小顺对黑子的态度便有了些潜移默化的改变。此刻再次受到对方侮辱，他这可忍不住了，起身便推了黑子一把：“我操！我验你个妈的验！”

黑子万万没想到小顺会突然动手，猝不及防下被推了一个趔趄。他的脸色刷的一下变了，恶狠狠地吐出句脏话，抢上一步搂住小顺就要揍，小顺也不含糊，手脚并用和黑子纠缠在了一起。

“干什么呢？都给我住手！”平哥眼见事态有些失控，便从床上坐起来喝道。小顺和黑子停了手，但相互间仍然拉扯着衣领，脸红脖子粗的。

“撒野是吧？”平哥瞪着那两人，“有闲劲都给我刷厕所去！”

黑子看出平哥是真生气了，便松开了小顺解释道：“平哥，你可看见了，是他先跟我动手的。”

“行了行了。”平哥没心情给这两人评判是非，只是不耐烦地摆了摆手，“你也是的，我跟小顺逗两句，你他妈的瞎掺和啥？”

黑子没啥话说了，他咽了口唾沫，心情无比沮丧。他在平哥心中的地位显然已经大不如前，就连和小顺发生矛盾，平哥居然也没有站在自己这边。

小顺见黑子挨骂心中自然是一阵暗爽。不过他也知道自己的斤两，不敢太过嘚瑟。只是又横了黑子一眼，然后便爬到自己床上假装睡觉去了。

经过这么一闹，平哥也没了玩笑的兴致。众人各归各床，横躺着百无聊赖。只有杭文治盘腿独坐，眼望着气窗外的无边夜色，思绪难平。

第二天一早，犯人们起床之后先吃了早饭，然后集中到监舍前的一个院子里放风。昨天晚上被点到名的犯人则按照预定好的时间，依次被带到探访室里接受亲友的探望。

杜明强是424监舍里第一个被安排探望的人。当他被带到探访室的时候，来客已经等了他一会儿。那人约摸三十岁左右的年纪，长方的脸形，身材高大挺拔，正是邓骅生前的贴身保镖阿华。

管教给杜明强解开手铐，然后退到了探访室门外。

杜明强拖动着脚镣在阿华的对面坐下，他只是默默地看着对方，并不急于说话。

阿华也盯着他看了一会儿，目光深沉却又绝不流露出过多的情绪。两人就这样对视着，在他们的视线之中似乎连空气都停止了流动。

最终还是阿华打破了这份沉默。

“你托我办的事情，我已经安排好了。”在说话的同时阿华移开视线，开始四下打量探访室内的陈设格局。

“哦？”杜明强仍然在看着对方，而他探询的语气显然是希望对方给些更加详细的信息。

阿华便扫了杜明强一眼，继续说道：“我联系了最好的医生，出国的手续也办妥了，下周就可以出发。那边的医院提供全程贵宾式服务，从接机到入院手术都有专门的护理人员负责，我还特别要求配备一名中文翻译。”

杜明强脸上露出笑容，赞了句：“很好。”不过他并没有说“谢谢”一类的客套话，因为他们之间只是在完成一场交易。

阿华自然也很清楚这里头的干系，所以在得到对方的赞许之后他只是淡淡地反问了一句：“现在我们之间两清了吧？”

杜明强回答：“是的。”随即他再次感受到了对方的目光，而这一次的目光中包含着一种灼人的锐利感觉。

“所以我们之间该处理另外一些事情了。”阿华一字一句地森然说道。

杜明强当然知道“另外一些事情”指的是什么：他设局杀死了邓骅，对方无论如何都是要找自己报仇的。不过他对此并不反感，他甚至很欣赏阿华的忠诚，所以才会把郑佳托付给对方——事实证明这是个正确的选择。此刻面对着阿华愤怒的目光，杜明强很认真地点了点头道：“你有这个权利，我会等着你。”

阿华也点点头，两人之间便用如此简单的对话完成了一场生死之约。然后阿华从外衣口袋里摸出一张光碟放在桌面上，告诉杜明强说：“这是她托我带给你的。”

杜明强的心“砰”地剧跳了一下，他眯起眼睛敏感地反问道：“她知道我在这里？”

阿华注意到杜明强的情绪变化，并且立刻判断出对方在担心什么。他的嘴角挑起一丝难以察觉的冷笑，同时如实告知对方说：“她并不知道你的情况，她还在期待着视力恢复之后与你相见。”

杜明强松了口气，他把那张光碟抓在手里，轻轻地抚摩着。

“你给他什么东西？”押送杜明强的管教一直在探访室门口监视着室内的动静，见到这两人在传递物品，他便走上前喝问了一句。

杜明强连忙赔着笑：“只是一张光碟。”

“我们得先审查一下碟片内容，这是监狱的制度，请你理解。”管教一边说一边冲杜明强伸出手。

杜明强无奈地撇撇嘴，将那张光碟交到了管教的手中。

阿华已经完成了此行的使命，见管教正好进来了，他便礼节性地打了个招呼，然后不再搭理杜明强，自顾自起身离去。

杜明强看着阿华走远，他主动把双手伸出来，摆出配合管教戴手铐的顺从态度。

管教却笑了：“急什么？你的探视时间还没到。”

监狱规定的探视时间是每次半个小时，一般探视双方都会觉得这时间短得转瞬而逝，像阿华这样不到五分钟就起身离去的情况实在少见。

杜明强有些无奈，他看着管教苦笑道：“那您是什么意思？我一定要在这里待够时间吗？”

“还有人等着见你呢。”管教说完这句话之后便背着手走出了探访室，不一会儿一个身着便服的中年男子出现在门口，他和管教点头打了个招呼，然后进屋坐在了杜明强的对面。

杜明强看着对方笑了笑，那个人是他的老朋友了，他只是没想到对方会和阿华前后脚到来。

“罗警官，你好。”杜明强甚至主动和对方打了个招呼，那人正是省城刑警队的队长罗飞，也是亲手将自己送入这个监狱的人。

罗飞看起来却不像杜明强那么热情，他首先向对方申明道："我并不是专程来找你的。"

"哦？"杜明强很快就想明白了，"那你是跟着阿华过来的？"

罗飞点点头："我已经跟了他好几天了。"

"他又犯什么事了？"杜明强挑起眉头，显得饶有兴趣似的。

"帮派争斗。"罗飞简略地概括了一句。

"有人想趁势吃掉龙宇集团？"杜明强猜测道。

罗飞不说话，算是默认了。

杜明强便又摇头轻叹："胃口也太大了些，搞不好会把自己噎死的。"

罗飞看着杜明强认真地说道："市内最近已经发生了好几起摩擦，如果不控制的话，恐怕还要出大事。"

杜明强翻了翻眼皮看着天花板，他虽然身在大狱，但罗飞提供的信息已足够他展开一些思考。片刻之后他对刑警队长说道："阿华肯定知道你在盯他。即便有什么动作，他不会给你留下证据的。"

罗飞倒也不否认，他苦笑了一下说："是的，这么盯下去很难有实质性的突破，而且我们的人也耗不起——所以我只是想先摸清他的关系网，作些有针对性的防范。"

"嗯，暂时也只能这样，"杜明强点了点头，忽然又看着罗飞问道，"那你为什么来找我？"

对方既然主动问到，罗飞便不再兜什么圈子，直入主题说："为了那卷录音带。"

杜明强心知肚明，那是一卷极为重要的录音带！当初他为了弄清楚生父死亡的真相，不惜以身涉险潜入到"四一八"专案组内部，并且对警方的动态展开了监听。其间却又横生波折：阿华为了除去野心膨胀的林恒干和蒙方亮，假借Eumenides之名策划了一场谋杀。这场谋杀虽然操作得天衣无缝，但前期密谋的过程却被韩灏偷录了下来。后来韩灏也被设计身亡，不过他设法把那卷录音带寄给了蒙方亮的家属，以此作为对阿华的反扑。警方接到报案立刻去蒙方亮家中提取这卷录音带，只是这信息却被杜明强监听到，后者抢先一步夺走了录音带，令警方无功而返。而那卷录音带正是制裁阿华的最有力的证据！

见到罗飞提起了这个话茬，杜明强便闭起眼睛微笑不语。这是一个敏感话题，在没有把握的情况下他不便说太多，否则很有可能把自己也绕进去。

罗飞知道杜明强的心思。对方不说话，他就主动攻击对方的要害："我知道抢走录音带的那个人就是你。"

杜明强睁开眼睛，用无辜的语气说道："对这件事情，我可从没承认过什么。"

"是的，你没承认过，你如果一口咬定不知情，那我也没什么办法。"罗飞摊开手做了个无奈的表示，然后又继续说道，"不过我以前一直都很奇怪，在这件事上你为什么要帮阿华？你们两人的关系，应该是你死我活的状态才对。直到这几天我才知道了其中的答案。"

杜明强仍旧只看着对方不说话。

"你把郑佳托付给了阿华，对吗？而你的筹码就是那卷录音带，你以此为交换条件？"

杜明强笑了笑。既然罗飞已经跟了阿华好几天，那么有些事情肯定是瞒不过对方的。他斟酌了一会儿后反问道："我不会回答你任何问题的。你直接说吧，你现在想干什么？"

"我也可以和你交换，同样的条件。"罗飞把身体往前探了探，想凸显出自己的诚意，"我会帮你照顾那个女孩。"

杜明强不置可否。罗飞则继续劝说道："阿华的确是个很尽责的人，他给那个女孩安排的一些事情可能是我无法做到的。但你想过没有，阿华随时有可能被仇家杀死，或者被警察抓住，到时候那个女孩该怎么办？你应该找一个更长远、更稳妥的人来照顾她吧。"

杜明强沉默了片刻，然后他给出了自己的回答："最长远、最稳妥的人，只有我自己。"

罗飞一愣，随即苦笑着摇摇头。他原本对这次谈话的结果颇具信心，可对方这句话一说却把他的期望一下子浇灭了。而且他清楚地看到两人间的思路差异出现在哪里。

罗飞交谈的出发点在于：杜明强自己再也无法照顾那个女孩。罗飞认为这个假设是合理的，因为他已经把杜明强送进了监狱里。可杜明强显然并不承认这次失败，他相信自己仍然能够回到自由的世界，成为那个女孩身旁最稳妥的伴侣。

这样的思路分歧根本没有调和的可能。

无奈之下，罗飞只好试图从另一个角度去说服对方。

“其实把录音带交给警方对你是有利的。你知道阿华不会放过你，而你又在监狱中，你怎么和他对抗？”

“我和阿华之间是我们两个人的事情，我并不需要警察的保护。”杜明强先是淡淡地拒绝了对方的好意，然后又用滴水不漏的严谨辞令说道，“至于你说的那卷录音带，即使真的曾在我手中，我也不会在和阿华交易之后还留下一个副本。这不是我行事的风格。”

对方已经把话说到这个份上，罗飞知道已无回旋的余地。他默叹了一声，起身离去。不过在走到门口的时候，他又回头说道：“如果你改变主意，可以随时让管教转告我。”

杜明强没有再接对方的话茬。

“不要在任何时候因为别人的劝说而改变自己既定的计划。”这是老师给过他的教导，多年来他一直谨记在心头。

罗飞离开之后，在门外等待的管教又进了屋。此刻半小时的探视时间已到，管教给杜明强戴上手铐，准备押送他回到四监区。两人走出探访室所在的大楼时，却见另一个管教正押着杭文治在大楼门口等待着。

“你来了啊？等多久了？”杜明强看着杭文治打了个招呼。

“没多久。”杭文治咧嘴憨憨地一笑，然后问道，“刚才来探视你的人是刑警队的罗队长？”

杜明强回答说：“也不算探视吧，你看见他了？”

“嗯，刚刚从这里走出去的。”杭文治所处的位置可以看见探访室的大门，他一定是先看到罗飞离开，然后又看到杜明强被押送出来，所以做出了上述的判断。

“你也是被罗飞抓进来的？”杜明强猜测到，除了这个原因他想不出还有什么理由能让杭文治认识罗飞。

杭文治尴尬地点点头。而这时押送他的管教在他身边催促道：“行了，瞎聊什么呢，还不赶紧进去！”

杭文治便不敢多说，唯唯诺诺地跟着那管教走了。杜明强也不再停留，跟着押送自己的管教一路往回走。到了四监区之后，却见犯人们仍然在小广场上放风活动。

这广场是在监舍大楼东面用三面砖墙围出来的，面积大概有七八百平方米。广场中心有个简陋的篮球场，一堆犯人正聚在上面闹哄哄地追抢着一只破烂不堪的篮球。

管教把杜明强带到院子里，关好院门之后给杜明强打开了手铐脚镣。杜明强不愿去球场上凑那个热闹，就到角落里找了个空地坐下来，懒洋洋地享受着早春时分的煦暖阳光。

过了大约二十分钟，却听见管教在大声呼喊小顺的名字。小顺连忙从球场上挤下来，一溜小跑来到管教面前。管教便把手铐脚镣又给小顺戴上——这是四监区的特殊规定，这些重犯只要走出本监区的控制范围，原则上都是要重刑加身的。

杜明强知道这是该轮到小顺去接受探视了，这同时也意味着杭文治很快就会回到监区中。

果然，小顺被带走后没多久就看到杭文治被押送回来。刑具去除之后，杭文治也没有钻到球场上的犯人堆里。他站着环顾了一会儿，很快就看到了阳光下的杜明强，于是他便向着对方走了过去。

杜明强给杭文治挪了块好地儿，热情地招呼道："来，坐着歇会儿吧，这儿阳光最好，还有免费的球赛看呢。"

杭文治坐倒是坐了，但他仰头看着天空，神情黯然得很。

"谁来看你了？"杜明强有意要挑对方多说说话，他知道刚进监狱的人很容易沉闷压抑，尤其是见过了亲友之后。

杭文治垂下眼睛答道："我的一个同事，也是我很好的朋友。"

杜明强略感到有些奇怪："怎么了？你家里人没来？"

杭文治沉默了片刻说："我妈病了，中风。"他的声音略略有些嘶哑。

杜明强看着对方，一时间也不知该说些什么。他可以想象对方此刻的心情，那一定是充满了自责和愧疚，焦急愤恨却又无能为力。

良久之后，倒是杭文治又开口了。

"我今年三十二了。古人说：三十而立。嘿，你看我立了个什么？自己过不好也就算了，还要连累我父母一起受苦……我母亲身体一直不怎么好，这次中风，得有一半的原因是被我给急的，你说我还算个男人吗，我还有什么脸继续活在世上？”杭文治越说越激动，到最后声音已经明显地哽咽起来。

“你错了。”杜明强拍了拍杭文治的肩头，郑重地说道，“越是这种情况你越得继续活下去，这样才算是真正的男人。”

杭文治抬头看着杜明强，似乎从对方的话语中感觉到了一丝支撑的力量。

“不管受了多大的苦，不管未来多么绝望，我们都要继续活着。”杜明强看着杭文治的眼睛，“活下去，为了关心我们的人，更是为了伤害我们的人。”

杭文治目光中闪过一丝困惑，似乎不太理解对方最后那半句话。

于是杜明强又解释道：“我们多活一天，那些可恶的家伙就会在不安的情绪中挣扎。如果我们死了，这些家伙就彻底解脱了，你明白吗？”

杭文治深吸一口气，喃喃说道：“不错，为了那些伤害我们的人，必须要继续活下去。”他的眼睛慢慢地眯起来，原本那种自怨自艾的悲凉神色开始转化成一种坚强的愤怒。

很多时候，愤怒正是支撑一个人度过绝境最强劲的动力。

见对方消极的情绪有所缓和，杜明强便适时地岔开话题问道：“你朋友都给你带什么了？”

“就是些吃的，还有点日用品。”

“这个时候还能想着你的人，那才是真正的朋友。你能有这样的朋友，前半生也就不算太失败，对不对？”

看着杜明强的笑脸，杭文治也笑了。的确，只要你认真地去寻找，生活中总有令人温暖的地方。

“其实我倒希望你的朋友能给你带副眼镜来。”杜明强拿杭文治打趣道，“你要是戴上眼镜，那我们这组的工作效率又能提高个两三成呢。”

杭文治拍拍自己的脑袋：“刚才心情不好，把这茬给忘了。唉，只能等下周他过来的时候再说了。”

两人这般闲扯着，暂时淡忘了那些令人压抑的现实。这时日头也越来越高，时间已过了上午的十点半。424监室最后一个接受探视的小顺也被押解回来了。他在小广场里独自溜达着，看似漫无目的，但走着走着就来到了杜明强和杭文治的身旁。

杜杭二人看到了小顺，不过懒得搭理他，只顾继续闲聊。

小顺却是有意要和他们搭讪："强哥、治哥，你们俩在这儿哪？"

这两声哥叫得杜杭二人一愣。自从那天晚上杜明强发飙之后，小顺算是服帖了，以后再没敢在两人面前找茬，但这么亲热地叫"哥"还是头一遭，杜明强忍不住用审视的目光打量着对方，揣摩他心里是不是在打着些小主意。

杭文治则不冷不热地回了小顺一句："你可别叫我'哥'，我听不习惯。"

"不习惯我更得叫啊，每天多叫几遍，听着听着你不就习惯了吗？"小顺讨好似的涎笑着，然后也不待别人邀请，自顾自在杭文治身旁坐了下来。

杭文治皱起眉头问他："你有事没有？"

"没事。刚才家里人过来，带了些香肠腌肉，我想先分给两位哥哥尝尝。"

杜明强咧嘴一笑："不太合适吧？有好东西也应该先孝敬他们啊。"

"他们的我也留着呢。"小顺急于表白道，"以前不是跟两位哥哥有点误会吗？我这里先认个错，两位可别往心里去。以后有什么用得着我的地方，只管吩咐。"

小顺一边说，一边往东南方向张望了几眼。杜明强顺着他的视线看去，却见平哥、阿山和黑子正在那边凑成了一堆。杜明强心中暗暗明了：小顺这家伙机灵得很，眼看着监舍里格局发生变化，他昨天又和黑子闹崩了，这是想要找个新的靠山呢。

杜明强懒得蹚这趟浑水，就懒懒地站起身说道："你们俩先聊吧，我走动走动。"

杭文治见这个架势起身也想走，却被小顺一把拽住了："哎，治哥，你怎么也走，好歹留一个陪我唠唠啊。"

杭文治磨不开面子，只好又重新坐下。杜明强幸灾乐祸地笑了笑，自己溜达到一边去了。他知道小顺这家伙虽然挺贱，但要说他真正有多坏却也不见得。由他来陪陪杭文治倒也不错，至少能让后者的监狱生活多一些色彩吧。

情况果然也像杜明强设想的那样。杭文治一开始对小顺还颇为抵触，渐渐地两个人还真聊到一块儿去了。要知道小顺素来势利惯了，溜须拍马服侍人都是拿手好戏，这要一一使到杭文治身上，后者一下子也很难扛得住。

两人正聊得热火朝天之时，忽然一个篮球飞过来，正砸在小顺的脑袋上。

小顺吃痛，便转身向来球的方向骂了句:“谁啊，不长眼睛的？”

却见一人从人丛中走出来，将砸了小顺的那个篮球捡在手里，同时大咧咧地说道:“谁说我没长眼睛？没长眼睛能扔得那么准吗？”

小顺一见那人正是黑子，便心知对方一定是故意的了。看着黑子那副存心挑衅的样子，小顺气不打一处来。他以前就没少受对方的欺辱，但地位上的差距让他吃了亏还得笑脸相迎。现在可不一样了，他觉得至少黑子已经没有资格再骑在自己的头上。

小顺往地上啐了一口，挑起嘴角骂了句:“傻逼！”虽然只是最普通的一个脏词，但他的神态和语气都拿捏得恰到好处，于轻佻的神态中透出十足的鄙视，简直就是在用语言猥亵着对方。

闲得发慌的囚犯们此刻都围过来看热闹，见小顺这一下骂得漂亮，便纷纷喝彩起哄，唯恐天下不乱一般。黑子哪受得了这个？立刻把手中的球又狠狠地向小顺砸过去:“我操你妈的！”

小顺跳起来躲过了，那球砸在了旁边杭文治的身上。杭文治看起来不想惹事，只皱了皱眉头，没有多说什么。小顺却不干了，指着黑子骂道:“操，有事冲我来，你砸我朋友干什么？”

“朋友？”黑子不屑地冷笑着，“你倒挺能攀高枝啊？”

“你他妈的懂个屁！”小顺迎着黑子走上前，“有些事我懒得说出来，真要说了，你丫的哭都来不及！”

小顺这话可戳中黑子痛处了，后者立刻变了脸色:“就你妈的嘴大是吧？！”说着话，他抬手就是一掌，结结实实扇了小顺一巴掌。

小顺红了眼，疯牛一样地撞在黑子身上，两人同时倒了下去。然后便互相纠缠着在泥土地里打起了滚。几个回合下来，身体更加强壮的黑子渐渐占据了优势，他把小顺压住，自己则起身坐在了对方的肚子上。这下小顺便全面受制，一时间反抗不得。

杭文治看到这一幕，下意识地向前走了几步。可忽地又被一人拉住，回头一看，正是杜明强。

“你别管了，让他们闹去。”杜明强摇着头说道。在他们对面的人丛中，平哥和阿山也抄着手，只顾看热闹。反正这里不是监舍，事情就算闹大了也追究不到他们头上。

这时黑子已用手掐住小顺的脖子，狞笑着问道："你服不服？他妈的还敢乱说话吗？"

小顺的脸憋得通红，目光却转过来看着杭文治这边，艰难地乞求道："治哥……帮个手啊。"

"我操，你找他帮手？"黑子几乎要哑然失笑了，"你们还真是王八看绿豆啊，情人眼里出西施，尿包惜尿包……"

就在黑子驴唇不对马嘴的排比句式中，却见一个身影抢到了两个人的战团中，来人一句废话也不多说，直接一脚踢在了黑子的肋部。黑子被踢得岔了气，浑身的力道立刻散了。小顺便趁势挣脱了他的压制，一挺身反而把对方掀翻在地上。

"今天就让大家伙都看看，谁才是尿包！"小顺起身之后就冲着黑子连踹了好几脚。黑子一时无力反抗，只是茫然地看着刚刚把自己踢倒的那个人，像是不相信自己的眼睛似的。

那人正是在他看来三棍子都打不出一个闷屁的杭文治。

此刻不光是黑子惊讶，杜明强也有些摸不着头脑。当杭文治摆脱自己向黑子冲过去的时候，他还以为对方最多是要拉个架吧。没想到杭文治居然上前一脚就踢中黑子的要害，这种火爆劲儿实在与以前的形象判若两人。

"嘟！"一声尖利的警笛驱散了看热闹的人群，值班管教提着电棍冲进场内喝问道："干什么呢？！"

小顺一听到警笛声就立刻撤到了一边，嬉皮笑脸地看着管教说道："报告管教，我们没事，闹着玩呢！"

管教看着躺在地上灰头土脸的黑子，二话不说，拿电棍就捅了小顺一下。小顺"嗷"的一声惨嚎，身体蜷成了虾米。

"有这么闹着玩的吗？"管教的目光在人群中扫了一圈，很快落在了平哥头上，"沈建平，你说说怎么回事！"

"报告管教，真的没什么事。"平哥打了个哈哈敷衍道，"就是打球打毛了，球都掉地上了，他们还抢呢。这哪是打篮球啊，都快成橄榄球了。"

黑子这时也挣扎着从地上爬起来，识趣地附和道："报告管教，我们就是在抢球。小顺他不懂规则，抱着球跑。这谁受得了啊？我非得抢过来不可。"

管教将信将疑，不过既然众人都这么说了，他也是多一事不如少一事，索性吹了个长哨说道：“给你们点阳光，你们就胡七八糟的灿烂。行了，放风结束，都给我回监舍里待着去！”

众囚犯响起一阵唉声叹气的埋怨之声，但也不得不老老实实地开始排队。杜明强排在杭文治身后，低声问道：“你刚才怎么回事？”

“没怎么回事。”杭文治回过头平淡地说道，“我只是想明白了，什么事都没理由让自己受委屈。谁想伤害我，至少我也得让他不舒服！”

杜明强咧咧嘴，没想到自己先前的一席话会让对方转变得这么快。他一时间也不知是该高兴还是该担忧了。

众人回到监舍之后，黑子和小顺之间虽然气还没理顺，但是有平哥压着，两人谁也不敢造次。黑子原本以为可以吃定小顺的，但杭文治竟然会帮小顺出头，这实在大大出乎他的意料，以后自己要以一敌二，那可就占不到什么上风了，更何况杭文治身后还站着一个高深莫测的杜明强。黑子越想越觉得自己前景黯淡，愁闷不已。

平哥对杭文治今天的表现也颇感意外，回监舍不久就忍不住说了句：“行啊，你小子倒也有种！”

杭文治不搭腔，只是躺在自己床上不知想些什么。杜明强反倒有些替他担心，他从平哥的语气中听不出好坏来。不过想想以黑子和小顺现在的落魄地位，平哥倒不至于因为这两人间的摩擦把事情闹大，于是便也释然了。

因为今天是周末，监狱里的值班人员相对较少，食堂也不开火，饭菜都是昨天做好的，到饭点就分配到各个监舍。吃完饭之后，管教便把今天亲友探视时带来的物品分发给了相关囚犯。这些物品无论巨细，全都经过了严格的安全审查。

424监舍的杭文治和小顺都收到了不少副食品。按照规矩自然要拿出一些来孝敬平哥，平哥和阿山两人分了，然后又说道：“你们两个今天让黑子折了个大跟头，怎么的也得表示表示吧？”

杭文治和小顺并不是很乐意，但知道平哥有心压事，也必须得给对方这个面子。于是两人又各拿出些美味给了黑子，黑子面上也过得去，打个哈哈说几句客套话，心里真实的想法怎样可就难说了。

杜明强没心思去享受舍友们的假日会餐。他挂念着阿华捎来的那张光盘，不知里面会是些怎样的内容，管教又为何迟迟不将那光盘还给自己？

到了下午两点半，午休时间结束。值班管教们又过来打开监舍，准备带犯人们到院子里放风。众人便排着队跟着管教鱼贯而出，这时却听有个管教喊了一声："杜明强出列！"

杜明强横跨一步停在了队伍之外。

等其他犯人都走出监舍大楼之后，管教走到杜明强面前，将一张光盘塞到对方手里："喏，这是你的东西。"

杜明强鞠了个躬："谢谢管教。"

管教却没有完事，他左手还拿着一个四四方方的纸盒子："还有这个你也拿去吧，这是刑警队的罗队长送给你的。"

罗飞？杜明强有些意外，他接过盒子看了看，包装说明显示盒子里应该是个全新的便携式CD播放器。

杜明强体会到罗飞的苦心，一时间竟有些小小的感动。

管教在一旁观察着杜明强的反应，对方体现出来的情绪让他颇为满意，于是他点了点头，又说道："罗队长有句话托我带给你，到底谁更可能成为你的朋友，希望你想清楚。"

杜明强沉默片刻，回答说："我明白。"

"明白就好。"管教挥了挥手，"你也出去吧。"

杜明强转身向监舍外走去，一边走一边迫不及待地打开了CD盒的包装。他把那张光盘塞进了CD机里，戴上耳机之后按下了播放键。

在杜明强步出监舍大楼的那一瞬间，午后的阳光照耀在他的脸上，与此同时，如天籁般的音乐声也从耳机中流淌出来。

杜明强产生一种如飞翔般的愉快感觉，他痴迷般的仰望着天空，一步步地走进那煦暖的阳光中。在他周围，其他所有的事情、所有的人似乎都不存在了，他的世界里只剩下了阳光和音乐。

他在这样的世界中徜徉着，幸福得像一枝绵绵细雨中的花朵。当那一曲渐渐终了之时，他恋恋不舍地按下了停止键。

他不知道那光盘中一共会有几首乐曲，但无论他此刻如何的贪婪，他也舍不得一次将整盘光碟全部听完——那样实在是太奢侈了！仅仅是这一首乐曲，他觉得自己至少要细细地品味三天！

那该是多么美妙的三天啊！

“你在干什么呢？”突如其来的话语声打断了杜明强的畅想，他循声看去，却见杭文治不知何时已来到了自己面前。

“这是我的礼物。”杜明强晃了晃手中的CD机，“请原谅我不能和你分享，因为这礼物对我有着非同一般的意义。”

杭文治显然对杜明强手里的东西并不感兴趣。他拉了拉对方的胳膊，压低声音道：“你现在有空没？我想跟你说点事情。”

“怎么了？”杜明强察觉到对方的神态有些怪异，他一边把CD机收好，一边把自己远远飘散的情绪拉回到现实世界中来。

“找个僻静的地方再说。”杭文治用目光在院子里扫了一圈，然后向着一个冷清的背光角落走去。

杜明强跟上杭文治的脚步。到了墙角之后两人先后停下来，杜明强用困惑的目光看着对方。

“我想过了。”杭文治开始用一种坚定的语气说道，“我要出去！”

“什么？”杜明强皱了皱眉头，不太明白对方的意思。

“我要出去！”杭文治又说了一遍，怕对方还听不明白，他停了一会儿之后，干脆就直说道，“我要越狱！”

“你胡说什么呢？”杜明强露出难以理喻的表情，他的目光往四周快速地扫了一圈，在确信没有别人关注他们之后，他又压低声音道，“你疯了吗？”

“我没有疯，”杭文治的神情却严肃得很，“我必须出去。我母亲中风了，家里又没有积蓄，根本没有钱给我母亲看病。我如果不出去的话，恐怕这辈子都没有机会再见到她老人家了。”

杜明强无奈地翻了翻眼睛，提醒对方：“你出去同样也见不到她！只要你一越狱，马上就会有大批的警察将你所有的社会关系牢牢地盯死。你还指望能看到你母亲？别做梦了！只要你敢和家里人联系，铁定会被警察抓回来的！”

杭文治摇摇头道：“我没有那么傻，我出去以后当然不会和家里人联系的。但我会想办法让那个女人把钱还给我的父母，只要能达到这个目的，我死也值了。”

“让那个女人还钱？”杜明强看着杭文治，“你能有什么办法？”

杭文治犹豫了一下道：“我还没想好……但办法肯定是有的。我连命都不想要了，我就不信还治不了一个贱女人！”

杜明强瞪起眼睛，像是在看着一个自己完全不认识的人。良久之后他苦笑道：“你真的是疯了……”

“我没疯！”杭文治伸手抓住对方的胳膊，神色有些激动，“是你告诉我的，不能便宜了那些伤害我们的人。是你煽动了我的愤怒，让我激起了复仇的欲望。现在你又说我疯了，难道你的那些话根本就不是你真实的想法吗？！”

“是的，我们不应该放过那些坏人，我们要复仇。但复仇并不是靠愤怒和冲动来完成的，”杜明强伸手在杭文治的脑壳和心口上分别轻点了两下，“复仇要靠智慧和耐心，你明白吗？”

杭文治沉默了，他似乎稍稍冷静了一些，然后他问道：“那按你说的，我该怎么办？”

“老老实实地服刑，好好表现，争取减刑。然后让你朋友帮你找个好律师，搜集那女人侵吞你们财产的证据，如果能证明那些财产原本就是属于你的，那么绑架和勒索的罪名就都可以推翻了。”

杭文治失望地“哧”了一声：“减刑？再怎么减也得待个十多年，到时候连黄花菜都凉了！翻案就更不用想，如果能有证据的话，我还至于被送到这个地方来吗？”

杜明强咧咧嘴，对方说的也的确是实情，他无法反驳。

片刻之后杭文治又问道：“你还有别的建议吗？”

杜明强摇摇头。

杭文治便坚定地说道：“那我只能越狱了！”

杜明强不再说什么，他一反手拉住杭文治的胳膊，把他从阴暗的墙角里拽了出来。

杭文治吃了一惊：“你干吗？”

“你看看那边。”杜明强伸手往北边一指，“告诉我那是什么。”

谁都看得见，那是一个高高耸立的岗楼。荷枪实弹的武警站在岗哨里，阴森森的枪管在阳光下闪耀着寒光。

见杭文治不言声，杜明强便冷笑着继续说道：“这样的岗哨遍布于监狱的每一个角落，所有犯人的一举一动都在他们的眼皮底下。你跑一个试试？哨兵想要击毙你比打死只猪还要容易。”

杭文治深深地吸了口气，但眼中的欲望却并没有熄灭。

杜明强又退了一步说道:“就算你有隐身法，可以避开哨兵的耳目，那又能有什么意义？要想逃往自由的世界，你还要面对两层楼高的监狱围墙和墙头密布的电网，想翻越是根本不可能的。当然了，你还可以往南边跑，如果你能通过指纹验证的安检门，你就可以进入前院的办公区域，不过我要告诉你，那里不仅到处都是狱警，而且每个角落里都有密布的监控摄像头。在监狱的最南边还有一道戒备森严的大铁门，进出的车辆行人都要接受卫兵严格的检查。别说是一个大活人了，就算是一只老鼠也别想从那里溜出去。”

杜明强的每一句话就像是一盆冷水，反复地浇覆着杭文治心中那种不切实际的冲动。最后他用一句话总结说:“这是全省戒备最为森严的监狱，近二十年来从未发生过成功越狱的案例，你凭什么想从这里逃脱？不是我看不起你，你根本就连四监区都跑不出去！”

这次杭文治沉默了许久，最后他终于开口道:“我知道很难，所以我希望你能够帮助我，我们两个一起逃出去。”

杜明强立刻打断了对方的话:“我为什么要跟你一起逃？我只不过是个五年犯，好好表现的话三两年就能出去了，我干吗要冒着被击毙的风险陪你去干这么一件不靠谱的事情？”

杭文治无言以对，他看着杜明强，黯然道:“我还以为你会帮我的……”

“帮你？我看我是帮你帮得太多了！”杜明强苦笑道，“帮得你冒出了这样荒唐的想法！”

虽然对方已如此明确地拒绝了自己，但杭文治还是不太甘心，踌躇了片刻之后，他又小声地说道:“其实我已经想到了一些办法……”

“那你千万别告诉我，我会去揭发你的！”杜明强用这样的言语彻底堵死了杭文治的话头，然后他一转身，头也不回地离去了。

杭文治独自一人站在广场的角落里，既孤单又无奈。片刻之后，他抬头环视着那一圈高耸的围墙，厚厚的石块和电网隔断了通往自由世界的道路，即使是初春的煦日照耀之下，也只能泛起一片令人绝望的冰冷寒光。

随后的几天里，杭文治再也没有向杜明强提起过类似的话题。没事的时候他便一个人坐着发呆，不过状态已和刚入狱那阵截然不同。那种木木的茫然无助的神色从他脸上消失了，他的眼神中开始闪动着一些琢磨不透的光芒，好像总藏着很多心事似的。

杜明强自然能看到发生在杭文治身上的这些变化，但他却保持着一种不闻不问的态度。事实上杭文治能产生越狱念头，杜明强细想下来倒也不觉得特别奇怪。很多重刑犯在入狱之初都会有过类似的妄想，而时间会用一种缓慢却又无坚不摧的力量磨砺着他们，并最终在他们的心头裹上一层坚硬的茧子。于是那些燃烧的火苗便会失去欲望的氧气，在残酷的现实中熄灭、冷却下来。

时间是最好的老师，杜明强觉得并不需要自己再去告诉对方什么。在杭文治异想天开的时候他也乐得清静，独自沉迷在美妙的音乐世界中。

小顺却有意和杭文治越走越近。其中的原因或许用一句老话就可以解释：敌人的敌人就是朋友。自从在篮球场边联手和黑子干了一架之后，小顺俨然已将杭文治当成了自己最亲密的盟友，有事没事都往对方身旁凑，态度殷勤有加。

杭文治原本对小顺就没什么好感，现在心里藏着秘密，更是不想和对方接近。但无奈大家都在一个监舍内，对方笑着脸来磨蹭，他也没法发作。有时候杜明强看到他疲于应付的样子不禁暗自好笑，心想：就得让小顺这个搅屎棍子给你捣捣乱呢，要不然你每天胡思乱想的，可别真的走火入魔了。

平哥也注意到了小顺有笼络杭文治的倾向。鉴于这两人的地位在监舍里都不高，他也没把这事太放在心上。在这个监舍中平哥他唯一顾忌的人就是杜明强，只要那家伙不再挑事，其他人是折腾不出什么动静的。

当然有一个人非常不爽，这个人就是黑子。那天在大庭广众之下被小顺和杭文治放倒，黑子脸面无存。以他的性格脾气，这件事是一定要想办法扳回场子来的！杭文治有杜明强罩着，黑子不敢动，他只能在暗地里瞄着小顺——这小子凭什么和我嚣张？无论如何也要治服了丫的。

日子就这样一天天地过去，表面平静，暗流却汹涌不息。转眼又到了某个周末，这天杭文治又得到了探视的机会。中午回到监舍之后，他的表情看起来有些兴奋。

“哎，治哥，你朋友又给你带啥好东西了吧？”小顺贱兮兮地凑上来问道。

“确实是好东西，”杭文治卖着关子说道，“不过这好东西对我有用，对你可就没什么意义了。”

小顺挠了挠头，想不出对方说的到底会是什么。不过他的困惑很快就得到了解答，午饭后管教把通过审核的探望物品分发到相关人员的手里，杭文治除了一堆食物和生活用品外，还得到了两个一模一样的小盒子。

杭文治打开其中的一个盒子，摸出一副眼镜架在了自己的鼻子上。自从入狱当天弄碎了眼镜之后，杭文治就一直生活在一种半朦胧的状态中。虽然他的近视度数并不算很高，但在行动上仍然会带来诸多不便。

“哟，又戴上了啊？”黑子摇头晃脑地评价着，“这才像个样子，恢复文化人的感觉了。”

小顺斜了黑子一眼，道：“治哥就是不戴眼镜，那气质也和一般人不一样。”

黑子往地上啐了一口：“操，这马屁拍的，见着亲爹了啊？”

小顺歪着脖子正要和黑子掰饬几句，却听平哥忽然开口道：“怎么弄了两副来？还想留一副自杀用啊？”

“眼镜这东西容易坏，留个备用的。”杭文治一边说，一边打开另一只盒子，把里面的眼镜拿出来看了看，觉得没什么问题才收起来，压在了自己的枕头下面。

“大伙都用不着的东西，弄那么多干什么？”平哥又撇着嘴说道。杭文治听出了些话外音，连忙赔着笑把朋友带来的香肠一类的方便食品奉献出来给平哥分享。平哥当然就毫不客气地笑纳了，同时给其他人也散发了一些。众人皆大欢喜，各自享受起“福利”，先前不愉快的气氛也就此消弭。只有杜明强对分到手里的香肠似乎没什么兴趣，他随手把美食往床头一扔，自顾自继续听他的音乐去了。

杭文治重新戴上眼镜之后，不仅日常行动方便了许多，也提高了他工作时的效率。他本来在量图画线方面就有优势，现在视力也恢复了，制作纸袋当然就更加迅速。杭文治为人老实仗义，在提前完成自己的工作量之后也不会离去，而是继续留下来帮其他人搭手。他的这番举动引起了广泛的好感，就连黑子也不得不领情，渐渐转变了恶劣的态度。

因为每天都能提前完成工作任务，424监舍也得到了带队管教的表扬。冲着这一点，平哥都得给杭文治几分面子。不仅如此，甚至协管班长“大馒头”对杭文治爱咬铅笔头的习惯也不深究了。在这个监狱里，只要大家劳动任务完成得好，管教的心情就好；管教的心情好了，自然大家都可以过得舒服——这是个最基本的道理，即便“大馒头”这样的人也是拎得清的。

转眼又临近周末，这天大家照例来到了生产车间开始了一天的工作。吃完午饭之后，大家刚刚坐定了，却听负责抓生产的黄管教在车间门口喊了一声：“424监舍的，派两个人出来装货！”

犯人们每天生产的纸袋经过打包分装之后都储存在紧邻车间厕所的库房内，快到周末的时候，厂方便会派一辆大车过来把积攒了一周的成品货物拉走。按照规定，外界的车辆不能进入犯人集中的生产区域，只能在刚进监狱大门的办公区进行等待。所以就需要用人力将货物从生产车间搬运到数百米之外的大车上。这工作当然也得让犯人来完成，同时出于安全考虑，每次最多只能派出两名犯人，这两人会足足忙活一整个下午，工作强度又大，是份不折不扣的“苦差”。通常这差事都是由各监舍轮流承担的，这周恰好轮到了424监舍。

“黑子，小顺。你们两个去吧。”平哥努了努嘴说道，既然是“苦差”，当然得派出监舍中地位最低的两个人，这是监狱世界中通行不二的规则。

黑子以前可是424监舍的名义“小队长”，这回被指派去当搬运工，心理上一时有些承受不了，苦累倒还其次，关键是面子可要在整个监区里折光了。不过平哥发了话，他又不敢公然违背，只好皱起眉头找了个借口：“我昨天晚上睡觉落枕，肩背使不了力气呢。”说话间他还僵硬地梗了梗脖子，煞有介事似的。

小顺立刻鄙夷地揭穿黑子的把戏：“尽他妈装蒜，刚才在食堂闻到饭香，脖子伸得比乌龟还长！这会儿又落枕了？！”

平哥也是心知肚明，当下便黑了脸，正要说几句狠话压压黑子的心机时，却听杜明强主动凑过来说道：“得了，黑子去不了，那就让我去吧。”

平哥斜过眼睛，他并不愿意和杜明强顶真，不过自己说出的话如果轻易更改难免有损威信，便瓮声瓮气地反问道：“有你什么事啊？”

“我就是想出去透口气，整天待在车间里。闷也闷死了！”杜明强笑嘻嘻地回答说。他讲的倒是实话，而且苦累对他来说并不算什么，反倒可以趁机锻炼锻炼许久未曾舒展的筋骨。

平哥犹豫了片刻，忽然想到黑子和小顺素来不和，如果放他们两个结伴出去，搞不好又闹出什么乱子来。顾虑到这一层后，平哥便乐得做个顺水人情，点头道:“行吧，那就你和小顺去。”

没想到杭文治这时也跳了出来，主动请缨:“平哥，我也去吧，让小顺歇会儿。”

平哥这次想也不想地瞪起眼睛:“你添什么乱？你去搬东西了，监舍的生产任务谁来完成？”

杜明强知道杭文治的心情，对方是想方设法要和自己单独相处。于是他笑了笑，附和着平哥的话语:“你出去干什么？就你这小身子板，没等走到监区外就得废了！”

杜明强话里有话，别人感觉不出什么，杭文治却听得清楚。他知道对方仍然对自己提出的越狱想法无动于衷，失望之余，也只好悻悻地坐了回去。

小顺原指望杭文治能把自己也替下去的，不过一见形势不对，马上便甩开了冠冕堂皇的漂亮话:“治哥，这种粗活哪用得着你动手？让我和强哥去就行了，大家都不是怕吃苦的人，不做什么偷懒耍奸的脏事儿。”

小顺一边说，一边兴冲冲地站起身，顺带用眼角睥睨着黑子。他这番表演既拔高了自己的姿态，又不失时机地杵了黑子一个难堪。黑子心火燎烧，但自己理亏在先，只好暂且忍下这口气去。

平哥对这两人看得清清楚楚，他不耐烦地“呸”了一声，骂道:“都他妈的别废话了，快去！”

小顺不敢再嘚瑟，乖乖地往库房方向走去。杜明强优哉游哉地跟在他身后，似乎所有的明暗纷争都和自己毫无关系。黑子用眼神勾睃着小顺的背影，心中暗想：不管怎样，老子还不是免去了这趟苦差？你小子也就占了点嘴上的便宜，等老子逮着机会了再慢慢地收拾你！

那边犯人班长“大馒头”已经把一辆运载货物用的手推铁板车挪到了车间门口。小顺和杜明强需要完成的第一步任务就是把一箱箱打包好的纸袋从车间紧里面的库房搬放到门口的铁板车上。那些纸袋装箱的时候都压得严严实实，每箱的重量足有好几十斤。两人全靠徒手搬运，杜明强倒还不在话下，小顺可就有些吃力了。因为要在黑子面前来来往往的，小顺又不想丢了面子，只好咬牙紧绷着，每把一箱纸袋搬上推车后，便龇牙咧嘴地在车间门外喘息一番，暗自咒骂叫苦。

终于把那铁板车装满，两人接下来就要把这车货物运送到监狱中的办公区域了。杜明强主动往小车的推杆前一站，两手一张，一个人就把住了整个推车。小顺见对方这副架势，自己也乐得偷懒，只在旁边扶着车上的货物，有些出工不出力的意思。狱方这时也专门派来了一个年轻管教，一边给这二人引路，一边也起到管理监视的作用。于是一行三人连同那辆装满货物的推车便不紧不慢地离开了改造车间，向着监区之外的天地而去。

出了四监区之外是一片开阔的农场，不少其他监区的犯人正散布在农场中辛勤劳作。这里视野开阔，无遮无拦，每个人的一举一动都会被哨楼上的卫兵看得一清二楚。

事实上，A市第一监狱从外往内可以分成三个区域。紧挨着监狱大门的是一片办公区，集中了监狱管理干部的办公室和一些后勤辅助机构。办公区往后就是关押犯人的监区了。不过这监区又分成两个部分。第一、二、三监区关押的都是十年以下的轻刑犯，这三个监区自成一块，是整个监狱中面积最大的部分。轻刑犯主要从事一些户外的劳作，现在杜明强等人正在穿行的就是这个区域。

第四监区因为关押的都是十年以上的重犯，所以被安排在了监狱的最深处。这个区域占地不大，但却是监狱中戒备最为严密的所在。监区犯人的劳动改造也必须在室内展开，以保证这些危险分子随时都处于摄像探头的监控之下。在他们外围的那片农场则可以被视为一个“缓冲区”，即使有重刑犯侥幸逃离了第四监区，他要想穿过这样一片广阔的农场时，也一定会被哨楼上的卫兵发现。

三人在田地间穿行。此刻正值暖春时分，微风徐过，带来一阵阵清新的田野芬芳。杜明强自入狱以来就很少离开那牢笼一般的四监区，现在有机会舒展一下身心，不免有些暗自陶醉。他贪婪地大口呼吸着，耳畔似乎又响起了一连串美妙的乐曲声。

愉快的感觉总是短暂的。杜明强觉得自己还没走几步就已经穿过了整个农场，当威严的监狱办公楼出现在他眼前的时候，春风和音乐便双双消失无踪了。

确切地说，这应该是一个楼群，十几幢建筑鳞次栉比，隔断了监区和监狱大门之间的联络带。奇特的是，这些建筑的外观都不是普普通通的四方形，每一幢建筑的外沿都由很多斜边构成，有的是六边形，有的是八边形，有的或许更多。当这些建筑非常紧密地排列在一起时，建筑之间一条条狭窄的通道就组成了一片曲径弯绕的迷宫。据说这些通道的构造当初是经过高人指点，符合传说中八卦阵的原理。不熟悉其中奥妙的人进入楼群之后，走不了几步就会彻底失去方向感。你不知道该往哪里去，也不知道每幢楼底部的入口到底在哪里。如果你没头没脑地乱扎一通，最终不是回到监区农场，就是来到一扇由森严武警把守的铁门前，沦为悲惨的瓮中之鳖。

杜明强站在楼群脚下，阳光从高处狭小的间隙中刺射过来，晃得他有些头晕目眩。而就在此时，他的耳畔也响起了管教严厉的呵斥声："乱看什么？！把头低下来！"

杜明强知道这是犯人进入办公楼区时的规矩：必须低着头走路，严禁东张西望。于是他老老实实地按照管教的要求垂下了头。一旁的小顺当然也不敢违抗，两人推着车，用眼睛的余光瞄着管教，紧跟着对方的脚步走进了七弯八绕的楼群之中。

一路不知拐过了几个弯，其间时常会有其他的监区工作人员走过，与带队管教熟络地打着招呼。在这个过程中，杜明强和小顺一直保持着谨小慎微的姿态。他们很清楚，这里不仅是监区管教最集中的区域，而且每个角落都处于严密的监控网络中，是万万不可造次的。

五六分钟之后，忽觉前方一片明亮，有了豁然开朗般的感觉。杜明强心中一动，估计应该是走出办公楼群了。而管教则在此刻又开口说道："行了，把头抬起来吧。"

杜明强举目四顾，却见那群办公楼果然已被自己甩在了身后。从正面看过去，那些楼宇一幢幢门阔窗明，竟丝毫没有在监区中看来的那种诡异的压抑感。杜明强不禁在心中暗暗赞叹楼群设计者的天工匠心，仅仅用楼群的正反两面便渲染出了两个截然不同的世界。

办公楼群距离监狱的大门还有五十来米的距离。这片空地除了做一些绿化之外，主要便是当作停车场来使用。厂方派过来装货的大车就停在离楼群出口不远的地方，一个中年汉子正靠在车前厢上抽着烟，看样子应该是随车的司机。

"你们俩赶紧过去装货吧，具体的要求听从劭师傅的安排。"管教一边吩咐着，一边冲那个抽烟的汉子挥手打了个招呼，那人正是他口中所说的"劭师傅”。

劭师傅掐了烟，走到车尾把挡盖卸开。他看起来有五十来岁的样子，身体倒还健硕，但黝黑的脸上皱痕密布，似乎是经历过了太多的世间沧桑。

“师傅，您说句话，该怎么装？”杜明强把铁板车推过去，主动问道。

劭师傅却没有立刻回答，他自己一翻身跳上了卡车后斗，然后淡淡地说了句：“你们把箱子递给我就行，我自己来装。”

“我们两个人递，你一个人装？”杜明强追问了一句，略略有些不解，这样的分配显然并不合理。

劭师傅应了声：“对。”然后也不解释，只是在车上做好了接货的姿势。看来他是个不太喜欢说话的人。

杜明强便从推车上抱起一只箱子递给劭师傅，为了让对方少费点力气，他特意把箱子高高地顶在肩膀上。这样劭师傅不用弯腰就可以把箱子接走，然后噔噔噔快走几步，将那箱子码在了车斗的紧里头。

旁边小顺也开始帮手，他的力气不足，无法将箱子举过肩头，杜明强便会接过箱子帮他完成这个工作。于是很快这三人之间便自然地形成了分工：小顺负责把箱子从推车抱到卡车前，杜明强把箱子举高，而劭师傅则负责在车厢上装货。一开始这三人倒还衔接得上。当车斗里层的箱子垒高之后，劭师傅的工作量就越来越大了，他渐渐开始跟不上先前二人的节奏。

杜明强眼见着劭师傅往高处垒箱子的动作渐渐吃力，于是他一撑车斗也跳上了车，对劭师傅说道：“师傅，您下去递箱子吧，上面的活儿我来干。”

劭师傅“嗯”了一声，有些诧异地看着杜明强。

“我年轻，体力好！”杜明强一边说，一边拍了拍自己结实的胸膛。

劭师傅上下打量着杜明强，透出些不太放心的样子。

“该怎么装，有哪些要求，您说明白了就行！”杜明强回视着对方的目光，自信而又诚恳。

劭师傅终于开口了：“先紧着车斗里面垒，垒四层，一定要垒齐。”

“好嘞！”杜明强应了一声，弯腰从车下小顺手中接过一只箱子，按照劭师傅的要求垒在了车斗内侧。此刻箱子已经加到了第四层，但杜明强垒起来仍是举重若轻般自如，这一方面得益于他的身高，另一方面也印证了他确实有个强健的体魄。

劭师傅看到对方这副利索劲儿，踟蹰的脸上终于透出赞赏的神色来。杜明强这会儿又跑回他的身边，微笑着问道："怎么样？我这活儿还行吧？"

劭师傅点点头，他也给对方回了一个笑容，不过那笑容只是略略一绽，随即便淹没在满脸纵横沧桑的沟壑中了。

"您下去吧，上面交给我。"杜明强又一次提议。这回劭师傅没再犹豫，他跳到车下，取代了杜明强先前的岗位。于是三人又恢复了先前的运转状态，而这一调整之后，每个人的能力都得到了最大的发挥，整体速度自然要快了不少。也就十来分钟的时间，平板推车上的货箱便全部被转搬到了卡车上。

这样的工作效率让在一旁监看的管教都觉得有些意外，他迎上来道："嗬，今天这活儿干得够快的啊？"

劭师傅看着杜明强说："这小伙子不错。"

管教和劭师傅已经相处多次，知道这个汉子平时言辞极少。这看似简单的话语可算是对杜明强相当的夸赞了。自己带的犯人争气，管教自然也有面子，不过职业的需要让他不能把满意的情绪过于明显地挂在脸上。相反，他还要摆出严厉的神色呼喝着杜明强："还不下来？赶紧跑第二趟啊，早点干完早点收工！"

杜明强轻轻一跃跳到地上，拉起平板车招呼小顺："走吧。"

小顺咧咧嘴，想说什么又不好开口似的。看杜明强走得畅快，他也只好紧赶两步跟上去，一只手装模作样地搭在推车上，出工不出力。

依旧由管教带路，一行三人穿过办公楼群和劳动农场，又回到了第四监区的生产车间。平板车进不了车间，管教就在门外等着，杜明强和小顺则前往储藏室开始第二轮的搬运工作。

储藏室在车间的最里面，两人必须先经过车间内的工作区。黑子看到他们回来，便停下手中的活儿，揶揄着对小顺说道："哎，累不累啊？"

小顺也不言语，从额头上擦下把汗来，经过黑子身边的时候用力一甩，咸湿湿的汗点子就像小雨似的洒了黑子一身。

"我操！"黑子骂了起来，"喷什么骚水？高潮了啊？"

周围的犯人一阵哄笑，小顺黑着脸，气呼呼地加快脚步扎进了储藏室里。等杜明强赶过来的时候，却见他也不干活，只是叉着腰站着，一副气愤难平的样子。

杜明强嘿嘿一笑，劝了句："你跟他斗什么气？赶紧搬箱子吧。"

"妈的，他把我当傻逼呢。"小顺恨恨地往外勾睖着眼睛，像是要用目光在黑子身上剜出两个窟窿似的。片刻后他转头看向杜明强，神色则变得有些无奈，说："你能不能不要那么积极？哪有像你这么干活的？"

"我多干点无所谓，我自己乐意。"杜明强一边说一边甩着胳膊，"哎呀，这多少天没动弹了？胳膊腿都快锈住了！"

"你傻啊？"小顺瞪大了眼睛，急切地想要给对方灌输自己的道理，"你干快了也歇不着。那边箱子如果早搬完了，我们还得回来粘纸袋，到时候不是让黑子他们看笑话么？你看以前那些搬箱子的，哪个不是磨磨蹭蹭地一直耗到晚上收工？"

杜明强明白小顺的意思，多干点活儿也罢了，对方最忌讳恐怕还是在黑子面前折面子。他也无所谓蹚这个趟浑水，就笑了笑说："行，那咱们接下来就悠着点。"

小顺却愁眉苦脸地叹了一声："现在可不好悠了，管教的眼睛毒着呢。你刚才就不该跳上车抢活儿，唉，你可真是与众不同。"

"哦？"杜明强倒来了兴趣，反问，"那按你的说法，该怎么做？"

"都是能躲就躲啊，就算管教吩咐你上车装货，你也要装作不会干，把那箱子码得乱七八糟的，这样那个劭师傅自然就不会叫你继续码了。这也不是我的说法，以前大家都是这么干的。"

杜明强哑然失笑，他回想起先前劭师傅那种不信任的眼神，此刻终于恍然大悟了。

却听小顺又继续说道："你现在再装也不行了，谁让你刚才干得那么利索？唉，偷懒都偷不了，跟你在一组可真是倒霉。"

见小顺如此郁闷，杜明强倒也有些歉意了。他想了一想，说："得了，你也别发愁，一会儿我自然有办法让你歇着。"

小顺的眼睛亮了一下："真的？"

杜明强点点头："不过我们等下干活的时候还得像先前那样绷足了劲，不能懈怠，否则可就歇不了了。"

小顺见对方的神色不像是在忽悠自己，便应了声："行！"

"那就开工吧。"杜明强一边说一边抱起一只箱子，小顺也不含糊，紧跟而上，两人又全力以赴地投入到了劳动状态中。

把箱子装满平板车用了二十多分钟，推着车赶路又用了十多分钟。当一行三人再次来到了办公楼群前的停车场时，劭师傅已经在车斗旁等了他们近一个小时。

“赶紧装车。”管教催促道，“别让师傅老等着你们。”

小顺龇牙咧嘴，似乎是疲惫不堪了。

劭师傅看到杜明强二人忙碌不歇倒是有些过意不去了。他建议说：“要不先歇会儿？今天进度还可以，不着急。”

“他们不用歇。”管教立刻否了回去，“早点干完回去还有别的活儿呢。”

小顺摆出副苦脸，可又不敢说什么，只好用眼睛勾着杜明强，心里免不了又埋怨了对方一遍。杜明强装作没看出来，自顾自跳上车斗，招呼道：“来吧。”

小顺想到杜明强此前的嘱咐，便咬紧牙坚持着。好在接下来三人传箱子接力，他算是强度最小的一个环节。杜明强虽说任务最重，但他的动作一直矫健如初，像是有用之不尽的精力。在三人的配合下，不消多久，这第二板车的箱子便又卸去了大半。

“小伙子，把这车装完了，休息一会儿吧。”劭师傅递箱子的时候看到杜明强额头也开始渗出汗珠，便再次提出建议。

“装完了就休息不了啰。”杜明强一边压低声音说道，一边用眼睛瞥了瞥站在不远处抽烟的管教，然后他又转回头，故意加大嗓门反问劭师傅，“师傅，您累不累，要不要歇会儿？”

劭师傅一怔，随即明白过来，连忙也大声回答说：“哎呀，是不行了，得歇会儿。我这体力还是和你们年轻人没法比啊。”

管教听到了这边的对话，他把烟屁股扔到地上踩了踩，然后挥挥手冲自己的犯人说道：“得了，你们两个也跟着歇会儿吧。”

小顺欢呼了一声，一屁股坐到平板车上，用身体靠着车上剩余的箱子，摆出躺在沙发上一样的姿势。杜明强则跳下车斗，对劭师傅点了点头，诚挚地说道：“谢谢了，老哥。”

劭师傅掏出盒烟，冲杜明强挑了挑：“来一根吧？”

杜明强摇摇手，笑道："我不会。"

劭师傅便自己点上了，他深吸一口又美美地吐出来，然后他问杜明强："小伙子，你是什么案子进来的？"

杜明强踌躇了片刻，给了个含糊不清的回答："我没有别的路可走，因为有些事我是必须要去做的。"

劭师傅倒不深究，他眯起眼睛看着杜明强："我相信你是迫不得已的，你和其他犯人不同，你不是一个坏人。"

杜明强自嘲一笑："都进了第四监区了，还不是坏人？"

劭师傅把香烟凑到嘴边又吸了一口，然后悠悠地说道："监狱里可不一定都是坏人，就像坏人也不一定都在监狱里一样。"

杜明强心有所动，但他把自己的情绪隐藏了起来，只是看着远处的高墙电网沉默着。

"不管怎么说，你干活可麻利得很。"劭师傅跳开了话题，他伸手在杜明强肩头拍了拍，"我和管教说说，以后这装车的活儿都让你来帮我干。怎么样，你愿意吗？"

杜明强回答得很干脆："没问题。"

劭师傅欣然点点头，又说道："不过你下次可别干得这么快了。这里是监狱，干多了也拿不到加班工资。"

杜明强被逗得一乐："劭师傅，我刚见你的时候还以为你不怎么爱说话，没想到侃起来也是一套一套的。"

劭师傅"嘿"了一声："有用的就说说，没用有什么好说的？以前来帮着装货的那些犯人，不够让我生气的呢，还跟他们说什么？倒不如省点劲自己多干两把。"

两人便这样有一搭没一搭地闲扯着，虽然身份境地大不相同，但相聊倒也颇为投机。不知不觉中一根烟的时间很快就过去了，劭师傅掐了烟蒂，拍拍手问杜明强："怎么样，开工吧？"

杜明强说了声："好。"然后招呼一旁的小顺。小顺也知道休息的时间不能太长，否则让管教等得不耐烦可就不美了。于是他也痛快地从平板车上跳起来。无论如何，这番休息之后，疲惫的筋骨还是舒松了许多的。

接下来再干活时，三人之间便渐渐地有了更多的默契。小顺和杜明强回监区搬箱子的时候总是积极表现，在管教面前留个好印象。到了装车的时候，劭师傅则会适时地提起休息，让两人不致太过劳累。在这样不紧不慢的节奏中，到下午五点钟左右恰好把一车的货物都装满了。

劭师傅和众人道了别，钻进驾驶室开着卡车往监狱门口驶去。到了监狱的大铁门前，有哨兵过来先对车辆进行了一番检查，然后才打开电动开门的装置。

小顺推着平板车一步三回头，趁着大铁门缓缓开启的当儿，贪婪地向着外面的世界瞥去。

“看什么呢？”管教呵斥道，“那是你瞎看的地方吗？”

小顺连忙把脖子缩回来，同时表功一般的举手说道：“报告管教，我发现了一个安全隐患！”

“哦？”管教停下脚步，“你说说看，哪里有隐患了？”

小顺说：“刚才那个装货的卡车就是隐患！如果有犯人和开车的师傅串通好了，藏在车上的货物里面，那不是就可以混到监狱外面了？”

管教眯起眼睛，皮笑肉不笑地看着小顺：“你想法倒挺多啊？想越狱了是不是？”

小顺可怜兮兮地苦着脸，为自己辩解道：“我哪有这个胆子？我要真有这个想法就不会说出来了嘛。”

管教也是存心要诈唬小顺一下，见对方装得乖巧，便又笑骂道：“你懂个屁。大门口那儿装着红外热像仪呢，所有车辆进出的时候都要过一遍。别说是个大活人了，就算是只老鼠也别想混出去。”

“红外热像仪？”小顺不太理解这几个字的意思，眨着眼睛问了句，“能透视的啊？”

“差不多吧。”管教懒得跟他多说，应付似的解释道，“只要你是个活人，都能测出来。”

杜明强在一旁却听得明白。红外热像仪的主要用途是监测环境中的温度分布，因为人的体温正常情况下都会比环境温度高，所以如果车斗里藏着活人，在热像仪的显示屏上就会呈现人形的热源反馈。有了这样的设备，犯人们想要潜伏在来往的车辆中越狱就难比登天了。

小顺又回头往监狱大门的方向张了几眼，不知还在瞎琢磨些什么。就在这时管教身上的手机忽然响了起来，后者掏出手机先看了眼来电显示，随即便按下接听键，对着话筒说了声："喂，张队？"

电话那头很显然就是四监区的负责人张海峰了。年轻管教听对方说了几句之后，脸色蓦地变得严肃起来，他凝目盯着小顺，目光锐利逼人。

大约两三分钟后，管教挂断了电话，然后一步步地向着小顺走过来。

"管教，张……张队有什么指示？"小顺预感到有些不妙，震慑于张海峰的威力，他说话都有些结巴了。

管教喝了声："站好！"

小顺连忙抬头挺胸，站得笔直。

管教很严肃地问道："你有没有藏什么东西？"

"藏东西？"小顺似乎愣了一下，然后茫然地摇摇头，"没有啊……"

管教也不和他磨叽，直截了当地命令道："把所有的衣兜都给我翻过来！"

小顺毫不含糊，利利索索地把衣兜、裤兜全都翻了个底朝天。里面确实空空如也，什么也没有。管教却还不罢休，又伸手在对方周身上下拍捏了一遍，不过仍然没什么发现。于是他沉吟了片刻，然后转过身来，目光又盯住了不远处的杜明强。

杜明强机灵得很，立刻也站得笔直，同时主动将衣兜、裤兜掏了个干干净净。管教当然不会客气，走上前又是一通拍捏，甚至连裤裆这样的隐秘角落都不放过。可结果依旧令人失望，他并没有找到任何可疑的东西。

管教拿起电话给张海峰回拨过去。

"喂，张队……我搜过了，暂时没有找到……好，我明白。"

感觉自己已渡过了眼前这关，小顺的胆子又大了起来，等管教挂断电话后，他便在一旁试探着问道："管教，出啥事了么？"

管教一挥手道："先回车间再说！"

往回走的路上，管教的脚步又快又急，这无疑印证了确有某些意外的变故已经发生。而当三人回到生产车间时，杜明强更加明白，这意外还是颇为严重的。

四监区所有当班的管教几乎都集中到了车间门外，包括监区中队长张海峰。这个被犯人们称作"鬼见愁"的威严男子正铁青着脸和身旁的生产负责人老黄说着些什么。老黄神情尴尬，带着种犯了错误般的窘迫和郁闷。

负责监管杜明强和小顺的年轻管教主动走到张海峰面前汇报道：“张队，两个犯人我带回来了。”

张海峰往外瞥了一眼，然后低低地喝了声：“再搜一遍。”

立刻有下属上前，一人对付一个，把杜明强和小顺贴面按在墙上。然后又是一阵上下搜查，将这两人的周身都摸了个遍，但还是什么也没有找到。

年轻管教一边见证着同事们徒劳的努力，一边在张海峰身旁小声地嘀咕着：“我刚才都搜明白了，确实不在他们身上。”

张海峰“嗯”了一声，微微一甩下颌道：“把他们俩带进去吧。”

杜明强和小顺跟着管教进了车间，却见犯人们都已起身离开了工作区，贴着墙根整整齐齐地站了两排，而黑子则独自一人蹲在队伍的最前面，两手抱着头，一副倒霉不堪的衰样。

小顺张眼瞟着黑子，目光中露出幸灾乐祸的得意神色。黑子这时也抬起头来，正好与小顺四目相接，他立刻恨恨地盯着对方，似乎有无穷的怒火正喷薄欲发。

“你们俩赶紧入列站好！”管教的催促打断了这两人之间无声的交锋。小顺和杜明强找到自己监舍所在的区域插进队列。原先就站在队伍中的杭文治特意挤了挤位置，让杜明强站在了自己的身边。

杜明强站定之后便悄悄地问了句：“怎么回事？”

“黑子的铅笔丢了。”杭文治顿了顿，又补充道，“他今天刚领的新铅笔。”

两人虽然都在压着声音说话，但管教还是注意到了此处的动静。后者立刻伸手一指，严厉地呵斥道：“不准交头接耳，老实点！”

杭文治赶紧恢复标准的站姿，目不斜视。杜明强则微微蹙起眉头，在心中盘算着事情背后的玄机。

在四监区这个极度敏感的区域内，犯人劳动时用到的铅笔素来便是严格管制的物件之一。要知道关押在这里的大部分囚犯都是身负重案的亡命之徒，削得锐尖的铅笔在他们手中很可能就是一件杀人夺命的利器。所以大家工作的时候，所有的铅笔都是现用现领的，下班前必须把铅笔交还才能离开车间，即便是一个小小的铅笔头也不能带走。

事实上，四监区在铅笔的问题上曾经有过血案教训。大概在一年之前，有一个犯人把领到的新铅笔一折两段，将前半截偷偷带回了宿舍。因为他下班的时候正常交还了后半截铅笔，管理人员没能发现这个隐患。结果没过几天，那半截丢失的铅笔便在一次斗殴事件中插进了另一个犯人的眼眶。所幸那半截铅笔不长，受害者只是瞎了一只眼睛，并未有性命之虞。即便如此，四监区所有的管教都因此背负了或大或小的处分，尤其是监区中队长张海峰，更是失去当年所有评优评先的机会，此后的仕途也难免蒙上了一层厚厚的阴影。

有了这样的前车之鉴，四监区对于铅笔的管理便愈发严格。每个犯人在开工前领铅笔的时候都要记录下所领铅笔的实际长度，然后下班时要用交还铅笔的长度与记录长度进行对比，按规定两者间的差额不能超过两厘米，以此避免有犯人带走半截折断铅笔的情况再次发生。

根据记录，黑子今天下午领到的恰好是一支全新的铅笔，这支铅笔如果被谁带到了车间之外，其杀伤力足以在监区中制造出一起命案了。

不过一支新铅笔的长度足足接近二十厘米，它又怎么会在监管如此严密的生产车间内凭空丢失呢？联想到黑子和小顺此前的积怨和冲突，此事背后的隐情的确是耐人寻味。

就在杜明强这般思忖的当儿，却听得脚步声响，众管教簇拥着张海峰来到了车间内。

犯人们一个个站得笔直，脸上则摆出一副痛苦而又无辜的神色。他们全都能揣摩到张海峰此刻的心情，谁也不敢在这个节骨眼上去触犯这个“鬼见愁”的霉头。

黑子更是深深地埋着头，像是只受了惊吓的鸵鸟一般。负责生产监督的黄管教此前已经让他尝了一番电棍的滋味，现在张海峰亲自到来，不知还有什么恐怖的惩罚在等待着自己。

无论如何，该来的终究是躲不过的。皮鞋跟敲击水泥地面的声音越来越近，最终那串沉重的脚步停在了黑子的面前。

黑子犹豫了片刻，然后壮起胆子抬起视线。他看见张海峰正居高临下地盯着自己，目光冷静得让人觉得可怕。

那是一种令人窒息的冷静，就好像暴风雨来临前死寂般的海面一样。黑子只敢略略一瞥便又被刺得低下了头去。在他眼前是一双黑黝黝的皮鞋，而他脑袋的高度还够不到对方的膝盖。

张海峰开口了："你再说一遍，铅笔是怎么丢的？"他的声音也是高高在上的，带着种令人无法逃避的压迫力量。

"我去上了个厕所，把铅笔放在桌子上的……回来的时候就不见了。"黑子唯唯诺诺地回答说。

张海峰面无表情地"嗯"了一声，又问："你上厕所用了多长时间？"

"没多长时间，"黑子咧了咧嘴，"我拉了泡屎，也就是三五分钟吧。"

"三五分钟？"张海峰拖着长音反问道，显然对此颇有质疑。

黑子有点心虚了，犹豫片刻后又改了口："也可能不止……我这两天肠胃太干，拉屎可费劲了。"

张海峰没心思跟他扯这些闲话，只是追问："到底多长时间？"

黑子想了想说："最多不超过十分钟。"他这次语气坚定，说话的同时还抬眼看了看张海峰，显得很诚恳似的。

张海峰却突然抬起脚，厚重的皮鞋底子踹在了黑子肩头，后者"哎哟"一声摔了屁股墩，挨踹的部位更是吃痛不已。不过他也是个老犯油子，立马便爬起来重新在张海峰面前蹲好，动作利索得像个不倒翁一样。

对方如此的表现，倒让张海峰无法再下脚了。他便沉着脸色骂道："不超过十分钟？你骗谁呢？！监控录像清清楚楚，你是三点三十五分进的厕所，三点五十七分才出来，足足二十多分钟！你是拉屎啊你还是生娃呢？"

张海峰可不是在唬对方。当他得到车间里铅笔丢失的报告后，第一件事就是查看了事发前后的监控录像。按照黑子的说法，既然铅笔是在他上厕所的时候丢失的，那么在这段时间内曾经接近过黑子工作台的人应该就是拿走铅笔的嫌疑人。可不巧的是，黑子的工作台恰好位于车间内两条纵横通道的交叉点上，不时有犯人来来往往，拿着粘好的纸袋到后面的打孔机上进行打孔。而装在车间门口的监控摄像头虽然视野广阔，但清晰度却不尽如人意，只能看到人员来回走动，无法分辨更加细小的动作，到底是谁从桌上拿走了那支铅笔实在难以判断。

同样是由于录像清晰度的关系，从画面中根本看不清桌子上有没有铅笔，所以也无法排除黑子贼喊捉贼的可能性。而黑子在厕所里一待就是二十多分钟，这显然是不合常理的，经验丰富的张海峰自然不会放过这个疑点。

听说张海峰已经查看过监控录像，黑子知道敷衍不过去了，只好苦着脸说道："时间是长了点……可我真的是肠胃太干……"

"便秘是吧？"张海峰冲门口招招手，"来两个人把他带到医务室去，找东西把肛门撑开，好好通一通！"

"别啊，张队！"黑子连忙告饶，他深知如果这样去了医务室，那身心可得同时遭受重创了。

张海峰冷冷反问："你还说不说实话？"

"我说，我说。"黑子憋了半天，终于松口了，他涨红了脸道，"我就是……就是想女人了，自己到厕所里爽了一把。"

居然是这样一个猥琐的原因。即使在如此紧张的气氛中，犯人间也禁不住响起了一阵哄笑。甚至有几个管教也忍耐不住，暗自低头背身来掩饰自己忍俊不禁的神情。

张海峰瞪着眼往四周环顾了一圈，把笑声压了下去。

"我就是打了个手枪，真的没干别的。"黑子再次抬起头，信誓旦旦地说道。反正丢人也丢到家了，他现在有点破罐子破摔的意思。

这理由倒是说得通。犯人们在监狱里打手枪自慰是非常普遍的情况，而看黑子的神态也不像是临时编出来的瞎话。张海峰负着手沉吟了一会儿，然后向外踱出了几步，转头看向贴着墙根站着的那两排犯人。

有人低下了头不敢和张海峰对视，但也有人故意抬着目光，好像要证明自己问心无愧似的。

张海峰轻咳一声润了润嗓子，冲着众人开口说道："四监区所有的人现在都在这里了。铅笔不可能无缘无故地消失，你们里面一定有某个人知道那支铅笔去了哪里。现在我给这个人一次机会，你自己把铅笔交出来，我可以给你最低限度的惩罚。"

车间内静悄悄一片，无人应声。先前抬头的人此刻也把眼睛垂下去了，生怕自己的目光会引起张海峰的某种误解。

"现在把铅笔交出来的话，我只会让他吃一顿电棍，外加一周的禁闭。"张海峰又补充说道，这样的惩罚其实已经非常严厉，但此刻从他嘴里说出来却带着种轻描淡写般的意味。

依旧没有人说话，所有的犯人都深深地低下了头，躲避着周围管教们射过来的灼人目光。

张海峰也沉默了，他知道在此情境下大家都需要一个思索的时间。而这个时间越长，某些人便会承受到越大的压力。

四监区的生产车间从来没有这样寂静过，静得似乎连空气都停止了流动，简直要叫人窒息。这种滋味令每一个犯人都备感煎熬。

良久之后，终于有人忍耐不住了。从墙根里传来一声大吼："谁拿的？赶紧交出来吧！别他妈的连累大家一块儿受苦！"

说话的人却是平哥。他在犯人间素来地位不低，说起话来倒也别有一番气势。

静默被打破之后，密不透风的压力似乎也被撕开了一个口子。犯人们稍许恢复了一些生气，有人在一旁轻声附和，而更多的人则东张西望地看着别人，试图通过自己的观察发现些什么。

只是对于那支铅笔却依旧无人提及，所有的人都无辜得像个刚刚出生的婴儿。

张海峰忽然笑了，"哧"的一声，带着轻蔑和嘲弄的意味。这笑声立刻让整个车间再次安静下来，犯人们的目光齐齐地集中在张海峰身上，诚惶诚恐。

"我知道拿走铅笔的那个人是怎么想的。"张海峰开始慢悠悠地说道，"他肯定把那支铅笔藏在了某个隐秘的地方。所以他会想：无论如何我都不能自投罗网。只要铅笔不是从我身上搜出来的，就没有证据证明是我拿的。就算连累大家一起受罪，也总比我一个人吃大苦好。"

这番分析很是贴切。能进入四监区的犯人几乎全都是奸猾无比的角色，审时度势、见风使舵是他们的拿手好戏。既然管教们已经看过了录像却还没找到铅笔的下落，那么铅笔丢失的细节在录像上肯定是看不清楚的。所以拿走铅笔的那个家伙必然会抱定死不开口的决心，张海峰再厉害，找不到目标又能如何呢？最终的结果要不就是不了了之，要不就是大家跟着他一起背这个黑锅。

众犯人自然也想得清这个道理。当下就有人开始牢骚抱怨，或者低骂"真不是个东西"，或者愤然呼喝"敢做敢当，别他妈的做个缩头乌龟"！而每个人都是一副义愤填膺的表情，表现出自己在这件事情中可是受了十足的委屈。

张海峰冷眼旁观，等这番骚动平息之后，又接着说道："铅笔不会凭空消失的，它必然藏在某个地方，而这个地方不会超出你们的活动范围。所以我想

把它搜出来也不是什么难事吧？”

犯人们纷纷点头附和。有人说：“那么长的一支新铅笔，怎么可能找不到？”还有人则积极表态，希望管教们立刻便开始搜查，不要再浪费大家的感情和时间了。

张海峰却摆了摆手，看起来并不着急，他在犯人们面前来回踱了几步，然后指着车间门口的摄像探头说道：“那里的摄像头时刻都在工作，整个车间都能被拍进去。当然了，我们的设备清晰度有限，从屏幕画面上无法看到那支铅笔。不过你们每个人的活动过程都是可以看清楚的，只要我搜出了那支铅笔，难道我就判断不出是谁把它藏起来的吗？”

这番话说得掷地有声，而其他的管教们闻言心中都为之一亮，不错，只要搜出了铅笔，再结合录像盯死藏铅笔的地方，那肯定有所发现的。毕竟藏铅笔可不像从桌面上拿走铅笔那么容易，嫌疑人必然会在录像中留下一些异常的动作和反应。

“好了。”张海峰这时停下脚步，转身再次扫视着面前的那帮犯人，“现在是最后的机会，自己把铅笔交出来，吃一顿电棍，关一周的禁闭，这是最轻的惩罚。如果让我找出来是谁，那等待着你的就是最重的惩罚，重得超出你们任何人的想象！”

重刑犯们大部分都知道电棍和禁闭的滋味。电棍戳在身上，能够让人的周身像抽筋一样产生强烈的痉挛剧痛，那种疼痛能让你口水横流，大小便失禁；而关禁闭则是另一种精神上的惩罚，遭受这种惩罚的人会被关在一间狭小的黑屋子里，没有光线，没有声音，全身所有的感官几乎都失去了作用，就像被封死在冰冷的坟墓里一样。即便是最坚强的人一个星期下来，心头也会被磨起一层厚厚的茧子。

“一顿电棍，一周禁闭”这尚且是最轻的惩罚，那犯人们的确无法想象“最重的惩罚”究竟会是怎样。

未知的东西是最恐怖的。而这种“无法想象的惩罚”会给犯人带来一种怎样的压力，亦可想而知。

于是这些凶悍的重刑犯一个个噤若寒蝉，哪怕是百分百无辜的人额头上也不免沁出了一层细汗：万一那铅笔在自己的工作台附近被找到，那可真是有苦难言了！

可是在这样的压力之下仍然没有人肯说出那支铅笔的下落。大家只是在这种静默的气氛中等待着，等待着即将到来的暴风骤雨。

张海峰的视线从犯人们的脸上依次划过，一整圈下来无人应声。该说的话都已经说尽，张海峰知道再耗下去也不会有什么意义了，于是他便冲着身旁的属下们招了招手：“你们都过来吧。”

除了把守着车间大门的两个武警之外，其他十来个管教全都围向了张海峰身边，他们一个个神色肃穆，静候队长下达战斗的指令。

张海峰首先吩咐道：“老黄，你带一个十人队负责室内的搜查，八个人在车间，一个人去厕所，一个人去储藏室。不要放过任何角落，只要是有可能藏下整支铅笔的地方，都要仔细地过一遍！明白吗？”

“明白！”老黄咬着牙应了一声。他是生产车间的负责人，对于目前的局面难辞其咎，别看他平时有些懒洋洋的，现在的求战欲望却是无比强烈。而他对于车间的角角落落都非常熟悉，要想在他眼皮底下藏起支铅笔可不是什么容易的事情。

张海峰又转头看向一个三十来岁的管教：“王宏，你带两个人在车间外围搜查。重点是窗户附近，至少要覆盖到半径二十米的区域，明白吗？”

这个王宏是四监区的副中队长，也是张海峰手下最为得力的干将。他为人沉稳，平时就不爱多说话，此刻便点点头，然后伸手挑了两个人：“你，你，跟我走。”因为要进行室外的搜索，所以他找的都是视力敏锐的年轻人。

“小陈。”张海峰最后问道，“刚才装货时你们走的应该都是规定的路线吧？”

小陈正是带着杜明强和小顺装货的那个年轻管教，他非常确切地回复道：“都是规定的路线，一步也不会乱。”

“那两个犯人在相关时间段有没有什么异常举动？”张海峰又问，所谓“相关时间段”自然是指黑子上厕所之后到小陈对杜明强和小顺进行搜身之前。

“我一直盯着呢，没发现什么异常。”

“很好。”张海峰略赞了句。这样的话，即使是杜明强和小顺拿走了铅笔，他们也无法把铅笔丢弃到偏离规定路线太远的地方。张海峰便又胸有成竹地吩咐说：“你带五个人，沿途仔细找一遍，重点是那些有可能藏东西的路

段，比如说田埂绿化带之类的。如果人手不够的话，到其他监区调一些轻刑犯帮着一块儿找。”

“明白。”小陈招呼了五个人向车间外而去。从工作量来说，他负责的区域是最大的。不过只要把一、二、三监区的犯人们组织起来搞个地毯式的搜索，他相信那支铅笔只要在自己的区域内，就一定不会漏过。

一番井井有条的安排之后，所有的管教们都即刻行动起来，投入到对那支失踪铅笔的搜寻工作中。张海峰则搬了张椅子，面对着那两排犯人坐下来。他跷起二郎腿，把电棍掂在手里把玩着，目光飘忽不定，不过不管怎么游离，他的视线至少会盯住不远处的某一个犯人。

大部分犯人不敢和张海峰对视，在对方的目光中垂下了头。张海峰见此情形便冷冷一笑，高声道：“都把头抬起来，看着我！”

犯人们只好又抬起目光，硬着头皮去迎接张海峰的视线。张海峰知道必然有某个人的心里正藏着秘密，当管教们进行搜索的时候，这个人无疑会承受越来越大的压力。一个人的嘴可以撒谎，但他的眼睛却很难撒谎，张海峰希望通过目光的交锋就把这个家伙找出来。

在一场场的对视中，张海峰最为关注的就是424监舍的那几个人。从位置上来说，这几个人离黑子最近，要想偷取铅笔也是最容易的。而杜明强和小顺还有外出的机会，嫌疑点更是进一步上升。而这几个人此刻的表现也各不相同，但无一例外都给张海峰留下了深刻的印象。

平哥是424监舍的老大，在入狱之前他更是江湖上为霸一方的“大哥”级人物。他的目光中带着种与生俱来的凶狠和霸气。当然在面对张海峰的时候他会刻意收敛自己的目光，但他的天性仍然在眼底闪动着，那是一匹狼，即便披上了羊皮，也不足以掩饰他血腥的狼性。

阿山站在平哥身边，与后者相比，他的目光显得有些呆滞。事实上，他的整个人都透出一种木讷的气质。据张海峰的观察，阿山平日里的话语也很少，在一堆犯人中，他似乎永远都是最不会惹人注目的那一个。

但张海峰深知阿山的本性绝不像他外表看起来那样老实。这是一个抢劫重犯，手段凶狠，而且是累犯，这样的行径显然与他的表象不符。张海峰猜测这家伙一定是作了某种伪装，他不想让别人注意到自己。

在监狱里刻意低调的人通常都会身负着某种秘密，或者是背有尚未查出的积案，或者是处心积虑在策划着越狱一类的阴谋。不过这两种情况都引不起张海峰的兴趣，首先他无所谓什么积案不积案的，那是刑侦队的工作，而要在四监区策划越狱在他看来则是痴人说梦。张海峰现在想到的是：阿山既然喜欢装老实，那他应该不会去偷铅笔。换个角度来说，张海峰相信拿铅笔伤人的事情绝对不会发生在阿山身上。

如果按照这个思路继续往下分析，小顺倒是值得特别关注一下。这小子自己没几分斤两，但素来喜欢狐假虎威地惹是生非。而且他这个年纪的半大小伙子做事情往往不计后果，偷盗铅笔给自己壮胆、甚至行凶都是有可能的。

想到这节之后，张海峰便把目光转到了小顺身上。却见后者正偷偷地用眼角去瞥蹲在地上的黑子，脸上似有兴奋的神色。张海峰皱了皱眉头，刚要发话时，小顺已经把目光收了回来。见到“鬼见愁”正盯着自己看呢，小顺吓了一跳，脖子立刻勾缩起来，像是陡然间矮了一截似的。

张海峰暗自摇了摇头。小顺虽然没什么出息，但也算是个油滑伶俐的角色。如果真是他拿走了黑子的铅笔，此刻不该是这样一副按捺不住的表现。

转头再看看黑子，无论从哪方面来说这家伙都要比小顺老辣得多。张海峰知道黑子原本是该吃枪子的，因为出卖了自己最好的朋友才捡回一条命来。此人不但手段卑鄙阴险，心思也着实缜密得很，这监狱里的犯人如果有谁站在了他的对立面上，恐怕很难讨得了好处。

这样一个家伙现在却抱着脑袋蹲在地上，委屈无助，一脸的惶恐。这使得张海峰不得不怀疑他这副表情的真实度有几何。无论如何，黑子在厕所里一待就是二十多分钟，而他到底干了些什么也没人能够证明。所以“贼喊捉贼”的可能性到目前为止是无法排除的。

在424监舍中，还有一个人颇值得关注，这个人便是新近入监的杭文治。从管教的立场上来看，这人原本是一只羊，可这只羊现在却落入了狼群中。兔子逼急了还会咬人，那羊呢？就一定会甘于忍受狼群的欺凌？刚入监的那天晚上杭文治闹自杀，谁都能想出那是什么原因造成的。像他这样的知识分子往往心高气傲，别看他表面上什么也不说，仇恨或许已在他的心底疯狂滋长。如果那支铅笔真是他拿走的，恐怕比落在其他任何人手上都更危险。因为他既然已经自杀过，那他的报复也会是不计后果的。换句话说，在这个人身上一旦出事，就必然是大事。

不过倒有一点又让张海峰不那么担心，杭文治毕竟是个刚入监的新人，并没有太多对付管教的经验，而且他的本性也不是奸猾之辈，应该玩不出太多的诡计阴谋。即便是他拿走了那支铅笔，他又能藏到哪里去？恐怕不需要大张旗鼓的搜查，只是管教的审问他就应付不了。

张海峰一边想一边特意关注着杭文治的表现。杭文治的视线虽然在看着他这边，但眼神却是空空的，像是有些神不守舍。半晌之后，杭文治才突然意识到张海峰正在观察着自己，他伸出一只手下意识地挠了挠头，好像颇为茫然的样子。

他在想别的事呢，张海峰在心中判断。这么看来的话，杭文治应该和铅笔的丢失无关，否则他又怎会在管教们大肆搜查的同时心存旁骛？要知道，杭文治从未离开过厂房，如果他偷了铅笔必然还藏在这间屋子里。管教们就在他的面前忙活，他可以装作不在意，但绝对不会有心情去想别的事情，除非他已经确信这里的搜查不会对自己产生任何影响。

放弃了对杭文治的疑点之后，张海峰最终把关注的焦点集中向了那个叫作杜明强的家伙。这是四监区多年来接收的第一个轻刑犯，仅这一点便足以证明他不是寻常的家伙。对于此人的背景张海峰多少也了解过一些——杜明强并不是他的真名，他的真名应该叫作文成宇。据刑警队长罗飞所说，此人是一个神秘的杀手，做下了许多轰动性的案子，甚至连雄霸省城多年的邓骅也是死于他的设计。不过这些罪行并没有得到法律上的认定，在真伪性上还存在着疑问。张海峰对此其实并不是很在意——他和罗飞本没有什么交情，而且从另外一个角度来讲，如果这些事情是真的，可罗飞却只能把他送到监狱里待五年，这难道不是警方的失败吗？

虽然存有这样的质疑，但张海峰还是接受罗飞的委托把杜明强收纳在自己的监区中。无论如何，刑警队长既然提出了这样的要求，至少体现了对自己的信任和尊重。同是一个大系统内的同事，该给的面子还是要给的。而且张海峰并不觉得这件事情有太大的负担，他对自己的控制能力充满了信心：不管你在外面如何兴风作浪，到了四监区来，即便你是条龙，也得给我蜷着！

杜明强入监之后的表现倒也中规中矩，不仅没有带来额外的麻烦，甚至比其他很多犯人都要老实得多。张海峰渐渐相信，这家伙的确是个聪明的角色。

在四监区，那些老老实实接受改造、从来不给管教添麻烦的囚犯是最聪明的——这是张海峰时常挂在嘴边的逻辑，他希望所有的人都能理解这个逻辑。因为那些不老实的、惹麻烦的，最终都会加倍去吞食自己酿造出的苦果，聪明人怎会去做这样得不偿失的傻事?

不过张海峰有时也会担心，这个杜明强是不是过于聪明了? 他的那种“老实”或许只是蒙蔽自己的一份把戏? 因为从罗飞的描述来看，这家伙可绝不是任人摆布的角色。据说此人还特别善于演戏，曾经变换身份潜伏在众多警界专家的身边，居然能不被发觉。

所以张海峰特意提醒自己，在观察杜明强的时候一定要多留一份心眼出来。据老黄反映，今天安排搬运外勤的时候，本来是让黑子和小顺去的，但是杜明强主动要求替换黑子。这个不太正常的表现背后是否也隐藏着某种不太正常的动机? 只是杜明强要那支铅笔干什么呢? 他在监区里面是从不惹事的，没听说和谁结过什么梁子……难道他要在监区里面继续执行自己的杀手计划? 可这也说不通啊，这里的犯人都已经被法律制裁过了，他再动手岂不是多此一举? 而且这里严密得像个笼子一般，他敢在这里行凶，不等于找着法给自己加刑吗? 一个聪明人是绝对不会这么干的。他总共只有五年的徒刑，规规矩矩地耗个两三年，早点出去有什么不好?

或许这铅笔在杜明强眼中还有别的用处? 张海峰试着想了会儿，却没有理出什么新的头绪。踌躇了一会儿后他忽然心中一惊：自己的思路在杜明强身上竟变得如此犹疑不定，好像连个稳妥的落脚点都找不到似的，这可是以前从来没有过的现象。于是当他凝神向杜明强看去的时候，目光中便多了几分警惕和戒备的神色。

杜明强本来在看着别处，不过他很快就感觉到了张海峰的关注，于是便移目向着后者对视过去。他的这双眼睛与其他的犯人明显不同，其根本性的区别在于，别人都是一种接受审视的态度，或无辜、或胆怯、或镇定、或彷徨；而杜明强的目光中却包含着某种锐利的东西，竟似在审视着别人。即便是张海峰和这样的目光甫一相交也禁不住防御般地紧缩了一下瞳孔。随即杜明强好像知道自己有些失礼，目光中的犀利感觉在瞬间消失了，那双眼睛变得如邻家小弟般淡淡无奇。张海峰便趁势反攻过去，想要从对方的眼神中挖出些隐秘来。可惜他的努力却是徒劳的，因为杜明强的眼睛像是罩上了一层轻纱，已蒙眬得看不出任何情感。

张海峰就如同被人用针不痛不痒地刺了一下，待要发力还击时，却又打在了一团棉花上，这让他略微有些恼火。不过此刻的局势让他无暇在旁枝末节上牵扯精力，他现在首要的目标还是把那支铅笔找回来。

和杜明强的对视已无望获得什么进展，张海峰又转移目光去看厂房里的其他犯人，不过一整圈扫下来也没有什么特别的发现。看来拿走铅笔的那个家伙要不就是自诩胜券在握而有恃无恐，要不就是极擅演戏，能够将自己慌乱的情绪藏得极深。

一番攻心战未能取得预料中的效果，张海峰只好把希望另托别处。他从椅子上站起身，开始巡视属下们的搜查工作。却见四中队的老少管教一个个毫不含糊，他们各自分工划片，然后又搭配成一张纵横交错的立体网络，搜索的触角就如同泻地水银一般漫遍了车间内的每个角落。只要是有可能藏匿那支铅笔的任何事物，大到桌椅机器，小到纸堆鞋帽，全都拆翻干净，彻底清查。

这番搜查整整持续了两个小时，从黄昏时分一直耗到了天色大黑。结果却再一次让张海峰失望，车间里里外外就差要把地皮都刨开了，只是那支铅笔却依然不见踪影。

这时在外围搜寻的两组人马也陆续回到了车间内，同样两手空空，毫无发现。张海峰听完下属们的汇报，脸色愈发的阴沉难看。他半晌没有说话，然后又转过身来用目光死盯着面前的那两排囚犯。

犯人贴墙站了近三个小时，一个个早已腰酸背疼，肌肉僵硬，像打了败仗的残兵般歪斜不堪。不过此刻看到张海峰转过了脸，他们忙又强撑着身体站好，生怕在这个节骨眼上触犯“鬼见愁”的霉头。

张海峰的视线扫来扫去巡视一圈，最后落在了杭文治的脸上，他微微挑了挑下巴说道：“杭文治，出列！”

杭文治好像完全没料到管教会突然点到自己的名字。他蓦地一愣，然后才反应过来，连忙大声回应：“是。”同时迈步走到了张海峰的面前。

“你跟我走，我有话要问你。”张海峰冷冷地看着杭文治，面无表情。屋内其他人则纷纷把目光集中过来，有人备感诧异，有人暗自猜测：难道这个文质彬彬的书生竟是盗走铅笔的疑犯？

张海峰也不向众人解释什么，说完那句话之后便自顾迈开步伐往屋外走去。杭文治连忙快步跟上，旁边的黄管教也凑上前来，追着张海峰问道：“这些犯人怎么处理？”

张海峰头也不回地说：“今天晚上加班吧，谁也别休息了。”

不能休息的人当然也包括黄管教自己。老同志知道犯了错误，他尴尬地揉了揉鼻子，转身向囚犯们传达队长的指令：“今晚不休息了，加班干活！”

犯人们响起一片此起彼伏的抱怨声，他们痛苦不堪地活动着筋骨，显得又累又乏。

张海峰这时已经走到了车间门口，骚动让他停下了脚步，如塑像般木然站立着。

“总得先吃饭吧，肚子都快饿扁了。”小顺嘟囔了一句，他的话语带起了周围四五人的附和。

张海峰突然转过身，眯着眼睛问道：“谁想吃饭？”他的声音不大，但那阴森森的寒意却立刻把骚乱的囚犯们吓得一个个噤若寒蝉。所有的人都老老实实垂下了头，不敢再有半句怨言。

“行了，都他妈的各回各位，准备工作！”老黄忍不住也骂了句脏话，他平时对这帮犯人算是和气的，但今天自己受到牵连，这份委屈总得找个地方发泄出去。

犯人们没精打采地走向各自的工作台，准备展开这一夜额外的辛苦劳动。唯有杭文治一人跟着张海峰走出厂房，融入到监区的夜色中。

天色已黑，监区内的警戒措施愈发严密。数盏大功率的探照灯矗立在岗楼高处，射下道道光柱，使得地面明晃晃的如同白昼一般。杭文治懂得规矩，俯首垂眉不敢乱看，只管紧随着张海峰的脚步。

两人一路往南，穿过了四监区外围的农场后，那片布置如八卦阵形的办公楼群出现在他们的眼前。尚未及走近，倏地一道强光照射在两人身上，同时有个声音喝问道：“什么人？”

杭文治感觉到自己正处于强光的中心，而周围则是白茫茫一片什么也看不见。这让他觉得自己像个赤裸裸的任人审视的婴儿。与此同时，张海峰则掏出证件向着光源来处展示了一下，大声说道：“四监区张海峰，带个犯人问话。”

“是张头啊？这么晚了还没撤呢？”楼上警卫回复了一句，他操控着探照灯，刺目的强光顿时变得柔和了许多。

“撤不了啊。”张海峰苦笑着摇摇头，然后示意一旁的杭文治，“走吧！”

两人来到楼内，张海峰直接把杭文治带到了三楼，这里标号为311的房间正是四监区的中队长办公室。

进屋之后张海峰找到自己的办公椅坐下来，杭文治则停在了门口不远处。这也是监狱里的规矩，犯人在管教办公室接受问谈的时候，不能走得太近，必须和办公桌保持至少三米的距离。

不过张海峰今天却故意要打破这样的规矩，他冲杭文治招了招手道：“你走近点，到桌子前面来。”

杭文治老老实实地向前跨了几步，和张海峰隔桌相对。

张海峰把身体靠向椅背，两手交叉起来垫着脑袋，看起来想要放松一下筋骨。不过他的目光却一直紧紧地盯在杭文治的身上。

杭文治仍然深深地低着头，他似乎有些太守规矩了。

“你入监多长时间了？”片刻之后，张海峰用漫不经心的口吻问道。

杭文治立刻回道：“有一个多月了。”

张海峰“嗯”了一声，又问：“这一个多月，有什么感受吗？”

杭文治的嘴角微微一动，却没有发出声音。这个问题让他一时不知该如何回答。

事实上，所有的犯人在面对类似问题的时候都会异常谨慎，他们必须先揣摩出管教的心情和用意。张海峰对此当然也是心知肚明，看到杭文治踌躇不决的样子，他便“嘿”地一笑，又用提点的口吻说道：“听说你的劳动表现不错。”

有这样的话打底，杭文治的情绪便放松了许多。他连忙顺着话茬回复：“我就是认真干活，别的也没啥特殊表现。”

“嗯。”张海峰点了点头，“认真，有这两个字就行啊。至少说明你心无旁骛，能踏踏实实地接受改造，没有去想一些乱七八糟的东西。”

杭文治没有多说话，他抬眼偷偷瞥了瞥张海峰。这个被犯人们称为“鬼见愁”的中队长把自己单独带到办公室，难道就是要扯这些无关紧要的闲话吗？

却听张海峰轻轻地叹了一声，又道：“就这一点来说，我或许都比不上你呢。”

这次杭文治干脆抬起头直视着张海峰，心中的诧异难以掩饰。他不明白，自己和对方之间难道存在着任何可比性吗？

“监狱可不是什么好地方，尤其是四监区，简直是糟糕透了。”张海峰皱起眉头，似在解释，又似在抱怨。

杭文治打心底里附和对方，但他又不敢表露得太明显，只是小心地陪着话道：“您也不喜欢这里？”

“鬼他妈的才喜欢。”张海峰吐出句粗话，然后他又翻起眼皮看着杭文治，“你不过刚来了一个月，我已经在这里待了十多年。不过我这时间还不算是最长的，你知道最长的是谁？”

杭文治想了想，道：“当然是那些无期犯了，具体谁待的时间最久……我还不知道。”这话说起来难免有些悲凉，因为他自己就是“无期犯”之一。

“所有的无期犯最后都能改成有期，在监狱里最长也不会超过二十年——”张海峰一边说一边失望地摆了摆手，嫌弃对方并没有抓住自己的语义，然后他又自己给出答案，“在这里待得最久的人是老黄，他从二十二岁参加工作，到现在已经有三十多年了。”

杭文治说：“你们都是管教，和我们坐牢的犯人可不一样。”

张海峰干笑了一声：“嘿，管教……你以为管教就舒服？每天都在这样的环境里上班，再好的人也会被磨出精神病来。像老黄这样一干三十多年的，那才叫真正的无期徒刑呢！”

因为无法揣摩对方的用意，杭文治只能再次沉默不语。

却见张海峰也默然了片刻，忽又说道：“我知道你们怕我，叫我‘鬼见愁’。这名字可不好听啊。”

杭文治连忙辩白：“这都是一些嘴欠的家伙胡乱叫的……”

张海峰打断对方：“你不用解释，这名字不好听，但是好用！我如果也像老黄那样温不拉叽的，怎么管得了你们这帮人？”

杭文治苦笑了一下，算是尴尬地表示附和。

张海峰歇了一口气，语气忽又变得柔和起来：“其实我也是个普通人，有正常的家庭，有正常的生活。在外面，没有人会怕我。我有一个贤惠的妻子，还有一个好儿子。我儿子今年十二岁，马上就要升中学了……”

杭文治抬头看着张海峰。当对方脸上那种坚毅冷酷的表情融化之后，显露出来的本色人物的确只是个普通的中年男子，他平静而疲惫，完全就是个在家庭中承担着温馨压力的男主人。

不过这种变化只是短短一瞬间的事情，坚硬的面具很快又罩在了张海峰的脸上："只是我要在这个地方工作，就必须做出一些改变，你懂吗？"

杭文治点点头。他知道任何人在这个地方都要有所改变，哪怕是管教也必须如此，否则就无法正常地生存下去。

张海峰停顿了片刻，又说："这十多年来，我在四监区的工作一直很出色，所以领导也在考虑我的工作变动。如果顺利的话，半年之后我就能调到监狱管理局，舒舒服服地坐机关了。"

杭文治的目光中略有些惊讶的神色。干部的调动升迁应该是个敏感的话题，怎么对方居然会和自己说起这个？

杭文治的心理变化都在张海峰的掌控之中。后者此刻冷着面庞，难辨喜怒，他的目光则长时间地盯在杭文治的脸上，直到对方怯然垂首之后才又说道："我本来没必要和你说这些话的——不过我觉得你和其他犯人都不一样，你应该是个懂道理的人——你明白我的意思吗？"

杭文治赶紧"嗯"了一声，有点受宠若惊的样子。

张海峰点头道："明白就好。因为你是个聪明人，所以我希望能用另外一种方式和你交流，我希望你能够站在我的角度上来理解我，而不是被动承受那些粗暴的命令和管制。"

杭文治适时地抬起头来，用目光表达着自己的受用和真诚。

张海峰看起来非常满意，便用交心般的口吻继续说道："我今年三十八岁了，这对男人来说是个非常关键的阶段。如果有些事情处理不好，我可能也会像老黄一样，一辈子待在四监区。"

杭文治讨好似的赔着笑："您刚才不是说了吗？领导已经准备把您调到管理局了。"

张海峰却没什么笑容："我还说了，那是顺利的情况。如果不顺利的话，毛也别想！所以在这段时间内，谁也别给我捅出什么乱子来！"

杭文治心头一紧：这绕来绕去的，终于要说到正题了。

张海峰这个时候又不说话了，他再次长时间地看着杭文治，那目光中的压力就像凝固的空气一样，一层层不断累加在后者的肩头，令后者如蒙针毡。

良久之后，张海峰才再次开口，他的言辞极为简短："说吧，怎么回事？"

杭文治立刻摇头道："我不知道。"

张海峰的眼睛眯了起来，目光也变得更加锐利。

"你真的不知道？"他沉着声音反问。

在对方越发汹涌的压力之下，杭文治这次显出了些许犹豫，他的目光闪烁了一下，似乎想说什么却又很难开口。

张海峰用手指敲了敲桌子，再次加重语气："你是个聪明人，你不会不知道的。"那口气三分像是鼓励，七分又更似威胁。

"我……"杭文治的额头隐约沁出了细汗，欲言又止。

"知道什么就说什么，吞吞吐吐地干什么！"张海峰陡然间怒喝起来，而杭文治对这声暴喝毫无准备，竟不自主地打了个哆嗦。惊魂略定之后，他苦着脸道："没有把握的事情，我不敢乱说的……"

张海峰重重地吐了口气，表达着对杭文治的不满。不过转念想想，对方的顾虑倒也可以理解。毕竟在四监区这个地方，如果胡乱说话得罪了人，杭文治今后的苦日子恐怕就很难熬出头了。

张海峰决定来个抛砖引玉，点点对方，也算给这个文弱的家伙先打一管强心针。于是他便慢条斯理地反问了句："那支铅笔，不是杜明强拿的，就是小顺拿的，我说得对吗？"

张海峰前面恩威并施的铺垫早已做足，现在把话撂到这个份上，更是让后者难以躲闪，杭文治自忖不能再矫情，连忙顺竿子附和道："我猜也是的……"

见对方终于开口，张海峰心中有了谱。他倒也不着急了，用一种猫捉耗子的游戏心态问道："哦？我看你猜得挺准啊？你倒说说看，怎么猜的？"

"该搜过的地方都搜过了，那支铅笔却一直都没有找到。我想只有一种可能，就是……"说到关键处，杭文治还是有些吞吞吐吐的，"嗯……就是杜明强或者小顺趁着装货的机会，把铅笔夹在货堆里，然后被运到监狱外面去了。"

这也正是张海峰对此次事件的判断。不过他脸上却没有什么表情，像是不置可否的样子。杭文治便更加不踏实了，连忙补充说："这只是我的猜测，您最好再确定一下。”

张海峰翻了翻眼睛：“怎么确定？”

“您可以让送货的师傅把车开回来，然后仔细搜搜今天装的货，如果能找到那支铅笔就好了。”

“好什么？”张海峰硬邦邦地反驳道，“你生怕别人不知道我们四监区出了乱子是吧？”

杭文治诘口无言。的确，张海峰现在最怕的就是出乱子，如果按自己这个方法去做，这乱子简直就是越捅越大了。

“一支铅笔，如果真是到了监狱外，那也不是什么大问题。”张海峰开始沉吟起来，片刻后他再次逼视着杭文治，“我只是想知道，到底是谁动的这支铅笔，杜明强还是小顺？他们动这支铅笔的目的是什么？”

杭文治保持着谨慎的语气：“按照我的感觉，应该是小顺。”

“为什么？”张海峰明显地兴奋起来，他感觉离自己想要寻找的答案已经越来越近了。

“因为小顺和黑子最近有些矛盾，这种损人不利己的事情，只有小顺才有理由去做。”杭文治渐渐说开了，神态也变得越来越自如。

原来如此……张海峰暗自整理着思绪。如果小顺和黑子确实有矛盾的话，那今天这件奇怪的事情就可以解释了。凭实力小顺肯定斗不过黑子，而前者又不是什么省油的灯，搞些不齿的小伎俩进行报复也属正常。

这样的情况倒是让张海峰松了口气，至少那支失踪的铅笔不会惹出更大的麻烦。不过作为一个监区的管理者，犯人们之间的矛盾也是不容忽视的隐患，掌控不好的话，很可能会爆发出令人难以预料的恶果。所以只是略略轻松了片刻，张海峰便又紧抓着这个话题追问道：“小顺和黑子之间是怎么回事？”

杭文治斟酌了一下，知道有些事情可不能说得太详细，于是便把这两人产生矛盾的缘由含糊带过：“黑子总是找茬欺负小顺，小顺又不太服他，所以就……”

张海峰点点头：不错，黑子素来嘴碎，没事就喜欢撩拨别人，专是个无事生非的角色；而小顺虽然在监区里地位不高，但虚荣心却特别强，这两个人之间发生罅隙倒也是合情合理。

杭文治看见张海峰面沉似水的样子，忽然间有些忧虑，说了一半的话不再继续，转而试探着问道：“如果这事真是小顺干的，您准备怎么处罚他？”

张海峰眼睛一愣：“这事和你有关系吗？”

杭文治怯然缩了缩脖子，咽下一口苦水：“张管教……您如果罚得太狠了，我怕小顺会记恨我……”

“我有数的，你怕什么？”张海峰不为所动，“况且这事和你有什么关系？你就是不说，我难道就查不出来了吗？”

杭文治不敢再说什么，心中却深感对方纯属站着说话不腰疼。自己被单独带到管教办公室，如果随后小顺就受到重罚，自己回到监舍怎么可能说得清楚？

“行了，这事我会处理好的。”张海峰知道杭文治心中不爽，但也懒得多说，他冲对方招了招手，“你搬张椅子坐过来，我还有别的事情找你。”

“嗯？”杭文治愣了一下，以为自己听错了。

张海峰指了指办公桌对面的那个空位，再次强调说：“你把那张会客椅搬过来，坐在这里。”

杭文治确信自己的耳朵没出问题，便小心翼翼地把椅子搬到了办公桌前，然后他探着身子坐下，却只敢有半个屁股落在椅面上，保持着十足的谦卑姿态。

要知道，任何囚犯来到管教办公室接受问询的时候，都只有远远站在一边的份儿，像杭文治这样能获准接近办公桌已属难得，现在张海峰居然进一步恩赐他平等就座，这简直有点要折杀杭文治的意思。所以后者不仅没有觉得幸运，反倒是更加忐忑难安了。

见杭文治老实坐好，张海峰打开身旁的抽屉，从里面抽出一页纸递到对方面前，说：“你看看，这几道题你会不会解？”

杭文治连忙把那张纸接在手中，定睛一看，原来却是张试卷，他略略扫了扫卷子上的试题，心中已有了几分猜测，不答反问道：“这是您儿子做的试题？”

张海峰点点头，又追问：“你解得了吗？”

“能解。”杭文治这次给了个确切的回复，然后又评价说，“不过这些题对小学生来说还是挺难的。”

“这是奥数卷子，是我托人从市里培训班搞出来的。我儿子明年要进行升学考试，听说数学卷最后会有一道奥数附加题，虽然不计入总分，但这道题会成为给尖子生划分档次的参照。我想让我儿子上全市最好的中学，你明白吗？”张海峰解释了一通。自从对方坐下之后，他身为管教的威严便卸去了，现在颇有点和朋友拉家常的感觉。

在这种情况下，杭文治紧张的情绪自然也得以放松。他甚至冲着张海峰微微一笑表示理解。要上最好的中学，就要有最好的表现，所以即便是一道附加的奥数题也绝不可错过。

“不过这些题我儿子以前没接触过，我也不会解。”张海峰这时摊摊手，显出一副无奈的表情，“我看到你的档案，你曾是名牌大学理工科的高材生，所以我才想到找你过来看一看。”

这个过程对方不说杭文治也能猜到。他也不急于炫耀什么，只是又仔仔细细地看了遍卷子，然后自信满满地说道：“这份卷子对我来说应该没啥问题。”

“好。”张海峰衷心地喝了声彩，满脸笑意。

“那我现在就解题吗？”杭文治表现出跃跃欲试的姿态。

“现在解也行。”张海峰沉吟着说道，“不过我更希望你能当面给我儿子讲讲，这样效果才好。”

杭文治对此也表示赞同：“能当面讲当然好。不过，我现在的身份，怎么当面讲？”

张海峰其实早已经筹措好了，立刻便回答道：“我可以让我儿子过来，你就在我的办公室给他讲。”

杭文治当然毫不含糊：“只要您觉得合适就行，我一切听从管教的安排。”

“那好，就这么定了。”张海峰顿了一会儿，又补充说，“不过有一点我还得和你商量商量，因为我儿子只能在周末过来，而周末是你们法定的休息时间，如果你不愿意这个时间被占用的话，你可以拒绝我。”

说起来是“商量”，但这“商量”纯属冠冕堂皇的套话，只是为了表明张海峰并未刻意去违反监狱内的管理条例。事实上杭文治根本没有选择的权利，即使真有，他也不会傻到放弃这样一个讨好管教的机会，转而毫无必要地去得罪对方。所以后者几乎没作什么考虑，立刻便配合地回答说：“我是自愿放弃休息时间的，这种事情对我也有帮助，我可以温习温习文化知识。”

这番玲珑的言辞令张海峰备感满意，后者“嗯”了一声，说：“那你就把这张卷子带回宿舍，提前准备准备。不过一会儿你还是先去车间加班——我知道你平时表现不错，这种场合最好还是不要缺席，这也是在保护你。”

“我明白的。”杭文治很识趣地站起身，往远端撤开了两步，恢复到毕恭毕敬的姿态。

张海峰拿起桌上的电话拨了个内部号，很快就有一个年轻的值班下属走进屋来：“张队，有什么事吗？”

“你把这个犯人带回车间参加劳动。”张海峰挥手指示道，“另外，把424监舍的黑子和小顺逮出来，每人关十天禁闭！”

“是！”年轻管教应了一声，甩头瞥着杭文治，“走吧？”

杭文治老老实实地迈步走在头前，心中暗自思忖：黑子和小顺吃了这通严罚，以后两人的关系势如水火自不用说，只是自己夹在中间，又不知会是个什么局势？

不过无论如何，今晚还是不虚此行，有了给张海峰儿子补习奥数的机会，自己的某些计划或许又能加速前行了！

第六章 兰花计

豹头已经好久没穿过西服了，因为他觉得那套衣服穿在身上很不方便——别手别脚的，连走路都迈不开步子。尤其对他这种经常需要和别人动手殴斗的角色，这般衣着实在是一种累赘。

不过今天豹头却破天荒换上了一套崭新的西服，虽然还有些不习惯，但他心里的感觉却不错。因为这衣服代表了某种身份上的变化。

他已经不再是一个纯粹的打手了，他有了更高层面上的“工作”，这份工作需要他装扮出一副西装革履的体面形象。

他甚至还有了属于自己的名片，名片上那行烫金的小字可以随时向别人宣告他的身份：通达城市房屋拆迁有限公司总经理——钱要彬。

当昔日的小弟改口喊出“钱总”的那一刻，豹头忽然发现这西服穿在自己身上竟是如此的合体，原先那种紧绷绷的不便感觉在瞬间消失无踪了。

他很希望能把这身行头长久穿下去，不过他也很清楚，能不能实现这个愿望还有赖于自己的努力。

这个总经理的头衔是高老板封赏给豹头的，而后者必须用实际表现来证明自己配得上这个头衔。

证明的机会就在眼前。

“新城的那块地皮拿下来已经有些日子了，到现在拆迁协议还没有签完。

你过去看一下，和对方好好谈谈，尽快把这件事情办妥了。否则拖延了开发工期，我们的损失可就大了。”

高德森对豹头说这番话的时候语气不紧不慢，但后者却能清楚地感受到话语中渗透而出的压力。对于搞地产开发的人来说，“钉子户”正是令他们头疼的第一道门槛，如果因为拿不到拆迁协议而延误工期，那开发方每天都将面临着数以万计的经济损失。

自从高德森的势力涉足地产开发以来，通达拆迁公司便成为高氏集团下属的强势机构。公司前任总经理姓胡，据说曾参军打过越战，是个从死人堆里爬出来的亡命角色。以前但凡有“钉子户”出现，只要老胡出面和对方谈谈，再大的麻烦也会迎刃而解。唯独这一次，老胡却被新城那块地皮给绊住了脚——有一家住户据说是软硬不吃，拆迁协议便迟迟未能齐全。眼看着预定的开工日期渐渐临近，高德森有些坐不住了。他撤掉了老胡，委派豹头作为新的总经理去解决这个棘手的问题。

高德森相信豹头的实力，更相信豹头的欲望。这是一个长久以来被邓骅低估的角色，他曾经获得的地位和他的能力远不相符。所以当高德森将豹头收入麾下之后，他一定会迫切地想要表现自己，越是困难的任务对他来说才越是开胃。

老胡都没办成的事情，如果豹头出面搞定，那对后者来说将是一战成名的机会，即使是一名新人，日后他在高氏集团的地位也会变得不可动摇；但反过来说，如果这件事豹头办不好，他恐怕就再难获得高德森的信任了。

这样的利害关系豹头心中最清楚不过。所以在出发前往新城开发区之前，他已经进行过充分的思考。

以往豹头解决问题最常用的方式是靠拳头，不过现在他已经穿上了西装，他明白动脑子比动拳头更加重要。

豹头了解过那个“钉子户”的基本情况，他知道那人并不是原先的户主，此人只是在两个月前刚刚购入了那套房屋而已。从时间上算起来，此人购买房屋正是在开发地皮拍卖后的第二天，这里面显然蕴藏着某些信息。

根据豹头的判断，此人收购房屋的目的很明显，就是为了赶着拆迁的机会大捞一笔。这对开发方来说当然不是什么好事，但如果从另外一个角度来看，却也不是什么坏事。

对方既然是冲着捞钱的目的而来，那么在拆迁时他的要价必然要比正常的房主高出不少，至少要满足一个足够的差价区间吧？这个差价应该就是拆迁公司面前最主要的障碍。不过此人这般操作，足以说明他是一个有经济头脑的商人，既是商人，行事必然要坚持利益至上的原则，这样的话豹头在思考问题的时候便有了一个清晰的思路。

对于一个商人来说，利益的大小由两部分构成：收入和成本，两者之差即是利益的净值。现在对方在拆迁协议上狮子大开口，无非是想提高收入的数额，你如果总是去想怎样满足他的胃口，那就错了，因为商人的贪心是无止境的，你根本无法真正地满足他。

你必须从另一个角度去解决这个问题。

当你不想改变对方的收入时，你还可以改变对方的成本。如果这个成本足够大，大到令对方坚持的收入都变得毫无意义时，一个理智的商人一定会做出战略改变的，这个改变多半会导致一个双赢的局面。

商人决不会拒绝双赢，他要的只是自己不输就好。这就是豹头解决眼前问题的思路基础。

不要去想该怎么满足他，而是怎样增大他的成本，增大到令对方无可忍受的程度。豹头相信自己能找到适当的方法，毕竟他也曾在邓骅手下打拼了十多年，还是学到了很多东西。

每个人都有自己最在意的事物，这个事物就是他最难以割舍的成本。有人贪财、有人爱名、有人恋情、有人守义……所以对不一样的人要有不一样的处置方法，只要看准了他最在意什么，你就能控制住他的成本。

所以当豹头出发前往新城开发区的时候，他最迫切的愿望就是赶紧和对方见上一面，他要亲自找出能拿捏这个“商人”的死穴。

从市中心驱车前往开发区用了大约四十分钟的时间。作为原先的郊区乡镇，这里的建筑多半以低矮的平房为主。随着近几年土地开发热潮翻涌，这个相对偏僻的地段也成了一块香饽饽。高额的拆迁补偿让不少当地“土著”一下子摇身变为富翁，在这样的背景下，难免有人钻眼打孔地想要掺和进来分上一杯羹。

豹头已提前和房主约好了今日的谈判。行至半路的时候，小弟拨通对方的电话再次确认，那边倒也爽快，直言早已做好准备，就等着他们来呢。

豹头心中更觉有谱，至少对方看起来也很乐意解决这个问题。接下来无非就是个讨价还价的过程而已。

汽车开到一片平房民居外，因前方巷道狭窄，无法再继续开入了。豹头等人下了车，有个小弟伸手往前方一指说：“钱总，就在这条巷子里了，58号。”

“嗯。”豹头左顾右盼地扫了一圈，对身边的手下们说道，“你们几个就在车里等我吧。”

立刻有小弟提醒这个新来的老总：“钱总，那家伙麻烦得很，还是人多一点比较保险。”

豹头笑了：“人多有什么用？我们又不是来打架的，是谈判！一张嘴还不够吗？人多了，反而没有诚意。”

小弟们只好赔着干笑几声，心中多少有些嘀咕。豹头的名号他们以前都有所耳闻，知道他是省城江湖上首屈一指的打手，今天第一次跟着这位大哥出来办事，人家却只想着谈判。这还有什么好谈的呢？能谈的话以前胡总早就谈定啦，又何必有劳您老人家出马？

不过想想也就罢了，他们可不敢违抗老大的意愿。于是在诸小弟略带困惑的目光中，豹头独自一人向着巷道的深处走去。

行了大约有百十来米，标着58门牌号的小院已跳出在眼前。看着那个数字，豹头愈发相信对方是个商人。58，谐音正是“吾发”，此人在一片小区中专门挑了这个小院，肯定就是讨的这个彩头。

院门是虚掩着的，并未落锁。豹头上前在门板上轻叩了两下，院内却无人应声。考虑到刚刚还有过电话联系，豹头也懒得磨叽，直接伸手把门一推，迈步来到了院内。

这是一个不算很大的四合院，总共有四间平房构成，中间围出的泥土地却被主人打理成一个小花园，种着些看不出名堂的花花草草。一个男子背对着院门而立，手中提着一只水壶正在浇花，看起来很专注的样子。

“请问你就是这里的房主吗？”豹头停下脚步问了一句。

“你们来了？”男子一边反问，一边悠然转过身来。

“我是通达拆迁公司的……”豹头的自我介绍刚刚说到一半便愕然停住了，因为他认出那浇花的男子不是别人，正是皇宫夜总会的经理严厉，也是他曾经的兄弟。

严厉却未显出任何的惊讶，他甚至还笑嘻嘻地调侃了一句："我知道，你是通达公司的钱总。嘿嘿，新官上任，兄弟还没来得及赶礼，钱总可不要见怪。"

面对这突如其来的意外情况，豹头事先所有的预想都在瞬间变得毫无意义。他的脑袋像是过了电一样，各种思绪飞速地运转起来，片刻之后他终于稳住了心神，也笑着回复道："什么钱总不钱总的，你还是叫我豹头吧。赶礼更是骂我的话，倒是我应该请大家喝酒啊。"

这番对话听起来仍像是兄弟间的调笑，但那笑容背后已经没有了曾经的亲密感觉，也没有了相互之间热情的拥抱。

"身份不同了，称谓当然也得改改。"这时严厉又看着豹头说道，言语中隐隐透出些其他意味。小院中的气氛也因此变得尴尬起来。

豹头微微怔了一下，然后有意岔开话题："你怎么没在打理夜总会，跑到这儿浇花来了？"当然了，他这句话纯属明知故问——严厉出现在这里，显然就是专门等着自己来的。

严厉轻轻地摇了摇头，随即又是一叹，显得颇为感触："我在这里种花可有一阵子啦，只有你不知道。唉，你是太长时间不跟兄弟们联系了……"

的确。自从龙哥出事之后，豹头自知和阿华等人已难容水火，从此便再无任何往来。现在严厉既然把话题挑起来，豹头便顺势接过话茬道："哦？那今天倒是赶巧了，咱们兄弟正好能聊一聊。"

"好啊！"严厉一拍即合，他放下了手中的水壶，招呼豹头说道，"来来来，现在聚一次不容易，就在我这儿好好坐坐。"

豹头顺着严厉招呼的方向瞥了一眼，却见院子的荫凉角早已摆好了一张小桌和几张矮凳，显然是有所准备。他一时还想不透对方想卖什么药，暗忖坐下来聊聊倒也好，至少也算个缓兵之策。

于是两人便一前一后坐在了小桌前，那小桌紧挨着院内的花园，头顶搭着竹棚，几绺藤蔓从花园里爬上来，半遮住阳光，营造出一份颇为雅致的所在。

坐定后发现，雅致的还不光是院落内的景致。在小桌上居然还摆了套紫砂茶具，胎质细腻，造型精美。严厉端起茶壶，浅浅地斟了两杯清茶，说道："这是上好的龙井，来，品品看。"

豹头有些哑然失笑，他翻眼看了看严厉：“我们兄弟以前都是喝酒的，怎么今天改成喝茶了？”

“以前是以前。”严厉一本正经地回答说，“现在你已经是钱总了，喝酒岂不是太俗？必须喝茶才能体现出你的身份和品位，来，我先敬你一杯。”

说话间，严厉端起自己面前的茶杯一饮而尽，虽说是在喝茶，但那姿势做派却与喝酒毫无二致。喝完之后，他甚至还“滋”地拉了个酒尾巴，像是回味无穷似的。

严厉这副附庸风雅的样子令豹头觉得颇为有趣，后者于是也举起茶杯说：“好，我陪你干了。”然后将杯中的茶水囫囵吞下，那龙井到底是个什么滋味却是一点都没品出来。

“好茶啊。”严厉偏偏还要晃起脑袋，大赞了一声。

“你的爱好什么时候变了啊，又是养花，又是喝茶的？”豹头饶有兴趣地问道，“我记得你以前只喜欢喝酒玩女人啊。”

严厉似乎就等着豹头问这句话，他马上把手里的茶杯轻轻放回桌上，压低声音说道：“这件事说起来话可就长了，要追溯到半年之前……”

“哦？”豹头看着对方那副神秘的样子，好奇心还真是勾了起来。他摆出洗耳恭听的姿势，两人似乎都把先前的对立状态抛到了脑后。

严厉从口袋里掏出一盒烟，自己点上一根，然后又作势要扔一根给豹头，豹头却摇摇手说：“不用，我还是一边喝茶一边听你讲故事。”

严厉便深吸一口烟，吐出一串烟圈之后说道：“半年前，我在情感世界中再一次受到伤害，这件事你应该知道的吧？”

豹头依稀有点印象，当时有个女孩经常光顾严厉的场子，一来二去这两人就好上了，不过这种事情本来就不靠谱，没多久两人便又分开，各奔东西。

“你说的就是那个天天泡夜场的女孩？这种女人有什么好留恋的？玩玩也就算了，你还真在意了？”豹头有些不解地看着严厉。要知道后者是个出名的感情混子，手上过女人就像换衣服一般频繁。

“话是这么说，但我这个人重情义啊。”严厉跷起二郎腿，把胳膊搭在腿上弹了弹烟灰，然后抬眼仰望苍穹，哀怨满面地说道，“当她对我说出‘分手’两个字的时候，真的是深深地触到了我脆弱的内心最深处。”

豹头新倒了一杯茶，刚刚要喝，便领教了严厉这番雷死人不偿命的深情表演。他一口气没憋住，被水呛了喉咙，止不住地连连咳嗽。

“怎么了？你不相信？”严厉瞪眼看着豹头，感觉深受侮辱似的。

豹头努力调整好气息，敷衍了两句：“我信，我信……行了，你别跟我扯这些了。赶紧说正题吧，你怎么会跑到这里来种花？”

“你别急啊，事情得一件一件的说。”严厉又抽了口烟，不紧不慢地说道，“我这不是感情受伤了吗？变得特别颓废，整天靠酒精度日，连场子也不想看了。华哥一看这样不行啊，就给了我一笔钱，让我出去走走，散散心。我一想也是，我严厉大好男儿，不能就这么废了吧？所以我决定听华哥的话，出去旅游，就这么地，我就来到了云南。”

眼见对方三两句话一跳，话题却又到了千里之外的云南，豹头心中暗自无奈。但看严厉那副神态知道催也没用，只好耐下性子继续听他闲扯。

“到了云南我想玩点什么呢？四处一看，发现那边山多，行了，那就爬个山吧。我心情不好，不愿意往人多的地方扎，于是就在昆明郊区找了座不知名的野山，一个人在山里面瞎转悠。那座山不算很高，不过山上的树特别密，有的地方几乎连路都没有。要叫别人是肯定不敢乱走的。但是我不在乎啊，我当时的心情恨不能就死在山上算了。所以我是哪儿荒往哪儿扎，就这么三五一遛，忽然竟来到了一个山沟沟里。”

“山沟沟？”豹头有些哭笑不得，不知道对方的话头又要扯到哪里去了。

“嗯，山沟沟，不过可不是一般的山沟沟，是个特别特别漂亮的山沟沟。”严厉非常认真地说道，“那山沟沟里面开满了鲜花，不但漂亮，而且清香扑鼻，简直就像是到了人间仙境一般。”

豹头未作评论，他很怀疑是否真有这样一个所在，不过又想：昆明被称为春城，花多倒也正常。难道严厉就是被这个开满鲜花的山沟所打动，所以才有了现在这些雅致的爱好？

豹头很快就知道自己想简单了，因为严厉的故事还在继续。

“当时我完全被这片美景迷住了，就在山沟里漫步观赏，甚至忘记了时间。等快到黄昏的时候，我才意识到该回去了。可我随即发现了一个严重的问题：我已经找不到进山时的路了。”

“哦？”

严厉看出豹头有些不太相信，便解释道：“你大概不知道那个山沟沟是什么样的，它被两座山夹着，四周全是特别特别密的树林子，辨不清方向。其实我来的时候走的也不是正儿八经的路，那里根本没有路，就是个与世隔绝的地方。”

豹头“嗯”了一声，也不琢磨啥了，且看对方究竟还能胡掰些什么出来。

却听严厉又继续说道：“我在山沟里转来转去，越转越迷糊。日头越来越低了，我心里就有些着急，这要是天一黑，山里这些毒蛇猛兽，谁受得了啊？得赶紧想个办法才行！就在这时，我忽然听见不远处有水流的声音，心里一动：有了！那水声肯定是一条溪流，我只要顺着溪流往下游走，应该就能够从山谷里穿出去吧。于是我就顺着水声传来的方向找过去，走了大概有三四十米，果然看到了一条小溪。更让我惊喜的是，小溪边居然还有一个人！”

“嘿。”豹头纯属附和般地问道，“什么人？”

“是个老头。不过当我走近之后，我的惊喜却又变成了忧虑。因为那个老头躺在小溪边上一动不动，看上去像是死了一样。”

豹头皱了皱眉：“是个死人吗？”

“如果是死人，我就不会说‘像是死了一样’嘛。”严厉不满地纠正豹头的逻辑，“那老头没死，只是昏过去了。而且我很快就知道了他昏倒的原因：他的左手乌黑一片，手背靠近虎口的地方还有两个细小的牙痕。”

“被蛇咬了？”

严厉点点头：“当时我可不敢含糊，立刻用嘴帮他吸毒。开始吸出来的都是乌黑乌黑的臭血，腥得要死。不过渐渐地那血的颜色越来越淡，味道也基本正常了。”

“那你是救了这个老头一命了？”

“完全这么说也不对，我只是救了他半条命，还有半条命是他自己救的。”

豹头显出不太理解的样子：怎么叫作救了半条命呢？

严厉说：“我帮老头吸完毒之后，他就慢慢醒过来了。不过他的左手还是肿得很厉害，身体也动不了。看到我在他身边，老头一开始还很奇怪，我把前后经过对他一说，他连说：幸运，幸运。然后他又嘱咐我赶紧帮他采几副草药来彻底清除体内的蛇毒。可是我对草药什么的根本一窍不通啊！于是老头就向我口述需要的草药是什么样的，我则在附近的草丛中寻找。这个时候天已经黑了，我利用手机的照明功能终于把那几副草药一一找齐。老头把那些草药有的生吃了，有的嚼烂了敷在伤口上。哎，效果还挺快，左手眼瞅着就消了肿。我又给他打来一些溪水喝下去，老头终于可以自己站起来了。所以说他能活下来，一是有我帮他吸毒，二是他自己知道怎么采药解毒，我们俩各起了一半作用。"

"那么是这个老头把你带出山沟沟了？"豹头猜测着问道。

"老头能走之后，我就请求他把我带出山沟。不过老头却告诉我，我已经远离了唯一的出口，今晚肯定是走不了了，只能将就着到他家里去住一个晚上。明天他再送我出山。"

"他就住在山沟里？"豹头有些意外，他记得严厉刚刚说过，这个山沟几乎是与世隔绝的。

"是啊。当时我也非常奇怪，因为那个山沟根本不像有人烟的样子。不过当时我也没有别的选择，只好跟着那老头走了。我们一路走一路聊，我这才知道，原来老头已经隐居了十多年，在这个山谷里，除了他之外，果真再没有其他人了。"

豹头觉得这个故事越听越离奇："他一个人住在山沟里干什么？"

"干什么？"严厉嘿嘿一笑，"就和我在这个小院里干的事情一样。"

"养花？"豹头心中一动，这兜了一大圈的，总算是兜回来了！

"是的。这老头无子无女，孤身一人。十多年前看破了世事，所以才找到那个与世隔绝的地方专心养花。那天傍晚他到山谷里寻找有没有新的花种，没想到被毒蛇给咬了，这才有了和我的一段偶遇。"

"那你现在也是受了他的影响，喜欢养花了？"

"也谈不上喜欢。我养花可不像老先生那么高雅，我的目的实际上是很世俗的——"说到这里严厉又伸手往花园里一指，问豹头说，"哎，你看看我种的这几株花，知道是什么品种吗？"

豹头摇摇头，他对花草之类的东西根本是一窍不通。更何况严厉所指的就只是几株细细的幼苗，完全看不出个所以然来。

严厉得意地笑了："我就知道你不懂，其实我开始也不懂，不过我可以先告诉你，这几株花都是那个老头送给我的。"

"嗯，你救了他的命，所以他送你几株花作为报答吧？"

“有这个意思。不过我当时救人纯属仁义，根本没想要什么报答。甚至那老头肯收留我一夜，我已经感激不尽啦。”严厉一支香烟早已抽完，这时觉得口渴了，便拿起桌上的茶壶直接嘴对嘴地灌了一通，好好的一壶龙井被他糟蹋得淋漓满襟，完事之后他抹了抹嘴，又开始说道，“老头的家是一个用木头垒成的小屋，四周用篱笆围出一个院子，院子里种满了各式各样的花朵。我到他家的时候是晚上，还看不清楚，只闻到花香扑鼻。等第二天早上迎着朝阳一看，那真是傻了眼。我跟你说吧，那绝对是你这辈子都没见过的美景。我永远也忘不了，而且也永远无法用语言来形容。当时我就傻傻地站在院子里，那种感觉就像是个终于见到了裸体女人的处男。”

豹头斜眼看着严厉，心道：妈的，这小子的比喻虽然粗俗，但情境倒是贴切得很。

严厉意犹未尽地点起第二根香烟，边抽边说：“我不知道傻看了多久，连那个老头来到我身边都没发觉。直到老头问我说：‘哎，小伙子，你也喜欢花吗？’我清醒过来，傻乎乎地回答了一句：‘这些花太好看了。’老头哈哈大笑，看起来很高兴，然后他又对我说：‘小伙子，我看你本性不坏，我们俩又有缘分。这样吧，这些花里面你最喜欢哪些？我送给你！’我哪会养花呀？连忙摇手婉拒，老头倒来劲了，一定要我挑，最后好像我不挑就不给他面子似的。我没辙了，心想：那就好赖挑几个吧。但我又不愿意夺人之美，于是就故意去寻找最普通的花儿。我大致看了一圈，觉得在东边角落里有几株花儿挺不起眼的，叶子细长细长，花朵则非常小，颜色也不艳丽，看起来倒跟野花似的。我就伸手一指说：‘得了，我就要这几株吧。’

“那老头一听就愣住了，问我：‘小伙子，你懂花？’我说我一个粗人懂什么。老头又问：‘那院子里这么多花，你为什么单挑这几株呢？’我实话实说：‘我觉得这花开得小，肯定不是什么好货，被我养糟蹋了也不可惜。’老头一听又开始哈哈大笑，笑得都快咳嗽了。笑完了他说：‘小伙子，我们可真是有缘啊。你挑得好，挑得好！不过这几株花目前在这山谷里都是绝版，我还舍不得给你。’我有点不乐意了，心想：你让我挑的，挑完了又舍不得给，这不是逗我玩吗？老头也看出了我的不满，赶紧又说：‘小伙子，你别生气。今天你来巧了，刚好这些花儿刚刚育了种子，我就把这些种子送给你吧。你拿回去好好种，也能长出一样的花儿来。’我说行吧，种子也好，揣兜里就带走了，要是花株我还得发愁怎么捧回家呢。

"于是老头就回木屋去了，一会儿出来手里多了个小布包。打开小布包，里面又是五个小小油纸包。油纸包里就是花种子了。只见每个纸包还写着字，分别是：满江红、天雨流芳、大唐凤羽、金沙树菊、荷之鼎。"

豹头趁着严厉歇气抽烟的工夫，插话问道："这些都是花的名字？"

严厉吐出一长串的烟圈："对。当时老头指着那几株我挑好的花朵，让我一一识别记忆。我哪有心思记这玩意？就想了个偷懒的方法：用手机把那几株花都拍了照片，然后按老头的说法分别给照片命名。我想，以后我自己的花种出来了，对着照片一比，不就知道叫什么名字了吗？"

豹头笑笑："嘿，这方法倒是不错。"

"可那老头还不算完，又拉着我讲解这花要怎么种。叽里呱啦说了一大堆，还逼着我必须背下来不可。我就是不背，老头没办法，自己写了张纸条给我，嘱咐我一定要保管好，并且按照纸条上写的步骤操作，绝对不能有错。"严厉一边说，一边掏出张纸条递给豹头，"喏，就是这张，你看看，是不是很麻烦？"

豹头接过来，却见那纸条上写着：

培植步骤：

1.一个月之内将花种入盆，盆中花泥按黄沙土四份、锯木屑四份、河沙二份进行配备，在20度的温房中培育，保持60%的湿度，如此一个月之后，当有幼苗出土。

2.幼苗出土后将盆中花泥置换成塘泥。即从鱼塘中将泥挖出、晒干，然后打碎成细粒，用以栽培。仍在温室中保持相同的温度和湿度进行培育，如此再过一个月之后，幼苗当长到十厘米的高度。

3.幼苗长到十厘米之后需离开温室，移植到天然环境中。此天然环境必须是竹根泥系。即需要将幼苗栽种到曾经生长过多年竹丛根部的泥土之中。以天然之阳光雨露进行抚育，不可施任何化肥农药改变土壤性质。如此三年之后，幼苗当能长成，花开可期。在此过程中需悉心呵护，花开前万万不可再次移苗，否则花苗无法适应土性改变，前功尽弃。

的确是很麻烦——豹头粗粗地看了一遍，暗自想到。而且要三年之后才能开花，费那么大劲干吗?

“你回来就按照这个步骤做了？”豹头狐疑地问道。以他对严厉的了解，对方是不会有这个耐性的。可是现在那几株花苗就在自己面前，严厉这么大费周折地养花，只怕是别有用意。

“一开始我可没这个雅兴。”严厉果然摇头说道，“我离开那个山沟沟之后，又在昆明市里玩了几天，心里的忧郁慢慢散了。于是我就回到了省城，和兄弟们大喝了几顿，生活基本上又回到了正常状态。那包花种被我随便往抽屉里一塞，养花的事情早就被抛到脑后了。”

豹头知道其后必有转折，主动问道:“后来呢?”

“后来，”严厉把烟屁股扔到脚下踩了踩，欲言又止，片刻之后，他冲豹头诡异地一笑，说，“我拿个东西给你看看。”

说罢严厉起身走进了西首平房，不一会儿又踱出来，手里却拿着几份报纸。他把其中的一份放到豹头面前，用手指在上面重重地点了点。

豹头凝目看去，却见严厉手指之处乃是一篇配图新闻，标题是《天价兰花1株千万5人保镖》，标题下则是新闻导语:昨日上午，第8届亚太兰花大会正式开幕，其中，一株来自云南省大理，名为“素冠荷鼎”的莲瓣兰估价1500万人民币，成为大会上的天价兰花。这株天价兰花不仅有透明玻璃框保护，更有五名保安围在周围当起保镖。去年曾有买家出价1000万人民币，主人都没舍得卖。

一株兰花价值1500万？豹头先是觉得不可思议，然后他又一愣，翻眼看着严厉:“你什么意思？”

严厉伸手往裤腰里一摸，掏出手机来调了两下，同时兴奋地说道:“那天我无意中看到了这条新闻，我的心都快蹦出来了！你看看我在老头家拍的照片吧，和这篇新闻里的配图比一比，你就全明白了！”

严厉调出照片之后，就把手机压在了那份报纸上，新闻上的配图和手机中的照片两相比对，结果已昭然若揭。

那是两朵几乎一模一样的花儿，都有着淡青色的花朵和纤细的腰肢，而严厉手机中的照片还配着当时老头告诉他的花名:荷之鼎。

“这……”豹头的脑子一时间有些不够转了，“这不太可能吧？”

“我一开始也觉得不可能。我在山沟沟里面看到的那几株小花，怎么能和亚太大会上的天价兰花相提并论？可这两幅照片又实在太像了。于是我怀着忐忑的心情，专门去拜访了国内一个著名的兰花鉴赏大师，我把手机里的照片给他看了，你猜他怎么说？”

豹头几乎是下意识地接了一句：“怎么说？”

严厉往前探着身体，把声音压到了最低：“大师说，这五张照片里的花儿，正是兰花中最为顶级的五个绝品！其中任何一株拿到市面上的话，身价都不会低于亚太大会上的那株莲瓣兰。”

豹头已经说不出话了，他转头看着不远处的那几株花苗，实在不敢相信它们居然都是价值千万的宝贝。

“你现在看那些花苗能看出什么名堂？三年之后才能开花呢。”严厉挥挥手，把对方的思绪拽回来，继续说道，“我从大师那里出来之后，用最快的速度赶回家中，打开抽屉一看，还好，种子都还在。而此时距离我和老头分别已有四个星期，但恰好还没够一个月。于是我赶紧按照老头说明的步骤进行养植。一个月之后，五株幼苗终于从花盆里钻了出来，你能想象我当时的心情吗？我看着这些花苗，简直比亲儿子都可爱！”

豹头看着严厉那副夸张的神态，从最初的惊讶中渐渐冷静下来。他越想越觉得这事实在是过于蹊跷，不过对方一路讲到此刻，底牌尚未完全翻出，于是他便沉住气，配合地问道：“那后来呢？”

“那还能怎样？我就当养儿子一样养着这帮宝贝呗！又过了一个月，该到了移株的时候了，按照老头的嘱咐，我得找一个生长了多年竹丛的天然环境，把这几株花苗移过去。这样的泥土由于竹鞭、竹根的窜生，结构疏松、排水良好；又因为竹叶和竹笋的腐烂，具有适宜的肥力，最有利于兰花的生长。我找来找去，终于让我找到了这个院子。这家原来的主人最喜欢竹子，花园里的竹林已经长了七八年。我立刻出高价把这个院子买下来，把竹子通通拔光，为我那五株宝贝幼苗腾出地方。从那天起我就一直住在这个院子里，全心全意地守着这几株花苗。”严厉一股脑说完之后，长长地出了口气，像是大功告成了一般。

豹头终于品出了个中滋味，他盯着严厉看了半晌，然后冷淡地问道：“那你还要在这个院子里住多久？”

“至少三年。”严厉摊开手，显得很无奈似的，“那老头说了，在开花之前绝对不能再次移苗，否则前功尽弃啊。”

“哦。”豹头把严厉的手机拿起来玩了片刻又放下，说，“也不一定那么绝对吧？你可以问问那个老头，把院子里的土一块儿移走不行吗？”

“也许可以吧，谁知道呢？”严厉向着天空翻了翻眼睛，“关键是我再也找不到那个老头了，当时我在山里误闯误撞，根本没有路啊。所以我不敢冒险，只能严格按照老头写的方法去做。你要知道，万一出了差错，对我来说可是好几千万的损失啊。”

豹头忽然间笑了起来，不过那笑容古怪得很。“你刚才说了很多，我帮你总结一下吧。”他也把身体往前凑了凑，直视着严厉说道，“你在一个无法找到的地点，遇见了一个谁也没见过的老头，老头给了你五颗三年后才会开花的种子，现在你把这五颗种子种在了这个院子里，然后你告诉我，它们每一颗都价值千万，而且绝不能挪动？”

严厉伸手在头皮上挠了挠，挤着眼睛说道：“听起来是有点荒唐啊？不过人生就是这样嘛，荒唐的事情每天都在发生。你还别不相信，这事都上了报纸啦。”

这也上报纸了？豹头还没来得及质疑，严厉又扔过一份报纸来：“你也该改改习惯啦，平时多看点报纸，或许也能像我一样，人生就此改变。”

这次却是一份刚刚出版的省城晚报，在副刊的头条赫然印着大标题《本市男子深山奇遇，老宅坚守稀世幽兰》，在标题下方，笔法灵动的记者用整整半个版面向读者描绘了严厉刚刚讲过的那个离奇的故事。

豹头有种哭笑不得的感觉。他知道上报本身代表不了任何事情。以阿华的能耐，请个枪手记者易如反掌，而记者本身也对这样的奇闻轶事充满了兴趣，他们不会去操心故事的真伪，他们只关心读者的眼球。

但是对大多数见识寡薄的市民来说，报纸却代表着一种流行在市井中的权威。这样的故事登报之后，将会以惊人的速度在民众之间口口相传，成为大家茶余饭后的精彩谈资。严厉说出的那个故事能不能证实并不重要，重要的是没人能对其证伪。在这样一个浮躁的社会里，人们热衷于此类一夜暴富的传奇，在真假都无法证实的情况下，他们会倾向于相信这个被报纸所刊登的故事。于是在即将到来的地皮争夺战中，那几株兰花已经事先为房主赢得了民众的心理支持，即占据了某种无法捉摸却又极其重要的优势。

这确实是一步好棋，超出常理之外却又精彩无比。豹头端起茶杯轻轻地喝了一口，那清香的龙井此刻却透出苦涩的感觉。

良久之后，豹头决定鼓起余勇做最后一搏。

“的确是好花呀。”他看着那几株瘦骨嶙峋的幼苗，咬牙说道，“可你不觉得种在这里太危险了吗？有多少人会眼红？还有多少人会妒忌？恐怕要不了几天，就会被人冲进来砸了抢了！”

“这个问题提得好！我早已有所准备，”严厉欣然打了个响指，然后冲着右前方的屋檐一指，“你看——”

豹头无声轻叹，他看到了装在屋檐下的那个监控摄像头。

严厉笑嘻嘻地讲解：“二十四小时监控，超大容量录像储存。谁要是敢来搞破坏，我就第一时间把拍到的录像发送给媒体，让全市人民给我做主。当然了，我自己也得防着，看见这几间大瓦房了吧，以后我带的兄弟就和我住在一起，帮我看花。”

文的武的都有了，面子里子也全占着——这几乎已是滴水不漏的防御。豹头乱糟糟地想了许久，实在是无计可施。最终他不得不回到他事先拟定好的“商人”思路上来，勉力硬起了头皮问道：“兄弟，我也不跟你绕圈子了。你知道我为什么而来，你先开个价吧，动这个院子要多少？”

“钱总啊，你说这话可就没意思了。”严厉蓦然间变得严肃起来，“你以为我在这里是要和你谈钱？谈钱有意义吗？这里五株兰花，一株一千万，怎么谈？”

豹头无言以对，他甚至有些后悔提出这样愚蠢的话头来。因为对方根本不是商人，他要的也断然不是双赢的结局，他的目的就是要让对手惨败，哪怕是杀敌一千，自损八百。

眼见气氛有些尴尬，严厉却又换上笑脸以显地主之谊。他一边端起茶壶给豹头续满龙井，一边说道：“其实我也不想为难钱总。话说回来，你背后还有高老板的面子哪。我保证，这个小院我只用三年，三年之后免费奉送。不光如此，到时候我那五株宝贝花儿，高老板随便挑一株走，权当我的谢礼了。你觉得怎么样？”

严厉的口气真诚无比，但句句话都像锉子一样磨得豹头耳根生疼。后者斜眼看着那几株价值“千万”的花苗，恨不能现在就冲过去一脚脚踩个稀烂。不过他还是按捺住了。

他知道自己面对的敌人是多么强大，任何冲动都有可能导致最惨痛的结果。在这个问题上，龙哥已有前车之鉴，他豹头决不可重蹈覆辙。

一切还需要从长计议……

当严厉和豹头在小院里围着那几株兰花斡旋角力的时候，阿华正坐在省城公安局经侦大队的一楼大厅内。他默默地注视着厅堂正中悬挂的国徽，神色间透出一丝无奈的落寞。

作为邓骅生前最得力的心腹，阿华曾亲眼见证了龙宇集团的鼎盛和辉煌，那个时候他深深地相信：属于邓氏家族的荣耀将在省城永远地延续下去。

然而只过了短短不到一年的时间，一切全都变了。就像是泰坦尼克号撞上了冰山，越是庞大的躯体，当它沉没的时候，其颓势便越是无法扭转。

而带来转折的那次致命撞击无疑便是邓骅的遇刺，龙宇集团从此失去了擎天之柱。在接下来的日子里，内乱外患接踵而至，几乎令阿华毫无喘息的机会。

首先是两个副总显出狼子野心，为了保全邓氏家业，阿华不得不用最极端的方式进行处理。那件事情开展得虽然顺利，但还是被罗飞从中嗅到了一丝不寻常的气息。阿华深知，这个灵敏如猎狗一般的刑警队长一旦盯上了猎物便绝不会轻易放弃。自己也就注定要时刻面对一个极为可怕的对手。

内乱甫定，真正的狂风暴雨又席卷而来。这一轮的打击不仅突然，而且是全方位的立体进攻，来势凶猛无比。公安局经侦队出手对龙宇集团的旧账进行查处，集团的资产被冻结；与此同时，虎踞南城的高德森趁势杀来，从各个领域对忠于邓骅的势力进行了倾轧式的打击。

高德森的攻势显然经过了周密的策划和筹备，不管是攻击重点还是攻击时机都拿捏得恰到好处。阿华有些猝不及防，在最初的几个回合内呈现出一边倒的溃败趋势。不过后者很快便展示出自己的实力，他略退两步稳住阵脚，随后开始组织反击。邓骅虽然已死，但多年来叱咤省城的那些干将们仍然聚在阿华周围。当他们身处绝地之时迸发出来的力量是惊人的。高德森的攻势被遏制，甚至在某些局部已经形成了逆转。而今天落在严厉身上的那步棋阿华尤为满意。他相信那几株兰花一定会成为卡在高德森咽喉部位的一根鱼刺，令其上也上不得，下也下不得。只要拖住了那块地皮的开发周期，光是欠银行的贷款就可以把对手的屁股烧烂。

真正令阿华无从招架的是来自于警方经侦队的强大压力。由于邓骅在世的时候几乎不让阿华插手集团内部的管理事务，所以后者对公司运营中的很多玄机并不知晓。这样经侦部门展开调查的时候，他当然也就无法组织起有效的防御。阿华只能以一个旁观者的角色眼睁睁地看着经侦警察一步步深入龙宇集团的核心隐秘，陷于一种大厦将倾又无力支撑的无奈感中。

如果邓总在世的话，事情断然不会如此——那些警察甚至都无法迈入龙宇大厦一步！阿华每每想到此处时，都会对某个人产生咬牙切齿般的痛恨。他一定要让那家伙去给邓总陪葬，一定！

阿华的这番思绪直到一个中年女子从扶梯走下来的时候才被打断。那女子长相秀美，体格柔弱，她紧紧地蹙着眉头，愁容满面。在她身后则跟着一个戴眼镜的年长男子，那男子气度沉稳，脸上则看不出什么表情。

阿华站起身，快步向着那一男一女走去。到了近前时，他稍稍停在女人身体的右前方，关切而又恭敬地问道："夫人，没什么事吧？"

那女子正是邓骅的遗孀，也是阿华此刻的主人。去年阿华铲除了龙宇集团的内乱之后，邓妻便成了集团内的头号股东。这次警方彻查龙宇集团的历史账目，邓妻免不了也要接受传唤和询问。

邓妻没有说话，她只是轻轻地摆了摆手，看起来非常疲惫。阿华立刻识趣地侧过身："夫人，您先上车休息吧。"语毕，他在前头开路，将邓妻引到了警局门前。

早有伶俐的小弟将汽车开了过来，阿华上前拉开后座车门，护着女主人上车。开车的小弟则钻出驾驶室，冲阿华鞠躬叫了声："华哥。"

阿华点点头："你自己打个车回去吧。"但凡有主人在车上，阿华必须要自己开车，这是他身为奴仆最基本的忠诚表现。

小弟遵命离去，阿华没有立刻上车，他转身看着那个戴眼镜的年长男子，道了句："冯律师，辛苦你了。"

冯律师非常职业地微微一笑："应该的，这是我的工作。"

阿华便也不再寒暄，切入正题问道:“情况怎么样?”

“问题很多，”冯律师坦言，“而且警方掌握的证据也很充分，所以情况不太乐观。集团公司可能会被吊销，同时面临巨额罚款。公司的部分高管需要承担刑事责任。”

阿华的心情越来越沉重，尤其是听到最后一句话的时候，他立刻敏感地追问:“会不会连累到夫人?”

冯律师摇摇头:“那倒不会，夫人并不是公司实际的管理人员。还有一点你也不要担心，罚款只限在公司内部，公司破产之后，不会波及夫人的个人资产。”

阿华没有再说什么，他伸出手去和对方握了握，神态间却带着离别的意味。

早在邓骅在世的时候，冯律师就是龙宇集团的首席法律顾问，阿华相信他的能力，也相信他的忠心。可事态发展现在已不受任何人的左右，龙宇集团和冯律师也到了该分手的时刻。

冯律师体会到了阿华的情感，他轻轻一叹，拍拍阿华的肩头，用长者般鼓励的口吻说道:“不要太沮丧了，你前面的路还长着呢——留得青山在啊。”后者加大手掌上的握力作为回应，然后两人无语分别。

阿华打开车门钻进驾驶室，他把两手搭在方向盘上，但却没有立刻开动汽车。片刻的沉默之后，后座位置的女子听见了阿华略带哽咽的声音:“夫人，阿华无能，龙宇集团……保不住了。”

邓妻苦涩地一笑:“这和你有什么关系?该来的总会来的……”

阿华的手在方向盘上狠狠地攥起拳头:“我决不会放过他们!”

“谁?”邓妻抬起头问道。她看见了阿华右手腕上带着的佛珠，暗红色的珠子和因愤怒而迸起的青筋形成了鲜明的色彩反差。女子想起佛珠正是自己送给阿华的，后者一直佩戴在身上，但他又为何无法领会佛珠中蕴涵的慈悲呢?

阿华并未感受到邓妻的目光所向，兀在恨恨地说道:“那些害死邓总的人，那些想要把龙宇集团搞垮的人，他们欠下的债，我一定要让他们用血来还!”

“还债?”邓妻轻轻地反问道，“那你有没有想过，邓骅的死其实也是在还债?”

阿华显然对这样的问题毫无准备，他愣住了。

邓妻叹了口气，不愿把这个话题再继续下去："开车吧，该去接邓箭了。"

邓箭是邓骅的儿子，也就是阿华的少主人。此刻已临近下午放学的时间，的确该出发往学校赶了。

阿华启动汽车，这一路尚未赶上晚高峰，行驶还算顺利。到达学校门口的时候，放学的学生还没出来。因为学校规定家长接送孩子不能进入校园之内，所以阿华便靠着路边把车停好，耐心等待。

学校大门前已经聚集不少来接孩子的家长。其中两个身穿黑衣的男子非常惹人注目，他们身体强壮，年龄不过在二十来岁，一看就不像是有孩子的人。这两个男子看到阿华的车靠过来，便略略迎上一步，同时鞠躬示意。

邓妻注意到这个细节，便问阿华："他们是你的人？"

阿华点点头说："这两天我们对敌人压得也比较狠。我怕他们狗急跳墙，所以加强了对小公子的保护。"

一听说儿子可能陷于险境，邓妻脸上立刻闪过明显的忧虑："你们一定要这样打来打去的吗？"

阿华知道女主人的心情，很多事情也的确很难向女流之辈解释。斟酌了一会儿之后，他说道："危险肯定是有的，但我也是为了邓箭的将来着想。现在龙宇集团虽然垮了，但我们还有几处集团之外的产业，只要能打垮敌人的这波攻势，就能留住东山再起的机会。"

"是的，我相信你有这个能力。你可以把敌人打败，你能重振邓家的势力，有了你，邓箭甚至有可能成为第二个'邓市长'……"邓妻不间断地说完这些话，然后她深深地吸了口气，反问，"可你以为这就是我们想要的吗？"

阿华有些困惑了，他从后视镜里看着自己的主人，难道这些还不够吗？

邓妻却不再看着阿华，她把头转向了车窗外。此时放学的时间已到，孩子们欢快地走出校门，或三三两两结伴而去，或亲昵地奔向早已等候在校园外的父母。

"你知道我想要的是什么吗？"邓妻再次问道。

阿华不知该回答什么，他摇摇头，然后也把目光转向渐渐热闹起来的学校大门。人群熙来攘往，他从中努力寻找着邓箭的身影。

“我只想要一种安定的生活，我想让邓箭能像其他孩子一样，开开心心地玩耍，自由自在地上学放学。你能帮我做到吗？”邓妻苦笑着，用一种哀求似的口吻对阿华说道。

阿华扭过头来，愕然看着自己的女主人。他从未想过对方会提出这样的要求，这要求看起来如此普通，但却又如此艰难。

邓妻和阿华对视着，这半年来的坎坷波折早已令她身心俱疲，她知道自己刚才的话一定会让阿华感到伤心和局促，但她还是忍无可忍地说了出来，看着对方忠诚而又茫然的面庞，女人心中的情绪终于压抑不住，泪水渐渐洇住了她的眼眶。

而在车外，被他们等候已久的邓箭终于走出了学校大门。那两个黑衣小伙子立刻迎上前去，把邓家少公子和他身边的小伙伴们隔绝开来。然后他们一人一边护在邓箭身旁，扶着邓箭向不远处的汽车走去。他们实在过于警惕，脚步也实在太快，以至于孩子的动作显得有些身不由己，倒像是被自己的家仆“绑架”了一般。

当邓箭被匆匆“押”上车之后，他仍未从惶恐的情绪中恢复过来。直到母亲的手轻轻摸在他的额头，孩子才如释重负般叫出一声：“妈妈。”

邓妻把儿子搂在怀里，不让对方看到自己如坠珠般滚落的泪水。

阿华呆呆地看着眼前的这幕场景，胸口像压了块大石头般憋闷难受。他根本不用回答，母子俩惊惶的表情已让答案昭然若揭。安定的生活……这恐怕是每个江湖人心中永难企及的奢望。即便在邓骅如日中天的时刻，他也得躲在龙宇大厦严密的防卫体系中，根本无法像平常人一样去享受安静的阳光和自由的空气。现在邓氏大厦摇摇欲坠，己方和对手的缠斗正到了最惨烈的时刻，处在旋涡中心的人又怎能安定？

车内三人保持着一种窘迫的沉默，片刻之后，倒是邓妻首先控制住了自己的情绪，她抬手擦了擦眼角，轻声道：“算了，我就是随便说说……你也别想太多了，送我们回家吧。”

阿华无言地转过头，启动汽车而去。这一路他开得很慢，像是藏着很重的心思似的。街道边的行人建筑从车窗前悠悠滑过，呈现出一种莫名的陌生感，阿华有些看不清前方的路了，他只知道很多事情正在改变着，以一种无从逆转的方式。

将主人送回住所之后，阿华驱车来到了梦乡楼。当他进入最里间的隐秘包厢时，严厉和马亮早已在等着他了。

“有什么情况吗？”阿华入座的同时问道。之前严厉已经向他汇报过和豹头周旋的前后经过，他现在这么问，是想知道对方是否已出了新的应对。

“对方软啦。”严厉“哧”地蔑笑着说，“刚才豹头又打电话过来，说高德森想约你见个面，好好聊聊。”

“哦？聊什么？”

“聊合作。高德森还说了句狗屁不通的话，说是要送给你的。”

阿华不动声色地追问：“什么话？”

“他说，这个世界上没有永远的敌人，也没有永远的朋友，只有永远的利益。只有愚蠢的人才会去做一件没有利益的事情。”

“我呸！”一旁的马亮凌空啐了一口，“现在来说这些废话了？龙宇集团都被他整成这样了，还合作？谁他妈的给谁当这个孙子？”

阿华沉默了一会儿，又问严厉：“那你怎么回答他的？”

“那还能㞞了？”严厉翻着眼皮道，“我说我们现在没本钱合作，只有几条贱命，准备全押上去玩一玩！”

“对，大不了整个鱼死网破！”马亮一边附和着，一边咬牙瞪眼，跃跃欲试。

手下兄弟的这番表现本是阿华最欣赏的精神状态，但此刻他的心却随着“鱼死网破”这四个字猛地收缩了一下。

是的，他们早已习惯了这样的状态，在腥风血雨中拼杀，宁死也不会在对手面前低头。可他们是否曾真正深入地思考过：这样的战斗到底是为了什么？如果他们捍卫的主人连一份宁静都无法安享，那他们的行为意义何在？他们到底是忠心的仆人，还是多余的累赘？

严厉看出阿华心中似乎有所纠葛，他挥挥手示意马亮先不要激动，然后看着阿华试探地问道：“华哥，你是怎么想的？”

阿华摇着头不说话。这些事情他自己都没有想明白，他能对手下的兄弟说什么？难道他要说：“我们的主人不想让我们打打杀杀的，她只想要一种安定的生活。”那兄弟们一定是无法理解的，他们根本不知道安定的生活是什么，更不知道这种安定能有什么样的价值。

就连阿华自己也不知道。在他十多年的江湖生涯中，他从来没有安定过。他只知道成王败寇，只知道有敌人就要去战斗。

“这还有啥好想的？我们已经掐住敌人的脖子了，难道还有放手的道理吗？”马亮仍是粗咧咧的，只顾表达自己的想法，完了之后他有些不耐烦地站起身，“得了，别在这帮孙子身上扯闲蛋了，我去让后厨弄几个菜上来，咱们陪着华哥喝点。”

“好。”阿华也想从这番痛苦的思索中摆脱出来，便点头表示赞同，随即他又补充了一句，“就来点啤酒吧，现在非常时期，谁也别喝多了。”

“明白。”马亮出去吩咐了一番，不消多时便有服务生将炒菜啤酒送进包厢。阿华倒也确实饿了，于是便甩开筷子吃喝起来。

吃了一会儿，马亮忽然想起什么似的说道：“哎，华哥，我前两天联系了一个拉小提琴的，要不要叫过来助助兴？”

“嗯？”阿华一愣，一时间没明白他在搞哪出。

马亮解释说：“前一阵你不是喜欢听小提琴吗？我也找了一个，音乐学院的，肯定不比那个瞎子差。以后你要听，直接上我这儿来，不用再去什么‘绿阳春’了。”

阿华听明白了。马亮倒是一片好心，那个会拉小提琴的盲女郑佳现在正在美国接受手术治疗，他怕阿华因此听不到中意的演奏，所以特意又去音乐学院找了个替代的乐手。

可是马亮又怎会知道那个盲女的神秘背景？那种空灵纯净的音乐又岂是一般人能够替代的？

阿华不方便过多解释，又不想打击了马亮的热情，便淡淡一笑说：“好啊。不过下次吧，今天我们兄弟几个喝酒，别让外人扫了兴。”

“也好。”马亮痛快地端起酒杯，招呼大家，“来，走一个吧。”

严厉也端起杯子，却在调侃道：“马亮啊，你可是一点都不懂音乐。有我们两个俗人陪在旁边，再好的音乐也是白扯啊。”

马亮翻翻白眼：“我不懂，你懂？”

严厉认真地说道：“以前我们都不懂，不过我这些天养花喝茶的，品位已然远远超出你的境界。”

马亮“嘁”了一声，很不服气。不过他又当真对阿华说道：“华哥，回头我弄个单间给你布置布置。你啥时候想听音乐了，我把乐手找来，你们单独一个房间，谁也不得打扰。”

阿华笑道：“别瞎折腾，严厉这是逗你玩呢。”言罢举杯说，“喝吧。”三人把杯中啤酒一饮而尽。

虽然事先说好了别喝多。不过兄弟几个一坐下来总得尽兴，一两个钟点过去后，每人悠着悠着也喝了有好几瓶。好在这三人的酒量都不小，啤酒度数又低，多撒几泡尿也就没了。

正喝到酣美处，阿华的手机忽然响了起来。他掏出电话看了眼来电显示，神色间似乎有些意外。

“谁啊？”严厉警惕地问道。

马亮则骂了句：“不会又是豹头吧？妈的，兄弟做不成了，还老来扫咱哥们的兴。”

阿华摇摇手，看来情形并非如马亮猜测。前者犹豫了片刻之后，终于接通了手机。他把听筒紧贴在耳边，好像不想让别人听见对方说话似的。严厉和马亮也乖巧，只顾自己喝酒，耳朵便不往那边去了。

阿华一直在听对方说话，自己只是间或性地“嗯”“嗯”两声，几分钟之后通话完毕，他掐了手机，自言自语般问了句：“今天是我的生日？”

严厉和马亮对视了一眼，心想：是不是你的生日你自己不知道，还问我们？

此刻阿华却又自己点了点头。的确，今天正是他的生日。不过像他这样的江湖人，对生日什么的原本就不在意，最近事情又多，更加把这个日子的意义抛到九霄云外了。

严厉从阿华的表现看出那通电话并不是什么说不得的事情，便再次问道：“谁啊？”

阿华回答说：“明明。”他咧着嘴，无奈中又带着些温馨的感觉。

“明明？”严厉一乐，“这小妞还真是挺有良心，居然还记得你的生日？”

“明明是个不错的姑娘。”马亮抬起手指晃了晃，像是在下某个定义似的，“那次我把她送走，她都没肯要那两万块钱，仗义！我看她对华哥是一片真心。”

严厉也点点头:“可惜她不在省城了,要不叫过来一块儿喝酒。”

阿华收起手机说:“她回来了。”

“回来了?什么时候回来的?”马亮露出惊讶的神色。把明明送走的事情正是他负责的,怎么对方回来了也不给自己打个招呼?

“就是今天,刚到。”

严厉一挥手:“在哪儿呢?赶紧叫过来啊。”

阿华有些尴尬地笑了笑,踌躇片刻说:“她在我家里等我呢。”

“哦——”严厉拉长声调,斜眼瞥着马亮。马亮心领神会,嘿嘿嘿地只顾喝酒。

“行了。”阿华轻轻咳嗽一声说,“今天酒喝了不少了,我看就这样吧?”

马亮立刻苦着脸:“别啊——我之前都和严厉商量好了,吃完饭一块儿去他场子里……”他的话音未落,却被严厉一巴掌拍在脑门上:“去你丫的,谁和你商量好了?我一会儿还要上网找MM聊天呢。”

“行行行,你们都有活动,就我一个人,我喝死算了。”马亮拿起一瓶啤酒咕嘟嘟地对着口吹起来。

阿华知道自己贫不过这两个小子,便也不再多说什么,只收拾好随身物件,自顾自起身离去了。

这一路打开车窗,凉风一吹,酒劲过去了大半。到了小区楼下把车停好,钻出车门后下意识地抬头往楼上看了一眼,这一看却忽然体会到了某种从未经历过的感觉。

只见十四楼属于自己的那间单身公寓破天荒地亮起了灯光,那灯光透过橘黄色的窗帘映出来,在黑夜中折射出如早春一般的暖意。

阿华呆呆地站在楼下,长久地注视着那盏暖暖的灯光。他的心中似乎有一股清冽的溪流慢慢地渗透出来,洗涤着他周身的僵硬筋骨。

有一个女人正在自己家中,她开着灯,在深夜里等待着自己的归来。

阿华的眼睛慢慢变得有些模糊,他终于体会到什么叫“安定”的感觉,他也懂得了为什么有人会如此迷恋这样的感觉。

他就这样站着,沐浴在那片温暖的灯光中,这个片段最终成为了他整个人生中最美好也最痛彻心扉的回忆。

直到手机铃声再次响起，才把阿华从这番恍惚的情绪中唤醒。

来电屏幕上显示的正是那个能给他带来温馨的名字。

阿华接通电话，他努力用平静的语调来掩饰自己的情绪："喂。"

"你在哪儿呢？怎么还没回来呀？"明明在电话那头用嗔怒的语气责问道。

"马上就到了，正在楼下停车。"阿华的笑容无声无息地渗透在了他的语气中。

"好吧。"明明很容易便原谅了他，"那我准备点生日蛋糕啦，如果蜡烛烧完了你还没有回家，我就永远不再见你了。"

阿华等对方先挂断了电话，他没有立即上楼，而是继续站在楼下不知想着什么。而楼上小屋的灯光在这个时候熄灭了，显然明明已经做好了点燃蜡烛的准备。

阿华又凝思了片刻，然后他拿起手机拨通了另一个号码。

振铃响了几遍之后，听筒里传来严厉的声音："华哥？有什么事吗？"

"给豹头回个电话吧。"阿华说道，"我要和高德森见面聊聊。"

"什么？"严厉显然有些摸不着头脑，"跟他还有什么可聊的？"

"照我说的去做吧。"阿华的声音异常平静却又不容抗拒。

"那行……"严厉只能应了下来，然后又问，"华哥，还有别的事吗？"

"没了。"阿华有些匆忙地挂断了手机，因为他看见有三个男子正从自己的面前经过，其中一人穿着物业的制服，另外两人则提着工具箱，一副修理工的装扮。

"怎么了？电梯又坏了吗？"阿华略皱着眉头问了一句——这个单元的电梯已经出了好几次毛病，而要徒步爬上十四楼实在是一件很痛苦的事情。

物业连忙解释道："不是……是单元里的监控摄像头坏了，需要重新更换。"

阿华以前一直负责龙宇大厦的安保工作，对监控摄像系统也比较了解，于是便又多嘴追问："怎么回事？电路出问题了？"

"不是电路的问题，是摄像头被人故意打坏了，也不知道是哪个混蛋干的。"物业牢骚满腹地抱怨着。

被人故意打坏的？阿华隐隐觉得有些不对："一共坏了几个？"

物业恨恨地回答："一到十四楼的全坏了！"

阿华的心立刻"咯噔"一下，他没有任何迟疑，蹭地便往电梯间冲去。然而电梯却正好刚刚上行，要想再次回到一楼至少还需要两三分钟的时间。

阿华掏出手机，一边回拨明明的号码一边又冲到了楼洞外，他看着十四楼那扇黑乎乎的窗户，心头扑通通地狂跳个不停！直到明明接通电话的那一刻，他的心率才稍稍降低了一些。

"喂。"明明刚一开口便被电话那端的阿华抢过了话头："赶快出来，离开屋子！"

"怎么了？"明明被对方的语气吓了一跳，"我正要点生日蜡烛呢！"

"别管了，赶快……"阿华的话语忽然间停住了，打断他的是明明惊恐万状的尖叫声："啊！"几乎与此同时，十四楼的窗户"砰"地爆裂开来，一团炽热的火苗从窗口喷涌而出，像地狱猎犬的舌头一样鲜红而又邪恶。那橘黄色的窗帘转瞬间便被火苗吞噬，化作了无尽夜色中的片片飞尘。

……

阿华在人民医院的重症监护室外等了整整三天三夜。他几乎没有吃任何东西，仅靠着少量的饮水维系着自己的生命。到第三天的清晨，医生终于带来了他期盼已久的消息。

"病人醒了。"

"醒了？"阿华一时不敢完全相信，当他拼死冲入火场把明明背出来的时候，他记得那已经是一个看不到任何生命迹象的躯体。

"是的。"医生再次给出肯定的回复，"病人的求生欲望很强……不过她的病情并不乐观。"

不知是不是激动或者其他强烈的情绪在阿华的心胸间翻涌着，令他的身体微微地颤抖起来。

"你进去看看吧。"医生走到阿华身边，鼓励对方说，"病人很希望见到你，或许你能够支撑她继续坚持下去。"

阿华深吸一口气，他明白医生的意思，他知道自己首先要以一个最坚强的姿态出现在病人眼前。

当阿华准备好之后，他迈开大步走进了病房内。虽然他已经做好了足够的思想准备，但出现在他眼前的惨状还是让他不忍卒睹。

娇柔美丽的女孩已经成了丑陋的怪物。白嫩的皮肤被烫黑龟裂，乌黑的长发被烧光了，鼻头残缺，嘴唇歪斜，原本纤细的手脚此刻也变得浮肿不堪。

或许唯一没变的只有那双眼睛，仍然清澈透亮，但配在那副恐怖的面容上反而显得愈发的怪异。

那双眼睛正努力斜转过来，注视着逐渐走近身前的阿华。

阿华不知该说些什么，他只是努力控制着自己的情绪，不让痛苦和愤怒在面庞上表现出来。

“华哥……”女孩的声音微弱而嘶哑。

阿华摇摇手阻止对方：“你好好休息，不要说话。”

可女孩却不听话，她只是歇了口气，便又挣扎着开口道：“是我闯祸了吗？”

“不……不是你。”阿华的右手背在身后紧紧地捏成拳头，“是他们……”

女孩眨了眨眼睛，她听明白了。不需要阿华说得太细，她自然知道“他们”指的是哪些人。

“我……我不应该回来的。”片刻之后，女孩用闪动的目光表达着自己的惶恐和愧疚，“我应该听你的话。”

看到女孩这样的目光，阿华心头如被钢丝搅动般疼痛难忍，他必须把实情告诉对方：“不，我说了和你没关系。他们要的人，本来是我。你只是恰好提前到了那里。”

女孩恍然“哦”了一声，然后她长出一口气，似乎心中的某块石头放了下来。沉默了一会儿之后，她又听见阿华的声音：“是我连累了你。”

女孩看着阿华，目光有些疲倦，不过她还是攒足力气说道：“华哥……你不要难过……我……我很高兴。”

什么？高兴？阿华无法理解。他怀疑对方是不是伤重糊涂了，可是女孩说话时的神情却又偏偏如此真挚。

“我很高兴。”女孩又重复了一遍，然后她解释说，“因为……我不在那里的话，他们……他们就会害到你。”

当领悟到对方的意思之后，阿华的身体不受控制地震颤了一下。他知道那是一个濒危之人最真实的话语，那份情感如沉甸甸的巨石一样，压得他几乎喘不过气来。

“行了。”医生不知何时来到了阿华身后，“不要和她说太多的话，先让她休息吧。”

似乎要配合医生，女孩的眼皮慢慢垂下，她再次陷入沉沉的昏睡之中。

阿华退到了病房外，他大口大口地喘着气，额头上密汗涔涔。

严厉和马亮也在病房外守候着，看到阿华出来，他们连忙迎了上去：“华哥，明明怎么样了？”

“死不了。”阿华斩钉截铁般地说道，“我不会让她死的！”

严厉和马亮各自松了口气，他们如此信任阿华，而对方的语气又是如此坚定，相信即便是阎罗王也不敢抗拒。

严厉似乎还有别的事情，待阿华的气息渐渐平复之后，他才吞吞吐吐地说道：“华哥……有一件事情，我想……我想你最好知道一下。”

阿华目光一凝：“说。”

“那天晚上你让我给豹头打电话，我就打了。这两天高德森回了好几个电话找你，说要和你约个时间……”

一听到高德森的名字，阿华的目光忽然变得如刺刀般尖利吓人，严厉也下意识地往后瑟缩了一下。不过出乎后者意料的是，阿华居然又伸出手说道：“把手机给我。”

严厉连忙掏出手机递过去。

阿华按了几个键，正是拨通了高德森的号码。

“喂。”听筒中传来沉稳得有些狂妄的声音。

阿华则恢复了他一贯的状态，语气淡淡的：“我是阿华。”

“阿华兄弟啊？”高德森在那边热情地笑起来，“怎么才给我回电话呢？我们早该聊聊了。”

“你已经是一个死人了。”阿华仍是淡淡的语气。

“什么？”高德森好像没听明白。

阿华挂断了手机，他相信对方已经听到自己说的话，那就足够。他并不需要去解释什么，在他看来，他只是在陈述一个无比简单的事实而已。

第七章 小顺之死

铅笔丢失的风波给四监区带来一场不大不小的震荡。整个监区的犯人们都遭受牵连，辛苦加了一个通宵的班。众人怨愤之余，无不期待那个“始作俑者”能被快速而精准地揪出来，到时这家伙不仅将受到“鬼见愁”张海峰的严厉惩罚，其他犯人所吃的苦头也必须要让他尽数偿还。

可事情的结局却让大家有些失望了，那支失踪的铅笔一直也没有找到，这使确定作案者缺少了最关键的证据。最终张海峰只能囫囵行事，对黑子和小顺各施以禁闭十天的处罚。这两人都是大喊冤枉，苦得像窦娥一样。但张海峰的命令又有谁敢违背？能免尝一顿电棍已经不错了。

对于黑子受罚很好理解，毕竟铅笔是从他手里弄丢的，无论如何他都负有责任；而小顺无凭无据地也被关了禁闭，那些心中伶俐的也能猜出个大概，料想这事多半和黑子小顺之间的矛盾有关，张海峰现在找不到证据，干脆就各打五十大板，也算是表面糊涂心底清楚的公平之举。

在这次事件中，另外一个引起众人关注的角色就是杭文治。他被张海峰叫去单独面谈，随后小顺和黑子便受到处罚，前者难免会有当了“谍报”的嫌疑。不过据杭文治自己说，张海峰只是想让他帮着解几道奥数题。这个说法也是有据可依的，杭文治回到监区的时候确实带着一份奥数卷子，而且同行的管教也特别吩咐平哥，要给杭文治创造良好环境，以让他安心研习卷子上的那些试题。

有了管教的关照，况且还是张头交代的事儿，平哥自然不敢怠慢。当晚加班的时候平哥就把他的任务量都分给了杜明强和阿山。杭文治开始还有些不好意思，客气了两句，结果平哥反而瞪眼不悦道：“我怎么分你们就怎么做！磨叽什么？你赶紧把这卷子解好了，也能给咱们监舍争回点面子来！”

平哥说完这话，阿山和杜明强立刻都表示赞同。要知道，这次黑子和小顺出事，424监舍的其他人——尤其是平哥这个号头——多少也要担待些关系。现在张海峰委托杭文治解题，这对大家来说可是一个讨好对方的最佳机会。只要杭文治把这个任务完成好了，便可大大减轻众人面临的压力。

见舍友们都这么说，而且态度的确诚恳，杭文治也就不再推托，便在这喧闹的厂房内静心钻研起习题来。原本用来制作纸袋的铅笔此刻正好成了他手中解题的工具。这些面对小学生的奥数题对杭文治来说本没有什么难度，不过要用小学生掌握的知识水平来解答却要费些周折。他边想边算边写，一份卷子用了三个多小时才全部解完。随后他又在心里盘算了一番到时讲述的思路，直到确信每个细节都已滴水不漏了，他便习惯性地把铅笔叼在嘴里，双手交叉反抻了个懒腰，舒散着麻木的筋骨。

“完工了？”平哥注意到他的举动，斜着眼问了句。

杭文治微笑着点点头，颇有些自得。

杜明强和阿山也都向这边看过来。阿山依旧沉默寡言，杜明强却调笑道：“好嘛，今天这铅笔是招了谁了？要不就是死不见尸，要不就得被人啃烂了屁股。”

杭文治闻言略显一丝尴尬，连忙把铅笔从牙齿间取下，却见那半截铅笔的屁股果然已经被他咬得糟烂不堪。杭文治看向杜明强苦笑着，然后又自嘲地摇摇头——咬铅笔屁股是他多年来养成的习惯，越是专注费心时便咬得越狠。这一套卷子解下来，这半支铅笔遭受的苦难可谓罄竹难书。

平哥现实得很：“弄完了就干点活儿吧。”

“行！”杭文治痛快地应了一声。起身从杜明强和阿山的工作台上各取回了一叠尚未加工的原料。平哥的任务本就不多，一直慢悠悠地做着，也不需要他再来帮忙。

这晚加班一直持续到清晨六点，犯人们这才被允许回到监舍休息。这天是星期六，本是大家放风活动的时间，可经过一夜的操劳之后谁还有这个精力？除了早先就安排好有亲友探访的红着眼睛强自支撑等待，其他犯人都在监舍内倒头大睡，直到中午有人来送饭了才陆续起身。

到了下午两点多钟的时候，有管教来到424监舍门口，冲着屋内嚷了一嗓子："杭文治！"

杭文治正躺在床上闭目小憩，闻声便跳下床来，冲着门口立正："到！"

管教隔着门问话："张头问你准备好没有。"

杭文治连忙回答："准备好了！"

"准备好了就跟我走吧。"管教一边说一边打开了监舍铁门。杭文治从床垫下摸出那张写满解答过程的试卷，出门跟着管教而去。

待那两人的背影从视线中消失之后，杜明强感慨了一句："嘿，这张头还挺着急啊。"

"自己儿子的事情，能不着急吗？我看你这年纪也没成家，有些事还不懂。"平哥躺在床上晃着脚丫子，用一副过来人的口吻说道。同时他也在心中暗自庆幸，得亏自己有先见之明，昨天让杭文治连夜答完了试卷。如果因为昨晚派活儿把这事耽误下来，"鬼见愁"肯定又要责怪自己不明事体了。

杭文治这一走就是四个多钟点，直到晚上七点左右才回来。从他脸上的表情来看此行应该颇为顺利。

平哥却要端一端派头，故意问道："怎么样？你小子没露怯吧？"

杭文治"嘿"地一笑，反问说："怎么会呢？"自打入监以来他一直活得憋憋屈屈的，今天终于显出了自信的神色。

"没露怯就好，别他妈的给我丢人。"平哥话里话外都在标榜着自己的老大地位。

杜明强这时也从里屋桌角边探出脑袋，招呼杭文治道："赶紧来吃饭吧，晚饭给你留着呢。"此刻已过了监舍里的饭点，其他人都已经吃完了。

没想到杭文治却说："不用，我已经吃过了。"见众人神色诧异，他又补充解释，"在张队办公室吃的，张队给订的盒饭。"

"待遇不错啊。"平哥说这句话阴阳怪调的，辨不出喜怒。

杜明强可高兴了，他把原本要推给杭文治的饭盆端在手里说："你真的不吃了？那这份饭可就便宜我们啦。"

杭文治人也实在，没多想什么，笑笑说："你们吃了吧。"

杜明强便把饭盆高高举起来，兴冲冲地招呼："嘿嘿，今天可发福利了啊，大家都有份。哎，平哥，你先来点？"

"操！"平哥横了杜明强一眼，"眼镜不爱吃的东西，你他妈的给我吃？"

杜明强悻悻地咧了咧嘴，转身又去撩叱阿山："平哥不爱吃，那咱俩分分吧？"

阿山原本是打算吃几口的，现在见平哥这个态度，便立刻摇头表明了自己的立场。

杜明强可不管那么多，既然别人都不吃，他更乐得一个人独享。吃的时候还摇头晃脑，一副心满意足的样子。

平哥斜眼看着杜明强，虽然心中有气却又无可奈何。他知道这个讨厌的家伙不仅身手了得，底细更是深讳难测。自己虽然也算一方霸主，但对于这样的角色还是尽量少招惹的好。

为了缓解一下令自己尴尬的气氛，平哥冲杭文治招招手："眼镜，你过来。"

杭文治也知道自己无意中有些冒犯了平哥，连忙走到对方面前，摆出一副老老实实的姿态。平哥脸色便好看了许多，他指着杭文治手里一个蓝色的小本问道："这是什么？"

"张队儿子的作业本。"杭文治赔着笑回答说，"这不今天下午给孩子把试卷讲明白了，张队又给派了新任务，让我帮孩子检查检查作业。"

平哥伸手把那作业本拿了过来，装模作样地翻了两下，却看不出什么头绪。于是他又退回封皮，对着姓名一栏念道："张天扬——我操，这父子俩名字倒是一个比一个霸气。"

杜明强也把脑袋歪过来瞥了一眼，只见那封皮上果然写着："芬河小学五（2）班，张天扬，2号楼203房"。

"嗬，怎么把家庭门牌号还写在作业本上？好让老师对着号家访吗？"杜明强嘴里塞着饭，含糊不清地嘟囔着。

"这不是家庭住址，是学校住宿的房间号。"杭文治解释说，"芬河小学是全市最好的贵族学校，从三年级开始就实行寄宿制。学生平时都住在学校里，只有周末才能回家。”

“哦。”杜明强又把那几行字认真地看了一遍，像是要牢牢记住似的。

平哥对这些细节不以为意，他一甩手把作业本还给杭文治：“得了，好好准备准备吧。”

杭文治“哎”了一声，捧着作业本坐到自己的床铺上翻阅起来，他那副专注的样子倒真似个称职的园丁呢。

第二天是周日，大早上的杭文治就被管教提走，不用说，自然是给张海峰的儿子辅导功课去了。其他犯人则获得到操场上活动放风的机会。因为黑子和小顺都在关禁闭，424监舍的氛围便冷清许多，再加上杭文治又不在身边，杜明强便独自找个角落，晒晒太阳听听音乐，乐得无人打扰，清静自在。

杭文治将及中午的时候回到监舍，和大家一起吃了午饭。下午监区组织犯人进行思想学习，内容枯燥，无须多表。

休息日很快过去，到了周一早上，新一周的劳动改造又拉开了序幕。犯人们在食堂吃了早饭，排着队来到车间门口，准备领取劳动所需的工具。

负责分发工具的依旧是四监区的“大馒头”。他手持一份犯人名册，按顺序每点到一个犯人时，后者便自行拿取 套工具，仍旧是剪刀、卷笔刀、胶水、橡皮、木尺、铅笔。

在这套工具中，唯一可能制造出事端的便是尖锐的铅笔。基于这个原因，监区对于铅笔的管理极其严格，把铅笔带出车间的行为当然是绝对禁止的，而且每支铅笔在领取时都要记录长度，以防有人将铅笔折断后携带半支出厂。

记录长度的办法倒也简单。犯人从一个大纸盒子里拿了铅笔之后先交给“大馒头”，后者会把这支铅笔的尾部顶着名册上该犯人的名字延伸出去，然后铅笔头顺势往下一压，在名册上点出一个记号来。这样等犯人交还铅笔时，还要比对是不是比这个记号短了许多，只有误差在两厘米之内的才算合格。

这套程序已执行多年，“大馒头”操作起来也是驾轻就熟。所以犯人虽多，但队伍向前推进的速度却不慢。三五分钟之后，424监舍的几名成员已经按顺序排到了队伍的最前列。

按照入监的时间顺序，平哥排在监舍头一个，此后依次是阿山、杜明强和杭文治。前面三人都顺利地领到了自己的工具，到杭文治这里却出现了一些波折。

其他犯人领铅笔的时候多少都会在大盒子里选一选，找支相对来说比较长、比较新的，这样使用起来会顺手一些。但“大馒头”看见杭文治排过来便拦着对方不让挑，然后他自己在盒子里细细扒拉了一番，将其中一支最为旧烂的铅笔挑出来交给对方。

杭文治拿着那支破铅笔犹豫了一会儿，对“大馒头”说道：“这铅笔不太好用了，给我换一支吧。”

“大馒头”撇着嘴冷笑一声：“换什么换，这本来就是你自己咬的！”

已经领好工具的杜明强正准备往自己的工位上走，听到后面起了纷争，便停步回身看去。只略略一扫他便明白了事件缘由：杭文治手中的那支铅笔正是上周末加班时所用的。而杭文治一直都有咬铅笔屁股的习惯，那天因为钻研奥数题，思路纠结起来，咬得便格外凶狠。现在整个铅笔屁股上布满了牙印，甚至连笔身上也出现了裂纹。

其实对于咬铅笔这件事，“大馒头”以前就训斥过杭文治。当时还是杜明强给后者解的围。从此之后，杭文治每次都使用被自己咬过的铅笔，虽然坏习惯令人反感，但也并不影响他人。不知道他今天为何却要提出换一支铅笔？

却见杭文治把铅笔往“大馒头”眼前送了送，解释说：“这支笔的木纹已经裂了，再用的话吃不上力了，笔芯特别容易断。”

“大馒头”爱搭不理地瞥了一眼，铅笔上确实已有长长的裂纹，但他并不会因此迁就对方，反而讥讽地说道：“裂了也换不了！就你这张狗嘴，换一百支新笔也得全都咬烂！”

杭文治不乐意了，皱着眉道：“你不换就不换吧，干什么要骂人？”

“嘿，我骂你什么了？！你不是狗嘴？不是狗嘴你磨什么牙啊？”“大馒头”一拍桌子站起身，气势汹汹。在他看来，杭文治只是个新收监的软柿子，凭什么和自己叫板？

“吵什么呢？”伴随着外围的一声呵斥，管教老黄从厂房门口走过来。他板着脸，晦气十足，可能是上周铅笔失踪事件留下的阴影尚未消除吧。

“报告管教。”“大馒头”抢先告状道，“这个犯人自己把铅笔咬坏了，现在要换新的。我不给换，他就跟我耍脾气。”

老黄踱到近前瞅了瞅，也觉得有些不像话：“怎么给咬成这样了？”

“他故意的。他这是破坏劳动工具，抗拒改造！”“大馒头”趁势便给杭文治扣上了一顶大帽子。

“不，我没有！”杭文治连忙辩解说，“我只是以前养成习惯了。”

“以前的习惯能带到监狱里来吗？这是什么地方，来这里就是要改坏习惯的，你说你这是什么态度？”“大馒头”是经济犯，入狱前当过领导，说起话来果然是一套一套的。

老黄被“大馒头”绕进去了，跟着附和说：“嗯，是坏习惯的话就得改，都像你这样，有多少铅笔够你们咬的？”

“我会改的。”杭文治识趣地表态，“只是这支铅笔真的没法用了，给我换一支，我保证再也不咬了。”

“你说换就换，咱们四监区还要不要规矩了？”“大馒头”不依不饶地打着官腔。

杭文治情急生智，也模仿对方的口吻说道：“你不让我换，这铅笔没法用，咱们四监区生产还要不要效率？”

“大馒头”没料到杭文治来了这么一句，一时间想不出该怎么回复，竟哽住了。这时在旁边的另一个便趁势开口，这人正是杜明强。他已经旁观了很久，说出的话自然是帮着杭文治的。

“要说生产效率，咱们整个监区的人可都比不上杭文治。可别让不称手的工具打击了他的积极性呢。”杜明强一边说一边观察老黄的反应，后者紧绷的脸色有些缓和。不管怎样，杭文治的工作状态的确是无可挑剔的。

杜明强便又趁热打铁，直接面对老黄说道：“报告管教，其实杭文治把铅笔咬成这样是有原因的，他上个周末帮张队长解题，实在是用脑过度，所以才导致动作失控……”

老黄心中一动，杭文治帮张海峰的儿子补习功课，这事他当然有所耳闻。如果杭文治的确是因为这个咬坏了铅笔，那自己还真得给个面子。不过“大馒头”作为协管班长的权威也必须要维护，否则面对这帮刁蛮囚徒以后还怎么开展工作？两相权衡之后，老黄想出了一个折中的注意。

“这样吧。”老黄对“大馒头”说道，“你这次先给他换支短点的铅笔，看他还咬不咬了。不咬最好，如果再咬的话，那就没有下次了。”

“大馒头”还有些不服气，但管教已经这么说了，他也不敢违抗，只能应了声“行”。然后他低头在装铅笔的盒子里又扒拉了半天，最后扔出一支铅笔头来："喏，拿去吧。"

杜明强一看禁不住有些来气，因为那铅笔头实在是太短了，大概只有四厘米的长度。这明显是已经被其他犯人用得不能再用的铅笔头，把这铅笔头扔给杭文治，这不是故意为难人吗？

不过杭文治自己好像倒不在意，他把那支铅笔头拿在手里，还说了声："谢谢管教！"

老黄也懒得再啰唆什么，挥挥手道："行了，赶紧干活去吧。"

杭文治便拿全自己的工具，和杜明强一起往工位上走去。杜明强有些不放心，半路上就提醒对方："你拿这么短一个铅笔头，能行吗？"

杭文治"嘿"地一笑，说："没事。我玩铅笔玩了多少年了？比这更短的我也能用呢。"

杜明强知道杭文治是个踏实的人，既然对方这么说了，那一定是有把握的。于是他也不再过多操心。两人回到自己的位置上，等平哥分配完劳动任务，各自开工。

临近午饭时间，众人停工，又开始排队交回所领的劳动工具。杜明强依然排在杭文治的前面，他先是和对方闲聊了几句，然后忽然想起什么，便问道："哎，你今天还有没有再咬铅笔了？"

杭文治不说话，略带得意地举起右手，却见他的手指间捏着一个铅笔头，铅笔头的屁股冲外，干干净净的，一个牙印也没有。

杜明强赞叹道："行啊，这习惯还真是说改就改了。"话音甫落，他忽然又惊奇地"咦"了一声。

这声"咦"分外响亮，惹得周围诸人都纷纷注目观看。杜明强"咦"完之后，从杭文治手里拿过那支铅笔头，送到眼前细细端详着，边看边感慨："太牛逼了，太牛逼了！"

旁观者都明白杜明强感慨的原因：那支铅笔头实在是他们今生以来见过的最短的一个，从笔尖到屁股全部算起来也不会超过两厘米。

"这个铅笔头你还能用？"杜明强看完铅笔又看着杭文治，一副五体投地的佩服神色。

"不用也得用啊。"杭文治略略苦笑。"大馒头"发给他的铅笔就只有四厘米，经过一个上午的使用，当然还要变得更短。

“我操。”有人跟着感慨，“这么短的铅笔，让我刨都刨不出来。”

的确，这铅笔头如此之短，使得其笔尖部分甚至比笔身还要长，这样的铅笔别说使用了，怎样用卷笔刀刨削都是个难题——因为根本无法握抓发力啊！

可这样的铅笔杭文治偏偏能用，而且他一上午完成的工作量还不比任何人少，这岂不令人惊叹？

唯一保持淡然的便是杭文治本人，他看着大家笑了笑，然后又说了那句他此前就已说过的话：“我玩铅笔玩了多少年了？”

杜明强将那支短得不能再短的铅笔头拿在手里把玩了许久，等排到队首的时候才还给杭文治。后者转手便交给负责收取工具的“大馒头”。“大馒头”拿着铅笔细细端详一番，说道：“行，真有你的。”

杭文治既然能约束住自己的习惯，从此他领取铅笔的时候也就无需再遭受“大馒头”的歧视。而杭文治能把铅笔用至极短的能耐也被大家口口传播，成为闲暇聊天时的一个花絮。不知是否是有意要展示自己的这项特长，随后几天领工具的时候，杭文治并不像其他人那样刻意挑选较新较长的铅笔，他总是很随意地拿起一支来，对长短毫不在意似的。而他的工作效率也从未受到任何影响。

如此又过了几天，转眼便到了这一周的周五。吃完午饭之后，老黄来到车间内喊了一嗓子：“424监舍，杜明强、杭文治，你们俩今天负责装货。”

“怎么又是我们监舍啊？”平哥看着老黄问道。每周五是厂方过来拉货的日子，按照惯例，装货的累活由各个监舍轮流承担。上周杜明强和小顺刚刚装完，这周应该轮到425监舍才对。虽然平哥自己没有被点到，但身为监舍号头，在这种情况下必须站出来说两句，否则是要跌“份儿”的。

“这次是厂方的人指定的，说你们监舍的人干的活儿好。”老黄也知道这事不合规矩，便费口舌解释了两句。事实上厂方那边就指定了杜明强一个人，老黄把杭文治配上的原因是觉得后者也比较踏实能干，把这两人一块儿派过去肯定不会给监区丢脸。

“我这个监舍怎么尽出劳动模范啊。”平哥调侃着给自己脸上贴了金，然后又转过头，大哥般的问杜杭二人，“你们觉得怎么样？如果不想去的话，我可以再说说。”

杜明强毫不犹豫地表态：“我去！我乐意出去透口气。”其实上次他装车的时候就和厂方的劭师傅约定好，以后有活儿都会喊着他。不过这事可不能明说，否则很可能引起管教和平哥等人的无端猜疑。

杭文治见杜明强要去，便跟着说："我也去。"

平哥搂足了面子，一挥手说："去吧，好好干。"那范儿好像这事纯由他拍板的一样。

杜明强和杭文治起身往库房方向走去。这活儿杜明强已干过一次，程序都懂，杭文治只需要跟在他后面一块儿出力就行。两人先把货物从库房搬到车间门口的小推车上，等推车装满之后，由监管管教带着他们到监区外装车。这一路依次经过农场区和办公区，最后来到了接近监狱大门处的停车场。

厂方派来的接货员早已把装货的卡车停靠到位，杜明强和杭文治推着小车来到近前，站在车尾的接货员挥手冲杜明强打了个招呼。

杜明强笑嘻嘻地打了个回复，然后给杭文治介绍说："这是劭师傅，上周我们就一起合作过。"

"你好。"杭文治推了推眼镜，在陌生人面前显得有些拘谨。

劭师傅憨然点头："你好！"然后他伸出大手拍了拍杜明强的肩膀，带着点歉意说道，"我又让管教喊你过来干活啦。嘿，辛苦你啰。"

杜明强满不在乎地"嗨"了一声："老哥你客气啥？你这是给我长面子呢！"

劭师傅又瞥了眼杭文治，问道："上次那个小伙子换人了？"

杜明强还没来得及开口，一旁的管教把话茬接了过去："哦，那小子干活不行，这次就没让他过来。"

杜明强知道管教是不想让铅笔丢失的事情被外人知晓，便识趣地顺势附和，他一指杭文治说："这是小杭，你别看他文弱文弱的，干起活来认真得很。"

管教担心他们言多有失，催促道："行了行了，别聊太多，赶紧开工吧。"

"行，开工。"杜明强抡起胳膊前后晃了两圈，一副跃跃欲试的样子。

劭师傅这会儿看看杜明强，又看看杭文治说："今天你们俩可得多出点力，我的身体不太好。"他说的是事实。其实上周劭师傅和杜明强的约定只是随口一说，前者并没有太当真。只是今天身体欠佳，他才特意要求狱方派杜明强过来帮着装车。他知道这个小伙子干活没得说，不过杭文治是否也能顶用？这还有待考察。

听劭师傅说出这话，杜明强凝神一看，发现对方的气色果然差得很，便关切地问道："怎么回事？生病了？"

劭师傅无奈地摆摆手："唉，老毛病了，一阵一阵的。今天是不能使劲了，累活可都得你们俩顶着。"

杜明强一拍胸脯说："没问题，包在我们身上。"话音甫落便一个翻身，利利索索地跳上了车斗，然后他又开始指挥杭文治："哎，你去把小车拉过来，然后把货箱接给我，我来负责码货。"

杭文治也不含糊，转身拉过小车，把车上的货箱一个一个地抱给杜明强，动作麻利，丝毫不吝惜体力。劭师傅是个内行人，只看了三两眼便心中大宽，知道这个新来的眼镜的确比上次那个半大娃娃要好用得多。不过他也没有因此袖手大吉，自己也参与进去帮着杭文治搬搬箱子。这样车上的重活由杜明强一个人扛着，车下则以杭文治为主，劭师傅间间断断地帮个手，三个人配合起来，进度倒是不慢。

也就二三十分钟光景，小推车上的货箱眼看就要见底。这时劭师傅像是有些支撑不住似的，摇着手说："唉，不行了，休息一会儿。"

杜明强心里明白：劭师傅再坚持一下其实也没问题，等这车货搬完之后，他自然可以休息，不过那时自己和杭文治就要马不停蹄继续回监区装车了。现在劭师傅提前张罗休息，多半是替他们俩考虑呢。

杜明强跳下车，对劭师傅说了声"谢谢"，算是领了对方的情。后者笑了笑，没有多言。另一边杭文治早已一屁股坐在推车上，揉着胳膊肩膀，看来确实是累得够呛的。

管教这时也踱过来，给劭师傅递了根烟，说："老劭，今天你这身子板可真是不行了。"

劭师傅用手拍拍胸脯，叹口气道："我这心脏不太好，以前就得过心肌炎。现在年纪大了，一旦疲劳起来就有些吃不消。"

"心脏是大事啊，"管教一边掏火给两人依次点上，一边说道，"你这可得去医院好好看看。"

劭师傅嘴里叼着烟，说话有些含混不清的："看过，医生说要解决问题的话，就得动手术。”

“那就早动，这事不能拖。”管教神情严肃。

劭师傅却苦笑起来：“说动就动？哪有那么简单？手术费就得好几万，我儿子正在北京上大学，学费都还交不上呢。再说了，像我这样的临时工，动一次手术工作也就丢了。这年头找个好活儿不容易啊，再苦再累也得撑着。”

管教咂了咂嘴，同情却又爱莫能助的样子。坐在一旁休息的杭文治也被两人间的对话吸引住了，他看着劭师傅那张沧桑黝黑的面庞，心中难免有些酸酸的不是滋味。再转过来去看杜明强，却见后者正抬头看着天空，样子懒懒的不知在想些什么。

管教把手里的一支香烟抽完，又开始催促杜杭二人干活。杜明强小憩片刻之后更加生龙活虎，杭文治知道了劭师傅的病情也愈发卖力，剩下的几个箱子不消片刻就搬完了。于是管教又带着两人回监区继续装车，如此往复多趟，到了下午四点来钟的时候已经把一周攒下的货物都装上了卡车，进度还比上周要更快一些。

货都装好了，劭师傅从驾驶室里拿出一个记录本和一支水笔，交给杭文治说：“小伙子，我看你像个文化人，帮我点点货，写个交接记录吧。”这也是固定的程序之一，以前都是劭师傅自己去做，这次他确实是身体疲倦，看杭文治又老实，便放心交给对方。

杭文治接过记录本看了两眼，不用对方解释已明白该怎么填写。于是他左手拿本，右手拿笔，围着卡车走了一圈，边清点边记录。管教倒怕他给填错了，便紧跟在杭文治身边监督查看。

劭师傅和杜明强站在车头，有一搭没一搭地闲聊着。杜明强眼看着管教和杭文治渐渐走远，忽然压低声音问道：“劭师傅，你还有笔吗？”

“有啊。”劭师傅从上衣兜里又摸出一支笔来。

杜明强悄声说：“我报一些数字，你把它记下来。”

劭师傅一愣，不知道对方是什么意思。但杜明强已经开始报数，神态非常认真。劭师傅便依言把那些数字都记在了自己的左手手心。数字越积越长，粗粗一估，大约得有二十来个。

杜明强往劭师傅那边扫了两眼，核对那串数字无误之后，轻声说道：“行了。”

劭师傅扭头看了杜明强一眼，目光中充满了困惑。

杜明强这时又快速说道："前十九位数字是本市工行的账号，后六位数字是电话银行的转账密码，卡里的余额有六万多，你先拿去应个急。"

"你——"劭师傅愕然张大了嘴，"你这是干什么呢？"

"我在大牢里，留着钱有什么用？"杜明强早料到对方不会痛快接受自己的馈赠，所以连理由也都准备好了。

劭师傅身染顽疾，家中的经济条件又是捉襟见肘，这六万多块钱确实有雪中送炭的意思。不过自己和杜明强非亲非故，平白接受这么个人情难免忐忑。再说对方虽然是个没有自由的囚犯，但终有一天也是要出狱的，自己怎能就这样花了他的钱？

杜明强看出劭师傅所想，对准了症结继续化解道："等我出狱你儿子也该毕业了吧？他到时候能挣到钱的话，再还给我吧。"这句话说得极为贴心，既激起了劭师傅对未来的期待，又大大降低了他受恩无报的窘迫。这个朴实的汉子一时也不知该再说些什么，只是看着杜明强，目光中充满感激之情。

管教和杭文治这时又从车斗后面转出来，他们已经清点完整车货物并填好了交接记录表。杜明强见劭师傅的情绪有些难以调整，便笑嘻嘻地在对方肩头一拍，话里有话地说道："劭师傅，下次干活还得叫上我啊，咱俩有缘！"

"是，有缘有缘。"劭师傅匆忙赔出笑容，将心中激动掩藏在沧桑的面容下。他已经活了大半辈子，一直在生存线上苦苦挣扎，没想到如今竟在重监区里遇上了自己的"贵人"。这其中的玄妙，恐怕真的只能用"缘分"两个字来解释了。

送走劭师傅的卡车之后，这一周的劳动改造也接近尾声了。管教把杜明强和杭文治带回车间，两人又帮着平哥阿山做了会儿纸袋。到了五点半左右，基本上大家都完成了各自的生产任务，在检验合格之后，便陆续交了工具，排队到食堂吃饭去了。

晚饭过后，管教组织犯人们到活动室看了新闻联播，然后便把他们送回监舍休息。一般来说，周五晚上总是各个监舍最热闹的时刻。因为第二天不用出工，大家只管打牌闲聊，自得其乐。不过以前最喧嚣的424监舍今天却冷清起来。平哥自己用扑克玩了会儿接龙，后来觉得无趣了，把牌一摔，嘟囔道："妈的，这两个孙子，看在眼里心烦；真要不在了，却又无聊。"

所谓“这两个孙子”，当然就是指黑子和小顺，他们双双被罚了十天禁闭，屈指算算，得到下周一才能放出来。

接近晚上八点半的时候，有值班管教拿着小本挨个监舍走过，却是在安排明天的探访日程。到了424监舍的时候，管教点到了杜明强的名字：“杜明强，明天十点探访。”

管教刚走，平哥就责问杜明强：“你小子不是说外面没朋友么？怎么还老有人来探监？”

杜明强抽了抽鼻子，很委屈似的：“来看我的人可不是什么朋友啊。”

“管教又没说是谁，你怎么知道不是朋友？”平哥还来劲了，反正待着也是无聊。

杜明强摇摇头，不再说什么。平哥觉得自己把对方噎住了，得意扬扬地“嘿”了一声，又开始把玩起扑克牌。

其实杜明强只是无法向平哥解释而已。前者心中非常清楚，会来这里找自己的人除了罗飞就是阿华，这两个人都是他的对头，只不知明天会是哪一个。不过不管怎样，杜明强觉得自己都不用担心什么，毕竟他已经待在了监狱里，那两人再厉害又能如何呢？

第二天早上十点，杜明强被管教带到了探访室。不出他所料，约见自己的人正是那两个对头之一的阿华。

杜明强在管教规定好的位置坐下，和阿华面对面，中间隔了一张间距很大的桌子。

阿华的目光一直跟着杜明强，却没有说什么。后者坐下之后也看了对方两眼，然后率先开口道：“你的气色不太好。”他说话时带着微笑，还真像是和老朋友在打招呼。

“是吗？”阿华摊开双手在额头上搓了搓，并无意掩饰自己的疲态。

“是不是罗飞盯你盯得太紧了？”杜明强又猜测道。自己既然在狱中，阿华想必已成了罗飞此刻的首要目标？也只有罗飞能将这个昔日邓骅手下的首席干将逼迫得如此狼狈吧？

不过阿华却摇了摇头：“不，不是罗飞。我已经很久没见到他了。”

杜明强略一沉默，用提醒的口吻说道：“那你更得小心一点。”

阿华心中一凛，他明白对方的意思。罗飞一定不会放过自己的，一个被追捕的猎物许久没有看到猎手的踪迹，那岂不正是到了最为危险的时刻?

这道理虽然清晰易懂，但阿华现在的确是没有多余的精力去应付罗飞了。这些天来他甚至已经渐渐淡忘了这个名字。现在经杜明强提及，阿华胸口间一阵沉闷，竟有些喘不过气的感觉。

“看来你最近很忙? ”杜明强察言观色，然后他嘻嘻一笑，变成了入狱前那个饶舌的记者，“这么忙了还来看我，我都快被你感动了。”

阿华意识到现场的气氛已渐渐陷入对方的操控之中，他深深地吸了口气，想调整一下自己的状态。等感觉好点了，他便又抬头看着杜明强，冷冷地说道:“你的气色倒不错，在这里面待得很舒服吧? ”

“舒服倒谈不上。”杜明强坦然说道，“只不过不用操心，悠闲得很。”

“从今天开始，你可能要操点心了。”阿华的语气明显是要给对方找点不自在。

“哦? ”杜明强凝起表情，静待下文。

阿华转过头看向窗外的天空，似乎在很远的地方寻找着什么。片刻后他把目光转回来，对杜明强说道:“她已经在美国做了手术，手术很成功。”

杜明强的心随着阿华的话语颤动了一下。十八年的磨砺早已将他的心炼成了坚石，但在那坚石深处仍然存在着柔嫩的地方。

“那她能看见了吗? ”杜明强提出这个问题的时候，表情就像个孩子一样忐忑。

阿华点点头:“现在还是恢复阶段。据医生说，只要不发生意外，以后应该会和正常人没什么区别。”

杜明强长长地吁了口气，他把身体靠向椅背，开始想象在那女孩秀丽的脸庞上终于会出现一双明亮的眼睛。那该是一幅多么完美的场景?

阿华又说:“等她恢复得差不多了，我会派人去美国接她回来。”

“很好。”杜明强看着阿华，目光中透出由衷的赞赏。他知道自己没有托错人，阿华永远是个最值得信赖的操事者。

阿华却对杜明强的赞赏无动于衷。他仍然带着像寒冰一样冷漠的表情，然后他忽然问对方:“当她回来之后，你猜她第一件要做的事情会是什么? ”

杜明强一怔。他知道这是个欲擒故纵的设问，便没有回答，只是静静地等待着。

阿华的嘴角略略地挑了挑，带着些残忍的笑意，然后他一字一字地吐着说:“她要找你。”

“找我？”杜明强心中先是一暖，但随即又沉浸在一种巨大的恐惧之中。他的情感波动被阿华看在眼里，而后者尚在蓄势要给他沉重的一击。

“是的，她要找你。”阿华又重复了一遍，并且这一次他还给出了进一步的解释，“不过她要找的并不是那个钟爱小提琴曲的男子，她要找的是杀死父亲的凶手。”

杜明强的心深深地沉了下去，像是坠进了无底的深渊。是的，她对杀父凶手的仇恨要远远超出对一个神秘朋友的思念。这本是人之常情，他早已想到的，可他为何又对这样事实毫无心理承受之力?

恍惚中，杜明强又听见阿华的声音:“既然她的视力恢复了，我想她很快就能找到这里。”

杜明强仰起头，发出一声无奈的苦笑。那女孩如此敏锐，她有什么理由能找不到?当她找来的时候，自己又该如何应付?

这个问题想得杜明强头痛欲裂。忽然，他好像明白了什么，直盯着阿华的眼睛问道:“你在逼我？”

“不，”阿华纠正说，“我在等你。你该知道，我们之间的事情必须要做个了结。”

在杜明强良久的沉默中，阿华悠悠站起了身:“快点吧，你没有太多时间了。”说完这句话之后，他自顾自地离去，并不回头再看对方一眼。

从探访室回来之后，杜明强果然没了悠闲的心情，午饭吃得索然无味，饭后把自己扔上床板却难以入睡，只是睁大眼睛看着天花板，思绪起伏难平。

下午两点过后是犯人们放风活动的时间。杜明强仍像往常一样找了个没人的角落听音乐，希望能从那提琴曲中找回片刻的宁静感觉。当乐曲声响起之后，杜明强仰望着天空白云朵朵，身体似乎也随着那些音符飘入了空中，那固然是一种极为美妙的体验，但也掺杂进了几分无着无落的茫然。

一盘CD听完之后，杜明强摘掉耳机，却发现杭文治不知何时已坐在自己身边。他正要开口询问时，杭文治已抢先说道:“你今天好像有心事？”

杜明强笑笑，以示默认。

“也许你可以和我说说，就像我以前跟你说那样。”杭文治看着杜明强，很真诚的样子。

杜明强摇摇头。他确实想找个人倾诉，可是自己心底那些东西杭文治又怎可能会懂?

杭文治见对方如此，便犹豫了一会儿，又道:“或许你只是想静一静? 那我就不打扰你了。”说完很自觉地起身要走。

杜明强却忽然把他拉住:“等等，我有事和你说。”

杭文治坐回去，微笑道:“怎么，改变主意了? ”

杜明强凝目看着杭文治，神色郑重，看起来不像是要倾吐心事的样子。后者被看得有些发毛，伸手挠头问道:“……怎么了? ”

“你上次说……你要越狱? ”杜明强压低声音反问。

这个话题跳得太快，杭文治似乎心中一惊，下意识地四下张望了几眼。

“别到处乱看，”杜明强提醒他，“正常聊天就行。”

杭文治稳了稳心神，忐忑道:“你怎么突然问起这个? ”

杜明强已做好决定，直言:“我改变主意了。”

“你什么意思? ”杭文治把身体向对方凑近。很显然，虽然都是“改变主意”这四个字，但杜明强所言和自己刚才的意思截然不同。这里面隐藏的寓意让杭文治激动不已，他的声音都有些颤抖了。

“我也要出去，”杜明强进一步砸实了杭文治的推测，他正色道，“我会和你一起越狱。”

天哪，这简直就是杭文治期待已久的消息! 要知道之前他屡屡想游说杜明强，可对方根本不给他开口的机会。没想到今天杜明强竟主动转变了态度，难免要让杭文治喜出望外了。后者兴奋之余，免不了又对这个转折的可靠性产生质疑，于是他忍不住提醒对方:“你说过的，你本来在这里就待不了多久，根本没必要越狱的。”

杜明强的回复简单得很:“现在情况不同了。”

杭文治还要打破砂锅问到底:“为什么? ”

杜明强不愿纠缠这个问题，他摇摇头道:“为什么并不重要，重要的是，你准备怎么做? ”

“你是问我有什么计划? ”

杜明强眯起眼睛:“上次你说你已经有了一些想法。”

杭文治很积极地回应了一句：“是的。”然后他再次环顾四周，谨慎地问道，“我们要不要换个地方？”

的确，这里并不算什么隐秘的地点，周围经常会有其他犯人经过。

杜明强却不像杭文治那样慌张，他展臂揽住杭文治的肩头，说道：“随便聊吧。不用看着我，也不用看四周，正常一点就好。”说完之后还哈哈大笑了几声，好像是哥们间正在玩闹似的。

在杜明强的带动下，杭文治的神经也放松下来。他漫不经心地看着不远处的篮球场，低声说道：“照我看，想要越狱必须分两步进行。第一步，首先得想办法走出四监区。”

杜明强点点头，对方所说和自己的想法不谋而合。四监区是重刑犯们集中劳作和活动、休息的地方，这里自然也成了狱方重点盯控的场所。到处都装着摄像头不说，四周的岗楼上还有荷枪实弹的武警，犯人们有任何异常举动都会被立刻发现，所以想要在这个区域搞什么动作是不太现实的。可是离开四监区又谈何容易？

“怎么走？往哪个方向走？”杜明强一连抛出了两个疑问。

“必须往那边走。”杭文治伸手一指，首先回答了第二个问题。而他手指的地方正是被建造成八卦阵一般的办公楼群。

杜明强顺着杭文治的手势做了个瞭望的姿势，嘴里却说出些莫名其妙的话：“他啊？他就是个二逼，你别搭理他！”

杭文治一怔，随即看到有犯人正追着一个篮球跑过来，便也甩手虚张声势地点了两下：“他要是再敢跟我呲毛，我也不是好惹的。”

“我操，眼镜要发飙啦！”拣篮球的犯人嬉皮笑脸地嚷嚷起来，有点唯恐天下不乱的劲儿。

杜明强和杭文治瞥了对方一眼，没有搭理他。那犯人觉得无趣，自己抱着篮球回去了。杜明强目送着他走远，开始顺着杭文治的思路分析：“办公区的确是整个监狱里戒备最松懈的地方，因为犯人一般都到不了那里。反过来说，如果能到了那里，越狱的机会便会增大很多。”

“所以关键就在于怎么到那里去。”杭文治接住话茬又回到了杜明强先前提到过的第一个问题，“其实我已经想过了，有两种方法，明去，或者暗去。”

“嗯。”杜明强大致理解杭文治的意思，不过他还是鼓励对方，“详细说说。”

“明去，就是利用一些合法的机会进入办公区。比如像昨天下午我们一块儿去装货，或者有时候被管教叫去问话等等。”

“明去的话——”杜明强沉吟道，“要想越狱，可就得来武的了。”

“武的？”杭文治一愣，说，“这个我还没细想……武的怎么来？”

杜明强道：“我也没细想。不过既然是明去，那偷偷摸摸跑掉就不太可能。只能动武，找机会干掉监看的管教，或者劫持装货的卡车，强行冲关。”

“这个太冒险了吧？”杭文治连连摇头，“而且……而且这样难免伤及无辜。”

杜明强笑了笑，表示理解。杭文治毕竟是个书生，虽然他有着强烈的越狱欲望，但要真的让他去杀人行凶，那肯定是强人所难了。

杜明强便又询问：“那你再说说，暗去怎么去？”

“暗去的话就是想办法悄悄穿过前面那片农场，进入办公区。那样没有管教盯着，想做点什么事空间会比较大。”

杜明强沉默了片刻，摇头道：“悄悄过去？我可想不出什么办法。四监区本身就有警卫严密看守，四周高墙上又都是岗哨，就算我们能穿过农场，也未必过得去那些办公楼。那里也有警卫把守，而且楼群建得像迷宫一样，没有管教带着根本转不出来。”

杭文治没有急着说话，只是看着远方，若有所思。

杜明强看到对方这副姿态，猜测道：“你有好办法？”

“是有一个办法，我已经想了很久。”杭文治略顿了顿，道，“我们可以从地下走。”

“地下？”杜明强隐隐猜到什么，脑子飞速地转起来。

“是的。从地下走的话，你刚才提到的问题就全都不存在了。”杭文治的眼中光芒闪烁，“我们可以绕过警卫进入办公楼，甚至越过办公楼，直达楼前的停车广场。”

“你的意思是——走地下管道？”

杭文治点点头，同时又说：“我是做市政设计的，对这些地下管道熟得不能再熟。”

杜明强倒忘了这一条，现在听杭文治提及，忍不住喝了声彩：“好！”

杭文治受到鼓舞，干脆展开说道：“根据市政设计的要求，监狱里的地下管道至少会有给水管道、污水管道、雨水管道和消防管道这几种，如果我们要从地下走，雨水管道是首选。因为本市雨量较大，雨水管道的设计一般会比较宽阔，只要别赶在下雨天，在管道内通行肯定是没问题的。”

杜明强对这些管道也并非一窍不通，他突然满怀期冀地问道：“雨水管道一般会通往最近的河流吧？”

杭文治再次点头，同时他又不得不摧毁对方的美好希望：“你想通过管道直接跑出监狱是不可能的。因为根据设计规范，监狱地区的地下管网建设时，在通向外界的出口处一定要设置阻隔栅栏。所以我们再怎么转悠，也只能在监狱范围内的地下活动。”

“什么样的栅栏，带锁的吗？”

“粗铁条，焊死的，不可能打开。”

杜明强遗憾地咧着嘴，他空有高超的开锁本领，可惜却无用武之地。思考片刻之后，他又分析道：“你说的没错，我们第一站的行动目标就是先离开四监区。我们可以找个晚上潜入到办公楼，在那里换上管教的警服。接下来怎么逃出监狱……就得从长计议了。”

“确实如此。我目前也只能想到第一步，接下来该怎么办还完全没有头绪。不过现在你肯帮我，我的信心就增添了许多。”杭文治说这句话的时候眼神中充满了期待。

杜明强却在暗自摇头。自己只不过刚刚说要越狱，杭文治便如此兴奋，难道在他眼中，自己已经成了无所不能的角色吗？其实越狱这件事情杜明强也是毫无把握的，如果不是出于那个特殊的原因，他根本就不会去冒这个天大的风险。

在策划这样一项生死攸关的计划时，过度的兴奋绝对不是什么好事。杜明强觉得需要给杭文治泼一泼冷水了。于是他正色问道：“既然你已经想到这一步，而且还想了这么多天。那么你告诉我，我们该怎样从雨水管道潜入办公楼？”

“在四监区内我已经找到了两个雨水井盖，这可以成为我们潜往地下的入口。如果运气好的话，或许在办公楼附近可以找到一个出口……”

“或许？”杜明强“嘿”地一声冷笑，“我不要‘或许’，我需要的是百分百确定可行的计划。我不允许任何失败的可能性存在，因为我们不会有重新来过的机会。”

杭文治愣了一下，有些尴尬地说道：“我还没来得及摸清办公楼附近的情况。而且每次到那边都有管教跟着，不可能到处乱看……”

杜明强只是想让杭文治冷静一下，并不是真的要打击对方。见效果达到了，他的语气便有所缓和。沉吟片刻后，他开始提出自己的建议：“你现在不是经常去帮张海峰的儿子补习功课吗？这是个摸清地形的好机会，想办法利用一下。”

杭文治点头道：“我明白。”

“还有一个问题啊。”杜明强又想到一个细节，便立刻提了出来，“雨水管道的出口肯定都在室外，也就是说，我们通过雨水管道最多只能接近办公楼群，但无法进入楼内。如果想以办公楼为中转站，还要考虑怎么进楼的问题。”

毫无疑问，每幢大楼的出入口都会有警卫二十四小时值班。要想悄无声息地潜入楼内，想通过正常的路径肯定是不可能的。杭文治琢磨了一会儿，说：“一定要进楼的话，还是得通过管道。雨水管道不会连到楼内，得走通风通道进楼。我们可以在办公楼附近各找一个位置隐秘且相互距离不远的雨水和通风井盖，作为改变路径的交接口。”

杜明强听明白了。要想从四监区跨越农场区抵达办公楼群，只有雨水管道这一条路可走。而要想进入办公楼，又要改换通风管道。他抬起目光扫视着远处的农场和高楼，踌躇着说道：“如果这样的话，选择合适的转换点就非常重要了。”

杭文治“嗯”了一声，道：“在确定行动之前，我必须获得整个监狱地区的管道设计图，这样我才能知道每个井盖的所在。而且到了地下是无法分辨东南西北的，没有管道线路图，我们就很难把握正确的前进方向。”

杜明强为难地皱起眉头：“管道设计图？这要到哪里去搞？”

杭文治的目光看向监区西侧，缓缓说道：“我有办法……不过还得等待合适的机会。”

杜明强心中一动，顺着杭文治的目光望去。西首边是监区内的锅炉房，午后的太阳正从高高耸立的烟囱顶部爬过，刺目的光芒使得两人都不由自主地眯起了眼睛……

在这个晚春的下午，杜明强和杭文治二人第一次对越狱计划做了深入的探讨。如果从A市第一监狱的历史来看，他们似乎是在做一项自寻死路的尝试。因为这是全省戒备最森严的监狱，近二十年来从未发生过越狱成功的事件。拦在他们面前的不仅有密布的监控和全副武装的哨兵，还有两层楼高的监狱围墙和墙头密布的电网，围墙边十米范围内都是禁行地带，即便是在夜晚，也是数十个探照灯不停地沿着墙根扫来扫去，只要你胆敢接近，立刻就会被哨塔上的武警开枪击毙。

而监狱的大门同样牢不可破：厚重的铁门一般保持着关闭的常态，只有机动车通过时才会打开。当然了，在铁门打开之前，任何一辆机动车都要接受严格的检查，检查的程序甚至包括高科技的热成像技术，如果发现异常，铁门前的铁血武警立刻便会持枪相向，根本不会给犯人丝毫夹带蒙混的机会。

供行人出入的偏门安全措施则更加严密：偏门分成前后两道，全部是由高强度的防弹玻璃构成。在两道门之间形成一条长约五米、宽约三米的透明通道，这条通道被称为安全缓冲区。内部的人员想从偏门走出监狱时，首先要开启第一道门的指纹识别锁，这个锁只有提前输入过指纹资料的狱方管教才能控制。而通过第一道门并不意味着就能离开监狱，因为前方还有第二道由人工操控启闭的电子门禁。出监人员来到安全缓冲区之后，他们身后的第一道门便会关闭，这时他们相当于被限制在两道门之间，进退不得。在第二道门外的值班警卫会通过透明玻璃仔细核查缓冲区内每一个人的身份和出入通行文件，确定无异之后才会把这道门打开。所以如果真有犯人想通过劫持管教或者乔装改扮的方法混出监狱，那他的下场只能是成为安全缓冲区内的一只瓮中之鳖。

杜明强和杭文治讨论得再热闹，他们的出逃计划也仅能到达监区外的办公楼群而已。他们要凭什么越过监狱的围墙和铁门？这个严肃的问题难道两人都未曾考虑吗？或者说两人都意识到此事过于棘手，索性以一种逃避的状态暂且抛诸脑后？

又或者说，他们其实都还藏着其他的想法？

这一连串的问号只有等到那个惊心动魄的夜晚才能一一解开了……

此后杜明强和杭文治一有机会便凑到一起，将各自的想法思路拿出来交流一番。大家都知道这两人以前关系就不错，所以对他们之间的频繁接触也没人多心。

如同枯燥的轮回一样，周末结束，新一周的劳动改造便又要开始。杜明强和杭文治既有了越狱的念头，在干活的时候便愈发认真，不想再节外惹出什么是非来。到了周一下午，两人正在专心劳作，忽听车间门口起了一阵骚动，抬眼看时，却见小顺和黑子被管教押了进来。原来是禁闭期限已满，这两人得以重回监区。

经过十天不见天日的禁闭生活，这两人看起来都白胖了许多。变白当然是晒不到阳光的缘故，而变胖其实是多日未曾活动，而禁闭室的伙食又粗糙不堪，因此而引起身体浮肿。如果仔细观察，可以看出两人走路的时候脚步都有些发飘，这才是体质状况的真实表现。

当然了，就关禁闭这个惩罚而言，更要命的其实是对人精神上的折磨。想象一下，在一个狭小封闭的黑屋子内，接触不到外界的信息，没有任何工作，没有任何消遣，甚至连可以说话的人都没有。每天只是有人来送饭时才能享受到新鲜的空气和阳光，否则只能在黑暗中承受那种无边的寂寞和压抑。任谁在这种环境下待上十天，他的内心世界都会荒芜得长满杂草，精神亦处于支离崩溃之边缘。

犯人们用目光迎接着这两个受尽苦难的家伙，多数人都在幸灾乐祸地暗暗偷笑。小顺和黑子也没了往日的张狂，两人都耷拉着脑袋，木然地跟着带队管教，脚步则机械地移动着，像是失去了灵魂的木偶一般。很明显，他们精神上的创伤仍然在肆虐着最后的余威。

“给他们俩分配点任务。关了这么久，生产技能可别荒废了。”老黄站在门口冲“大馒头”嚷了一句。“大馒头”心领神会，立刻给小顺和黑子派发了原料和生产工具，发铅笔的时候他还特意揶揄了黑子一句：“这次可看紧点啊，别再丢了。”

黑子恍惚捏住铅笔，片刻后他的思维慢慢启动，便转过头来瞪了小顺一眼。小顺本来也在看着他，两人的眼神对在了一起，立刻就有火星飞溅的感觉。

小顺狠狠翻了翻嘴唇，做了个“呸！”的口型。因为管教还在不远处，他倒没敢发出声音。

管教没注意到小顺的把戏，一旁的平哥却看了个清清楚楚。后者立刻板着脸叱道：“都给我好好干活！妈的，还嫌丢脸丢得不够么？”

在小顺和黑子眼中，平哥的威严并不亚于张海峰。两人连忙收回目光，各自老实坐好。这下午终于没再闹出什么事端来。

一天的工作结束之后，管教把犯人们带到监区食堂去吃晚饭。按照要求，前往食堂的路上是必须排着队的，但进了食堂之后犯人们便可以分散行动。杜明强和杭文治打好饭之后，找了个人少的角落坐下，两人面对面的，正好边吃边聊。

刚说了没几句，杜明强忽然冲杭文治使了个眼色，杭文治警觉地回头一看，只见平哥端个饭盆正晃悠悠地走过来。

杭文治主动招呼了一声：“平哥。”杜明强却只管吃自己的饭，好像什么也没看见似的。平哥知道他一贯如此，倒也并不着恼，只冲杭文治努了努嘴说：“你到一边去，我和他说会儿话。”

杭文治把自己的饭盆收拾收拾，让开了位置。同时暗想：平哥这是要干什么？难道是自己这两天和杜明强相处过密，引起了对方的猜忌？心中既然忐忑，他就没急着离开，只端着饭盆左右踱了两步，看似在找座位，其实是想听听平哥到底要说什么。

平哥在杜明强对面坐好，也不寒暄，开门见山地直接问道：“上次那支铅笔，是不是你拿的？”说话时他又扭头瞥了杭文治一眼，似乎对后者磨磨叽叽的动作不甚满意。

杭文治知道平哥的话头和自己的越狱计划无关，立刻便放了心，于是快步走到另一个角落里吃饭去了。

这边杜明强面对平哥直愣愣地问话，回答得也很干脆：“不是。”

平哥又道：“这么长的一支新铅笔，说没就没了，”他一边说还一边举起手中的筷子比画了一下，“哪儿也找不到，这事真是奇怪得很。”

杜明强口中咀嚼不停，嘟囔着附和：“嗯，的确奇怪。”

平哥看着杜明强，目光中好像带着千斤坠子似的，压力逼人。但杜明强用无辜的目光轻轻一接，便把这汹涌而来的压力尽数化解。

平哥把玩着手里的筷子，忽然将筷子头冲杜明强一点，冷笑道：“能做这件怪事的人，不是你，就是小顺。”

“不错。”这次杜明强不仅附和，还帮平哥详细解释了一番，“那天只有我们俩到厂房外面了，而且还接触了来拉货的卡车。如果那支铅笔怎么也找不到，最大的可能就是被我们中间的某个人夹在货物里送出监狱了。”

见杜明强如此合作，平哥的神情缓和了一些，他甚至还夸赞了对方一句：“你的确是个明白人。”

杜明强快速扒了两口饭，咽进肚子后说道：“你直接去问小顺吧，这事和我无关。”

平哥眯起眼睛：“你没有骗我？”

杜明强笑了笑，反问：“我要整黑子的话，用得着这么费事吗？”

平哥“嗯”了一声，明白对方的意思。把那支铅笔送出监狱，除了陷害黑子之外还有什么意义？而杜明强早已捏住了黑子的软肋，他要想办黑子，根本无须出此下策。这么分析下来，这铅笔该是小顺拿走确认无疑了。

“这里面的事其实并不难判，只是谁都没个实证。我不得不谨慎一点。”平哥调整了一下手中的筷子，看起来要准备吃饭了。

“我明白，”杜明强通情得很，“你是监舍大哥，有些事情一定得处理好。”

平哥点点头，把筷子往饭团里一戳，下结论般的总结道：“你说不是你做的，我信你。”

“谢谢平哥。”杜明强再怎么不羁，此刻也得受了这个人情。

平哥左手一扬，算是回了谢，然后又道：“晚上我处理监舍内的事，你就不要过问了。”

所谓“监舍内的事”当然就是指黑子和小顺之间的过节。本来犯人相互有些矛盾并不稀奇，平哥也没放在心上。但现在这件事越闹越大，他再不插手的话，不仅管教那边交代不过去，自己在犯人中也会失了威望。所以虽然黑子和小顺已经受到禁闭的处罚，平哥身为号头，还得另外拿出一套说法来。他现在来找杜明强，一是后者本身与此事有些牵连，需要先澄清一下，另外也是打个招呼，毕竟这家伙行事怪异，万一到时候插手添乱别不好收拾。

这事和杜明强本来就没什么利害，小顺和黑子又都不是什么善茬，他也懒得纠缠其间。平哥既然特意提出来，杜明强便乐得做个顺水人情，只道：“你看着办吧，这事和我无关。”

平哥满意地说了句：“好！”然后开始闷头吃饭。杜明强倒吃得差不多了，闲来无事便把目光在食堂里四下乱看。却见黑子和阿山坐在一起，脸色阴沉，似乎还在生着闷气。而小顺却坐在人堆之中，一边吃饭一边手舞足蹈地比画着什么。虽听不见他的言语，但能猜到这小子定是精神状态恢复了，正在向别人吹嘘他身处禁闭室的“光辉战绩”。

杜明强心知小顺今晚必讨不到什么好处，忍不住“嘿”了一声，暗自摇头。

晚饭过后，犯人们照例去活动室收看了新闻联播，然后各自回监舍休息。小顺和黑子进屋之后相互间便横眉竖眼的，只碍着平哥在，不敢造次。平哥见时间还早，也懒得搭理他们，一个人把着扑克在玩。阿山依旧沉默寡言。只有杜明强偶尔和杭文治闲聊几句，不过杭文治总有些心不在焉的，也不知是在考虑越狱计划呢，还是已嗅出了监舍中的异常气氛?

晚上九点，熄灯铃响起。小顺凑到平哥床前：“平哥，洗漱么？我给您打水去。”

平哥一摇手，冷冷说道：“今天先不洗了，一会儿还有事呢。”

平哥说不洗，小顺、黑子、阿山也都不敢洗，平日此时拥挤的卫生间今天倒冷清下来。杜明强便拉着杭文治：“走，咱俩先洗去。”

杭文治有些犹豫，瞥着平哥悄声问道：“好吗？”

杜明强笑了笑：“你听我的，没事。”杭文治见他说得坦然，也就不再多虑。两人便进了卫生间，各自挤了牙膏接了水，一人占着水池，一人占着便池，同时刷起牙来。

外屋的气氛静悄悄的，透着暴风雨来临前的凝重。杜明强刷得快，完事了又到水池这边来冲杯子。杭文治把牙刷杵在嘴里，停了手上的动作问对方：“今儿晚上是怎么了？”

“小顺可能要吃点苦头。”杜明强轻声说道，“不管他们干啥，你别插手。”

杭文治愣了愣说：“我管这闲事干什么？”说完又开始继续刷牙。

“小顺前一阵对你可不错。”杜明强道，“我怕你心软。为了这小子得罪平哥不值当。”

杜明强倒没有瞎说。小顺拍杭文治的马屁可有一段时间了。在整个四监区，管杭文治叫“治哥”的，大概就只有他一个人。

杭文治吐出一大口牙膏沫来，摇头道：“他对我有啥不错的？还不都是冲着你的面子——他们都怕你。”

杜明强嘿嘿一笑，没兴趣再继续这个话题，打了盆水转身洗脸去了。

因为没人催促，杜明强和杭文治两人都慢条斯理的。等他们磨磨叽叽地洗漱完毕，正好也到了熄灯的时间。监舍的灯灭了之后，便只有月光从气窗中透进来。这朦胧的光线倒不至于影响犯人在室内的正常活动，但装在墙角的监控摄像就彻底失去作用了。

“你们俩过来吧。”平哥把扑克牌往床脚一摔，原本盘在床铺上的双腿放下来，转身换成了向外而坐的姿势。

不用点名，大家都清楚“你们俩”指的是谁。小顺和黑子连忙走上前，低头垂手地叫了声：“平哥。”

“蹲下，平哥要问话。”阿山站在一旁指挥道。小顺和黑子乖乖地蹲在平哥脚下，闷着头不敢作声。

杜明强和杭文治这时也走出了卫生间，他们俩的床铺在里屋平哥对面，见到这阵势不方便过去，就在外屋黑子的床位上先坐下来，静观其变。

却听平哥冷笑着说道：“行啊，你们俩这次露脸露大了吧？”

小顺愁容满面地叫苦道：“这叫啥露脸？我在禁闭室里都快憋死了。”一旁的黑子则要老到一些，他知道这次自己弄丢了铅笔，事端惹得可不小。平哥心里肯定窝着火，这个时候最好少说话，装得老老实实就对了。所以他斜着眼睛，只是恨恨地盯着小顺，却不作声。

果然，小顺一开口就被平哥咬住了：“憋死了？你下午出来之后不是挺活跃的嘛，我看你憋不死，越憋越精神。”

小顺缩了缩脖子，不敢再说什么了。

平哥“哼”一声，开始切入正题：“你们俩自己说说吧，那铅笔是怎么回事？”

这次小顺学乖了，没有急着说话，而是先看了看黑子。黑子也沉得住气，闭口不言。小顺于是又偷眼去看平哥，却发现平哥正瞪着眼睛紧盯着自己，他一下子慌了，连忙为自己辩解道：“我哪知道怎么回事？黑子把铅笔弄丢了，倒要我陪着关禁闭，我真搞不懂‘鬼见愁’是怎么想的。”

平哥不冷不热地“哦”了一声，转而看向黑子：“你呢？你有什么说法？”

见平哥问到了自己头上，黑子这才咧着嘴说道：“我确实丢了铅笔，这也没啥好说的，罚我不冤。就不知道是哪个手贱偷了我的铅笔，拿回家捅他妈逼去了。”

这话骂得实在肮脏，虽然没有指名道姓，但从黑子说话时的眼神来看，分明是冲着小顺去的。后者立刻按捺不住：“操你丫的！你看我干什么？我又没拿！”

“你没拿，铅笔能飞了？”黑子针锋相对，“那天你负责装货，来来回回不知从我桌旁走了多少趟。除了你，谁能把铅笔带到厂房外面去？”

小顺翻了个白眼：“操，随你怎么说吧，反正我没拿。你爱捅谁妈捅谁妈。”

“都别说了！”平哥喝断了两人间的争吵，“看你们这副操行，就他妈的嘴上厉害。谁看谁不爽，找个地方练练。整这些偷鸡摸狗的玩意干什么？！老子的脸都被你们这两个废物丢光了！”

小顺还要辩解：“平哥，这事真的跟我没关系……”

“没关系‘鬼见愁’能关你十天禁闭？”平哥用手指着小顺，就差戳到他脑袋顶了，“谁也不是傻子。那铅笔不在厂房里，肯定是被人带到了外面。除了你，还有谁？”

小顺干咽了一口唾沫，这事确实难以解释。他本来想说：杜明强不也进进出出装货了吗？但再一想，那哥们可不好惹，自己犯不着多树一个强敌。况且杜明强也确实没有要拿走黑子铅笔的理由。

“平哥，我真没拿他的铅笔。”小顺兀自坚持，但口气已经不像刚才那么嚣张了。

黑子这时看出平哥似乎是向着自己这边的，态度比刚才便硬了三分，他挺起身体，用居高临下的派头压着小顺逼问道：“你没拿？那你说铅笔去哪儿了？”

“你的铅笔我怎么知道去哪儿了？”小顺被黑子这么一激，又毛愣起来，斜着眼角说道，“你他妈的那天在厕所里蹲了半天，没准你给塞自己屁眼里去了。”

这句话说得纯属口无遮拦胡搅蛮缠了。平哥眼见小顺当着自己的面还敢嘴硬，心中的火气越拱越旺，干脆冲阿山一挥手道:“啥也别说了，治他！”

阿山毫不含糊，上前用胳膊搂住小顺的脖子一拖。小顺本来是蹲着的，这下便屁股着地成了仰面半躺。他心中又急又怕，忙喊道:“平哥，您这是干吗？您先听我说啊。”

“还说个屁！先让丫的闭嘴。”平哥怒气冲冲地喝道。阿山胳膊加力，小顺的脖子被紧紧箍住，声音便发不出来了。

平哥又挥挥手:“今天晚上让他睡吊床。”

这话杭文治就听不明白了，他用胳膊肘杵了杵身旁的杜明强:“睡吊床什么意思？”

杜明强倒是对监狱里面的各种黑话切口了如指掌。他给对方解释道:“睡吊床就是用绳子把人的双手捆起来，然后吊在高处。绳子的长度要控制好，让被吊的人踮起脚尖时刚好能勉强着地。这一个晚上下来，能让你全身的筋骨都散了架。”

杜明强说话的当儿，阿山已经把小顺拖到了卫生间门口，再要往里进时，却被对方岔开的双腿别住门框，一时倒僵持住了。

黑子还蹲在里面幸灾乐祸地看热闹，冷不防被平哥一脚踢倒:“你丫的傻笑什么？还不过去帮手？”

黑子求之不得，猴一样地跳起来，直往战团里冲。平哥也起身，不慌不忙地跟在后面。只有杜明强和杭文治仍然静坐在床边，冷眼旁观。

黑子把小顺的双腿从门框上掰开，与阿山一头一尾，两人轻轻松松地把小顺抬进了卫生间内。小顺拼命扭曲挣扎，却哪里挣脱得动？杭文治看着这副场景，忽然想到自己第一天入监的时候也是如此遭受屈辱，心中免不了充满感慨与酸楚。

平哥也进了卫生间，却见他伸右手到裤兜里一摸，掏出了一截绳子。这绳子看起来毛毛糙糙，却原来是用撕烂的毛巾一条一条地串接而成的。

那边阿山和黑子共同按住小顺，平哥便拿绳子去绑扎后者的双手。小顺还要挣扎，平哥把脸一黑:“再乱动我他妈的废了你！”

小顺深知平哥动怒可不是闹着玩的，便不敢反抗，但嘴里仍呜呜呜的，好像还要喊冤，只可惜脖子被阿山紧紧箍住，有话也说不出来。

平哥把小顺双手牢牢捆好，然后提着绳头踩在了水池上。黑子阿山会意，强行拖着小顺站起来。平哥登上水池子，把绳子牵向高处，小顺被迫变成了高举双手朝天的尴尬姿势。

天花板下方有楼上监舍的排水管，平哥把绳子的另一头兜上去绕了一圈，然后他用力拉了两下，调整好绳子的长度，待小顺两脚脚尖勉力踮起了，便将那绳头打了个死结。

这活儿做完之后，平哥跳下水池，拍了拍手说："行了，把他放开吧。"

黑子和阿山松开小顺，暂退到平哥身旁。小顺的身体失去扶持，一时间有些支撑不住，歪歪斜斜地晃起来。因为双手被吊在空中，他想倒也倒不下去，只能用脚尖点着地转圈，样子狼狈不堪。

"行啊，再练练可以跳芭蕾舞了。"黑子在一旁阴阳怪气地说着风凉话。

小顺叫苦不迭，又不敢大喊，只能告饶道："平哥，您放了我吧，我真是冤枉的……"

"滚你妈的，平哥还能冤枉了你？"黑子给了小顺一个扫堂腿，后者刚刚找好平衡，这下又被夺走脚尖的支撑，不得不再次跳起了"芭蕾舞"。

"黑子，我操你妈！"小顺不敢和平哥顶嘴，只能把满腔怨气都发泄在黑子身上，他一边转圈一边斥问对方，"你说我拿了你的铅笔，你有什么证据？"

黑子还没说话，平哥已经劈头盖脸地骂道："要他妈的什么证据？没证据老子还治不了你了？！"

小顺听这话心中顿时一凉，知道今天这事平哥完全没向着自己。绝望之余，他忽然看见了坐在卫生间对面床上的那两个人，一下子像是又发现了救命稻草。

"治哥——"小顺喊出了杭文治的名头，"您倒是帮我说两句啊，我是冤枉的！"

杭文治早已和杜明强商量好，不去参与这帮人的内乱。但没想到小顺会主动把皮球踢了过来。杭文治没有动身，只不痛不痒地说道："你冤不冤枉，我怎么知道？再说了，你和黑子之间的事，和我有什么关系？"

"治哥，我最近人前人后的，对你可不错。"小顺哭丧着脸，抓住着最后的稻草不肯放手，“您好歹帮我说两句，平哥能卖你个面子……”

“我操！”平哥听不下去了，抬手就抽了小顺一个嘴巴，“你丫蹲禁闭蹲傻了吧？我平哥还得卖他个面子？！”

杜明强也皱了皱眉头。小顺这般口无遮拦的，可别把平哥的火再惹到他俩这边。正想着，却见杭文治一起身，已经从床边站了起来。杜明强一惊，怎么他还是忍不住了？这正是自己担心的结果。他连忙拉了杭文治一把，趁对方略一停顿的当儿，摇头使了个眼色。可杭文治却把他的手轻轻推开，然后继续向着卫生间方向而去。

这一下不仅杜明强没想到，也大大出乎平哥的意料。难道这个文静瘦弱的家伙竟真的要为小顺出头？平哥转过身来盯着杭文治，脸色渐渐阴郁起来。他当然不会把对方放在眼里，不过杭文治身后还有一个杜明强，如果这两人的行动是串通在一起的，那可有点棘手了。

见到杭文治起身，全场最激动的人就是小顺了。他又扭着身体喊道：“治哥，你可得帮帮我。上次我还救过你的命哪！”

小顺提及的正是杭文治入监第一天发生的那场风波。当时杭文治不堪平哥等人的欺辱，在卫生间内用眼镜片割腕自杀。正巧小顺半夜起来上厕所，发现得及时，这才帮杭文治捡回条命。后来监舍内犯人的地位格局发生变化，小顺便时常说起这件事情，以此向杭文治示好。现在他把脱困的希望都寄托在杭文治身上，情急之下就又把这茬提了起来。

杭文治这当儿已跨过了卫生间的门槛。黑子有些毛了，横一步过来指着他的鼻子威胁道：“眼镜，你丫的少管闲事！”

杭文治冲黑子摇摇头，那意思好像在说：你误会我了。黑子怔了怔，一时间有些判断不清，便转头去看平哥的态度。平哥则沉稳得多，他只是阴沉着脸，且看杭文治接下来要干什么。

杭文治又走了两步，近距离站在了小顺面前。小顺忙赔着笑叫声：“治哥！”

“你倒记得救过我的命？”杭文治看着对方冷冰冰地说道，“你怎么不记得那天是谁脱了我的裤子，然后又用牙刷和洗衣粉折磨我的？”

小顺一下子呆住了。那天折磨杭文治的时候，正是他上蹿下跳，表现得最为积极。不过这事过后谁也不提了，他还以为杭文治没有记仇呢。没想到对方却在此刻把话儿撂了出来，真是让他有种雪上加霜的绝望感。

半晌之后，小顺勉强挤出一丝苦笑："治哥，那都是误会，您可别跟我一般见识……"

杭文治不屑地"嘁"了一声，道："我当然不跟你一般见识。只是你这么嚷来嚷去的，大家休息不好不说，可别把管教再招来了——我得帮你把着点嘴巴。"说罢他从水池边拿起块臭抹布，胡乱团了团便往小顺的嘴里塞过去。后者被吊着双手无从闪躲，无奈地"呜呜"几声之后口中已被抹布塞满，再也发不出什么声音了。

"行啊眼镜，算你小子识相。"黑子见此光景，原先敌对的情绪立刻散了，他拍了拍杭文治的肩膀，进一步煽风点火道，"对这种两面三刀的傻逼，千万不能惯着。你今天给他脸了，明天他就能骑在你脑袋上拉屎。"

平哥紧绷的脸色也松弛下来，不过他却转身看着杜明强点了点头。他猜测，杭文治这番表现定是杜明强事先安排的，可算是这哥俩对自己的一次示好，所以他得回应一下。

那边杭文治把小顺的嘴堵上之后也不逗留，直接离开卫生间往自己的床铺走去。杜明强起身跟了两步，压着嗓门笑道："兄弟，你总算学会适应这里的生活了。"

杭文治也不言语，直接把自己扔到了床上，然后便仰面一动不动。把一块抹布塞到双手被缚的小顺嘴里本是轻而易举的事情，但杭文治却像是已非常疲惫似的。杜明强默默摇头，料想对方虽能和平哥等人同流合污，但心中难免会有纠葛。这事只能让他自己慢慢调整去了。

平哥等人制服了小顺，今晚的事便算告一段落。黑子开始张罗着给平哥打水洗漱，鞍前马后殷勤十足。小顺虽然失去自由，嘴巴也被堵上了，但他的眼睛却不饶人，一直恶狠狠地盯着黑子，恨不能把对方的肉剜下一块似的。

黑子一开始全当没看见，等服侍平哥躺下了，他又折回卫生间里，拿起把牙刷抵着小顺的眼睛威胁道："你他妈的看什么看，再看老子把你这双狗珠子给废了。"

为了防止犯人间的伤害，监狱用的牙刷柄都非常短，头尾部也都是圆圆的无法吃力。不过小顺此刻动弹不得，黑子要真想用牙刷废了他的眼睛也不费事。即便如此，小顺也不吃对方的威胁，他的眼睛瞪得更大，心中则用最恶毒的语言把黑子祖宗八代的女性亲属全都问候了一遍。

“你妈逼的待那里头干啥呢？也想睡吊床了是不是？”平哥见黑子久久不出来，便骂了一句。今天晚上他收拾小顺是为了给监舍立规矩，并不是帮黑子出私人怨气的。他觉得后者有些得意忘形了，看来还得找个机会把这家伙也修理修理。

感觉到平哥有些动怒，黑子也不敢在卫生间久留了。不过小顺那狷狂的眼神着实令黑子恼火，在离开之前，他还要气势汹汹地撂下句狠话来：“你小子等着吧，这次我非得让你彻底服了我！”

黑子最后出了卫生间，424监舍终于恢复了夜晚的宁静。除了小顺之外，众人各回各床休息。

这监舍内共有三张双人床，刚进屋有一张是正对卫生间的，环境最差。这张床小顺睡上铺，黑子睡下铺；与这张床头尾相连的靠近里屋位置的床则分配给杜明强与杭文治，其中杜明强睡上铺，杭文治睡下铺；里屋另有一张床在整个监舍中位置最好，这张床的下铺自然属于平哥，上铺则睡着他目前的心腹打手阿山。

平哥眯着眼躺了会儿，刚刚要睡着时，忽然感觉前屋有些响动，睁眼一看，却见黑子又从床上跳起来，紧两步冲进了卫生间，然后“扑扑”两声闷响，料是给了小顺两脚。

“你他妈的有完没完了？”平哥一拍床板坐起了身，怒声呵斥道。

黑子连忙跑出卫生间，坐在自己的床板上悻悻辩解：“不是啊，平哥……小顺老在厕所里瞪我，搞得我睡不着。”他倒没瞎说，外屋那个床位就对着卫生间的门，小顺吊在里面，和黑子的视线便无阻隔。

“你丫是老娘们啊？有人看你还睡不着？”

“得了，平哥，我错了。”黑子赶紧服软。

平哥正在觉头上，骂了两句也懒得多说，倒头继续睡去了。那边黑子也静悄悄地躺下，不敢再发出任何声响。只是小顺仍然在卫生间里瞪眼瞅着他，令他心里毛愣愣的极不舒服。最后他被盯得没办法了，只好翻了个身，屁股冲外不与对方视线相对。不过这样倒显得自己怯了似的，终是极为不爽。

夜色渐深，众人陆续睡去。静夜中偶有人起夜如厕也都轻手轻脚的，生怕再扰醒平哥触了霉头。

对酣睡的人来说夜晚总是如此短暂。不知不觉中，监舍的气窗外已泛起了一抹白色。平哥这一觉睡得舒坦无比，到了这个点正好自然醒来，通体舒泰之余，却感觉膀胱坠坠的有了些尿意。于是他便下床趿上鞋子，懒洋洋地往卫生间走去。

进了卫生间，只见小顺仍保持着被吊起的姿势，只是脑袋低垂着，脚下也没什么力，好像也睡着了似的。平哥便踢了他一脚，骂道："你丫睡得倒爽。"然后绕到便池边上，解开裤子酣畅地喷洒了一番。

一泡尿滋完，转身想要离去时，却见小顺还是软塌塌地低着头，身子微微晃着，显是刚才那一脚的力道还未散去。平哥有些恼了，一把薅住他的头发把小顺的脑袋拎了起来，同时又骂道："睡这么死，你他妈的猪……"

这话只骂了一半话头便被硬生生地吞了回去。不仅如此，平哥整个人也愕然怔住，像是见到了某件难以置信的怪事一般。片刻之后，他略略恢复些神志，连忙抬起另一只手，将食指伸到小顺的鼻下探了一探。

不探还好，这一探平哥的心顿时坠进了万丈谷底。他松开手往后退了一步，急速地喘息着，额头也开始渗出汗珠。同时在平哥心胸中某种汹涌而来的情绪很快就积攒到了顶点，他气急败坏地骂了声："我操！"

"平哥，有事吗？"外面阿山也醒了，听声音有些不对，就问了一句。

平哥没有回答他，只快步冲到卫生间外，将门口床铺上的黑子劈头揪起。后者从睡梦中惊醒，恍惚问道："怎么了？"

平哥左手揪住黑子胸前衣襟，右手一拳抡在他的面门上，这一拳直接断了后者的鼻梁骨，打得黑子从床铺上滚了下来。

黑子"哎唷"惨叫一声，捂着鼻子吃痛不已。平哥却还不饶过他，又抬起脚往他身上狠踹，每一脚都用尽全力，恨不能要了对方的性命似的。黑子打着滚躲闪，只是惨叫，根本没有说话的机会。

阿山看着这一幕，茫然不知所措。对面床上的杜明强和杭文治也被吵醒了，因为没看到事情的开头，这两人也完全摸不着头脑的样子。

片刻后还是杜明强先开了口："平哥，你再这么打，可就把管教惊动了。"

"还他妈的操心什么管教？"平哥用手指着卫生间，"你们看看他干的好事，他会把咱们全监舍的人都拖累死！"说话的同时，他的脚下仍然不停，直踢得黑子哭爹叫娘。

杜明强心中一惊，知道出了大事，连忙一纵身从上铺跳到了地上。阿山和杭文治也纷纷下床，三人前后脚挤进卫生间，围住了兀自一动不动的小顺。

杜明强抢先伸手扶住了小顺的腮帮子，将后者的脑袋托了起来。借着黎明的初光，三个人首先看到了小顺如死鱼一般的眼睛，那双眼睛瞪得溜圆，好像要从眼眶中蹦出来一样。而在他左眼球的中央赫然插着一支铅笔，笔身已几乎全部没入小顺的头部，只在外面留出了短短的一截尾巴。

三人目瞪口呆，似乎谁也没料到这样的情况。同时他们也明白了平哥为何会如此痛殴黑子，昨晚睡觉前黑子就因为小顺用眼睛瞪他而非常不爽，并且还放话要废了对方的眼睛。现在小顺眼睛里插了支铅笔，任谁都会把黑子列为头号怀疑对象，而这支铅笔到底从何而来倒无暇顾及了。

这时外屋的异动终于引起了值班管教的注意，摄像头边上的喇叭中传出严厉的呵斥："424监舍，干什么呢？！"同时还伴随着催促的杂音："赶紧过去看看！"

众人心头一凛，知道管教转瞬即到，而现在这番场景又该如何收拾？正彷徨间，原先最为狂躁的平哥倒首先恢复些冷静，他弃了黑子奔回到卫生间，跳上水池便开始解小顺手上的绳子，边解还边招呼："快，快把他放下来！"旁边三人很清楚，平哥这是要销毁昨晚众人虐待小顺的证据，以便把小顺死亡的全部责任推到最后行凶的那个人头上，这样其他人或许还有可能逃过一劫。

阿山想也不想，立刻上前给平哥帮忙。杭文治犹豫了一下，过去先把小顺嘴里的那团抹布拽了出来，还想再干点什么时，杜明强把他往外一拉，说："别管了，这里没我们的事！"

这话说得明了，昨晚折磨小顺是平哥带着阿山和黑子干的，现在小顺莫名死了，虽然凶手不明，但和杜杭二人终究最不相干。所以他们没有理由要帮着平哥等人擦屁股，这搞不好的可得沾上一身臊气！

杭文治回头看看，还有些举棋不定的样子：毕竟他往小顺嘴里塞过抹布，日后狱方追查起来便没有杜明强那么干净。不过看杜明强劝阻得坚定，他终于还是跟着对方走出了卫生间。

到了外屋却见黑子正挣扎着站起身。他遭了平哥一番暴打，这会儿稍稍缓过一些神。杜明强也不管他，直接拉着杭文治远远地撤到了里屋。

黑子踉踉跄跄地进了卫生间，正看见平哥和阿山联手把小顺放倒在地板上，后者一动不动，身体软得像根面条，不过那双眼睛仍像昨晚那样瞪得圆圆的，直刺得他心里一阵阵地发毛。

黑子定了定神，又走上两步，战战兢兢地问道："这……这是怎么了？"

平哥把从小顺手腕上解下来的绳子扔进蹲便池，一把水冲了，同时恶狠狠地指着黑子道："你装什么蒜？我告诉你，一人做事一人当，不该说的话，你他妈的给我咬紧点！"

黑子眨了眨眼睛，再仔细一看，好像才发现小顺左眼球上插着的那支铅笔。他"妈呀！"地叫了一声。

"操！"平哥冲着黑子啐了一口，带着几分不屑。

便在这时，只听得监舍铁门哗啦啦一阵乱响。门开后，一个管教拿着训械走进监舍，另外还有一人则在屋外保持警戒。

"干什么呢？要造反啊！"屋里的管教挥舞着电棍喝问道，他的目光寻摸了一圈，这才注意到大部分犯人都乱哄哄地挤在卫生间里。

"报告管教！"平哥在人堆里回复道，"黑子把小顺的眼睛捅了，我们正在抢救！"他的声音洪亮，底气十足，听起来充满了愤怒的正义感。

"不是……"黑子看看平哥，又看看管教，慌乱地辩解着，"这……这不是我干的呀。"

管教蓦然一惊，忙抢过去分开众人。果见小顺正软塌塌地躺在地上，眼中赫然插着一支铅笔。再过去一搭脉搏，只觉入手处肌肤冰凉，显然人早已死去多时。

"这还抢救什么？！"管教又急又怒，直接把电棍打开往众人身上一阵乱戳，"都给我出去蹲好！"

平哥和阿山连跑带跳地出了卫生间，乖乖地找个角落抱着脑袋蹲下来。黑子刚刚被狠揍过，动作不太灵便，那电棍大部分都招呼到了他的身上。直电得他鬼哭狼嚎。

屋外的管教听到监舍内气氛不对，扯着嗓子问了句："出什么事了？"

"出大事了！赶紧打电话叫张头过来！"他的同事在卫生间里嘶喊着，恨不能把全身力气都用尽一般。

此时尚是清晨时分，电话打过去的时候，张海峰也是刚刚起床。值班管教把大致情况向他汇报了一下，张海峰顾不上洗脸吃饭，直接开了车，如风驰电掣般奔着第一监狱而去。

这一路马不停蹄，到了424监舍门口，却见两个年轻的管教姜平和李铭神色慌乱地站在那里——这一夜正是他们俩值的班。

张海峰铁青着脸不说话，先扎进监舍内往卫生间现场看了一眼，同时问道："其他犯人呢？"

"都押到禁闭室了，分开关的。"姜平紧跟着张海峰的脚步回答。在四监区的年轻管教里面，他算是比较机灵的一个。当发现小顺死亡之后，他立刻便将平哥等人全都带离了监舍并各自单独关押起来，这样既保护了现场，又可以避免犯人们合谋串供。

张海峰"嗯"了一声，似乎对姜平的这番处理还算满意。然后他又问："具体怎么回事？你再详细说说。"

"大概五点钟不到的时候我们从监控里看到沈建平在殴打黑子，马上就赶过来查问。结果却发现小顺死在卫生间里，据沈建平说，是黑子动的手。"姜平的回答显然够不上"详细"两个字，但他也没办法，因为他自己也就知道这么多。

张海峰这时已来到了案发的核心现场——卫生间内。他蹲下来略略查验了一下小顺的尸体，立刻就产生疑问："这人至少死了两小时以上了，怎么你们五点钟才发现异常？"

"之前真的没发现什么……"姜平忐忑而又无奈地说道，"晚上监舍里黑咕隆咚的，摄像头不起作用。我们在楼下值班室也没有听到什么异常的响动。"

"人都被杀了，还没有异常？！"张海峰转过头来瞪了姜平一眼。后者瑟瑟地低下头，自己也觉得说不过去。一个大活人在卫生间被杀死，再怎么样也会有挣扎呼救吧？可他们两个值班的管教居然毫无察觉。

不过当张海峰继续勘验尸体的时候，他却发现自己有可能错怪下属了。因为在小顺的双手手腕处都出现了较明显的瘀青，凭经验判断，这应该是被绳索勒绑留下的痕迹。难道死者是被制服捆绑后才遭到杀害的？这样的话就不会闹出太大的声响。既有这样的猜测，张海峰的目光便在卫生间内搜寻起来，片刻之后他注意到便池里积着一小摊水，似乎排泄不太畅通。

张海峰把手伸进便池的排水口里一阵摸索，他感觉到水弯处堵着什么软软的东西，掏出来一看，正是一团用破毛巾条制成的绳索。

姜平在他身后看到这一幕，禁不住轻轻地“哦”了一声，既佩服又恍然的样子。

“这帮混蛋！”张海峰愤然骂了一句，然后将那团沾着屎尿臭气的绳子扔在了水池中。

姜平微微抽着冷气：“看来还不是简单的斗殴啊，是蓄意谋杀！”

“你审过他们没有？沈建平是怎么说的？”张海峰首先便提到了平哥，他知道在监舍里要闹出这么大的事来，号头的责任首当其冲。

姜平道：“还没来得及审……”

“没审也好——”张海峰挥了挥手，“省得被你们审坏了！”平哥可是老奸巨猾的角色，要和他交锋之前必须做好充分的准备，否则被对方看准了你的漏洞可就不好办了。

张海峰再次把注意力集中在死者身上，这次他的目光紧紧地盯住了死者左眼球上扎着的那支铅笔。毫无疑问，这正是死者的致命伤所在。虽然从外部已看不出这支铅笔的长度，但从常理判断，既然能致人死命，那铅笔应该已经深深地扎入了小顺的脑干中枢。

难道这就是十天前丢失的那支铅笔？张海峰很自然地做出这样的猜测。可当时他们曾把监区厂房里里外外搜了个底朝天，这么长的铅笔怎能躲过这番地毯式的搜查？

张海峰蹙眉想了许久，难得其解。最终他觉得必须做一些更加细致的调查，便冲姜平招招手说：“把尸体先抬到监区医院的停尸房，找外科的刘医生把铅笔取出来，送到我办公室。”

姜平点点头，招呼着李铭一块儿准备去医院取尸袋和担架。临出监舍门的时候，他多嘴回头问了一句：“张头，要不要通知死者家属？”

“现在通知家属？”张海峰“嘿”地冷笑一声，“那我们三个人的警服都别想再穿了！”

姜平咂了咂舌，知道对方可不是在吓唬自己。监舍里发生犯人杀犯人的恶性案件，家属一旦闹将起来，从上到下的责任人都得脱一层皮！丢了工作还是小事，若以渎职罪追究的话，恐怕还得有牢狱之灾！

姜平等人早已见惯了监狱中的是是非非，一想到自己有可能从管教身份沦为号子里的囚徒，这简直令人不寒而栗。他扭头看看李铭，却见后者也是面如死灰，绝望得简直都快要哭出来了。

姜平比李铭年长几岁，见此情形自己反倒定了定神，拍拍对方肩头道："没事，还有张头顶着呢。"

李铭略略一振，不过随即又苦着脸说道："都这样了……张头能顶得住吗？"

"张头不是不让我们通知家属吗？那说明他还有办法。"姜平信誓旦旦地说道，既是在宽慰对方，也是在宽慰自己。

李铭听到这话，脸上的神色终于舒展开来。张海峰——这个在四监区混了十多年的老队长，现在已然成了这两个年轻人渡过险关的最后希望。

而张海峰此时仍在卫生间里看着小顺的尸体发呆。虽然刚刚在两个下属面前表现出了自己冷硬坚强的一面，但他内心深处却在承受着巨大的压力。

正如张海峰此前对杭文治说过的，再有半年他就会被调到监狱管理局坐办公室，从此远离令人压抑不堪的监狱第一线。所以这半年对他来说非常重要，他所管辖的四监区绝不能出一点乱子，否则他向往已久的安定生活就会从指缝中飘走。

上次车间内丢了铅笔，张海峰兴师动众，恨不能把整个监区都翻个底朝天，就是生怕那铅笔会成为伤人的利器。不过和杭文治谈过话之后，他便把心放下来了。他相信那铅笔就是小顺拿走的，并且已经随着货车被送到了监狱外，所以那潜在的威胁也就不存在了。他把黑子和小顺关了禁闭，更主要的目的还是在警告他们以后不要挑惹事端。可万万没想到的是，事端在两人释放后的第一天就发生了，而且是如此的严重！

从亲眼见到小顺尸体的那一刻起，张海峰就悲伤地意识到，自己想要上调进管理局是不可能了。无论如何，在监区内部出现犯人的非正常死亡，身为中队长的他其罪难辞。现在他所忧虑的是自己还能不能从这场风波中全身而退。这十多年的日子都熬过来了，难道临到最后了却要跌个大跟头吗？

估摸着姜平和李铭已经走远，张海峰起身来到水池边。伫立片刻之后他打开水龙头将自己的脑袋凑了上去。凉水从他的发际漫过，浸湿头皮的同时也带来了冷冰冰的清凉感觉。

张海峰用双手在发丛中前后捋了两把，使得凉水能够浸漫到更多的地方。忽然间他的动作停住了——他把右手摊在眼前，愣愣地看着指缝之间的某样东西。

那是一根白发。

张海峰是第一次看见自己的白发，他难以抑制地感到一阵心酸。十多年了，在这座监狱里，他从一个血气方刚的小伙子成长为令最凶恶的犯人也会闻之色变的“鬼见愁”。有谁知道他付出了多少？又有谁知道他失去了什么？

这是出现在一个三十八岁中年人脑袋上的第一根白发，唯有他的主人能理解这白发中蕴藏着多少过往，又承载了多少希望。

良久之后，张海峰把右手伸到龙头下方，水流立刻将那根白发从他的指缝中带走。张海峰眼看着那白发在水汪中漂流旋转，最后终于被冲入下水道，消失无踪了。这时他咬了咬牙，对自己说道：振作起来！这里是你的地盘，你还有机会！

姜平和李铭把小顺的尸体抬走之后，张海峰也回到了自己的办公室。估计那铅笔从小顺眼眶里取出来还要一段时间，张海峰决定趁这段时间先抓一个424监舍的犯人过来审问审问。

这第一个审问的对象张海峰却没有选择号头平哥，他招来了杭文治。

在张海峰看来，杭文治是424监舍的一个另类，或者说，他是整个四监区的一个另类。他不像是一个奸诈凶恶的重刑犯，倒像是个文质彬彬的老师。张海峰喜欢在这人面前抛却自己“鬼见愁”的外衣，而以一种更加接近正常人的方式进行沟通。

同时根据张海峰的判断，杭文治也是最无可能卷入监舍纷争的角色。因为他实在是太孱弱了，孱弱到难以对任何人造成伤害。所以在这次事件中，杭文治多半会是个无辜的旁观者，而只有从旁观者口中才能得到未经扭曲的真相。

杭文治被押进办公室之后，张海峰先不说话，只是默默地看着对方。杭文治被看得有些发毛，远远地低着头，神情略显紧张。

觉得给对方的压力差不多到位了，张海峰这才干咳一声，问道：“你说吧，怎么回事？”

杭文治惶然回答：“我……我不知道。”他这句话说得毫无底气，一听便是在敷衍撒谎。

“你不知道？”张海峰冷笑一声，“你是白痴吗？或者你觉得我是白痴？”

杭文治无言以对，只把脑袋埋得更深了。

张海峰知道对方既有顾虑，同时也存在着逃避责任的幻想。他决定先把对方的幻想击碎，于是便抓起桌上的一团东西，甩手一丢，扔在了杭文治的脚下，问：“这是什么你总该知道吧？”

杭文治看清那团东西正是平哥用来捆绑小顺的布条绳子，他的脸色蓦地变了，抬起头来怔怔地看着张海峰。

“这是什么？！”张海峰加重语气再次问道，目光也变得更加锐利。

杭文治确实没想到张海峰这么快就把平哥藏匿的布条找出来了，他踌躇了片刻，知道有些事情瞒也瞒不住，只好老实说道：“这是平哥做的绳子……”

张海峰一拍桌子：“什么平哥？好好说话！谁做的？！”

杭文治连忙改口：“是沈建平，他昨天晚上用这根绳子绑小顺……”

张海峰“哼”一声：果然不出自己的预料。然后又问：“为什么要绑小顺？”

“沈建平认为小顺偷了黑子的铅笔，连累到整个监舍……还有他作为老大的面子，所以他要惩罚小顺，让小顺睡吊床。”

“这事都有谁参与了？”

杭文治回答这个问题的时候有些吞吞吐吐的：“主要……主要是沈建平，还有黑子和阿山。”

“哦。”张海峰听出了话外之音，立刻追着问道，“那不主要的呢？还有谁啊？”

杭文治咽了口唾沫，想说又不敢说的样子。

张海峰心中暗暗好笑，心想：找这小子来审算是找对了，他真是一点应付问询的经验都没有，所有的心思都明摆摆地写在脸上。见对方还在磨叽犹豫，张海峰干脆直截了当地问道：“你自己呢？有没有做什么？”

杭文治完全不会撒谎似的，苦着脸坦白道：“我往小顺嘴里塞了块抹布，不让他说话……”

张海峰冷言讥讽：“你可以啊！这才多长时间，也学会欺负人了？”

“我也是没办法。”杭文治为自己辩解，“小顺老向我求救，我不表个态度，沈建平他们会拿我一起开刀的……”

张海峰其实也知道监舍里的这些黑规矩：老大动手整人，大家都得跟着掺和两下，否则便会被疑作怀有二心。只是不知为何还有一个人杭文治一直没有提及，于是他又问道：“杜明强干什么了？”

这次杭文治回答得很痛快：“他什么都没干。”

“真的？”张海峰表示怀疑。虽然他也知道杜明强是个另类，但监舍里闹出了这么大的事，他真的可以独善其身吗？

“真的！”杭文治态度坚定，“他两边都没帮，我给小顺塞抹布的时候，他还拉着不让我去。”

“这才是聪明人啊！”张海峰用手指敲着桌子，感慨道，“你早该跟他好好学学！”

杭文治咧咧嘴，做出后悔不迭般的表情。

张海峰本还想多教育对方两句，但事分轻重，今天已无暇多说。眼看铺垫得差不多了，他面色一凛，开始把话题切入最核心的部分：“是谁把铅笔捅到小顺眼睛里的？”

杭文治一惊，随即一个劲摇着手：“这个我真的不知道。”

张海峰当然不能认同这样的回答，虎着脸驳斥：“你瞎了？”

“我睡着了。”杭文治解释道，“而且大家都睡着了，沈建平一早起来才发现小顺出事的。”

“是这样的？”张海峰对这个说法有些始料未及。他本以为是平哥和黑子等人纠结在一起残害小顺，中间不知如何矛盾激化，或者是哪个人失了手才导致小顺死亡。现在照杭文治所说，却是有人趁大家睡着后偷偷杀死了小顺。

“嗯。”杭文治又更加详细地说了一遍，“昨天晚上沈建平他们把小顺吊在卫生间里，然后大家就各自睡觉了。我睡得死，到清晨的时候被沈建平吵醒，看到他按着黑子在打，然后才知道小顺死在卫生间里了。”

张海峰从杭文治的表情判断对方并没有说谎。监区生活起得早，生产任务也重，犯人们晚上普遍睡得很沉。而小顺双手被吊起，嘴里塞着抹布，已全无反抗呼救的能力。这时若有人趁着半夜偷偷行凶，其他人虽然同处一个监舍也很难察觉。

张海峰觉得事情更加棘手了，他沉吟了片刻，又问：“那你们都不知道是谁干的？”

“反正我是不知道。”杭文治说，“不过沈建平说是黑子杀了小顺。也许他看见了吧。”

张海峰摇摇头，觉得未必。既然沈建平痛打黑子，说明他对小顺的死亡也是非常愤怒。这样的话他怎么会眼看着黑子杀死小顺呢？所以沈建平的说法恐怕也只是猜测而已。不管怎么说，如果小顺死了，最大的嫌疑对象就是黑子。这两人过往的恩怨暂且不论。黑子因为被小顺偷走铅笔而蹲了十天禁闭，这口恶气可不是轻易就能散去的！

不过想到此处张海峰忽然又意识到一个悖论：如果真是小顺偷走了黑子的铅笔，那插在小顺眼睛上的那支铅笔又从何而来？总不见得小顺把偷走的铅笔又还给了黑子？况且铅笔丢失之后小顺被作为重点对象排查过，他用什么办法能把这铅笔藏匿十天，而一旦禁闭解除之后便又立刻出现呢？

沿着这个思路想下去，张海峰心中一动，另一个角色的疑点陡然间上升起来。

会不会是杜明强？以前已经分析过，那支丢失的铅笔怎么也找不到，最有可能就是被转到了监区之外。而当天能完成这件事情的只有小顺和杜明强二人。现在小顺被铅笔插死，要重新寻找怀疑对象的话，杜明强岂不是首当其冲？据张海峰了解，杜明强已连续两周参与装货的外劳工作，他完全可能于第一周将铅笔藏在车上某个隐秘的角落，然后趁着第二周劳作的时候再取回来！

再进一步细想。沈建平折磨小顺的时候，连杭文治这样的老实人都被逼得参与其中，唯有杜明强按兵不动，难道不是他早已知道此事会难以收拾，所以一早便要刻意撇清和自己的关系吗？

张海峰自感有了些眉目，只是对杜明强要杀小顺的原因难以解释。不过据刑警队的罗飞所言，这家伙很可能便是前一阵轰动省城的杀手Eumenides，如果此言不虚，那么他在监狱里杀死个把重刑犯倒也不足为奇吧？罗飞曾一再嘱咐自己将这个看好，难道自己一个大意，竟真的让他惹出如此的事端来？

张海峰琢磨了一会儿，问杭文治：“杜明强在监舍里睡哪个床铺？”

“里屋西侧的上铺。”杭文治略一顿，又补充说，“跟我一张床。”

原来他们俩上下铺，这倒好了！张海峰暗自称巧，又问：“那昨天晚上他有没有下过床？”

杭文治立刻摇头："没有。"

对方回答得这么干脆，张海峰反倒不太相信："你这么肯定？你不是说自己睡得死吗？"

杭文治被问得一诘，只好换了个婉转的语气："反正我没感觉他下床。我睡觉的时候头冲着床梯子，他以前上下的时候我都会有感觉的。"

以前有感觉，未必这次也有感觉。张海峰暗想：如果杜明强居心要杀小顺，必然会轻手轻脚，竭力不发出任何响动，就算从你脑袋旁边踩过去你也未必能察觉。

正思索间，忽听敲门声响起，并且有人在门外唤道："张队。"

张海峰听出是姜平的声音，便说了声："进来。"

姜平推门走进屋内，手里拿着个塑料袋："张队，铅笔取出来了，你现在看吗？"

张海峰毫不犹豫地点点头："看！"

姜平走上前，把塑料袋递向张海峰，后者接过袋子，却见里面封着一支铅笔，笔身上淋淋漓漓的，兀自沾着一些小顺体内的脑眼组织。

张海峰龇龇嘴，似觉有些恶心。姜平解释说："取出来之后没擦洗就直接装袋了——我怕破坏了证据。"

张海峰也没说什么，隔着塑料袋拈住铅笔翻看了一圈。从铅笔的制式花纹来看，正是监区厂房日常使用的款型，而铅笔的长度则是刚刚使用不久，这也和黑子丢失的那支铅笔正好一致。

张海峰再要深入研究时，忽然想到杭文治还站在屋里。于是便伸手冲杭文治一指，对姜平说："你把他先带下去。"

姜平点点头，转身走向杭文治。杭文治等对方离自己两三步远的时候，自觉迈步走在了前头。这样一前一后形成押解的态势，两人离开办公楼往监区禁闭室的方向而去。

这一趟来回走了十多分钟。当姜平再次回到队长办公室的时候，却见张海峰正坐在办公桌后面，两眼直直地看着手中的铅笔。

姜平打了个招呼："张队。"

张海峰转头看着姜平，那神态好像已经等了他很久似的："你过来，我有话问你。"

姜平见对方的脸色不对，心中隐隐一沉，料想没什么好事。但硬着头皮也得走过去，隔着办公桌站在了张海峰面前。

“上次监区厂房丢了铅笔，我组织大家进行搜查，”张海峰眯着眼睛，“厂房卫生间是你负责搜的吧？”

姜平点头说：“是啊。”

张海峰立马反问了一句：“你怎么搜的？”语气极为不善。

“我仔细搜了啊。包括水箱、便池，只要是能藏住铅笔的地方，我都搜过至少两遍。”姜平言之凿凿，不像也不敢撒谎。

张海峰却还在追问：“那便池的排水口你搜了没有？”

所谓便池的排水口，就是屎尿冲入下水系统的入口，那是整个卫生间最为肮脏的角落。即便如此，姜平那天搜查的时候也并未对其退避三舍。

“我搜了。”姜平还进一步解释说，“我点着打火机查看过每一个排水口。”

张海峰却并不满意：“有没有伸手下去掏？”

“这个……”姜平摇摇头，只能如实回答说，“没有。”

张海峰深深地叹了口气。

那里面不是屎就是尿的，怎么去掏？姜平不敢把这样的想法直说出来，不过他还是有辩解的理由：“点着打火机就能够看到排水入口了，管道拐弯前的情形都能看清楚。那么长的一支铅笔，有的话肯定会发现，也不一定非得伸手去掏。”

张海峰沉默了一会儿，伸手往办公桌前方指了指说：“你把那团绳子给我捡过来。”

姜平转头看到地上确实有一团绳子。他认出那些绳子是张海峰不久前从424监舍的便池排水口里掏出来的，不用想也知道得有多脏。但张头的命令也不能违背，他只好走过去，用两根手指夹住绳子的中间一段，勉强将其提溜起来问道：“张队，往哪儿放？”

张海峰伸出一只手：“过来，交给我。”

姜平回到办公桌前，把臭烘烘的绳子放在张海峰摊开了的手心里。张海峰却毫不在意似的，手掌攥了攥，将那绳子捏成了紧紧的一团，一边捏他还一边问姜平：“这是从便池里掏出来的，又脏又臭，对吧？”

姜平不知该如何回答，只能尴尬地笑了笑。张海峰忽然一甩手，将那团绳子狠狠地砸在了对方的笑脸上。姜平猝不及防，愕然怔住道：“张队……”

“我能掏便池，你为什么不能掏？我能用整个手去抓，你为什么只能用两个手指去夹？你这算什么？你天生就比我要金贵吗？！”张海峰猛地站起身，冲着姜平咆哮起来。

姜平被吓得往后退了半步，脸色煞白的，再也没胆量说半句为自己开脱的话语。

张海峰吼完之后又坐回到自己的办公椅上。姜平战战兢兢地把砸落在地上的那团绳子重新捡起，这次却是用满手去抓；他的脸上沾了污渍，也顾不得拭去。

张海峰的情绪略略平复了一些，他换了种恨铁不成钢的口吻问姜平：“我去掏绳子的时候，你有没有注意到我的手探到排水口里有多深？”

姜平有点印象：“整个手都进去了，好像……还有一小截手腕。”

“一直到这里。”张海峰自己比画着，和姜平描述的位置倒差不多，“我把手伸这么长才摸到那截绳子，你知道为什么？”

姜平摇摇头，确实有些不太理解。按照他的想法，这绳子要不就堵在下水口没冲下去，要不就被远远冲走进了下水管网，怎么会堵在一个相对较深的位置上呢？

“所有的下水口前端都会有一个U形的存水弯，那叫水封，可以防止管道里的臭气蹿上来。你以为用眼睛看看，直溜溜的什么都看不到就完事了？不管是一团绳子还是一支铅笔，都有可能卡在存水弯的底部，你不把手伸进去掏，怎么知道有没有？”

听完张海峰这番训斥，姜平多少明白了一些，同时他心中暗自嘀咕：难道那支失踪的铅笔当时就真的藏在厂房厕所的便池水封里吗？

张海峰看出姜平所想，他也不多说什么，直接抓起面前的那支铅笔往上一杵：“你自己闻闻。”

用来封存铅笔的塑料袋已经被打开，小半截铅笔屁股露在袋子外面，张海峰用手抓住的是依然套着塑料袋的铅笔头部。

姜平俯下身，把鼻子凑过去深深地吸了口气。很明显，他闻到了一股屎尿的臭味。这样的结果让小伙子再也无话可说，他苦着脸，既沮丧又自责。

看到属下这番模样，张海峰倒顾不上再计较什么了。他挥了挥手说："你去把丢铅笔那会儿厂房的监控录像找过来，我要仔细看看。"

"是！"姜平像得了大赦一般兴冲冲离去。很快他从监控机房带回来一个移动硬盘，硬盘里装载的正是张海峰要的录像资料。

打开录像细细查看，却见那天下午黑子三点三十五分进了厕所，三点五十七分才出来。这期间并无第二个人进过卫生间。而黑子出来之后就大叫丢了铅笔，随即管教便控制住了厂房里的所有人，大家再也不可随意走动。

"就是黑子干的了！"姜平下结论似的说道，"那天除了他之外，没人进过厕所。难怪他待了那么长时间，原来在里面研究怎么藏铅笔呢！"

张海峰点点头，基本认同姜平的判断。就在不久前，他的疑点曾集中在杜明强的身上，不过要说杜明强杀了小顺实在动机牵强，怀疑此人的原因仅仅是基于能够成功偷走铅笔的可能性。不过当张海峰仔细查看那支惹出祸端的铅笔时，他的思路却再次发生了转变——因为他分明闻到了铅笔上散发出来的屎尿臭气。这无疑是个非常显著的提示：铅笔曾经被藏匿在便池的下水口中。于是他开始担忧负责搜查卫生间的姜平是否尽责地完成了任务，事实则证明了他并非杞人忧天。姜平对便池的搜查的确存有漏洞，而这个漏洞极有可能便是铅笔甫失甫得的症结所在。

再通过比对录像，一切似乎更加明了：当日黑子已存有偷走铅笔之心，他借口上厕所的机会把铅笔藏好。在藏匿地点的选择上他则颇费心思，拼的就是管教怕脏且又不熟悉排水管的构造。这步险棋成功之后，虽然他也被判罚了十天禁闭，但那支铅笔终于保存下来。昨天禁闭期满，黑子从便池里把铅笔取出，悄悄携带回了宿舍。趁着夜深人静，小顺又毫无反抗之力的时候，黑子把这支铅笔深深插进了小顺的眼球，直接导致了后者死亡。

黑子为什么要偷铅笔？黑子又为什么要在禁闭期满后杀死小顺？这两个问题的答案根本就是统一的。大家都知道黑子和小顺早有积怨，只是不知这积怨激起的仇恨已如此之深。这种仇恨让黑子对小顺起了杀心，他自导自演铅笔丢失的闹剧，原因必在于此。一个重刑犯冒着极大的风险偷一支铅笔，除了用来行凶之外，还能干什么？只是随后的禁闭让黑子的计划不得不推迟十天，禁闭期满后的当夜，黑子便迫不及待地实施了自己的杀戮。而沈建平对小顺的折磨正好协助了黑子，后者的杀人行为变得更加容易，而且还有了浑水摸鱼、掩饰自己暴行的机会。

姜平见张海峰对自己的论断没什么异议，便迫不及待地请示道：“我去把黑子带过来！”

张海峰抬头看看姜平，问：“你现在想怎么办？”

“先上他一顿电棍！”姜平咬着牙说道，“然后给他做笔录，一定要定了他的死罪。”他现在恨透了黑子，恨不能直接把对方拉出去毙了才好。

张海峰却摇了摇头：“要治黑子的罪并不难，可治了他的罪之后呢？我们怎么办？”

这话听得姜平一惊。的确，在监区内部发生恶性杀人案件可是非同小可的事情，给行凶者定罪之后，接下来要追究的就是管教人员的责任。到时候上至监狱领导，下至值班干警，必有一大批人会受到牵连，而自己和张海峰作为最直接的关系人，只怕还要被追究渎职的刑事责任。

自己刚刚二十来岁，难道人生竟要就此毁在这件事情上吗？姜平想到这番可怕的前景，禁不住已冷汗淋漓。

姜平的目光迷离四顾，当他看到张海峰的时候，心中忽然又燃起一线希望。

这是一个在四监区摸爬滚打了十多年的铁血男子，在他面前还从来没有解决不了的事情。现在天大的祸端塌下来，好歹还有这个人先顶着。况且他的位置比自己高那么多，他才是真正输不起的人。

想到这一层之后，姜平的心绪又慢慢稳定下来，他紧盯着张海峰，满怀期待。

后者此刻正如入定一般沉默着，他的眉头纠缠成一团疙瘩，紧密得几乎无从化解。半晌之后，他的目光才微微地动了一动，然后他转头看向姜平。

姜平主动向前凑了凑，等待对方的吩咐。

张海峰盯着对方的眼睛看了一会儿，郑重说道：“从现在开始，你所有的事情都要按我的吩咐去做，不管发生什么，都不能有任何的动摇和疑虑，你明白吗？”

姜平很坚决地点点头，他深信对方抛给自己的已是最后一根救命稻草。

“很好。”张海峰赞了一句，然后他下达了自己整套计划中的第一个指令，“你把沈建平给我带过来！”

姜平领命而去，不多久便把平哥带到了张海峰的办公室。与杭文治相比，平哥自然要老辣许多。此刻虽然面对着四监区人人闻之色变的“鬼见愁”，而且自身还惹了大祸，但他面上仍能保持着一副泰然自若的样子。

和这样的人打交道，张海峰也改变了策略。他把身体斜靠在椅背上，情绪不再像先前绷得那么紧，只是用一种懒懒的眼神看着对方。

平哥见此情形，主动走到办公桌前冲张海峰鞠了个躬，大喊了一声：“报告！”

张海峰又看了对方一会儿，平哥迎着他的目光，并不躲闪。

“沈建平啊……”张海峰终于开口了，“你当号头也不少年了，以前还都不错，怎么这次给我捅了这么大的乱子？！”

平哥咧着嘴说：“是疏忽了啊。谁想到黑子把铅笔带到监舍里来了？那天管教们搜得惊天动地的，我总以为万无一失了呢。”

这番话说得绵里藏针，很明显要把责任往监区管教这边推。张海峰心中有数，面上却不动声色，只接着对方的话茬继续问道：“你这么肯定？那支铅笔一定是黑子带出来的？”

“除了黑子，谁还会对小顺下死手？”平哥一副理所当然的表情。

“你看到黑子动手了？”

“没有，我要是看到了，还能让他得手？那小子坏得很，趁其他人都睡着的时候干的。”平哥每句话都说得很严密，竭力开脱自己在此事中的责任。

“哦，你们都睡着了……”张海峰先点了点头，然后话锋却又一转，“不过小顺这么个大活人，被人生生把铅笔插进了眼睛里，闹出来的动静应该不小吧？而且现场没有挣扎打斗的痕迹，这也奇怪得很。”

平哥心中一凛。对他来说，张海峰提出来的这两个问题极为关键。自己隐瞒了睡觉前折磨小顺的情节，目的无非是要把小顺的死全部归咎到黑子一人身上。但这却留下一个难以弥补的漏洞：凭黑子一个人的力量，怎么可能无声无息地把铅笔插进小顺的眼睛里？

不过平哥早已下定决心，无论如何也要把这个问题死扛过去。他定了定神，装出困惑的语气说道：“我也很奇怪……不知道黑子怎么下的手。可能是趁小顺半夜上厕所迷迷糊糊的时候偷袭的吧？”

张海峰早已从杭文治口中得知了事情原委，此刻看着平哥在自己面前睁眼说瞎话，他便“嘿”地冷笑了一声，然后转头冲站在一旁的姜平使了个眼色。

姜平会意，走上前将一团湿乎乎的绳子扔到了办公桌上。饶是平哥再凶恶奸猾，一见到这团绳子，他的眼角也禁不住轻轻地抽动了一下。

“这是我从现场便池里面掏出来的。”张海峰盯着平哥，目光开始有些发冷。

平哥暗暗叫苦，知道事情已经暴露。不过他这个人大风大浪实在经历得太多，即便到了如此境地仍不松口，反而做好收缩防御的姿态，准备用死不承认的方式来做最后的顽抗。

“这是什么玩意？”他挤着难看的笑容说道，“恐怕也是黑子整出来的名堂。”

张海峰“啪”地拍了一下桌子，双目圆睁：“你什么都往黑子身上推，你当我们管教都是傻子吗？！”

事已至此，反正也没什么退路了。平哥索性咬咬牙，壮着胆子说道：“我也不是什么都要推给黑子，不过一人做事一人当，这东扯西扯的，你扯上我，我再扯上你，把大家都扯进来就好了吗？”

这话隐隐带着威胁的意味，似乎在警告张海峰：这事已经这样了，你如果非要把我扯进去，那我也只好多扯几个垫背的。到时候只怕大家谁也讨不到好。

平哥敢说出这样的话，自然是抱好了鱼死网破的决心。不过出乎他的意料，张海峰居然没有发怒，他反而换了一种目光看着自己，原先那令人窒息的压力渐渐散去，目光中却多了种猫捉老鼠般的戏谑，仿佛自己的一举一动都早在他的掌控之中似的。

平哥感到一阵迷茫和恐惧，他忽然意识到，自己根本不是张海峰的对手。他开始后悔和对方对着干了。

平哥慢慢垂下头，他的气势已在不知不觉中被对方散去。

张海峰很满意这轮较量的结果，他用一种胜利者的姿态说道：“沈建平啊沈建平，你完全没有领会我的意思。”

平哥一怔，又不解地抬起头来。

“你一直说是黑子杀了小顺，但又始终拿不出真凭实据。仅仅凭你的主观猜测，而且还有那么大的漏洞无法自圆其说，你要我怎么相信你？”

张海峰的语气并不严厉，反而带着几分要引导对方的意思。平哥心中一动，觉得有必要先顺着对方的口吻试探试探，于是便探着身体问道："那您觉得是谁干的？"

"小顺被一支铅笔深深地插进眼睛而死，事发深夜，但监舍里却没有一个人听见异常的响动，而且现场也没有搏斗过的痕迹，这样看来，难道不是自杀的可能性要远远超出他杀吗？"张海峰看着平哥的眼睛，慢悠悠地说道。

这番话如同醍醐灌顶，让平哥在瞬间思路大开。他忙不迭地附和说："不错，不错，应该是自杀！"

"这些绳子应该也是小顺给自己准备的。"张海峰继续说道，"他半夜来到卫生间，开始可能想上吊自杀的，后来不知怎么又改变了主意，竟然用铅笔去插自己的眼睛。"

"应该就是这样！"平哥赞同之余，还触类旁通地引申道，"那前一阵铅笔丢失，肯定也是小顺干的好事了。"

"小顺趁黑子上厕所的机会偷走了铅笔，然后又在大搜查之前把铅笔藏进卫生间便池的排水口。昨天禁闭结束之后，他悄悄把铅笔取出来带回了监舍。这些过程虽然没有人证，但通过研究监控录像是可以推测出来的。"张海峰说到这里，转头求证于他的下属，"对吧，姜平？"

姜平说："对。黑子进厕所没多久，小顺也跟了进去。除了他俩之外，那段时间没有其他人进过卫生间。这段录像虽然没有保存下来，但当时我和张队一块儿看的，记得很清楚。"

"最重要的一点，"张海峰补充说，"致小顺死亡的铅笔上有明显的屎尿臭味，证明了这支铅笔确实就是藏在便池的下水口。"说完他还拿起桌上的铅笔扬了扬，示意平哥也闻一闻。

平哥碍着规矩不敢直接上前，姜平从中接了一步。平哥拿到铅笔后凑上鼻子一吸，然后大声说道："的确有屎尿味，原来小顺把铅笔藏在这么龌龊的地方，也难怪管教们找不着。"说话的同时心中却想：我怎么不记得小顺跟着黑子进过厕所？这铅笔分明就是黑子自己藏起来的。

"所以事情很简单也很清楚，"张海峰用手指点着桌子，下结论般地说道，"小顺想要自杀，又准备绳子又准备铅笔的，别人想防恐怕也防不住啊。"

“是啊。”平哥摇头叹息，“也真是可惜了，你说小顺年纪轻轻的，怎么会这么想不开呢？”

张海峰微微眯起眼睛：“这我就得问问你们了。你们和小顺朝夕相处的，以前就没有发现什么端倪吗？”

“您要这么一说的话，还真是有点苗头。”平哥翻着眼皮，煞有介事地回忆起来，“小顺前一阵就神神叨叨的，情绪很不稳定；有的时候特别暴躁，有的时候又特别低沉，一个人闷着不说话；还有一次我听到他自言自语，说既然永远出不去，还不如死了算了；我当时也没在意，谁能想到还真的出事了。”

张海峰“嗯”了一声，道：“你再好好想想，这些事不能乱说的。你们监舍还有其他人，大家的说法要能够相互印证——等想清楚了，就找姜管教做个笔录。”

“我明白。”平哥进一步试探，“要不要我发动其他人一块儿想想？”

“也好。”张海峰看看姜平，“你这就去安排一下，抓紧时间。”

姜平心领神会，转身就往门外走。平哥忙问了句：“我要跟着去吗？”

张海峰一摇手：“你先不急，我还有事情要问你。”

平哥恭恭敬敬道：“您说。”

张海峰等姜平出去把门关好后，这才开口道：“黑子最近的表现怎么样？”

平哥沉吟了一下，有些吃不透这话里的意思，便含糊说道：“别的倒也没什么，就是和小顺有点矛盾。”

“这就是问题啊。他的心思没有放在学习和改造上，这样下去会很危险。”

张海峰这话俨然给平哥指明了方向，后者立马跟上来：“没错。黑子接受改造的态度一直不好，劳动的时候也不积极。我看他还是心存幻想，妄图对抗政府。”

“他这样的表现很不正常。我怀疑他身上还背着其他案子。”张海峰说话时看着平哥，目光中露出森然寒意。

平哥心中一凛，已明白对方的用意。张海峰把小顺的死处理成自杀，无疑可以少牵连很多人进去。不过对于制造出事端的黑子他是无论如何不会放过的。虽然就此事已没法追究，但他通过别的途径也一定要把黑子置于死地。这便是四监区“鬼见愁”的行事风格。

“你们这些号头最了解犯人中的秘密。所以要对黑子这样的人进行监管，很多时候还要依赖你们的配合才行。”张海峰进一步把话挑明。

平哥拍着胸脯表态：“您放心吧。回头我多找几个人问问，如果黑子真的犯过别的事，一定不能让他逃脱制裁。”

张海峰点点头：“行，我相信你有这个能力。”

平哥笑笑说：“张头您太看得起我了。我有什么能力？我的能力还不都是你们给的？”这话说得圆滑无比，听起来似乎自甘谦卑，实际却藏着区别责任的意味。张海峰心中有数，但此刻正是相互利用的时候，倒不便计较。

又过了一会儿，姜平回到办公室向张海峰汇报：“张队，已经安排好了。”张海峰便冲着平哥把嘴一努：“你跟着姜管教去吧，抓紧时间整出点眉目来。”

平哥不再多言，跟着姜平一路回到禁闭室。这是监区里临时关押和惩戒犯人的所在，清晨出事之后，424监舍的所有犯人都被押到了这里，每人一个单间隔离看管，以避免他们通过串供来对抗即将到来的审讯。

不过当平哥这次被送进禁闭室的时候，他却看见阿山、杭文治、杜明强三人都已经聚在了同一个屋子里，唯独少了黑子——这当然就是姜平所作的“安排”了。

“你们几个好好挖掘一下，等会儿一个个来做笔录。”姜平抛下这句话之后，转身出了禁闭室，并顺手把门反锁起来。

禁闭室里只有一张小床。原先屋里三人都挤在床上坐着，此刻见平哥来了阿山便连忙站起来让开座，同时不解地问道：“平哥，怎么回事？”

杭文治也跟着起身让到一边，杜明强则在最里面靠墙坐着没动。平哥这会儿也顾不上计较这些细节，他往床正中一坐，先感慨了一句：“妈的，这‘鬼见愁’果然有两下子。”

阿山脸色一变，担忧地问道：“他知道昨天晚上的事了？”

平哥白了阿山一眼，没好气地说：“绳子都被翻出来了，能不知道吗？”

阿山显得有些紧张：“现在该怎么办？”昨天晚上折磨小顺的时候他是头号干将，此刻难免惶惶不安的。

平哥却又“嘿嘿”一笑：“你慌什么？‘鬼见愁’已经下定论了，小顺是自杀。”

“自杀？”阿山怔了一下，似乎不太明白。一旁的杭文治更是大为意外：自己已经告诉张海峰小顺被人捆手塞嘴的事情，怎么还能得出自杀的结论？唯有杜明强轻轻拍了拍巴掌，淡然讽道：“自杀，自杀好啊！这下大家不都没事了吗？”

这句话说得简单明了。阿山如释重负地“哦”了一声。杭文治则皱眉低下头来，若有所思。

“行了。”平哥招呼一声说，“大家赶紧商议商议，一会儿做笔录的时候统一口径，别留下漏洞。”

阿山积极响应：“平哥，你说吧，该怎么做。我们都听你的。”

平哥用目光扫了扫杭文治和杜明强：“你们俩呢？”

自从把抹布塞进小顺嘴里之后，杭文治便和平哥阿山成了一条绳上的蚂蚱，所以他此刻也点点头，没显出什么异议。杜明强则懒懒地翻着眼皮：“你们爱怎么说就怎么说吧，和我有什么关系？”

平哥知道杜明强就是这种谁也不吝的脾气。而小顺的死于他来说最为清白，所以他是有掀桌子亮底牌的资本。此前平哥也曾担心，万一杜明强较起真来可要坏了大事。现在对方这个态度倒也还好，至少没有要拆台的意思。

于是平哥便把此前他和张海峰交涉的过程一五一十都和众人说了，让大家对基本的口风首先有个把握。其中关于铅笔和绳子的问题则一再强调要尽数推在小顺身上，这样大家才能真正地相安无事。

杭文治和阿山老老实实的，平哥往哪儿说，他们就往哪儿走。可杜明强这会儿却有几句闲话要掰扯一下：“说铅笔是小顺偷走的不太合理吧？那天我和小顺搭班，他中途可没上过厕所。到时候这事闹起来，一查监控录像可就要露馅了。”

“监控录像张头他们自然能处理，这事只要你不开口就出不了岔子。”平哥一边说，一边用尖锐的目光看着杜明强。

“我明白了。”杜明强挥挥手，给了个面子似的，“你们继续吧。”

平哥干笑了两声，接着说道：“既然说小顺是自杀的，这事就不能太过突兀。我们得琢磨一些细节，证明小顺以前就有自杀的倾向，但大家又没有刻意往那边去想。”

这边杭文治和阿山想了片刻，各自提了一些主意。平哥给总结归纳起来，然后又细分给每个人，具体该怎么说就怎么说。达到既可以相互印证，同时又看不出是串供而为的效果。

这个问题解决了之后，接着便又开始商量如何编排黑子的罪名。大家既认定杀死小顺的正是黑子，对后者自然都颇为痛恨。所以虽是在行栽赃陷害之事，但各人心中却毫无愧疚之意。只不过要找到一个能够坐实的罪名又谈何容易？黑子是贩毒进来的，除此之外，别人还真不知道他身上有什么隐藏的积案。

如此讨论了半天也理不出条眉目来。最后平哥忽然一拍床板，看着阿山说道："你身上不是背着条命案吗？栽给黑子得了！"

陡然间这事被翻了出来，阿山吓了一跳，缩了缩脖子说："平哥，你小点声！"

平哥不以为然："怕什么？这里又没外人。"

阿山冲门口方向努努嘴，意思姜平还在外面把着呢，别被他听了去。

平哥"喊"了一声："那小子现在和我们是一条船上的。"

阿山苦着脸说："还是小心点好。"

"行了行了。"平哥到底还是压低了声音，"你想好了，干不干？"

阿山踌躇难决："这事弄好了倒行。我就怕弄不好，别把我给折进去了。"

"瞧你那点出息。"平哥鄙夷地瞥着阿山，"那案子都过去多少年了，还怕个屁？大家一起往黑子身上栽，怎么会把你折进去？再说了，这上面还有张头顶着呢。黑子就有一百张嘴也别想说清楚。"

阿山沉默了一会儿，自言自语说："反正我当年肯定没留下什么证据。要不然后来抢劫被抓，几个案子一并串，早该把这事翻出来了。"

"是没证据。"杜明强这时也插了一嘴，"你那个同伙潘大宝也死了，这叫真正的死无对证。"

杜明强并没有瞎说，因为杀死潘大宝的人正是他。当年他以Eumenides的身份翻查这桩积案，凭线索找出了潘大宝，然后又从潘大宝口中得知阿山涉案。但是单从案件线索上来说，的确没有能直接指向阿山的证据。

阿山看了看杜明强，虽然不清楚对方是怎么知道这些事情的，但他相信这家伙说的应该都是实情。

“你看看，这事多顺溜？”平哥趁热打铁，“只要做成功，你以后都不用再提心吊胆的了。而且这事有张头帮着办，这种机会上哪儿找去？过了这个村，可没有这个店！”

阿山眼睛一亮，看来是被最后几句话说动了心。是啊，有张海峰和自己在一条船上，这还有什么可顾虑的？想到此处，他终于一咬牙说道：“行了平哥，全都按你说的办。”

“好。那我们就统一口径，就说黑子以前吹牛的时候，说起过这桩案子。”平哥想了一会儿，又展开一些细节，“嗯，他跟小顺不是互相不服吗？小顺拿身上的杀人案子压黑子，黑子不爽了，就把这事给抖了出来。当时大家都在场，黑子说得有鼻子有眼的，不由得人不信！”

“对！”阿山觉得这个情节设计得不错。

平哥冲阿山招招手：“那你现在就是黑子。给我们讲讲那起案子吧。”

阿山知道平哥的用意，于是就把九六年那起劫杀案的过程前前后后讲了一遍。平哥和杭文治都在仔细听着，只有杜明强对此了无兴趣，他把身体往墙根里一靠，半歪着打起盹来。

平哥有些不满意了，伸脚踢了踢杜明强：“哎，你也听听，别回头做笔录的时候说得和我们都不一样。”

“得了吧。”杜明强晃着脑袋说，“这事我比你们清楚多了。”

平哥一方面拿杜明强确实没办法，另一方面也相信他确实知道很多事情，所以也不和此人纠缠，继续专心听阿山讲述。

等阿山讲完了，平哥又给理了理头绪，将众人应该掌握的口径都统一起来。确信没什么问题了，他便起身到禁闭室门口重重地敲了两下门板。

姜平在外面拉开门上的气窗，露着半个脸问道：“怎么样？说明白了吗？”

平哥信心满满地回答：“报告管教，没问题了！”

姜平把铁门打开，目光在禁闭室里扫了一圈，然后招呼平哥：“沈建平，还是你先来吧。”

平哥便出了禁闭室，一路跟着姜平又来到了张海峰的办公室，却见另一个管教李铭这会儿也在办公室里等着呢。办公桌后面并排摆了三把椅子，桌上则备好了纸笔。

姜平走到张海峰右手边的空座上坐下，三个管教构成了一个临时询查小组，正式向平哥展开了问询。其话题焦点自然就集中在小顺自杀以及举报黑子隐案这两件事上。

平哥讲完之后，按顺序又换了阿山和杭文治过来。这三人按照刚刚商讨好的台词娓娓道来，言辞间相互印证，把那两个无稽的谎话圆得浑然一体、滴水不漏。

这三人问完了，接下来便轮到了杜明强。这人来到办公室的时候态度明显与他的前几个舍友不同。他懒洋洋地站着，目光则翻来翻去的没个定向，一副心不在焉的样子。

张海峰清咳一声说道："杜明强，今天叫你过来，主要是有些事情要问问你，希望你能配合。"

杜明强瞟了张海峰一眼，拖着长腔道："还问我干什么？你们自己拿着笔录，想怎么写就怎么写吧。"

李铭本来已经攥着水笔准备开写了，一听这话不太对味，便把笔又放了下来。他求助似的看着张海峰，且看对方如何发落。

张海峰锁起眉头，斥问道："杜明强，你这是什么态度？"

杜明强嘻嘻一笑："配合的态度啊，不管你们怎么写，到最后我来签字不就完了。你我都能省点事。"

张海峰心中一阵愠怒。虽说在场的人都知道今天的问询只是在演戏，但你也不能把话挑得如此明目张胆吧？要搁往常，他早把电棍端起来了。无奈今天事态特殊，只求能平稳渡过此关就好，没必要再节外生枝。于是他只沉沉一哼，说："既然是问询，当然是你先说，我们才能记录。照你讲的我们先写，然后你来签字。这算什么？你当你是领导，请你来批阅文件的么？"

杜明强叹了口气，好像很无奈的样子："你们非得要我说？我这个人说话可没谱，如果说了你们不想听的，那你们到底是记还是不记啊？"

这番话实在说得太过嚣张，姜平忍不住了，"啪"地一拍桌子："杜明强，你……"

张海峰摇摇手，及时止住了姜平正欲发作的脾气。同时他一言不发地看着杜明强，目光中好像带着锐利的锥子一样。

杜明强迎着张海峰的目光并不躲闪，眼神中则充满了无所谓的态度。两人便这样对视了片刻，张海峰的心绪慢慢沉重起来。

按照刑警队罗飞的说法，眼前这家伙是个非常棘手的角色，所以他才有幸成为四监区有史以来守看的第一个短刑犯人。不过自从入监以来，杜明强还从未有什么出格的表现，他既不参与犯人间的帮派争斗，也从不找管教任何麻烦。他似乎只想安安稳稳地服完刑期，早日出狱。这样的犯人其实是最明智也是最好管理的。

可是今天，偏偏在这样一个关键的时刻，他却为何突然跳将出来，摆明要来触自己的霉头？张海峰仓促间想了想，似乎只有一个理由可供解释。

在今天发生的这场意外事件中，杜明强是唯一一个洞悉内情却又完全不会受到牵连的人。这样一来，当其他人开始策划权宜之计的时候，杜明强便有了拿高姿态的资本。这恐怕就是他此刻如此张狂的原因吧？

混蛋！就算我现在有求于你，你以为这就有资本来挑战我的权威了？张海峰在心中暗暗咒骂道，等这事过去了，我会让你尝到后悔的滋味！

心里恨归恨，这会儿面子上还得留着一手。张海峰想清楚原委之后便把目光收了回来，然后对李铭说："你就结合其他人的笔录写一下吧，反正他们都是一个监舍的，现在事实又这么清楚，应该不会出什么差错。"

李铭无奈，只好按张海峰的吩咐做了。笔录写完之后还要拿给杜明强签字，还真像是给领导汇报工作似的。

虽然受了点憋屈，但总算四份询问笔录都顺顺当当拿到了手里。小顺自杀、黑子另涉重案这两件事也就有了依据。事态顺着张海峰的思路发展下去，眼前的关卡应该能有惊无险地度过吧。

至于我们之间的账，以后终有清算的时候！看着杜明强被带离办公室，张海峰死死地盯着他的背影暗自发誓。

下 部

第八章 鹬蚌和渔翁

对于阿华来说，省城机场无疑是个痛苦之地。

去年的那个深秋，叱咤一方的邓骅正是在这里的候机大厅内中弹而亡，从此也拉开了龙宇集团盛极而衰的转折帷幕。而就阿华来说，邓骅之死对于他情感上的冲击远远大于此外的任何意义。因为在阿华眼中，邓骅绝不仅仅是一个老板这么简单——那是一个曾经给过他第二次生命的男人，他们之间除了主仆关系，还维系着一种超出血脉的亲情。

那天晚上，阿华眼睁睁看着邓骅倒在自己面前，那种悲伤和绝望如同融化的冰川一样，将他瞬间吞没；他更无法忘记，当时那个肇事的黑影就站在候机室高处俯视众人，像是倨傲的苍鹰俯视着草原上无处藏身的鼠兔。虽然那人用强烈的机场背光掩藏住自己的形容，但阿华却分明感觉到对方目光像刀子一样扫荡过他的全身，而他则婴儿似的赤裸裸毫无防御之力。这一幕深深镌刻在他的心底，注定将成为他一辈子的耻辱。

好在阿华并不会因为耻辱而逃避，他也从来没有畏惧过任何痛苦。耻辱和痛苦只会点燃他的怒火——复仇的怒火！

所以当阿华再次来到省城机场的时候，他的步伐仍然坚定，他的腰背仍然笔直。虽然他在这里输过一场，但只要他仍在战斗，他就相信自己还有扳回的机会。

阿华等待的航班还有一个小时才会抵达，他便在大厅内找了家咖啡馆先坐一坐。店里的客人不多，阿华挑了个靠窗的位置。这个位置不仅能看到店外大厅内的情形，而且还正对着店门，每一个进出的身影都无法逃过他的眼睛。

自从明明出事之后，阿华已有足够的理由去留意身边的任何风吹草动。好在以他多年保镖生涯积累的能力，要想自保是不成问题的。

漂亮的女服务生端来阿华点的咖啡，轻轻放在他的面前，微笑着说道："先生，请慢用。"

阿华端起杯子浅啜了一口，忽地皱起眉头。那服务生一愣，担心地询问："味道不对吗？"

阿华摆摆手，示意这事情与咖啡无关。他的眼角略略向斜上方瞟着——那里正是咖啡馆入口方向。

服务生意识到什么，便也转身向店门口看去。却见一个中年男子正从门外大步走进来。那男子看起来四十岁左右，神色镇定，步履沉稳，无论外貌和气质都颇能赢得别人的信赖和好感。

服务生很职业地迎上前问道："先生，您一个人吗？"

来人伸手一指阿华道："我找人。"说话时脚步不停。服务生一路跟着，看到那中年男子在阿华对面坐定了，便又递过菜单问道："先生，您看看点些什么？"

男子却直接把菜单往回一推："不用了，我说几句话就走。"

服务生倒也没多说什么，乖乖收起菜单退了下去。阿华则又品了一口咖啡，然后才抬起头来，正眼看了看那个不速之客，冷冷说道："罗队长，这么巧吗？"

来人正是省城刑警队新任的队长罗飞。阿华与他也算是老相识。说实话，单就罗飞这个人而言，阿华对他的印象倒不坏。只是因为省城刑警队的前任队长韩灏射杀了邓骅，阿华便对警方专案组有了整体上的偏见。再加上后来阿华一手导演了龙宇大厦的双尸凶案和韩灏之死，他和罗飞之间自然就如水火般誓不相容了。

面对阿华的冷言相讥，罗飞倒是坦然得很。他直言不讳地说道："没什么巧不巧。最近这段时间，我们警方一直都在盯着你——尤其是龙哥出车祸之后。"

对方蓦然提及龙哥之事，阿华心中难免一凛，但这种变化从他的面容上却丝毫看不出来。他甚至还微笑了一下，不退反进地问对方道："那你今天是来拘捕我的吗？"

"如果我因为这件事情来抓你，"罗飞微微眯起眼睛，反问，"那我何必要等到今天？"

阿华和罗飞对视着，带着种寸土不让的气势，然后他用揶揄的口吻挑衅着对方："那是一场车祸，一次意外。你没有任何证据能证明它不是。"

"是的，我没有证据。"罗飞在言辞上似是落了下风，可他的神态却沉稳依旧，尤其是他那双炯亮的眼睛，始终都透露出一种从容不迫的自信感。

这样的状态反倒让阿华有些摸不清虚实，他忍不住要主动出击，试探对方一下："那你现在坐到这里，你又不喝咖啡，你想干什么？"

罗飞转头看向窗外，结束了与对方的视线交锋。同时他回答说："我来找你要一个人。"

阿华的目光一挑，透出些迷惑的样子。而罗飞对着机场大厅内熙熙攘攘的人流看了片刻，又补充说道："郑佳——请你把她交给我。"

阿华完全没料到罗飞此行的目标居然是那个女孩。他用手指轻轻拨着面前的咖啡杯，沉默片刻后问道："你什么意思？"

罗飞重新把头转过来，目光已不似先前那般锐利。

"我并非在以警察的身份向你命令什么。我只是作为郑佳父亲的故友，希望她能有一个更好更安全的环境。"他看着对方说道。

感觉到自己的行为遭到误解，阿华蓦然间变得有些恼火，他"哼"了一声："你以为我会害她吗？我只是受人之托，我在照顾那个女孩……"

"我明白，"罗飞及时打断了对方的抱怨，"我知道你对郑佳没有恶意。你安排她到美国治疗眼睛，从这一点来说，你可称她的恩人。我也知道那个托付你的人是谁，我甚至知道你们之间达成了什么样的交易……"

"你想破坏我们的交易？"阿华敏感地问道。当初Eumenides获得了能证明阿华策划龙宇大厦密室双尸案的录音带，然后以此录音带为筹码托付阿华照顾郑佳。罗飞既然能猜到他们之间的交易过程，那一定会对这录音带虎视眈眈吧？他们现在都已知道，那女孩正是Eumenides心中最柔弱的阿喀琉斯之踵，罗飞现在想把她带走，莫不是要借此机会逼迫Eumenides倒戈？

罗飞“嘿”了一声，冷言道：“我有必要这么做吗？”

阿华把手里的咖啡端起来，好整以暇地品了一口，反问：“你难道不是做梦都想把我送上审判的法庭？”

“我当然想。”罗飞凝起目光说道，“但那并不是做梦，而是很快就会到来的现实。”

阿华心中一凛，他分明感受到了对面那个男人传递过来的强大压力——不过他早已习惯了在压力下生存。慢慢地把咖啡杯放回桌面之后，他直面对方吐出四个字来：“我等着你。”

“你不会等太久。”罗飞郑重其事地，像是在做出某种承诺一般。略略停顿片刻，他又延续先前的话题说道：“不过我决不会去利用那个女孩。而且我们都应该知道，那么做不会有任何意义。”

阿华点头表示赞同。Eumenides不可能屈服于任何胁迫，如果罗飞刻意去破坏自己和Eumenides之间的协定，那只会收获适得其反的效果。想清楚这一层之后，他的情绪又放松下来，便笑看着罗飞说道：“那我对你可真的没什么信心。难道你要给我定个交通肇事的罪名，然后判我个一年半载的？”

罗飞知道对方的潜台词：自己虽然捉住了Eumenides，但因为证据不足，最终只给后者判了五年的徒刑而已。面对这样赤裸裸的讥讽，他只是回以一笑，并不屑多说什么。

阿华见无法激怒对方，自己也觉得有些无趣。他再次端起咖啡，翻了翻眼皮问道：“好了，既然你此行和公事无关，就请你给我一个理由吧，你为什么要把郑佳从我这里带走？”

罗飞的答复简洁明了：“为了她的安全。”

阿华手中的咖啡杯停在了半空：“你认为我保护不了她？”

罗飞没有说话，但他默然的态度已经鲜明地体现出他的立场。

阿华哑然失笑，反问对方：“在整个省城，还有比我更好的保镖吗？”

罗飞坦承道：“就算放眼全国，恐怕都没有。”

阿华愤懑地端着那杯咖啡：“那你凭什么觉得我保护不了一个女人？”

罗飞轻叹一声：“现在情况已经不一样了。你不再是一个保镖，你是目标。如果你是保镖，你越强大，你身边的人就越安全；而当你是目标的时候，你越强大，你身边的人就越危险——你明白吗？”

阿华愣住了。这里面的道理他以前并没有深想过，现在蓦然听闻，多少令他有些茫然。

罗飞却不愿慢慢等待，他的目光忽然一闪，直接抛出了更为强力的撒手锏："想想明明吧，想想她为什么会这样？"

这句话精准地击中了阿华的软肋。后者难以承受这样的突袭，他把咖啡杯重重地摔在桌上，怒视着对方喝问："你什么意思？你想说是我害了明明？！"

罗飞轻摇着头："我说什么并不重要，重要的是事实到底是什么。"

事实到底是什么？阿华不得不顺着对方的指引想下去。

如果明明没有和自己走得如此之近，她又怎会落到这般结局？敌人如此凶狠，自己虽然足以自保，但身边的人却难免波及受伤。尤其是被自己珍惜的那些人，恐怕还会成为敌人刻意侵害的目标。自己就算有通天的本事，也不可能保护到身边的每一个人啊。

阿华又想起了不久前女主人对自己说过的那些话语，他的心越来越冷，前额却在隐隐沁出汗珠。

是的，自己足够强硬——可恰恰是自己的强硬正把身边的人拖入到一个可怕的旋涡之中。他所关心的那些人，他想要保护的那些人，难免会因此受到伤害。

究竟什么才是罪魁祸首？是旋涡本身，还是制造出旋涡的气流？

阿华用双手捧着那只咖啡杯，杯中浓褐色的液面轻轻地颤抖着，泛起一阵阵的涟漪。恍然之间，他又听到了罗飞的话语："你现在应该明白。我并不想破坏你和那个人之间的协议，相反，我是在帮助你完成协议。"

阿华控制住自己的情绪，待冷静下来之后，他问对方："那你想要我怎么做？"

罗飞看看手表："航班还有半个小时到达。你把郑佳的联系方式留给我。然后你最好马上就走，把跟着你的那些'尾巴'引开。"

阿华当然明白"尾巴"一词的含义。他转头看向窗外的机场大厅，很快便在人群中锁定了几个目标，蔑然道："这些货色，我动动小手指就可以把他们解决掉。"

罗飞略一皱眉，提醒对方："解决他们并不等于解决问题。"

阿华知道罗飞说得在理，但他潜意识里很难接受对方给自己做好的安排。略一沉吟之后，他找到了一条反驳的理由："我现在离开有意义吗？高德森的人已经看到了我们之间的会面，他们恐怕会留下专人继续盯着你。"

"的确很有可能，"罗飞并不回避这个问题，"不过这没什么不好。事实上，我还希望高德森知道现在我要保护郑佳，这样那个女孩会更安全，因为高德森的目标是你，他可不想招惹警方的麻烦。"

阿华点点头，脸色却更加严峻："不错。现在正是高德森在省城得势的时候，他一定会努力维护和警方之间的合作关系。"

罗飞听这话味道不对，立刻反问："什么合作关系？"

"你们之间没有合作吗？"阿华冷笑道，"那你们打击龙宇集团的步调怎么会如此一致？"

"荒谬！龙宇集团到今天这步境地，那是在给以前的罪行还债。高德森如果不吸取教训，迟早也会有同样的下场。合作？我们警方怎么会和这样的人合作？"罗飞愤然驳斥着对方的言论。

"随你怎么说吧。你们有合作也好，没有合作也好，都吓不倒我。"说完这些话之后，阿华伸手从上衣兜里掏出张名片递过来，"我给郑佳专门配了一名陪护医生，这是她的联系方式，接下来的事你自己看着办吧。"

罗飞接过名片，脸上难得现出一丝笑容。然后他诚挚地说道："不管怎样，就这件事情来说，我必须谢谢你。"

阿华摇摇手，并不愿接受对方的谢意："我只是在完成一个协议而已。如果你真的过意不去，就帮我把单埋了吧。"说话的同时他已起身，扔下那杯喝了一半的咖啡，头也不回地离去了。

罗飞又独自坐了一会儿，等听到机场广播中航班抵达的消息之后才埋单而去。一出咖啡馆他便拨通了名片上陪护医生的手机，和对方约定了接机会面的地点。

罗飞在约定处等待了十来分钟，目标航班的旅客开始陆续走进接机大厅。罗飞眼尖，很快就在人丛中发现了郑佳的身影，却见她双眼都缠着纱布，正在一个白衣女子的搀扶下慢慢前行。

罗飞向前迎了几步，那搀扶郑佳的白衣女子正是阿华安排的陪护医生小陈。她看到罗飞走近，便下意识地放慢了步伐。郑佳立刻感觉到了什么，她竖起耳朵倾听了一会儿，然后冲着脚步渐近的方向问道："罗警官，是你吗？"

罗飞一怔，反问："你怎么知道？"他刚才和陪护医生联系的时候只说了要来接机，还没来得及表明身份。

郑佳笑着说："我听见你和陈姐通电话了，我记得你的声音。"

"她的耳朵可灵了，而且对于各种声音过耳不忘。"小陈也在一旁附和着说道。

原来如此。罗飞释然的同时也不免惊叹。他此前和郑佳仅有过一次会面，对方居然能从另外一个人的手机里辨析出自己的声音，而且所处的背景环境还是人声嘈杂的机场，这样的听力对正常人来说还真是难以企及。

互相打完招呼，罗飞开始关心起郑佳的手术效果："现在情况怎么样？"

"手术很成功。"小陈告诉罗飞，"现在只需要静养，等着把眼睛上的纱布全部拆掉她就能重见光明了。"

"医生说我的眼睛已经康复，只是还不能一下子适应外界的光线。所以这些纱布要慢慢地拆去，每天一层，算上今天还需要三十二天。"郑佳竖起手指，依次摆出"三"和"二"的数字，对复明的强烈渴望溢于言表。

"饶先生呢？"小陈这时候想起了自己的雇主，"他说好要来接机的。"

"哦，他临时有事先走了。"罗飞随口编了个理由，一转头却见郑佳也侧着脑袋，脸上的神情好像对此很关注似的，便又多说了两句，"阿华最近都比较忙，恐怕没时间来看你们。"

郑佳"嗯"了一声，略略有些失望。她的眼睛马上就要复明，她很想把这个好消息和朋友们分享，她更急切地想要对那些帮助过自己的人表达谢意。可为什么他们总是在突然间到来，然后又在突然间不辞而别呢？

这里面更深的关系罗飞自然无法再说。他引着郑佳和小陈往机场停车楼而去，借机转移话题："我帮你在警校找了个临时住所，并且托了朋友照顾你。那个地方安全、清静，附近有医院、有食堂，一切都很方便。你就在那里安心恢复吧。"

对方如此细致，令郑佳颇为感动。女孩表达谢意之后，忽地又有一些担心："我忽然换了住所，我的朋友会不会找不到我？"

罗飞笑了："他们想找你的话，一定能找得到。"

女孩放心地点了点头。对方并没有解释为什么朋友一定能找到自己，但这个男人的话语中却有种神奇的力量，令人备感信任。

陪护医生小陈这时已完成了自己的工作。她把郑佳送到罗飞车上之后便与两人道别，自行去找阿华结算酬劳。罗飞则开车载着郑佳来到了省警校，在幽静的校园中转了半圈，最后停在了一幢公寓楼前。

已经有人在路口等着他们。那是一个柔弱俊俏的女子，大眼长发，肤色白皙，充满了江南水乡的灵秀，但她眉宇间的神态却又干练锐达，带着股巾帼不让须眉的飒爽英气。

罗飞把车停稳，自己先跳下来，然后打开后排车门搀扶郑佳。

在这个过程中，等待着的女子也走到了车门前，她帮罗飞扶住女孩的身体，同时关切地问道："眼睛怎么样了？"

"挺好的，一切顺利。"郑佳简短地回答了一句。同时她微微侧头面向那女子，似乎正在心中勾勒着对方的体态形容。

罗飞给郑佳介绍说："这是警校的慕老师，也就是我此前向你提起过的那个朋友。这段时间你就和她住在一起，她一定会把你照顾好的。"

罗飞口中的慕老师当然就是心理学讲师慕剑云。在与Eumenides交锋的时候，罗飞曾和此人共事于"四一八"专案组，并由此建立起一段超出公务的情谊。这次罗飞把郑佳接回省城，考虑到自己身为男性照料多有不便，于是就托慕剑云帮忙，后者也痛快地应承下来。她多年来一直独居在警校分配的青年公寓，倒也乐得多一个人为伴。更何况这女孩的父亲还是警界人人敬仰的老前辈。

郑佳冲慕剑云鞠了个躬："谢谢您，慕老师。"

慕剑云打趣道："不用那么客气，叫我慕姐姐就可以了。"

郑佳也乖巧，立刻便笑着改口："慕姐姐。"

慕剑云也爽朗地笑起来："好妹妹，你这一阵就陪着我吧。罗队说你小提琴拉得特别好，有空可得让我一饱耳福。"

这两人姐姐长妹妹短的，倒是一见如故了，却显得罗飞像是个局外人般。后者便清咳一声，假意发起了牢骚："哎，姐姐妹妹的，酸不酸啊？"

"有人吃醋啦——你可是罗大队长，我们想叫你哥哥也不敢啊。"慕剑云故意和对方逗趣，展示出性情中调皮的一面。

"行了行了。"罗飞无奈地咧咧嘴，"赶紧带郑佳上去休息吧，她这一路飞来飞去的，也很辛苦呢。”

“急什么？不得先吃饭啊？”慕剑云瞪了罗飞一眼，又转身挽住郑佳的胳膊，柔声道，“我早都安排好啦，旁边有家不错的馆子。你一会儿想吃什么尽管点，这顿就让罗队长埋单。”

郑佳有些不好意思了：“不要。让你们这么费心，该我请你们吃饭才是。”

慕剑云笑道：“妹妹，你客气什么？人家是领导，不宰他宰谁？”

罗飞也说：“我请我请。”然后主动跳进驾驶室，“两位女士，快上车吧。”

慕剑云扶着郑佳重新坐回车里。经过这番说笑，郑佳在罗慕二人面前已没了陌生人的拘谨。三人随意聊着，很快就到了慕剑云安排好的那家餐馆。

一顿美食之后，罗慕二人把郑佳送回警校的公寓楼，照料她洗漱休息。此刻虽然刚过午后，但郑佳从美国辗转而来，时差还没调整，所以很快便进入了甜美的梦乡。

罗飞和慕剑云此前也有好些天没见面了，这次重逢，自然也得叙叙旧。两人怕打扰郑佳，便下得楼来，并肩在校园内漫步而聊。

“要说还是你们高校教师舒服啊，”罗飞一出公寓楼就开始感慨，“这么年轻就分了房子，我们队里的小刑警可没这个待遇。”

慕剑云摇摇头说：“没你想的那么好，这只是给单身教工的周转房，结婚之后学校就得收回去了。”

罗飞“哦”了一声，趁势开起了玩笑：“你不会因为这个就一直拖着不结婚吧。”

慕剑云咬咬嘴唇，好像有些惆怅似的：“找不到合适的，跟谁结？”

罗飞本是想调笑两句的，没想到对方却认真了。这也难怪，慕剑云已经二十八了，眼看就要步入大龄女的行列，这终身大事却还看不到着落，饶是谁也得有点自艾的情绪吧？罗飞想宽慰对方几句，却又不知该如何开口，踌躇了一会儿之后才又说道：“那肯定是你自己的眼光太高啦。”

“倒不是眼光高……”慕剑云摇着头说，“我可能是……有点职业病。”

“职业病？”

“是啊，我有的时候都后悔研究什么心理学。你想，一个男人站在我面前，几句话一说，我就把他的性格特征摸了个八九不离十，以后再相处就一点新鲜感都没有了，哪还能找到那种谈恋爱的甜蜜感觉？”

“是这样啊？”罗飞不禁哑然失笑，“那你可怎么办？男人如果遇上你这样的女人，也会觉得可怕吧？”

“是吗？”慕剑云敏感地抬起头，似乎很在意对方的说法。沉默片刻之后，她忽然问道：“那你觉得我可怕吗？”

罗飞略微一愣，说：“我倒真没觉得……”

慕剑云松了口气：“那说明我现在还没法把你看透。”

罗飞耸耸肩膀，不知道这算不算是一个好评。

“说说你自己吧。”慕剑云调转矛头指向了罗飞，“你这么多年了怎么还是一个人？你都快成王老五了。”

罗飞含糊地应付着：“一个人也挺好……”

慕剑云却不愿轻易地放过罗飞，她看着对方的眼睛：“你无法忘记孟芸，对吗？”

罗飞的眼神闪躲了一下，喃喃说：“我……我不知道。”

“你不知道？”

罗飞深吸一口气，神情不再慌乱，他迎着对方的目光又强调了一次：“是的，我不知道。”

慕剑云盯着罗飞看了许久，好像要直渗入对方的心灵深处。可最终她还是无奈地摇了摇头，黯然道：“我真的看不透你，你知道为什么吗？因为你把有些东西藏得那么深，深到你自己都已经无法分辨，别人又怎么可能了解？”

罗飞默然不语，放开目光向远处看去。只是心思被触动之后，越想逃避便越是无处可逃，但觉视线所及的校园即景，那些草木楼宇，林林总总，点点滴滴，每一处都有孟芸的身影，每一处都有无法磨灭的酸甜回忆。

一时间两人都沉默着，气氛颇为尴尬。良久之后还是慕剑云先开了口，她有些生硬地岔开话题道：“最近工作上的事怎么样？有没有什么进展？”

罗飞轻轻一叹，说：“事情越来越复杂了。”

“哦？”见罗飞如此神态，慕剑云的兴趣倒真的被调动起来了，便更加仔细地追问，“上次你说什么‘龙哥’出了车祸，和阿华有关，那件事后来查明白了吗？”

"基本上搞清楚了，就是阿华设计的。他先安排了一个女孩把龙哥灌醉，然后又亲自开车炮制了那起'车祸'。"

"那怎么还不抓他？"

罗飞把手一摊，说："没有证据。就车祸本身来说是龙哥的全责，而且他自己也认可了交警部门的裁定，这样的话我们刑警队就很难入手。"

"不是还有个女孩吗？"慕剑云提醒对方，"能不能从她身上入手？"

"那个女孩叫明明，她前两周也出了意外，目前还在人民医院的重症病房里。"

慕剑云敏锐地嗅到了其中不正常的气息："意外？真的是意外吗？"

罗飞和对方交换了一个心领神会的眼神，继续说道："从表面上看起来，那的确是一场意外。事发当天是阿华的生日，明明提前来到阿华的住所，并且给对方准备生日蛋糕。但此时屋内的管道天然气莫名发生了泄漏，当她打着火机想要点生日蜡烛的时候，泄漏的燃气引发爆炸，女孩被当场烧成了重伤。"

慕剑云听完后立刻表明自己的观点："哪有那么巧的事情？一定是高德森的人干的！"

罗飞点点头："应该是如此。他们的目标原本是阿华，没想到明明会提前来到阿华的住所，所以那女孩便成了阿华的替罪羊。"

慕剑云"哼"了一声，道："这个明明助纣为虐，自己终于也没落到什么好下场。"

罗飞摇摇头没有说什么。他能理解慕剑云疾恶如仇的心情，不过他曾亲自到医院里看过明明，那女孩的惨状实在让他无法再苛责对方了。

慕剑云自己琢磨了一会儿，又说："既然阿华那边暂时找不到漏洞，不如先抓住这个案子动一动高德森。这家伙也不是什么好东西，任其发展的话，没准会成为第二个邓骅。"

"不错，从现在的形势来看，高德森的社会危害性恐怕比阿华更大。"罗飞首先对慕剑云的意见表示赞同，然后又话锋一转道，"不过这起案子也不简单，作案者是个高手。"

慕剑云兴趣更浓了，忙追问："什么手法？"

"屋内的燃气线路并没有人为破坏的迹象，入户门锁也没有被撬动过。而爆炸和大火过后，要想在屋内找到指纹脚印之类的罪证已不可能。不过案发地是个高档公寓小区，所以我一度把希望寄托在小区内遍布的监控摄像上。”

慕剑云循着罗飞的语气猜测：“结果却让你失望了？”

“室外的录像中找不到可疑人员的身影，而事发单元各层步梯间的监控摄像头在案发当天全都遭到了人为的损坏。”

慕剑云略略露出惊讶的神色：“这个人确实不简单啊！”

“嗯，他会开锁，懂得控制燃气线路，熟悉小区内摄像头分布，并且能躲过监控到达楼内。进楼之后，他没有选择便捷的电梯，这样就避免了遭遇目击者的危险。当他把步梯间里的摄像头全部毁坏之后，整个步梯通道就成为他出入和隐藏的自由走廊了。”

罗飞一边说慕剑云便一边点头，这些也都是她能够想到的。不过罗飞停顿片刻后，又道：“这些都还不是重点，此人还做了一件事情，这件事才是真正的妙招。”

慕剑云的思路已完全被罗飞所牵引，迫不及待地问：“什么事？”

“他撬开了同楼层的另一间住户，当时此户无人在家，屋内丢失了少量现金财物。当然了，他的行动同样干净利落，没有在屋内留下任何线索。”

慕剑云眨了眨眼睛，有些不明白了：“这……这是什么路数？”

“他给自己做了个保护伞。”罗飞解释说，“这样一来，万一他之前的活儿有些不干净，留下尾巴被警方抓住了，他就可以说自己的目的只是盗窃，而他盗窃的金额又很小，即使认定了罪名也不会遭受太大的处罚。”

罗飞这么一说，慕剑云立刻就领会了，轻叹道：“这家伙行事倒谨慎得很呢！”

“不仅仅是谨慎。”罗飞话里还藏着包袱，“他还对警方的办案程序非常了解，这才是最可怕的！”

慕剑云这会儿不说话了，只管看着罗飞，静待下文。后者便继续说道：“他虽然对整个小区的摄像系统非常了解并且作了充分的应对，但是警方真想要搜索他的行踪还是有办法的：首先我们应该对该小区的住户进行大规模的调查走访。不管这家伙多么狡猾，总不可能是个隐形人吧？既然他进入过小区，就难免和小区内的人有过遭遇。我们可以询问小区里的居民，在案发当天有没有看见过陌生人？只要工作做得够细，多少都能找到一些线索。借助这些线索深挖下去，向出租车司机、公交车售票员、小区附近的停车场管理员等等发布协查通告，同时调取相关街区的道路监控录像进行分析筛查，这样步步落实下去，要想把这个家伙找出来也并非全无可能。”

慕剑云咂咂舌插话道：“这个工作量可不小啊。”

“问题就在这里。要想展开这些工作，需要调动大量的人力物力，这可不是想来就来的，必须走程序，建专案组。而要想建专案组，案子本身必须达到一定的规格才行。”

慕剑云一点就透：“我明白了，故意杀人案可以，但盗窃案显然不行。”

“没错。”罗飞用赞赏的目光看着慕剑云，深感和对方交流真是一件很痛快的事情，然后他又详解道，“策划这起爆炸案的人手脚非常利落，在爆炸现场根本找不到人为破坏的痕迹，这样的话，爆炸就只能以意外事故来处理——这显然就是他想要的效果。不过有件事情对他来说颇为不利，为了不给警方留下影像资料，他必须破坏单元内的摄像系统。而这样的破坏却可以证明爆炸事件是属于有预谋的刑案。为了解决这个问题，他便又做了一起盗窃案，从而给破坏摄像头的行为打个掩护。这样一来，警方便没有充足的理由把摄像头事件和此后发生的爆炸联系在一起，从而也无法将爆炸事件定性为‘故意杀人’，专案侦查自然就无法展开。”

慕剑云皱着眉头，现在她理解罗飞为何对这起案子忧心忡忡了：能针对警方立案程序设计行凶手法，这绝对不是一般人能想出来的主意。

“看来这家伙是个老油子了。”慕剑云说到这里，思维突然一跳，“应该是个有前科的人吧？”

罗飞摇摇头：“有前科并不可怕，反倒有利于我们排查目标。我现在担心的是另一种可能……”

慕剑云隐隐猜到什么，但又不敢确定：“你的意思是？”

罗飞把话挑明了：“我担心高德森的队伍里有警方的人在帮他出谋划策。”

慕剑云沉默了一会儿，道：“这话可不能乱说……我觉得你有点武断了。”

“仅凭刚才的分析就有这种担心的话，当然是有些武断。可如果和其他的事情联系起来，恐怕就不那么武断了……”

慕剑云睁大眼睛问：“其他还有什么事？”

“邓骅死后，宋局长便开始策划一次针对龙宇集团的经侦行动，并且在三个月前正式展开。因为准备充分，这次行动给了龙宇集团沉重的打击；几乎与此同时，高德森集团也针对阿华的势力发起了全面进攻，而且他们的攻势显然也是经过精心筹划和准备的。这两件事配合得如此之好，以至于，以至于……”

罗飞话说了一半，好像很难措辞的样子。慕剑云不耐烦地催促着：“以至于什么？别吞吞吐吐的。”

“以至于阿华会认为，高德森集团和我们警方之间存在着某种合作。”罗飞终于借阿华的口把某些话说了出来。

慕剑云细细想了会儿，倒真是越想越不对劲：“难道我们的队伍里真的有高德森的内鬼？”

罗飞没有说话，只凝着目光不知在想些什么。

慕剑云可是认真起来了，她正色对罗飞说道：“这件事你得赶紧查清楚，要不然这些说法传到社会上，可要大大影响我们警方的声誉。”

罗飞看着慕剑云，莞尔一笑。后者便问：“你笑什么？”

罗飞道：“你的口吻倒像老师在教育学生。我在想，你平时上课会不会就是这副样子？”

“我和你说正事呢，你倒会乱开小差！”慕剑云看似愠怒地竖起了眉毛，心跳却莫名加快了，同时又忍不住暗想：我上课的样子真的是这样吗？他会喜欢我这样吗？

罗飞见对方立眉瞪眼的，便“嘿嘿”笑着，负起手往前方走了几步，像是要躲避锋芒似的。慕剑云不依不饶地追上去，放话去激对方：“哎，我刚才说的你听到没有？我就不信以你的能力，难道一点线索都找不出来吗？”

这一激的效果立竿见影，罗飞停下脚步，转过身说道：“线索倒还真有。”

“什么线索？”慕剑云竖起耳朵凑到对方面前，看那神态倒像是对方的学生一样。

“还是得从那起爆炸案入手——作案者虽然狡猾，但也并非无懈可击。如果我们仔细钻研他的作案手法，就有可能抓住他作案过程中的一些蛛丝马迹。”罗飞重又开始走动，但这次步履却放得极慢，同时边走边说，“之前我讲过了，凶手并未对室内的燃气线路作任何破坏。有关人员在后期勘查现场的时候，只看到燃气开关是开着的，这便很像是一起因为使用不当而造成的意外事故。”

慕剑云点点头，愈发期待下文。但罗飞却把这个话题忽然停了下来，话锋一转问道：“你能不能设想一下，如果你是这个凶手，你谋害的对象是阿华这样的厉害角色，你会怎么办？”

慕剑云想了一会儿说：“蛮干当然是不行的。就得制造出燃气泄漏这样的意外。”

罗飞又更深一步问道：“怎么制造？”

“你不是都说了吗？现场的燃气开关都是开着的，这说明凶手事先潜入室内，将燃气阀门打开，造成了大量的燃气泄漏。阿华回到家中之后，因为他不可能到厨房做饭，所以便没有发现异常。不过他肯定会抽烟的吧？凶手算准了这一点，只要他一动打火机，泄漏的燃气立刻便会爆炸。但他没想到那个叫明明的女孩提前来到了阿华的住所，成了阿华的替死鬼。”

罗飞看着慕剑云摇摇头，叹道：“看来你对燃气的性质太不了解啦。”

“我说得不对吗？”慕剑云失望地咧着嘴，然后为自己辩解说，“我是搞心理研究的，什么这个气那个气的性质，当然没有你们这些学刑侦的清楚。”

“如果像你说的去做，那么阿华回家的时候不需要动打火机，他只要一按电灯开关，电流便足以将燃气引爆。”

“哦……那不就更简单了吗？”

罗飞“嘿”了一声说：“哪有那么容易的事？阿华在刀尖上走了十多年，何等的敏锐警惕。他这一开门，满屋子的燃气扑鼻而来，他能闻不出来？这个时候还去开灯——只有愚钝的老人和不懂事的孩子才可能犯这样的错误！”

慕剑云眨了眨眼睛，心想：如果是我没准也会开灯呢……不过这话她没好意思说出来，只是在心中暗自惭愧了一下。

“当然了，凶手应该会想办法除掉燃气中的异味。”罗飞自言自语般地嘀咕了一句，又抬头问慕剑云，“对了，你知道现在的民用燃气是什么味道吗？”

慕剑云虽然天天做饭，但每次都是小心谨慎，还真不知道这燃气泄漏之后是什么味道。她愣了片刻之后，只好老老实实地摇了摇头。

罗飞便开始给对方讲解：“现在的燃气主要成分是甲烷，这个东西本身是没有气味的。不过为了保证安全，燃气公司往往会在民用燃气中刻意添加一些臭味剂，这样万一发生泄漏容易引起居民的警觉。我市燃气公司使用的臭味剂学名叫作四氢噻吩，那种气味……嗯，就和以前使用的煤气差不多。”

慕剑云以前从不知道民用燃气中的气味是刻意添加进去的，至于什么“四氢噻吩”更是闻所未闻，她也不想了解这到底会是怎样的气味，只是针对罗飞先前的话问道：“你说凶手会想办法除掉燃气中的异味，用什么办法？”

“可以利用相似相溶的原理，选择一种对四氢噻吩有着良好溶解性能的化学试剂，然后用棉花浸泡了，堵在燃气灶的气体出口处。这样燃气泄漏的时候，其中的四氢噻吩就会被试剂吸收，留在棉花团中。凶手也无须担心此举会给警方留下罪证，因为一旦起火爆炸之后，那些棉花势必会被烧得干干净净。”

“那不对了嘛。”慕剑云拍拍手，好像给自己挽回了一些面子，“既然气味能够被去除，那阿华不就闻不出来了？我先前的猜测还是有可能的吧。”

“不可能全部去除，吸收效果没有那么好的。”罗飞再次反驳对方，“而且早早就把开关打开的话，那些棉花团不久就会因为吸收饱和而失效——总之不管怎样，阿华在开门之后一定能闻出屋内的异常气味。”

慕剑云有些头大了：“照你这个说法，想用燃气泄漏的方法对付阿华岂不是注定要白忙一场？”

“有句古话你没有听说过吗？”罗飞试着提示对方，“入鲍鱼之肆，久而不闻其臭。”

这句话出自论语，原句说全了是：与不善人居，如入鲍鱼之肆，久而不闻其臭，亦与之化矣。慕剑云身为人文社会学科的讲师，自然明白这句话的意思，翻译成如今的白话便是：和品行不好的人交往，就像进入了放满臭咸鱼的店铺，久而久之就闻不到咸鱼的臭味了，这也是因为你已经习惯了这种味道，和它化为一体了。

听罗飞说出这句古语，慕剑云立刻便做出引申：“你的意思是，必须让阿华长时间地接触泄漏的燃气，这样他才会闻不出来？”

“不错。如果燃气在阿华回家之前就已经泄漏，那阿华开门后肯定能闻出来。凶手要想让计划得逞，只有等阿华进屋之后再放出燃气。当燃气刚刚泄出的时候，因为大部分的四氢噻吩已经被过滤掉，所以阿华并不会察觉到空气中细微的气味变化。随后燃气越漏越多，气味也逐渐加重，但阿华的鼻子也在慢慢适应这个过程，产生了所谓的‘嗅觉疲劳’。这样哪怕燃气积累到了足以爆炸的程度，阿华也仍然无法发觉。”

“难道凶手要等阿华回家之后再打开室内的燃气开关？”慕剑云一边说一边自我否定地摇着头，“这几乎不可能啊，以阿华的能耐，怎么可能让他得手？”

罗飞用炯亮的目光看着慕剑云：“已经快接近关键之处了，你再想想。”

慕剑云略一沉吟，忽地豁然开朗：“我知道了！他一定是事先把屋内的开关打开，同时却关闭了户外的阀门。然后他就等着阿华回来，到时候再把户外阀门打开，燃气这才开始泄漏！”

“这就靠谱了。”罗飞点头表示赞许，然后继续说道，“据我分析，凶手应该对阿华颇为忌惮，所以他不敢在楼门口监视对方何时回家。他一定是找了个僻静处，远远地看着高层的窗户，通过窗口灯光的变化来判断阿华是否已经进屋。此后明明意外出现，这严重干扰了他的判断。他以为阿华已经回来了，于是就潜回到楼层内的设备间，打开了相应的户外阀门。做完这个动作之后他的整个计划便大功告成，接下来他会远远地离开现场，以在爆炸发生之时最大限度地撇清和自己的关系。”

的确是合情合理的推论。慕剑云不再表示任何异议，然后她微微眯起眼睛，习惯性地迈入了自己擅长的心理分析领域：“等他知道炸错了人之后，不知会作何感想？”

这个问题罗飞还真没想过，对方忽然提出来，他便抓了抓脑壳应付说：“嗯，焦躁、失望……还有，恐惧吧？”

“反正他的日子很不好过。阿华饶不了他，我们的罗大警官也饶不了他——”慕剑云冲罗飞调皮地一笑，“快快交代，你在户外的设备间一定发现了重要的线索吧？”

“确实有发现。你想啊，这家伙在室内肯定非常小心，会把自己留下的所有痕迹都仔细地清理掉；不过在室外他就没那么谨慎了，毕竟那里并非案发现场，他觉得警方不会查到那里去的……”

“行了行了。”罗飞话还没说完就被慕剑云打断了，“你别说啥都先来一段分析好不好？快说你到底发现了什么！”

罗飞无奈地苦笑了一下，坦白道：“一根头发。”

“你怎么确定这根头发是凶手留下的，而不是负责维修的物业，或者某个偶然经过的路人？”

面对慕剑云的质疑，罗飞胸有成竹地说：“那根头发的某些特征还是很明显的。而且我根据这些特征，已经锁定了高德森身边的一个目标人物。”

竟然已有这么大的进展，这确实有些出乎慕剑云的意料。她惊讶地“哦”了一声，随即又问：“那你怎么还不动手？”

“我想再等等……”罗飞沉吟道，“如果现在动手的话，效果恐怕不太好。”

“怎么会不好呢？你已经有一根头发作为证据了，而且你还锁定了目标，要在小区内寻访到目击者应该不难吧？到时候人证物证都有了，再启动重案程序，还怕不能给那个家伙定罪吗？”

罗飞抬头向远方眺望着，悠悠道：“光给那家伙定罪有什么用？他又不是真正的元凶。”

慕剑云揣摩着对方的用意：“那你是想……”

罗飞转过头来看着慕剑云，非常明了地说道：“阿华和高德森，这两个人才是我最终的目标。”

慕剑云微微点了点头，以示理解。这一系列的恶性案件看起来纷乱复杂，但其核心都是围绕着阿华和高德森之间的势力争斗。如果动不了这两个家伙，外围的行动搞得再热闹，也难免会有隔靴搔痒的感觉。现在虽然抓住了爆炸案凶手的尾巴，但能不能从此人身上挖掘出幕后的大鱼尚未可知。这就是罗飞不想贸然动手的原因吧。

两人沉默了一会儿，似乎都在针对目前的形势思考对策。片刻后慕剑云又开口道：“其实也可以试一试吧。先把那个搞爆炸的人控制起来，或许能从他身上有所突破呢？即使搞不掉高德森，没准能揪出你担忧的警方内鬼——无论如何，抓上一两个人挖一挖，总比什么都不干的好，至少也能起个敲山震虎的作用啊。”

“敲山震虎……”罗飞眯着眼睛品味了一会儿，摇头道，“这只虎已经成了气候，你敲轻了，他无动于衷；你敲重了，惊动了他，放虎归山更是不妙。”

看着罗飞这副样子，慕剑云有些不满意了：“你怎么变得畏首畏尾的？一点都不果断！现在好歹找到了一个突破口，还拖着干什么？万一那家伙潜逃隐匿起来，我们可就真的一点办法都没有了，到时候又陷入僵局，你就后悔去吧。”

对方话语严厉，罗飞听了却一点都不着急，他反而意味深长地浅浅一笑，说："僵局也不是什么坏事，我现在正是不想打破这个僵局。"

"什么？"慕剑云瞪眼看着罗飞，无法理解对方是怎样的思维。

"如果现在动手，我有九成的把握可以查明爆炸案的真相并且将凶手逮捕归案；再往下挖，要揪出高德森的把握也能有五成左右。"罗飞用自信的口吻说到此处，话锋忽地一转，"可即便挖出了高德森，也不能达到我心中最理想的效果。"

慕剑云愈发茫然了："那你还想要什么效果？"

罗飞没有直接回答，反问对方："你想想看。维持现在这种僵持的局面，最着急的人是谁？如果我挖出了高德森，打破僵局，最高兴的人又是谁？"

慕剑云飞了罗飞半个白眼："你别让我想了，有什么直接说吧！"

"现在这种僵局，最着急的人不该是我们警方，而是阿华和高德森；如果能挖掉高德森，最高兴的人也不是我们警方，而是阿华。"

慕剑云品出了滋味："哦，你现在不想去挖高德森，是担心会便宜了阿华？"

"鹬蚌相争，渔翁得利。"罗飞轻声叹道，"谁不想当那个得利的渔翁呢？"

这话中显然别有隐义，慕剑云心中一惊："你要让阿华和高德森先斗个两败俱伤？"

罗飞道："现在的情形，阿华饶不了高德森，而高德森因为拆迁的事情被阿华卡住，也着急要和对方做个了断。在这个节骨眼上，警方的作用便非常微妙。不管我们先动了谁，另外一方都会坐享渔人之利；我们如果沉住气，紧紧地把这两方都盯住，那可能又会是另一种局面。"

"所以你想等。等到这两边分出个胜负，而警方只管盯准了他们之间相互戕害的证据就行。到时候不管是阿华干掉了高德森，还是高德森干掉了阿华，警方都可以把获胜者绳之以法，从而成为真正获利的渔人。"

罗飞没有说话，那态度算是默认了。

慕剑云的脸色渐渐凝重，片刻之后她问罗飞："你不觉得这样很危险吗？"

"确实很危险。"罗飞对此并不否认，"所以我会尽最大的努力，不能再让无辜的人牵连其中而受害。”这也是罗飞要把郑佳从阿华那里接来，并交给慕剑云照料的真正原因。不过这其中的一些隐情，尚不便对慕剑云明言。

“那我们要等多久呢？”慕剑云已经把自己拉到了罗飞的同一战壕中，这通过她说话时的主语称谓的变化就可以看出来。此前一直是“你”，而现在则变成了“我们”。

“等平衡被打破的那一天。”罗飞给了个并不清晰的答案，然后开始解释，“现在阿华和高德森已经势同水火，但彼此之间又奈何对方不得。这就像一个坚固的水坝，两边的水位都已经蓄得很高，绝对没有再退潮的可能；但是任何一边的水位均还不能越过大坝吞没另外一边。由此便形成了一种危险的平衡。这平衡拖得越久，两边的水位就涨得越高，大坝承受的压力就越大。当大坝终不能阻挡水势的那天，平衡就将被打破，到时候万千洪水倾泻下来，一定是个鱼死网破的结果。”

“那这两边蓄水的时候，我们就只能在一旁被动等待吗？”

“那倒未必。水位越高就越危险，这个道理显而易见。”罗飞抱着胳膊说道，“所以我们有必要采取一些办法加快平衡的破灭。”

这正是慕剑云关心的问题，她连忙追问：“什么办法？”

罗飞道：“可以在大坝上捅它一个窟窿。”

慕剑云想了一会儿不太明白，只好又问：“怎么捅？”

罗飞却不再回答，他抬起头看着天空，思绪似乎也随着那目光飘然远去了……

见对方不想说得太细，慕剑云也没有深问。而不知不觉之间两人已绕着校园走了一大圈，这时又回到了公寓楼下。慕剑云下午四点还有一节课要上，于是两人就此告别。罗飞独自上车，驶出警校往市公安局而去。

开到半路的时候，手机铃声忽然响了起来。罗飞掏出手机扫了一眼屏幕，发现是个陌生的电话号码。做刑警这行，越是陌生的电话越不可放过，罗飞便打了右转向，一边把车往路边靠一边按下了手机上的接听键。

“喂。”

对方也跟着“喂”了一声，好像没什么准备似的。于是罗飞就自报名号道：“我是刑警队罗飞。”

“是罗队长啊？”打电话的那人听声音是个成年男子，他也作了自我介绍，“我是临江派出所的所长，我姓于。”

“哦，于所长。你好！有什么事吗？”临江派出所位于省城东郊，因为罗飞刚上任不久，跟该所的所长并不熟悉。

“是这样的，尹剑在我的辖区内涉嫌盗窃，现在被扣在临江派出所。你如果方便的话，最好尽快过来一下。”

“什么？！”这样的消息实在太过荒谬，罗飞必须表示惊讶。

“也可能是有些误会吧……”于所长在电话那头倒有些不好意思了，“不过事情没弄清楚之前，我们也只能公事公办。”

“是我的助手尹剑？你没搞错吧？”

于所长尴尬地笑笑说：“这怎么能错呢？我和他又不是第一天认识。”

是啊，尹剑在省城警界也是混迹多年的人了，和下面这些所长哪个不熟？罗飞的这个问题确实有些多余。他回了句：“那好，我马上过来。”然后便挂断电话，调过头来往东郊临江派出所而去。

到了临江派出所，却见接待大厅内坐着个值班的干警。罗飞直接上前问道：“你们于所长在哪儿呢？”

值班干警打量了罗飞一眼，起身反问：“您是刑警队罗队长吧？”原来于所长已经提前给他打了招呼，特意让他在这里等着的。虽然他并未见过罗飞，但对方的气质卓然不群，所以他一下子就猜出了身份。

罗飞点头称是，那干警便在前头引路：“您跟我来吧，我们所长在询问室呢，尹剑也在那里。”

于是两人一前一后往询问室走去，快到门口的时候，却见走廊里站着两个流里流气的小年轻，一人叼着根香烟正抽得云山雾罩的。

“这里不让抽烟，”干警出言制止，“要抽到院子里抽去。”

那两个小年轻也不挪窝，只斜着眼瞥了瞥，其中一个懒懒地说道：“谁愿意在这里待着？我们都等半天了，到底怎么处理，赶紧给个说法啊。”

干警压住性子劝解道：“这不是正在处理吗？这里是办公区域，不能抽烟，请你们配合一下。”

“行，不抽了不抽了。”那人说着不抽，却又狠狠地抽了一大口，然后才将半截烟屁股随手一弹，同时嘴里嘀咕着说，“事办得不溜，臭规矩还不少。”

那烟屁股三蹦两跳的，正好停在了罗飞脚下。罗飞略微皱了皱眉，抬脚给踩灭了。值班干警看到这一幕气得够呛，但知道对方只是些提不起手的无赖，也没法和他们计较，只能转过头来冲罗飞歉然苦笑：“罗队长，您别介意啊，我们基层单位接触的人杂，没办法。”

“理解理解。我也在基层干了十多年的。”罗飞一边说一边甩脚一踢，被踩灭的香烟屁股准确地蹿进了墙角的卫生区。

值班干警不再搭理那两个年轻人，继续往前走了两步，来到了询问室门前。他抬手在门板上敲了敲，里面立刻有人应道：“请进。”罗飞辨出那正是于所长的声音。

值班干警转开门，冲罗飞做了个“请”的手势。罗飞便走进了屋内，前者却没有跟进来，只是反带上屋门自行离去了。

在罗飞进屋的同时，屋子里一个胖胖的中年男子已经迎了上来：“哎呀，罗队长吧？来来来，先坐下。”

罗飞知道这人就是临江派出所的于所长了，他和对方握着手相互客套了几句，同时目光不自禁地往屋内另外一个人带了几眼。

那人身材不高，体型偏瘦，白净的面皮让他有些文质彬彬的味道。不用说，他就是罗飞的副手尹剑了。小伙子坐在一张硬木靠背椅上，像犯了大错似的垂着头，不敢和自己的领导对视。

罗飞知道自己现在不便和尹剑说话，只能先问于所长：“这到底是怎么回事？”

“我也没整明白呢。”于所长招呼罗飞在另外一张椅子上坐了，然后开始介绍情况，“下午110指挥中心接到报警，说有人在我们辖区盗窃，被事主发现了还反抗打人。我就派所里的干警过去处理。本来这不是什么大事，我也没放在心上。但后来派出去的干警到我办公室报告说，小偷是抓住了，但那人既不交代案情，也不交代身份。我一听这话，心想：不肯交代身份，这该不是背着大案吧？赶紧过来亲自询问，谁知道见面一看，好嘛，原来是自家兄弟。”

说到这里，于所长伸手朝尹剑指了指，尹剑还是低着头一声不吭。

罗飞抓住问题的要害问道：“他偷什么了？”

“报案的事主说他入室行窃，但还没得手就叫人家给撞上了。”于所长继续看着尹剑，“我问他怎么回事吧，他也不说，只是让我先放他走，说以后再给我解释。可我也没法弄啊，人家事主还在外头等着呢。我过来把他的铐子解开都得偷偷摸摸的，要是让事主投诉了，得吃处分。”

罗飞道：“110指挥中心那里备了案的，哪能说放就放？你们没给他坐审讯椅，已经是很给面子了。”

对方不但表示理解，还很痛快地领了自己的人情，这让于所长颇为欣慰，他点点头，又接着说：“后来再问吧，他就说要见你。我这儿也没别的办法，只好麻烦你过来一趟了。”

罗飞听了个大概，知道事情的关键之处都在尹剑手里攥着呢。他便起身走到自己的助手面前：“说吧，怎么回事？”

尹剑抬头看看罗飞，又看看于所长，好像有口难言似的。

“你不是要见我的吗？我现在来了，快说吧。”罗飞催促着。

尹剑终于开口了：“我不是在偷东西，我是在执行任务。”

“我就说嘛，这里头肯定有误会。”于所长长吁了一口气，“原来在执行任务啊，你早讲明白不就行了。”

“等等。”罗飞却摇了摇手，目光仍然盯在尹剑身上，“你在执行什么任务？我怎么不知道？”

“这个……”尹剑吞吞吐吐磨叽了一会儿，道，“我是私自行动，事先没向你汇报。”

“既然没汇报，那你这能叫执行任务？”罗飞的神色明显有些不悦。

“哎，现在汇报也还不晚。说清楚就行啦。”于所长在中间打着哈哈，看来他是诚心想卖个面子，把事情尽快解决。

尹剑却不领情，他先看看于所长，然后又看着罗飞道：“罗队，这里面的事外人不了解，我只能先对你一个人说。”

怪不得他一直不肯说话，原来是有所避讳？罗飞一愣，下意识地转头往于所长那边看了一眼，却见后者正搓着手指，神色颇为尴尬。

你这可是犯了事，落在了别人的地盘上，难道还要叫主人回避？罗飞回过头来瞪了尹剑一眼，像是在责备对方不懂事。然后他正色叱道：“这里都是自己同志，有什么事不好当面说的？”

于所长在一旁摆了个姿态：“要不你们俩先聊？”不过他心里可是有些不痛快：自己和尹剑也算老相识了，今天在这种情况下见面，自己也一直客客气气的，没想到对方有事却还要防着自己，这算什么呢？所以他说归说，并没有真的要起身离去的意思。

“于所长，你不用走。”罗飞做事倒敞亮得很，坐回自己的椅子道，“让尹剑现在就说，你们该做笔录的做笔录，一切按程序来。这事你是负责人，我只做个旁听。”

“笔录就免了吧。”于所长摇摇手，又卖了个无关紧要的人情。

“说吧。”罗飞看着尹剑，口吻严厉得像是在下命令一般。

尹剑只好苦着脸坦白：“我在找阿华策划龙宇大厦血案的证据。”

“阿华？以前邓骅的那个保镖？”于所长显出吃惊的神色。这两人名头在省城实在太响，而龙宇集团半年多来发生的是是非非也吸引了太多人的眼球。可是又有几个人能想到，龙宇两个副总蒙方亮和林恒干的死亡竟是阿华一手导演的呢？

罗飞冲于所长点点头。阿华的案子还没结，这些事情本是刑警队内部的机密，难怪尹剑之前遮遮掩掩的。不过现在既已引出了话头就没必要再隐瞒什么了，毕竟都是系统内的同事。然后他又问尹剑：“找证据怎么找到别人家里去了？”

尹剑还没来得及解释，罗飞又想起什么，压低声音追问：“龙宇血案和外面那两个家伙有什么关系？”他的语气有些紧张。很显然，门外等着的两个混混就是这起事件中的当事人。如果龙宇大厦血案和他们有关，那尹剑这次未经批准的失败行动可要打草惊蛇了。

好在尹剑答道：“和他们没啥关系。只不过他们现在租的房子是以前文成宇租住过的。”

“哦？”罗飞目光一亮，似已明白了不少东西。尹剑提到的文成宇正是后来化名为杜明强的连环杀手Eumenides。当初阿华和韩灏共同策划龙宇大厦血案，韩灏暗中留了一手，录下了阿华涉案的录音资料。后来阿华虽然设局逼死了韩灏，但韩灏也把相关资料寄给了受害者蒙方亮的家人。只是谁也没料到：这卷录音又被文成宇中途劫走，并且以此为筹码换得了阿华对郑佳的照顾。现在尹剑一说他闯入的房子是以前文成宇住过的，罗飞自然能在这几件事情中寻找到联系点。他略一品味后又问道：“你怎么知道那是文成宇住过的房子？”

“这可是我辛苦淘出来的信息。我把文成宇的照片打印了好多份，然后在全市范围内让那些出租房屋的房东去辨认，最后终于被我找到了这一家。房东说照片上的人很像他的上一个房客，而且那个房客半年前莫名其妙就消失了，再也联系不上。”

“行啊。”罗飞隐隐有赞许之意，“你怎么想到这个思路的？”

尹剑道：“很简单啊。我就想，以文成宇的手段，在省城不会只有一个落脚点吧？虽然他有很多合法身份，但相貌总不能变来变去。我拿着照片挨家挨户地找，总能找出点线索来。”

罗飞点着头说：“这思路很好……”又问，“你怎么不早点向我汇报？”

尹剑解释说：“我当时想自己先找，真能找到再正式汇报。因为这种大海捞针的事情，让队里抽人手去干不太合适，倒不如先发挥我的社会关系。”

“小尹的社会关系还是不错的。”于所长插了句话。本来说是这里以他为主的，但罗飞和尹剑真的聊起来之后他却很难掺和进去。因为这两人说的一些事情他此先并不了解。现在他无话找话般的，且算是排解点尴尬吧。

罗飞也知道尹剑在省城刑警队混了这么多年，社会关系确实不错。而且这种深入基层的事情，还真得依靠社会上的人脉。不过他还是有不满意的地方：“你找到了之后也没有汇报啊？”

尹剑辩解：“我也是今天刚找到的，还没来得及汇报。”

“那你倒是来得及私闯民宅，然后叫人当做小偷给抓起来？”

“我也是迫不得已……”

“还迫不得已？！”罗飞加重了语气。在外人面前他不能袒护自己的下属，而且他也一贯不喜欢别人为错误找理由。

尹剑虽然挨了批评，但话还是要说：“是这样的，今天中午我找到了那个房东，他告诉我，之前的房客虽然消失了，但还有一些东西没有带走，这些东西他都给收拾起来存在了储物间里……”

“你觉得那里面会有文成宇劫走的录音带？”

“很有可能啊，文成宇把录音带劫走之后总得找个地方存放吧。他当时化名杜明强租下的房子被警方严密监视着，肯定是不太方便，所以存在其他出租屋的可能性就大大增加了。而他被捕又事出意外，很多关键的东西应该都没有清理。”

因为某种顾虑，罗飞并没有把郑佳和Eumenides之间的关系告诉太多人。除了和慕剑云说过之外，就连尹剑都不知情。自然尹剑更不会知道Eumenides

已经用那录音带和阿华做了交易。不过这个盲点并不影响他刚刚的那番分析。

按照正常的思路，Eumenides虽然和阿华做了交易，但他多少也要防着对方一点。所以那卷录音带很有可能还存有某个副本。如果尹剑找到的地方确实曾是Eumenides的另一个落脚点，那么录音带副本存于此处的概率还真不小！

可不管如何，私闯民宅终究是很严重的错误，所以罗飞的脸色并未缓和：“你也不和主人打招呼，直接闯到别人家里找去了？”

“一开始我是打了招呼的。我上门找到那两个新租客，告诉他们我是警察，想进屋子里找点东西。可那两个家伙却不让我进去，非要看什么搜查证。我跟他们解释了两句，他们不但不听，还口出不逊的……”尹剑呼呼地喘着气，好像余怒未消。

罗飞能想象出尹剑为什么生气。那两个混混属于没事都会找茬的类型，你以警察的身份贸然上门，结果又不能出示合法的手续，他们能有好脸色才怪。

“你肯定跟人家吵架了吧？”

“是吵了几句。”

“这有什么好吵的呢？”罗飞把脑袋偏向一边，以示不满，“你赶紧回来办手续不就完了？”

“我是想回来办手续，可那两个家伙很嚣张地说：只要我一走，他们就把那堆东西全都扔出去。你都不知道他们那副嘴脸——罗队，你要是在现场，也得被气个半死。”

“对付这种人你就不能生气。”于所长在一旁劝解道，“你要是生气，你就已经输给他们了。”

“说的是啊。”尹剑拍拍脑袋，好像在后悔自己为什么没能捺住性子。懊恼了片刻之后，他又说道，“不过当时局面已经闹僵了。我怕他们真的把现场破坏了，就没敢走。后来我到楼下想打个电话回队里，叫人过来增援。正在拨号呢，看到那两个家伙晃晃悠悠地出了楼洞。我连忙闪到一边，听他们的对话，原来是要出门吃午饭去。”

罗飞“嗯”了一声，问：“然后呢？”

尹剑撇着嘴道：“然后我就想，干脆也别叫什么增援，趁那两个人不在，我直接进屋找东西得了，免得夜长梦多。”

罗飞和于所长对视了一眼。话说到这个份上，前因后果总算都理清楚了。

再后面的事想也想得出来，肯定是尹剑偷偷进了那间屋子，结果却被吃完饭回来的两人给堵住了，双方因此发生了更激烈的冲突。那两个混混得理不饶人，便打了110报警，一定要警方给个说法。

“找到东西没有？”罗飞不再关注事情的过程，而开始询问关键性的结果。

尹剑沮丧地说：“我还没来得及仔细找……捣鼓那个防盗门锁花了太多时间。”

罗飞摇摇头，又好气又好笑。他知道尹剑曾向特警队员柳松专门学过开锁的技艺，现在看来只是学了个皮毛而已。沉吟了片刻后，他又对主人道：“于所长，你看看现在这个情况……他还确实是冲着案子去的，只是过程有点违规。”

“我知道了，这还有什么好说的？交给我处理就行了。”于所长说着话便起身走到办公室门口，开了门招呼外面等着的那两个年轻人，“哎，你们两个也进来吧。”

那两人踢踢踏踏地进了屋，也不搭理尹剑，只是上上下下地对着罗飞打量。他们在社会上混迹多年，眼力还是有的，一进这屋子便看出了现在谁才是关键人物。

罗飞转过头，不去理睬对方挑衅的目光。因为于所长已经放话交给他来处理，所以罗飞只管做一个旁观者便是了。

“今天的事情我来解释一下啊。”于所长站在那两个小伙子面前说道，“这个尹剑尹警官是我们刑警队的同志，他确实是在执行任务，因为事发突然，没有履行正常的手续，所以和你们俩产生了一些误会。这个事呢确实我们警方有不对的地方，现在道个歉，你们看可不可以？”

“到底是谁道歉啊？”两人中个子较高的那个瓮声瓮气地说道。先前也正是他把烟头弹到罗飞的脚下。

罗飞对尹剑使了个眼色，示意他抓住机会息事宁人。尹剑虽然一肚子的火气，但终究还是站起身来，冲那两人鞠了个躬说：“我向你们道歉，对不起了。”

尹剑的忍让却没有得到对方的谅解。那两个混混反而更加嘚瑟了，矮个子嘿嘿坏笑着说：“对不起？下次兄弟们犯事被你们警察逮了，是不是说句对不起就完事了？”

“你……”尹剑气得够呛，却又拿对方毫无办法，毕竟自己的辫子被别人揪着。

“算了，大家各让一步吧。把事情捅深了对你们有什么好处？”于所长劝解了两句之后，忽然问道，“对了，你们两个有工作吗？”

高个子斜着眼睛说：“有。”

于所长又问：“做什么的？”

“在晶都夜总会做外保。”高个子回答得很痛快。他难得以报案人的身份来到派出所，怎么也得端着点理直气壮的范儿。

一听是外保，于所长心里就有数了。这两人就是夜总会里养的打手，专事用非常手段来处理一些突发事件。这样的人一般不算夜总会的正式员工，这样万一惹出麻烦了有利于老板推卸责任。说白了，他们属于灰色势力中最底层的喽啰，早已习惯了破罐子破摔，难怪处理事情时会如此轻浮。

既摸清了门路，于所长开始对症下药，他悠悠一乐，道：“要不我把你们黄总找来，给你们俩打个招呼？”

所谓黄总正是晶都夜总会的总经理，这个夜总会开在临江派出所的辖区，平时少不了要打点打点警方的关系，所以于所长和这个黄总倒也熟识。

一听对方搬出了自己的老板，两个年轻人的气势顿时泄了一半，他们你看看我，我看看你，却谁也不说话了。

“行啦，本来也没什么事，一场误会嘛，不用搞得那么复杂，对不对？”于所长把这两人挂住之后，又恰到好处地铺上了一个台阶。

矮个子还是有些不甘心，梗着脖子反问：“那我们还被他打了呢，这个怎么算？”

尹剑立刻驳斥对方：“那可是你们先动手的！”

“你家里进了贼你不打啊？”

“谁是贼？”

眼看着刚刚缓和下来的气氛又在这一来一往的唇枪舌剑中急剧升温，罗飞终于坐不住了，他先瞪着尹剑呵斥了一声：“你住口！”

尹剑咬了咬嘴唇，不敢再说什么。罗飞便又转头看着那两个年轻人，沉着声音问道：“你们想要怎么算？”

罗飞的目光中像藏着根锐刺，虽然只是一闪而过，但已准确地扎在了那两人的心口。后者感到一阵莫名其妙的慌乱，双双将目光躲了开去。

“我看你们俩也没受什么伤，只当不打不相识好了，大家交个朋友。以后你们在外面混，就敢保证肯定不会和刑警队打交道？多个朋友总比多个对头好吧？”于所长说到这里，冲着罗飞努努嘴，“你们知道他是谁吗？”

那两人没说话，不过从神态来看倒是很想知道答案。

“这是市刑警队的罗队长，赫赫有名的神探，你们俩要是得罪了他，这辈子犯过的事，甭管大小，一桩桩全能给你们刨出来！”

两个年轻人低下头，这回是彻底被捋顺溜了。

于所长这一番连哄带吓，总算有了实质性的效果。接着他赶紧把先前那个值班干警叫进办公室，按民事纠纷的处理程序写了调解协议，双方各自签字，这案子便算结了。

于所长如释重负，叫值班干警去把调解协议存档，自己则有些歉然地对罗尹二人道：“罗队长，你们如果还要找证据的话得按程序来，可不能再私闯民宅了，这事我也没法帮你们的。”

罗飞很理解地说：“我明白，我们这就回去把相关手续办好。”

“听见了吗？罗队长这就回去补手续，”于所长又转头对那两个年轻人说道，“在这段时间里，你们得负责把屋内的那些物品保管好，这是你们的义务。”

那两人翻了翻眼睛，也没说什么，径自走了。他们本来想至少得讹上个两三千块的，最后却空手而归，心中自然不爽。但想想刑警队长自己确实也得罪不起，而且派出所那边话里话外又向着对方，这事便只能这样了。

只不知刑警队的人到底要在自己的屋子里找些什么，他们这种人难免会藏有一些刀具之类的违禁物品，到时候如果被搜出来反倒麻烦。再深一想，这事会不会只是个幌子？他们当外保以前就伤过人，和其他场子也有过斗殴，保不定是冲着那些事来的吧？

这两人一路走一路商讨，越想越觉得心里没底。现在对方连刑警队长都出动了，凭他们两个显然是扛不过去。于是他们一致决定要给自己的老板汇报汇报情况。

电话很快就打到了晶都夜总会的黄总那里。这黄总一听说刑警队长罗飞要去搜查自己手下的屋子，心里也觉得有点没谱。于是他一个电话又打给了临江派出所的于所长。

两人寒暄了几句，黄总很快便切入正题："听说刑警队的人在找我手下的麻烦，这到底是怎么回事？"

"纯属误会。"于所长平时和黄总的关系不错，坦言道，"他们是冲着另一桩案子去的。"

"什么案子？"黄总非得问个明白不可。

提到这个于所长倒来劲了："嘿，你知道去年龙宇集团两个副总被杀的事情吧？"

"这事谁不知道啊？这案子到现在还没破呢。"

"就和那起案子有关——"于所长神秘地说道。

"和那案子有关？"黄总颇为意外，"刑警队的人要去那屋子里找什么？"

于所长很有大聊一番的欲望，但是警队纪律让他不能再开口了，他只能用遗憾的口吻回答："不能再说了，案子没破之前这些都是机密。"

黄总也是个剔透的人，立马便顺着话茬搭道："嗨，反正找什么也都跟我无关。"他和对方又闲扯了几句，随后便挂断了电话。

那两个外保此刻已经回到了租住的屋子里。两人正准备把一些违禁物品收拾收拾扔出去时，高个子的手机响了。

"是黄总。"小伙子一边向同伴通告一边接通电话，而黄总的声音立刻从听筒里传出来："你们俩现在就到楼下等着，如果刑警队的人过来了要拦住他们，千万不要让他们进了小区，明白吗？"

高个子有些为难："他们是警察，又办好了正规的手续，我们怎么拦？"

"这个我不管。"黄总的语气急促而又霸道，"随便你们用什么办法，拦不住也要给我拖住，出什么事有我兜着。如果把警察放进去了，你们就等着死吧！"

这番话说得如此严厉，高个子禁不住打了个哆嗦。他连忙把老板的意思给同伴转达了，两个人顾不上再收拾东西，急匆匆下楼守在了小区门口。

这实在是令人为难的差事，一边是鼎鼎大名的刑警队长，一边是厉害的老板，这两边谁也得罪不起啊。两个小伙子局促不安地看着小区外的马路，只盼望刑警队那边的人不要再来才好。

等了有十多分钟，忽见一辆豪华商务车拐过街口，风驰电掣般向这边急驰过来，接近两人身边的时候也不减速。两个小伙子连忙往路边撤开，那辆奔驰车踩出一脚刺耳的刹车声，猛地停在了他们面前，随即从商务车的副驾位置上便跳下了一名高大精壮的年轻人。这年轻人往车身方向紧走了两步，麻利地拉开了后排车门。一个胖胖的中年男子便从宽敞的车后厢里钻了出来。

高个子反应快，马上又抢上一步打招呼："黄总。"原来这中年男子正是他们的老板。

黄总却顾不上搭理对方。他下车后便往侧方让了一下，冲车舱内微微躬着身体，姿态谦卑。接着又有男子从宽敞的车后舱内钻了出来，这男子大约四十多岁，身形精瘦，狭窄的脸上一副鹰钩鼻子令人过目难忘。他下车后并不急着迈步，而是四下扫了一圈，最后盯住了车旁的那两个小伙子。

"这两个人就是我场子里的外保。"黄总向那鹰钩鼻子介绍说，然后他又转头呵斥自己的属下，"别愣着了，快叫高老板！"

两个小伙子吃了一惊。高老板在城东这一片声名显赫，只是以他们两人的地位还从未有机会得见。谁知道今天这样的大人物居然来到了自己面前？他们鞠躬叫了声："高老板。"然后便局促地站在原地，动也不敢乱动。

所谓的"高老板"自然就是高德森了，他"嗯"了一声问道："那些警察来了没有？"

高个子忙回答说："还没。"

"你们两个做得不错。"高德森夸奖了一句，他的脸上一直笑吟吟的，但不知为何，旁人与他的目光相对时却总有种阴霾逼人的感觉。

在这说话之间，又有两个精壮的年轻人下了商务车，他们和之前副驾上下来的那个人分散在高德森周围，警惕地观察着周围的动静。

黄总往前迈了一步，指挥自己的下属："你们在前面带路，高老板要去屋子里找东西。"

高矮二人连忙转过身，向小区内自己的住处走去。同时心中均纳闷不已：这屋子里到底藏了什么宝贝，竟让这么多大人物竞相关注？

高德森和黄总跟在两个外保身后。副驾上的那个年轻人紧随高德森而动，同时他做了个手势，最后下车的两人便没有跟上来，他们守在小区门口，显然是接过了阻拦警察的任务。

一帮人快步而行，不消几分钟便抵达了目的地。高个子拿钥匙打开屋门，将身后的高德森等人迎了进去。

“以前租客留下的东西收在哪里？”黄总扎到屋子中间，边走边问。

高个子伸手往客厅的角落一指：“都在那个储藏室里。”

黄总走上前把储藏室的门打开，那储藏室不大，也就三四个平方米的面积，里面黑乎乎的看不清楚。于是他又问了一句：“有灯吗？”

高个子应道：“有。”另一个矮个子正好站在墙边，顺手便按下了电灯开关。

灯亮起来之后，储藏室内的情形便一目了然了。那里面的东西并不多，除了一套被褥枕头之外，还有一盆洗漱用品和两个鼓鼓囊囊的行李袋。

黄总略略地扫了一眼，然后回头道：“你们两个到楼下守着，别把警察放上来。”他只是这么吩咐，真正的目的是把这两个小子支开。毕竟他们要寻找的东西事关紧要，在场的无关人员越少越好。

高矮两人不敢违抗，赶紧退到了屋外。其实他们倒也乐得抽身而出，反正前面还有高老板的两个干将顶着，他们的任务也就是个形式而已。

待这二人离开之后，黄总便开始翻查那两个行李袋。别看他身材已经发福，但动作却麻利得很。没过多长时间他就轻呼了一声：“有了！”语调中颇多惊喜之意。

高德森神色一动，往前走上两步，却见黄总转过身来，手里拿着一只黑色的塑料袋，那袋子已经被翻开，露出了装在里面的一卷录音磁带。

高德森招招手，身后的年轻人递上一个便携式的录音机，同时黄总也把那卷磁带交到了他手中。高德森将磁带安放到位，戴上耳机，然后按下了播放键。两三分钟之后，他似乎听完了磁带里的内容，把耳机摘了下来。

黄总从高德森毫无表情的脸上辨不出名堂，便按捺不住地问道：“怎么样？”

“你自己听听。”高德森把手里的东西递给对方。黄总急吼吼地听了一遍，过程中已控制不住脸上惊喜的神情。听完之后他咧着嘴问道：“现在怎么办？交给警察还是……”

高德森摇摇手：“我当然要自己留着。”在说话的时候他的嘴角终于浮现出一丝笑意，而那笑意中却透着股令人难以描述的阴冷感觉。

第九章 密谋

经过张海峰的一番运筹，发生在四监区内的那起命案终于尘埃落定。小顺的死被认定为自杀，这大大减轻了张海峰等人的监管责任。不过即便如此，相关人员终免不了要受到一些行政处罚。对张海峰来说，最直接的后果便是他上调进管理局的机会彻底泡汤了，这无疑令他郁闷无比。

张海峰要发泄这番怨气，首当其冲的目标便是黑子，因为他认定了黑子正是杀死小顺的凶手。此事是没法深究的，不过有了平哥等人组织的供词，黑子不得不背负起另外一桩陈年命案。对当年负责此案的刑警来说，这起积压多年的案件早已成了他们难解的心病。现在终于逮到嫌疑人的踪迹，黑子又怎可能轻易脱身？而且阿山对那案件的细节了如指掌，大家凭此众口一词地指证黑子，黑子便是有一百张嘴也说不清楚了。

424监舍一下子少了两个人，气氛自然也有了很大改变。小顺和黑子都是能说能闹的，这两个人没了，监舍里便蓦地冷清下来。阿山自来话少，平哥端着身份也不会主动闲扯。另一边杜明强和杭文治则各自藏着心思，难得多语。

因为小顺的意外死亡，整个监狱展开了一场以“端正态度，恢复信心，重塑自我”为主题的教育活动，四监区更是此次活动的重点。张海峰要求每个监舍都要写一篇心得体会，在监区大会上派代表宣读，相互批评，相互学习。424监舍里数杭文治的文化水平最高，平哥便把这个任务交给了他。杭文治也不含糊，花费一个工作日的时间洋洋洒洒写了三五千字，只等在周末的监区大会上一展风采了。

到了周五，劭师傅照例来监狱里拉货。和上周一样，他还是点名要杜明强帮自己装车。杜明强又叫上杭文治，两人乐得承担起这桩别人眼中的苦差累活。因为在干活的间隙，他们还能找到机会偷偷聊上几句，讨论讨论那个渐渐迫近的越狱计划。

劭师傅这周的气色看起来不错，满脸透着红光。他一见到杜明强便重重地说了句："小伙子，谢谢你了！"旁边的管教和杭文治都以为劭师傅是因为杜明强连续三周帮自己装货而表示感谢，杜明强心中却明镜一般，对方肯定已经核实了电话银行的信息，知道那账户里确实有好几万现金可以随时转账，因此才会如此郑重地向自己道谢。

杜明强不便多说，只用眼神和对方做了交流，两人各自心领神会。等到一车货装完，劭师傅又指派杭文治清点货物，撰写交接记录。趁着杭文治和管教围着货车打转的当儿，他终于得空和杜明强聊上几句。

"小伙子，你那钱我可真的借走了，你现在反悔还来得及。"

"后悔干什么？你又不是不还我。这钱在我账户里现在就是堆废纸，到你手上可是能救命的。"杜明强一番话说得有理有情，叫人难以拒绝。

劭师傅也不再矫情，两人继续聊着，相互间的情感自然又亲近了几分。杭文治清点完货物之后看到这两人聊得如此熟络，略略有些奇怪，后来便抽空问杜明强："那个劭师傅怎么和你关系这么好？"

"我帮了他一个大忙。"杜明强一边压低声音说道，一边偷眼去看随行的管教。他们这时正推空板车经过农场区，管教饶有兴趣地看着那些轻刑犯在田地里劳作，注意力并没有放在杜杭两人这边。

杭文治忍不住追问："你帮他什么了？"

杜明强无意隐瞒，便把这事的前后经过说了一遍。杭文治听完之后沉默了片刻，说："劭师傅是个好人，你倒也应该帮他。只是咱们如果越狱出去了，以后可有很多地方都要用钱的。"

"钱只是个死物，是为人所用的。"杜明强意味深长地说道，"如果我们真的能出去，一个靠得住的朋友可比钱管用多了。"

杭文治"嗯"了一声，说："你考虑得确实比我长远。"

说话间已到了农场边缘，落在后面的管教正加快脚步往前赶。杜杭二人适时停下了话题。一行三人默然前行了片刻，穿过一个警戒哨之后，又回到了四监区的地盘上。

“听说过些天要清理大烟囱了。”杭文治看着西首边的锅炉房，忽然来了一句。

杜明强知道这事。那锅炉房是给整个监狱提供热水的，因为建在四监区之内，所以清理烟囱的任务一直由四监区来承担。这活儿不但又脏又苦，还十分危险，没人愿意干，以前只能交给表现欠佳的犯人，以示惩罚。这些天眼看又要到清理烟囱的日子，大家都在猜测，不知道这次会安排哪个倒霉蛋。

杜明强不知道杭文治为啥提起这个，便没有说话，只是向那高耸巍峨的烟囱瞥了两眼。而杭文治转头看了看越贴越近的管教，也没再多说什么。

第二天周六是亲朋探访日，没有人惦记的囚犯们则在操场上放风活动。杜明强本想趁此机会和杭文治细细聊会儿，没想到杭文治虽然没被安排探访，但一早的时候还是被管教给叫走了，料想又是去帮张海峰的儿子补习功课吧。杜明强也无可奈何，只好一个人找个清静的角落听听音乐，同时琢磨着自己的一套心思。

这天杭文治直到傍晚才回到监区，这时放风的时间已经结束，杜明强想要找到与对方独处的机会又得等下次了。而杭文治回监舍之后也没闲着，他把此前写好的心得体会拿出来看了许久，嘴唇无声翕动，默默有词，似乎正在心中润色修改。

一夜无事。到了周日，众囚犯吃了早饭便被集中带到了大教室。教室里桌椅摆得整整齐齐，最前排还设了个主席台。四监区从张海峰往下，大大小小的管教们正襟危坐，在他们脑袋顶上横拉出一个大条幅，上面用苍劲的大字写着：学习“端正态度，恢复信心，重塑自我”主题活动交流大会。

犯人们在带队管教的指引下按次序坐好。众人看着管教们面沉似水的阵势，知道今天的学习气氛与以往大不相同，于是一个个噤若寒蝉，谁也不想在这个节骨眼上触了“鬼见愁”的霉头。

等犯人们都坐定了，张海峰干咳两声说道：“今天的这个交流大会是整个第一监狱组织的一次大型学习活动。关于这个事情的背景大家也都知道，我们四监区的学员钟小顺不久前自杀了。这是一件非常令人痛心、也非常值得我们每一个人认真反思的事情！大家都是犯过错误的人，所以来到了这里。但这里不应该成为你们人生的终点，这里应该是属于你们的一个崭新的起点，你们会在这里获得新生，然后回到社会上去，重新成为一个堂堂正正的人。我很难过，钟小顺没能走完这重要的一步，他或许是胆怯了，或许是对前途失去了信心，又或许是无法原谅自己从前的过错。但无论怎样，他的自杀都不仅仅是他一个人的事情，而是我们在座每一个人的镜子。我们需要用这面镜子来反省自己，找到自己的弱点，坚强面对，让这样的悲剧不再重演。”

张海峰冠冕堂皇地说完这一大通，拿起面前的水杯喝口水歇歇气。下面的犯人们抓紧时机，非常识趣地掌声雷动。张海峰对这样的反应很满意，他伸手压了压，待掌声平息之后又继续说道：“这一周来，大家在完成劳动任务的同时，也深入开展了专题学习活动。想必每个人都有一些体会和感触要和大家分享吧？今天的这次集中学习正是要给你们这样一次机会。下面我们就以监舍为单位，由每个监舍派一名代表上台，互相交流各自的学习体会。”

张海峰说完冲台下的管教点了点头，那管教会意，便按照监舍的编号为序，首先点了一楼的101监舍上台发言。

101监舍派出的代表是个瘦小干瘪的老头。他讲了有三五分钟的样子，内容空洞，言辞枯燥，听得众人了无生趣。但台上管教的眼睛盯着，犯人们不得不摆出诚恳的态度，并不时对发言者报以热烈的掌声。

那老头下去之后，紧接着便有102监舍的代表上台，如此一个接一个，如走马灯般轮换不止。整个上午就在这样的过程中流逝，到了午饭时间，一楼和二楼的监舍都已经发言完毕，算下来却还未及一半。

张海峰摇摇手，示意台下的管教不要再派代表上来，然后他简单地总结了两句，宣布下午继续。犯人们虽然听得疲惫却不敢有任何怨言，匆匆吃了午饭，只休息片刻便又被带回了礼堂中。

交流学习继续展开。这帮犯人多半是粗鄙无学之辈，有几个能写出什么好文章来？说来说去都是那么几句套话，表了痛心表决心，直听得人耳朵都快起茧子。这一耗到了下午四点来钟，就连张海峰自己也听得不耐烦了。他坐在主席台正中，脸上保持着严肃的表情，心中却暗暗埋怨上面的领导根本不了解基层工作，只懂得搞这些纯属形式主义的思想教育。思想教育如果有用，这帮人还至于沦落到重刑监区吗？

正躁闷之间，忽听下面的管教点了424监舍的名号，张海峰对这个数字已极为敏感，一下子便又提起神来。台下一人答了声："到！"然后迈步直走向主席台，这人带着副重监区里很少见到的眼镜，不用说正是杭文治。

因为"自杀"的小顺就是424监舍的，所以张海峰对这个监舍拿出来的心得体会尤为重视，而监狱上层的领导肯定也会以这份体会书作为衡量四监区学习活动的标杆资料。看着杭文治一步步走近，张海峰的心情很踏实，他相信对方是不会叫自己失望的。

杭文治上得台来，一开口果然不同凡响。其他代表此前都是苦着脸，挤出一副沉痛不已的样子，痛斥小顺之死的负面影响和对自己的教育意义。而杭文治则另辟蹊径，从自己入监那天开始谈起，首先描述了小顺给自己留下的第一印象。在他丰润的笔墨之下，小顺被塑造成一个外强中干、既浮躁又嘚瑟的不稳定分子。然后杭文治开始分析小顺为什么会有这种那种不安分的表现，这一切源于其思想中的哪些顽疾，而这些思想顽疾又是怎样一步步侵蚀小顺本来就不甚健康的灵魂，让其在黑暗中越陷越深，最终完全背离了劳动改造的正确方向，也辜负了管教们的谆谆教导和良苦用心。这个段落逻辑完整，过程清晰，让人听完之后发自内心地感到：小顺的自杀正是其思想毒瘤不断恶化的结果，虽然管教们做了很大的努力，但终究无法改变其自我选择的命运。

这一段说完之后，杭文治话锋一转，开始剖析自己和小顺同处一室，在后者堕落过程中和对方产生过的思想碰撞。他也曾担忧小顺的未来，但由于种种原因未能及时帮助和挽救对方，最终酿成悲剧。从这一点来讲，杭文治代表424监舍的其他成员表达了深深的自责。

最后也是最出彩的段落：杭文治认识到"小顺自杀"这件事本身也具有两面性。小顺是个反面教材，但这个反面教材却可以起到正面教材也无法达到的教育效果。如果犯人们都能从小顺的例子上吸取教训，那他们将会以更快的速度走向新生。从这一点上来说，小顺的死可以坏事变好事，乃至可以成为整个监区在思想教育环节长期保留的典型案例。

杭文治这一番高谈阔论足足讲了十来分钟。张海峰是越听越来劲：这篇心得简直就是用犯人的口吻在为自己文过饰非呀。等杭文治终于把稿子念完了，张海峰忍不住当场便赞道："讲得很好！"

有了张头的表态，从管教到犯人，哪个胆敢含糊？众人一阵噼里啪啦，掌声四起，给足了台上人的面子。

张海峰赞完之后似乎意犹未尽，他抬手压住掌声，看来还有别的话要说。

掌声平息之后，礼堂内变得寂静无声。大家都在等待着张头的高见，便在此时，人丛中忽然响起了一阵极不谐调的声音。

那声音并不很响，但在这样的氛围中听来却充满了讽刺，因为那分明是一个男人正在酣畅淋漓地打着呼噜。

犯人间起了一阵小小的骚动。大家纷纷转头往声源处看去。只见发出此等声响的人正是杭文治的舍友杜明强，他微微垂着脑袋，双目紧闭，看起来已经酣睡了很久。只是此前一直有代表在讲话，所以大家并未发觉。现在众人屏息准备聆听张头的指示，这恼人的呼噜声便被凸显出来。

张海峰也没料到会出现这样的情况，他脸上的表情慢慢僵硬。了解他的人都知道，这正是他脾气爆发的前兆。

平哥和杜明强隔着杭文治的空位而坐，见此情形又气又急，便从座位下面撇出一只脚，狠狠地踢在了杜明强的小腿上。杜明强“哎”的一声，蓦然惊醒。他瞪着一双大眼睛茫然四顾，尚不知发生了什么。

有人忍不住开始窃窃偷笑。会场上保持了一整天的庄严气氛荡然无存。

杜明强意识到大家都在看着自己。他咧着嘴，手忙脚乱地从耳朵眼里取出什么东西塞进了上衣口袋，然后装模作样地目视前方，身体也坐得笔直。

但这番忙碌显然为时已晚——张海峰怒不可遏的声音已然响起：“杜明强，你给我站到台上来！”

杜明强倒也不在乎，既然张头下了命令，他便起身往主席台走去。一路上还昂首挺胸的，像是去领大红花一般。上台之后他往杭文治身前一站，也不说话。这两人一高一矮，大眼瞪小眼，活像在演哑剧。

台下的犯人们再也按捺不住，有人哄堂大笑，有人嘘声四起。

张海峰瞪圆了眼睛，眼珠子都快爆出来了。然后他大喝道：“杜明强，你这是什么态度？！”这一声中气十足，愣是把台下的哄笑和嘘声全都压了下去。犯人们心中怯怯，礼堂内重又恢复了寂静。

只有杜明强无动于衷，他就这么站着，既不说话，也不看张海峰，好像一切都与他没任何关系。

张海峰的目光往杭文治身上扫了一眼，道：“杭文治，你先站到旁边去。”

杭文治遵命让到了一边，同时深为杜明强捏着把汗。

张海峰和杜明强之间没了阻隔，他用目光狠狠地扎向对方："大家都在交流心得，认真学习监狱领导制定的学习精神，你却在睡觉，像什么话？！”因为礼堂里安静下来了，他的声音没有刚才那么大，但严厉的口吻丝毫未减。

杜明强漠然翻了翻眼皮，道："事情都没整明白，有什么好交流的？”

这两句话一出，说话者似乎漫不经心，但闻言者却有人要心惊肉跳。小顺名为“自杀”，实际却是他杀，知道这内情的除了当天处理此事的三个管教，还有424监舍的其他犯人。在张海峰的运作下，这些人共谋一气，将真相隐瞒，其目的都是想减轻自己的责任。而杜明强在其中的身份却显得有些特殊：那天晚上平哥等人折磨小顺的时候，唯有他自始至终都没有参与，所以这事的真相即使被曝光，他本人也不会受到多大牵连。或许正是出于这个原因，杜明强对待此事的态度一直就比较暧昧。先前张海峰组织众人串供的时候，别人都积极配合，而杜明强却散漫得很，当时就把张海峰气得够呛。现在他又来这么一出，话语中竟隐隐透出威胁的意思，难道他真要借着这件事的把柄凌驾于张海峰的权威之上，从此再不把对方放在眼里？

张海峰怒火中烧，但又没法去接对方话茬。毕竟此刻在台上还坐了很多无关的管教，万一那小子犯了混，哪句话真给捅漏了可就无法收拾。不过张海峰多年来身为四监区的中队长，什么样刁蛮难缠的犯人没有见过？他还真不信有人敢在自己的地盘上翻筋斗。

张海峰沉默着走下自己的座位，然后一步步踱到杜明强的面前。他的步伐很慢，但脚力却很扎实，每一步都像憋足了劲儿似的。

台上台下一片寂静，每个人都感受到一种令人窒息的压力，那压力明白无误地告诉他们，“鬼见愁”已经到了爆发的边缘。

张海峰停下脚步的时候，他几乎已经和杜明强站成了脸对脸。他深重地呼吸着，把一口口浊气直喷到对方的面颊上。这是他对付顽劣犯人常有的手法之一。在这个时候，他会把自己想象成一只野兽，而对方就是被按在坚齿利爪下的猎物。他相信那猎物能感受到自己的想法，而这样的情形必然会激起对方心底某种最原始的恐惧。

根据张海峰以前的经验，胆小的犯人会情不自禁地把身体往后缩，同时低下头不敢看他；而胆大的犯人也会瞪起眼睛看着自己，可惜因为距离太近，他只能看到自己的眼睛，却无法把握自己面部的表情。这会让对手有种踩在云端之上、难踏虚实的感觉——这种感觉是最让人受不了的。通常十几秒钟之后，对手或者会后撤，或者会躲开目光，而无论对手选择了哪种结果，胜负已分。

只可惜杜明强却与张海峰此前所有的对手都不一样，他只是站在原地，目光既没有和后者对视，却也没有刻意躲闪。他那副悠然自得的神态，就好像对方根本就不存在似的。

这就像两个高手在搏命，一个人已经利剑出鞘，另一人却视若无睹，甚至连最基本的防御都不屑去做。他到底凭什么这么嚣张？当对手的剑锋砍过来的时候，他又能如何应对？

旁观者全都屏息瞪眼，他们在等待着张海峰将这一剑砍下去。

暴风骤雨却并未如期而至。张海峰只是伸手往杜明强上衣口袋里一摸，掏出了一样东西。而杜明强的脸色却因此蓦然一变。

“这是什么？”张海峰把那东西高高举在手中，同时回过头来问自己的下属们。立刻便有个小伙子起身答道：“这个便携式CD机是刑警队罗队长带来的，里面应该还有张光盘……”

“行了！”张海峰摆摆手，打断了下属的汇报，其实这CD机和光盘的事情他早就知道，光盘的内容他还亲自审查过。此刻故意询问，只是要挑个话头罢了。然后他再次转头看向杜明强，带着丝猫捉老鼠般的笑意说道：“这是违禁物品，从今天开始，由监区管理方帮你保存。”

杜明强无法像先前那样气定神闲了，他看着张海峰，目光中明显燃起了愤怒的火焰。后者则暗自得意，知道自己这一击果然是戳到了对手的痛处。

虽然并不了解那盘小提琴曲有何背景，但张海峰早已猜到：这张音乐光盘对于杜明强肯定有着非常重要的精神意义。首先刑警队的罗飞专门送了个CD机给杜明强，这已是很不寻常的事情；而杜明强有了CD机之后，一天恨不能二十四小时都挂着耳机——这些状况都被张海峰看在眼里，记在心中。他此前不加干涉，也正是为今后可能发生的冲突留下后招。

一件你钟爱并且曾经拥有的东西，忽然被人夺走，那会是怎样的痛苦感觉？

杜明强自恃小顺之死跟他无关，于是便行事嚣张，以为张海峰拿自己也没什么办法。他或许没想到，张海峰早已吃准了他的死穴。人家根本不和你纠缠别的，直接打着监狱管理的旗号将你爱不释手的东西收缴，你能有什么办法？说到底，这里确实是人家的地盘。人在屋檐下，不得不低头，难道这句古训杜明强却忘了吗？

对方的击打如此精准，杜明强不接招是不行了。他咬了咬牙，说道："张队，这是我最心爱的东西，你不能把它拿走。"

"哦？"现在张海峰反倒变得悠悠然了，他微笑着问对方，"你这话什么意思呢？你是在请求我吗？"

杜明强摇摇头，目光变得愈发阴冷，然后他一字一句地说道："不，我只想告诉你。每个人都有最心爱的东西，你抢走了别人的，别人以后也会抢走你的。"

这句话中的威胁意味已是昭然若揭。张海峰难以理喻地"嘿"了一声，实在不明白对方到底凭什么敢和自己这样叫板。他懒得再和对方多说什么，直接把手中的CD机往地板上一摔，然后撩起大皮鞋重重地踩了上去。

杜明强发出一声愤怒的低吼，冲上前想把张海峰撞开。后者早有防备，略一闪身的当儿已顺势将腰间的电棍抽了出来。只听一阵噼啪炸响，杜明强蜷缩着倒在了地上。

"把他给我铐起来！铐成一只蛤蟆！"张海峰用电棍指着杜明强，怒气冲冲地喝道。立刻有两个管教抢上前，各自掏出手铐对付杜明强。按照张海峰的授意，这两只手铐分别将杜明强的右手和右脚铐在一起，左手和左脚铐在一起，于是被铐者就只能四肢向前蜷着，还真像是一只蛤蟆。

"还反了你了！"张海峰此刻一边咒骂，一边不间断地用大皮鞋踩踏着那只CD机。无辜的机器很快就变得稀烂，里面的光盘也支离破碎了。

杜明强发出困兽一般的阵阵低嗥，他挣扎着想要冲向张海峰，但无奈手脚都已受制，便有再好的身手也无法施展。旁边的管教只需轻轻一脚，他便像个没有支点的陀螺似的滚倒在一边了。

张海峰已经完全掌控了这场争斗的上风。他暗暗嘲笑杜明强不识时务，竟敢在四监区这块地皮上和自己叫板。现在闹到这个局面，就算杜明强把小顺之死的隐情捅出来张海峰也不怕了。他可以说这是对方故意挑衅诬告，只要424监舍的其他人不开口，谁会相信一个在学习大会上睡觉，然后又公然顶撞管教的刺头?

杜明强还在地板上翻滚挣扎着。张海峰便把稀烂的CD机踢到对方面前，然后他蹲下身，用电棍挑起对方的下巴问道:“跟我闹? 现在你满意了吗? ”

杜明强瞪着两只眼睛，眼球因为愤怒而布满了血丝。然后他冲着张海峰轻轻地说了一句话。那句话像电流一样狠狠地击中了对方，张海峰蓦地愣住，脸上露出难以掩饰的惊骇表情。短短的片刻之后，那惊骇又被令人恐惧的震怒所替代。

张海峰一脚踢向杜明强的胸口，后者弓着背，在重击下几乎喘不过气来。不过这还只是开始，噼啪作响的电棍紧跟上来，令杜明强浑身的肌肉像筛糠一样痉挛不止。他的大脑也在极度的痛苦之下变得一片空白，视觉和听觉感观都消失了，不知道接下来还发生了什么。

台上台下的旁观者们则目瞪口呆地看着张海峰像疯了一样地折磨着杜明强，用脚踢，用电棍捅，几乎没有间歇。直到他的下属们清醒过来，这才七拥八上把失去理智的队长拉到了一边。

“张头，你冷静一点。这么打会出人命的。”

“是啊，而且这公共场合的，要顾及影响。”

……

在大家的劝解声中，张海峰勉强平息下来，他指着在地板上口吐白沫的杜明强，命令道:“给我带到禁闭室去，就这么铐着，先关十天! ”

两个管教上前，连拖带架地把杜明强给弄走了。张海峰叉腰站在原地，胸口起伏不断，兀自气愤难平。

台下坐着的囚犯们面面相觑，惊心不已。张海峰“鬼见愁”的名头传了十多年了，但众人对他的畏惧多半还是精神层面上的。像这样疯狂地殴打一个犯人还真是从来没有过的事情。大家一边担忧这可怕的怒火千万别烧到自己身上，一边又在暗暗猜测，这杜明强到底说了什么，居然把张海峰气成这样?

杜明强说最后一句话的时候声音不大，台下的人是听不见的，但台上却有一人听得清楚。这人正是先前上台发言后还没来得及撤走的杭文治。

杭文治不仅听到了杜明强的话语，更重要的是，他完全明白那句话中隐藏的可怕意义。

每个人都有最心爱的东西，你抢走了别人的，别人以后也会抢走你的。

张海峰踩碎了杜明强的CD机，他以为击打到了对方最脆弱的地方。而杜明强却要告诉他，自己同样也盯准了他的命门。

杜明强说的那句话是："芬河小学五（2）班，2号楼203房，张天扬。"

即便是世界上脾气最好的男人，作为一个父亲，又怎能忍受这样一种针对自己爱子的赤裸裸的威胁？张海峰的怒火熊熊燃起，让远在数米之外的杭文治都感受到了火苗的炽烈。同时后者亦不能理解，杜明强为何要一而再、再而三地挑战张海峰的权威？最后那句导致场面完全失控的话语更是毫无必要。唯一的解释，便是那张CD对于杜明强实在太重要了，那种重要性甚至超出了他理性能够掌控的范围。

确实，无论从哪个角度来看杜明强的行为都是不理性的。他的反抗和挑衅有何意义？其结果不仅失去了心爱之物，还要面临极为严厉的惩罚。

没有人知道杜明强在禁闭室里的那十天是怎么熬过来的。他被铐着手脚，身体始终无法直立，而一些非常简单的动作对他来说也变得无比艰难。他无法抬手，难以迈步，就像是一个失去了自理能力的废人。吃饭喝水只能像狗一样用嘴去拱，想要拉屎拉尿时，褪穿裤子便成了一个天大的难题。这样的禁闭生活不仅是对身体的折磨，对精神也是一种摧残，而更重要的，则是对人格的彻底羞辱。

当十天期满的时候，张海峰亲自带人去给杜明强解禁。禁闭室的屋门打开之后，一股令人难以忍受的恶臭扑面而来。张海峰退到一边，命令两个手下进去清理。那两个管教一手掩着鼻子，一手攥着水管冲洗。水流击打着墙角那个难辨眉目的人形，将他身上的污秽以及地板上的剩饭残便冲入房间内的便池中。那人环肢而坐，任凭水柱的冲击一动不动。只有当水冲进鼻腔时，他才控制不住地呛咳几声。

"还有气啊？我还以为你死了呢。"一个管教奚落似的笑道。

"冲一下就行了。"张海峰这时走到门边吩咐说，"把他的铐子解开吧。"

两个管教放下水管，上前解开了杜明强手脚上的铐子，其中一人轻轻踢了后者一脚："起来活动活动吧。"

杜明强身形晃了一晃，想要起身却又气力不济。

张海峰略一皱眉头道："你们两个把他扶出来。"

虽然已经冲洗过一番，但杜明强周身仍然肮脏难闻。两个管教只能硬着头皮执行张头的命令，他们一边一个挟住杜明强的腋窝，同时发力将后者搀托起来。杜明强依然微微躬着背，十天的佝偻生活使他一时还难以适应正常的身体姿态。

张海峰站在禁闭室外，等着两个手下将杜明强扶到了自己面前。然后他沉着脸问道："杜明强，你现在认识到自己的错误了吗？"

杜明强艰难地抬起头，他的目光盯在张海峰的脸上，一开始是空洞麻木的，然后慢慢有了些生气，像一个刚刚从深度昏迷中苏醒过来的病人。

看着对方这副样子，就连"鬼见愁"也禁不住起了些许恻隐之心，他的语气略微柔和了："关禁闭只是教育你的手段，并不是最终的目的。最关键的是你要接受这次教训，你明白吗？"

张海峰相信对方不会不明白的。就连老虎都可以被驯服，杜明强作为一个有着辨析能力的人类，又怎会在一条死路上走到黑？先前在会场上他是一时冲动，现在经过十天的漫长折磨，他怎么也该想明白了吧？

杜明强没有去接张海峰的话语，他忽地眯起眼睛，脸上露出一丝古怪的笑容，说道："五年。"

张海峰不明白对方的意思，下意识地反问："什么？"

"我的刑期，"杜明强这口气吸得太长，把刚才呛进肚子里的水又逼了上来，他剧烈地咳嗽一阵之后，笑着把话说完，"——不过只有五年。"

那笑容像带着刃口似的，刮得张海峰的心一阵紧缩。他知道了，自己面前的这个家伙虽然连站立都很困难，但他却根本没有被击倒。在承受了非人的摧残和羞辱之后，那人没有产生任何退让的意思，所有曾凌驾在他身心上的压力全都转化成了更强烈的斗志和仇恨。

不过这样的事情也并不可怕。在四监区的地盘上，张海峰何时曾忌讳过任何囚犯？他"鬼见愁"才是这里的主宰。再凶顽的犯人也只能在他的鞭子和镣铐下苟且生存。

只是这一次张海峰忽略了一个问题，一个非常严重的问题。

眼前这个家伙并不会在这里待一辈子。他不是一个重刑犯，他的刑期只有五年。

五年的时间不会很长，当那家伙出狱之后，他们之间的形势又将怎样维持?

毫无疑问，到时候那家伙会变成一只不受任何约束的猛兽，即便自己不用怕他，可自己的儿子呢?

张天扬，这是张海峰最心爱的事物。而杜明强已经恶毒发誓要将这事物摧毁。到了猛虎归山的时候，自己五年的优势又有什么意义? 只能成为进一步激化仇恨的砝码而已。

张海峰迎着杜明强的目光，虽然他的面部表情仍然强势，但脑袋却在阵阵隐痛。在他十多年的狱管生涯中，还是第一次感觉对某种局面无法收拾。最终他只能烦躁地挥了挥手，喝道:“把他带回去，让他自己再反省反省!”

此刻正是工作时间，两个管教便直接把杜明强押回了生产厂房。看到杜明强被送回来了，原本埋头干活的犯人纷纷投来关注的目光。他们很想知道，这个敢在众人面前顶撞“鬼见愁”的家伙现在会沦落到怎样的下场。

杜明强面色苍白，眼窝内陷，下巴上则布满了乱糟糟的胡子茬，说不出的落魄憔悴; 他的身体则明显发软，要在管教的支撑下才能站稳; 湿漉漉的衣服紧贴着他的皮肤，水分蒸发持续带走他体内的热量，令他瑟瑟发抖。这一切都证明了他刚经受了怎样痛苦的十天煎熬。不过旁观者也同时清楚，这个人的精神并未被压垮。

因为他的目光仍然明亮坚定，他的双腿向前迈步的时候也没有丝毫的犹豫。他看着前方直行，像是瞄准了某个既定的目标。这目标已经深深地扎根在他的心中，没有任何情况可以让他屈服放弃。

犯人们不敢多言，只能暗自用眼神交流着心中的赞叹。监狱里是个非常现实的地方，强者永远会得到尊重。不管杜明强以前如何，在经历过这件事情之后再凶顽的犯人也得让他三分面子。

管教把杜明强送到他的工作台边，对坐在不远处的平哥说道:“沈建平，给他安排点生产任务。”

平哥忙站起身道:“明白。”

“你们监舍是怎么回事? 尽出乱子!”管教埋怨了两句，离开了。

平哥分出一堆生产原料扔到杜明强的桌子上，不冷不热地说:“回来了就好好干活吧。甭管你多牛逼，在这里也就是根鸡毛。鸡毛长再高能高得过肚脐眼?”

杜明强没搭他的茬，自己坐在椅子上慢慢地调整生息。这时又有一人走上前道："你刚刚出来，先休息休息，这些活儿我帮你做。"

说话的人正是杭文治，他一边说一边把那堆原料抓在了手中。杜明强看着他点点头，算是表了谢意。旁边的平哥"哼"了一声，倒也没有干涉。其实这会儿已经到了快收工的时候，剩余的工作量已不太多。

过了一个多小时，接近晚饭的点了。"大馒头"开始催促各个小组交活儿。424监舍有杭文治这个能手坐镇，生产任务自然不会落下。交活验收完毕，大家便排着队去食堂用餐。

杭文治本来想要扶杜明强行动的，但被后者婉拒了。经过这段时间的恢复，杜明强的衣服已经差不多干透，身上慢慢聚起些热气，脸上也有了血色，行走之间已无大碍。

抵达食堂之后，众人打了饭菜各自找座就餐。因为杜明强身上仍然有一股异味，没人愿意和他坐在一起。这倒正合杜杭二人的心意，两人远远找了个角落，可以不受打扰地聊上一阵。

杭文治首先便道："你怎么那么冲动？张海峰在这里说一不二，你何必跟他顶真呢？顶来顶去有什么好处？最后吃苦的还不是你自己？"口吻有三分责备、三分劝解。

杜明强先大口吞了一阵饭菜，趁着稍稍歇口气的当儿才冷笑道："现在说最后还太早了吧？"

杭文治一愣："你还不肯罢休？"

杜明强不回答，又开始埋头吃饭。在禁闭室那十天可是把他饿坏了，他现在急需用热腾腾的食物来补充自己的体力。

"你也是个聪明人，怎么就转不过这个弯来？"杭文治有些毛了，"就算你要报复，又何必急在一时？"

杜明强抬起头说："我没着急啊，一切等我出去之后再说。"

"这就好，我想你也不至于一错再错。"杭文治松了口气，然后又压低声音说，"别忘了我们的大事，现在这个节骨眼上，轻重缓急要分清楚！"

杜明强忽然又不说话了，目光犹疑地看向杭文治身后。后者转头一瞥，却见平哥和阿山坐在七八米开外的地方正盯着这边看呢。杭文治忙又把头转回来，道："我们聊我们的，表现正常一点，他们听不见。"

杜明强也把目光收回来，同时问道："我关禁闭这些天，平哥怎么说？"

"没说什么啊……"杭文治挠挠头，猜到对方在担心什么，又说，"你和上次黑子小顺的情况不一样。那次他们关禁闭，大家都受到连累，平哥也恨得牙痒痒；你是公然和张海峰对着干，没人恨你，大家都佩服你的胆量呢！"

杜明强不置可否地摇摇头，然后继续闷声吃饭。

杭文治的心思却始终不在吃饭上，他只略略扒了几口，便又抬头道："我搞到管道线路图了。"

"嗯？"

"监狱地下管道的线路图。"杭文治重申了一遍，语调虽低却难掩兴奋，"有了这份线路图，我们的计划就可以向前推动一大步了！"

杜明强往嘴里塞了一口食物，一边咀嚼一边含糊不清地问："你怎么搞到的？"他心里非常惊讶，但表面上却一点也看不出来。

对比杜明强的表现，杭文治意识到自己有些失态了。他稳住心绪，摆出很正常的用餐姿态，边吃边说："前两天监区要清理烟囱，没人愿意去，我主动报名去了。"

这事在杜明强关禁闭之前杭文治就提过，杜明强当时感觉到其中会有些玄机，但也没细问。现在对方再次提起，他一下子便猜到些眉目，问："你爬到烟囱上画图去了？"

杭文治笑而不语，有种默认的意思。

站在烟囱顶上居高临下，的确能把整个监狱的地形构造尽收眼底。杜明强也不得不对杭文治的思路深感赞赏。不过随即他又觉得有些问题：想画出地下管道的线路图，必须把地表的那些井盖一个个找出来才行，而且还得分辨出不同管道的井盖标记。站在一百多米的高空，这需要多好的眼力才能完成？就凭杭文治这个近视眼，怎么也不可能啊！

"烟囱那么高，地面上的东西你能看得清楚？"杜明强把心中的质疑提了出来。说话的同时他把筷子头插到自己脖领子后面挠起了痒痒，慵懒的神态与他的言辞内容完全不在一个调上。

杭文治用筷子在菜盆里扒拉着，眉头深锁，好像对饭菜的质量很不满意。他嘴里说的却是："你还记得我的另一副眼镜吗？"

这个杜明强倒是记得。杭文治入狱的当天就打碎了自己的眼镜，后来他托朋友从监狱外捎眼镜进来，那朋友一下子带来了两副。杭文治平时戴一副，另一副好像一直就在床头边放着。

不过他们此刻讨论的事情和眼镜会有什么关系?

杭文治不待杜明强追问，又继续说道:“那是一副老花眼镜。”

杜明强心中顿时明了。他把筷子从脖领里伸出来，说道:“你自制了一个望远镜。”

杭文治用筷子轻轻敲了下饭盆的边缘，以此代替点头的动作。

杜明强的猜测完全正确，那天杭文治登上烟囱之前已经把眼镜做了调整。他当时戴的眼镜由两个不同的镜片组成:一个镜片是他一直佩戴的正常近视眼镜所用的凹透镜片，另一个则是从老花眼镜上摘下来的凸透镜片。登上烟囱之后，杭文治用这两个镜片以及从车间里带出来的纸壳胶水做了一个望远镜。

杜明强既然懂得望远镜的制作原理，对其中详细的制作步骤就无须多问。他深知只要有了那两种镜片，其他的制作环节对杭文治这个高材生来说根本不在话下。而杭文治既登上了烟囱，手中又有望远镜这样的利器，整个监区的地容地貌还不是尽在掌握?

这一番的筹划运作实在精彩。杜明强叹服之余，微笑道:“原来你让你朋友捎来眼镜的时候，心中就已经有了越狱的计划了。”

杭文治吃着饭道:“当时确实有想法，不过还没这么详细。那会儿我只想偷偷做个望远镜，看看远处办公楼那边的情形。后来办公楼那边去的次数多了，越来越熟悉，已经不需要用望远镜偷窥了。我们定了从地下通道出去的策略之后，我才想到要去烟囱顶上看看。”

杜明强沉默了一会儿，又说:“那么高的烟囱，能看到不少东西吧?”

杭文治说:“不光是监狱里面，监狱外面也能看见。现在我已经想出了一整套的计划，包括怎么从办公楼逃到监区外面。我想和你讨论讨论。”

杜明强能感受到对方那种跃跃欲试的心态。不过他此刻却放下筷子，用衣袖擦了擦嘴说:“吃完啦，我们该走了。”

杭文治抬头看看四周，发现大部分犯人都已经用餐完毕，正在门口排队交还餐具。这会儿如果他们俩还坐着喋喋不休，难免会让敏感的人有所猜忌。所以他虽然憋了一肚子的话也只能先和着剩饭咽回去。

杜明强等杭文治把饭吃完，两人各自端盆加入了食堂门口的大部队。途中闲聊几句，与越狱相关的话题自然只字不提。

晚饭过后是一段自由活动时间。不过这个“自由”是有限度的，范围仅限于那幢监室小楼之内。有兴趣的囚犯可以去一楼活动室看看电视，那电视只能收到中央一台，每天七点准时打开，播放的节目则是几十年来雷打不动的新闻联播。

这些犯人以前在外面的时候有几个会对新闻联播感兴趣？但进了监区之后娱乐生活实在贫乏，看电视便成了他们劳累一天之后的难得调剂，对播放什么节目也没得可挑。所以每天晚饭后活动室里里外外都能挤满了观众。

杜明强和杭文治却和普通的犯人不一样。他们在入监之前就关心各种时政新闻，现在失去自由，更不会放弃这唯一能获得外界信息的机会。两人每次都是早早来到活动室，占个好座位从开始一直看到结束。

今天也不例外，虽然心中藏着心思，但看新闻的当儿两人还是全神贯注的。到了八点钟，新闻联播和随后的焦点访谈都播完了，便有值班管教进来大喊一声：“行了，晚活动时间结束，都回监舍里待着去吧。”

虽不情愿，犯人们也只能各自散去。值班管教拿着一大串的钥匙，从一楼开始，一个监舍一个监舍地查过去，先是晚点名，没什么异常就关门落锁。监舍内的犯人们便只能在封闭的环境中等待新一天的到来。

杜明强和杭文治上到四楼，远远就看见424监舍亮着灯光。他们知道平哥和阿山都是不喜欢看电视的人：平哥爱玩纸牌，有闲暇时间就在监舍内摆弄；阿山则是藏着案子，没事很少往人多的地方扎。杜杭二人也没在意，等走进监舍的时候才发现屋内的气氛有些不对。

平哥今天没在玩牌，他手里拿着张纸，正聚精会神地看着。他的姿态非常怪异，脖子僵硬地竖着，好像视线很不舒服似的。阿山则坐在平哥对面，一见杜杭二人进屋，他的目光立刻直直地射过来，脸上的神色阴郁不定。

杭文治首先心一沉，暗暗叫了声“不好”。他知道平哥的视线为什么会不舒服，因为在对方的鼻梁上正破天荒地架着一副眼镜。

平哥何时戴过眼镜？更加头疼的是，那副眼镜正是自己平时放在床头的“备用品”。

“眼镜啊？你这是什么玩意？才多大年纪你就老花眼了？”平哥这会儿转过了头，他把鼻梁上的眼镜卸到右手把弄着，嘴角则挂着一丝讥讽的笑意。

“平哥……”杭文治绞着脑汁解释说，“这是我朋友弄错啦。我让他帮我带两副眼镜，结果他把我父亲的老花眼镜也拿过来了。”

“哦，那你朋友可真够糊涂的。”平哥说完又晃了晃左手拿着的那张纸，问，“这是什么？”

那纸约比半张试卷略大一点，从材质上看正是车间里用来制作纸袋的原料。纸的一面被铅笔完全涂满了，乌黑乌黑的，另一面则乱七八糟地写着很多算式，中间还用圆圈标标点点，像是一份计算草稿。

杜明强注意到那纸向着乌黑的一面有明显卷曲，心中一动，猜测那应该也是杭文治用来制作望远镜的原料。其用途便是卷曲起来可当做望远镜的镜筒，因为纸质过于洁白平滑，实际使用的时候会产生反光，对观测效果影响很大。所以杭文治才用铅笔把向内卷的那一面全给涂黑了。

不过这样的东西用完之后为什么不及时处理掉，反而要留在监舍里授人以柄？杜明强甫一困惑，随即便又释然：杭文治在烟囱上观测到监狱地形和管道布局，总得想办法记录下来。这张纸的另一面想必就藏着他绘制的地图了，那些看似混乱的算式和标记中必然隐藏着相关的信息。

事实也正如杜明强所料，杭文治的确是将监狱地形和管道图绘在了那些算式和标记里。也正因为有了这样的掩饰，所以他才敢把这张地图压在监舍的床垫下面。而应对质疑的说辞他自然也早已想好，当下便对平哥说道：“这纸是我干活的时候用来磨铅笔的。后来张头让我辅导功课，我又在反面打了很多草稿。”

平哥把眼皮一翻：“你在厂房里算算不就行了，把这纸带回监舍干什么？”他的言下之意是既然铅笔不让带出厂房，把稿纸带出来有什么用？

“这不是晚上有空了就可以看两眼，理一理思路嘛。”杭文治说得轻描淡写的。

平哥把那张纸又翻来覆去看了一通，明知有蹊跷却又说不出个所以然。不过他也不着急，“嘿”地干笑一声说：“生产原料也不能随便往外带啊！一会儿正好交给管教处理。还有这老花眼镜你也用不着吧？也该上交了！”

这一招真是点到了杭文治的死穴。如果真把这些东西交给管教，他此前的努力可就付之东流了！而且管教之中不乏有知识有文凭的人，很有可能会看破地图的玄机，后果不堪设想！

杭文治头皮一阵阵发紧，仓促间又没有好的对策，只能用半劝半求的口吻说道："平哥……你这又何必……"

平哥冷眼观察着杭文治的情绪变化，道："什么何必不何必的？为了这些无关紧要的东西，犯不着坏了监区的规矩。"

杭文治转头看看身旁的杜明强，眼神中似有求救的意思。杜明强也深感此事颇为棘手，他知道平哥既然已经嗅到了腥味，那不咬出一口血肉来是决不会罢休的。斟酌片刻之后，他上前一步说道："平哥，这些东西最好留着，以后对大家都有用……"

杜明强这话说得含糊，表情却神神秘秘的，令人充满遐想。这其实是他故意营造的缓兵之计，先把对方的胃口调起来，只要混过了迫在眉睫的晚点名这关，便有时间慢慢琢磨对策了。

平哥追问："有什么用啊？说出来我听听。"

杜明强皱起眉头，向监舍外瞥了一眼，压着声音说："现在不太方便，等管教过去了再细聊。"在他们这番交锋的当儿，值班管教已经来到了四楼，很快就会一路查到424监舍了。

平哥阅历深厚，略一品味便看破了杜明强的用意。他已占着上风，岂肯把主动权轻易交出去？无论如何今天都要把这两人搞的秘密解开。现在管教渐渐迫近，正是给对方施压的好机会。

抱着这样的想法，平哥冷笑一声："不方便说？这事门子还挺大啊？我更不能兜着了。阿山，去把管教叫来！"

阿山只听平哥的吩咐，当下便跑到监舍门口大喊了一声："报告！"

值班管教正在四五个监舍之外，有些不耐烦地应道："什么事？"

阿山不知该怎么说，又回过头来看平哥，平哥用眼睛扫着杜明强和杭文治，等待两人最终的决定。

杜明强和杭文治交换了一下眼神。事情到了这个地步已经难有缓和的可能。他们面临着两种选择，要么死不开口，等平哥把东西交给管教，再另想办法和管教周旋，这样能不能蒙混过关且不说，至少他们越狱的计划肯定是夭折了；要么就告诉平哥真相，赌平哥会站在自己这边，真要越狱时也好多个帮手。

在这瞬息之间实在是难以决断。监舍内忽地静默一片，四人都不说话，只有目光在相互间流转着，擦起阵阵火花！

“问你什么事，怎么又不说话了？”屋外值班管教一边喝问，一边往424监舍步步走来。

平哥悠然地搓着手中的那张纸，不管怎样，他现在稳居不败之地。而杭文治和杜明强已经不能再等了，终于，就在管教的身影出现在监舍门口的那一刻，杭文治咬牙说道：“这是监狱地图，留着它，我们都有出去的机会！”

虽然杭文治说话的声音极轻，平哥听来却禁不住一震。他早已料到这张纸里必定藏着玄机，但绝想不到竟是这样一个天大的秘密。他无法像先前那般气定神闲了，握着地图的手紧张地攥了起来，目光则直直地盯住了杭文治。

杭文治和平哥对视着，毫无躲闪之意。现在该是对方来做决断的时候！

值班管教已经来到了阿山面前，阿山还是愣愣地不说话。管教纳闷地喝了句：“你吃哑巴药了啊？！”然后把阿山推开，冲着屋内喊道：“沈建平，怎么回事？”

杜明强也在看着平哥，被夹在这场旋涡之中，他暗暗捏着把汗，杭文治策划越狱的决心如此坚定，现在舍命一搏，而平哥又会做出怎样的选择呢？

和重监区大多数犯人不同，平哥曾经毫无出狱的欲望。不过如今时过境迁，外面那个可怕的对头已经死了，他的人生目标会不会有所改变呢？

在令人窒息的压抑气氛中，平哥终于给出了答案。他站起身对着管教笑道：“我安排阿山晚上把厕所刷刷，他觉得分配不公，想让管教帮着评理。”

管教不满地挥了挥手：“这点屁事也拿出来说！都是一个监舍的，多干点少干点有什么关系？”

阿山咧着嘴见风使舵：“我现在想明白了，没意见了。”

“那就好。你进去吧，我先给你们这屋把名点了。”

阿山回到监舍内。管教拿着名册开始点名，点到平哥的时候他问了句：“你手上拿的什么东西？”

平哥回答：“眼镜的草稿纸，他不是帮着张头的公子辅导功课吗？”

管教点点头，便没在意。等这四个人的名字都点完了，把监舍门一锁，自去其他监舍例行公事。

耳听得管教走远了。平哥冷冷说道：“你们想越狱？胆子不小啊。”

阿山还不清楚发生了什么，听到这话猛然间吃了一惊，目光在杭文治和杜明强身上骨碌碌转个不停。

杭文治叹了口气，这事本来至少还能瞒着阿山，现在也瞒不住了。

平哥看出对方所想，冷笑道："你们俩做的这事，瞒得过初一，还能瞒得过十五？大家都在一个监舍里，还是早点把话说敞亮了吧。"

杭文治无奈地看了杜明强一眼，却见后者缓缓地点了点头。平哥这话说得确有道理，大家在监舍内朝夕相处，有人想要越狱的话怎么可能瞒过其他舍友？这四人之间如果不能达成同盟，那终有一天会走成生死之敌。这事早点暴露出来，也未必没有好处。

"那好吧，"杭文治好像也想通了，"现在大家都是一根绳子上的蚂蚱……"

"谁跟你们一根绳子了？"平哥打断了杭文治的话头，他晃了晃手里的那张纸，"我现在把地图交给管教，照样可以立功减刑，我凭什么要蹚这浑水？"

杭文治被噎住了，他看着平哥，不明白对方到底什么意思。

平哥这时却看着阿山，问对方："阿山，你说该怎么办？"

阿山沉默了片刻，说："我被判了二十年，就算减刑，也得再待个十多年才能出去。况且……"后半句话阿山欲言又止，在他看来减刑显然没有越狱的诱惑大，其中一个重要的原因是他身上还背着个命案，只要在监狱待着就得提心吊胆的。

平哥"嗯"了一声，不置可否。此人用心极深，他把越狱的事情透露给阿山，然后又拿着姿态，其实目的都是一个：就是要先摸清阿山的态度。别自己迫不及待地冲进去了，却被阿山在背后来上一刀。

"阿山，跟我们一块儿干吧。就算不成功，也能落个痛快。"杜明强适时地劝了两句。他很清楚，现在的局势必须先把阿山拉过来再说。

阿山点点头，算是同意上船了。

杜明强便道："平哥，就看你了。"

"看我？"平哥嘿嘿一笑，把话扔了回来，"我得看你们。"

杜明强皱起眉头，不知道对方还在耍什么心机。

却听平哥又接着说道："先说说你们的计划吧。"

杜明强略一沉吟："等熄灯了之后再说。"

平哥抬头看了眼屋顶的监控摄像头，道："也好。"一屋子聚在一块儿议事，被管教看见了恐怕要引起疑虑。

话说到这份上便告一段落。众人先散去，摆出一副熄灯前正常的监舍状态。在看似平静的气氛中，每个人的心中却都不平静。

杭文治最为忐忑，他趁着杜明强在卫生间洗漱，假借上厕所凑到对方身边，低声道："这么急就把计划告诉他们，合适吗？"毕竟平哥还没表态，如果他是存心要套两人的话，那可不坏了？

杜明强一边刷牙一边苦笑着回答："不光要说，而且说得越详细越好。你还不明白吗？你的计划好不好，直接影响到平哥的决定。"

杭文治恍然领悟：这个老狐狸行事真是谨慎圆滑。他还没有把话说死是因为对自己的计划并不放心，所以他要先听完自己的描述再做决定。如果这计划可行性不高，他转头就会向管教举报。如此看来，自己只能将已有的谋划和盘托出，别无他法。

终于耗到了熄灯时刻，监舍内四人重新凑到了一块儿。他们在黑暗中轻声低语，讨论着一个不可告人的秘密。

在熄灯之前，平哥仔细研究了那份图纸，但看来看去却看不出个所以然来。所以他一上来就问杭文治："你那张纸上乱七八糟的，真的是地图？"

杭文治点头说："是地图。"

平哥把那纸摊平在桌上："你给我讲讲看。"

杭文治借着月光，用手在纸上指点着说："这纸上每个圆圈都代表了一个管道维修井盖。不同类型的管道我用不同的数字标记在旁边作为区分。有了这张图我就能推导出整个监狱地下管道的分布情况，如果我们有机会进入地下就不会迷路了。"

平哥又仔细看了看，终于琢磨出了味儿："哦，你们想从地下出去？"

"从地下不可能直接跑到监狱外面，因为管道内会有阻隔的铁栅栏。"杭文治解释说，"不过我们可以通过这些管道进入办公楼，然后再想别的办法出去。"

"别的什么办法？"平哥追问。

一旁的杜明强也凝神关注，傍晚吃饭的时候杭文治自称已经有了一整套的方案，包括怎么从办公楼跑出监狱，他对此当然很感兴趣。

杭文治却忽然反问："你们谁知道监狱外是什么样子？"见平哥等人面面相觑，他又补充道："我是说监狱外面的地形地貌。"

"这他妈的谁知道？到这儿的人都是被关在大墙里面的。"平哥往地上啐了一口唾沫，催促道，"你丫别卖关子，赶紧说。"

"监狱的东边是一片大湖。"杭文治在地图上比画着，他所指的位置画着几条波浪线，原来是表示湖水的意思。

"是吗？"平哥显得非常谨慎，他将信将疑地问道，"你怎么搞到的这个图？"

"我自己画的。"杭文治把自制望远镜和登上烟囱绘制地图的经过又讲了一遍。

平哥听完之后信了："我就知道你小子那么积极去扫烟囱，中间肯定有名堂。嗯，继续说吧。"其实杭文治的备用眼镜有鬼他也早知道了，因为每个人从外面捎进来的东西他都翻查过一遍。老花眼镜和近视眼镜的区别他懂，不过对制作望远镜什么的就一窍不通了。为了避短，他就没提这茬。

省城本来就水网密布，监狱围墙外有个大湖也不算稀奇，不过这个湖对杭文治的计划能有什么帮助？在杭文治讲述绘图过程的当儿，杜明强一直盯着纸面上的那些波浪，试图破解对方的思路，但他想来想去却没什么突破，只好继续听对方解释。

"你们看，"杭文治的指尖在地图上挪了个位置，那里画着几个方框，像是研究几何问题留下的草稿，"这一片是办公楼群。一共由十五幢楼组成，布局非常复杂，一般人进去之后就转不出来。不过我们不用担心这个，因为我们会从地下的管道过去。现在我想说的是最南边的这幢主楼，它面向监狱大门，横跨东西，是整个楼群中最大的一幢。"

平哥等人各自点头。事实上每个犯人都对主楼印象深刻，因为那正是他们踏入监狱之后见到的第一幢建筑。那楼高大宏伟，令初入监狱的犯人不由会产生一种森严的压迫感。而在这主楼的背后，则是一片由鳞次栉比的小楼组成的复杂迷宫。

杭文治轻轻地咳了一下，目的是引起众人的注意，因为他接下来要说到重点了："我们可以从主楼顶上往东跳出围墙。"

众人一愣，平哥更是摇着头道："你开玩笑吧？"

杭文治的表情却认真得很："围墙高六七米的样子，加上墙头的电网，总共也不超过十米。而主楼一共是九层，高度接近三十米。我们从楼顶往东边跳，只要能越过围墙，就可以落进墙外的大湖里——大家游泳都没什么问题吧？"

在水乡长大的男人很少有不会游泳的。不过平哥"哼"了一声，根本不愿搭理对方这个话题，只道："我问你，主楼距离东边的围墙有多远？"

"根据我的目测，大概是二十五米左右，误差不会超过两米。"杭文治很有把握地说道。他是做市政设计的，对距离和长度、高度等有着职业性的敏感。

平哥气不打一处来："一下子跳出二十五米？你以为我们都是超人？"

杭文治用手指在地图上划了两下，说："主楼楼顶到围墙电网间的高度落差在二十米左右，要想在这个落差上水平跳过二十五米的距离当然不可能，监狱当初在设计的时候也不会留下这么明显的安全隐患。不过我们可以利用工具。"

看着对方胸有成竹的样子，平哥又重拾信心，问："用什么工具？"

杭文治吐出两个字来："旗杆。"

"什么？"众人脸露困惑，好像都没太听清。

杭文治详细地说："主楼楼顶用来挂国旗的旗杆。"

众人这回听明白了。主楼楼顶确实杵着那么一根杆子，杆子顶上常年飘着国旗。遇到节日活动什么的，有时还把犯人们都组织到室外搞个升旗仪式。那主楼本来就高，再加上旗杆的高度，国旗升起来全监狱的人都能看到。利用这旗杆就能从楼顶跳出围墙了？大家一时间还是难觅思路。

"那旗杆大约有十米高，"杭文治又列了一个数字，然后说道，"我们可以把它卸下来，抬到楼顶的最东侧。那旗杆有个四方的底座，正好可以卡在楼顶边缘的围栏缝隙里。这样把旗杆的主体部分从围栏里伸出去，相当于把楼体向东边延伸了十米。"

平哥的脑子跟着转了两下，能想象出杭文治描述的情形，然后他狐疑地问道："你要让我们走到旗杆的顶部，然后再往围墙那边跳？"

杭文治哑然失笑："这当然不行，我们又不是杂技演员。要是一失足掉下去了，这不直接就执行了死刑？"

平哥便追问："那你什么意思？"

杭文治道："我们可以准备一根十米长的绳子，一头扎在旗杆的顶部伸到楼外，然后我们抓紧绳子的另一头，从楼顶往下跳。"

平哥若有所悟地眯起眼睛："像荡秋千那样荡出去？"

杭文治的手指在地图上轻轻一敲，说："没错。"然后他又详细解说，"旗杆长十米，我们拽着绳子往下跳，这就形成了一个钟摆运动。按照理论计算的话，当我们荡到杆顶正下方——也就是钟摆运动的最低点的时候，我们会获得一个水平向东的运动速度，这个速度的大小在十四米每秒左右。这时我们如果把手松开，紧接着就会做一个平抛运动。而我们松手的位置距离围墙电网还有十米的高度落差，这个落差会消耗一点四秒的下坠时间。在这一点四秒内，我们在水平方向上会获得一个二十五米的位移，加上此前钟摆运动的时候向东已经移动了十米，这样我们已经远离主楼边缘总共有三十五米，足够跨越到围墙之外了。"

平哥对这番计算并不甚解，但他的脑子里却出现了一幅图画，形象地演示出钟摆运动和平抛运动这两个紧密衔接的过程。在他的想象中，以十米的旗杆为支点悠荡起来，主楼和东侧围墙之间二十五米的距离还真不是什么难以逾越的鸿沟。

杜明强这时提出一些质疑："你没有考虑阻力吗？到时候水平运动的速度应该达不到十四米每秒。"

杭文治微微一笑："这个问题我考虑过了，实际情况肯定比你想象得要乐观。在这个季节，本市盛行的风向一贯都是由西往东的。所以风越大对我们的计划就越有利。而且我保留了十米的富余量，即便行动当天风很小也不会让计算结果发生本质性的变化。"

杜明强点点头。只要没有逆风，这个思路看起来没什么问题了。

阿山在一旁听了半天了，思维渐渐入戏。他也凑进来问道："那个旗杆好卸吗？"

杭文治道："旗杆底座是通过螺母固定在楼顶的，只要有扳手就能卸开。"

平哥立刻皱起眉头："你怎么知道的？"就算杭文治自制了一个望远镜，也不可能在烟囱上面看到主楼楼顶的螺母吧？

“我上楼顶实地考察过，趁着给张天扬辅导的机会。”杭文治解释说，“那天张头去监区巡视，我布置张天扬做一个测验，自己则借口上厕所，从卫生间的通风管道爬到了楼顶。正是那天我看到了东侧围墙外的大湖，也初步有了利用旗杆跳跃围墙的计划。”

既然是实地考察过，那应该是比较靠谱了！平哥相信杭文治没有瞎说，因为此事合情合理：后者连续几周去给张天扬辅导功课，他既有越狱之心，自然会利用这个有利条件进行勘察。

“扳手从哪里搞？”平哥接着又问。

杭文治说：“主楼楼顶有个设备间，里面会有工具。”

不错，高层建筑的楼顶一般都有设备间，里面必然会存有一些常用的维修工具。平哥独自琢磨了一会儿，觉得此事还真是可行。不过他城府极深，脸上一点不显，只阴沉沉地对杭文治说道：“你把你的整个计划，从前到后，再给我详细地捋一遍。”

杭文治知道平哥要做最终的决断了，他认真地理了理思路，然后说道：“我们事先要准备三根长绳子，两根十米多一点的，一根二十米长的……”

阿山插话问：“要这么多？”

杭文治很确切地说：“要，这倒不是什么难题，我们可以在行动之前把监舍里的床单被褥撕破，系成一长串就行了。”

平哥不满地瞪了阿山一眼：“你别打岔，先听眼镜说完。”阿山便不敢多言。

杭文治接着往下说：“准备工作完成之后，我们可以选择一个合适的夜晚展开行动。首先从卫生间的通风管道上去，经由通风井到达楼顶。这个过程一定要非常小心，因为整个楼的通风管道都是相通的，我们在管道内发出一点点声响都有可能惊动其他监舍的犯人，甚至是楼内值班的管教。到达楼顶之后就要用到第一根长绳子了。监舍楼的西北角是监控的盲区，我们趁着探照灯扫过的间隙，从那里顺着绳子溜到楼下——四层楼，十二三米的绳子足够了。我选择这个角落下楼还有一个重要的原因：在不远处就有一个雨水井盖。我们要用最快的速度进入地下雨水管道，因为在地面多停留一秒钟，就多一分被岗楼哨兵发现的危险。”

平哥在心里盘算了一下，探照灯扫过一次的间隔大概在一分钟，四个人鱼贯而下，时间应该是够的，不过这事情会留个尾巴："那根绳子怎么办？完事了就这么挂在墙角？"

"只能这样了。"杭文治说，"我们离开之前可以在绳子底部拴个砖头，这样绳子不会被风刮得飘起来，哨兵离那么远，多半注意不到。"

平哥皱起眉头，显然是觉得不妥。一旁的杜明强也摇着头说："绳子不能留下，这个风险太大了。"

"不能留下怎么办？"杭文治无奈地把手一摊，"我们都下来了，上面的绳子没法解开啊。"

杜明强略想了一会儿说："有办法的，我们用二十米长的那根绳子围成一个圈，套在楼顶阳台钢筋上，大家把着绳圈溜到楼底，然后解开圈子上的一个结扣就可以把绳子抽出来了。"

阿山赞道："这个方法好。"

杭文治更是心悦诚服地感慨："的确是好方法……我怎么没想到呢？这样的话二十米的那根绳子可以做得再长一点，而十米多的绳子就没必要准备两根了。"

唯有平哥不露喜色，他冲杭文治挥了挥手："继续吧。假设我们已经顺利进入了雨水管道。"

"根据这张管道路线图，我们可以通过地下雨水管道穿过整个农场，直达办公主楼的东北角。这里有两个相隔不足五米的雨水和通风井盖。"杭文治一边说，一边用手指点着地图上相应的位置，"我们从雨水管道出来，立刻就可以钻入通风口中，而通风口和办公主楼的地下管道层是相通的——这就意味着我们已经能顺利地进入办公主楼了。"

"然后呢？怎么到达楼顶？还是从通风井上去？"

"九层楼，爬通风井难度太大了。我们就从步梯上去。虽然楼道里肯定有监控，但只要我们别触发了声控电灯，监控就拍不到什么东西。况且办公楼并不是值班管教盯防的重点。"杭文治略略一顿，又道，"不过这里可能会有一个问题，就是管道层和主体楼层之间的门应该是锁着的。我们得想办法把这扇门撬开。"

杜明强立刻为他宽心："这个不成问题的。"旁边的阿山也道："这点活儿谁都干得了，一根牙签就解决了。"

杭文治露出苦笑——他倒忘了自己身处何地，这种溜门撬锁的事还能难得住这帮大爷？自己尴尬了一番，又接着往下说：“到了楼顶之后就是我讲过的情况了。把旗杆卸下来，那根十米多的绳子一头拴在旗杆的顶部，另一头连上另一根二十多米的绳子，然后把旗杆卡在楼顶东侧的栏杆上，大家依次用荡秋千的方法跳到围墙外面的大湖里。前一个人抓住两根绳子的连接处跳，后一个人则要攥紧二十多米长的绳子尾部，这样前一个人跳完了，后一个人可以把绳子牵拉回来。”说到这里，杭文治转头看着平哥，用眼神告诉对方：我说完了。

平哥琢磨了一会儿，慢悠悠地说道：“你讲了这么多，看起来路子都通。我倒想问问你，你这一整套的计划里已经没有缺陷了吗？”

杭文治听出平哥言外之意，不过他自己倒真不觉得话中还有什么漏洞，便直截了当地说：“请平哥指教。”

“我们出去之后怎么办？一个个浑身上下湿漉漉的，穿着号服，剃着光头，从湖里游到岸边已经筋疲力尽。而巡查的警卫很快就会发现我们留下的旗杆和绳子，随之而来的就是一场大搜捕，这荒山野岭的，你觉得我们该往哪里逃？能逃多远？”

“这个……”杭文治语塞了，他还真没想过这些问题。

“必须有人来接应我们。”阿山也认识到这个问题的严重性，他用期待的眼神看着平哥，“平哥，你想想办法，你外面那么多兄弟……”

平哥哼了一声：“外面兄弟多有什么用？我能把越狱的事情告诉他们吗？平时探访都有管教盯着，来往书信也要接受检查，这事根本没法弄。”

确实是没法弄——阿山失望地摇摇头。杭文治也不说话了，这盆冷水结结实实地浇在了他的头上。

在一片静默的气氛中，最终打破僵局的人还是杜明强：“找人接应的事交给我吧，我来安排。”

杭文治眼睛一亮，平哥则冷言追问：“你怎么安排？”

杜明强叉着手指说道：“现在每周过来拉货的劭师傅，我和他关系很好。下次再见面的时候，我会说服他帮我们接应。”

平哥“嘁”了一声：“这种吃官司的事情，你说帮就帮了？人家日子过得好好的。”

“我帮过他一个大忙。”杜明强微笑道，“他不会拒绝我。”

平哥还是不相信：“不拒绝你？他不举报你就不错了！”

杭文治也觉得这事没谱。杜明强和劭师傅关系是不错，工作的时候有说有笑的。但再怎么样大家的身份还是有本质区别。人家是守法公民，怎么可能参与到几个重刑犯的越狱计划中来？

阿山这时提了个建议：“过两天不又拉货了吗？让他先去试试劭师傅的口风，没准真行呢。”

平哥冷静下来想了想，好像也只能这样。毕竟现在要找接应，除了这个劭师傅，他们还能指望谁？于是他又多问了一句：“你帮过他什么忙？”

到了这个份上，杜明强也没什么好隐藏的，坦言道：“劭师傅心脏有病，没钱做手术，我拆兑了几万块给他。”

杭文治立刻作证：“对，他心脏是不好。而且不是小毛病呢！”

“哦？”平哥沉吟着，“这么说来，你帮这忙倒有救命的意思。”

杜明强还是那副稳当当的派头，不急不躁，只说：“让我去试试吧。不行再想别的办法。”

“那你就去试吧。”平哥终于松口了，“你对他有恩，即便他不乐意，也不至于把这事捅出去。”

把这件事又商量完，能聊的暂时都聊透了。监舍四人便耐心等到周五。这天下午劭师傅前来拉货，杜明强和杭文治两人自然又承担了这个任务。而他们今日此行还有一个更重要的目的：策动对方成为越狱计划中的接应人。

根据事先商议好的策略，杜杭两人在干活时保持正常状态，以免让监工的管教起疑。只是到了最后清点货物的时候，杭文治故意出了个小差错，使得清点下来的数目与实际走库的数目不符。管教便有些着急，认真地盯着杭文治又清点了一遍。在这个过程中，杜明强把劭师傅拉到一边闲聊起来。

这一番折腾了十来分钟，总算把货物理清楚了。确定是杭文治犯的错误，管教便埋怨了他几句。杭文治当然唯唯诺诺不敢反驳，心思却在关注着不远处的杜劭二人。只见那两人肩并肩站在车头附近，好像聊得很投机的样子。杭文治心中一宽，隐隐觉得有戏。

管教数落完了，道：“行了，过去交接一下，收工吧！”杭文治便过去把货单交给了劭师傅。劭师傅接了也没细看，直接扔进了车窗里，然后一边和诸人挥手道别，一边钻进了驾驶室。

借着那汽车发动时的噪声掩护，杭文治问杜明强："怎么样？"

杜明强道："没问题了，回去细说。"

杭文治大喜，如言不再多问。那卡车驶向监狱的大铁门，杜杭两人也转身推着运货的板车，跟着带队管教回监区而去。

到了晚上熄灯之后，424监舍的四人又凑在一块儿。杜明强把下午和劭师傅交流的情况给大家做个通告："我已经说服了劭师傅。他愿意帮我，不过我只告诉他是我自己要越狱，没提你们的事。"

阿山一听有点着急："那我们怎么办？"

杜明强淡淡一笑，道："你们只管跟着一块儿去，但我之前不能说，我要是说了你们，这事很可能就成不了。"

平哥明白杜明强的意思。他点点头道："不说也好。先让他上了这条船，到时候就由不得他了。实在不行的话，我们就把车抢过来。"

杜明强却道："必须要抢车，这是计划的一环。"

平哥等人都看向杜明强，不是很理解这句话的意思。于是杜明强又详细解释说："行动的那天晚上，劭师傅的车因为出了故障，不得不停在监狱外的湖边进行修理。这时我们四个正好从湖里游上来，抢了他的车，把他捆起来扔在湖边的草丛里。"

杭文治恍然轻拍手掌："这个方法好，劭师傅不用受到牵连。"

平哥也道："嗯，我们自己开车走，省得留下个尾巴让警方咬着。"他原本甚至想过必要的时候杀了劭师傅灭口，不过碍着杜明强在中间，这事恐怕不太好办。现在杜明强这般安排把劭师傅给洗白了，后者还能帮着和警方周旋周旋，倒也不错。

却听杜明强接着说："我让劭师傅在车里备了些现金和几套工作服。到时候我们把车开出市外，找个偏僻的地方弃了，然后分了现金和衣服跑路。接下来大家就各走各的，自求多福吧！"

众人听完这话都默不作声，料是在想接下来自己该如何行事。这天下虽大，但要躲开警方天罗地网般的搜捕又岂是易事？可是无论如何，能逃出监狱之外已属万幸。以后的路能走成啥样，真的要看个人的造化了。

片刻之后，平哥打破沉默问道："你们有没有商议好哪天开始行动？"

“暂定在下个周五，免得夜长梦多！”杜明强顿了顿，又道，“万一有什么变化，下周装货的时候还能有一次和劭师傅商议的机会。”

“别再变化了，就在下个周五！”平哥做出拍板的手势。这种事情商议好了就不能拖，而且监舍现在还空着两个床位，万一安排了新囚犯进来，那又节外生枝了。所以必须越快越好！

阿山和杭文治也没什么不同意见。接下来四人又针对行动中的细节部分进行了商谈。他们都是心思缜密之辈，一轮轮地磨下来，计划也越来越完备，几无滴水之漏。不过这种事情谋事在人，成事在天，真到了实施的时候能有百分之五十的成功几率就不错了。大家都清楚这种局面，但他们每个人也都有要为之一搏的理由。

平哥在监狱中蛰伏了多年，本来已无意再涉江湖。但外面的世界忽然间风云变幻，一直压制着他的邓骅居然死了。这让平哥沉寂已久的内心又悸动起来，他要出去，趁着自己还没有老去，他要重新打出一片天下。

阿山则没有平哥那样的雄心壮志，他越狱的原因就是想保住自己的一条命而已。因为只要困在监狱里，那桩积案就是他永远无法挣脱的枷锁。前一阵他把那案子栽赃在黑子身上也是冒险之举。张海峰那边当然会把这事操作得死死的，但复审的权力终究在刑警队那边。到时候搞不好还会弄巧成拙，引火烧身！所以现在有机会逃走，无论如何也要试一试！

杜明强要越狱的理由看起来不那么充分。毕竟他是这四人组里唯一的短刑犯，越狱这事带给他的风险和收益似乎不成比例。平哥对此也曾有过质疑，杜明强却只是笑而不语。后来平哥也不多话了——不管这小子什么目的吧，有他作为同伴总比作为对手要好得多。如果问多了，他忽地改变主意可大大的不妙。

作为这次行动的发起者，杭文治越狱的决心自然最为坚定。他蒙冤入狱，被判了无期，而家中老母亲又重病不起……这一切都足以让人深信：只有越狱才是他冲破压力的唯一出路！

这一夜没人睡得踏实。计划既确定下来，便意味着他们已然没有退路。一个星期之后，他们的命运必将走向一个转折点。是天堂，还是地狱？每个人都在这番难卜的猜测中辗转反侧。

好在第二天是周六，没有生产任务，所以前夜休息不好对大家也没什么影响。只有杭文治看起来要苦恼一些，当别人放风活动的时候，他却被管教叫走了。个中原因早已不是什么秘密，定是张海峰又叫他去给自己的儿子辅导功课。

杭文治随管教来到张海峰的办公室，张天扬果然已在等着自己。于是两人便即开始讨论这一周攒下来的疑难习题。张海峰对杭文治已足够信任，他特意去监区巡视了一趟，以给两人创造清静的学习环境。

临近午饭的时间，张海峰带回了三份工作餐，大家就在办公室里吃完。吃饭的同时张海峰检查了一下儿子的学习进展，情况令他颇为满意。于是他便用奖励的口吻对儿子说道："一会儿吃完饭你自己去前面院子玩会儿吧。不准调皮捣蛋，也不准往后院监区那边跑。"

张天扬欣然欢呼，三口两口把饭扒拉完，一人下楼玩耍去了。等儿子走了之后，张海峰对杭文治说道："有些情况我要向你了解一下。"

"您说。"杭文治放下手中的筷子，身体坐直。

张海峰"嗯"了一声，继续吃自己的饭，同时很随意地问了句："杜明强这两天的情绪怎么样？"

杭文治无声地笑了，反问："您何不直截了当地问，他心里是不是仍然充满了仇恨？"

这话准确地点中了对方的心思。张海峰一怔，抬头看向杭文治，后者居然也直愣愣地看着他，目光毫无避讳。

张海峰的脸色有些变了，他慢慢地咀嚼着嘴里的饭菜，半晌之后才沉沉问道："你什么意思？"

"那天在礼堂里，我听到了杜明强对您的威胁，我也很了解杜明强是个什么样的人。而且我还知道，"杭文治眯起眼睛，语气中透出些调侃的意味，"您害怕了。"

张海峰万万没想到对方竟会说出如此放肆的话语，他勃然大怒，把筷子往桌上一拍，咆哮道："杭文治，我看你是聪明过头了！"

杭文治却并未被对方的态势吓倒，他悠然将身体靠向椅背，道："我并不聪明，只是您不太明智而已。我如果是您，就绝不会去招惹杜明强这样的人。他是个短刑犯，和其他犯人是不一样的，您在这里再厉害，也治不了他多长时间。"

"我治不了他？！哈哈！"张海峰怒极反笑，"好，就算我治不了他，我治不了你吗？我就奇怪了，你们一个个凭什么这么张狂？难道你也忘了，你自己是个什么身份？！”

“我很清楚自己的身份。”杭文治把眼镜摘在手里把玩了一会儿，然后他竟然对张海峰说，“您治不了我。”

张海峰瞪大眼睛看着杭文治，像是在看一个从未认识过的陌生人。就在这短短的几分钟之内，此人的神态和气质已经有了翻天覆地般的变化，现在他正从桌上拿起一张餐巾纸擦拭着镜片，那悠闲的态度就像是个在办公室里喝着咖啡的白领。张海峰实在无法理解，这个素来卑微懦弱的苦囚，他这番悠闲的资本到底从何而来？

杭文治把眼镜擦完重新戴好，他的目光似乎也因为镜片的洁净而清亮了许多。然后他开始解答张海峰此刻的困惑。

“您应该知道，我是因为抢劫罪进来的。”他用一种平淡的口吻讲述着自己的故事，“有个女人，她欠了我很多钱。我找她索要的时候动了刀子。因为我对此前的债务关系无法举证，所以才被定了这么重的刑期。”

这些事情张海峰当然知道：也许这小子是有点冤，可现在还说这个有什么用呢？你已经到了这里就该认命，好好适应新的环境才是正途。他的目光长时间驻留在杭文治脸上，怀疑对方是不是心理压力太大，以至于脑子出了点毛病。

不过杭文治显然有别的想法。他忽然笑了笑，道：“如果有一天这女人承认她欠过我的钱，那我的罪名就不能成立了，对吗？”

张海峰终于听出些名堂，猜测道：“那女人悔悟了？”

杭文治抬手推了一下镜框，说：“您想得还是有些简单。事实上是我控制着那个女人，我让她报警，警察才来抓我；同样，如果我让她翻供，她就会翻供，然后我就能从这里出去了。”

对方说得越明白，张海峰却越糊涂。他只觉得云里雾里的，混沌一片。

而杭文治还在喋喋不休：“所以你治不了我，就像你治不了杜明强一样。”

“你们做假案？”张海峰暂时只能得出这么个结论，他的脑子飞速地转了片刻，渐渐沉下心来，他知道自己不能总跟着对方的思路走，这样太被动了，必须稳住阵脚展开反击。想到这里，他便冷冷地说道：“我要向相关部门进行通报。不管你怀有什么目的，请先离开我的监狱，这里只收留应该收留的人。

你和那个女人之间的事，去跟刑警队的罗飞说去吧。”

“如果我真的见到罗警官，那我要说的可不止这一件事。”杭文治把身体往前凑了凑，压低声音道，“我还想说说小顺的死，还有你加在黑子身上的那起命案。”

张海峰的心一沉。他知道自己碰上了一个难缠的对手，不幸的是，自己的软肋已经被对方攥在手心。而另有一件事情更加可怕：他至今也不清楚这只披着羊皮的狼到底想干什么。

“你为什么不问问我的目的？我为什么要做一个假案，把自己扔在这个鬼地方？”杭文治替对方把这个问题抛了出来。

张海峰用沉默等待着。对方既然自问，那必然会有自答。

果然，片刻之后杭文治就按捺不住了，他微笑道：“你应该问我的，问了之后你就不会像现在这样紧张。因为我的目的和你的利益正好是一致的，我们其实是同一条战线上的战友。”

张海峰“哼”了一声：“那就别卖关子了，把话说透吧！”

“我到这里来只有一个目的。”杭文治的眼神忽然一凛，竟闪出一丝魄人的凶光，然后他咬着牙说道，“我恨杜明强！”

这个答案太过突兀，让张海峰有些摸不着头脑，他只好又问了一句：“为什么？”

杭文治却不愿多说了，只道：“为什么并不重要，重要的是我们俩现在有了共同的利益。”

“笑话。”张海峰冷冷地驳斥对方，“我和你有什么共同的利益？”

“你肯定不想让杜明强离开这里，因为杜明强对你已经恨之入骨！”杭文治不紧不慢地说着，“你毁坏了他最心爱的物品——那张CD。你不知道那东西对他有多重要！他永远不会原谅你的，他会报复。而他的目标就是你的宝贝儿子。”

张海峰脸上的肌肉抽动了一下。他的目光落在了不远处的桌面上，那里铺着儿子的作业本，看着封皮上的那几行字，杜明强那咬牙切齿的声音仿佛又在他的耳边响起。

“芬河小学五（2）班，2号楼203房，张天扬。”

杭文治的目光顺着张海峰而去，然后他歉然地咧了咧嘴：“对不起，我并不是故意让杜明强看到这个地址的。天扬是个好孩子，我也不想他受到伤害。”

张海峰的双手攥成拳头，重重地敲在桌面上：“有我在，谁也伤害不了他！”

“你真的不了解杜明强。”杭文治沉重地摇着头，似乎在替张海峰感到悲伤，“但你至少听说过他做的事情吧？当他想要杀一个人的时候，还从来没有失败过。”

张海峰没有说话，但他钉在桌面上的拳头却已在微微颤抖。是的，他听说过杜明强的事情，据说对方就是那个网络疯传的可怕杀手Eumenides。也正是因为如此，罗飞才会把这个人送到自己这儿来。他自己并不惧怕对方，可是，当儿子也要被拖入这个战场的时候，他便无法控制发自内心的惶恐。

杭文治这时伸出一只手来，握住了张海峰的拳头：“我可以帮你阻止他。”

明明知道对方是在诱导自己，可张海峰还是无法自拔地陷了进去，他不得不问道：“怎么阻止？”

“很简单。”杭文治的身体进一步凑近，然后他轻轻吐出三个字来，“杀了他。”

“什么？”张海峰难以理喻地看着杭文治。后者松开手，把身体又靠向椅背，说道：“这是你的地盘，你能做到的。”

“你开什么玩笑？”张海峰瞪着眼睛，“这是监狱，不是私人刑场！”

杭文治在镜片后面翻了翻眼皮，目光倏地变得犀利起来：“我可以帮你。”

“你能干得过他？”张海峰根本不信，“你就别给我添乱了！况且小顺刚死，我已经焦头烂额的。这要再出什么事，没准我自己都会被送进号子里！”

“张头，你理解错了。我只是帮你找个杀他的理由。你杀了他，不仅不会有麻烦，而且是大功一件。您甚至可以重新获得调动的机会，到局机关继续去追求美好前程。”

张海峰的心怦然一动。他沉默了一会儿，目光则再次游离到儿子的作业本上，最后他终于问道：“你能找到什么理由？”

“越狱！”杭文治胸有成竹地笑道，“您觉得这个理由足够充分吗？”

第十章 龙鱼宴

天子山庄别墅区——整个省城最尊贵的私家领地。这里的每一幢豪宅都是身份和地位的象征，而中央水景北侧那幢最气派的三层别墅正是邓骅的家庭住所。

一对母子正手牵手走下别墅门前的台阶。那女子时近中年，芳华宛存，只是眉角处已难掩岁月的沟壑。她缓步到达路面之后，忽地松开儿子的手，独自转身面向大门而立。她那秀美的双眼中波光盈动，流露出眷恋沧桑的神色。

一辆黑色的小车早已在不远处静静等候。驾驶座上的男子从车里钻出来，他快步走到那对母子身旁，轻声说道："夫人，请上车吧。"

女子闭起眼睛，无声地叹了口气。她正是邓骅的遗孀，也是这幢别墅的女主人。在她闭眼的同时，那些曾经的富贵尊华就像五彩的泡沫一样一一幻灭，空留下令人心悸的残破回忆。

一只瘦弱的胳膊挽住了女人，让后者的思绪重新回到现实之中。伸出胳膊的男孩是邓骅的儿子邓箭，与父亲的强悍霸气相反，这孩子的性格却过于柔弱文静，这与他长期和母亲相伴不无关系。

邓妻转过身，当她看到邓箭的时候，眼神中便又恢复了几分生气。不管什么时候，儿子总是母亲最大的财富，只要这笔财富没有失去，母亲就有充足的理由好好地活下去。

母子俩手挽着手，相互搀扶着向停车处走去。侍候在一旁的男子抢两步上前帮他们打开了后座车门，这个男子自然就是邓家最忠实的仆人——阿华。

待邓氏母子上车坐稳之后，阿华关上后门，自己绕到车头钻进了驾驶室。车本来就是点着火的，所以他只需要轻轻一挂挡位，车辆便稳稳地向前启动了。

小车在风景如画的别墅区内穿行，两边的绿树红花渐次掠过。邓箭把脸贴在车窗上向外看了一会儿，忽然低声说道："妈，我不想走。"

女人没有说话，只是凑过身去揽住儿子，下巴则紧紧贴在对方的后脑勺上。

阿华往后视镜里瞟了一眼，说："国外可好了。那里的大人小孩都很懂礼貌，环境也好，天特别蓝，而且人少，不像我们国内走到哪里都是闹哄哄的。"

面对这番诱惑，邓箭却显得无动于衷。于是阿华停顿了片刻，又道："到了国外你就可以自由自在地玩了，和你的小朋友们一块儿，不会再有人整天跟着你。"

邓箭终于露出些期待的神色，他转头看着自己的母亲，求证似的问道："真的吗？"

邓妻点了点头，同时疼爱地帮儿子捋着鬓角凌乱的发梢。

邓箭兴奋地把身体全都转过来，然后他用双手扶着前排驾驶座的椅背，凑着脑袋问阿华："华哥，国外这么好，你怎么不和我们一块儿走呢？"

阿华略微一愣，笑道："我就不用去了，国外已经有一个大哥哥在等着你们，他会照顾你们的。"

邓箭眨了眨眼睛，又问身旁的母亲："国外是哪个哥哥？"

邓妻柔声道："大扬哥哥，你很小的时候见过他，还记得吗？"

"大扬哥哥……"邓箭的眼神有些迷茫，他在记忆中搜索了一会儿却没什么进展，只好去问阿华，"他和你一样厉害吗？"

"他可比我厉害多了，他是斯坦福大学的博士。他会带你去念最好的学校，教给你很多很多有用的知识，你以后会成为一个科学家。你不是一直都想当科学家吗？"说话的同时，阿华已经将车驶出了天子山庄。前方的大路通往省城机场。

邓箭凝住目光，他开始想象这个比阿华还要厉害的大扬哥哥，开始想象即将到来的全新生活。

这时却听邓妻说道："阿华，你也可以走的，为什么不和我们一起走？"

阿华摇摇头："我去干什么？那边根本不适合我。大扬会用他的方式保护你们，你们不用再担惊受怕地过日子，这不正是你想要的生活吗？如果我去了，反而会拖累你们。"

邓妻不说话了。的确，经历这么多风风雨雨之后，她已经无法分辨阿华究竟是在保护他们，还是在破坏他们正常的生活。

片刻的沉默之后，阿华幽幽地说道："我现在终于明白，邓总当初为什么要把我们兄弟几个分开，而且还不允许我们私下来往。"

"嗯？"

"邓总是在给你们娘俩安排后路。我们几个分得越远，你们以后的选择面就越大。就好比现在，不管你们想要什么样的生活，都能够找到值得信赖的人。而我只是你们的一种选择而已，你们要离开了，又何必留恋？我自然会找到我的归宿，当邓总选择我当贴身保镖的时候，这个归宿就已经确定了。"

女人无声地看着阿华的背影，他的双手握在方向盘上，坚实有力，对前路从不会有任何的犹豫。只是在他右手的手腕上，那串佛珠却始终摇摆不定。

女人知道自己无力改变这个男子的轨迹。她只能苦笑了一下，换了个话题问道："阿治呢？我们要走了，他也不来送一下。"

阿华斟酌了一会儿，说道："他不方便过来。邓总送他走的时候交代过，以后没有特殊情况，不可以再和龙宇集团的人有任何接触。"

今天还不算是特殊情况吗？女人在心中想着，不过这话终于没有说出来。

两个小时之后，阿华把邓箭母子送上了前往美国的飞机。他肩头的一副重担终于落了下来。大扬，这个在美国的兄弟会处理好接下来的事情。他是如此地信任对方，虽然他们已有十多年未曾谋面。

而他肩头还有另一副担子，这个担子不处理好，他仍然无法放心去做自己想做的事情。

从机场出来之后，阿华驱车直奔省人民医院。到了病房的门口，却见马亮正抱着胳膊缩在塑料椅子上打盹，睡得歪头咧嘴的。他便上前去踢了对方一脚。

马亮从睡梦中惊醒，揉揉眼睛一看是阿华，连忙跳起来:“华哥，你可来了。”一边说还一边擦着嘴角挂着的口水。

阿华道:“让你陪着明明，你怎么跑外头睡觉来了？”

“我被明明赶出来了。”马亮狼狈地挠着头发，“而且……明明一天都没吃饭。”

阿华皱起眉头:“怎么回事？”

马亮冲病房里努努嘴说:“你进去看看就明白了。”

阿华不再和对方饶舌，他推开虚掩的房门走进了病房内。却见明明脊背冲外躺在病床上，看样子好像在生闷气似的。床前的柜子上则放着一份病号饭。

阿华走上前在饭盒上摸了摸，已经没什么热气了。于是他便把那盒饭送到病房配备的微波炉里开始加热。

明明虽然没有转身，但已经听出了来人的举动，便开口道:“我已经说过了，除非你们把镜子拿来，否则我是不会吃饭的。”因为咽喉受到灼伤，她的声音有些嘶哑，全无以前那银铃般的悦耳动听。

“镜子？”阿华一愣，他没想到对方不吃饭原来是为了这样的要求。而明明则听出了他的声音，惊喜地翻过身来，叫道:“华哥！”

“你想要镜子？”阿华看着明明的脸。那是一张令人难以卒睹的面庞，不过这样的面庞阿华早已不是第一次见到。曾经有另外一个人，他的面容或许比明明此刻还要恐怖，阿华每每想到那个人的时候，心中便充满了憎恨和敌意。

当然了，当阿华看着明明的时候完全是另外一种感觉。那是一种揪着心尖尖的怜惜和酸痛，这感觉如此特殊，阿华此前还从未体验过。

即便邓骅死在他眼前的时候都没有。

“我要镜子。”明明坚定地回答，“我有权利知道自己现在是什么模样！”

阿华静静地看着明明，从他的表情上看不出任何内心的情绪，然后他回答说:“是的，你有这个权利，但是你不能把吃饭这件事情作为申请权利的筹码。你必须先吃饭，你把饭吃完了，我就会给你一面镜子。”

阿华说完这番话的同时，微波炉也停止了转动。他把热好的病号饭端出来，亲手送到了明明的床前。明明的目光一直追随着他，像是一个任性的孩子见到了自己最敬爱的师长。她的怨气已消散无踪，只喃喃地问道:“你不会骗我吧？”

阿华认真地回答说：“我从来不会骗人。”然后他俯下身，轻轻托着明明的脖颈，把她从病床上扶坐起来。明明微闭着眼睛，残缺的面庞上竟也浮现出一丝笑意。当阿华把温热的饭盒送向她手中的时候，她立刻乖乖地接过去，同时说道：“我相信你，我把饭吃完，你一定会给我镜子的。”

阿华点点头。他看着明明把第一勺饭菜送入口中之后，便起身走到病房门口。马亮正探头探脑地往屋里张望，阿华对他说道：“你去找一面镜子来。”

“什么？”马亮往走廊里退了一步，压低声音道，“你真给她镜子？她这副样子，一照镜子还不疯了？！”

阿华眉头一蹙：“我让你拿你就拿！”马亮不敢多说，吐着舌头一溜烟准备去了。他的动作麻利得很，不消三两分钟就从护士值班室找来面小圆镜，忙不迭地送到阿华手中。后者拿着那镜子复又进到病房内，不过他没有立刻把镜子给明明，而是先坐在床边看着明明把饭菜吃完。

终于，明明把空荡荡的饭盆放在床头柜上，然后她看着阿华，虽不说话，但用意已非常明了。

阿华问：“你确定了吗？真的要看？”

明明的嘴唇咧了咧，像是在苦笑：“难道我能永远都不看吗？”

阿华不再说什么，他把那面圆镜递了过去。明明用双手抓住那镜子，然后她慢慢地将镜面翻转过来，直到看到镜子里的那张扭曲可怖的面庞。

阿华本以为明明会尖叫、会痛哭。可是都没有，他只看到女孩那双如枯枝般萎缩的手慢慢地颤抖起来，然后有一个声音在呜咽着问道：“为什么还要让我活着？为什么还要让我活着？！”

那语调如寒冰一般绝望，没有一丝一毫的生气。

阿华握住明明的手，他用坚定的力量制止了对方的颤抖，镜子稳定下来，更加清晰地映照出明明鬼魅般的容颜。

“你必须活着。不管是为了残害你的人，还是为了爱你的人。”阿华紧盯着明明的双眼说道，“我会为你报仇，我要让那些残害你的人遭受到更加痛苦的折磨！我要你见证他们的结局，所以你得活下去！而对于那些爱你的人，他们的爱并不会因为你的容颜而改变，为了他们，你同样得活下去！”

明明的眼波开始流动，那是她全身上下唯一不曾失却光彩的角落。阿华似乎被这番光彩感染了，他俯下身，嘴唇贴在了明明的眼角。随即他感到有大量的液体浸漫出来，咸咸涩涩的，几乎要封塞住他的呼吸……

不知过了多久，病房门口有人轻轻地咳嗽了一声。阿华放开明明的身体，循声看去，却见马亮倚在门边，手里拿着个电话晃了一下。

明明自己伸手擦了擦眼角，道："你有事情？快去处理吧。"

阿华点点头，转身走到病房，顺手把房门反带起来。马亮把手里的电话递给他，嘴唇不出声地干动了几下。

阿华辨出对方吐出的是三个字："高老二。"他对此早已做好心理准备，接过电话便直接应道："喂，高老板吗？"

"阿华兄弟啊！"高德森总是一副热情洋溢的劲头，"我送给你的礼物收到了吧？"

"收到了。"阿华沉默了一会儿，问，"我们什么时候见面？"

高德森哈哈笑了起来："你看看。以前我是约你约不着，现在你倒比我着急了。不过我这个人最喜欢成人之美，既然你着急，那就尽快——就约在明天中午吧。"

阿华又问："在哪里？"

高德森道："龙宇大厦。"

阿华皱了皱眉头，没有说话。龙宇大厦一度是龙宇集团的总部，邓骅死后，警方开始查办龙宇集团，龙宇大厦作为集团资产也被罚没。前不久省城法院对龙宇大厦进行了公开拍卖，高德森高调入手，现在已经成为了龙宇大厦的新主人。不过双方的物管到目前为止还未进行交接，高德森急吼吼地便要坐镇龙宇大厦会见阿华，究竟是个什么用意？

高德森猜到阿华所想，便又笑道："阿华兄弟，我知道龙宇大厦现在还是你在管理，明天我的人会来接管大厦。不过在此之前，我算得上是你的新主人，你即便不想干下去了，也得站好最后一班岗吧？"

高德森说话的声音很大，一旁的马亮也听了个分明。他往地上啐了一口，愤愤不平地骂了句："呸！你算个什么东西！"

阿华却不动声色，他似乎坦然接受了自己此刻的身份，只问："那高老板明天过来，我需要准备些什么？"

高德森说："在金龙厅准备一桌酒宴吧。等我的人过来之后，你就不再负责大厦的物管了，到时候你是我的客人，我们就在大厦十八层的金龙宴厅，边喝边聊。”

“宴会上的酒菜呢？”阿华接着问道，“我来准备吗？”

“酒菜嘛，我只有一个要求。”高德森“嘿”了一声，说，“我想尝尝邓总养的那条金龙鱼。”

阿华一怔，然后默然挂断了电话。一旁的马亮早已瞪圆了眼睛：“操他妈的，这姓高的也太嚣张了吧？”

阿华伫立原地，不知在想些什么。良久之后他的思绪才回复过来，对马亮道：“走，和我去龙宇大厦！”

半小时后，两人驱车来到了龙宇大厦前的广场。作为省城昔日最繁华的权势中心，这座大厦早已不复往日的辉煌。除了一些负责日常维护的物业人员之外，曾经在大厦内叱咤风云的集团精英均已作鸟兽而散。整幢大厦冷冷清清，在这个华光纷繁的夜晚也找不出几扇亮着灯火的暖窗。

阿华身为大厦主管，此刻却没有心情自怨自艾，他带着马亮直奔十八楼，这里正是整幢大厦最为核心的区域。

狭长的走廊尽头是邓骅生前所用的办公室。办公室的左手边是一个宽敞的会议室，右手边则是一个宴会厅。

能得到邓骅宴请的都不是一般人，所以这个宴会厅自然也极尽奢华之能事。光是宴会厅的装修就花费了百万元，其中那条产自伊朗的真丝地毯据说已有好几百年的历史，铺在地面上比镀一层黄金的代价都要昂贵；厅内的桌椅橱柜都是昂贵的红木制品，任何一件放到拍卖品市场上都会让收藏家们趋之若鹜；在宴会厅门口处陈列的那个酒柜看起来倒不起眼，但柜中存放的各类美酒却能让最苛刻的品酒师为之咂舌；当客人们享用佳肴的时候，他们可能不会想到，这里所用的餐具均出自明清官窑，任何一件的价值都不会低于脚下那条名贵的异国地毯。

有幸光顾过这个宴会厅的客人无不惊叹于遍布在厅内的豪华陈设，但只有极少数人才懂得：整个宴会厅中真正的宝物并不是这些地毯、红木、美酒、瓷器，而是在水族箱里养着的一条鱼。

那是一个硕大的水族箱，大到布满了整整一面墙。水族箱朝向宴会厅内的一面是全封闭的，浑然一体地嵌在墙内，而这面墙又正对着宴会厅的入口，让甫一进屋的客人产生一种错觉，以为是来到了金碧辉煌的海底龙宫。

不过这硕大的水族箱里却只养了一条鱼，一条半米多长的金龙鱼。这条鱼浑身上下金光闪闪，没有一丝杂色，当它在水里游动的时候，真的就像是一条金龙在墙面上往来飞舞。

没有人知道这条品相纯正的金龙鱼到底价值几何，只是坊间传闻：十多年前邓骅的势力刚刚兴起，有一次和东南亚的老板做毒品生意，结果那老板的手下有一个是云南公安的内线，整个交易现场被警方一锅给端了。邓骅损失了大量资金和两个得力的手下干将，他一怒之下带人杀到云南边境，直接把前来谈判的东南亚老板给绑架了。按邓骅当年的行事风格，那老板难逃一死，不过最终此人却得以生还，救他性命的就是这条金龙鱼。据说这条鱼经过印度高僧开光，能保佑主人一世富贵，并且有逢凶化吉的奇效。东南亚老板将此鱼献给邓骅，算是抵偿了后者的损失。

不知是否是受到东南亚老板绝境逢生的心理暗示，邓骅对这条鱼极为钟爱，此后十多年的时间里一直伴在身旁，而他的“事业”从此之后也果然是蒸蒸日上。龙宇大厦建成之后，邓骅专门在宴会厅内修葺了这面“水族墙”，让此鱼也能安享世间的富贵荣光。

曾经如日中天的邓骅肯定没有想到，当他被刺杀身亡之后，这条金龙鱼的命运也会走到一个转折的关口。

阿华进了宴会厅，他站在那面水族墙前驻足凝望，像是在凝望一个逝去的时代。那金龙鱼兀自在水中倏忽往来，浑身金光闪耀，霸气十足。

阿华这一站足足有半个小时，最终他对马亮说道：“去把鱼捞出来吧。”

马亮讶然地咧着嘴：“华哥，你真的要……”

“邓总都已经去了，这鱼想必也孤独了很久……”阿华顿了片刻，悠悠地叹道，“一切都该结束了，你想留也留不住的。”

第二天，阿华早早便来到了宴会厅。他在餐桌的客位上坐好，从这个中午开始，他便不再是龙宇大厦的主人了。在没人打搅的一个多小时里，他一直在看着桌子对面的水族墙发呆。现在那块玻璃后面只有一片澄清的液体，金龙鱼已然不见踪迹。

十点来钟的时候，马亮端进来一个大盘子。盘子配着硕大的纯银圆盖，盖子不揭开便看不到里面盛放的东西。马亮把盘子放下，欲走还留地磨蹭了一会儿，终于问道：“华哥，要不要安排几个兄弟……”

阿华摇了摇手：“没意义的，你们都走吧。”

马亮无奈，只好转身离去，走到门口的时候，忽然又听见阿华叫了一声：“等等。”他连忙停下脚步，回头期待地看着阿华。

阿华却只是一扬手，将某件东西抛了过来，口中说道：“接着。”

马亮翻手接了个正着，定睛看时，原来是一串暗红色的佛珠。

“把这串珠子捎给明明，让她以后戴在手腕上，能保她的平安。”阿华认真地说道。

马亮倒笑了：“华哥，你什么时候也信这些婆婆妈妈的东西了？”见阿华瞪起了眼睛，他忙又吐了吐舌头，改口道，“行行行，你放心吧，我这就过去让明明戴上。”

阿华便没什么废话了，挥挥手说：“你走吧。”

马亮离去之后约半个小时，又有人来到了宴会厅，这是一个二十五六岁的陌生小伙子，衣着得体，仪表堂堂。

“您是华哥吗？”小伙子站在门口彬彬有礼地问道。

阿华点点头。

小伙子鞠了个躬：“华哥好。我是天方物业管理公司的经理，我姓赵。高总指派我今天过来，接收这幢大厦的管理权。”

阿华打量了对方两眼，说：“让你的人进来吧，我的人一早就已经撤完了。所有的钥匙和档案文件都在一层的物业办公室，我留了个兄弟等在那里，你直接派个人过去交接就行。”

“好嘞，谢谢华哥。”赵经理退出了门外。七八分钟之后，却听楼层中脚步声响，却是新的管理力量已经进入。不过这些人并没有闯入宴会厅，只是在走廊两侧分道而立。

阿华给自己斟了一杯茶，浅浅地啜饮起来。又过了片刻，忽听得走廊里众人齐声高呼：“彬哥好！”

被称为“彬哥”之人并无回应，只是快步走向宴会厅。在他进门的瞬间，阿华抬起头看着对方，哑然失笑。

来人身宽体健，一头暗黄色的卷发。此人说起来阿华和他也是老相识了，不过在阿华面前他一直都被称作“豹头”。

豹头回视着阿华，神色有些尴尬，片刻的迟疑之后，他终于还是叫了声："华哥。"

"行啊。"阿华带着三分调侃说道，"你现在又是'钱总'，又是'彬哥'的，我都不敢认你了。"

"华哥说笑了。"豹头这时恢复了镇定，不卑不亢地说，"不管叫什么，都只是混碗饭吃。"

阿华轻轻转着手中的茶杯盖子，蔑然一笑："赏你饭吃的高老板呢？我已经等他很久了。"

"华哥，不好意思了，现在这幢大厦是高总的产业，有些规矩还得请您客随主便。"豹头一边说一边向阿华走过来，手里则亮出一个黑色的长匣子。

阿华认得那东西是个便携式的安检仪。以前他负责大厦安保的时候，也经常用这样的仪器检查来客是否携带危险物品。没想到时过境迁，现在却是他自己要接受别人的检查了。他倒也配合得很，二话不说站起身，平举起双手等待着豹头。

豹头手中的仪器在阿华周身上下过了一遍，没发现什么状况。他往后撤了一步，道："华哥，您请坐吧。"

阿华坐下说："现在你们的高老板可以安心赴宴了吧？"

豹头却不搭腔，手里拿着安检仪又在宴会厅里前前后后转了一圈，直到确信屋内不会藏有任何危险物品之后，他这才掏出个对讲机来，打开频段说了句："干净了。"

豹头走前走后的当儿，阿华只顾自己饮茶。这会儿见对方忙完了，便笑着说了句："真没看出来，你在这方面也是个人才。"

豹头露出一丝苦笑："华哥以前认为我只会打架？其实我还可以做很多事情。"

阿华"哦"了一声，说："那确实是我走眼了，没能人尽其用。"话虽这么说，他心中却并无任何惋惜之意。在他看来，一个属下最重要的是"忠心"二字，若没有这两个字，再大的才华又有什么用？你越是给他重权高位，反倒越是危险。

三五分钟之后，走廊中又有脚步声响起，门外的小弟人人肃立，不敢喧哗。豹头则走到门口，摆出恭迎的架势。阿华精神一凝，料想这次该是高德森来了。

果然，一行五人很快出现在阿华眼前。中间的那个男子鹰鼻枭目，正是高德森，在他身体周围则侍立着四个健硕的黑衣保镖。

阿华回忆第一次和高德森见面的时候，对方只是一人一狗，绝无这么大的排场，现在仅仅过了半年，变化竟如此之大。不过再深入一想，却又释然。

这么大的排场并非刻意招摇显摆，其实也是迫不得已。半年之前，高德森偏安于省城一隅，并无太多的树敌，半年之后的局势却大不相同：他的势力在省城风生水起，威名显赫的同时也招惹了众多仇家。如果他还像以前那般低调随意，只怕随时都会有性命之忧。

这般历程阿华以前在邓骅身边的时候早已感同身受。道上的人都说龙宇大厦象征着省城最高的权势，并且内部的防御系统密不透风，哪一个不想占之而后快？可是又有几人能理解，当你进入这大厦之后，其实也就进了一座禁锢自由的监狱。

高德森一见到阿华便满脸堆笑："阿华兄弟，让你久等啦！"一边说一边在阿华对面坐下来。那里摆着一把华贵宽敞的太师椅，正是席间的主座，以前邓骅便常坐镇于此招待重要的访客。座椅背后就是那面硕大的水族墙，昔日水波中金光闪动，映着邓骅宽健的身躯，隐然有霸王之气。今天高德森倒是占了这个位置，无奈他身形偏于瘦弱，与宽大巍峨的座椅似乎有些不配，而他身后的水墙中也是空空如也、金龙难觅。

四个黑衣保镖分散而立，两个守在了门口，另两个负手站于高德森身后两侧。高德森又冲豹头招招手："阿彬，你和阿华兄弟一场。今天不要见外，坐下来陪你华哥喝两杯吧。"

豹头应了一声，坐在阿华身边。阿华暗自冷笑，心知陪酒只是面上的说法，豹头真正的作用却是要贴身看着自己罢了。

高德森抱着双臂，目光在宴会厅扫了一圈，颇有踌躇满志之意。最后他盯住了摆放在圆桌中间的那个银质餐盘，笑问："阿华，这就是你准备好的美味吧？"

阿华默然点了点头，好像没什么心情说话。

高德森冲身后招了招手说："打开。"一个保镖上前半步，弯腰揭开了盖在菜肴上的银盘。待氤在盘子里的热气蒸腾散尽之后，一条硕大的鱼儿便露了出来。只见那鱼扁身阔体，颚边两条长长的龙须，虽然已被蒸熟，但浑身上下鱼鳞尚在，金光闪闪，令人过目难忘。

“好一条金龙鱼！”高德森由衷赞道。他看着那鱼欣赏了一会儿，转目问阿华，“你知不知道这条鱼最喜欢吃什么？”

阿华没有正面回答对方的提问，只说：“高老板对这条鱼倒是感兴趣得很。”

高德森忽地一叹：“其实我并不是第一次来到这个宴会厅，这条金龙鱼，我也早就见识过。唉，那段记忆，已经陪我度过了十一年。”

十一年前阿华还不在邓骅身边，不知道当时曾发生过什么。他看出对方有怀古慨今的意思，于是也不追问，只等对方继续往下说。而高德森把身体靠在宽大的太师椅上，果然要开始侃侃而言。

“那时候，龙宇集团的势力还没到后来如日中天的地步，我也不是什么高老板，只是跟着一个大哥混江湖。我那个大哥雄心很大，一度想要和邓骅争夺对省城的控制权。只可惜他并不是邓骅的对手，几个回合下来，已经一败涂地。后来我便向那大哥提议，与其继续以卵击石，还不如暂时委曲求全，先给兄弟们留条后路再说。我大哥再三斟酌之后，终于接受了我的建议。他托了中间人向邓骅求情，希望双方能够握手言和。没多久，中间人就带回了邓骅的回复，邓骅邀我大哥到龙宇大厦赴宴。”

阿华听到这里“哦”了一声，道：“你大哥倒也算个人物。”

高德森明白阿华的语义：“那当然，能被邓骅邀到龙宇大厦赴宴的人，不管是朋友还是对头，至少都是邓骅能看得上眼的人物。我大哥也感觉邓骅很给面子，便答应赴约。到了约定的那天，我陪着大哥来到龙宇大厦，来到了这间宴会厅。”

高德森再次举目四顾，似乎在寻找往昔的回忆：“那天接到邓骅邀请的一共是三个人，个个都是省城道上成名已久的人物。大家见面之后寒暄了一番，神色间却有些尴尬。我陪在大哥身后，多少听出一些眉目，原来这三人都是邓骅最近两年来击溃的对手，大家此行的目的也都一样，希望胜局在握的邓骅能放自己一条生路。这三人聊了一会儿，各自落座。邓骅却是最后才来的。他一进屋就坐在了这个位置上，背后的金龙鱼往来游动，那番气势我至今都难以忘记。”

高德森一边说一边轻抚着太师椅的把手，品味着某种美妙的感觉。片刻之后他继续说道：“那天的宴席很丰盛，菜好，酒也好——可惜我身为小弟，只能在大哥身后站着，没机会一饱口福。邓骅频频举杯，热情得很，那样子好像已经忘掉了以前的恩怨。不过他再怎么热情和气，容颜中却总有一副掩盖不住的威严，令人不敢正视。在座的几位客人只好小心翼翼地陪着，惴惴不安。后来我大哥见邓骅始终不提正事，就主动端了酒敬对方，并且表达了赔罪的意思。邓骅痛快得很，端起杯子一口干了，说：‘过去的都已经过去。你们几个能来这里喝酒，就是给了我面子，喝了这顿酒，以前的事情一笔勾销。’他这么一说，几位大哥才放宽了心。大家你来我往，有吃有喝的，不亦乐乎。不过我却有些担心。别人且不说，我大哥那两年和邓骅拼得你死我活，这事能这么轻松就过去了？邓骅越是不动声色，这里面积攒着的能量就越可怕！而后来发生的事情也印证了我的担忧。”

这故事说到这里，已足够吊起听者的胃口。便是阿华也忍不住要问道：“后来怎样？”

高德森的目光转回来，又盯住了桌上的那条金龙鱼，然后他幽幽说道：“当几位大哥酒足饭饱之后，邓骅忽然放下筷子起身，他指着身后的那个鱼缸，请大家赏鱼。在座的当然极力奉承，直夸这条鱼好。邓骅看起来很高兴，讲了一通这鱼的妙处。最后他又想起什么似的，叹道：‘唉，我们倒是吃饱了，可这么好的一条鱼，它还饿着呢！’于是大家纷纷建议赶紧给鱼儿喂食。邓骅这时便提出了一个问题……他问：‘你们知不知道，这条金龙鱼最喜欢吃什么？’”

先前高德森正是用这个问题作为引子揭开了那段十一年前的往事，而他此刻语调极为森然，显然是这个问题的答案非同寻常。在场众人全都竖起了耳朵，等待着他的下文。

高德森继续说道：“那三个大哥各自胡乱猜了一通，却没有一个猜对的。后来邓骅摇摇手说：‘你们恐怕猜不到。因为这鱼最喜欢吃什么，连它原先的主人都不知道，而我也是偶然才发现的——这条鱼的主人原先是个东南亚的老板，这个人得罪了我，被我抓住。他就献了这条金龙鱼出来，想求一条生路。我一见这鱼就非常喜欢，不过又不甘心轻易饶了对方。于是我就让那家伙拿一只眼睛来喂鱼，如果鱼儿爱吃，我就放了他。那家伙为了活命，真的剜了自己一只眼睛扔进鱼缸里，结果鱼儿吃得欢快无比——嘿嘿，我后来又养了这鱼多年，再也没见它吃食吃得那么香。所以这鱼最爱吃的东西，原来却是人的眼睛！’”

高德森模仿着当年邓骅说话时的语气，不急不缓，悠然自若，就像在宠物市场中的闲聊一般。但深藏在那番话语中的寒流却令人不寒而栗。听者几乎难以想象那个东南亚人的惨景：剜出自己的一只眼睛，然后却要用剩下的一只眼睛巴巴地看着，企盼鱼儿将自己漂浮在水中的眼球一口吞下，这肉体上的痛楚已然骇人，而精神上的摧残更要残酷十倍！

豹头等人看着桌面上那条已被蒸熟的鱼，只觉得胃腹间一阵翻涌，勉力压了压才止住了呕吐的欲望。

唯有阿华不动声色。他跟随邓骅多年，早已熟知主人的行事风格——对于敌人，如果不能在肉体上消灭，那就要从精神上彻底地摧毁对方。当一个人亲眼看见自己的一只眼球被吃掉，他在恐惧和绝望之余，一定会对自己的另一只眼球极为珍惜，这种情感将使他再也不可能重聚斗志。

话到此处，众人已然明白当年邓骅宴请三个对头的真正用意：要想求和可以，但必须留下自己的一只眼睛。见高德森好像不愿再多说什么，阿华便带着丝嘲讽的语气追问道：“你们那三位大哥，都用自己的眼睛喂鱼了吗？”

“有一个喂了，我跟的大哥和另外一个人却没有。”高德森说话的同时眼角抽动了一下，很显然那段血腥的回忆不会令人愉快。

“你大哥做了一个愚蠢的选择。”阿华耸耸肩，好像有些遗憾，“那只眼睛可以保他后半辈子的平安。”

高德森仰头看着天花板，喟然一叹：“你说得不错。在当时的局面下，这其实是邓骅留给他们唯一的机会。可惜我大哥却不能当机立断。当时我甚至主动请缨，想要献出自己的一只眼睛。”

“哦？”阿华看着高德森，目光中略显敬意，“你对大哥倒还忠心得很！”

高德森嘿嘿一笑：“阿华兄弟啊，你夸我，我当然高兴。不过我当时的想法却并不那么简单，我只是在寻求最大的利益。我大哥如果和邓骅谈崩了，我作为他的心腹，肯定也没什么善终。所以我冒险一搏，更多还是为自己考虑。如果邓骅要了我的眼睛，我们兄弟不仅可以落个平安，我在道上还能博个美名，至少压过我那大哥是不用说了。以后不管自立山头还是投靠邓骅，我都有了响当当的资本，这样计较起来倒也不亏。”

阿华一愣，苦笑道：“原来我是用君子之心，度了小人之腹。不过你能自己说出这番话，也算个真小人，比伪君子还是要好不少。”

高德森不羞不臊，面不改色地拱手说：“过奖过奖。只可惜邓骅却没给我这个机会，他当时瞪了我一眼，呵斥我说：‘我又没请你喝酒，你有什么资格帮我喂鱼？’”

阿华“哼”了一声：“以邓总的眼力，你这种小把戏又怎能骗得过他？”

高德森做出苦恼的样子：“我在邓骅面前碰了一鼻子灰，我老大也对我非常不满，我是两头不是人啊。不过我大哥不肯留下眼睛，邓骅也没有强求，他只说：‘你们既然不愿帮我喂鱼，那今天的酒就算没喝过好了。’”

阿华心中早已有数，淡淡问道：“那你大哥后来怎么样了？”

高德森道：“另一个不肯喂鱼的大哥没几天就失踪了，连个尸首也没找着。我大哥回去之后越想越不是味，后来就找了个地方躲起来了，这一躲就是十一年。”

阿华微微颔首说：“能躲得住，也算有些本事。”

“我大哥找了个好地方啊，他躲在省城监狱的重监区，就算邓骅也追杀不到那个地方去。”

阿华目光一跳，猜到了那个大哥的身份：“原来是平四。”

高德森无语默认。片刻后他又用手在太师椅上拍了拍：“好啦，不说我那个大哥了，还是说我自己吧。那天邓骅当众羞辱我，说我没资格给他喂鱼。我嘴上没说什么，心里却暗暗发誓：终有一天，我要让这条鱼成为我口中的美餐！”

阿华瞥了对方一眼，说：“那你现在算是得偿所愿了。”

高德森的目光还是盯在那条金龙鱼上，半晌之后他又仰起头来环顾着金碧辉煌的宴会厅，感慨道：“所谓三十年河东，三十年河西。这鱼没吃到我的眼睛，今天却要被我所吃，而请我吃鱼的人一周前还口口声声要取我的性命，嘿，这人世间的反复变化，真是从何说起呢？”

阿华冷眼看着高德森，他知道现在正是对方一生中最为风光得意的时刻，他愿意成人之美，索性让对方好好地享受一番。所以他就这么等着，直到高德森自己把情绪冷却下来了，他才切入正题问道："高老板，那卷录音带你带来了吧？"

"那当然。"高德森自信地一笑，"我知道你一定还想仔细听听。"说完他伸手往后招了招，便有随从把一个便携式的录放机送到他手里。高德森按下播放键，同时将放音机推到桌面上，喇叭正对着阿华的方向。

磁带早已调好了进度，只略略空转了一圈，一个男子低沉的声音随即响起：

我是省城刑警队队长韩灏，今天我录下这段自白，以揭示一桩即将发生的血案真相。

龙宇大厦的安保主管饶东华将要谋杀龙宇集团的两名高管：林恒干和蒙方亮，时间定在明天——也就是十一月二日。谋杀地点在龙宇大厦1801房间，此处即龙宇集团总裁邓骅生前的办公室。

昨天饶东华以杀手Eumenides的名义向两名被害人递送了一份死亡通知单，被害人已经接受他的建议，会在龙宇大厦1801房间躲避Eumenides的刺杀。而饶东华此后又和蒙方亮进行了密谋，在明天晚上十一点三十五分左右，蒙方亮会首先杀死林恒干，然后他自己会在房间内假装昏睡。

根据饶东华制定的计划，当蒙方亮杀死林恒干之后，我和饶东华会伺机进入1801房间，由我动手将蒙方亮杀死，杀人过程会模仿Eumenides惯用的手法。

饶东华和蒙方亮密谋的过程已经被我暗中录音，那段录音将作为揭示案件真相的第一份证据；而我的这份独白录音则用来证实蒙方亮之死也是出自饶东华的策划，为了证实本人独白的真实性，我在杀死蒙方亮的时候将留下一些特定的痕迹：

1.除了死者喉部的致命伤之外，我会在死者的右侧耳根部位划上一刀；

2.我会在死者口中放入一枚1999年铸造的一元硬币。

3.我会拔下死者的一绺头发，弃于死者伤口附近的血液中。

以上细节除了勘探此案的警察之外，只有行凶者本人才会知道，我现在说出这些细节，足以证明我就是本案最直接的参与者。我本身并没有杀害蒙方亮的动机，我的行为全都是出自饶东华的指使，没有饶东华的安排，我也不可能于案发时进入现场。

从孩童时代开始，我毕生的梦想就是成为一名好警察。然而一次意外让我在错误的道路上越走越远，现在我已经无法回头。我只希望能有机会抓住Eumenides，否则我死不瞑目。这就是我参与此案的唯一原因。只要我的愿望实现，我就会向警方自首，将案件的主谋饶东华绳之以法。

如果我本人在这个过程中发生了意外，那我留下的两份录音资料将作为最有力的证据，还法律与正义的尊严。

我是韩灏。我的这段自白发生于二〇〇二年十一月一日。

这段录音就是高德森所说的送给阿华的“礼物”，不过那礼物只是复制了一个片断，并不完全。阿华今天第一次完整地听完了磁带中男子的讲述，他越听神色越是凝重。不错，那的确就是韩灏的声音，而前刑警队长的这番自述足以将阿华推向极为不利的境地。

阿华有些后悔，自己当初还是太小看那个家伙了。他和韩灏商议谋杀计划的时候，每次都做了反录音的安排，但他没想到对方会偷录自己和蒙方亮的对话，而这段独白更是出乎他的意料，那三个留在案发现场的细节可谓神来之笔，令自己在警方面前难以辩驳。

不过此刻懊恼已然全无意义，阿华关心的是另外一个问题。

“你从哪里得到的这卷录音带？”

高德森往太师椅上一靠，大咧咧地说道：“韩灏当初制作了这份录音，并且在死后寄到了蒙方亮家人手中，不过你也早有防备，一直派人盯在蒙方亮家附近。所以你的人比警方提前一步截走了这份录音。没想到螳螂捕蝉，黄雀在后，又有一个神秘男子打晕了你的手下，把录音带抢走。这个男子据说就是你想要栽赃的杀手Eumenides。”

“你知道的倒不少。”阿华一边说一边斜眼瞪着豹头。当初盯防蒙方亮家人的任务他就是交给豹头去办的，现在豹头已经投靠了高德森，关于这卷录音带的来龙去脉后者自然也了如指掌了。

豹头厚着脸皮，假装没看到阿华的目光，对以前的主人毫不理睬。

阿华心中忽又一凛：难道这小子早就藏着一手，当时就留下了这半份录音？不过他随即又推翻了自己：不可能，以Eumenides的手段，做事情不会这么不干净的。

高德森从阿华的神色变化中看出了对方所想，笑道："阿华啊，你错怪你的兄弟了。我得到这份录音，完全是一段机缘巧合。前一段刑警队的人盯上了我的两个小弟，要搜他们的住所。我那两个小弟摸不清底细，就往上汇报了。我托人一打听，原来刑警队盯的就是龙宇大厦那起案子。我连忙带人过去，赶在警方之前找到了这卷录音带。"

阿华却越听越糊涂了："这录音带怎么会在你的小弟那里？"

"我那两个小弟是刚刚搬到那边住的。"高德森解释道，"这卷录音带是前一个租客留下的，根据房东的描述，这个租客就是此前夺走录音带的Eumenides。"

高德森并不知道Eumenides夺走录音带之后曾和阿华有过一场交易。他认为话到此处已非常明了：Eumenides把录音带一直藏在住处，直到自己失手被捕。而警方正是循着Eumenides的线索找到了这里。

阿华的思绪却更多一些，当初Eumenides和自己交易的时候，曾亲口保证没对录音带进行复制。他倒真的没有复制，但却留下了半份录音，这么看来，那家伙终究还是对自己有所防备。如果自己没有守约，那这半份录音就会派上用场了。只是大家都不会想到，这录音最终竟会落在高德森手里。

"阿华啊，我可是救了你一命呢。"见对方不说话，高德森悠然提醒，"如果这带子到了警方手里，那你的麻烦可就大了。"

阿华的思绪转回来，他沉吟了一会儿，说道："不错，你救了我一次。如果你把这带子给我，或许我们可以做一次交易。"

"交易？"高德森笑了，"什么样的交易？"

"这个需要你来考虑。"阿华指着那个录放机说，"我要这卷带子，你可以提一个你想要的条件，如果合适的话，我们就做交易。"

高德森看着阿华，他笑得更加厉害，就像是一个大人看着童言幼稚的孩子。等他笑完了之后，他这才说道："我不会和你做交易的。你想要这卷带子吗？可以，我现在就给你。"

高德森掏出录放机里的磁带扔给阿华，阿华皱了皱眉头，没有伸手去接，带子落在了他面前的桌子上。

“坦白告诉你吧，这带子我已经做了复制，而且不止一份。你永远也别想它们全部销毁。”高德森还是笑嘻嘻的，语气却有些变了味道，“你有什么资格和我做交易？你只能求我，求我好好地保管它们。否则我一不小心，那带子就有可能流传出去。”

“那确实没有交易的必要了。”阿华有些遗憾地耸了耸肩膀，又说，“你本来可以要求我做一件事情的，这样我至少会晚一点杀了你。”

“你？杀了我？”高德森好像听不懂对方在说什么。

“我已经告诉过你了，我会杀了你。”阿华的语气极为自然，“即使我们做交易，这件事也不会改变的。”

高德森不得不再次提醒对方：“你杀了我，立刻就会有人把这带子送到警方手里。”

“我知道。所以我才会给你一次做交易的机会。”

高德森凝起目光盯着阿华，然后他很严肃地问了句：“你的脑子是不是有病？”

阿华摇了摇头，他知道自己和对方是两个世界的人，根本聊不到一起去。

高德森却不愿放弃，他试图改变对方的想法：“你为什么要杀我？你也不应该和我做交易，你应该和我合作。懂吗？合作！合作能让我们双方都变得更好。还有你的兄弟，我的兄弟，大家都成了自家人，何必要杀来杀去、两败俱伤？”

“合作？”阿华反问，“你觉得我们现在还可能合作？”

“为什么不能？你帮我做事，我就永远保守磁带的秘密——这就是我们共同的利益。既然有共同的利益，为什么不能合作？”

阿华沉默了一会儿，又问：“我们如果合作了，龙哥怎么算？被你们烧伤的那个女孩又怎么算？”

高德森哑然失笑：“你还考虑他们？”

“你不考虑？龙哥难道不是在给你做事情吗？”

“他给我做事，因为当初我们之间有共同的利益。现在我们的利益纽带已经不存在了，我为什么还要考虑他？那个女孩我了解过，她不过是个小姐，你和她在一起不也是各取所需吗？现在她已经成了一个怪物，你还想着她干什么？”

“利益……”阿华咀嚼着这两个字，他已经全然明白自己和对方的思维差异所在，“你所考虑的一切，都离不开这个词。”

“是的。这就是我们所处的时代：利益高于一切。”高德森郑重地看着阿华，“你如果不能适应，你就会被这个时代所淘汰。”

阿华又不说话了，他似乎在考虑着重要的事情。高德森静静地等待着，不知对方是否会改变主意。片刻之后，阿华从口袋里摸出一盒香烟，自己抽出一支，同时把烟盒冲高德森晃了一下。

高德森摇摇手：“不用。”他并不是不抽烟。只是此刻局势不明，他还不敢抽阿华带来的香烟而已。

阿华便自己把那支香烟叼在嘴里，旁边豹头主动掏出打火机，帮他点着。

阿华深吸了一口，慢慢吐出些烟圈。然后他忽然转了话题问道：“你知不知道我和邓总是怎么认识的？”

面对这样的话题跳转，高德森多少有些奇怪。不过他对新话题仍有兴趣。省城江湖上的人都知道，邓骅和阿华之间并无血缘亲情，但两人却极为亲密默契，直如父子。这份情感背后一定有着某段不寻常的故事吧？于是高德森便应了句：“不知道。你倒说说看？”

阿华把香烟夹在手中，不紧不慢地讲述起来：“我是一个孤儿，从小在福利院长大。那个时候福利院的条件不是很好。我上小学的时候，用的书包都是社会上淘汰下来的旧货。看到其他同学的新书包花花绿绿的，我非常眼馋，非常希望自己也能有一个新书包。后来在我十岁那年，有个叔叔给福利院捐了一笔钱，这笔捐款使我的愿望得以实现，我也有自己的新书包了。”

高德森在一旁猜测：“这个人就是邓骅吧？”

阿华点了点头。

高德森“哧”地一笑：“他是坏事做多了，才会刻意找个地方行善。你们只是他寻求良心慰藉的工具罢了！”

阿华没有搭对方的话茬，只是继续说道：“当时福利院的阿姨发书包的时候告诉我们，等到了春节，这个叔叔会亲自来福利院里看望我们，到时候还会给我们送一批年货。别的小朋友听了这个消息都很兴奋，纷纷猜测过年时那叔叔会带来什么好东西。唯有我的想法与他们不同。”

“哦？那你是怎么想的？”

“我在想怎样报答对方。既然那个叔叔实现了我的梦想，我愿意把我最好的东西回赠给他。当时在福利院里，小朋友们很少有机会吃到零食。只有到了星期天，阿姨才会给大家发一些小食品，有时候是棒棒糖，有时候是奶油饼干，有时候是巧克力之类的。这些零食在孩子们眼中就是最美妙的东西了。当我决定报答那个叔叔之后，我就把每一周发放的零食都积攒起来。一直到春节前夕，用一个纸袋积攒了满满一包。过年的时候，那个叔叔果然来了，他带了很多礼品送给小朋友，每个人都有份。但只有我在拿到礼品的时候，不仅说了谢谢，还回赠给对方一个装满礼物的小包。邓总当时并没有特别的反应，他只是看了我一眼，然后问了我的名字。不过后来我知道，这个瞬间已经改变了我的一生。”

说到此处，阿华的眼神有些迷离，思绪似乎又回到了曾经的童年时代。夹在他手指中的香烟慢慢燃烧着，荡起悠悠的青烟，孤独的烟灰已经积攒了近半寸长。

“邓骅就是因为这件事情对你青睐有加？”高德森眯着眼睛问道。他多少有些诧异，以邓骅的铁血石心，难道会如此轻易地被一个孩子打动？

阿华没有正面回答，他垂下眼睛看着指间的香烟，自言自语般说道：“我后来也想过。邓总难道会看得上那包零食？不是。他后来对我如此信任，只因为他知道我是一个懂得感恩的人。别人给予过我的，我一定会加倍奉还，所以他对我绝不吝啬。我和邓总之间的关系，真的像父子一般没有隔阂。”

见阿华的情绪好像有些消沉，高德森便把身体往前探了探，两只胳膊支在了桌面上：“邓骅对你再好，他也已经死了。以后的省城，会是我高德森的天下。你看，我已经是这幢大厦的主人，邓骅钟爱的金龙鱼也沦为了我的盘中餐。我看得起你阿华，知道你是个人物。你的眼光应该放远一点，聪明的人不要往身后看，要看到自己的未来！”

阿华还是没有搭腔，他的食指轻轻一弹，一截松动的烟灰散乱飘落。然后他抬起头，思绪从过往中挣脱出来，道：“好了，不说邓总了，说说那个女孩吧。”

“靠！”高德森翻了翻眼睛，“一个小姐有什么好说的？”

阿华淡淡说道：“是，她是个小姐。我们当初相识也的确是在各取所需——她冲着我的钱，我冲着她的色。不过后来的情况就有些不同，她开始真心对我……"

"做小姐的能有什么真心？最多是放长线钓大鱼罢了。"高德森打断阿华的话头，脸露不屑之色，"没想到你阿华竟会沉迷女色，连这点判断力都没了。"

面对对方的言语羞辱，阿华并未发怒，他只是认真地看着对方，道："你错了，我看人一向很准。那女孩后来受我连累，生不如死，可她却没有一点点后悔。因为帮我挡过了一场劫难，她甚至还感到高兴。她已经为我失去了最宝贵的容颜，她对我还能有什么所图？"

高德森还想说些什么，但一时间又有些词穷。他略张开嘴，最终却只是摇摇头轻咂了一声。

"江湖上有句古训：婊子无情，戏子无义。一个做小姐的，为什么会这样对我？这件事别说是你了，就是我自己都觉得奇怪。所以我也问过她，而她的答案特别简单。"说到这里，阿华冲高德森一笑，"这事跟你有点关系呢。"

"跟我有关？"高德森一愣，成了摸不着头脑的丈二和尚。

"那女孩原本在凯旋门大酒店上班。那次你给凯旋门栽赃，让刑警队的人封了酒店，女孩穿着单衣被赶出来，可怜得很。正巧我看见了，我就把自己住处的钥匙给她，让她先有个地方容身。"阿华把香烟凑到了嘴边，虽然没吸几下，但那烟在阿华说话的时候已经燃去不少。这次他把烟圈吐出之后，又眯眼看了看烟头残余的长度，然后颇为感怀地说道，"那女孩告诉我，正是我的这个举动让她的态度彻底改变。在她眼中，我不再是一个客人，而是一个懂得关心她、可以给她庇护的男人。所以她愿意为我付出，甚至献出自己的整个生命来报答我。"

高德森"嘿嘿"怪笑着："那我还成了你们两个的红娘了？"

对于高德森的反应阿华似乎有些失望，他的视线从烟头转向对方："你还是听不明白我想说的重点到底是什么。"

高德森冷言反驳："我确实听不明白。我都把话说到这个份上了，你不去考虑自己的生死命运，却要向我们歌颂一个小姐的感情？"

阿华叹了口气："你认为我不该提及这个女孩？现在我在和高老板谈判，一个即将成为省城主宰的人。我怎么能再三提起一个小姐？她根本不配出现在这个场合。”

高德森目光强硬，并不否认他的这番潜台词。

阿华却摇摇头：“可我的想法恰恰相反。我觉得是你不配和我们相提并论。我们是懂得感恩的人，而你不懂。在你的世界里，约束行为的最高准则是利益，而在我们的世界，取代利益的准则是恩仇——有恩报恩，有仇报仇，不管是哪个方面都容不得半点含糊。”

高德森再也无法忍耐，他伸手在桌面上重重一拍：“愚昧！你这是自寻死路！”

“你会先死。”阿华直视着高德森的眼睛，他说话的气力不大，但语气极冷，像极了从地府深处飘来的声音。

高德森怒极反笑。他实在不明白，阿华还有什么资格这样和自己叫板？对方的势力已经日趋衰微，而致命的把柄还被自己握在手中。即使在这个宴会厅现场，对方的力量也处于绝对的弱势，他连拼死一搏的机会都不存在！

“好好好！”如此胜券在握，高德森便大模大样地躺靠在太师椅上，“我倒要看看，我是怎么个死法！”

阿华不再说话，他把香烟叼在唇中最后吸了一口，这一口吸得又重又深，充满了要做决断的意味。烟头上的火光蓦然亮旺，快速燃到了烟蒂附近。这时阿华忽然把右手探到屁股下面，攥住了凳子的一条腿。然后他躬着身体一发力，将凳子甩起来向着桌子对面扔去。

那是一张打制于清代的楠木圆凳，质量沉重，如果砸到人也非同小可。不过坐在对面的高德森早有防备，一见阿华扔出凳子便立刻弯腰闪避。而阿华情急之下似乎也失去了准头，凳子从太师椅上方飞过去，结结实实地砸中了镶嵌在墙体上的那只大水箱。水箱玻璃经不起这样的撞击，“砰”的一声碎裂了，大大小小的碎片伴随着水箱中的透明液体倾泻而下，直冲着高德森覆盖而来。

站在高德森身后的两个黑衣保镖应声而上，展开身体护住了自己的主人。那些玻璃碎片大部分被他们遮挡住，并不能伤到高德森分毫。后者除了被淋成个落汤鸡之外，在这波攻击中并没有任何损失。

而在桌子的另一边，豹头的反应更快。阿华刚刚把凳子扔出手，他便“蹭”的一下从自己的座位上蹿出去，满头金发舞动，像极了一头猎食的豹子。面对整个省城的格斗王者，阿华也难有抵抗之力，他被豹头一下就勒住了脖子，同时下盘也吃了记扫堂腿，身体失去支撑，只能软软地受制于对方的擒拿术之中。整个局势似乎在瞬间便一边倒地分成了胜负。

然而高德森等人的心态却无法乐观。因为就在阿华被豹头制服的同时，整个宴会厅内的人都闻到了一股不正常的浓烈气味。

酒精的气味！

原来封闭在墙体中的满满一箱液体并不是水，全都是酒精！随着水箱玻璃的破裂，这些酒精倾泻而下，将高德森和他的两个保镖彻底浇了个透！

阿华的身体正在豹头的铁肘夹击下摇摇欲坠，他的四肢都受到了擒拿，但他的嘴还能动。于是他深吸了一口气，将那燃得正旺的烟头重重地吐了出去。烟头在空中打着滚儿，火星闪耀，阿华的目光一路追随，脸上则浮现出畅快的笑意。

这一切都在电光火石的瞬间发生。随着“呼”的一声轻响，烟头的落点处腾起一团巨大的火焰，然后便有三个火人在其中挣扎起舞，痛苦的哀号声此起彼伏，令人不寒而栗！

豹头几乎看傻了，他愕然松开阿华，喃喃骂了句：“我操！”随即他意识到那火势很可能危及自己，连忙向着宴会厅门外跑去。守在门口的两个保镖也自顾不暇，一边往走廊里退，一边高喊着：“着火啦！快救高总！”众人七手八脚地去找消防栓，一时间乱成一团。

阿华却没有走。他把宴会厅的大门关好，从里面锁死。然后他又退回到桌子附近，盯死了在火中挣扎的高德森。只要后者想要逃离，他就举着张凳子连顶带踢，把对方赶回到水箱附近的火焰中心。而另两个陪葬的保镖则任凭他们在屋内奔跑打滚，不作理睬。

屋外的豹头等人度过了一场梦魇般的经历。他们虽然扯出了消防水管，但却无法撞开厚重的宴会厅大门。只听得屋内惨叫连连，直如十八层的炼狱一样。当那惨叫声越来越弱的时候，他们的心也一点一点地沉下去，直到彻底的绝望。

惨叫声彻底绝迹之后，宴会厅的大门才终于打开。阿华从厅内缓步走出来，他的背后是一片火海，他的头发、衣服和鞋袜上也兀自飘着零星的火苗。阿华一边走一边拍打着这些火苗，他的神色如冰如铁，就像一个从地狱中走出的阎罗。

第十一章 越狱

夜色已深，躺在床板上的杭文治却久久不能入睡。他睁着双眼，目光盯在高处那盏小小的气窗上，虽然心绪起伏，但他不敢像大多数失眠者那样辗转反侧，因为他不想让舍友们察觉到自己的异常。

杭文治的心情和此刻的天气有着很大的关系。

外面的世界淅淅沥沥，秋雨淋漓，偶尔夹杂着如泣如咽的风声。杭文治眼看着一个柔弱纤小的黑影飘荡了片刻之后，终于被秋风贴在了湿漉漉的气窗玻璃上。那虽然只是一片落叶，但叶脉完整，叶片丰润，仍然带着饱满的生命气息。

现在刚刚入秋，那叶子本不该这么快就离开它生存的枝丫，但今夜的风雨却让它身不由己。当它在风中飘旋流连的时候，它一定尚在回味着春天的盎然气息。

杭文治感觉那片叶子就像贴在了自己的脸上，带来一种清晰可辨的冰冷触感。而他的记忆也伴着这样的触感一路追溯，回到了十年前的那个秋天。

杭文治记得那是一个周末的清晨，冷风凄雨使得劳务市场上人流稀少。他瑟缩在一个略略避风的角落，衣衫潮湿而单薄。

因为出发时太过匆忙，他甚至没顾得上带把雨伞。他知道自己瘦弱的身躯没有任何优势，要想得到一份工作，他必须付出更多的诚意和耐心。

那一年杭文治十九岁，刚刚从农村老家考入了省城的重点大学。在这样一个周末，他的同龄人正在享受着温暖的被窝，而他却要提前对抗生命中的风雨。

一片落叶被秋风推到了杭文治的脸上，杭文治伸手把它摘下来，他看到叶子仍然是绿色的，心中便泛起一丝同病相怜般的苦涩。

“嗨，小孩，你能干什么？”一个声音在不远处问道。

杭文治连忙把叶子抛回到细雨中，回答说：“我什么都能干，只要能挣钱！”

“你能干什么？！”那声音又重复了一遍，透出戏谑的味道。而说话人不等杭文治辩解便已自顾自地走开，去寻找更加合适的劳力去了。

被抛去的树叶旋转一圈后落在了杭文治的脚下，那坠落的弧线就像男孩此刻的心情一般。

另一个人注意到了杭文治急切而又焦虑的表情，他走了上来，近距离打量着这个男孩。

杭文治挺了挺胸膛，试图让自己显得强壮一些。

半晌之后，来人眯着眼睛问了一句：“你真的什么都愿意干？”

杭文治用力点了点头，再次强调：“只要能挣到钱！”

那人“嘿嘿”干笑着：“你想挣多少？”

“越多越好，我急用！”杭文治一边说一边用手抹去顺发梢流向眼窝的雨水，他这副饥渴的态度似乎打动了来者，那人正色道：“我这里有个活儿，可以挣大钱。”

杭文治眨眨眼睛：“能挣多少？”

来人略一斟酌，开了价说：“五万。”

五万？！这对杭文治来说几乎是个不敢想象的天文数字！他的眼睛在瞬间瞪得溜圆。不过那种强烈的兴奋只是一冲而过，他很快便冷静下来，带着点忐忑追问道：“什么活儿？”

“快活儿！”来人回答虽然含糊，但却准确地击中了对方心理防线的弱点，“你不是急用吗？只要你愿意干，一个月之内就能拿到钱！”

这样的条件的确是太具诱惑力了！杭文治立刻回答：“我干！只要不是杀人放火抢银行！”

“没那么夸张的。”来人笑了笑，然后递给杭文治一张名片，“下午三点，带齐你的个人资料，按这个地址来找我。找不到就打个电话！”

杭文治小心翼翼地把名片收好，就像捧着自己的性命一般。而那人已经转身离去，和他来时一样突然。

下午三点，杭文治来到了名片上的地址。那里位于龙蛇混杂的城中村，早上约他的男子早已在一户平房外等着他。

“挺准时的。”那人夸了他一句，然后便招招手，“快进来吧，我们老板正等着呢。”

杭文治跟着那人进了屋，却见屋中摆着张方桌，几个大汉围坐在桌边，桌上酒菜狼藉，看来刚刚有过一场豪饮。

“常哥，人来了。”先前的男子向其中的一个胖子打了声招呼，胖子便抬起醉眼瞥着杭文治，在座的其他人也纷纷侧目。

杭文治缩起脖子，心中有些发怵。

胖子打了个嗝问：“个人资料有没有？”

杭文治连忙把自己精心准备的简历递了过去。胖子接到手里刚扫了眼开头，便惊讶地冒了句：“嗬，大学生？还是名牌啊！”

带路的男子凑上前看了看，嘀咕道：“还真是。”他重又打量着杭文治，颇有些意外似的。

处于这样的场合中，杭文治不知道是该自豪还是悲伤，他只能把头埋得更低。

胖子身旁坐着一个身形高大的年轻人，他似乎也对杭文治产生了兴趣，便敲敲胖子的胳膊说：“给我看看。”

胖子把简历送到年轻人手里，然后斜眼问杭文治：“你缺钱用？”

杭文治抬起头：“是的，急用！”

胖子翻着眼皮：“你知道干什么吗？”

杭文治摇头说：“不知道。”不过他又坚定地补充，“只要不是杀人放火，我都干！”

胖子倒也不磨叽，直接亮出了底牌：“卖肾，干不干？”

卖肾？杭文治愣住了，他以前也听说过这样的事，但并没有太多了解。

带路的男子在一旁说道：“就是把你的肾卖给得了肾病的人，用来做移植手术。卖一个肾给你五万块——你别害怕，正常人都有两个肾，卖了一个还有一个，不影响你以后娶老婆。"

男子说到“娶老婆”三个字的时候神态轻佻，屋内众人都粗鲁地大笑起来。杭文治的自尊心受到了伤害，他提高嗓门说：“我怕什么？只要你们真的给钱，别说一个了，两个我都敢卖！”

胖子盯着杭文治，目光忽地一凛：“你可考虑好了！兄弟们都靠这口子吃饭，你要是答应下来了，可别想反悔！”

“我不反悔！”杭文治露出苦笑，神色却愈发坚定，“我还怕你们反悔呢！”

胖子不说话了，他用一种奇怪的目光看着杭文治，因为对方确实是他入行多年来看到的最奇怪的一个人。

奇怪并不在于此人名牌大学生的身份，而在于他对卖肾这件事情的决绝和坚定。而在以往的经历中，即使是最落魄的农民工也深知卖出自身器官的危害，他们面对着巨额金钱的诱惑也会犹豫和彷徨。而一个有着美妙前景的大学生却为何如此的义无反顾？

不过这样的诧异在胖子心中只是一晃而过。他是一个生意人，该关心的只是目标的态度——对他来说，一个态度坚定的卖肾者便意味着十来万的暴利收入；而对方的心灵动机算什么呢？最多算个闲暇时的谈资罢了。于是他便转头吩咐先前的手下：“去弄个字据吧，今天就让他签了。”

有人却忽然在中间插了一竿子，说了声：“等等。”

杭文治循声看去，说话的正是坐在胖子身边的那个年轻人——这人看起来和自己年龄相仿，但言行之间却颇为老练，显然是个历尽江湖的人物。

胖子也转头看着年轻人，他虽然年长不少，又是这里的主人，但对那个年轻人却很是客气。

年轻人手里攥着杭文治的简历，他的目光和杭文治对视着，传递出友好的信号，这让后者放松了不少，然后他开口说道：“你是个文化人，有知识，有前途，你为什么要来这里？”

杭文治的回答非常简单：“我需要钱。”

年轻人追问：“你要钱干什么？”

“给我爸看病。”

“哦？”

“我爸得了癌症，必须尽快开刀，可我们家的钱早就用光了。”杭文治说到这里，眼圈有些微微发红。

“所以你愿意卖了自己的肾？”

“跟我爸的命相比，我的一个肾算得了什么？”

年轻人却要给对方泼上一盆冷水：“你卖了这个肾，就一定救得了你爸爸吗？且不说手术能不能成功，就算成功了，术后的保养和治疗呢？就凭你卖肾得的五万块，够吗？”

杭文治咬了咬牙：“那我还能卖什么，你们尽管说吧！我还有一个肾，还有心、肝、肺，只要能救我爸，你们都可以拿去卖！”

年轻人摇摇头，他知道对方误解了自己的意思，不过他并不生气，反而笑道：“都卖了？那你自己还活得下去吗？”

“活不下去又怎么样？我的命本来就是我爸给的，我愿意换给他！”杭文治越说越是动情，声音已近哽咽。

年轻人长久地看着杭文治，后者亦不躲避，目光直直地盯住对方的眼睛，神色间充满了期待。他已看出这人在屋子里地位不低，父亲的命运或许就掌握在对方的手中。

半晌之后，年轻人转过身来面向那个胖子，他压低声音说了句什么。

胖子哈哈一笑：“阿华兄弟既然都开口了，我还能不给面子？”

阿华！杭文治从此记住了对方的名字。

阿华在胖子的肩头拍了拍，以示感谢。然后他站起身走到杭文治的身边，冲对方一扬下巴说道：“你跟我走吧！”

“去……去哪里？”杭文治有些摸不清状况了。

“去见一个人，只有这个人才能救得了你爸爸。”

一听说能救爸爸，杭文治立马就壮起了胆色。他紧跟在阿华的身后走出小屋，而他这一步迈出之后，不仅改变了他爸爸的命运，也改变了他自己的命运。

阿华开来了一辆车。他载着杭文治穿城而过，最后来到了市郊的一处别墅小区。然后他引着杭文治进入了小区中最豪华的那幢别墅，他让后者在客房里耐心等待，自己却退了出去。

杭文治第一次来到这样奢华的所在，看着那布满了高档装饰品的客房，他有些手足无措。他甚至不敢坐下来，只是在窗户边老老实实地站着，这一站就是好几个小时。

当客房门再一次被打开的时候，当先走进来一个中年男子。那人看起来三十来岁，体态威严，剑眉虎目，浑身上下都笼罩着一层令人敬畏的气势。

杭文治在那男子的气场前无处藏身，他慌乱地挠着头，不知该如何是好。

好在阿华也跟了进来，他为杭文治做了引见："这是我们邓总。"

杭文治怯怯地打了个招呼："邓总，您好。"

被称作邓总的人"嗯"了一声，往沙发上一坐，然后冲杭文治一招手说："来，你也坐下吧。"

杭文治自己搬了张椅子，很拘谨地坐好。阿华则站在了邓总身后。

"我已经知道了你的事情。"邓总单刀直入地问道，"你父亲现在在哪里？"

杭文治便回答说："在老家县城的医院里。"

"把医院的名字，还有父亲的名字都告诉我。"

"杭国忠，隋县第一医院。"

杭文治以为邓总是要检验自己有没有说谎，可对方显然不是这个意思。这个中年人此刻转头吩咐阿华："你现在就派人到隋县去，办理转院手续，把他父亲接到省城人民医院来。直接找肿瘤科的杜主任，让他安排专家进行会诊，制订出手术方案。要最好的专家、最好的计划、用最好的药，明白吗？"

阿华点点头，随即快步而出。

杭文治怔住了，喃喃说道："我……我没那么多钱。"他在心里暗暗盘算：这么大的阵仗，就算把自己的两个肾都卖了也不够花啊！

邓总摇了摇手："不用你花钱，你也不需要去卖肾。你父亲的治疗今后都包在我的身上。"

面对这突如其来的际遇，杭文治不喜反虑："这……为什么？"

"阿华跟我说了，你是个好孩子，有知识，有孝心，又不怕死。像你这样的年轻人现在越来越少啦。"邓总上下打量着杭文治，神色感慨。

"阿华！"杭文治轻念着这个名字，感激之情溢于言表。

邓总关注着杭文治的神色变化，对方并没有急于自喜，而是首先对阿华心怀感激，这一点让他非常满意。于是他点着头，语带双关地赞道："阿华虽然还年轻，看人倒是很准了。"

说话间，阿华又回到了客房里，他在邓总面前俯身说了句："都安排好了。"

邓总又问杭文治："对于你父亲的治疗，你还有什么要求吗？尽管提出来。"

杭文治使劲眨了眨眼睛，似乎在提醒自己：这一切都是真实的吗？半晌之后他才略回过些神来，茫然道："我没什么要求……你们对我有什么要求？"

"对你的要求……"邓总沉吟了一会儿，忽然问道，"你饿不饿？"

杭文治下意识地点了点头。从午饭到现在已经大半天过去了，他的肚子早已在咕咕叫唤。

"那我就对你有个小小的要求——留下来和我们共进晚餐吧！"说这句话的时候，邓总脸露笑意，威严的仪容中竟也透出几分世俗温情。

杭文治当然无法抗拒这样的要求。他跟着邓总和阿华来到别墅内的餐厅，在那里，他见到了邓总美丽温柔的妻子和尚在牙牙学语的可爱儿子。

邓妻是个合格的女主人。她招呼大家坐好，然后端上了一道又一道可口的佳肴。杭文治受宠若惊，一开始几乎不敢去伸筷子。后来阿华坐在他身边，陪他说话，引导着他，他才慢慢放松下来。邓总和妻子也不断地招呼他吃菜，就像招呼自己的家人一样。

杭文治享受到了毕生难忘的一顿晚宴。相比于主人的盛情，那菜肴的美味几乎可以忽略不计。最后他终于按捺不住澎湃的心潮，放下碗筷动容说道："邓总，我们非亲非故，您这样对我，我不知道该怎么才能报答你们。"

邓妻微微一笑："要你报答什么？既然你是个好孩子，我们便把你当成自家人。"

对方越是这么说杭文治反而越难释怀，他眼里噙着泪水，诚心实意地说道："邓总，我知道您是做大买卖的，肯定有很多要用人的地方。只要您开口，就算给您一辈子做牛做马，我都愿意！"

阿华蓦然心动，他看看杭文治，又看看邓总，似乎怀着某种期待。

邓总却摇摇头："不。我不需要你帮我做什么，事实上，你也帮不了我什么。我只要你照顾好你的父亲，然后认真念书，走好你自己的路。我想，你一定也会把我们当成你的家人，把阿华当成你的兄弟。"

杭文治用力点了点头，同时再次诚恳地表白道："我愿意为你们做任何事情。"

"我知道。"邓骅与杭文治对视了片刻，终于松了些口风，"这样吧，如果有一天——我是说如果——我需要你帮忙的话，我一定会告诉你的。"

杭文治如释重负，他深吸了一口气，让自己眼角的热泪慢慢潆干，然后他郑重地，像是带着某种承诺的意味说道："我会穷尽我的一生，去等待这一天的到来。"

杭文治虽然没有成为邓氏集团中的一员，但他的人生从那天开始已走上一条吉凶难测的轨道。

在此后的十年中，杭文治见证了邓氏集团从壮大到辉煌、从辉煌到鼎盛的全过程，而他自己也从一个初入省城的农家子弟成长为一名社会中产。邓骅一家时常会关照他一下，但却从不让他介入到集团的事务。对邓骅来说，这样的安排独具深意，而在杭文治眼中，他却只看到自己亏欠下对方越来越重的恩情。

杭文治从来没有忘记自己曾许下的那个承诺，不过他知道这个承诺很难实现。因为邓骅的势力已经如此之强，强到根本不需要自己的任何帮助。杭文治有时会痛恨自己的无能——在十年的岁月长河里，这成了他安逸生活中的唯一缺憾。

然而世事无常，一个王朝盛极而衰时，它的崩塌仅在瞬息之间。

杭文治是从电视新闻上得知了邓骅遇刺的消息，在悲伤之余，他更多的感受还是一种深深的失落。他知道自己再也没有机会去履行那个承诺了，他十年的等待都已经化为泡影。当时他呆呆地坐在电视机前，一直到电视没了信号也没有挪动分毫。他的所有感观似乎都消失了——或者说，他的精神世界被人掏空了。

杭文治浑浑噩噩地过了一段时间，像是一具行尸走肉。直到几个月之后，当他得知那个害死邓总的家伙仅仅被判了五年徒刑，他才又重新找到了生命的意义。

杭文治与阿华进行了一次秘密的会面——长期以来，他们之间的联络都遵循着一种隐秘的模式。这是邓骅生前提出的要求，枭雄已死，但他的话效力犹存。

杭文治告诉阿华:“我要去杀了那个家伙。”

阿华一开始没有正面回应，他只是提醒对方:“你会毁了自己的生活。”

“那又怎么样?”杭文治瞪起了眼睛，“邓总救了我全家，现在是我报答他的最后机会。什么也拦不住我!”

阿华看着杭文治，从对方那副义无反顾的气概中，他似乎又看到了十年前那个不怕死的男孩。

十年间沧海桑田，在杭文治身上唯一没有变化的只剩下他的本性，而这种本性已经足以让他的人生在十年之后走回到一个循环的起点。

就像十年前一样，阿华完全能理解杭文治，所以他无须再多说什么，只道:“我帮你安排。”

一个详密的计划就此展开，而这个计划的第一步就是要把杭文治送进Eumenides所在的监狱。

必须在Eumenides出狱之前展开复仇行动，这是阿华和杭文治一致的观点。不仅因为他们的仇恨已经无法忍耐五年的时间，更重要的一点在于:等待Eumenides出狱无异于等待着放虎归山。

Eumenides就是一只凶猛的老虎——这一点无人否认。现在这只老虎终于被带上镣铐，关入了牢笼之中。对于意图打虎的人来说，还有比这更好的机会吗?

所以杭文治首先要做的，就是和这只老虎关在一起。

于是他们苦心策划了那起“抢劫案”。就案情来说，杭文治的“经历”与Eumenides生父当年遭受过的不白之冤极为相似，这使得杭文治在狱中能够更加顺利地接近Eumenides。而案件的平衡点也构置得非常巧妙:杭文治获罪与否的关键取决于他与“前女友”之间是否存在着借贷关系。如果借贷关系无法证明，那杭文治敲诈勒索和抢劫的罪名便告成立，反之则不成立。在开庭过程中，“前女友”自然会否认这种借贷关系，目的就是把杭文治送进监狱;而在此后的任何时刻，只要“前女友”良心发现，承认借贷关系的存在，便可以随时帮杭文治洗净冤屈。所以对杭文治来说，虽然他一样身陷重监区，但其实却占据着一种“进可攻，退可守”的主动局面。

阿华打点了监狱中负责安排犯人宿舍的内勤，让杭文治进了Eumenides所在的424监舍。这种不会违反原则的顺手人情操作起来并没有太大难度，不过为了保证计划的隐秘性，阿华实际运作时转了个弯儿，只是要求把自己的朋友和“平哥”安排在一起，理由是：“平哥”在监区里罩得住，自己的朋友如果能跟着他混，日子会好过一些。

对于入狱之后怎样除掉Eumenides，阿华和杭文治事先并没有特别详细的计划。因为狱中的事态究竟会如何发展，这实在是个变数太大的命题。阿华只是在入狱前对杭文治进行了针对性的培训，包括适应狱中的生态模式以及掌握一些速成的格杀技能。而复仇计划的具体展开，就要看杭文治与Eumenides接触之后的见机行事了。

当然了，对于大致的思路他们还是有所设计的。总的来说，复仇的方法有两条：一条是“杀”，一条是“逃”。

所谓“杀”，就是利用在监舍中大家朝夕相处的机会，趁着Eumenides不备的当儿直接把他杀死。这是最简单的思路，同时也是最难实现的计划。其难度在于：第一，Eumenides本身就是最顶尖的杀手，而他身陷监狱这样的是非之地，警惕性一定非常高，仅凭杭文治的力量想要将对方杀死恐怕不太现实；第二，就算杭文治能够得手，完事后又如何脱身？虽然杭文治自己并不吝于玉石俱焚的结局，但这条路终究不是上策。进一步探究，要想实现这个思路，必须要出现以下条件：第一，杭文治要赢得Eumenides充分的信任，从而解除对方的防备之心；第二，杭文治要设法找到能够一击毙命的行凶利器，从而弥补自己和对方的实力差距；第三，杭文治要设计出一个巧妙的布局，不仅要杀死Eumenides，最好还能让自己置身于嫌疑之外。而这三个条件的实现，一个比一个困难。

相较而言，阿华更倾向于第二条策略：“逃”。这条策略的核心思想就是要通过杭文治的苦肉计，煽动Eumenides一同越狱。只要后者参与了越狱行动，他的命运就会超出他自己的掌控，出现多种变数，而任一种变数都会让他陷入极为不利的境地。

在阿华看来，其中最理想的状况就是越狱成功。他会根据杭文治透露出来的越狱计划，在监狱外围布好陷阱，静待Eumenides的到来。而经历过越狱的身心折磨之后，强弩之末且又毫无防备的Eumenides必然无法抵挡自己的致命一击。更何况在对手身边还潜伏着一个杭文治，Eumenides在这场对抗中绝无一丝胜算。

这个计划还有一个显而易见的优点：他们可以合理合法地杀死Eumenides。面对一个刚刚越狱的亡命逃犯，任何程度的自卫都是顺理成章的。他们的行为甚至应该受到警方的嘉奖。

这个计划的难度却也显而易见，仅有五年短刑的Eumenides会不会参与越狱计划暂且不论，单说越狱这个行为本身又谈何容易。那戒备森严的重监区还从未发生过成功的越狱案例，贸然行动的人只会沦为高墙上哨兵的靶子。

不过杭文治却借此想出了一个变通的方法：干脆就策划一次失败的越狱，在行动时故意将Eumenides暴露在哨兵的枪口下，上演一出借刀杀人的好戏。阿华起初也觉得这个思路不错，但细细一想，却又觉得棘手。以Eumenides的心智身手又怎会轻易受人愚弄？到时候恐怕Eumenides没有暴露，首先暴露的人却是杭文治。哨兵的枪口可不长眼，弄不好就要偷鸡不成蚀把米了。

杭文治便又提议，能不能收买个把管教或者哨兵？如果有狱方的内线参与计划，那要将Eumenides置于死地可就容易多了。这个提议被阿华旋即否决：那些安安稳稳坐享皇粮的体制内人员，顺水推舟帮个小忙是可以的，但有谁会把身家性命搭上来蹚你这趟浑水？这样的收买难度太大，若是邓总在世或有一线可能，现在邓氏集团大厦已倾，这条路肯定是走不通了。

杭文治略感失望，但他要煽动Eumenides一块儿越狱的想法却丝毫没有动摇。他也知道，如果Eumenides不越狱，想要凭自己的力量在正常的监舍生活中杀死对方的几率实在太小。只有在越狱的过程中，才会有更好的机会出现：或者把Eumenides引入阿华的埋伏，或者借哨兵的枪口将其击毙，或者趁着对方全心潜逃时，由自己伺机亲自动手……退一万步说，即便越狱不成功，Eumenides也没有在越狱时被杀死，至少对方会因为越狱的行为被判加刑，这对复仇者来说也算是半个好消息。总之，只要Eumenides踏出越狱这一步，杭文治便已牢牢攥住了优势，如果顺利的话，这个优势足够一击致命！

入监之后，杭文治便一直冲着这个目标而努力，他成功地赢得了Eumenides的同情和好感，市政设计师的职业本能则让他想出了一个值得一试的越狱计划，监区中队长张海峰也对他青睐有加……一切似乎都在顺应着他的计划，唯有一个节点被堵住了，而这个节点偏偏又是最关键的。

Eumenides不想越狱！

那天在监区操场上，杜明强对杭文治提出的越狱计划一口回绝，他的语气是如此的坚定，让后者深感心灰意冷。

在这种情况下，杭文治不得不重新考虑第一条大策略：就在监区中进行刺杀！他甚至已经着手展开了一些前期的准备工作。他明知自己的胜算极低，但无论如何，他至少要试一试。

然而世事总是如此无常，就在杭文治对越狱计划已经彻底绝望的时候，转机却又不期而至。杜明强主动找到他重新提及越狱之事，而这次前者的态度来了个意料之外的一百八十度大转弯。

Eumenides忽然又同意越狱了！

杭文治至今仍不明白杜明强转折的动因所在。他只是记得，在杜明强回心转意的那个早上，曾有一个“朋友”到监狱来探访对方。应该就是这个“朋友”促成了杜明强的转变。

或许那个“朋友”就是阿华，他正通过某种方式在配合自己的行动，杭文治暗自猜测。可惜他没有机会找阿华证实一下，为了保证复仇计划的隐秘，不到必须的时刻，他和阿华之间是不会进行联络的。

不管怎样，杭文治关心的只是Eumenides态度转变这个结果，而转变的原因对他来说并不重要。当Eumenides终于肯参与越狱行动之后，杭文治知道己方已经胜了，接下来就要看能取得多大的胜果。

有时候事情就是这样的有趣：当你突破了一个阻挠你很久的关口之后，后面紧随着的其他困难往往也会自行化解，一顺百顺。杭文治的复仇计划似乎也是如此。

一贯冷静缜密的杜明强却在监区大会上和张海峰发生了正面冲突，这无疑是一种以卵击石的可悲举动。张海峰毫不客气，他踩碎了杜明强钟爱的CD机和光盘，而后者在狂怒之余，竟对张海峰的爱子发出了死亡威胁。这使得两人之间的矛盾迅速激化到不可调和的地步。当时杭文治就站在不远处，他忽然意识到：一个千载难逢的好机会终于来了！

杭文治找张海峰摊牌了，他要把这个掌管着整个四监区的强悍男人拖下水，让其成为帮自己对付Eumenides的同壕战友。

杭文治对这次策反充满了信心，因为他和张海峰现在有了一个共同的敌人。敌人的敌人，就是朋友。

一个合格的父亲怎能容忍指向自己儿子的死亡威胁？所以当杀死杜明强的机会出现在张海峰面前的时候，他不可能不心动。而杭文治制定的计划又是如此完美，完美到让张海峰找不出拒绝的理由。

在这个计划中，张海峰要做的事情非常简单：他只要带着手枪守候在杭文治设定好的线路上，静待那些越狱分子送上他的枪口。到时候他轻轻一扣扳机，杜明强便会命归黄泉；同时平哥和阿山自然要吓得屁滚尿流，俯首就擒。这样的变故不仅不会给张海峰带来任何麻烦，反而会让他成为监区的英雄——单枪匹马挫败集体越狱的图谋，击毙一人，生擒三人，这无疑将成为张海峰从警生涯中最为浓墨重彩的绚丽篇章！

唯有一点让张海峰略感困惑，他也当场对杭文治提了出来："你自己怎么办？越狱未遂，你不怕被加刑吗？"

杭文治哈哈大笑："我来这里就是要杀杜明强。为了这个目的，我连抢劫的重罪都敢背，还怕多个越狱的罪名？再说了，只要杜明强一死，我的朋友就会在狱外给我翻案。如果我入狱的罪名被洗脱了，'越狱'这两个字又从何说起？"

张海峰仅有的疑虑也打消了。他终于成了杭文治复仇计划中最重要的一员。在那个周六的中午，他和杭文治针对计划的细节做了详尽的探讨，最终将每一个环节都编排得滴水不漏。他深信，只要杭文治能将杜明强带出监舍，自己就能将杜明强送进鬼门关！

杭文治也有同样的强烈感觉，复仇计划的成功已仅有一步之遥。现在是万事俱备，只等东风！

就连老天爷似乎也在配合杭文治的行动，从周四这天早晨开始，一场秋雨如期而至。而以杭文治在省城生活多年的经验来看，秋天正是雨季多发的时期。这雨既然开下了，那没个三五天的很难停歇。

雨夜月黑，探照灯的光亮又会被雨幕遮挡，岗楼上哨兵的视线必然要大打折扣；而连绵不绝的风雨声则会干扰监舍和办公楼内值班管教的听觉——这些都是对越狱计划极为有利的天时条件，也就是杭文治所期待的"东风"。

在这场"东风"的刺激下，杜明强等人越狱的决心会更加坚定，一切就像开弓之箭，其势已满，不得不发！

杭文治静卧在床，他的双眼只是看着一扇小小的气窗，但心绪却已从十年的岁月长河中飘摇而过。对他的人生来说，转折既从一场秋雨中开始，也就注定了要在另一场秋雨中结束。

第二天便是周五，也就是监舍众人初定好的越狱之日。事到临头，每个人的心中自然都不平静，但这四人都是能沉得住气的，他们跟着监区狱友们一同吃饭、出工，表面上可看不出什么变化。阿山沉默依旧，杭文治干活仍然麻溜，杜明强自顾自的，平哥则照例摆出老大的风范，该偷懒就偷懒，该骂娘就骂娘，毫无同甘共苦之情。

吃完午饭之后，又到了这周装车拉货的时间。带班管教来到厂房，扯嗓门点了杜明强和杭文治的名字。平哥正抓着阿山聊天，闻声便抬起头瞥了杜明强一眼。从外人看来，这似乎只是下意识的一瞥，唯有424监舍众人心中有数：杜明强这一去将要和劭师傅做最后的沟通，只要劭师傅那边没出什么状况，那今晚的越狱计划就再无变更之理了！

平哥和阿山只能在厂房耐心等待。杜明强和杭文治照常将货物装满小车，然后跟着带班管教往停车场而去。因为下雨，管教给两人发了简易的透明雨衣，小车上也盖上了一层油纸。

到了停车场，只见货车停在老地方，劭师傅却不见踪影。管教有些纳闷，便四下里喊起来。三五声之后，办公楼里传出了劭师傅的回应声，然后便看他小跑着出了大楼。到众人近前时，劭师傅歉然一笑，道："下雨，我到楼里躲了一会儿。"

管教也笑了笑，表示理解。然后他转头嘱咐杜杭二人："今天天气不好，你们利索点，早干完了早回去！"

杜杭二人痛快地答应了，各归各位，摆开了要大干一场的架势。劭师傅这时也从车前舱里找了件雨衣穿上，然后他跳上大车车斗，对杜明强道："小伙子，今天你可得辛苦了！"

杜明强一笑道："没问题。"就在两人寒暄的工夫，杭文治已经从小车上搬了个纸箱过来，劭师傅想去接的，杜明强却抢上一步截了，嘴里说："劭师傅，你去把毡布揭开。"

对方明显是在照顾自己，不想让自己累着了。劭师傅心知这小伙子素来仗义，也就不说啥客套话了，径直走到车斗最里面撩起了防雨的毡布。杜明强跟过来配合着码好纸箱。因为比以往多了道料理毡布的工序，这活儿自然也要慢一些。

那边杭文治又抱起一个纸箱，在车斗下等着，看起来并不着急。三人按部就班，在天气的限制下，无法像管教所愿的那样“麻利”。管教在一旁盯了片刻，颇有些心焦无聊，烟瘾便在心底蠢蠢燎动起来。他打眼寻了寻，看到不远处停放下车的地方有雨棚可以躲避，于是便踱过去，打火点上了一根香烟。

杭文治心中一动。那管教倒是没有走远，这边三人仍在他的视线监控之内。不过借着风雨的掩护，三人间若要说些什么管教肯定就听不见了。这正给了杜明强和劭师傅言语交流的机会，双方可以好好聊聊，把话说个透彻。

果然，杜明强看到管教走开了，码箱子的时候便愈发认真，这样他每每到了车尾都有机会和劭师傅聊上一阵。几个回合过后，当他再次从杭文治手里接过纸箱的时候顺势使了个眼色，同时微一点头。杭文治一喜，知道劭师傅那边也已做好了准备，这意味着他们制定的越狱计划再不会有什么变数。杭文治看着杜明强抱着箱子走开，目光追随着后者的背影，眼镜片后闪出一丝寒光。这个和自己不共戴天的仇人还以为将踏上一条自由之路，可事实上，他踏上的却是自己为其精心铺设的末路穷途!

一下午三人在雨中辛劳，直到五点钟左右才堪堪将一车货装完。这边管教带着杭文治清理货物，杜明强便又和劭师傅聊了几句。不过他们该说的正事早已说完了，这会儿只是有一搭没一搭的闲扯而已。

货物清点无误，劭师傅和三人道别，然后钻进驾驶室准备开车离去。管教自然也招呼杜杭二人收工。三人走出几步之后，却发现劭师傅的车迟迟没有发动，管教觉得有些不对，便停下脚步转身张望。

却见劭师傅又打开车门，从驾驶室里跳了出来，看着三人道:“奇怪，我的车钥匙怎么不见了?”他一边说一边伸手摸着周身口袋，神色颇为困惑。

管教提醒对方:“是不是掉在车里了?”

劭师傅摇头道:“我刚在车里找了一遍，没有啊。”

劭师傅走不了，狱方的这三人也不好先走。管教无奈，只好又折回来，他冲身后的两个犯人努努嘴道:“你们俩上车帮劭师傅找找。”

杜明强和杭文治一人一边，钻进驾驶室好一通寻找，果然是一无所获。车下劭师傅也把全身都摸遍了，钥匙却仍是不见踪迹。

管教又在一旁问:“你一般下车后会把钥匙放哪儿?”

“我以前来装货都不拔钥匙的。今天不是去躲雨吗？人车分离，我就把钥匙拔了。”劭师傅眯起眼睛回忆着说，“开始我就拿在手上，后来在办公楼里上了个厕所，上厕所的时候应该是塞进裤子口袋里了。”

管教往劭师傅的裤子瞟了一眼，那是一条普通的工作裤，很宽松，而两侧的口袋又都不深。管教咂咂嘴说：“这口袋可不保险。”

“难道是掉在路上了？”劭师傅挠着头说，“那会儿你们叫我，我跑得匆匆忙忙的。”

管教便道：“赶紧去找找吧。我们先不走，帮你看着货。”

劭师傅忙道了谢，顺原路边走边寻，一直找到了办公楼里面。过了有十分钟的光景，他从办公楼里出来，脚步匆匆，看神色似乎不太乐观。

“还没找到？”管教远远地问。

劭师傅摇摇头，快步走到近前说道：“看来是掉在车斗里了，得把货清了找。”

管教把嘴一咧：“那可麻烦了。”

劭师傅此前在车斗里忙活了一下午，蹲下站起的，裤兜里的钥匙的确很容易滑出来。而他又穿着雨衣，难以及时发觉。要说这钥匙总不至于飞了，慢慢找肯定能找到。关键是现在一车货都已经装完，如果钥匙真是掉在了车斗里，要找就得把货箱先卸车，这可不是一般的工作量。

劭师傅苦着脸说：“今天肯定来不及找了。明天还得麻烦你们。”

管教明白对方的意思。现在天色已经开始擦黑，不可能再展开那么大的工程，一切只能等明天再说。只是明天的劳作不属于监区正常的工作安排，所以劭师傅必须请求眼前管教的配合。

“这个没问题。明天让他们俩帮你找，找完了再把货装好。”管教很痛快地拍着胸脯，反正也不用他受累动手，乐得送出个顺水人情。

“太感谢啦！”劭师傅掏出香烟，给管教递了一根。

“哎呀，小事情嘛。”管教点起烟吸了一口，又问，“那你今天晚上怎么办？”

劭师傅把手一摊：“我肯定不走啦。这地方荒郊野岭的，交通太不方便。明天麻烦你们早点过来。”

管教点点头，表示理解。他知道这种拉货的司机，活儿没干完是一定要跟着车的，没有说把车扔下一个人先走的道理。他想了一会儿说:“这样吧，我请示一下张头，看能不能在值班室里给你安排个住宿的地方。”

“这个……”劭师傅有些没底，“合适吗？”

管教这时已掏出手机，他摇摇手，示意劭师傅先别急，然后他按了个号码，走到一边通话去了。

片刻后，管教折了回来，表情有些遗憾:“劭师傅，是这样的。我们可以招待你用个便餐，但是不能让你在办公楼留宿，这个……违反纪律。要住宿的话，你可以住我们监狱的招待所，出了监狱大门，左手边的那幢小白楼就是。”

劭师傅神色踌躇:“招待所就算了吧……我在车里凑合一晚上得了。”

管教猜到对方是舍不得花钱。那招待所一晚上得两三百，对劭师傅来说确实是贵了点，所以他也不便勉强对方，只能打个哈哈道:“真是不好意思，今天晚上张头亲自在办公楼里值班，如果要换了旁人，也就通融通融了。”

劭师傅连说:“没事没事。我经常跑长途，都习惯了，我车里头还有个铺呢，睡起来也挺好。”

“那行，你自己看着办吧。我先把这两个犯人送回监舍，你在办公楼里等一会儿，到时候我们一块儿吃晚饭。”

“不用麻烦，我去前面小卖部买点干粮……”

“不麻烦，工作餐，简单得很。你可一定给个面子。”管教看着劭师傅，神态诚恳。直到对方点了头，他这才满意地打招呼告别，“行了，一会儿见啊！”

管教和劭师傅商量的当儿，杜杭二人站在一旁插不上什么话。现在要走了，两人便与劭师傅道了别，然后在管教身前当先而行。这下午的活儿本来就干得慢，再加上先前一番折腾，回到监区的时候天色已黑，其他犯人都收工去食堂吃饭了。两人匆匆把小车锁进仓房，赶到食堂一看，所有的饭菜都只剩了底儿。饶是如此，晚饭还是要吃。这两人都知道，今天晚上必须拿出最佳的精神和状态才行。

两人拣剩菜剩饭打了个满盆，然后找了个角落面对面坐下。杭文治习惯性地四下看了看，却见平哥也正往这边瞥着。他知道这次耽搁的时间太长，平哥多半会起些疑虑，但现在也不方便过去解释，只有等晚上回到监舍再说了。

不过他自己心中的一些困惑却可向杜明强问个明白。略略吃过几口之后，杭文治便说话了："丢钥匙这一出是不是你安排的？"

杜明强点点头，若无其事地把嘴里的食物嚼烂，咽进肚子里，然后才解释说："如果让劭师傅现在就去湖边等着，那么大的车肯定会被岗楼上的哨兵发现。而平白无故的有辆车停在监狱外围不走，是个人都会起疑。所以我让他先留在监狱里，夜晚要密切关注办公楼楼顶的动静。到时候以旗杆撑出楼顶为信号，他就说找到钥匙了，再把车开出监狱，直接到湖边接应我们。这样衔接紧凑，不会引起哨兵的警觉。"

杭文治"嗯"了一声，心中暗暗赞叹对方心思缜密，算无遗漏。不过他同时也暗自好笑。因为在他看来，杜明强根本就不可能活着到达办公楼楼顶，那根旗杆也永远不可能撑出去。杜明强看似高明的安排，其实全然是多此一举。

吃完晚饭之后，犯人们被带回监舍楼。424监舍的四人都无心去活动室收看电视新闻，他们早早便回到了监舍内。因为今天晚上对他们每个人来说都是决定毕生命运的关键时刻。

平哥首先询问了下午杜杭二人装货的情况，杭文治便将为何晚归的原因给对方解释了。平哥听完之后却看着杜明强，口中问道："这么说的话，是一切正常了？"

杜明强自然能听出此话的双关意味，便郑重点了点头道："一切正常。"

平哥释然吁了口气，就此不再多说，转而引起一些监舍中常见的庸俗话题。过了半小时左右，其他监舍的犯人也陆续回屋，今晚负责在监舍楼内值班的管教则拿着名册，挨个屋地走过来，点名、锁门。

424监舍的四人表现得毫无异状。在锁门之后，他们也一直维系着正常的话题。其实到了这样的最后关头，他们的言行反而不需要再纠缠于即将展开的越狱行动，因为在此前一周的数个不眠之夜中，他们早已详细探讨了整个计划方案。现在该想的、该做的都已经落实完备，只等着行动开始的那一刻。

时间过得很慢，一分一秒都在期盼的心情中痛苦煎熬；时间又过得很快，快得让每个人都来不及捕捉自己悸动的呼吸。终于挨到了熄灯的时刻，整个监舍楼内变成了黑暗一片。

四人在熄灯前都已洗漱完毕，现在各自躺在自己的铺位上。如此静静地过了两三个小时，夜色深沉，耳听得周围监舍的夜聊声逐渐停歇，唯有窗外风雨依旧。

平哥嘶哑的声音响了起来："开始吧。"那声音压得极低，却已足够撕破424监舍内如死亡一般的沉寂气氛。

众人应声而动，纷纷从床上坐起，不过他们都没有下床，而是各自撩起自己铺位上的床单，或撕或咬地忙碌起来。在他们制定好的计划中，行动的第一步就是要用床单编织成一条至少二十米长的绳子——这是越狱时必须用到的工具。

监狱中配备的床单质量并不理想，这使得众人的工作无须太费周折。不消半个小时，每张单人床单都被撕扯成了四五块狭长的布条，这些布条连接起来已有七八米的长度，如果四张床单再拼接在一块儿，足够满足越狱计划的需要了。

床单撕接好之后，四人先后下床，然后每个人都把床单缠在了自己身上。这样在钻入通风管道的时候，就不会有多余的东西对他们的行动束手束脚。这个动作做完之后，众人交换了一下眼神，杭文治当先，平哥随后，众人鱼贯向着卫生间而去。落在后面的杜明强和阿山则一人一边抬起了监舍内唯一的那张方桌，他们蹑手蹑脚，小心翼翼，绝不敢发出任何声响。

进了卫生间，杜明强和阿山将方桌轻轻地放在通风口的正下方。然后杭文治和杜明强先后跳上桌面，合力将通风口的木质隔栅卸去。黑洞洞的通风管道张开大口，像是早已在等待着他们。杭文治双手扒住管口往上一蹿，率先将身体钻了进去，杜明强在下面托着他，帮助对方稳当当地完成了这个动作。

杭文治进了通风管道之后，杜明强往桌下使了个眼色，示意平哥和阿山跟上。这先后的顺序都是事先就商议好的：杭文治对管道最熟悉，自然要在前头带路，而杜明强身手最好，不需别人帮助也能轻松地爬上爬下，便被安排在断后的位置上。平哥和阿山此刻也没什么好犹豫的，紧随杭文治钻入管道之内。杜明强待这三人都进去之后，又扫了一眼监舍内外的动静，确定没什么异常了，便灵巧地一跳，像只猴子似的钻进了通风管口，迅捷且悄无声息。

因为监舍大楼自身的通风效果很差，所以配备的通风管道口径要大一些。即便如此，一个成年男子钻在其中也只能像条蛇似的匍匐前行。这四人排成一串，爬动时尽量把床单垫在身体下方，以减少和管道壁之间的摩擦。要知道，这通风管道四通八达，连接着大楼内所有的监舍，就像是一个个传音喇叭一般。在这夜深人静的时刻，任一点响动都有可能惊扰到尚未熟睡的犯人。

这一路行进得极为艰苦，好在424监舍的位置距离楼梯道不远，而他们的第一站目标——通风竖井——便是位于楼道的墙体之后。在转过一个直角弯之后，管道变得宽敞了，同时风速陡然加快。杭文治事先曾告诉过众人，这意味着他们进入了四楼的通风干管，通风竖井已近在眼前。

果然，再往前爬渐渐有了夜光，显然是接近了某个出口。而最前方的杭文治已经把脑袋探到了出口外，此刻他眼前所见的正是一条垂直上下的通风管道，大小不到一米见方，往下深不见底，往上却只有两三米的距离。这是因为424监舍正在这幢楼的顶层，所以通风管道相距楼顶的出口非常之近。这无疑给他们的脱逃计划带来了极大的方便。

杭文治小心地将上身慢慢探出横管，然后张开双臂撑住竖井的墙壁。那墙壁年久潮湿，早已生满了青苔，摸上去腻嗒嗒的滑溜一片。杭文治咬咬牙，把手肘也撑开，尽量增大与墙壁的接触面积。他深知，如果在这个地方失手滑落，惊动楼内值班管教不说，自己恐怕也得摔个半死！

直到确定双臂已经能支撑自己的全身重量了，杭文治这才将下半截身体移出了横管之外。他的双脚随即也分开，踩在了两侧墙壁上。自己的身形稳住之后，杭文治压着声音向身后的同伴嘱咐了一句："小心！"他可不愿看到自己的完美计划因为别人的失误而就此流产。

不过杭文治的担心看起来是多余的，跟在他后面的三人身手一个比一个好。对他们来说，这种溜檐走壁的事情只是小菜一碟而已。杭文治手脚并用地往上蹿了一阵，很快便抵达了竖井出口处。他弓着身体爬将出去，外面秋风阵阵，细雨迷蒙，虽然阴冷，但却充满了清新的自由气息。

雨水糊住了杭文治的眼镜，让他的视线有些迷离。他便把眼镜摘在手中，想要用衣襟擦一擦。不提防身体忽地被人重重撞到，结结实实地摔在了坚硬的楼顶。

杭文治咧了咧嘴，却不敢发出声音。同时他听见有人在自己耳边低喝道："低头，别动！"

说话的人正是平哥，他第二个钻出了通风口，却看见哨塔上的探照灯正向着监舍楼这边扫过来。情急之下，他立刻将杭文治扑倒，用身体将对方牢牢压住。

杭文治这时也看到了掠过的探照灯光，心中暗暗后怕。待灯光过去之后，平哥将杭文治瘦弱的身体提溜起来，同时转身招呼刚刚爬出通风口的阿山和杜明强:“快！往西北角里跑！”

四人猫着腰，一溜烟钻向平哥所指的那个角落。这里是探照灯扫射的盲区，同时也是计划中众人下楼的位置。

到了相对安全的地带之后，众人背靠围栏而坐，各自调整着气息。他们已经嗅到了自由的味道，但他们也知道，现在还远不是享受的时候。所以只略略歇息片刻，众人便把缠在身上的床单解下来，把其中三条首尾相连，组成了一条二十多米长的布带。杭文治正要把布带往围栏底部的钢筋上缠绕，平哥却一挥手说:“等等，先用水浸湿了！”

其余三人心念一动，明白了平哥的用意。用雨水浸湿之后，布带吃重，就不会在风中飘摇，而且布带湿透了之后会和楼体的颜色仿佛，在这样一个雨夜，即使有探照灯扫过时也很难被哨兵发觉。

楼顶处不乏积水，四人七手八脚，把布带浸了个透，然后绕过围栏底部的一根钢筋打了个结，相当于做了个布带圈套在钢筋上。因为布带很长，那布带圈往楼下扔出去时，垂下来仍有十米多，已足够让越狱者抵达楼底的地面。

“眼镜，还是你先上！”平哥冲杭文治努努嘴，“动作麻利着点，下去之后先找个死角躲起来！”

杭文治抬眼瞥了瞥探照灯的光柱。他刚才差点吃了亏，同样的错误可不能再犯第二次。等那光柱刚刚从监舍楼扫过的时候，他快速翻过围栏，右手抓住布带圈一边，纵身便跳下了去。

那布带一边受力，带圈失去了平衡，跟着杭文治的身体滑动起来。杭文治往下坠了一两米之后，感觉有些失控，便伸左手抓住了布带圈上行的另一边，下坠之势亦由此止住。然后他歇一口气，重新松开左手，继续下滑，如此反复数次，忽觉双脚一实，已踩在了楼底地面之上。

这番下楼的方法也是众人在前几天就商量好的，目的就是为了加快下行的速度。毕竟那探照灯扫来扫去的，如果有个人吊在灯光中必然会被哨兵发觉。实际操作起来，这方法倒好用得很，基本能保持一个可控的连续下坠过程。

杭文治落地之后，立刻便闪到了探照灯无法射到的墙体拐角。此后每一次灯光扫过，便有一人牵着布带圈滑坠下来。在最后面压阵的还是杜明强，他下滑的速度最快，在空中几乎没有任何停顿，仅仅是靠着布带和钢筋之间的摩擦力来控制自己的坠速。落地后他解开带圈上的一个结扣，将布带拉下收起，并且在探照灯再次扫过之前撤到了墙角——平哥等人正在那里等着他。

“看，那个就是雨水井盖，我们要从那里钻到地下。”杭文治用手指着监舍楼的左前方低声说道。借着探照灯的光亮，众人看到了那个井盖，距离他们所在的位置大概有七八米之远。那里是一片空地，周围都没有遮蔽物。而井盖沉重，也不是那么容易打开的。在这种情况下，四人当然不能一窝蜂地冲过去，必须先去一人把井盖打开，然后大家趁着探照灯的间隙一个一个地钻进雨水管道中。

按照事先的计划，开井盖的任务会交给杜明强。杭文治根据实际经验制作了一个小工具，此刻他把那个工具拿出来交到了杜明强手中：那是一条半米多长的布带，布带的一头拴着一柄牙刷。

平哥斜了杜明强一眼，问：“你没问题吧？”

杜明强笑了笑，看起来胸有成竹。他的眼睛只盯着那扫来扫去的探照灯，当灯光掠过的时候，他蓦地冲了出去，看起来就像在黑暗中追逐那根光柱一样。相对于他的速度，七八米的距离实在太短。众人只是一眨眼的工夫，杜明强已经停在了雨水井盖边。那井盖由厚重的铸铁制成，圆形中心线上有两个拇指大小的窟窿眼。正常检修开井盖的时候，工人会用一对铁钩子穿进那窟窿眼里，然后用力将井盖提起。现在要去找铁钩子当然不现实，一切只能靠杜明强手中那条扣着牙刷的布带。

杜明强将牙刷从一个窟窿眼里塞了进去，而布带则仍然攥在自己手中。因为布带的结扣点正好处于牙刷的重心，所以牙刷钻进窟窿之后就横着悬在半空，处于一种平衡的位置。杜明强轻轻转动布带调整了一下角度，让那横展开的牙刷正好与狭长形的窟窿眼形成一个交错的十字。然后他一拉布带，牙刷便紧紧卡住了井盖的内表面。确定吃上力之后，杜明强换双手攥住布带头，躬着身体猛然发力一拉，井盖便像打开的怀表一样侧翘起来，并且很快就翻倒在一边，露出了黑黝黝的下水井口。

杜明强的动作毫不停顿，伸手撑着井口，一闪身就跳了下去。却见井内过膝的雨水正源源不断地向着一个半人多高的甬道内流去。

过了十几秒钟，杭文治也跳进了井内。这时井里的空间已非常狭促，很难再容下第三人去。为了保证人员不在井口停顿，现在必须有人钻进甬道内，给后来者腾出空间。按照计划仍然是杭文治在地下打头阵，因为只有他最熟悉整个地下管线的分布。

杭文治也不含糊，立刻跪着爬进了甬道中。他身上缠着那根二十多米长的布带，拖在后面像是一条长长的尾巴。

随后平哥和阿山也先后跳入，并且按顺序跟着杭文治爬进了甬道。杜明强留在最后，他仍然以牙刷为工具，把那井盖又拖回到原处。当井盖封闭之后，整个地下世界便陷入了一片黑暗中。

这个时候缠在杭文治身上的布带就起了作用，他身后的三人都抓着那根布带，保证了在黑暗中大家也不会在岔道口走散。杭文治当先领头，完全凭着脑子里的管道图爬跪前行。雨水湍流，搅动起管道内陈年的腐臭，令人闻之欲呕。而四人甚至需要昂起头，才能避免那肮脏的水流浸漫口鼻。

这一路的行程缓慢而痛苦，但众人都明白，要实现自己的目的，这又是一段必经之途。他们顺着水流爬了有近半个小时，前方依稀透出些许光亮来。

平哥知道光亮意味着又一个井盖，于是便问了句："到哪儿了？"

杭文治道："应该是三监区监舍楼。"

"怎么跑到三监区了？"平哥诧异之间，不提防喝了口污水，忙不及地连啐了好几下。要知道，从四监区到办公区最近的道路应该是直线往南，穿过中间的一片农场，而三监区则在农场西北侧，走到这里来显然是兜了一个大圈。

杭文治尽量把头抬高，解释道："雨水管道不会经过农场下方的，我们只能顺管道绕过农场。前面要依次经过三监区、二监区、一监区和监狱医院，然后才能到达办公楼群。"

平哥听明白了。确实，农场的土地是不需要通过管道收集雨水的，只有铺设了路面的地方才会设置雨水管道。所以他们只能沿着监狱内的建筑前进，绕过整个农场。这样算起来，他们才爬行了四分之一的距离，前方依旧"路漫漫其修远"。

好在经过三监区雨水井的时候，众人可以依次在井里站起来舒展一下筋骨。这一路跪爬下来，膝盖都好像要磨断了！

如此一段一段，艰难前行，每过一个井口时才能稍事休息片刻。这一爬估摸有两个小时，当抵达沿途的第五个井口时，才终于听得杭文治说了一声：

“到了！”

杭文治身后三人心中均是一喜，知道所谓“到了”就是到达办公区的意思。这么说来，他们已经顺利突破了监狱内的第一道防守关口，越狱之旅可算完成了一半！

马上就要进入办公大楼，此后的路程虽然不像从地下穿越农场那样漫长，但论困难和凶险却要远远胜出。因为众人的行动将不再受到地表的掩护，这意味着他们随时都可能被警卫或者监控头发现，从而前功尽弃。

根据杭文治绘制的地图，他们现在所处的坐标应该位于办公楼群东南角。从这个井口钻出地面，往北方跑十米左右便可抵达主楼脚下，而在那里应该能找到主楼的消防风口。这个消防风口直达主楼地下室，从建筑意义上来说，当楼内底层或地下室发生火灾的时候，该设计将起到快速驱散浓烟的作用。而在杭文治设定的越狱计划中，这个风口将成为众人秘密潜入楼内的不二通道。

从监狱建设时的功能分区来看，此刻众人所处的位置已经到了办公楼群的南侧，属于监狱内相对敞开的一个区域。来探访犯人的亲友、监狱内的普通服务人员以及与监狱有合作关系的外单位人员都可以在这个区域内自由活动。而犯人们除非有特殊情况，一般是无法涉足这个区域的。正因如此，该区域的警戒便不如办公楼群北面的监区那样严密。至少这个区域是不设岗楼和探照灯的，而北面的探照灯光会被办公楼群遮挡，也无法照射过来。

不过这绝不意味着该区域便是一块不受监管的自由地带。虽然没有高强度的探照灯，但楼群前方的广场上却矗立着一溜路灯，彻夜通亮。而巡逻的警卫和值班管教亦会不时来往，随时有可能撞破发生于此处的异常。

越狱四人对这般状况早已了解得清清楚楚。他们深知，在接下来从下水口转战通风口的过程中，众人不仅要保持极端的灵敏警觉，好运气也必不可少。因为他们此刻藏在地下，对地面上的情形便一无所知。如果就在他们移动井盖的同时，一队巡逻警卫正巧从旁边路过，那他们就只能沦为一群束手待擒的瓮中之鳖了。

好在从整个巡逻路线折算下来，这种倒霉事发生的概率并不算大。而此刻夜色已深，值班管教或其他人员也不太可能再外出活动。他们头顶上的地面应该正是空荡荡的，无人打搅。

保险起见，杭文治先把耳朵贴在井盖内侧听了片刻，感觉外界并无异常，他便低声说道："我准备出发了，大家跟紧着点！"

"你确定这里是监控死角？"平哥有些不放心，又多问了一句。因为空间所限，现在只有他和杭文治两人在井里。后面的阿山和杜明强则尚在甬道之中。

"没问题的，我出来装货的时候观察过。"杭文治一边说，一边用双手顶住井盖往上撑。平哥连忙说了声："慢点！"同时凑过来帮手。他担心杭文治压不住力道，那井盖若被推得过高，落下时难免要发出声响。

在两人合力之下，井盖平稳上移，离开了井口的箍限，随即又紧贴着地面，缓缓向水平方向移去。路灯的光线从井口折射下来，照出两人身上污水淋漓，肮脏不堪。

杭文治把半个脑袋探出井口，先四下观察了一圈。却见劭师傅的车正停在西边二十米开外的地方，之外视线内便没有什么值得关注之事。杭文治知道杜明强早已和劭师傅打好招呼，即便后者在车内发现异常也不会声张。既然如此，事不宜迟！他果断地说了声："走！"然后便率先钻出雨水井，猫腰向着楼脚下的通风口蹿了过去。

遮住通风口的是一个长方形的铸铁栅栏，拆卸起来要比实心的井盖方便多了。杭文治一人便搞定了这个工作，然后他匍匐着身体向通风口内爬去。爬到一半的时候感觉身后有人在推自己，速度明显加快。不用回头看，心知是平哥已经跟了过来，在通风口处等待太过危险，于是就帮了自己一把。

杭文治往前方又爬了片刻，隐隐听见身后的铸铁栅栏轻响了一下。他心中一宽，知道通风口已被重新封好，这意味着最后压阵的杜明强也进入了通风管道内。

在其余三人看来，前方尚有不少凶险的关口，只有杭文治心里清楚：他真正的计划距离成功已是如此之近。如果说此前的那番征程尚且存在着变数，现在既已进了办公大楼，一切便在他和张海峰的共同掌控之中了！

通风管道虽然狭窄难行，但和污水横溢的雨水管道比起来还是要好很多。而且这段路程短得很，不消十分钟，前方带路的杭文治已经抵达了管道出口。他卸掉阻拦的隔栅，轻手轻脚地爬出了楼体内部的通风口。出现在他面前的是一片开阔的室内空间，借着昏暗的吸顶壁灯，可见纵横的管道和诸多密密实实的大型金属柜——正如杭文治的事先设计，他们已经来到了大楼底部的地下管道层。

平哥三人也陆续钻出通风管道，他们四下里环顾了一圈，脸上均有欣慰的神色。这一路过来竟如此顺利，难道今天真的会成为他们的自由之日？

这里虽然没有监控设备，深更半夜的更不会有人涉足，但无论如何也并非久留之地。平哥大致看了下地形后问杭文治："出口楼梯在哪里？"

杭文治伸手往右边指了指："应该是那边。"说话间便欲迈步而行。平哥点点头，对方的指向正与自己的判断相吻合。他极为谨慎，考虑到杭文治经验不足，遇到突发情况恐怕无法处置，便拉了对方一把说："这里不用你来开路了，你跟在我后面吧。"

杭文治明白平哥的用意，自觉往后让了一步。于是队伍变成了平哥打头，杭文治和阿山紧随，杜明强依旧断后。四人借着管道和设备的掩护，在地下室内摸索前行。走不多远，掠过了右手边一个拐角，向上而去的楼梯口果然出现在了众人面前。

那楼梯口很窄，被一扇铁制拉门封着，门栅上挂着把链子锁。这种情况杭文治事先便和众人打过招呼：一般地下管道层是会上锁的，主要是防止无关人员误入，否则不管是对设备还是对误入者来说都是不安全的。因为链子锁本身比较长，锁门者为了不给门栅留下能推开的缝隙，特意将锁链围着栅条绕了好多圈，等锁链缠紧才将锁头扣上。

不过这样一道链子锁在江湖老手眼中完全就是个摆设而已。平哥转头对阿山一努嘴说："找个家伙给它开了！"

阿山低头往地上寻摸了一会儿，很快便拣起一截废弃的铁丝。他走到门边，将那截铁丝往锁眼里捅去。也就三四秒钟的当儿，锁扣上的簧口便往外弹了出来。阿山甩手把铁丝扔掉，开始将那链子锁从门栅上绕拆下来。这个工作本身已毫无难度，只是阿山不想让锁链与铁栅条撞击发出声响，所以拆的时候一圈圈地，动作小心而又缓慢。

杭文治和平哥站在阿山身后。杭文治专注地看着阿山开锁的过程，平哥则分心二用，仅用余光瞥着阿山，主要的精力却在关注着周围环境，时刻防备有异动发生。在此时此刻，他们似乎都忘记了站在最后面的杜明强。

就在平哥的注意力飘忽不定的时候，杜明强忽然抬起右手，以手掌为刀，掌根部重重地击在了平哥的后颈上。这一击又准又狠，平哥哼也没哼一声便软软地晕瘫在地。

杭文治和平哥并排站着，后者的突然倒地让他吃了一惊。他蓦地转过头来，并不清楚发生了什么，只看着杜明强低声讶道：“怎么了？”

杜明强顾不上搭理他，手刀又向着阿山挥去。但杭文治的惊叫已经提醒了阿山，后者猛然回头，刚刚转了一半的时候便感觉脖颈处冷风袭来，他急速地缩头一躲，杜明强这一掌偏了方向，只击中他的耳根，虽然吃痛，却未致昏厥。

杜明强前招未绝，后招又至。阿山既然缩头躲避，他便顺势撤回右掌，同时借着前臂回收之力将肘部向前速击。只听“砰”的一声闷响，这一肘正好命中了阿山闪避时暴露出的额侧太阳穴，那家伙身子一软，眼看要倒，杜明强跨步欺前将其扶住，避免他的身体撞击在铁门之上。

这几个动作兔起鹘落，迅捷无比。杭文治似乎是刚刚问完那句“怎么了”，转眼间阿山也晕倒在了杜明强的怀中。这突如其来的变故让杭文治完全摸不着头脑，他下意识地往后躲了一步，同时瞪着眼睛又问：“你干什么？”

杜明强将阿山的身体慢慢放倒在地，同时似笑非笑地看着杭文治说：“这两个人恶贯满盈，你难道真的要带他们一块儿越狱？”

杭文治心念一动：“你是想……”

“别多说了。”杜明强打断对方的猜测，招呼道，“快帮忙把这两人捆上。他们晕不了太长时间，很快就会醒的。我倒不怕他们，但要想悄无声息地制服这两个家伙也不容易。”

杭文治露出恍然的表情，自觉已完全理解对方的用意。确实，杜明强自诩为代表着正义的制裁者，他怎会容忍两个恶行累累的重刑犯从监狱中逃脱？杭文治甚至觉得有些后悔：自己此前在和杜明强密谋的时候，应该主动提出甩掉平哥和阿山的方案。这样会更加赢得杜明强的好感。不过这样的后悔只是一念之思——反正杜明强已经如自己所愿踏上了越狱之路，这好不好感的也就不那么重要了。

脑筋这么速转了几下之后，杭文治连忙凑上前，将缠在身上的布条撕扯了一些下来，配合着杜明强去捆绑平哥和阿山二人。同时他还在暗自盘算：将平哥和阿山抛弃在此处也好，这样只留自己和杜明强上楼，局面反而简单了，当然也就更容易把握。

杜杭二人将平哥和阿山捆扎得结结实实，然后又扯下布团塞在他们口中。平哥那一下被击中后颈，只是被暂时切断了动脉供血，由此引起大脑缺氧而导致休克。在被布团封口的同时他已经悠悠醒来，他茫然地看着眼前的一切，似乎脑子还不太清楚。

杭文治检查了一遍捆扎效果，确信那两人都无法动弹和呼喊之后，这才起身对杜明强道："行了，我们快走吧！"

杜明强也起身了，但他并没有像杭文治想的那样转身疾行，而是忽地问了句："往哪里走？"

"快上楼啊。"杭文治指着那扇铁栅门，"锁不是已经打开了吗？"

杜明强却摇摇头说："不能上楼。"

"为什么？"这短短的几分钟内，原本已被控制的局面忽又一波三折。这难免让杭文治有些焦急，但他又不能过于明显地表露心中情绪，只能装出一副莫名其妙的表情。

杜明强回答说："因为'鬼见愁'正在楼上，今天晚上是他值班。"

这样的答案让杭文治的心蓦地一沉。难道对方已有所察觉？他暗暗观察着杜明强的表情，但对方的脸上却看不出什么敌意来。联想到下午装货的时候，带班管教曾提起过今晚是张海峰值班，也许杜明强只是因此而过于警觉了。

想到这里，杭文治便把双手一摊说："那又怎么样？只要我们足够小心，不去触发楼梯内的声控电灯，监控摄像头就拍不到什么东西。就算'鬼见愁'在值班室里时刻瞪大眼睛，他也不会发现我们的。"

"可是'鬼见愁'从来不会在周五晚上值班。周五他通常会早早下班，去学校接儿子回家过周末。尤其是最近几周，他周六还会把儿子带到监狱来，让你给补习功课。所以他更加不可能在周五晚上继续值班了。"杜明强作了一番分析之后，反问杭文治，"可这件事今天却突然出了变化，你不觉得这很不寻常吗？"

原来是在担心这个！杭文治心思敏锐地一转，笑道："我知道是怎么回事。这个周末张天扬要参加学校的模拟考试，不会回家。所以'鬼见愁'才会调整值班的时间吧，这没有什么不正常的。"

杜明强看着杭文治，不置可否。略沉默了片刻之后，他又问道："如果'鬼见愁'知道我们要越狱，他会怎么做？"

杭文治愣住了，一时不知该如何应付对方如此突然而又如此尖锐的提问。杜明强见对方不说话，便开始自问自答："'鬼见愁'现在已经恨透了我——我猜他一定会带好手枪等着我，在我越狱的途中将我枪杀。而他射杀我的地点呢？嗯，首先肯定在办公区。因为按照监狱的规章，管教是不能携带枪支进入监区的。只是办公区处处都有监控，这会让'鬼见愁'有些头疼，他伏杀我的过程如果被监控拍下来了，日后在事件调查的时候会有一些麻烦。所以他必须挑一个好地方。如果'鬼见愁'事先知道我们越狱的路线，他应该会把埋伏的地点选在大楼的楼顶。不仅因为那里没有监控摄像头，更因为在那里将我射杀的话，整个过程会很容易解释。他可以编个谎话说，自己一直在值班室里坚守岗位，半夜却听见楼梯间有异常响动。于是他一路追到楼顶，发现了企图越狱的逃犯。在抓捕过程中，逃犯武力拒捕，他只好开枪，击毙了其中最危险的那个家伙。"

杜明强娓娓道来，语气轻松平和。但这些话语听在杭文治的耳中时，却犹如霹雳一般。因为此刻杜明强所说的，正和自己同张海峰密谋的伏杀策略一模一样！杭文治觉得脑子有些发懵，搞不清到底是计划泄露了，还是杜明强自己在那里疑神疑鬼？不过无论如何，对方既然还没有撕破脸，他就是装死也要把这场戏继续演下去。

"你在说什么呢？"杭文治挤出笑容道，"'鬼见愁'怎么会知道我们要越狱？他更不可能了解我们的越狱路线。"

杜明强的目光凝结在杭文治脸上，一种无形的压力在其中蓄积。后者感觉有些受不了了，他想避开对方的视线，但他又知道，如果自己这么做了，就无异向对方举手投降。所以他只能硬起头皮死撑下去。

而杜明强就在这时又开口了："难道你没有告诉他吗？"说话的同时，他的嘴角微微向上挑起，显出一丝戏谑的笑意。在这样的笑意面前，杭文治那摇摇欲坠的精神防线彻底崩溃了。他终于意识到：在这场猫捉老鼠似的游戏中，或许自己才是那只可怜的老鼠。

"我为什么要告诉他？我为什么要告诉他？"杭文治连问了两遍，声音虽然不大，语气却有些歇斯底里。

"因为你想要杀了我。"杜明强淡淡地说道，"这就是你来到监狱的真正目的。"

杭文治不说话了。他的目光开始游离，呼吸也变得急促。他知道自己的计划已经败露，一种冰冷的绝望感觉正试图将他彻底吞没。然而他又不甘心失败，因为他分明还握着一把好牌，其中最有力的那张Joker无疑就是荷枪实弹等待于楼顶处的张海峰。只要能把这张牌打出去，他就仍有翻盘的机会！

想到这里，杭文治的眼角抽动了一下，目光扫向了不远处的楼梯口。忽然间，他像只装死的兔子一样弹了起来，直冲着那扇将开未开的铁门奔去。

他这一下事起突然，行动也算迅捷。只是到了杜明强眼中，这只兔子却成了一只笨拙而又缓慢的猪仔。后者甚至都没有挪动脚步，他只是稍稍挥起右拳，杭文治便感觉腹部像是被铁锤般的重物撞了一下，他的上身弓起，奔跑的动作瞬间凝滞，就连呼吸也随着这一击短暂地中断了。

杜明强又化拳为掌，切在了杭文治的喉部，于是后者便像个僵硬的木偶一样，直溜着身体倒了下去。

于此前切斩平哥颈部的手法不同，杜明强切在杭文治喉部的这一掌并不是要致对方昏厥。他击打的目标是对方的声带：这一掌下去之后，杭文治会在相当长的时间内无法大声说话和呼喊，这样便不会坏了自己接下来的计划。

杜明强蹲在杭文治身边，扯过布条开始捆绑对方。杭文治毫无挣扎之力，他的脸颊贴在冰凉的地板上，目光所及之处却看到了两个同病相怜的难友：平哥和阿山。那两人都已苏醒过来，也正在用愕然而又幸灾乐祸的眼神盯着自己。杭文治想起在几分钟之前，正是自己协助杜明强将这二人捆绑制服的。很显然，这一切都是出于杜明强的设计。

杜明强很难同时制服三个人，所以他需要依次下手。首先击倒的是最强劲的对手平哥，然后是阿山。而威胁最小的杭文治则被留到了最后，杜明强甚至还利用这家伙先当了一会儿帮手。

而现在，局势已经尽在杜明强的掌控之中，他可以放心地将所有的底牌统统翻出。他一边将杭文治负手捆起，一边冷笑着说道：“我早知道你是邓骅的人，你来这里的目的就是要杀我。包括这次越狱计划，根本就是一个陷阱。”

杭文治已经一败涂地，但他还是不愿承认自己的失败，兀自嘴硬道：“你胡说八道！”因为声带刚刚受了重击，他的声音又低又哑，像是个气若游丝的垂垂暮者。

杜明强不需要和对方争辩什么，只顺着自己的思路继续说道：“你倒是费了一番苦心：先利用相似的经历来接近我，然后再寻机会下手。嘿嘿，这样的开局确实完美，可是你知道吗，完美的东西往往有个致命的缺点，那就是不真实。”

杭文治努力扭转脑袋看着杜明强，似乎不理解对方的意思。

杜明强道：“一个和我有着相似经历的人，紧随着我入狱，又恰好和我分在了同一个监舍。你不觉得这样的事情太过凑巧了吗？”

杭文治不服气地瞪着眼睛，嘶哑着说：“你有严重的疑心病！”

杜明强双手用力一拉，将绕缠在杭文治身上的布条扎紧，又道：“你的那个苦肉计不错，演得很像，几乎骗过了我。其实你没有流多少血吧？不过你让自己的手腕搭在便池里，看起来好像有很多血已经留进了下水道。只是你恢复得有些太快了。以后要记住，一个人如果失血昏厥，他很难在第二天就康复，即使身体上可以，心理上也不行。而你出院时的神情却显得你对自己的身体一点都不担心。”

说到这里，杜明强将捆绑杭文治的布条打了个死结。他大功告成般地歇了口气，然后伸手在杭文治脸上拍了拍，像是在调戏到手的猎物，一边拍还一边说道：“你再一次让我起疑心，是平哥他们挑起监舍内斗的那天晚上。当时我向你求证邓骅是不是死了，你还记得你是怎么说的吗？”

杭文治眨了眨眼睛，对这样的细节他确实是记不清了。

杜明强便帮他答道：“你当时说：‘有一个网络杀手给他下了死亡通知单，然后在机场候机大厅里把他给杀了。’”

杭文治斜着眼睛：“那又怎么了？”

杜明强嘿嘿一笑：“在我杀的人里面，确实有很多都在网络上发布过死亡通知单，但杀邓骅之前却没有。那份死亡通知单只有警方和邓骅自己知道。因为直接射杀邓骅的人是当时的刑警队长韩灏，所以警方对邓骅的死亡真相一直讳莫如深，从来没向市民公布过。你怎么会知道其中的秘密？”

原来如此。杭文治心中暗暗叫苦。邓骅死后，他第一时间从阿华那里得知真相，此后便一直沉浸在痛苦和愤怒之中，从未关注过普通人对此事是如何认识的。后来他知道了Eumenides杀人前先在网络上公布的习惯，就想当然地认为给邓骅的死亡通知单也曾被公布在网上。这个漏洞虽然不大，但却难以瞒过敏锐之极的杜明强。

杭文治感慨的同时，平哥和阿山也各自骇然。从杜杭两人的对话中他们多少听出些眉目：原来邓骅竟是被杜明强所杀，而杭文治潜入监狱就是要给邓骅报仇。这样的局面实在太过出乎意料。尤其是平哥，在监狱中一直以老大自居。现在才明白，自己的那点势力在这两人的争斗面前卑微得不值一提。只可恨这么长的时间了，杜明强早已把杭文治的阴谋看了个通透，自己却懵然不知。否则说什么也不能来蹚这趟浑水啊！

杭文治黯然了片刻，忽又死硬起脖子，还想做最后的挣扎：“你这些都是臆想，疑心病！天下没有不透风的墙，你说别人不知道，别人就不知道了吗？在你入狱之前，这件事情的真相早就传开了！要说不知道，我倒是真不知道原来你就是那个杀手！”

“你说得不错。”杜明强居然点头认同，“也许的确是我的疑心病太重了。现在网络这么发达，难免会有现场的警察把真相传了出去。包括我对你此前的怀疑也都可以解释：自杀那天，也许你本来伤得就不重，只是遭受折磨后心力交瘁，所以晕倒；至于说你入狱时的巧合，嘿，这世上本来就有太多巧合，如果仅凭巧合就给人定罪，那天下恐怕会找不到清白之人。”

杭文治一怔，没想到杜明强又会说出这番话来。他的目光闪动了一下，在瞬间似乎又燃起了一线希望。但杜明强随即话锋一转，将那丝希望之火又吹得摇摇欲灭。

“可是你为什么要杀死小顺？”

杭文治一惊，难道连这件事都被对方看破了？不过他面上仍在强自镇定，辩解道：“你说什么呢？小顺明明是黑子杀死的，谁都知道！”

杜明强不屑地撇撇嘴：“那只是你在刻意栽赃而已。”

杭文治冷笑着反驳：“栽赃，怎么栽？杀死小顺的铅笔藏在厕所里，这事只有黑子才能完成。我怎么会拿到那支铅笔？”

话说到这里，平哥和阿山也都费解地看着杜明强。其实先前杜明强对杭文治的质疑虽然没有确实的证据，却还都算合理；但现在他要说是杭文治杀了小顺，那真是令人无法信服。作为凶器的铅笔是在厂房内丢失的，当时张海峰带着全部管教把厂房内外搜了个底朝天，结果却一无所获。后来的证据表明，那铅笔原来被藏在了厕所便池里，那里恰巧也是搜查时留下的唯一死角。因为铅笔丢失的时候只有黑子一人进过厕所，所以藏起铅笔的人必然就是黑子自己。

黑子和小顺随后双双被关禁闭，禁闭解除的当天晚上就发生了凶案。虽然没有人亲眼看到黑子行凶的过程，但事情的经过却显而易见：首先是黑子贼喊捉贼，藏起自己的铅笔，想栽赃给小顺，令后者受罚。当时的平哥等人也确实认为铅笔就是小顺偷的。禁闭解除后，黑子一定会在第一时间把铅笔转移走。当晚，两人的矛盾进一步恶化，于是黑子便趁着平哥等人折磨小顺的机会，对小顺下了死手，那支铅笔也就成了他最顺手的凶器。案发之后，类似的推断几乎成为所有人的共识，包括张海峰在内。杜明强却凭什么说小顺是杭文治所杀？

平哥茫然片刻后，心念一动：难道杭文治早已看出黑子藏铅笔的伎俩，提前将那支铅笔据为己有了？这样他杀死小顺的同时，确实可以给黑子栽赃。可细细一想，却又不对。黑子解除禁闭之后发现自己藏的铅笔被人偷了，肯定会有所警觉。再看到小顺被那铅笔扎死了，偷笔之人的栽赃之意已昭然若揭，黑子当场就该闹将起来。可事实上，黑子当时的表现却像没事人一样，这只能说明：黑子要不就是对此事毫不知情，要不就是早已做好了心理准备。反正绝不是受了可怕冤屈的表现。

这越想越是糊涂，平哥只能寄望于杜明强来揭开谜底了。

杜明强“嘿”地一笑说：“大家都以为丢失的铅笔是被黑子藏在了厕所里。我却知道不是。因为在管教们搜查的时候，我已经想到了这种藏铅笔的方式。那天解散之后，我第一时间就去厕所便池里做了检查。如果铅笔真的藏在那里，即使管教们没查出来，我也会查出来的。而我可以确定，那便池的存水弯里除了屎尿之外，什么都没有！”

这就更不可思议了。平哥和阿山嘴被堵上了，没法说话，只有杭文治代表他们提出心中的困惑：“便池的存水弯是管教搜查时唯一的死角。如果不是藏在那里，铅笔怎么会突然消失，后来又突然出现？”

杜明强看着杭文治，感慨道：“说到这件事我也不得不佩服你。你确实施了个好手笔！”

杭文治梗着脖子：“你一定要说是我藏的？那好，你说我藏在哪里了？”

杜明强笑笑说：“你应该是藏在自己身上的吧？方法很多，脚心袜子里，舌头下面，或者是耳朵眼里，都有可能的。”

这下连平哥都觉得荒唐。要知道，当时丢失的可是一整支的铅笔，长度接近二十厘米，怎么可能随随便便就藏在身上。还说什么耳朵眼里，又不是孙悟空在藏如意金箍棒！

可更让平哥奇怪的是，杭文治居然没有反驳对方。相反，他瞪大眼睛看着杜明强，好像被对方说中了心思一般。难道当时那铅笔真的就是被杭文治藏在身上？那他的身体构造得是多么的特别，才能逃过管教们的严厉搜查？

杜明强看出了平哥所想，他又笑了，眼睛看着平哥，手却指向杭文治，说道："那只是一个铅笔头。他偷了黑子的铅笔，然后便刨成了 个小小的铅笔头。以他玩铅笔的手法，可以把一支铅笔刨到两厘米以下，那么小的东西，还不是想藏哪儿就藏哪儿？"

平哥非但没有听明白，反而更加糊涂。藏起一个铅笔头确实简单，可如果杭文治当时已经把铅笔刨成了铅笔头，那他后来又该怎样才能把铅笔头变回杀人时用的那一整支铅笔？

杜明强正要解释这个问题，他轻叹一声说："先是丢了一支铅笔，后来又出现一支铅笔。大家难免会认为后来出现的正是先前丢失的那一支。有人正是利用这样的思维定式来设局，他先是偷笔，然后杀人。因为那个思维定式的存在，大家的嫌疑目光全都纠缠在小顺和黑子的争斗，却不知其中另有玄机。"

杜明强的目光转向杭文治，口中不停："你的局做得很巧。虽然我知道丢失的铅笔并没有藏在厕所中，但这也不足以帮助我识破你的阴谋。后来我的思维之所以能跳出那个定式，全都是因为你的一个小习惯。所以说在这一点上，并不是我击败了你，而是你自己的习惯击败了你。"

杭文治没有说话，但他的目光明显黯然了一下。

"你喜欢咬铅笔，这是你多年来养成的习惯。你第一天上工就被'大馒头'骂过，而你却无法改变。后来没办法，'大馒头'只好把你的铅笔留作专用——那被咬烂的铅笔头就是属于你的标记。这其实很正常，一个人的习惯是很难改变的，当你专心工作的时候，总会下意识地把铅笔叼在嘴里。"杜明强停顿了一下，忽又眯起眼睛道，"不正常的事情在于，有一天，你的这个习惯却突然消失了！"

杜明强这么一说，平哥也回想起来了。确实，从某一天开始杭文治忽然不咬铅笔头了。从时间上看，似乎就是丢铅笔的事件发生之后。这两件事情之间难道会有什么联系？

"一个人的习惯是很难改变的。"杜明强把已经说过的话又强调了一遍，

“即使要改也得有个过程。可你的改变不仅突然，而且非常彻底。这足以让我怀疑：你绝不仅仅是在改变一个坏习惯，你还有其他的目的。这个目的的意义如此重大，重大到你必须极为谨慎地来对抗自己多年养成的顽疾。”

的确，一个人的习惯不可能一朝养成，更不可能一朝改变。即使杭文治有心要改，稍不留意也会再犯。之前也受过“大馒头”的责骂，他不是改不了吗？怎么突然之间又改过来了，而且如此彻底，就像他从未有过这一习惯似的。当时平哥等人也曾觉得奇怪，可这件事本身又是如此微不足道，谁会就此深想下去呢？

至少有一个人——杜明强。

“我发现你的习惯突然改变了，我就开始分析你这么做的目的。这并不难，你不咬铅笔之后，最有意义的变化就是每天开工时，你可以像其他犯人一样自由挑选铅笔了。联想到你在习惯改变的前一天，曾将一直使用的那支铅笔咬裂到报废，于是我猜测，你真正的目的就是要换铅笔，并且以后都要保持住挑选铅笔的权利。接下来我自然会想，你到底想要什么样的铅笔？根据我的观察，最初两天，你挑选的铅笔很短，几乎是其他犯人不屑再用的。这个偏好非常特别，我一度以为短铅笔就是你的目的。可后来情况却又变了，你对很短的铅笔不再有兴趣，挑选的尺度越来越长，最后甚至也像普通的犯人一样，反而刻意去找相对来说比较长的铅笔了。这就让我很困惑，我无法确定你挑选铅笔时到底遵循着怎样的准则，也就无法搞清楚你的真正目的。直到小顺被人杀死，一支近乎完整的铅笔插在他的眼球中。为何那支已不存在的铅笔又突然出现了？不对，那不是同一支！当我跳出了思维定式，看穿那两支铅笔之间的关系时，我也就看破了你挑选铅笔的全部把戏。”

面对杜明强抽丝剥茧般的分析，杭文治已完全无力反驳。于是在这个寂静幽暗的地下室中，四个男人上演的却是杜明强一人的独角戏。

“当你每天早晨挑选铅笔的时候，你其实是在进行一项置换工程——将一个小得不能再小的铅笔头置换成一整支长铅笔。我之前说过，你偷走了黑子的铅笔，并且将其刨成了两厘米左右的铅笔头，这么小的铅笔头很容易躲过管教们的大搜查。在你的置换计划开始的第一天，你需要领到一支四厘米长的铅笔。到了收工的时候，你把两厘米的铅笔头交还回去，而留下来那支四厘米长的铅笔。因为这两支铅笔的长度误差属于正常的生产消耗，无人会对你的置换行为产生怀疑。而你的测绘水平是职业化的，留下来的那支铅笔实际损耗非常小。于是你藏匿的铅笔头便从两厘米长到了近四厘米。凑巧的是‘大馒头’也配合了你一把，那天你把原来的铅笔咬报废了，‘大馒头’为了刁难你，故意把最短的铅笔派发给你，这正中你的下怀。如果他当时给你一支长铅笔的话，你的计划就得延误一会儿了。

“接下来的事情很简单：你只需要如法炮制，每天上下午两次，每次近两厘米，那个被你藏起来的铅笔头就像自己会长一样。小顺和黑子一共被关了十天，这十天的时间足够让原先的铅笔头‘长’成一支近乎完整的铅笔。当你的置换工程完成之后，你便把换得的长铅笔偷偷带回监舍，藏在厕所的便池里。一方面时刻备用，另一方面则让铅笔染上屎尿的气味，以便案发后更好地给黑子栽赃。”

“我给黑子栽什么赃？”杭文治嘶哑着嗓子说道，他已经沉默了很久，现在终于抓住一丝反击的机会，“黑子恨透了小顺，自然想杀他……我有什么理由杀小顺？小顺和我关系挺好。”

杜明强笑了，反问：“小顺为什么和你关系好？”

杭文治张嘴无言，似乎这件事情颇难明述。平哥和阿山却看着杜明强，心想：小顺和眼镜关系好还不都是因为你？那天晚上你把监舍里其他人的老底都揭了个遍，摆明了要罩着眼镜。小顺素来就是随风倒的墙头草，后来便刻意和你们俩亲近，想要压住黑子一头。黑子和小顺结怨可不正是由此而起吗？

而杜明强接下来的话语却又大大出乎他们俩的意料。

“小顺如果不是和你关系好，他也不会死了。唉，在这个监舍里，小顺其实是最不该死的人……”杜明强微微眯起眼睛，颇有些感怀似的，然后他用回忆般的口吻说道，“那天晚上黑子撺掇着整小顺，小顺被惹急了，他便向你求救，当时他说了一句话，嘿嘿，那句话可不一般！”

平哥听到这里蓦地一愣，因为杜明强提到的这个细节他记得非常清楚。小顺说的那句话是：“治哥，我最近人前人后的，对你可不错。您好歹帮我说两句，平哥能卖你个面子……”当时他听完之后勃然大怒，甩手就给了小顺一个耳刮子。

杜明强注意到平哥神色上的变化，便转而看着对方说：“平哥，你那会儿气得不行吧？你肯定想：老子在监舍里说一不二，凭什么要给这家伙卖面子？

可你怎么不想想，小顺平白无故会说出这样的话吗？”

平哥恍然大悟，他瞪着眼睛“呜呜”了两声，心里想骂却无法开口：“妈的，眼镜你个王八蛋，原来小顺早就知道了你的身份！”

杜明强不再理会平哥，继续对杭文治道：“小顺说完那句话之后，你迫不及待地起身，用抹布堵住了他的嘴。这个行动实在太过突兀，让我没法不起疑。也就从那一刻开始，我确定你有一个非同一般的身份。不过你的身份小顺最初肯定也不知道，否则他怎么敢那样欺负你？于是我开始回忆，小顺的态度转变是从什么时候开始的？我想起了小顺第一次管你叫‘治哥’的那天。那是一个周六的中午吧，我、你，还有小顺，我们都接受了亲友的探访。我们俩先回来的，然后就坐在操场上聊天。后来小顺也凑过来，一个劲地示好。我嫌他腻歪，就找个理由走了。可你却被小顺拉着聊了好一会儿。我远远地看到你对小顺的态度，最初反感，很快却也接受。我当时只觉得小顺拍马屁的功夫不错，此刻却终于想明白了：小顺正是从那时开始知道了你的身份，而你为了藏住这个秘密，只好哄着对方，你甚至当天就帮小顺出头，和黑子狠狠地干了一仗。从此小顺自认为抱了棵大树，再也不把黑子放在眼里。可是对你来说，这件事却大大不妙，因为让小顺保守秘密，就像让个孩子保管定时炸弹一样危险。那小子实在太浮躁了。他时时刻刻都在惹是生非，而以他的幼稚心理，恨不能立刻就在整个监区宣告：眼镜可是个大人物，我就是他最贴心的小弟！案发那天晚上，小顺对黑子等人的忍耐已到极限，他随时都有可能把你的身份暴露出来。这就是你要杀掉小顺的理由吧！”

杭文治无语苦笑。一切确实正如杜明强分析的那样，自己用抹布堵小顺的嘴，进而杀死小顺，都是出于这些原因。当时他自认谋害杜明强的计划已经走上正轨，而小顺一旦兜不住口，立刻便前功尽弃，所以只能冒险一搏。只可惜这次冒险终于还是成了导致计划崩盘的最大败笔。

杜明强伸手指在杭文治脸上弹了一下，说：“你是既有作案工具，又有作案动机。对于杀小顺这件事情，你还有什么好说的？”

杭文治哼了一声。他看着杜明强，神情再不做任何掩饰，那愤恨的目光几乎要喷出火来。

杜明强和杭文治对视着，丝毫不惧。他还有话要问对方：“不过有一点光靠我的想象可得不出答案。小顺是怎么知道你的身份的？那天他排在你的后面接受探访，我猜他一定是看到了什么。但具体是什么情况呢？告诉我吧。”

杭文治沉沉地闷叹一声。一提起此事他便懊恼不已。那天自己的探访正是阿华安排的，其目的就是要打探他入狱之后的事态进展。为了保险起见，阿华没有直接出面，而是让得力手下马亮和杭文治会面。按照监狱里的制度，一个犯人接受探访的时候，其他犯人是不能进探访室的。可那天的事情却偏偏凑巧了：小顺在探访楼外面等候的时候，有个管教要往楼里搬张椅子，顺手就抓了小顺一个苦力。小顺搬着椅子经过探访室窗外，无意间往屋里一瞥，正看到马亮管杭文治叫“治哥”，态度卑微得很。更巧的是，小顺入狱前在道上凑数，那一片的大哥就是跟在马亮手下混的。所以小顺认识马亮，还知道马亮是阿华的手下，这在他眼中已是了不得的人物。这样的人物居然管杭文治叫“治哥”，叫小顺怎能不心潮澎湃？此后小顺便黏上了杭文治，并且狐假虎威地嘚瑟起来。到了节骨眼上，杭文治不得不杀他灭口。

不过这些经过杭文治可没心情给杜明强解释，面对后者的询问，他往对方的脸上狠狠地啐了口唾沫，以代回答。

杜明强却不气恼，他扯起一截床单擦了擦脸颊，道：“你不说就不说吧。这本来也不重要，关键是我从已知的线索中已经能猜到你的身份了。你的江湖地位不低，又知道邓骅死亡的真相，你一定是邓骅的人。”

“不错，我就是来给邓总报仇的！就算是粉身碎骨，我也要和你拼个同归于尽！”杭文治喑哑的声音在满腔怒火的缭绕下，听起来分外可怖。

“所以你就混入监狱，想方设法地接近我，然后又忽悠我越狱，做个陷阱给我钻，对吗？”杜明强嘿嘿一笑，又道，“可惜我一开始不肯上当。于是你又筹划第二套方案——你费那么大劲准备铅笔，本来是要招呼在我身上的吧？不过还没等你下手，我又改变主意了。我同意和你一块儿越狱，这样你就觉得不需要再冒险来行刺我。小顺点儿背，正好赶在这个时候乱说话，于是你就把铅笔用在了他的身上。至于嫁祸黑子的计划本是你早就策划好的，所以才能实施得那么顺利。”

杭文治咬牙懊悔：早知道会被对方识破，他真该把铅笔直接插进杜明强的眼睛！不过这样的场景也就是此刻幻想一下，其实他很清楚，凭自己的实力要想行刺对方，成功的可能性根本是微乎其微。

“行了，说那么多废话干吗？”杭文治好像忍受不了杜明强扬扬自得的饶舌了，他把脖子一横道，“你要杀我就赶快动手吧！”

杜明强挑了挑眉头反问：“你怎么知道我要杀你？”

杭文治忽然笑了，阴森森的样子：“你最好杀了我。今天你不杀我，总有一天我会杀了你！”

杜明强摇头一哂：“你以为我杀了你，我就要陪你一块儿死吗？”

杭文治心中一凉。这正是他刺激对方的意图所在：只要杜明强杀了自己，就算他能逃脱张海峰的猎杀，他也无法逃脱杀人的死罪。这或许是自己和对方同归于尽的最后机会了。可是刚一开口，杭文治心中所想便被对方猜了个通透。他觉得自己就像个小丑一样，可笑而又可悲。

杜明强还在继续追问：“我早已识破了你的全部阴谋，你以为我为什么还要陪你来到这里？”

平哥和阿山在地上扭曲着身体，显示出对这个问题的愤懑。是啊，你已经知道越狱计划是个陷阱，干吗还要拉着大家一块儿往里跳？现在弄成这个局面，谁能落着好处？难道这家伙是想把哥几个卖了，混个减刑的功名？

杭文治却知道杜明强的目的绝非这么简单，在沉默片刻之后，他用绝望的语气反问道：“你想自己越狱？”

杜明强笑了，调侃说：“你还不算太笨。我只是在利用你——我需要你把我带到这里。”

如同冰山崩塌一样，杭文治的心也随之陷入了无尽的寒冷深渊。他不仅没能完成复仇大计，反而要成为对方重获自由的棋子。这样的局面令他无论如何也无法接受。一种悲愤的力量在他的身体里冲撞着，想要喷薄而出，却被床单紧紧地束缚住；他想大喊，喉口又如火烧一般疼痛，最终他只能用不成人声的嘶哑语调挣扎道：“不可能！你出不去的！根本就没有能够实现的越狱计划！”

杜明强微笑着看着杭文治，他没有说话，但笑容中却透出十足的自信。

“你怎么出去？就算你能干掉楼顶的张海峰，那个旗杆也拆不下来，什么荡秋千越狱，那根本就是我胡编的！你怎么出去？你怎么出去？！”杭文治越说越激动，情绪像是要疯狂了一般。

杜明强静候他嚷嚷完了，这才耸耸肩膀说：“我不会从楼顶走的，我有我自己的计划。”

“你能有什么计划？你放屁！你吹牛！你根本跑不出去的，你会被哨兵打死。倒省得我来动手了！呵呵呵……”说到这里，杭文治似乎想哈哈大笑，但他受伤的嗓子实在不争气，那笑声听起来反倒像哭一样。

杜明强又强调了一遍：“我有计划，真正可以实施的计划。”

“你就吹牛吧！这个监狱从来没人成功越狱，你以为你是谁？你是神吗？”杭文治用眼睛瞥着杜明强，神情却又变成了不屑一顾，“你以为你赢了？其实你的下场会比我们更惨！”

杜明强不急不恼，只挑着嘴角说：“你在套我的话？你想激我把那个计划说出来？”

杭文治彻底服了，他知道在这个家伙面前根本没法耍任何心眼。于是他决定反其道而行之，干脆用一种破罐子破摔的态度来挑战对方。

“对。我就是在激你，你敢说吗？”杭文治紧盯着对方的眼睛，慢悠悠地说道。

从正常人的角度考虑，谁也不会把自己的计划告诉一个对自己恨之入骨的仇人。这不仅危险，而且毫无必要。但杭文治知道杜明强并不是一个正常人——按理说，既然另有计划，那自然是越早行动越好，但杜明强却已在这里夸夸其谈了近二十分钟。这说明他有强烈的炫耀欲望，他喜欢像猫捉老鼠一样摆弄自己的猎物，喜欢享受那种被猎物崇拜和敬畏的感觉。当你对其表达出鄙视的时候，他即使知道你另有所图，他也会忍不住把真相告诉你。因为他太自信了，他觉得自己有能力掌控一切。

很多强者最终正是被过度的自信引向覆没的泥潭。这似乎已成为强者的宿命，越强大的人便越难挣脱。

杭文治期待杜明强也会犯同样的错误。只要对方把越狱的计划告诉自己，那自己就可以找机会去破坏那个计划，到时候或许还能绝境翻盘。毕竟越狱本身就是一项风险与变数极大的行动，经不起外界力量的任何干扰。

在杭文治诱惑的目光之下，杜明强果然开口了，他淡淡地告诉对方：“我会坐劭师傅的车出去——你应该知道，劭师傅一直都在办公楼外等着我。”

“劭师傅的车？”杭文治冷笑起来，“你真是异想天开。任何车辆在离开监狱的时候都要经过红外设备的热源扫描。你想出去？除非你是个没有体温的死人！”

“我当然有体温，但我可以想办法把体温盖住。”杜明强耐心地向对方解释道，“我已经让劭师傅在车头的发动机下面焊了个铁箱子，我钻在那个箱子里，便可以利用发动机产生的热量遮盖住我的体温。热源扫描是不会看到我的。”

杭文治一愣，这样的越狱方案他从未想到过，但至少听起来这个计划是可行的。同时杭文治也在暗暗自责自己的洞察力不足。要知道，杜明强一早就和劭师傅打得火热，而这层关系他又始终没让别人插手，敏锐的人应该有所警觉，这家伙很可能会在劭师傅身上另打一番算盘！

“行了，我该走啦。”提起自己的计划，杜明强似乎也觉得不能再久留了。他站起身，懒懒地抻了个懒腰，又自言自语道，“劭师傅的车应该也热得差不多了。”

杭文治心念一动，明白了对方为何会在这地下室里饶舌半天，那家伙的计划是要利用汽车发动机的排热遮蔽住自己的体温，而发动机从启动到温度上升是需要一段时间的。杜明强正是在等待这个时间差。由此可以推测，劭师傅此前一定会在汽车里关注着办公楼前的动静，当他看到杜明强进入地下室之后，便发动汽车开始加温。在温度满足要求之前，杜明强会故意躲藏在地下室，因为这里无人打扰，恰是一个最安全的位置。

现在杜明强显然是准备出发了。杭文治心中甚是焦急，强大的压力让他的脑子飞速地转动起来：自己既然已经知道了对方的方案，在这般紧迫的形势下，必须尽快想出一个破解的方法才行！

杜明强一个懒腰抻完，把周身筋骨也乘势活动了一遍。他看到了杭文治皱眉凝思的样子，便哼了一声道：“你不用枉费心机了。我既然敢把所有的秘密都告诉你，我自然有着十足的把握——你们不可能破坏我的计划，因为你们全都有罪。现在你们必须接受我最严厉的刑罚！”

在杜明强说话的过程中，他的语气和神态都出现了一种奇妙的变化。那种轻浮的、玩世不恭的感觉彻底消失了，取而代之出现在众人眼前的是一张冷漠的、不显露任何表情的面庞。平哥等人还是第一次看见此人身上浮现出这般的气质。那人站在他们面前，相距不过半步，却像是站在一个令人永远无法企及的制高点。他俯视着世间众生，更俯视着那些藏匿在众生中的罪恶。

平哥和阿山下意识地挪开目光，竟不敢与那人的面孔直视。他们与那人朝夕相处数月之久，但现在却看到了一个难以想象的陌生人。

只有杭文治才知道，这才是那个人真正的面目。杜明强并不是他的真名，与这个名字相关的戏谑和散漫也只是他用来掩藏身份的面纱而已。Eumenides才是他真实的名字，杀手才是他最钟爱的身份！

当一个杀手抛去伪装之后，他接下来要做的事情除了杀人，还会有什么？

杭文治很清楚这个道理，他的脸颊开始抽搐。他知道属于自己的人戏正到了谢幕的时刻，而自己看起来已毫无胜算。

Eumenides俯下身，伸手摘去了杭文治戴着的那副眼镜。他的手指掠过杭文治的脸庞，后者竟不由自主地战栗了一下。

Eumenides把眼镜摔在地上，随着一声脆响，镜片碎裂开来。他从中选出最尖锐的一块碎片，夹在了右手的食指和中指之间。然后他的左手探进囚服衣兜，掏出了几张纸片。他瞥了一眼最上面的那张，转身面向了阿山。

阿山想要往后缩，但牢牢捆缚的身体让他无法动弹。

“方伟山，你八年前在太平湖劫杀了一名男子，早该被判处死刑。你的同案潘大宝已经在地狱里等着你。”Eumenides冷冷说完，左手轻轻一抖，最上方的那张纸片飘落下来，正停在阿山的眼前。

那纸片是用制作纸袋的工具裁剪而成，上面是仿宋体的铅笔字迹：

死亡通知单

受刑人：方伟山

罪行：抢劫、杀人

执行日期：十月十一日

执行人：Eumenides

阿山看清纸片上的内容，他瞪大眼睛看着Eumenides，口中呜呜不知想说些什么。

Eumenides却不屑再看对方，他只是弯下腰去，道了句：“你不需要说话，因为你的罪行无可辩驳。”这句话说完的时候，Eumenides重新站起，而阿山的呜呜之音也蓦然断绝，他喉部的鲜血汩汩而出，很快就浸透了面前的那张纸片。

Eumenides略略转过身，这次面对的目标正是平哥。

平哥歪着脑袋，目光却在看着阿山，似乎尚未从对方的可怕境遇中回过神来。

“沈建平，你在一九八七至一九九三年之间，组织黑社会性质的暴力团伙，罪行累累。其中牵涉到的命案就有三起。你作为这些案件的幕后主使，对死刑的判决应该没有异议吧。”

在Eumenides的话语声中，属于平哥的那张死亡通知单也晃悠悠地飘将下来，那上面写的是：

死亡通知单

受刑人：沈建平

罪行：涉黑、杀人

执行日期：十月十一日

执行人：Eumenides

平哥把头转过来，不过他并没有去看那张单子。他的目光有些迷离，似乎想到了很多东西。

他在想什么？是曾经的腥风血雨，还是十多年在监狱中的风云岁月，又或者，他还在回味那个正像肥皂泡一样破灭的自由幻想？

即便是心思敏锐的Eumenides也无法看破其中的答案，他只注意到平哥的嘴角咧了一下，似乎想绽出几许苦笑。只是这笑容很快就被锋利的玻璃刃口划得粉碎，并且彻底淹没在属于他自己的肮脏血液中。

Eumenides最后才面向杭文治。

“你是我的敌人。”他凝眉说道，“但我并不是以敌人的名义来报复你。你不该杀了小顺，你必须为此付出代价。”

“小顺难道是什么好东西？他不过是个罪犯，你怎能因为他的死来审判我？”杭文治气急败坏地为自己辩解，他倒不是怕死，但他很清楚，只有活下去才能保留翻盘的最后一丝渺茫希望。

可惜Eumenides显然没有为对方保留希望的意思。他的右手青筋迸起，指缝中的血液滴滴坠落。属于杭文治的那张死亡通知单恰也在这时飘下来，围着血滴来回飞舞了一会儿。然后“啪”的一声轻响，纸片被血滴击中，加速坠停在杭文治眼前。

杭文治看着那张纸，眼前出现的却是一片在风雨中无从挣扎的落叶。他的心中泛起一阵酸楚：属于自己的那段宿命从秋雨中开始，难道便注定要在秋雨中结束？

Eumenides并不给杭文治太多感怀的时间，他的右手已经挥出，指缝中寒光凛冽。

杭文治忽然低吼一声，躬起腰一滚，用身体向着Eumenides撞过去，想要作最后的一搏。但这举动显然是徒劳的，Eumenides略略退了一步，同时调整了一下手腕的发力方向，指间锋利的玻璃片依旧精准地划过了杭文治的咽喉。杭文治张开嘴，却已无法再发出声音。他的身体随着撞击的余势翻滚了一圈，最后俯身停在了阿山身旁。

由于受刑者被割断了颈部动脉，血液以惊人的速度流失。很快在每个人身下都汪起了一片血洼。Eumenides将指缝中的玻璃片扔进血洼里，又静静地等待了两三分钟，然后他伸出右手食指，依次探过那三人的鼻息。

探视的结果是令人满意的。这本就是他最熟悉的杀人方式，从来不会失手。更何况是面对三个毫无反抗能力的家伙？

三个有罪的人都已经得到了应有的制裁。但Eumenides手中还有一张纸片，那是一张尚未发出的死亡通知单。他把这张纸片轻轻地放在阿山的面门上，他相信这张死亡通知单很快也会找到自己的主人。

当这一切做完之后，Eumenides已没有任何理由继续在地下室内停留。他迈步向着原路返回，准备实施真正属于自己的那个越狱计划了。

Eumenides的脚步声又轻又快，很快就消失在地下室左侧的角落里。根据他的计划，他将从这个通风口钻出办公大楼，然后搭乘劭师傅那辆经过改装的卡车，从此奔向自己的自由之路。

到目前为止，他的计划看起来是如此顺利，似乎已经再没有人能够阻止他。

然而事实往往不会像看起来那样乐观。

就在Eumenides的脚步声刚刚消失的时候，在他执行死刑的现场，血泊中的三人忽有一个动了起来。

居然有人还没有死！

那人挣扎着翻滚身体，用被捆缚在背后的双手在地面上来回摸索着。片刻之后，他找到了自己想要的目标——一个破碎的眼镜片。他用那个眼镜片奋力划拉着捆在手腕上的床单。两三分钟之后，床单终于被划断了，他的双手也获得了自由。那人立刻一只手撑起身体，另一只手则急切地去探查自己喉部的伤势。

触手可觉伤口又大又深，血流不止，但庆幸的是大动脉依旧完好。幸存者知道自己的性命无忧，忍不住要仰天而笑。只是他的气管已经受伤，一吸气便灌入了凉风，笑声未出，反而止不住地咳嗽起来。

咳了一阵之后，那人摇摇晃晃地站起身。他的身形矮小瘦弱，正是最后一个承受Eumenides刑罚的杭文治。

能从Eumenides的刑罚下逃生，靠的当然不只是运气。杭文治在生死最后关头的灵光一现，让他赢得了和对手进行加时较量的机会。

当时杭文治翻滚身体向Eumenides撞去，他知道自己绝不可能撞到对方，他真正的目的有两个：第一是干扰Eumenides的刺杀手法，第二是要让自己的身体倒在阿山的血泊中。

幸运的是，他这两个目的居然都达到了。

Eumenides虽然划开了他的喉管，但他的主动脉却躲过了致命的一击。而他俯身趴在最先受刑的阿山身边，后者流出的大量血液淹没了他的头胸，这混淆了Eumenides对他失血程度的判断。

于是这个本已输得精光的家伙居然在Eumenides的眼皮底下起死回生了。

当然了，杭文治现在可没有时间来庆幸，他必须集自己的最后之力来阻止Eumenides的越狱计划。

可他也知道，自己的力量在对手面前实在是太单薄了。如果独自去追击对手，效果和送死没有任何区别。他必须求助于一个帮手，一个强大的，足以令Eumenides也感到头疼的帮手。

好在这个帮手是现成的，那个人正在楼顶等着自己。

杭文治略歇了一口气，正要迈步而去，忽然看到了罩在阿山脸上的那张纸片。那怪异的情形足以吊起他的疑心，于是他便伸手将那纸片拿了起来。

那是一张死亡通知单，但并不是发给阿山的。通知单上那个受刑人的名字既让杭文治感到意外，但细细想来，却又在情理之中。杭文治看着那张通知单，嘴角忽然浮现出一丝诡异的笑意。他现在有十足的理由相信：楼顶的那个家伙就算拼了老命也要帮自己挽回败局！

杭文治来回走了两步，将另外三张被鲜血浸透的纸片也拣在手中。然后他一边捂着自己喉部的伤口，一边走向不远处的楼梯道。铁门上的链子锁早已被阿山打开，杭文治手脚并用把铁门扒开，随即便鼓足全身的力气直往楼顶奔去。

九层楼并不算很高。但杭文治身负重伤，脚步难免轻浮，这一路足足用了七八分钟。到了楼梯的尽头之后，他推开面前的一扇小门，挣扎着冲了出去。

他已经到达了楼顶。外面夜色深沉，秋风凛冽，冰凉的雨水浇打在他的伤口上，激起一片火辣辣的痛感。

杭文治知道他要找的帮手正藏在楼顶的某个角落里，手里荷枪实弹，只等杜明强自己送上门来。

只是杜明强已经不可能来了。

杭文治深吸一口气，鼓足全身的力量嘶喊着。他想要提醒对方：现实的局势与预定的计划已经发生了翻天覆地的改变！

只是杭文治的声带先受重击，喉口又被割开，那嘶喊只能变成一阵痛苦的咳嗽。不过他这副狼狈的样子已足够引起暗中人的关注。不消片刻，一个黑影从左手边的掩体后闪了出来，那人一手端枪，一手拿着手电，首先用光柱晃了杭文治两下，然后以警戒的姿势凑上前，一边走一边压低声音问道：“怎么回事，杜明强呢？”听声音正是四监区的中队长张海峰。

“跑……跑了！”杭文治语不成声，他已经支撑不住了，伸手想要扶什么却扶了个空，身体剧晃几乎跌倒。张海峰连忙抢上一步将对方托住，这时他终于看见了对方喉部那个可怕的伤口，他的心深深地沉了下去。

“他坐劭师傅的车……改，改装了，用发动机……掩盖……掩盖体温。”杭文治用简短的语言竭力向对方阐明现在的局势，同时他的右手努力往前探，伸向张海峰的面前。

张海峰意识到对方是要给自己什么东西。于是便把杭文治手里攥着的几张纸片接了过来。借着手电筒的光柱，他一张张地快速翻看着，却见头三张纸片都已被鲜血染得殷红，分别是三张死亡通知单，受刑人依次是沈建平、杭文治和方伟山。

“都……都死了。”杭文治比画着自己喉部的伤口，艰难说道。张海峰自然能领会对方的意思，他只觉得头皮一阵阵发麻，如坠冰窟。

然而最强烈的震撼却要在最后一张纸片才展现出来。当张海峰看到那张纸片上的内容时，他的身躯猛然一颤，就像是被闪电击中了一般。

那纸片上写的是：

死亡通知单

受刑人：张天扬

罪行：张海峰最心爱的事物

执行日期：十月十一日

执行人：Eumenides

相对于其他三张浸满血迹的通知单来说，这张纸片可算洁净。但在张海峰眼中，纸片上的每一个字都充满了杀戮和血腥的恐怖气息。那个危险的猎物已经逃脱，那家伙亮出可怕的利爪连伤三人之后，下一个目标竟然是自己的爱子！

张海峰知道那家伙绝不是虚张声势。当初那家伙只不过是自己枷锁中的一只困兽，当他直视着自己的眼睛放出报仇的威胁时，那种可怕的气势兀自令人不寒而栗。现在困兽脱笼，后果怎堪设想？连平哥这样的角色都在转瞬间血溅当场，年幼的爱子又能有多大几率逃脱对方的追杀？

这一连串的自我逼问让张海峰的身体在蓦然间有种虚脱的感觉。原本被他扶抱着的杭文治因此失去了支撑力，慢慢地向着地面瘫倒下去。

“快……快去……追他！”在倒地的同时，杭文治聚集起最后的力气说道。他的手从张海峰的衣襟上划过，留下几行瘆人的血指印迹。

张海峰猛地警醒，他再也顾不上杭文治，拔腿便冲下了楼顶天台。同时他掏出手机，用最快的速度拨通了监狱门口警备岗的电话。

岗上的值班哨兵刚刚拿起听筒，一个“喂”字都没来得及说，张海峰粗重而又急促的声音便传了过来：“四监区拉货的卡车走了没有？”

“刚走。”

张海峰的心又是一缩，最后的希望也被击碎。他几乎是吼叫着说道：“有囚犯越狱了！就在那辆车上！”

“这……不可能啊。”哨兵将信将疑，“出监车辆要经过红外扫描的。”

张海峰没时间和对方解释什么，他强迫自己控制住情绪，又问：“那车走了多长时间？”

“大概五六分钟吧。”

五六分钟！倒还不算太久。张海峰略略凝起精神，郑重道：“我是四中队张海峰。我现在命令你，立刻启动紧急追逃预案！目标就是那辆卡车！”

哨兵也辨出了张海峰的声音，对方的语气让他意识到这突如其来的事件绝非临时演习。他连忙放下电话，按下了身边控制台上的一个红色按钮。

刺耳的警报声随即在监区上空响起，划破了宁静的雨夜。那警报按两短一长的节奏往复循环，正代表了展开紧急追逃行动的信号。

所谓“紧急追逃”是监狱内出现突发越狱事件时的应对预案之一。一般来说，有囚犯越狱之后，监狱方面应该成立由监狱长牵头的追逃专案组，整合当地武警、刑警等多方面的力量，布置详细而完备的计划，然后再全面展开追逃行动。但专案组的建立和计划的制订都需要一个过程。如果越狱行为刚刚发生，且囚犯的逃行路线又非常明确，这时再等待专案组无疑会延误战机。在这种情况下，应该率先启动紧急追逃预案，当相应警报响起之后，在监狱内值守的机动力量要以最快的速度自行组织起来，立刻展开对越狱者的追击行动，而不需要等待领导来开会和布置作战计划。其目的就是要把握住第一战机。因为在追逃的最初阶段，对战机的把握往往比详细的计划更加重要。

警报声传到张海峰的耳朵里，令其绝望的情绪稍有缓解。从监狱到市区尚有相当的路程，而在夜间的郊区小路上，逃跑的大车速度应该不会很快。如果狱方全力追击的话，未必没有赶上的可能。

有了这样的想法，张海峰恨不能一下子就飞到自己的汽车里，亲自踏上追击杜明强的正途。在杭文治的计划失败之后，他已经不相信任何人，他要把杜明强亲手毙杀在自己的枪口下，不会再留一丝的犹豫。

张海峰从办公楼的顶层一路往下飞奔。一边跑一边拨打第二个电话，这电话是打到儿子所住的学校宿舍楼管理室的。听筒里的振铃响了好几声，却始终没人来接听。

现在正是凌晨时分，宿舍管理员肯定正在睡梦中吧？即使他听见了电话铃声，会不会起床接听恐怕还得看他的心情。张海峰在焦急等待的过程中也难免陷入一种深深的自责和懊悔。今天本来是周五，他应该把儿子接回家的。若是如此，即便杜明强逃脱，至少自己会在儿子身边保护着对方。可是因为自己的错误决策，现在儿子却要孤身面对险境，如果儿子真的遭遇不测，此事必将成为自己一生的遗憾！

当振铃响到七八声的时候，电话终于被人接起了。那声音有些睡眼惺忪："喂？"

"我是203房间张天扬的父亲，有个杀人犯现在正要去找张天扬。你一定要把他保护好！"

"什么？"电话那头的人被这突如其来的噩耗吓得睡意全消。

"我要你现在就去203房间，陪着我的儿子！把门窗都牢牢关好，除非我亲自到场，不要给任何人开门！听见没有！"张海峰急促地说道，那声音充满了命令的意味，令人无法抗拒。

对方战战兢兢地反问："那……我要不要报警？"

"你别管了！现在就上楼陪我儿子！"张海峰喝道。在得到对方肯定的回复之后，他这才挂断了手机。这时他已经到达一楼大厅，他一边继续往楼外的停车场飞奔，一边翻找着手机里的电话本。很快，他在通信录里找到了自己的目标：罗飞。

这次通话键拨通之后很快就有了回应。即使是在这样一个寂寞的凌晨，对方的声音仍然清醒且充满了冷静理性："刑警队罗飞。"

张海峰脱口而出："杜明强跑了！"

罗飞也禁不住愣了一下，旋即反问："什么时候？怎么跑的？"

"就在几分钟前，他乘坐一辆经过改装的卡车逃出了监狱。卡车的车牌号是17195，他现在正前往芬河小学2号住宿楼203房间，他要杀我的儿子张天扬！"说话间，张海峰跑出办公楼，钻入了夜幕下的风雨中。他看到在监区铁门附近，已经有一辆狱方的警车在整装待发。车内应该是门口值班室里的武警哨兵，只有他们才可能这么快就行动起来。

"你确定吗？他要杀你儿子？"罗飞在电话那头反问，同时电话里还传来快速杂乱的声音，估计是罗飞一边打电话，一边已在整理自己的装束。

“我确定，他给我儿子下了死亡通知单！”张海峰急匆匆奔向楼前停车场里那辆属于自己的警车，“我没时间解释太多，我已经启动了紧急追逃程序！”

“我现在就去找你的儿子。”罗飞用平稳的声音回复道，“同时我会派人截住那辆车。”

“好。”急切之间张海峰连感谢的话也顾不上说了。他挂断电话，一猫腰钻进了警车的驾驶座。车钥匙早已在奔跑的过程中就掏出握在手中了，张海峰把钥匙插进锁孔，急速地一拧，汽车的发动机发出一声低吼，愤怒地燃烧起来。

几乎与此同时，张海峰的后颈侧方忽然被人重重地掌击了一下。这一击悄无声息，而张海峰又毫无防范，他哼也没哼一声，身体便软软地晕倒在驾驶座上。袭击他的人在后排俯身一扒车座上的调节扣，将车前座放倒，然后麻利地将张海峰的身体搬到了车后座上。那人剃着光头，身穿号服，正是不久前刚刚大开杀戒的Eumenides。

Eumenides并没有乘坐劭师傅的车出狱。那并不是他真正的计划，那只是一个幌子。

将卡车改装之后，利用发动机产生的热量来骗过红外仪的热感扫描。这方案只是理论上可行。要藏住杜明强这样身材高大的成年男子，必须加挂一个相当大的铁箱才行。要在发动机附近完成这样的改装绝非易事，因为在车前的机舱里根本就无法挤出这么大的空间。

即使这高难度的车辆改装能够完成，杜明强也不可能要求劭师傅帮助自己展开这样的计划。他和劭师傅的关系的确不错，却绝没有好到能让对方替自己出生入死的地步。他只是资助过劭师傅的生活，而用如此方式协助囚犯越狱，劭师傅的生活会彻底毁掉。所以这样过分的要求，杜明强根本提也不用提。

这其中的逻辑其实并不难想。要想骗过杭文治和张海峰，杜明强知道自己必须做好充分的铺垫。

此前发生在杜明强身上所有的疏漏，所有不合情理的冲动，事实上都是他刻意而为的铺垫，也是他真正计划的一部分。

那计划是从小顺被杀后开始的。

正如杜明强在地下室里分析的那样，他对杭文治的怀疑在一点一滴中慢慢积累，但始终未能确证。直到小顺之死成为彻底照亮他心底迷雾的明灯。

他看出了杭文治接近自己的目的，也明白了阿华为什么要逼着自己越狱。这两人的行为正好布成了一个完整的陷阱，一个凶险万分而又让自己不得不跳的陷阱。

杜明强明知道杭文治会利用越狱的机会对自己不利，但他必须参与这次越狱。因为当时他已面对着一个令他无法抗拒的理由。

杭文治提出的越狱计划显然是无法实现的，但是可以利用，毕竟对方在管道布置上的学识确实是无人能及。杜明强决定将杭文治当成自己的棋子，对方至少能将自己带离监区，来到办公楼附近。但要想进一步离开监狱，杜明强还需要另外一枚关键的棋子——张海峰。

于是杜明强故意在监区大会上激怒张海峰，并且进一步让两人之间的关系恶化到无法调和的地步。他对张海峰的爱子发出了死亡威胁，这是天下任何一个父亲都不可能容忍的。他相信张海峰一定想要杀死自己而后快。

而杜明强发出死亡威胁的时候，那句阴森逼人的话语是刻意当着杭文治的面所说。杭文治看到了杜明强复仇的决心，也看到了张海峰的恐惧和愤怒。于是在他心中开始滋生一种难以抵抗的诱惑：他要利用这番局面除掉杜明强。

所以说，正是杜明强给杭文治创造出了联手张海峰的机会，而杭文治因为给张天扬补习功课，早已获得了后者充分的信任，杜明强相信杭文治是不会浪费这层关系的。另一方面，张海峰把小顺之死处理成自杀，这在杭文治眼中无疑是个可以利用的把柄。当杭文治双管齐下、软硬兼施的时候，深受杜明强威胁的张海峰没有理由不上船。

当然了，要实施越狱这样重大的计划，很多事情光靠猜测是不够的，再可靠的猜测也必须得到验证才行。事实上在昨天下午，劭师傅前往办公楼避雨是有目的的，他看到了大厅里的值班安排表，把张海峰当晚值班的消息告知了杜明强。杜明强由此确信：张海峰和杭文治已经如他所愿联合在了一起，而这两人的合力作用将给自己打开一扇自由之门。

劭师傅还帮了杜明强两个小忙：第一，他把张海峰所驾驶的警车车牌号告诉了对方；第二，他在下午装货完毕后假装钥匙丢失而滞留在监区，等凌晨时分得到杜明强的信号之后才驾车离开。这两个忙都是举手之劳，除此之外，劭师傅对杜明强的其他计划一无所知，他不知道杜明强要越狱，更不知道杜明强会杀人，这使得劭师傅在事后不会受到什么牵连。

在夜色深沉之后，424监舍的四名囚犯踏上了他们的越狱之旅。杭文治表面上控制着一切，但事实上，他只是杜明强手中的一枚棋子。杜明强知道众人一定会安全抵达办公区，因为张海峰会帮他们扫除其中的障碍——比如说调整当晚在办公楼里的值班计划。

当四人来到办公楼的地下室之后，杭文治的计划便夭折了，而杜明强的计划才正式开始。其实从Eumenides的角度来说，杭文治、沈建平和方伟山三人都是可杀可不杀的。首先说杭文治吧，当小顺之死的真相暴露之后，他自然会领到应有的惩罚；而沈建平和方伟山本来已是重刑，再经历一次失败的越狱，前景也不容乐观。所以他们都算不上是法律无法制裁之辈，并不需要劳烦Eumenides动手。

杜明强对这三人下手的真正原因只是要营造一种气氛，能够将张海峰逼上绝境的气氛。

杭文治侥幸未死当然也是杜明强设计好的情节。他需要杭文治去转告张海峰：自己已经乘坐劭师傅的卡车越狱而去。这里需要一些额外的技巧——因为把自己的越狱计划突兀地说出来多半会引起杭文治的疑心。杜明强先针对杭文治的阴谋做了大量的剖析独白，这番入木三分的剖析震骇住对方的同时，也让对方认定自己是个嗜爱炫白的狂妄之徒。当杭文治使用激将法想要套出他真正的越狱计划时，杜明强便顺势而为，成功地将一个并不靠谱的“方案”深深地植入了对方的脑海。

杜明强留下杭文治的第二个目的是要借对方之手给张海峰送去那张死亡通知单。事实上那张通知单是不成立的，因为在那通知单上出现的是一个荒谬的罪名。那个罪名既没有触犯法律，也不违背任何道德，自然也不应该属于Eumenides的制裁范围。

那是一张无效的死亡通知单，杭文治和张海峰应该都有机会看出其中的破绽。但是杜明强此前做出的铺垫实在太充分了，鲜血和死亡已经彻底征服了他们，让那两人都不敢去怀疑最后一张通知单的真实性。就在杭文治艰难攀登九层楼的同时，杜明强已经来到了办公楼前的停车场，他给劭师傅发出了离开监狱的信号，他自己则偷偷潜入了张海峰的警车，静待着“鬼见愁”的到来。

而劭师傅离去的时间也恰到好处。当杭文治与张海峰会合之后，劭师傅刚刚驶离监狱不久，这便给了张海峰追击的希望。杜明强有百分之百的把握：张海峰一定会启动“紧急追逃预案”。

在早年接受老师培训的时候，了解监狱也是Eumenides必学的专业课程之一。他深知省城监狱戒备森严，在正常的状况下想要越狱难比登天。所以要想获得自由，唯一的希望便是要先让监狱陷入一种“非常”的状况。

杜明强熟知监狱中的生存法则，也知道狱方在面对突发事件时的各种计划，其中就包括“紧急追逃预案”。该预案是个快速反应机制，而快速的另一个伴生词便是“匆忙”，当狱方陷入匆忙状态的时候，筹谋越狱的囚徒才能获得真正的机会。

而在预案启动之后，最匆忙的人必是张海峰无疑。对爱子的牵挂会让他方寸大乱，他所有的脑力都会用于如何调度力量去保护爱子的安全，而他所有的体力都会用于追击“已经逃出监狱”的杜明强。当他的脑力和体力都已严重透支的时候，他怎么可能躲过对手以逸待劳的强大一击?

所以杜明强成功地将张海峰击倒在车内。他用极短的时间换掉肮脏的囚服，穿戴上张海峰的警服和警帽。随即他又摸走张海峰的配枪，用床单布条将对方牢牢捆扎，嘴也塞得严严实实。做完这一切之后，他自己爬到了驾驶座位，打开车灯，挂挡启动了警车。

在监狱大门处，另一辆先期到达的警车此刻已经通过了哨兵的搜检，正咆哮着向监狱外冲去。而监狱的大铁门早在警报发出的同时便已开启，因为那沉重的铁门开合实在太过缓慢，而紧急追逃又是分秒必争的行动，所以在“紧急追逃预案”中专门强调要提前打开铁门，以方便追逃力量的出入。

杜明强脚下发力，油门越踩越深。警车加速向着监狱门口驶去，而杜明强的嘴角则浮现出一丝笑意。

监狱的大门已经打开，而他正驾驶着一辆高速警车，右手则握着子弹上膛的手枪。现在还有谁能够阻止他的离去呢?

两个哨兵拦在监狱门口，向着越驶越近的第二辆追逃警车发出停车待查的手势信号。虽然这两个哨兵都是荷枪实弹，但他们根本没有一丝要向这辆车开火射击的念头。因为他们早已远远看清了车牌号，知道那正是张海峰的座驾。就在几分钟之前，正是这个四中队的队长下达了紧急追逃的命令，所以此刻这辆车飞驰电掣般驶来简直是再正常不过了。哨兵们压根不会想到那被“追逃”

的目标此刻正坐在这辆车的驾驶座位上，所谓的停车检查，在他们看来也就是在例行公事而已。

瞬息之间，那辆警车已经驶到了近前，但车速却仍然丝毫未减。不仅如此，车前的大灯还明晃晃地开着，照得两个哨兵睁不开眼来。直到这时，哨兵们才意识到那辆车根本没有停下的意思，他们连忙下意识地往旁边猛地一闪，避开了那车辆的撞击。警车带着“嗖嗖”的风声，几乎是紧擦着他们的身体呼啸而过，很快便消失在了雨夜之中。

“我靠，张头这是疯了吧？”两个哨兵面面相觑，心有余悸地感慨道。直到这时，他们仍未琢磨出车内的玄机，还以为是张海峰由于管辖的犯人脱逃，情急之下失去了理智。反正那人行事素来雷厉风行，大胆泼辣，“鬼见愁”的名声早已是如雷贯耳的。

车内的杜明强长出了一口气，神经终于彻底松弛了下来。他倒并不害怕哨兵们强行拦车，只是那样的话难免要发生枪战。伤了哨兵的性命会使整个计划多少蒙上些阴影。虽然老师曾一再教导他，警察和罪犯都是他们的敌人，但是痛苦的前车之鉴还是让他不愿再伤及更多无辜的性命。

杜明强把手里的枪支轻轻放在副驾位置上，然后略微打开了一丝车窗。冷风夹杂着雨水飘零进来，打在他炽热的脸颊上。他贪婪地呼吸着，尽情享受那久违的自由气息。

第十二章 追因

十月十一日，早晨八点三十二分。

省城刑警队会议室。

罗飞占据着会议桌中间主持人的位置，他的眼睛有些红肿，头发也略显凌乱——看来刚刚过去的那个夜晚亏欠他一场惬意的睡眠。

坐在两旁的与会者们虽然不像罗飞那样疲惫，但他们也都阴沉着脸。整个会议室被一种令人窒息的低气压笼罩着，呼应着屋外那连绵不绝的秋风冷雨。

面对着昔日战友，罗飞没必要说些场面上的客套话，他单刀直入地切进了此次会议的正题："很突然地把大家召集过来，原因只有一个，就在几个小时之前，杜明强越狱逃跑了。"

倾听者们没有显示出过多的反应，事实上，在收到专案组重建通知的时候，他们就已经知道了Eumenides逃脱的消息。最初的震惊逝去之后，他们开始蓄积力量，准备迎接即将到来的战斗。在一种平静而又充满张力的气氛中，每个人都把专注的目光盯在罗飞身上，等待后者透露更多的细节。

"我是在凌晨两点二十七分接到的电话，打电话的人是主管重监区的中队长张海峰。他告诉我，杜明强搭乘一辆经过改装的载货卡车逃出了监狱，卡车的牌号为17195。我立刻布置警力对这辆卡车展开搜索和拦截，同时我自己则赶往张海峰的儿子所在的芬河小学，因为据张海峰所说，杜明强临走前留下了一份死亡通知单，上面标明的受刑人正是他的儿子张天扬。”

听罗飞说到这里，会场上唯一的女子目光跳了一下，然后微微摇了摇头。这女子正是省警校的心理学讲师慕剑云。在专为抓捕Eumenides而建立的“四一八”专案组中，慕剑云是核心成员之一，她精妙的心理分析曾准确地勾勒出那个杀手的性格特征和兴趣爱好。

罗飞注意到慕剑云的反应，他也明白对方为什么会摇头。Eumenides的行事风格虽然变化莫测，但在发放和执行死亡通知单这件事上，他却一直遵循着极为严格的准则。很难想象，一个尚在上小学的孩童怎么会激发起Eumenides的制裁欲望？

“这张死亡通知单确实蹊跷，而张海峰急着去追捕杜明强，也没时间细说。”罗飞在叙事的同时顺带解释了两句，“为了保险起见，我还是在第一时间赶到了张天扬的宿舍。当时张天扬是安全的，不过宿舍管理员却反锁住房门，不让我进入。他说一定要张海峰亲自打招呼才能开门，于是我又给张海峰打电话，但对方的电话从这时开始就一直无法接通了。

“后来我调动了该辖区的110，看到有警车过来，管理员这才把张天扬送出来。我保护着这孩子，把他带到了刑警队。在路上我还给柳队长打了个电话，让他带人过来增援。”

罗飞一边说一边往自己的右手边不远处看去，那里坐着一个瘦高的小伙子，此人肌肉精干，神色坚毅，正是特警队中最优秀的战士柳松。因为Eumenides身手了得，在“四一八”专案组建立之日起，特警队便一直是其中值得依赖的现场战斗力量。最初进入核心指挥小组的代表是特警队的队长熊原，后来熊原在一次行动中遇害，便由柳松顶替上来。去年杜明强被捕入狱之后，专案组解散，柳松回到特警队，并就此升任为新的特警队长。

柳松看着罗飞，回应似的点了点头。凌晨时分他接到对方的电话后，立刻便带人赶到了刑警队，承担起保护张天扬的任务。不过柳松对那份死亡通知单的真实性也颇有质疑。且不说那孩子并无可杀之罪，就算有，Eumenides也不该把这份通知单过早地泄露出来。要知道，警方绝不可能把一个孩子抛出来作为“诱饵”，而那孩子也没有脱离警方控制的理由。当警方把孩子带到刑警队内部死守的时候，Eumenides纵有万般本事又能如何？所以这不仅是一份不该发出的死亡通知单，而且是一份无法完成的死亡通知单。这通知单如果存在，恐怕会有别的意义。

而罗飞在扫了柳松一眼之后，又面向众人继续说道：“凌晨三点十六分的时候，我接到报告，那辆车牌号为17195的卡车被拦截在东城国兴路路口，车上暂时只发现司机一人。我立刻赶到现场，一边就地审问司机劭大泉，一边组织警力对车辆进行了彻底的搜查。可结果却令人尴尬。首先是劭大泉对杜明强越狱的事情显得一无所知，他坚持说自己因为找不到钥匙滞留在监狱中，到凌晨时分才离开；而那辆卡车也没有任何改装的痕迹，根本不可能藏着一个大活人通过监狱的严密盘查。”

“声东击西吧？”旁边有人按捺不住地插了一句，“杜明强根本就不在这辆车里，包括那份死亡通知单也只是个幌子，目的就是要牵制警方的精力，调虎离山。”

说话者是个二十来岁的小伙子，他戴着副眼镜，身形瘦弱。一身警服松松垮垮的，颇不合体，穿在他身上全无庄严肃穆的感觉。不过此人的来头可不小，他叫曾日华，是省城警界首屈一指的网络安全和信息专家。

罗飞对这样的评论未置可否，只按自己的思路往下说道：“因为无法打通张海峰的电话，后来我便直接与监狱方面进行了联系。那边的追逃预案已经启动，监狱管理局的领导也亲临现场展开调查，但奇怪的是，最先发现犯人越狱的张海峰却失去了音讯。据监狱方的门哨说，张海峰在追逃预案启动后不久就驾车出去追击逃犯，他当时非常匆忙，甚至都没有接受门哨的例行检查。”

曾日华猛地一拍手：“张海峰有问题，那辆车更有问题！说不定杜明强就是藏在他的车里！”

罗飞这时把目光投向曾日华，点头道：“我也觉得事情的关键就在张海峰身上。所以我紧接着便调动警力，开始在全市范围内寻找张海峰驾驶的那辆警车。不过这次搜寻却一直没有结果。直到早上五点二十一分的时候，我的手机接到一个陌生来电，接通后居然是张海峰。他问我儿子的情况怎么样，我如实告诉他张天扬非常安全，张海峰便说了句：‘罗队，谢谢你，对不起。’”

“哦？”曾日华原先猜测张海峰可能是杜明强的越狱同谋，但从张海峰的这个电话看来却又不像，他忍不住要问，“这家伙到底是怎么回事？”

罗飞略咧咧嘴，带着点无奈的表情说道：“我什么都没来得及问，他已经把电话挂断了。我查了那个号码，是城郊明月湖附近的一个公用电话。我立刻带人前往搜寻，最终在湖边一条偏僻的小道上找到了张海峰的警车。只是车里空无一人，车辆已经被破坏，无法发动，车的后窗玻璃也被打碎，现场还有一些散落的布条，看起来是用监舍里的床单撕结而成。”

“嗯。”曾日华用手在头顶的乱发丛中挠了挠，似乎在分析着什么。慕剑云和柳松虽不作声，但目光聚凝，显然也在揣摩这幅场景背后的蕴义。

罗飞则接着说道：“我赶紧给监狱方面打电话，向他们通报了这个情况。监狱那边也告诉我：张海峰已经自行回来了，他涉嫌重大渎职，首先要接受内部的监管和调查。至此我觉得杜明强越狱的情况基本上清楚了。于是我就把诸位召集到这里来，共同商议对策。”

“一定是杜明强劫持了张海峰，然后驾着后者的警车逃离了监狱。”曾日华最耐不住性子，有了点思路就迫不及待地要说出来，“车被弃置在明月湖边，那里地处偏僻，会延缓警方发现的时间；那些布条应该是用来捆绑张海峰的吧？杜明强走后，张海峰撞碎后窗玻璃，割断了布条；因为手机也被杜明强带走了，他只能找个公用电话和你联系；在得知儿子安全之后他便急匆匆赶回监狱，这说明他虽然渎职，但在杜明强脱逃一事中至少没有主观上的故意。”

柳松比曾日华要沉稳一些，等对方说完这一大通话之后，他这才缓缓附和道：“这样的分析倒是合理——只是有一点我很难理解，杜明强怎么能劫持到张海峰？”

慕剑云也轻摇着头：“确实难以理解，这里面必然还有隐情——只有张海峰自己才知道的隐情。”沉默片刻后，她抬头问罗飞，“监狱那边的事情我们方便插手吗？”

罗飞道：“我已经派尹剑过去沟通了。”不过他也明白，出现了犯人越狱这样的大事，这对整个监狱管理系统来说无异于挨了一个耻辱性的耳光。现在监区中队长又深陷其中，监狱方必然要先进行内部调查，其中涉及的某些隐情会不会向外透露，尚不好说。

“哎！”曾日华忽然又想到了什么，一扬手道，“那个卡车司机不是在我们手里吗？我看可以加强对他的审讯力度。找不到钥匙，谁信哪？我看他就是和杜明强串通一气的，要不是监狱方面去追那辆卡车，杜明强怎么逃得出去？”

柳松和慕剑云各自点头，都觉得这个司机确实有问题。

罗飞却只是耸耸肩膀：“那个劭大泉我亲自审了。他就是说钥匙丢了，然后到深夜才找到的，别的什么都不知道。或许是杜明强偷了他的钥匙，或许他和杜明强确实有所牵连——可不管如何，你都无法证明他的行为是故意的，更别想从他嘴里得到什么。”

慕剑云理解罗飞最后那句话，苦笑道：“在这种情况下，傻子也不会开口的。一开口就等于自己往粪坑里跳。”

曾日华咂了咂嘴，双眼在镜片后面眯成两条小缝，有些无计可施的样子。片刻后他睁开眼睛看着罗飞，想从对方身上寻回一些希望。

罗飞这时却摇了摇手，打断了众人的思路：“其实杜明强是怎么逃脱的，这个问题并不重要。我把大家召集起来，主要的目的也不是要讨论这个。”

“对。”柳松的思维首先跳了出来，“我们关注的重点应该是怎样抓回这个家伙。至于他是怎么跑掉的，就让监狱管理局操心去吧！”

“所以我们首先应该讨论，杜明强为什么要越狱？”罗飞郑重地提出了这个问题，然后他停顿了一会儿，等众人都跟上了自己的思路之后，这才继续说道，“不管杜明强的设计有多精妙，越狱本身都是一件风险性极高的事情；而根据监狱那边透露的消息，杜明强在越狱的过程中还杀死了同监舍的几个狱友，这意味着他一旦计划失败就会赔上自己的性命。要知道，杜明强的刑期其实只有五年，相对于这个刑期来说，他所冒的风险实在太不值得。所以我们有理由相信，一定有某个重要的原因在支配着杜明强，让他不得不提前越狱。这个原因或许在监狱之内，或许在监狱之外。如果在监狱之外的话，那我们知道了这个原因，也就知道了杜明强接下来会干什么。”

不错，众人心中都是一亮：如果促使杜明强越狱的原因在监狱之外，那就意味着他急于出狱去完成某件事情——这件事情岂不正是亟待警方追寻的重要线索吗？

“他到底想干什么？”曾日华在镜片后面翻了翻眼睛，“难道是新的死亡通知单，急于在近期内做出制裁？”

这或许是最容易想到的推断吧。对于Eumenides这样一个有着坚定信念的杀手来说，还有什么事情比制裁那些逍遥法外的罪犯们更加重要？

罗飞看着曾日华，顺着对方引起的话题说道：“我需要你针对这个思路做详细的分析。排查那些法律无法制裁的罪人，重点目标可以锁定下面几种情况：近期刚刚传出恶名的；即将出国的；新近出狱的或者即将入狱的；得了绝症有可能在短期内病故的。”

“我明白了。”曾日华用手推了推自己的眼镜，懒散的外表下透露出几分干练，“我会在一天之内给你提交一份详细的排查报告。”

“很好。”罗飞随后又转过头来看向慕剑云，“慕老师，你能不能针对Eumenides的心理分析一下，除了执行通知单之外，还有什么外界因素有可能促使他急于越狱？”

慕剑云皱着眉头道：“我想不出……他既然已经铁了心要成为执行正义的杀手，他在这个世间还能有什么牵挂？”

虽然慕剑云没能给罗飞提供什么有价值的答案，但她的话语还是令后者心中一动。

罗飞知道Eumenides并非了无牵挂，只是这牵挂几乎无人知晓。

Eumenides永远无法忘记那个女孩，即使在身临险境的时候，他也会事先把女孩托付给一个值得信赖的人。不过现在接受托付的那个人已经步入绝境，难道Eumenides就是知道了这个消息，所以才要越狱出来，以亲自照顾那个女孩吗？

可罗飞随即便推翻了这个猜测。因为越狱的后果和这样的假设根本是背道而驰。首先，Eumenides很清楚罗飞早已盯上了那个女孩，他想要和女孩接触很难再避开罗飞的视线。但这并不意味着他便无法与女孩来往了。因为Eumenides是以杜明强的身份入狱的，当他刑满释放之后，这个身份便复归清白，即使被罗飞盯上也无所谓。而一旦越狱之后，杜明强便成了一个有着重大案底的逃犯，所以他必须一辈子躲着罗飞，这就意味着他再也没有机会和那女孩接触了。

所以Eumenides绝不会为了那个女孩而越狱。为了那个女孩，他应该老老实实地服完刑期，成为一个令罗飞也无可奈何的“清白人”。

就在罗飞暗自思忖的当儿，一个身影急匆匆从屋外闪进了会议室。众人不约而同地向来人看去，原来却是罗飞的助手尹剑。

“怎么样？”罗飞等不及尹剑坐定便率先问道。他派小伙子去监狱那边打探消息，对方这么着急地赶回来，一定是有所发现才对。

“现在见不到张海峰，监狱管理局那边不让我们插手。”尹剑先抑后扬地说道，“不过杜明强越狱的基本过程已经搞清楚了。他和同监舍的三个重犯通过雨水和通风管道进入办公楼，在楼体地下室内对三个同案下了杀手。同时他故意放出错误的越狱信息，引诱狱方的值班人员去追击那辆卡车。杜明强自己则躲藏在张海峰的警车内，伺机袭击了张海峰，然后驾着张海峰的警车冲出了监狱。”

罗飞“嗯”了一声，同时他注意到尹剑的表情带着超出话语内容的激动感，便追问道：“还有什么情况？”

“你们看看这个。这是杜明强在杀人现场留下的。”尹剑一边说，一边从上衣兜里掏出一只透明的塑料证物袋，那袋子里装着几张硬胶纸片，纸片被雨水和血水交替浸染，湿漉未干。

罗飞接过袋子先略略扫了一眼，脱口道：“死亡通知单？！”

尹剑用力咽了口唾沫道：“是的，一下子四张！”

罗飞神色一凛，他摸出一副白纱手套戴好，然后将那些纸片小心翼翼地从袋子里取了出来，他一张一张地翻看着，确信那的确是Eumenides的手笔无疑。

慕剑云等人也都起身围拢过来，每个人都很清楚这些纸片的存在意味着什么。

“这样的话，杜明强相当于承认自己就是Eumenides了。”曾日华颇为感慨地叹了一句。去年专案组费尽艰辛才将杜明强捉拿归案，却因为没有证据证明他的杀手身份，最终只判了对方五年徒刑；现在杜明强终于暴露出自己的本来面目，只可惜他又逃之夭夭、不知所踪了。

慕剑云说道：“不管他有多少合法身份，以后只要我们再抓住他，他就无法抵赖自己就是Eumenides。”

罗飞也点点头，不过他随即又带着点自嘲的口吻补充说：“只要他不把剩下的指头全都咬掉。”在上一次抓捕杜明强的时候，罗飞曾经获得Eumenides的左手中指指纹，但杜明强却咬掉了那个指节，使得罗飞掌握的指纹失去了意义。后来杜明强入狱，罗飞特意把对方的所有指纹都留了档。现在那几张死亡通知单已经把杜明强和Eumenides画上了等号，杜明强再想要隐藏住自己的杀手身份，必须把所有的手指都销毁才行。

曾日华附和着罗飞的自嘲，嘿嘿一笑，然后又道：“这么看来，杜明强越狱这件事情，对于我们了结Eumenides的案子倒是件好事呢。”

众人都明白曾日华的意思。如果杜明强不越狱，等他刑满释放之后，随便换个身份就可以继续作案。而警方除非抓到他的现行，否则即便和他对面相逢也无可奈何；而现在，不管杜明强换不换身份、会不会作案，只要能将他缉捕，专案组便能彻底赢得对Eumenides之战的胜利。从这个角度来说，杜明强的越狱对专案组确实是件好事。不过其他人自重身份，即使这么想也不会这么说，只有曾日华口无遮拦。

罗飞则皱起眉头，他把那四张死亡通知单依次在桌面上摆开，细细看着。那些蔓延的血迹更进一步地提示着他：不惜坐实Eumenides的身份，杜明强越狱行为必然有着某种极为重要的意义！

“这算什么罪名？”柳松看到了发给张天扬的那张通知单，忍不住诧异地问了一句。

“你可以把保护张天扬的弟兄们撤下来了。”罗飞转头向柳松说道，“Eumenides不会动那个孩子，这张通知单根本不成立，它只是杜明强越狱时的一个道具。”

慕剑云点头表示赞同：“这是杜明强的心理战术。先杀死三个狱友，然后再给张天扬发出死亡通知单，张海峰必然会方寸大乱，他贸然下达追击命令，后来又被对方伏击劫持，这些都不奇怪了。”

尹剑这时想到了什么，插话道：“其中那三个重犯也没有都死，有一个重伤活了下来。”

“哦？”罗飞立刻敏感地问道，“是哪个？”

“这个叫杭文治的。”尹剑伸出手指往其中一张通知单上虚点了一下。

“杭文治？”罗飞一愣，他记忆的某个闸门被打开了，愕然道，“是他？”

“谁？”尹剑下意识地反问，其他人也都有些摸不着头脑的样子。

罗飞暂时顾不上解释，他凝起目光，脑子飞速地旋转起来。他想起了今年初春的时候被自己拘捕的那个年轻人，那人的名字正是杭文治。那个可怜的家伙被一个女人骗走了所有的财产，最后因为暴力讨债，犯下抢劫和劫持人质的重罪。当时在审理此案的时候，那对男女的表现让罗飞相信他们之间的确存在着债务关系，只是杭文治无法证实，所以也无法给自己脱罪。从这个角度来说，杭文治入狱是带着天大的委屈的，而这样的委屈和Eumenides生父文红兵当年的遭遇多么相似！只是罗飞从警多年，对世间的善恶炎凉早已见识许多，对他来说，只有法律才是制约人们行为的准绳。即便罗飞对杭文治满怀同情，但他还是按照法律向检察机关提交了相关的案卷资料。后来杭文治被判入狱，罗飞也就渐渐淡忘了此事。

此刻杭文治的名字忽又在杜明强越狱一案中出现。罗飞这才知道，这个与文红兵经历相似的年轻人居然在入狱后成了Eumenides的同监舍友。而在杜明强越狱的时候，他又是唯一一个遭受刑罚却大难不死的人。这一切难道只是偶然的巧合？

不，罗飞从不轻易接受巧合。当任何巧合发生的时候，他都会试图寻找隐藏在其中的必然联系。

片刻之后，罗飞的思绪略有回转，他立刻又问尹剑："这家伙现在在哪里？"

"应该在人民医院的重症室吧，据说刚刚抢救过来。"

"我要这家伙的详细资料！"罗飞的手指在桌面上重重地叩了一下，然后他看向曾日华，"你去筛查他的档案，包括他的家庭背景、人生履历等，要非常非常仔细。我要知道，他是不是和龙宇集团有什么联系！"

曾日华嘴里答了句"明白"，但脸上的表情却充满困惑，他实在想不通这事怎么又牵扯上龙宇集团了。

而罗飞这时又看向尹剑："你还得往监狱跑一趟，详细调查这个杭文治在监狱里的表现，重点包括：是谁给他安排的监舍、他在狱中的会访记录，以及他和杜明强之间的关系如何！"

"好！"尹剑毫不含糊，腾地站起了身。他坐了也就两三分钟，凳子都还没焐热。

"慕老师，你跟我一块儿去人民医院，会一会这个杭文治。柳队长，请你在刑警队时刻待命，做好战斗准备！"说最后这几句话的时候，罗飞也站了起来，他的腰背挺拔刚直，先前的疲惫感已经被战斗的火焰燃烧得无影无踪。

上午十一点二十三分，省人民医院重症病房。

杭文治从昏迷中醒来，他感觉脑子涨乎乎的，喉部则不断传来火辣辣的痛感。在他脑袋上方挂着一个硕大的血袋，血液正源源不断地通过导管流入他的体内，与死神争夺着他那虚弱的生命。

一个护士凑过来看了看他的情况，随即又转身离去。片刻后，在病房门口传来对话的声音。

“他醒了。”

“我们可以进去吗？”

“可以，但你们不能太过刺激他，也不要让他说太多的话。”

“我明白。”

……

对话结束后，有脚步声向着床前走来。杭文治的脑袋无力转动，他只能被动等待来客将身形移动到自己的视线之内。

映入杭文治眼帘的是一个身穿警服的中年男子，此外还有一个窈窕的女子跟在男人身后，只是那女子处于他视线的边界点上，难以看到全貌。杭文治只能眯起眼睛，尽力去打量那个离自己较近的男人。

男子似乎知道杭文治的视力不好，便特意躬下身体，把自己的面庞送到对方眼前，然后他问了句：“你认识我吗？”

杭文治依稀想起些往事，他勉力张开嘴，气若游丝般说道：“罗……罗警官。”

罗飞抬起一只手摆了摆，说：“认识我就行，你不用说话，先听我说。”

杭文治缓缓眨了一下眼睛，用以代替点头的动作。

罗飞心中略宽，这杭文治虽然伤重，但彼此间的交流尚不成问题，于是他立刻便切入正题道：“我们刚刚对你的个人履历进行了详细的调查。在十年前，你的父亲得了癌症，全省最好的肿瘤专家都聚集起来给你父亲做了会诊——以你当时的家庭境况肯定无法调动这样的资源。我询问了几个当事人，他们都不否认当年是受到邓骅的委托。我们还查看了你在监狱期间的探访记录，发现你和梦乡楼的经理马亮有过接触，而马亮是阿华手下的得力干将之一。所以我们有理由相信，你和龙宇集团有着非常深的隐秘渊源。”

杭文治睁眼和罗飞对视着，既没有否认，更不想掩饰什么。事已至此，掩饰还有什么意义？

这正是罗飞期待的态度，他可以毫无阻拦地将话题继续深入下去：“我们还了解到，有人打点了监狱内勤，使你有选择性地被分配到424监舍，而你和监舍中杜明强的关系非常好。我知道你是有意去接近他的，因为你想给邓骅报仇，对吗？”

杭文治又眨了一下眼睛，然后他努力想说什么。

“杜……”

罗飞猜到对方关注的焦点，便直截了当地抢答道：“杜明强已经成功越狱了。”

杭文治闭起眼睛，显得既无力又无奈。

“你不要想别的事情，只管回答我的问题。”罗飞再次提醒对方，“你的回答或许能帮助我们尽快把杜明强捉拿归案，你明白吗？”

杭文治立刻睁开双眼，同时用激昂的眼神表现出强烈的合作欲望。

罗飞正式提出第一个问题：“越狱的主意是谁先提出来的？”

杭文治的嘴唇动了动，声音微弱但口型分明是个“我”字。

“你故意鼓动杜明强越狱，然后伺机报仇？”

杭文治认同地眨着眼睛。

“杜明强一开始就同意越狱吗？”

杭文治用气声吐出一个“不”字。

“那你是怎么说服他的？”罗飞终于把话题引入到了核心处，事实上这个问题也就等价于：杜明强究竟因为什么改变主意，最终参与越狱？

可杭文治的回答却卡住了，他愣了一会儿才又开口：“不……不是我……”

“不是你说服他的？”这让罗飞有些意外，他连忙又追问，“那是谁？”

杭文治没有立刻回答，他的呼吸有些加重，似乎在心中出现了犹豫和冲突。罗飞料想对方是不愿把其他同伴牵扯进来，他必须打消对方的顾虑。

“我对越狱这件事本身没什么兴趣，不管你们做了什么，那都是监狱管理局的麻烦；我所关心的，只是怎样抓住那个家伙。我必须知道促成他越狱的原因，这样我才能提前掌握他下一步的行动。”

罗飞的诚恳言辞终于让杭文治下定了决心，他鼓足一口气力，清晰地吐出四个字来：“去问阿华。”

罗飞心念一动，立刻转身说了句：“走！”

一直站在罗飞身后的女子自然就是慕剑云了。她感觉有些突然，停在原地问：“这就走？”在她看来，对杭文治的询问似乎还没完全展开呢。

罗飞却非常果断地迈开了步伐，同时略带着自责说道："我们已经晚了呢。我应该早一点想到阿华的！"

慕剑云只好跟上罗飞的脚步，而在行进的过程中，她也逐渐悟出了头绪：不错，在设计杜明强的计划中，杭文治和阿华必然是一对同谋。既然杭文治没能在狱中说服杜明强越狱，那阿华一定会在监狱外施加某些影响，而这种影响即便是杭文治也并不了解。事情调查到这一步，必须尽快从阿华嘴里获得些东西才行！

中午十二点零三分。

省城看守所。

阿华被带进了提审室，作为故意杀人的重犯，他带着沉重的手铐脚镣，行动颇为不便。在他身上有好几个地方都缠着绷带和纱布，裹护着或轻或重的外科烧伤。

虽然如此，这个男子却丝毫没有显出狼狈或者虚弱的感觉，他一步一步地挪进提审室内，缓慢的动作中反而透出一种沉稳的力道。然后他停下来扫了一眼屋内的情形：在铁栅栏的外面坐着一男一女，这两人阿华都不陌生——一个是刑警队长罗飞，一个是心理学者慕剑云。

"你怎么又来了？"阿华看着罗飞，一边说一边自顾自地坐到了审讯椅上，"我不是都交代清楚了吗？你只要在结案陈词里写上'供认不讳'这四个字就行了。"说完这话，他抬起手臂察看着那里的伤势，那傲然的表情却像是一个勇士在炫耀自己的勋章。

他的确有炫耀的理由。在龙宇大厦的那场大火中，他凭借一己之力烧死了包括高德森在内的三个敌人。虽然他现在面临着法律的严惩，但即使是走向地狱，他也将保持着一个胜利者的荣耀姿态。

"我这次来不是为了你的案子。"罗飞摆出一副不紧不慢的态度。他知道阿华远非杭文治可比，想从对方嘴里得到实话，得像钓大鱼一样，先要消磨掉他的锐气，然后才能收线。

阿华翻了翻眼皮，扫视着罗飞和慕剑云："那你们来干什么？"

罗飞沉默了一小会儿，然后他一字一句地说道："杜明强越狱了！"

阿华的目光本已回到自己的手臂上，听见这话蓦地又弹起来，直挺挺地向罗飞看去。而罗飞也做好了准备，他与阿华对视着，眼神里像带着钩子一样，让对方的视线一旦接触过来，就再也无法挪动分毫。

“杜明强越狱了，”罗飞把刚才的话加重语气重复了一遍，并且又补充说，“他还对同监舍的三个狱友下了杀手，包括一个半年前入狱的新人——杭文治。”

阿华的眼角抽动了一下，他竭力控制着自己的情绪，强忍着要用手铐去砸椅子的冲动。在几次沉重的呼吸之后，他略略平静了一些，沉着声音问道：“那三个人都死了？”

罗飞直接点明了对方的心机：“你关心的是杭文治吧？他没死，他的喉管被切开，但好在没伤到主动脉。”

阿华长出一口气，他闭起眼睛，把身体往后仰靠着椅背，不知在想些什么。

罗飞能感受到对方情绪的起伏，这正是他有意去营造的效果——那条骄傲的大鱼已渐渐被疲惫和慌乱包围。

罗飞却还要继续打击对方。

“你败了。你的计划不但没有成功，反而被杜明强所利用。”他讥讽似的问道，“你根本不是那家伙的对手，何必要来多此一举？”

阿华睁开眼睛怒视着对方，反唇相讥：“如果说我是多此一举，那也是因为你们警方的无能。”

“真是可笑。”罗飞用毫不退让的目光压迫着对方的气势，“是我亲手给你戴上了镣铐，你有什么资格来质疑我的能力？”

阿华却真的笑了，先是冷冷的一两声，后来笑声渐渐连贯起来，他歪着脑袋，斜斜地看着罗飞，像是在看一个滑稽的小丑。

罗飞倒沉得住气，他一直等对方笑声停歇了，这才又淡淡问道：“你笑什么？”

“你还真以为你们警察能抓得住我？”阿华昂起头反问。

罗飞摊开手掌提醒对方：“这已经是事实了。”

“那是我愿意被你们抓住，你们才能得手！我如果不愿意，你们能有什么办法？”阿华挑起嘴角，又傲慢地摇了摇头，“算了。我懒得和你们再说，反正你们也不会懂。”

罗飞忽然间也笑了，而且点头道：“我懂。”

阿华一愣，眯起眼睛问："你懂什么？"

"你从来没把我们警方看在眼里，不管是我们拘捕你的时候，还是在后来的审讯过程中，你一直高高在上，好像你才是这场游戏里的主宰。在你看来，并不是我们抓住了你，而是你成全了我们。是你在光天化日之下杀死了高德森，才让警方有了拘捕你的机会。这简直就是一份无偿奉送的大礼，我们警方应该对你感激涕零才对。"

罗飞说话的同时，笑容却慢慢凝固，审讯室里的气氛也因此变得有些沉重。阿华莫名感到有些不安，他下意识地挪动了一下身体。

罗飞的目光一直盯着阿华，右手却往审讯桌的抽屉里伸去。不消片刻，他便摸出一个小巧的便携式收录机，推在了桌面上。

阿华一怔，讥笑道："你偷偷给我录音？有必要吗？"他对自己杀害高德森的罪行早已交代得很清楚，真是搞不懂对方为何要使出这样低劣而又毫无意义的手段。

罗飞也不解释什么。他按下了录音机上的播放键。很快便有一个男子的声音响起。

"我是省城刑警队队长韩灏，今天我录下这段自白，以揭示一桩即将发生的血案真相……"

阿华对这个声音再熟悉不过。那正是韩灏留下用以指证龙宇大厦双尸案的录音。当初这录音先是被Eumenides截走，后来又机缘巧合般落在了高德森手里。高德森以此要挟阿华，逼得阿华最终选择了鱼死网破的殊死一搏。当时在金龙宴厅一场熊熊大火，原版的录音早该烧成了灰烬，而高德森复制的带子又怎会落到警方手里？阿华只能看着罗飞，等待对方给出答案。

罗飞见对方已很诧异，便终止了录音的播放。

"你在龙宇大厦杀死了凌恒干和蒙方亮，你以为警方拿不到证据，对你根本没有任何办法。只要你愿意，你就可以一直逍遥法外，"罗飞顿了一顿，加重了语气，"但是你错了，真正控制局势的不是你，而是我们警方。这卷录音带早就在我手里了，高德森拿到的，其实是我故意留给他的复制品。我故意的——你明白吗？"

阿华的脸色愈发难看，高昂的头也终于垂了下来。他是个聪明人，并不难理解罗飞话语中的逻辑。黯然良久之后，他看着自己被紧铐着的双手，苦笑道:“你是在利用我……利用我去对付高德森。”

“除恶务尽!”罗飞掷地有声地说道,“龙宇集团、高氏集团一日不除,省城便一日不得安宁!”

阿华面如死灰,哑口无言。他原以为自己控制着一切:杀死高德森,那是多么壮烈的一幕,自己才是这场大戏的主角!警方呢?不过是大幕落下后,跟着拣拾些战利品的小丑而已。可现在看来,他真的错了。在这场大戏中,他仅仅只是个演员,他的一切行为都在执行着导演的指令。而这个真正操控着全部局面的导演,却是此刻端坐在自己面前的那个男人。

罗飞还在蓄积力量,要给对方最后的致命一击。

“你不知道的事情其实很多。”他轻叹一口气,又问,“你以为你杀了高德森,就算是给明明报仇了吗?”

这话精准地刺痛了阿华,他蓦地抬起头来,敏感地问道:“你什么意思?”

“真正动手的另有其人!这个人在现场留下了铁证,你自己看看吧!”罗飞一边说,一边从衣兜里掏出一只证物袋,递给了看押阿华的武警。

武警把证物袋展示在阿华面前,阿华凝起目光,清晰地看到了袋中那根盘卷弯曲的黄色长发。他很明白那根头发所代表的信息,他的拳头紧握起来,身体也不受控制地颤抖着。终于,他再也压抑不住那喷薄的耻辱和愤怒,狠狠地将手铐砸向面前的椅子。

“咔嚓”一声,用来禁锢犯人坐姿的木板从中断裂,晃悠悠荡成了两截。

“你干什么!”身强力壮的武警抢上一步,用双臂箍住阿华的脖子,“老实点!”

阿华受到镣铐和武警的双重束缚,无力反抗,他只能涨红了脸,从牙缝里挤出咒骂的言语:“忘恩负义的混蛋……我要杀了他,我要杀了他!”

“你有什么权利杀他!?”罗飞正色斥问,他的声音不大,但却完全盖住了阿华愤怒的吼叫,后者只好停住口,而罗飞又接着说道,“也不需要你去杀他。在你被捕的同时,豹头也被捉拿归案。法律自然会给他应有的惩罚!”

听到罗飞这样坚定的话语,阿华渐渐平静了一些。的确,他在看守所里也看到了豹头的身影,不过此前他以为豹头只是因双方恶斗而受到牵连,怎料到对方居然就是对自己痛下杀手,结果却误伤了明明的首恶元凶。他在懊恼自己有眼无珠的同时，也禁不住要用另外一种态度来审视眼前的那个警察。

由于自己的职业身份，阿华对于警察有一种天生的抵触感。而在韩灏中Eumenides之计将邓骅击毙之后，这种抵触感变得愈发地根深蒂固。在他看来，警察不仅是自己快意江湖时的敌人，更是无能和无用的代名词。

一个无能的朋友至少能得到一份友情，一个强大的敌人也能得到对手的尊重，可是一个无能的敌人除了轻蔑的嘲讽之外，什么也配不上。

阿华对警方的态度素来如此。而在阿华与高德森集团的争斗中，阿华又怀疑警方在暗中支持他的对手，所以他对警方的敌意愈发深重。可是罗飞，这个新任的省城刑警队长，却正在扭转他的态度。

这个警察击败了自己，还抓住了残害明明的真凶。不管是对高德森，还是对豹头，他也都铁面无情，他确实是法律坚定的维护者。这样一个深不可测的厉害角色，或许，他同样能抓住那个家伙！

事实上，他已经抓了Eumenides一次，只是没能定实后者的死罪。如果再给他一次机会，Eumenides恐怕也不会有那么好的运气了吧？

一个无能的对手正在发生奇妙的角色转变，他似乎有充分的理由变成一个强大的朋友。

罗飞也看出了阿华的情绪变化，他冲武警挥了挥手，示意对方撤开。后者便松开了胳膊，不过他的眼神仍然死死地盯着阿华，提防着对方的异动。

阿华晃了晃脖子，试图缓解残存在那里的窒息和痛感。然后他看着罗飞，目光中已毫无敌意，同时他很认真地说道：“你还在这里干什么？你应该去对付那个家伙。”

罗飞也改变了自己的态度，诚恳地说道：“我需要你的帮助。”

“哦？”阿华自嘲般地一笑，“我现在这副境地，还能帮你？”

“我想知道杜明强为什么会越狱，这样我才能主动去寻找他的踪迹。”

阿华“嗯”了一声，表示明白罗飞的逻辑。他斟酌了一会儿，忽然说道：“我可以告诉你，但我有一个条件。”

“你说吧，”罗飞回应得很干脆，“只要法律允许，我会尽量满足你。”

阿华冷冷道：“我要看到豹头先死。”

这样的要求有些意外，但又在情理之中。阿华知道自己的罪行已无可恕之理，他唯一的心愿便是能见证仇人的覆灭。如今在他眼中，他对豹头的痛恨甚至要超过Eumenides。他和Eumenides是各为其主，虽然水火不容但至少还互有一番尊重，而豹头和他枉为多年的兄弟，自己一片真心，即便豹头倒戈也未曾为难过对方，万没想到对方居然如此狠毒，十足是个阴险奸诈的小人。如果自己不能见证豹头的末日，实在是死不瞑目。

罗飞能理解阿华的心情。事实上，他也非常看不起豹头这样的人。虽然同为罪犯，但不管是Eumenides、阿华还是豹头，每个人在他心中都有相应不同的位置。他思忖了一下，感觉就豹头的罪行来说，不管是主观恶意还是后果的严重程度，都已经达到了死刑的量刑标准，于是他便承诺道："我可以运作，让豹头先于你接受裁决。"

阿华点点头道："多谢了。"他和罗飞虽然接触不多，但和对方却很容易建立起某种信任。他相信罗飞是不会失约的，而他自己也如约托出了对方想要的答案："想要再次抓住Eumenides的尾巴，你只要盯住那个女孩。"

罗飞皱了皱眉头，隐约感觉到什么，但又不能十分确定。

阿华进一步解释："我告诉了那个女孩，杀她父亲的凶手已经被警方抓住，只是警方没有掌握那家伙杀人的证据，所以他只被判了五年徒刑——这就是Eumenides越狱的原因，你明白了吗？"

是这样！罗飞的视线渐渐清晰起来。当初杜明强被捕，因为警方的工作有很大缺陷，所以案情的真相一直属于内部机密，并没有向公众披露。那女孩自然也不会知晓。现在阿华把此事告诉了那个女孩，对狱中的Eumenides来说，他必然会面临一种极为尴尬的局面，难道正是这种局面引导了他的越狱行为？

在罗飞渐渐明了的同时，慕剑云的眼神却越来越困惑。她已经猜到，所谓"那个女孩"应该就是遇害警官郑郝明的女儿郑佳，不过她实在想不通杜明强越狱为何会受到郑佳的影响。

这时罗飞又对武警扬了扬手说："行了，把他带下去吧。"

阿华不用武警招呼，自己起身往审讯室后门走去，到了门口时他却又停下来，转头对罗飞说道："等有一天你抓住他的时候，别忘了到我坟上烧张纸！"

罗飞无言地点了点头。阿华哈哈一笑，转身大步离去，似乎心中再没有什么牵绊。

还没等阿华和那武警走远，慕剑云已经按捺不住性子，竖着眉头问罗飞：

“罗队长，你是不是又有什么事情在瞒着大家？”

“确实有。”罗飞先是坦然承认，然后又道，“不过我叫你一块儿过来的时候，已经不准备再瞒着你了。”

慕剑云无奈地撇了撇嘴：“那你说吧。”虽然她对罗飞这种自以为是的控制欲非常不满，但这正是对方的强硬性格所在，任谁也难以改变了。

罗飞指了指桌面上的那个收录机道：“那我就先说说这卷录音带……”

“这个不用你说了。”慕剑云打断了他，“我已经知道了。”

“你知道了？”罗飞颇有些诧异，“你知道什么？”

“我知道为什么你早就拿到了这卷录音，但却迟迟不愿以此为证据将阿华早日缉拿。”慕剑云似笑非笑地看着罗飞，一副胸有成竹的样子。

罗飞“呵”了一声，他环抱着双臂不说话了，一副“愿闻其详”的态度，好像是故意要考较考较对方。

慕剑云便把俏脸倾凑过来，故作神秘地在罗飞耳边低语：“因为那卷录音带根本就是假的！”

这一下正命中罗飞的心事，他猛然侧身看着慕剑云，神色竟有些窘迫，就像是作弊的学生被老师逮住了现行一样。

慕剑云看着对方慌张的样子，开心地笑了起来。

罗飞盯着慕剑云看了有两三秒钟，确信对方绝不是在诈唬自己，便沮丧地问道：“你怎么听出来的？这带子有破绽么？”问话的同时，他也不待慕剑云回答，自己又把带子回卷到头，想要把刚才放过的内容再听一遍。

但慕剑云却伸手捂住录音机的播放按钮，阻止了罗飞的动作。

“行啦，你别自己吓唬自己了，”她笑道，“你设计的带子一点破绽都没有。”

罗飞紧皱着眉头，苦思自语：“那为什么……”

慕剑云也不忍心再折磨对方了，终于坦白道：“是曾日华告诉我的。他和你可不一样，心里是藏不住一点事的。”

罗飞恍然大悟，摇头苦笑道：“这小子……”

那卷录音带的确是伪造的，而操刀的正是电脑高手曾日华。

去年阿华和韩灏联手，在龙宇大厦内杀死了林恒干和蒙方亮二人。这起案子做得滴水不漏，并且嫁祸在了Eumenides身上。罗飞虽然看破了阿华的手法，但苦于韩灏已死，便没了最直接的证人。后来警方得知韩灏曾留下指证阿华的录音，可惜又晚到一步，被Eumenides将那卷录音截走。Eumenides入狱后，罗飞曾数次劝说对方，希望他能将录音交给警方，让阿华受到法律的制裁。只是Eumenides一直不为所动。直到罗飞发现阿华在照顾郑佳之后，才意识到Eumenides和阿华之间已经达成了某种协议。这意味着警方想要从Eumenides那里找到阿华案的突破口已无可能。

此时阿华和高德森之间的争斗愈演愈烈，已成为省城治安的大患。罗飞急于将这两股恶势力铲除，但他又担心：在这样一种均衡的局面下，如果不能除恶务尽，警方可能会被其中的某一股势力利用，成为其打压对手的帮凶。

在这场三方的角逐中，罗飞不想成为相争的鹬蚌，他想成为得利的渔翁。

罗飞开始筹谋，他能不能引入某种力量，打破阿华和高德森之间僵持的局面。最好能让这两人面对面拼个你死我活，然后警方便可以名正言顺地站出来清理残局，将省城最大的这两股恶势力彻底清除。

其时高德森谋害阿华不成，反伤了无辜的女孩明明。阿华已铁了心要找高德森寻仇，高德森对此颇为忌惮，平日里安保严密，更不敢轻易与阿华会面。罗飞偶有感触：如果韩灏指证阿华的录音带落在高德森手里就好了。以高德森的利益思维模式，他必然会约阿华见面，以那卷录音带要挟对方，在他眼里，阿华除了乖乖就范之外，别无他路可走。可阿华为人的准则却和高德森截然不同，在被对手拿住命门的时候，他绝没有投降求饶的道理，他只会拼死一击，博一个同归于尽的局面。而这种局面对于警方来说，无疑是最理想的结局。

只可惜那录音带已无面世的可能，罗飞在屡屡暗自遗憾之后，忽然某天心念一动：如果要引导高德森和阿华之间的生死冲突，那这卷录音带本身的意义便不重要了，既然如此，何不伪造一卷录音带？只要能以假乱真，一样能达到预想中的效果！

罗飞立刻找到了曾日华，咨询伪造这样的录音在技术上是否可行。而曾日华很明确地回复罗飞：只要能找到韩灏生前的声音资料，便可以用相应的电脑程序对韩灏的语音声线展开分析，在得到数据模型之后，将其他人的声音资料嵌入模型进行拟合，就能够伪造出韩灏说话的录音了。当然了，每个人说话都有固定的习惯，不管是轻重音、间歇节奏还是语气助词的使用都不相同，即使在音调上能够完美模仿，伪造的录音仍无法通过严格的司法鉴定，但用来欺骗普通人的耳朵已是绰绰有余。

韩灏是省城刑警队的前任队长，在出席各种会议时留下了许多声音资料。罗飞将这些资料交给曾日华，两人着手展开伪造录音的工作。那段“自白”事实上的宣读者正是罗飞，那些所谓留在案发现场的“特定的痕迹”其实并不存在。只是案发时屋内漆黑一片，此后现场又由警方接手，阿华又怎能识破其中的玄机呢?

为了保险起见，录音带制作完成之后，罗飞首先让韩灏的遗孀刘薇听了一遍。这个与韩灏最亲近的人也没能发现其中的破绽。罗飞便有了十足的信心，接下来要考虑的问题，便是如何将这卷录音带不露痕迹地送到高德森手中。

罗飞让尹剑去寻找合适的配角，他们在临江派出所的辖区内，盯上了高德森集团中几个最底层的马仔。那天尹剑潜入他们的出租屋，并不是在“找”东西，而是在“送”东西——他将那卷录音带送入了杂物柜中。

此后罗飞便和尹剑以及临江派出所的于所长共同上演了一出好戏。听说自己手下的小弟被省刑警队的人盯上了，晶都夜总会的黄总连忙向于所长打探消息，而这消息随即便传到了高德森的耳中。

因为蒙方亮的家人曾听过韩灏真实留下的那卷录音，所以阿华谋害两位副总的消息早已在道上传开。一听说刑警队要找的东西正和这桩案子有关，高德森立刻出发，赶在警方之前找到了那卷带子。当时他欣喜若狂，以为是找到了扭转整个战局的武器，他怎会知道，那其实是一封通往地狱的请柬。

此后发生的事情正和罗飞的设想一模一样。阿华在受到高德森的要挟之后，毫不迟疑地抱定了鱼死网破之心。他孤身赴宴，在看似不可能的情况下完成了对高德森的刺杀。其间他还把那份假录音完整地听了一遍，对录音的真实性毫无怀疑。

这不仅仅是因为曾日华把声音模拟得惟妙惟肖，更得益于罗飞对录音内容的把握。阿华无法想象，除了自己和韩灏之外，竟还有其他人能对那场屠杀的策划细节了解得如此清楚。罗飞凭借对案情精细入微的剖析和复原，令阿华不得不深信，这番“自白”必须是出自韩灏之口!

在接到龙宇大厦物业方的报案之后，罗飞立刻带着刑警力量赶赴现场，不仅将阿华缉捕，涉嫌制造阿华公寓爆炸案的豹头也被捉拿归案。省城两大首恶集团群龙无首，很快便陷入了支离崩塌的局面。

罗飞这套一箭双雕的计谋大获成功。不过用假证据引诱黑恶集团之间的拼杀，这事在正式场合说起来，多少有些欠妥。所以除了参与其中的寥寥数人之外，并没有其他人了解此事的内情。刚才慕剑云忽然说录音带有假，罗飞还以为是录音带的内容上有漏洞，不禁颇为后怕。现在知道原来是曾日华走漏了风声，这才释然。

在感慨了一句“这小子……”之后，罗飞又问慕剑云：“他是什么时候告诉你的？”

慕剑云说：“就在阿华被捕的当天。他一得到消息就给我打了电话，扬扬得意地自夸了一番。”

罗飞“嘿”了一声道：“那还好。”总算这家伙是得到计划完成之后才向美女炫耀的，否则的话，以后有什么保密性的任务还真是不敢用他了。

“行了，说点别的吧。”慕剑云对这件事似乎已不感兴趣，转了话题问道，“那个女孩是怎么回事？”

罗飞做出要叹息的样子，但却没有发出声音，然后他看着对方：“其实对这件事情，你可能比我更加了解……”

慕剑云茫然道：“这事我了解什么？”她怀疑罗飞是不是刚才被自己戏耍，产生了后遗症。自己分明一无所知的事情，他却以为自己已洞悉内情。

不过罗飞并不是她想的那样，在慕剑云困惑的同时，罗飞已经开始提示对方：“你记不记得，你曾经说过，袁志邦死后，Eumenides急切要找到一个新的情感目标，他多半会寻找一个柔弱的女人，柔弱到不能对他构成任何伤害；而这个女人最好和他有着某种相同的经历，这样Eumenides才有接近对方的欲望。他们能产生共鸣，进而发生情感上的交流。”

慕剑云一怔，立刻意识到了什么：“难道他去找郑佳了？”

罗飞点点头：“郑佳去美国接受手术，其实就是他安排的。他用那卷截走的录音带作为筹码，委托阿华帮他照料郑佳。”

“天哪！”这情节实在太过突然，慕剑云只能用如此世俗的方式发出感慨，然后她狠狠地瞪了罗飞一眼，“这么大的事情，你居然一直瞒着我！”

“我现在不是告诉你了吗？”罗飞有些讨好似的说道，“对其他人我可谁也没说过。因为郑佳还不知道他就是杀害自己父亲的凶手，这件事情如果被揭穿了，这个可怜的女孩会受到极大的伤害。”

得知自己是唯一被罗飞信任的知情人，慕剑云的脸色缓和了许多。她开始深入思考这件事情，一连串的问号随即蹦了出来。

“他们现在是什么关系？你当初是怎么发现的？你发现了以后，怎么没有借机抓住那个家伙？”

罗飞一一回答：“我在调查龙宇大厦双尸案的时候，无意中发现Eumenides曾多次去观赏郑佳的小提琴演奏。他们之间的接触也不算很多，但相互间的感觉却非常好。现在郑佳的眼睛也在Eumenides的关照下治好了，她对这家伙除了一份微妙的感情之外，恐怕又会增添几分感激和依恋吧？至于你说为什么没有借机抓住那个家伙，嘿，你忘了吗？Eumenides当时已经化身为杜明强打入了专案组内部，他出来之后我就一直盯着他，直到亲手将其抓获。”

慕剑云边听边点头，等罗飞全部说完之后，她轻轻一叹，道：“可惜了。如果我们知道郑郝明有这样一个双目失明的女儿，或许一早就能抓住Eumenides的尾巴了。”

罗飞“嗯”了一声，表示赞同。他刚刚担任专案组组长的时候，慕剑云就在会议上分析了Eumenides的情感需求。而郑佳身上的很多元素都符合慕剑云当时的分析。比如说和Eumenides一样父亲曾意外死亡，自身因失明而极度柔弱，所处的环境能提供美食和音乐这两种隐秘而又高雅的爱好……他们应该能想到Eumenides也许会和郑佳接触，只是罗飞和慕剑云当时对郑郝明的家庭情况都不太了解，遗憾地错过了这条线索。

慕剑云这时又在感慨：“看来袁志邦也是疏忽了。他让自己的门徒去杀郑郝明，本意是要彻底切断对方作为正常人的情感退路，让他坚定地成为新一代的Eumenides。可因为郑佳的存在，事实上的效果难免要背道而驰。”

罗飞暗自点头——袁志邦的这步棋确实弄巧成拙。

按照袁志邦的观点，Eumenides将永远面对两种誓不两立的敌人。其一是各种逃脱了法律制裁的罪犯；其二便是警察。如果说罪犯是黑色的，警察是白色的，那Eumenides则是终身游走在黑白两道都无法容忍的灰色地带。

对于以惩罚者自居的Eumenides来说，面对罪犯时必然会毫不留情，可是面对警察时却有一道艰难的心理障碍：警察也是正义的执行者，Eumenides从情感上来说无法对其兵刃相向，可反过来，警察面对Eumenides的时候可丝毫不会手软。这种局面如果维持下去，一旦到了和警察生死相搏的关键时刻，

Eumenides便会处于极度危险的劣势之中。

曾经身为警察，后来却成为Eumenides的袁志邦很清楚这两种角色的心理差异。当他准备踏上Eumenides之路的时候，他下定决心要切断自己和警方之间的情感退路。他选择孟芸作为牺牲品——当孟芸死于那场爆炸之后，袁志邦与警方之间不仅立场相异，情感上也不再有任何回旋的可能。

十八年后，袁志邦精心培养的门徒即将独挑Eumenides的未竟事业。袁志邦知道自己的爱徒从技能上来说已无可挑剔，但情感和心理却仍欠缺磨砺，于是他给徒弟指派的出山任务，就是杀死一直在追踪着Eumenides的老刑警郑郝明。

从是非黑白上来说，郑郝明是个不折不扣的好人，但是站在Eumenides的立场上，郑郝明无疑又是一个极为危险的敌人。袁志邦必须让自己的爱徒明白：好人和敌人这两种角色是可以并存的；而作为一名杀手，必须将情感从自己的职业立场上彻底地剥离开来。

年轻人遵循老师的吩咐，他杀死了郑郝明，并且在现场留下了一些错误信息去误导警方的判断。袁志邦相信，经历了这场战斗之后，爱徒的心理防线将变得如钢铁般强硬，一切敌人都无法再从这个角度去伤害他。

可袁志邦万万没有想到：一个女孩却循着难觅的缝隙潜入进来。

现在已无从得知年轻人当初是如何注意到这个女孩的。或许他是在杀郑郝明之前摸查对方生活时发现了女孩；又或许他是在享受美食和音乐的时候无意中与女孩相逢……这个都无所谓，因为故事的开头并不重要，重要的是结果。

袁志邦发现了徒弟和女孩之间的接触。他意识到，那场杀戮不仅没有切断爱徒的情感退路，反而在对方的心灵上打开了一道危险的豁口。

情感一旦开始滋生，便会如萌发的春芽一般无法阻挡，即便是沉重的岩石也无法压制住一株小草的力量。袁志邦深明这个道理，所以他没有直接进行干涉，他只是把那盒记录着“一三〇”劫持案真相的录音带交给了女孩，他要让爱徒自己做出选择。

后来发生的事情似乎证明：袁志邦的补救措施是有效的。新一代的Eumenides在听到那盒录音之后，毅然离开那个女孩，走上了老师为他设计好的道路。

罗飞原以为年轻人再也不会回头，可是刚刚发生的越狱行为似乎又在动摇罗飞的观点。他有些难以捉摸那个人的真实心理，所以他才要向专家求助。

“你觉得Eumenides还会去找那个女孩吗？”罗飞直截了当地问慕剑云。

慕剑云不答反问：“如果不是的话，他为什么要越狱？你以为他会害怕那个女孩？他只是害怕对方看到他的容貌！”

罗飞无语沉吟。

Eumenides为什么要越狱？这正是自己在早晨会议上提出，此后一直在追询的问题。这个问题随着阿华的开口似乎有了答案。

阿华曾告诉郑佳，杀害她父亲的凶手已经入狱，但因为证据不足，并没有受到应有的惩罚。郑佳的视力正在恢复，当她完全复明之后，她必然会到监狱里去寻找自己的杀父仇人，她会牢牢记住对方的相貌，以此保留为父亲报仇的希望。

阿华正是利用这样的预期来逼迫Eumenides越狱。从既发的事实来看，他成功了。

Eumenides不惜用越狱的方式来躲避郑佳，因为他不敢让对方看到自己。他惧怕的，并不是郑佳对Eumenides的寻仇，他害怕的是自己的另外一个角色受到牵连——那个在女孩心中温柔而又知心的朋友。

如果郑佳看到了Eumenides的真实面貌，那年轻人就再也无法以另外一个角色出现在郑佳面前。这件事情反过来有一个推论：Eumenides冒着极大的风险越狱，即意味着他仍然存有要与那个女孩相聚的幻想。

这其中的逻辑显而易见。阿华正是利用这个逻辑去逼迫Eumenides，现在慕剑云也认同这个逻辑，只有罗飞仍存有疑虑。

看着罗飞沉默的样子，慕剑云感觉到他的犹疑，便试探着问道：“那你是怎么想的？”

“我只是有些奇怪，Eumenides明明已经选择了他的方向。”罗飞微微皱眉说道，“要继续承担Eumenides的使命，就必须斩断正常人的情感，尤其是和那个女孩之间。而他还帮助郑佳恢复视力，更应该做好了永不与对方相见的准备。可他为什么又会反复？如此犹犹豫豫，首鼠两端，正是行事者的大忌，他难道不明白？”

慕剑云品味着罗飞的意思，确实也有道理：就像甘蔗没有两头甜，那年轻人也不可能同时在女孩面前扮演仇人和爱人的双重角色。当他下定决心成为Eumenides的时候，就必须切断和女孩之间的联系。尤其是现在罗飞已经盯住了郑佳，你身为Eumenides的传承者，怎还能奢望与那女孩继续相处？一个历尽磨难的杀手，不该犯下这样的错误。

片刻之后，慕剑云又斟酌着说道："或许他改变了呢？"

罗飞目光一亮，立刻问："怎么改变？为什么会改变？"

慕剑云略歪着脑袋道："当然是为了郑佳，他不愿再当Eumenides，他想当一个普通人。"

罗飞摇摇头："可他刚刚又执行了三起新的刑罚。"

"那些刑罚只是他越狱计划的一部分，并不代表他今后的道路选择。"慕剑云一边猜测一边展开想象，"或许Eumenides从此便销声匿迹。直到多年以后，当相关的档案再次封存，大部分人已经将Eumenides淡忘，郑佳心中的复仇之火也被时间的洪流浇灭……也许忽然有一天，他会来把郑佳带走，他们会在某个地方，幸福且永远不被打扰——以那个人的本领，他完全有能力做到这件事情。即便是你——罗飞，你也不可能阻止他。"

"是的，我阻止不了。"罗飞摊摊手说，"我不可能一辈子都盯着那个女孩。"

慕剑云忽然用明亮的目光看着罗飞，换了种语调问："如果你能够阻止的话，你会阻止吗？我的意思是那个人已经完全放弃了Eumenides之路，他只想做回一个普通人。"

罗飞愣住了，许久也没有回答。

慕剑云便微微一笑，说："沉默已经是一种答案了。"

罗飞也笑了笑，神色间却有三分尴尬、三分迷惘。

慕剑云则继续盯着罗飞，像要用目光将对方剖开似的："你是Eumenides最大的敌人，但你和Eumenides却坚守着某个共同的立场——那就是痛恨一切罪恶。你放任邓骅之死，挑起阿华和高德森之间的生死拼杀，都证明了这一点。只是你恪守游戏规则，决不会做出任何超越法律范畴的事情。十八年前，是你创造了Eumenides；现在，你穷尽你的努力去追捕Eumenides；但在你的心中，却永远隐藏着另一个Eumenides——这个Eumenides被法律的红线紧紧束缚着，他无法扭曲你的行为，但是影响着你的情感。至少你对那个年轻人并不厌恶，你怜悯他，甚至还带着一点点的欣赏。只要他终止作案，你情愿永远也抓不到他吧？"

罗飞低头聆听着慕剑云的话语，在他的一生中，还从来没有人能如此精准地切入到他的内心深处。在这样的红颜知己面前，他也不想再隐藏什么，便用最坦然的方式回复道："我确实不讨厌那个孩子，他用自己的方式去制裁罪恶，这或许正是我想做但又无法去做的事情。当然了，他也伤害过无辜的人，杀死郑郝明便是他难以洗刷的罪行，不过他真要全意地照顾那个女孩，这或许正是他赎罪的最好方式。所以当你问我：如果他现在停止杀戮，只求在那女孩身边当一个普通人，我会不会阻止，我难以回答，我处在情感和法律的夹缝中左右彷徨。你一定要我做出某种选择，我最希望的结果是：他能够击败我，而我并没有主动要放过他。"

"你在逃避。"慕剑云一语点中罗飞的要害，"你情愿被动地承受失败的结果，也不愿主动去挑战束缚着自己的行为准则。"

罗飞长叹一声："是的……在很多时候，我的确是个被动的人。"

"你还是个多情的人。"慕剑云更进一步，直要揭开罗飞心口上的最后一层幕纱，"只可惜你的情感也被太多的规则束缚着，不敢越雷池半步。"

这话说得罗飞心中一痛，难免要想起一些往事。在他多年的单身生活中，怎么可能没有情感上的需求？可是自己的情感确实被太多理性的东西压制着，始终未能痛快地释放。他敢于直面最凶残的罪犯，却怯于正视这个可能会困扰自己一生的问题。现在慕剑云帮他点了出来，他竟然难以抑制心中的潮动，眼角也有些湿润。

慕剑云不再说什么，她只是专注地看着罗飞，捕捉着对方情感上的每一丝波动。片刻后，她的右手紧贴在桌面上，慢慢地向着对方的身体探去。在即将接触到罗飞胳膊的时候，那只手却停了下来，同时手腕翻转，露出白皙的掌心，似乎在等待着什么。

罗飞犹豫了一下，终于也伸出自己的右手，盖向对方的手掌。慕剑云便宛然一笑，扬腕略往上迎了迎，两只手紧紧地握在了一起。

两人有好几分钟没有说话。慕剑云看着罗飞，罗飞则看着握在一起的那两只手。慕剑云的眼睛如白云一样平静，罗飞的心却像大海一样澎湃。

最终是慕剑云主动把手抽了回来，同时她笑着提醒罗飞："这里是公共场合，随时会有人进来的。"

罗飞也笑了，他抬起眼睛，用一种从未有过的自然而又亲近的眼神看着慕剑云。可他的脸色却渐渐变得严肃起来，并且说道：“我不否认你是个出色的心理学者，但你毕竟是个女人。”

“哦？”慕剑云知道对方还有下文，便摆出洗耳恭听的样子。

“女人相信爱情可以改变一切，但是男人们知道，有些事情却是永远都无法改变的。”

“你什么意思？”慕剑云搞不清罗飞指的是什么，一时间竟有些紧张。

“Eumenides是不会停手的。”罗飞认真地说道，“所以你设想的那种理想结局并不会发生。”

原来对方的思维又回到了先前讨论的案子。慕剑云松了口气，她也跟着把思维转了过来，问：“为什么？”

罗飞没有正面回答，只耸了耸肩道：“你觉得我会不会停止追捕罪犯？”

“不会。从你进入警校的那一刻起，这已经成为你毕生的追求。”

“他也不会。他曾经在十字路口犹豫过，但当他又一次举起屠刀的时候，他就再也停不下来了。这不仅仅是他的追求，甚至已成为他的宿命。”

“那他还惦记着那个女孩？”慕剑云撇了撇嘴，“一方面无法停止杀戮，另一方面又有难以割断的牵挂——这根本就是在刀尖上跳舞，离覆灭不远了！”

话说了一大圈，似乎又回到了原点。罗飞既然不相信Eumenides会停手，那后者对郑佳的挂念就是某种极不理智的行为，这样的行为显然与Eumenides素有的判断力和控制力自相矛盾。

对Eumenides的越狱动机分析到现在，逻辑似乎并不复杂，但中间总还有些不对劲的地方，这问题到底出现在哪里？罗飞和慕剑云都说不清楚。

罗飞这时忽然想起什么似的，他看了看手表，然后歉意地说道：“都快两点了，我们找个地方吃午饭吧。”

“好啊。”慕剑云表示赞同，不过她又觉得有些奇怪，便问罗飞，“你怎么不着急了？”

自从得知Eumenides越狱的消息之后，罗飞一直火急火燎地追查对方越狱的原因。其间别说吃饭了，连水都顾不上喝一口，现在总算从阿华嘴里得到了关键信息，按理该立刻针对性地展开行动才对，可罗飞却反而稳坐钓鱼台，不慌不忙地张罗起吃饭的事情，也难怪慕剑云会心生困惑。

“着急也没有用啊。”罗飞笑了笑，反问对方，“你觉得现在能做什么？”

“先派人把郑佳监控起来呀。”慕剑云不假思索地说道。这似乎是顺理成章的思路，既然Eumenides越狱就是为了和女孩重逢，那么盯住郑佳，岂不就等于盯住了Eumenides？见罗飞是真不着急，慕剑云心念一动，又问：“你是不是早就安排好了？”

“没有。”罗飞摇摇头，不像是故弄玄虚的样子。

“那赶紧安排啊。”慕剑云忍不住催促对方，“吃饭着什么急？万一那家伙抢在警方之前把郑佳带走，我们就太被动了。”

“放心吧，他可不会像你这么着急。”罗飞一边说一边站起身，招呼慕剑云道，“走吧。先把肚子填饱，吃饭的时候我再和你细说。”

慕剑云没办法，只好也跟着起身。两人出了看守所，在附近随意找个小店点了两份快餐。等候的时候，慕剑云手里把玩着筷子，目光则紧盯着罗飞。

罗飞端起桌上免费的茶水，边喝边说：“你别着急，现在就算我们把郑佳送到Eumenides手上，他也不会要的。”

慕剑云不太理解：“为什么？”

“在和郑佳见面之前，他还有很多准备工作要做。否则他的越狱行为都会变得毫无意义。”罗飞顿了顿，开始详细解释，“你想，等郑佳的视力完全恢复之后，她要做的第一件事就是去寻找杀死自己父亲的凶手。现在Eumenides虽然越狱了，但却留下了很多照片资料，包括以杜明强的身份拍摄的各种照片、警方保留的案件存档照片等。这些资料不清除干净，Eumenides怎么敢和郑佳见面？”

慕剑云点点头。是啊，如果Eumenides和郑佳见面之后，郑佳又找到了与杜明强有关的影像资料，那前者的身份可就全露馅了。在将相关资料清理之前，他确实不敢贸然行动。

这一层被点明之后，慕剑云急迫的心情总算放松下来。她也端起自己面前的茶水喝了一口，那茶叶虽然粗劣，但用来解渴倒还凑合。然后她的脑筋转了一下，忽然又想到另一个思路，便问罗飞：“他不一定要删除以前的资料吧？或许去做个整容手术呢？”

“如果他真的去做整容，那我们等待的时间还得更长。我也会考虑在这方面做一些针对性的布控……”罗飞翻了翻眼睛，又道，“不过这个可能性很小。因为一旦整容之后，他所有的合法身份就全都作废了。这对他来说是个无法弥补的巨大损失。”

慕剑云“嗯”了一声，认同罗飞的这个分析。Eumenides有诸多合法身份，这些身份是他保护自己最有效的防御外衣，而整容就意味着放弃所有的身份，这会让他今后的一切行动都举步维艰。所以不到万不得已的时刻，Eumenides绝不会改变自己的相貌。

这个疑问被解决之后，慕剑云又把话题转了回来：“我们是不是应该先盯住那些资料，坐等Eumenides上钩？”

罗飞说：“这倒是个思路。只是相关的资料太多太杂，要想全部盯住不太可能。如果死盯着其中的某一点守株待兔，未免又太过笨拙……只怕还没等到Eumenides，就先把我们自己人拖垮了。”

慕剑云也觉得颇为头疼。要知道，此前Eumenides派发死亡通知单，在限定时间和目标的情况下，警方尚且屡屡失手；现在目标如此繁杂，时间也不确定，要想守住谈何容易？

罗飞又道：“所以我们不能着急，得想办法牵着对方的鼻子走。”

“行了，别卖关子，有什么主意赶紧说。”慕剑云用筷子在茶杯口上敲了敲，以示催促。

罗飞歉意地笑了笑——要进入正题之前，还得先做些铺垫才行。他边思边说：“其实现在这个局面，不光我们觉得棘手，Eumenides也不好办。因为杜明强是他真实使用过的一个身份，后来还获刑入狱，相关的身份资料会被使用多次。尤其现在是电子时代，有的资料不仅仅是书面文档，还会存有电子文档，要想毫无遗漏地清理干净，会是一件非常困难的事情。”

慕剑云赞同地“嗯”了一声。这时饭店的服务员把两人点的饭菜端了上来，罗飞招呼对方：“快吃吧。”他自己却只把筷子停在空中，继续说道，“如果我是Eumenides，我也不会着急。当然了，我首先要把一些显而易见的资料清除掉，比如说身份户口信息、个人档案、案卷卷宗等。这些完成之后，我仍不会和郑佳见面，因为我不敢肯定还有没有资料疏漏。但我会暗中监控郑佳，甚至采用一些特殊的技术手段。当郑佳复明之后，她会主动搜寻杜明强的信息。因为她的行动是正大光明的，而且又有先父在警界中的关系，她的搜寻或许会比我更有效果。不过在我的严密监控下，郑佳搜寻行动反而会成为我的路标。只要她发现新的线索，我就会抢在她之前，将这些线索一一掐断。最终郑佳也会变得无计可施，这时我才敢打消后顾之忧，终于能与牵挂中的女孩继续接触了。”

慕剑云听罗飞说到这里，笑眯眯地抬起头道：“我知道你的思路了，你也可以监控郑佳。Eumenides想抢在郑佳前头，却没想到螳螂捕蝉，黄雀在后，到时候恰好被你逮个正着。”

罗飞点点头，基本认可了慕剑云的这番分析，不过他又进一步补充说：“我不一定要监控郑佳，我只需要放出我的诱饵就可以了。”

慕剑云心领神会：“是的，你可以保留杜明强的档案，制造一个让郑佳能够找到的渠道存放起来。然后就等着Eumenides往你的口袋里钻好了。”她的眼睛转了一转，又感慨道，“这可真不公平，像是西西弗斯的惩罚。”

“嗯？”罗飞对慕剑云的最后一句话略感费解。

慕剑云说：“西西弗斯也是希腊神话里的人物。他因为触犯众神受到惩罚，众神要求他把一块巨石推上山顶。但那块巨石每每到了山顶就又滚下山去，前功尽弃，于是西西弗斯只能不断重复、永无止境地做着这样一件毫无意义的事情。Eumenides也会沦落到同样的境地吧？因为你手里的筹码是用之不尽的。只要他还想去接触那个女孩，你就可以不断地制造出类似的圈套。他再厉害，也只是在推一块终将滚落的石头而已。”

罗飞愣了一下，道：“我倒没想这么多，我只需要一次机会就可以把他抓住。”

慕剑云耸耸肩膀：“反正这是你设计的游戏，他怎么玩都无法获胜了。难怪你不着急，你可真是牵住了他的鼻子。”

话都说明白了，罗飞这才动筷子准备用餐。不过他吃了一两口之后便又停下来，抬头看着慕剑云，想说什么却欲言又止。

“怎么了？”慕剑云也抬起头来，四目相对。

罗飞犹豫了片刻，最终还是开口道：“其实我现在不着急，还有一个原因。”

慕剑云眨了眨眼睛，问：“什么？”

“我想再等等看——”罗飞的眼中流露出一丝温柔的意味，“或许男女间的情感，真的能够改变一切。”

第十三章 收割行动

吃完一顿简略的午饭之后，罗飞把慕剑云送回了警校，随后自己也回到了刑警队。尹剑似乎正在等他，一见他便迎上来说道："罗队，你回来啦，刚才宋局长找你呢。"

罗飞忙问："什么事？"

"他没说。他就是打了个电话下来，问你在不在。"

"多少时间了？"

"也就十来分钟吧。"

"那我过去看看。"罗飞转身又往楼上的局长办公室快步而去。到了门口，却见门是虚掩着的，罗飞便伸手敲了两声。

"请进。"屋内人发出洪亮有力的回应，正是宋局长的声音。

罗飞推门而入，却见宋局长站在衣帽架前面整理着自己的服饰，好像是要出门的样子。

罗飞走上前打了个招呼："宋局长，您刚才找我？"

"对。我打了个电话，小尹说你不在。"

罗飞有些奇怪："您怎么不打我的手机？"

"我知道你去查Eumenides的案子了，就没有打扰你。"宋局长解释说，"你是'四一八'专案组的组长，这个案子影响又那么大，我不想让你分心啊。”

罗飞点点头，他能感受到领导的期待，肩头的压力似乎又重了几分。

“你那边情况怎么样？”宋局长扣好了脖颈下面的最后一颗警服扣子，转过头来问道。

罗飞简略地回答说：“已经追踪到了一些线索。”

“好。”宋局长露出一丝笑容，又道，“有时间我再听你的详细汇报，现在你先和我到看守所走一趟吧。”

“看守所？去干什么？”罗飞有些不明所以，他可是刚从那边回来的呢。

“是这样的，”宋局长完全转过身体，正面着罗飞说道，“龙宇集团和高德森的那起案子，我想亲自接过问一下。往后的具体工作则让治安大队来接手。你把全部的精力都放在Eumenides身上吧。”

罗飞“哦”了一声，没有表示异议。那起案子的事实比较清楚，阿华也交代得很彻底，本身并没什么难度。虽然豹头一直抵死了不开口，不过这也没什么，一切有证据说话，那家伙即便是零口供也无法逃脱应有的惩罚。现在把这案子交出去，罗飞应该能够放心，而且他也确实需要腾出手来专心对付Eumenides。

“我刚才找你也就是这事，你回来的倒是时候，要不然我就自己过去了。”宋局长一边迈步向屋外走去，一边招呼着罗飞，“走吧，你也过去把相关的工作交接一下，到了现场，还会有一个大大的意外给你。”

“意外？”罗飞忍不住要追问，“是什么？”

宋局长却像要卖个关子似的，他扫了罗飞一眼，只说：“到时候你就知道了。”

罗飞也不是饶舌的人，便不多问，只管跟上领导的步伐。两人出了办公楼，却见宋局长的专车正在楼前等待。罗飞本想坐到副驾驶的位置上去，到了近前才发现那里已经坐了一个人。

“呦，罗队，回来了啊？”那人主动向罗飞打着招呼。罗飞认识对方，原来是治安队的队长石建军。他便客气地回了个礼，然后和宋局长一块儿钻进了后排车厢。

宋局长甫一落座便问道：“建军啊，我交给你的文件都带好了吧？”

石建军拿着个档案袋晃了晃，说：“您就放心吧。”罗飞看到那袋口贴着封条，正面还印着两个硕大的红字：绝密。

宋局长点点头，命令司机说：“开车吧。”汽车随即发动，驶上了前往看守所之路。

罗飞坐在石建军身后，他想了一会儿，却想不出那袋子里会是什么样的绝密文件，只依稀感觉那应该和宋局长所说的“意外”有关。不过他也没有多问，因为他知道，到了看守所之后，相关的谜底自然都会揭开。

下午三点五十二分。

省城看守所内。

阿华独坐在监舍门口，同屋其他的在押舍友都远远地躲到里屋，不敢去招惹他的麻烦。

省城江湖谁没有听闻过“阿华”这两个字的威名？而百闻不如一见，当这个传说中的人物真的出现在一干人面前的时候，大家才真正感受到这个人的可怕之处。

手铐、脚镣，这样的重型械具揭示此人的生命已经进入了倒计时。但在这个人眼中却从未流露出一丝的留恋和恐惧。

最初的时候，他喜欢静静地坐在监舍的角落里，大部分时间都在看着窗外，眼神平淡如水，像是一个临睡前安静的孩子。但若有舍友们的闲聊或玩闹打扰了他，这人便会突然转过头来，用目光扫视众人。那是一种截然不同的眼神，像两道锥子似的，直叫人不寒而栗。于是所有声响和异动都会瞬间止歇，如同被极度的寒流冰封住一般。

“我的妈唉，这家伙用眼睛都可以杀人！”这是盗窃惯犯赵老六私下里发出的感慨，这感慨听起来夸张，但却表达出了众人真实的心声。

而自从今天中午被提审之后，那双眼睛就不仅仅能杀人了，几乎是要吃人。那眼球中泛满了血丝，像是通红炽热的火焰，随时要吞噬目光触及的一切。眼睛的主人也不再安居于监舍角落，而是守在门口。他的头颅略略向左侧歪着，维系着十五度左右的角度。在他视线对面的是另外一个监舍，而在那里竟也有一个人一直站在门口。

那人环睛卷发，像极了一头雄壮的豹子。在整个看守所里，素来只有他敢于和阿华对视，现在更是如此。

不过与阿华那喷薄欲出的愤怒不同，那人的眼中更多的却是历经沧桑般的感慨。他的目光中似乎藏着太多太多的故事，既想向对方倾诉但又不知该从何说起。

两人的对视已足足持续了两个多小时，直到看守所的管教将这一幕打断。

“饶东华，提审！”一个管教扯着嗓子喊道，另外一个管教则掏钥匙打开了号房的铁门。

“刚审过，又审什么？”阿华的个子比那两个管教都高，说话时带着种居高临下的傲然态度。

“有什么好废话的？”管教不耐烦地催促着，见阿华懒得动弹的样子，只好又补充了一句，“这次有大领导过来！”

大领导？阿华淡淡一笑，从鼻子里哼出一声。邓总在世的时候，自己接触过的“大领导”也不少，那时候他们想要进龙宇大厦见邓总一面，都得经过自己的安排。不过这些往事又何必对眼前的小角色说起？

阿华昂着头踱出了监舍。那两个管教一前一后地夹着他，一行三人便沿着监舍走廊而去。不过带路的管教并没有直接向外走，他兜了半个圈子后，竟将队伍带到了豹头所在的监舍外。

“钱要彬，提审！”管教例行公事般地又嚷了一声。而当另一个管教去开门的时候，他肯定没注意到身后阿华那令人恐惧的眼神。

铁门打开的一刻，豹头还没来得及迈步，阿华的身影已经扑了进来。他奋力举起手上的镣铐，向着豹头的脑袋由下至上地抡了过去。这一下正中对方的下巴，只听“扑”的一声闷响，豹头被打得往后退了一步，随即又趔趄摔倒。

“干什么呢？！”两个管教双双上前，掏出警棍架着阿华的脖子，将后者逼退。那边豹头挣扎着爬起来，下巴处红肿一片。饶是他孔武强壮，在阿华愤怒的一击下，也难免有伤筋动骨之虞。

阿华的身体被管教们制住，眼神却仍在盯着豹头。见对方站起来了，他便啐出一口唾沫，咒骂道：“我他妈的瞎了眼，居然认你做兄弟！”

豹头用手扶着下颏儿伤处，苦笑道：“华哥，我确实欠你的，所以我才不躲你这一下。”

“那又怎么样？”阿华毫不领情，“你这个见利忘义的小人，你就是死在我面前，我也不会眨一下眼睛！”

面对阿华难遏的怒火，豹头竟往上走了一步。他迎着对方的目光，郑重其事地说道："你错了，我并不是你想的那种人。"

"你不是？"阿华怒极反笑，"那你是什么？一个为了利益便可以去残害兄弟的家伙，你到底是什么？！"

"你错了，我在江湖拼杀了十年，落得一身伤痕，每日与孤独为伴。我从来不是为了什么利益，我只是在坚持自己的信仰！"在说话的同时，豹头的身躯渐渐挺直起来。

阿华冷冷地看着他："那我真想知道，你的所谓信仰到底是什么？"

"你很快就会知道的。"豹头凝视着阿华，淡淡说道。

十分钟之后，这两人被双双带到了提审室内。一众提审警官早已在那里等待着他们。

阿华看到居中坐着的"大领导"，他认得那正是省城公安局的宋局长。宋局长的两侧各坐着一名中年警官，对这二人阿华也不陌生，一个是刑警队的罗飞队长，一个是治安队的石建军队长。

另有一人以主人姿态陪坐在外围，却是看守所的田所长。

阿华心中暗道：这架势还真不小。不过他也没什么可怵的，大咧咧地往审讯椅上一坐，静观其变。

那边豹头也坐在了另外一张椅子上。他先是看了罗飞一眼，然后目光便停留在宋局长身上，表面上看起来神色平静，但闪烁的眼神却掩饰不住内心的波澜。

罗飞这时把身体往宋局长那边凑了凑，压低声音道："是不是先把这两人分开？"他心想宋局长虽然公务繁忙，但基本的审讯程序应该懂吧，哪有把两个嫌疑人同时押过来会审的道理？

宋局长抬起右手摇了摇："不用了，你先介绍一下大概的情况吧。"

罗飞只好遵命，他先指着阿华道："这是犯罪嫌疑人饶东华，邓骅生前的贴身保镖。其涉嫌去年十一月间在龙宇大厦发生的密室双尸案，以及上周的纵火案。目前他对这两起案子供认不讳，相关的笔录卷宗我整理一下，最快明天就可以转交。"

宋局长看着阿华缓缓地点着头，然后又颇为感慨地叹道："龙宇大厦……凶宅啊。"

确实，从邓骅到林恒干、蒙方亮，再到高德森，这些曾经掌控或是企图入主龙宇大厦的人，竟在不到一年的时间内纷纷死于非命，这究竟是这幢大厦的悲哀，还是这些江湖客的悲哀呢？

罗飞交代完阿华之后，便把手指转向豹头："这个犯罪嫌疑人名叫钱要彬，此前是邓骅手下的打手，后来又投靠高德森，他涉嫌制造了发生在城里水乡小区的公寓爆炸案。我们对他审讯了好几次，他一直不肯开口。不过警方已经掌握了相当的证人证物，足以坐实他的罪名。"

听到罗飞的这番话语，豹头忽然"嘿"地干笑了一声，脸上的表情古怪得很。而坐在他正对面的宋局长则伸手轻缓地抚着桌面，目光凝重，不知在想些什么。

罗飞感觉到气氛有些怪异，却又不明就里。而审讯席上的其他人也都在看着宋局长，等待着后者的指示。

终于，宋局长抬起食指在桌面上重重一敲，同时把头转向左侧说道："建军，你把文件打开吧。"

石建军答应一声，他举起先前那个档案袋先不急着打开，而是冲众人展示着说道："这份档案封存于一九九二年，封条保存完好，请大家查看核实。"

宋局长把档案接过来看了看，然后又传给罗飞："大家都看看吧。"

罗飞便认真地看着那封条，确实完好无损，封条上用红笔写着一行大字：A市公安局封，一九九二年九月三日。

罗飞看完后继续把档案袋传给田所长，后者毕竟不是一个系统内的，他只是走马观花地一览，便又扔回给石建军道："没问题，开封吧。"

石建军扯住封条下露出的拆封线头，轻轻一拉，封条从中被横切成了两片，档案袋的袋口亦随之敞开。石建军将封存在其中的一叠文件取出来，交到了宋局长手中。

不远处的豹头紧盯着众人的一举一动，当看到文件被取出的时候，他的身体不由自主地探向前方，像是被什么东西牵住了神经。

罗飞注意到豹头的异常举动，心中疑窦更生。坐在豹头旁边的阿华此刻也皱起了眉头，他隐隐感觉到这次提审恐怕不像自己预想中的那么简单。

宋局长这时从文件中抽出一页，交给石建军说："你先把这份履历念一念。"

“姓名：钱要彬……”石建军刚念了个开头便忍不住停下来，他用诧异的眼神看着围栏后的豹头，然后又看看履历上的照片。虽然时光已流逝十年有余，但还是看出豹头正是这份履历的主人，只是照片上的那个小伙子剃着一头短寸，发型与如今的这个在押嫌犯截然不同。

不光是石建军，几乎所有的人在听闻这个名字后，都把目光齐刷刷地集中在豹头身上，只有宋局长心知内情，安坐如山。

石建军定了定神，继续往下念道：“……性别：男；民族：汉；出生日期：一九七一年五月十三日；学历：初中；政治面貌：党员。

“一九八七年九月毕业于A市第三中学，同年十一月入伍，服役于XX军区特种大队。

“一九九二年八月转业，参与执行A市公安局‘收割行动’。”

这份履历到此便戛然而止，虽然行文简单，但字句间已透露出惊人的信息。

“你小子是警察？”阿华瞪起眼睛，用难以置信的口吻问道。

豹头没有回答，他挺起胸膛，身体坐得笔直，似乎想用这样的气质与自己多年来的江湖形象划清界限。

在场的其他人也都听明白了：这个名叫钱要彬的嫌疑人早在十一年前便已是警方的一员。而他此后却浪迹江湖，其履历也被封存在绝密档案中，这一切恐怕都和文末提到的“收割行动”有关。这到底是一次什么样的行动？为什么要让一个特种兵出身的警员潜伏于黑道逾十年之久？

宋局长选择了一种最直观的方式来解开众人的困惑。他从那叠文件中又挑出两页来递给石建军：“把这两份也念一下。”

石建军接过来，首先念的一页是：“省公安厅关于同意A市公安局展开‘收割行动’的批文——经省公安厅党委会讨论决定，现同意A市公安局按计划展开‘收割行动’。行动由A市公安局肖华局长任总指挥，协调各小组工作。对于打入邓骅涉黑集团内部的人选，务必不要选用本市在编的公安干警，可考虑从兄弟单位借调。无论如何，要严格做好保密工作，确保潜伏同志的生命安全。XX省公安厅一九九二年七月二十六日。”

接下来翻过一页，第二页的内容是：“XX军区特种大队关于钱要彬同志转业情况的说明——钱要彬同志自一九八七年十一月入伍，于我队服役。其间业务素质过硬，政治立场坚定，是我队重点培养的优秀战士。一九九二年八月，我队接到XX省A市公安局来函，希望借调钱要彬同志回地方参与警方的特殊任务。经大队讨论，军区领导批准，钱要彬同志的转业手续已经办妥，人事关系转入A市公安局。因警方任务需要，对外宣称钱要彬同志因违反军纪被清除出队，公开的人事档案打回原籍。此函作为日后的证明文件，留A市公安局妥善保存。XX军区特种大队一九九二年八月十七日。”

这两份文件一念，情况便更加明了。阿华瞪圆了眼睛盯着豹头，心中纠结一团，难辨滋味。他先前只恨对方见利忘义，现在才知道，原来豹头自始至终就是为了摧毁龙宇集团而来，难道这就是对方所说的“十年来一直坚持的信仰”？

一时之间，阿华不知道该怎样去认识眼前这个相处了十年的兄弟。他憋了半天，只从牙缝里干干地挤出几个字来：“好，很好……”

不知是身份披露的缘故，还是受到阿华的情绪感染，豹头的眼角隐隐泛起些泪光。他转过头来涩咽道：“阿华，你我各司其职……希望你不要恨我。”

阿华只是苦笑，再也说不出一个字来。

“关于钱要彬同志的情况，大家现在都了解了吧？”对面的宋局长环视了审讯席一圈，最后把目光停留在田所长身上。

田所长会意，连忙吩咐那两个押送管教：“快把钱警官放开。”

管教们不敢怠慢，掏出钥匙给豹头下了械具。其中一人还低声打起招呼：“钱警官，这些天多有得罪，不好意思了。”

豹头摇摇头，表示不碍事。然后他慢慢站起身，跟着管教向栅栏外走去。

宋局长这时也起身离席，向着铁门处迎去，其余众人自然都跟在他的身后。当豹头走出铁门的一刹那，宋局长紧紧地握住他的手，抑扬顿挫地说道：“钱要彬同志，这些年你辛苦了！你受委屈了！”

钱要彬深吸了一口气，似乎有满腔的话语要说，但此刻的心情又让他实在难以用语言来表达。

“来，你先坐下，我还有一个文件要宣读。”宋局长一边说一边拉着钱要彬的手，让他去坐自己居中的那个座位，钱要彬忙不迭推辞：“不不，宋局长，您先坐！”

“噫，今天我们都是为你而来，你不坐，我们谁也不坐！”宋局长不由分说把钱要彬按在座位上。他自己则站在席前。剩下石建军罗飞等人心知少一个座位，现在这情况谁也不合适先坐，便齐刷刷站了一片，场面颇有些滑稽。

宋局长拿过自己的黑色公文包，从里面摸出一份文件，大声宣读起来："任命书——经A市公安局党委会讨论，省公安厅人事处批复，现任命钱要彬同志为A市公安局治安大队副大队长。即日上任。A市公安局二〇〇三年十月十一日。"

钱要彬在宋局长开始宣读的时候便已站起来，听完全文后他立刻"啪"地敬了一个礼，动作苍劲有力。

"好啊。"宋局长拍着钱要彬的肩膀赞叹道，"当年我就说过，你是我见到过的人里面，敬礼敬得最标准的。现在比以前，还是一点不差。"

钱要彬接过任命书收好，宋局长把他拉到石建军面前，介绍说："这是治安大队现任的石建军队长，你们要好好合作，把'收割计划'的扫尾处理干净。"

"您就放心吧。"石建军主动抢上来和钱要彬热情握手。

宋局长又指向不远处的罗飞，半开玩笑般对钱要彬说道，"这个就不用我介绍了吧？你们也算是老相识了。"

钱要彬转过身来，在与罗飞目光接触的刹那，两人似乎都有些尴尬。片刻之后，钱要彬主动打了声招呼："罗队长，以前多有误会……"

罗飞"嘿"了一声，但终于还是迎上去，与对方把手握在了一起。宋局长看在眼里，微笑点头。

但有人却偏要打破这番美好的气氛。

"豹头！"一声呼喊将钱要彬的身份又推回到十年的风雨岁月。这声音如此熟悉，他不用看也知道，喊自己的人正是阿华。

"你是警察，我们各司其职，我怪不了你背叛邓总，背叛兄弟——这话不错！"阿华昂起头，忽又语调一转道，"不过有句话，我不但要问你，也要问问今天在场的各位警官！"

众人听阿华说得郑重，便纷纷转过头来看着他，静待下文。

阿华恨恨地眯着眼睛，咬牙道："明明的那笔账，该怎么算？"

钱要彬铁青着脸，一时无言。片刻的沉寂之后，田所长首先反应过来，冲阿华大声喝道："闭嘴！你看清楚了，这是治安大队的钱队长，不再是你手下的马仔，你有什么资格说这样的话？"

"是，我没资格！"阿华先是冷笑，忽而又放肆地大笑起来，而他的目光也在大笑中转换方向，他用蔑然的态度扫视众人，似乎那些人才是受他审讯的囚徒。最终，那目光又长久地停留在罗飞脸上。

罗飞有种被灼烧的感觉，竟不由自主地低头躲避着对方。而他与钱要彬紧握着的手也在不知不觉中松了开来……

十月十三日，上午九点整。

罗飞如约来到了宋局长的办公室，将整理好的案卷资料以及相关的笔录、证据等都交给了对方。龙宇集团和高德森集团涉黑争斗的案子从此将由宋局长领导下的治安大队来接管，而罗飞则可腾出手来专心应付重出江湖的Eumenides。

罗飞作了些简短的汇报，然后便要起身离去。宋局长却叫住了他："你等一下。"

"嗯？"罗飞重又坐好，"您还有事？"

宋局长把宽厚的身体靠向椅背，说："我没事，但你应该有事。"

罗飞的目光闪动了两下，最终却转头看向窗外，什么也没有说。

宋局长默然看了罗飞片刻，又道："你心里有很多疑问，为什么不提出来？"

罗飞把目光转回，苦笑道："我不想知道，因为我恐怕无法面对那些答案。"

宋局长点点头，表示理解："你在我手下的时间不算长，还不到一年吧？但我对你还是比较了解的。你的优点很明显，软肋也同样明显。所以我才把你从这个案子里面撤出来，因为有些事情你确实处理不了。"

罗飞叹了口气，又问："我可以走了吗？"

"不。"宋局长却再次阻止了他，"我必须解开你心中的那些疑问。"

罗飞"嘿"了一声，他无辜地看着自己的领导，不知对方为何要如此为难自己。

"我以前也想要瞒着你。"宋局长抬起右手冲对方指了指，"可事实证明，这是一个非常愚蠢的想法，导致的结果就是你彻底破坏了我的计划。所以我现在要把所有的事情都告诉你，以便你在适当的时候加以回避。"

罗飞皱起眉头。当初高德森设计让警方抄了凯旋门大酒店，罗飞便怀疑一场涉黑争斗已拉开帷幕。当时他立即向宋局长作了汇报，但后者却让他不要插手此事，留给治安队处理便好。看来那时宋局长便已经在提防自己。只是他无论如何也想不通，自己即便不听劝，一直盯着这个案子，但又谈何破坏了对方的计划?

既然宋局长这么坦承，罗飞也只好无奈地耸耸肩膀，表态道:“那您就说吧。”

宋局长“嗯”了一声，他端起桌面上的一杯热茶，捂在手里却不急着喝，同时用低缓的语气开始讲述:“这事得从头说起了——十一年前，也就是一九九二年的时候，邓骅的势力已经在省城渐渐成了气候。当时有不少人给警方写举报信，控诉邓骅集团的违法违规行为。这些举报信引起了公安机关的重视，当时担任市局局长的肖华同志便组织专案组，并且制定了一个代号为‘收割行动’的作战计划，想要彻底打掉这个涉黑涉恶的势力集团。”

收割行动——昨天在解密钱要彬档案的时候，罗飞便接触到了这个代号。他早知道这是针对邓骅集团的作战计划。只是他不明白:为什么在这计划实施后的十年中，邓骅集团不仅没有被扳倒，势力反而越来越大，而潜伏在集团内部的钱要彬十年间寸功未立，反在邓骅死后又跳上舞台中央，并且积极插手于新一轮的恶势力争斗?

宋局长要向他解释的，正是这一系列的问题。

“当时邓骅集团在省城虽然不像后来的如日中天，但其势力已经不容小觑。肖局长明白这一仗并不好打。为了获得邓骅集团违法的证据，专案组决定往敌人内部安插警方的内线。钱要彬同志正是在这个大背景下从特种部队秘密转业，以违纪军人的身份沦落江湖。他的身手确实了得，很快便被邓骅手下的马仔拉拢，并且也引起了邓骅的关注。”

说到这里，宋局长稍稍停歇下来，他把手里的茶杯托起来小啜一口，在品味那缕苦香的同时，也在回味着当年的那些风雨岁月。

等那口茶悠转入喉之后，宋局长才又继续说道:“当年钱要彬的真实身份是绝对保密的，除了我和肖华这两个局长之外，就算是专案组里的其他成员也不知情。但我们还是低估了邓骅的手腕和心机。当时‘收割行动’的风声还是泄露了出去，邓骅变得极为谨慎，除了自己亲手栽培的亲信之外，他几乎不信任任何人。钱要彬虽然在江湖上闯出了名号，但在邓骅手下却始终得不到重用，‘收割行动’也变得举步维艰。当然了，警方的工作虽然进展缓慢，但也并非毫无成果，在邓骅组建龙宇集团的时候，警方便在公司内部顺利地安插了几条内线。只是邓骅这时已经开始编织起自己的关系网，他的财富越多，这张网便越大越密，几乎遍布省内的黑白两道。后来警方虽然掌握了龙宇集团的某些违法证据，却无力再控制局面——这其中深层次的原因不便明说，不过你应该能够理解。”

罗飞心领神会，只无奈地评价了四个字："投鼠忌器。”在邓骅的关系网中，必然会有些触碰不得的“大人物”，这些“大人物”未必涉案很深，只是上贼船容易，下贼船难，他们但凡与邓骅有了瓜葛之后，便绝不能让后者翻船。要知道，在险恶的政治斗争中，哪怕是稍微落水沾湿了衣襟，就有可能被竞争对手踩在脚下，永无翻身之日。所以到了后期，专案组面对的已不单单是邓骅集团，而是一股庞大的政治力量。

宋局长点点头，对此事不再深言，只把话题局限在那场代号为“收割”的行动："到了一九九五年，肖华局长上调到省厅任常务副厅长，我接替了局长的位置，也接过了对‘收割行动’的指挥权。那时专案组的工作事实上已陷入停顿状态。我也和钱要彬同志秘密联络过几次，询问他个人的意见：是否要公开身份，回到系统内正常工作？以他多年来在江湖上积累的人脉，不管是治安队还是刑警队，都是大有可为的。”

“他自己不愿意回来？”罗飞猜测着问道。

“他不愿意。”宋局长一边说一边把茶杯放回桌面，“他认为自己的使命并没有完成，没有理由回去。他决定继续潜伏，并且他坚信，总有一天他能够打入邓骅集团的核心圈。”

“可他这么做又有什么意义？”罗飞质疑道，“邓骅的势力已经根深蒂固，就算他赢得对方的信任，恐怕也没有能力将对方扳倒吧？”

“话是这么说。不过一个人的信念如此坚定，为何不能创造奇迹？就这样，钱要彬同志成了整个‘收割计划’中唯一保留的火种，继续在邓骅集团内部潜伏下去。这一潜又是八年。”

宋局长说到此处的时候，语气中颇有沧桑之意。罗飞亦感怀其中：逾十年的光阴，对于一个风华正茂的小伙子来说确实是太长了，那些江湖岁月中的孤独和酸楚，除了钱要彬本人之外，又有谁能真的体会？究竟是什么力量在支撑着他，让他能够如此坚持?

“不过这些年里，钱要彬的努力倒没有白费。”宋局长又转了欣慰的口吻说道，“‘豹头’已经是省城道上响当当的名字，而且他还和邓骅最亲信的阿华混成了生死弟兄。”

罗飞却不置可否，只喃喃似自语般道:“那又怎么样呢?”

“确实，要想扳倒邓骅，这些还远远不够。”宋局长也承认这一点，“如果不是出现了一个意外情况，邓骅的势力恐怕会一直在省城盘踞下去。”

罗飞当然明白宋局长口中的“意外”指的是什么。那正是Eumenides导演的好戏，而罗飞自己甚至也是那场大戏中一个关键而又隐秘的角色。当时他已经看破Eumenides将借韩灏之手行刺邓骅，但袁志邦却设计逼迫罗飞在慕剑云和邓骅二人的安危之间做出唯一的选择。罗飞毫无悬念地选择了慕剑云，邓骅就此丧命在机场大厅。只是罗飞当时并不知道，邓骅之死却给省城警方近乎夭折的“收割行动”带来了巨大的转机。

“邓骅死了之后，钱要彬为什么没有立刻配合警方的工作?他多年的潜伏不是到了发挥作用的时刻吗?”话说到这里，罗飞不能不提出这样的质疑。

警方对邓骅集团侦查多年，只碍于邓骅的关系网无法下手。邓骅一死，类似的后顾之忧便荡然无存。事实也证明了，在最近的大半年里，警方的经侦力量以秋风扫落叶之势清算了整个龙宇集团，唯独以阿华为首的势力却一直在苟延残喘，这与钱要彬的不作为有直接的关系。试想一下，在阿华制造龙宇大厦双尸案，以及后来逼死韩灏、抢夺录音证据的等过程中，如果钱要彬及时和罗飞联络，那刑警队又怎会陷入束手无策的尴尬局面?

宋局长注视了罗飞，良久之后才开口道:“是我让钱要彬暂时不要暴露身份，也不要把阿华犯罪的相关信息提供给警方——我这里说到的警方，就是特指由你领导的刑警大队。”

这样的答复实在让罗飞无法理解，他愕然反问:“为什么?”

“因为我决定把‘收割行动’一直延续下去。”

罗飞的脑子飞速转了两下，还是觉得糊涂。“收割行动”不是已经完成了吗?而且获得了彻底的胜利，何谈要继续延续?

宋局长冲罗飞笑了笑，那笑容很浅，却又隐藏着极深的寓意。然后他又端起桌上的茶杯喝了一大口——那茶已经凉了许多。

“你是搞刑侦的。”宋局长将茶水“咕嘟”一声咽进肚子里的同时，又开口说道，“你的工作很难，一般人难以胜任。不过从另外一个角度来看的话，你的工作却又很简单。你接手案件、破案、抓住罪犯，一切按部就班，你不需要去解剖复杂的社会，也不需要去打理纠缠不清的人际关系。”

“是的。”罗飞并不否认，“混社会，搞人际，这些并不是我的擅长。”

“就像这次扫黑除恶吧，我并不想让你参与。因为这里面的情况和普通的刑事案件并不一样——这是一个社会治安的大话题。你抓住一两个罪犯，破获一两起案件，对整体局势无法产生决定性的影响。”

罗飞心里有些不舒服，不过他没有直接驳斥对方，只是反问：“难道因此就不用抓罪犯，案件也没必要破了？”

“我不是这个意思。”宋局长盘弄着手里的茶杯，沉吟说道，“我干了半辈子的警察，在局长这个位置上也待了七八年了。有些事情我年轻的时候看不清楚，现在却是一目了然。如果把整个社会比作一个人体的话，你，一个刑警，你知道你的角色像是什么？”

罗飞摇摇头。他并不奢望自己能在片刻之间赶上对方半辈子的思考，他只想洗耳恭听。

“你是一个外科医生。”宋局长眯缝着一双胖眼看着罗飞，“你在治疗这个人体上已经溃烂的伤口，甚至用手术刀去切除掉某些严重病变的部分。这项工作非常重要，如果没有你，整个社会很快就会病入膏肓，直至一命呜呼。”

这个比喻并不新鲜，罗飞也不是第一次听说了。不过宋局长紧接着又话锋一转：“可惜你虽然能救人性命，但却算不上是最好的医生。真正的好医生应该能够防患于未然，帮助人体调养生息，避免疾病和伤害的发生。”

罗飞心念一动，宋局长的这几句话让他想到了曾经的警界传奇——丁科。这个无案不破的刑警在盛年之时悄然退隐，正是因为看破了这层关系。此后的岁月里，他隐匿在社会基层，将所有的精力都用于防止罪案的发生。在他身上的确体现了超越一般人的境界。

宋局长观察着罗飞的表情，知道对方有所感悟，便又趁热打铁般说道：“所以我们才常常会说：普法比执法更加重要。如果人人都懂法守法，这个社会也就不会再有伤病，那才是我们警察最想看到的局面。到时候，像你这样的刑警，可能就要失业喽。”

面对这样的打趣，罗飞却笑不出来。他轻轻叹一口气："人人都懂法守法？这怎么可能呢……"

"确实不可能。"宋局长这时也收起笑容说道，"而这个问题，正是我今天要对你说的重点。"

罗飞精神一振，等待着对方的下文。

"这个社会，不可能所有的人都不犯法，就像人不可能不生病一样——你再怎么调理都没用，只要是人，谁没有生过病？"宋局长问罗飞道，"你说这是为什么？"

罗飞不确定对方要把话题引向哪个方向，便闭口不语。

宋局长略等待了一会儿，重重吐出两个字来："环境！"

"环境？"罗飞轻轻复念着这个词，揣摩其中的深意。

"没有人能脱离环境而存在，这才是真正困扰你我的因素。放眼我们周围的环境：细菌、病毒，无处不在，它们通过各种渠道在人群中传播，侵蚀你我的身体，让我们患病，让我们的伤口感染、溃烂，最终不得不求助于医生的苦药和手术刀。同样，我们所处的社会也会被环境中的细菌和病毒感染。"宋局长冲罗飞把手一摊，"所以我刚才的话只是一个玩笑，刑警永远都不会失业。"

罗飞就此引申："要保障整个社会的健康，最有意义的工作应该是净化环境，清除掉那些细菌和病毒？"

"你可以说是'净化'，真正意义上的'净化'是不可能实现的。你想达到无菌的理想状态，唯一的办法只能是和环境彻底隔绝。"宋局长比画着说道，"你看看我们周围，有哪个地方是真正干净的？那些细菌和病毒会渗入到每一个角落，就算你能杀死一批，很快就有新的一批滋生出来。"

话说到这里，罗飞总算找到了实际问题的结合点："您的意思是，龙宇集团这样的黑恶势力就像是滋生在社会中的细菌和病毒，清除一批之后，还会有新的势力出现？"

宋局长点头道："事实正是如此。邓骅死了，省城黑道上的人物哪个不是蠢蠢欲动？我们看到的是高德森，看不到的更多。现在高德森也死了，但我毫不怀疑，省城道上很快又会出现新的大哥。不管是你，还是我，我们都阻止不了。因为在社会环境中存在着供他们滋生的土壤。说得更透彻一点，我们之所以无法彻底地铲除他们，是因为他们本身就是社会结构中不可或缺的一部分，就像细菌也是生物圈的要素一样。我们看到细菌在腐烂的垃圾中生存，便心生厌恶。可实际上呢？那些垃圾正是我们自己创造的，细菌只是在帮我们分解垃圾，实现生命系统中的物质循环。你想彻底消灭它们？除非你能改变整个生物圈运转的模式。”

罗飞沉默了。他有什么能力去改变这个社会的运转模式？那些伴随着经济飞跃而产生的精神和物质垃圾必然要有相应的角色去消化和清除，他个人的力量再大，也无法阻止这样的客观规律。

不过罗飞并没有完全妥协，片刻之后，他抬头正色说道："是的，我们不可能清除所有的细菌。不过我们还是有必要对那些特别危险的细菌进行针对性的灭杀，这也正是警方当年制定'收割计划'的初衷吧？"

宋局长用指尖在杯盖轻轻一敲："你说得很对。完全的'净化'无法做到，但适度的'控制'却是可行的。对于特殊的细菌，必须用特殊的方法去对待——比如说培育专门的疫苗来抵抗那些致病性很强的危险病毒。"

罗飞"嗯"了一声，附和说："钱要彬就是警方精心培育的疫苗。"

宋局长微微颔首，却又叹气道："只可惜这疫苗在邓骅身上始终没能发挥作用。"

看着宋局长遗憾的表情，罗飞心念一动，忽然间明白了对方为何要把"收割行动"继续下去——对方是想保留钱要彬这支疫苗，用以克制省城社会中新滋生出来的危险病菌。

想通了这一层，罗飞便摇了摇头，苦笑道："看来我的确是多此一举了。"

"哦？"宋局长挑了挑眉头，"你明白了？"

罗飞点头道："钱要彬已经成功地潜入到高德森集团内部，有了他的策应，警方很快就能将阿华和高德森的势力双双扫除。我的行动未免操之过急。"在说这番话的同时，罗飞心中兀自暗想：此前宋局长说我破坏了他的计划，指的就是我抓了钱要彬这件事吧？现在钱要彬的身份被迫公开，等于是毁坏了警方培育了十多年的疫苗。

可宋局长却不置可否。他揭开杯盖，又喝了一大口茶，然后才慢条斯理地说道："你还是没有真明白。我问你，钱要彬为什么要去杀阿华？"

罗飞一愣，没想到对方会突然把这个问题抛了出来，而这个问题却是自己一直在刻意回避的。因为在罗飞看来，无论钱要彬是什么身份，都不能成为他制造爆炸的理由，更何况那起爆炸还误伤了一个无辜的女子。

宋局长料到罗飞难以回答。他把茶杯稳稳地端在手里，眼看着杯中微漾的水波渐渐复归平静，这时他又开口道："我刚才说到两个字——控制。什么叫控制？对于某种病菌，你如果掌握着相应的疫苗，这就是控制。既然能够控制，你为什么还要消灭这种病菌？要知道新的病菌还会继续滋生，如果处置不当，反而会重回失控的状态。"

罗飞是个聪明人，他立刻读懂了对方话语中的潜台词。按照宋局长的思路，既然钱要彬成功潜入了高德森集团，那就不必急着将高德森铲除，因为警方已经具备了控制对方的能力。

这样的思路完全在罗飞预料之外。他震愕良久，这才苦笑道："您就这么有信心？凭着一个钱要彬，就能把高德森控制在股掌之中？这难道不会成为养虎为患的败笔？"

"我确实有信心。"宋局长的态度就像杯中的茶水一样沉稳，"因为高德森原本就是我从诸多人选中精心挑选出来的。他是一个利益至上的家伙，这样的人永远不会成为阿华那样的亡命之徒。你可以用利益左右他的行为，就像是给一个危险的电匣子配上了保险丝。"

罗飞越听越是心惊。现在看来，宋局长不仅不想铲除高德森，在新的"收割行动"中，高德森本身甚至成了计划的一部分！宋局长"挑选"了高德森，言外之意，高德森集团能在省城赫然崛起，幕后的推手竟然就是警方！难怪在高德森与阿华争斗的初期，前者的每一步出招都是如此精准，与警方针对龙宇集团的动作亦步亦趋，简直就是一对配合默契的搭档。

"'收割行动'？"罗飞忍不住"嘿"了一声，"这已经变了味道——这不是'收割'，而是在'播种'。"

宋局长并不生气，他反而微笑着反问："没有'播种'，哪来的'收割'？"

罗飞有些茫然地摇了摇头。

见对方并不理解自己暗示的逻辑，宋局长只好想办法把话说得更加直白。他斟酌了一会儿，又问罗飞："我们这次清算龙宇集团，你知不知道有多大的收获？"

罗飞老实说："不知道。"他并不关心这些事情。

“仅仅是罚没的集团资产，总值就达到了二十三点六亿。”

罗飞咂了咂舌。这的确是个天文般的数字。

“收割，收割！现在你该明白这两个字的含义吧？”宋局长把手中的茶杯放回桌面，然后双臂撑着桌子边缘，探过身体向罗飞进一步解释说，“那些游走在法律边缘的势力，不管是黑色的，还是灰色的，他们都是整个社会的有机组成部分。只要有他们的土壤，你就无法阻止他们生根、发芽、生长，但这并不代表我们对此无能为力。等他们长得又大又肥的时候，我们可以进行收割。他们在生长过程中非法攫取了大量的社会财富，但这些财富最终还是要交出来，返还给整个社会。”

罗飞道：“那你现在的‘播种’，也是为了将来的‘收割’？高德森就是你选择的种子？”

“是的。高德森有能力收拢省城黑道，避免各股恶势力之间持续混战。同时他又不像邓骅那样心机深重，今后不至于形成尾大不掉的局面。所以只要钱要彬能赢得高德森的信任，我就有把握控制住高德森——”宋局长屈起指节敲击着桌面，满腔遗憾地强调说，“而控制住高德森，也就是控制了整个省城黑道！”

罗飞看着宋局长，他深知对方的遗憾所在。原本以铲除邓骅黑恶势力为目的的“收割行动”，到了宋局长的手里，已经演变成了一个目标更为宏大的计划。只是这个计划却因为自己的插手而宣告夭折。

话说到这个份上，罗飞也无须再回避什么。他继续深入问道：“让钱要彬去杀阿华，这也是计划的一部分？”

“这件事很难界定。”宋局长把身体靠回到椅背上，神色间略有尴尬，“无论出于什么目的，在平民区制造爆炸事件都超出了警方行事的底线，我不可能下达这样的命令。不过对于钱要彬来说，他那么做的确是为了计划大局。当时高德森想要除掉阿华，钱要彬如果抓住这次机会，他就能够一举成为对方的心腹。”

“所以他就擅自行动了？”罗飞默然垂首，不知在想些什么。当他再次抬头的时候，他沉着声音感叹道：“真是可怕……”

“我们应该站在他的角度想一想。”宋局长帮钱要彬辩解道，“他潜伏了那么多年却没什么收获，主要原因就是得不到邓骅的信任。这次他临阵倒戈，高德森肯定也会有所戒备，而干掉阿华正是钱要彬表明立场的最好机会。面对这样的局面，警方的卧底人员可以掌握一定的自行裁量权。当然了，钱要彬采用的方式有待商榷，而伤及到无辜，则完全是意料之外的不幸，确实令人遗憾。”

罗飞缄默不语。事实上，他所说的“可怕”并不是指爆炸事件的结果，他针对的是“豹头”这个角色的心机。

“豹头”虽身为警方的卧底，可是在具体行动之时却并没有寻求和警方的配合。他甚至还处心积虑，使用了诸多手段来逃避警方的侦查。他的心思恐怕并不只在“收割行动”上，他有着属于自己的更深层次的计划！更深一步去想，“豹头”能够在前景黯淡的情况下，仍然潜伏黑道十一年，恐怕也是有着深不可测的野心作为支撑吧?

罗飞隐隐有些后怕，姑且不论宋局长的初衷是否正确，那被扭曲之后的“收割行动”都不会如设想中的那么顺利。这个计划如果深入进行下去，省城极有可能出现第二个“邓骅”，而宋局长也难免会沦落到极为尴尬的境地。

好在这个计划已经终止了——缘于自己一次无意的插手。罗飞直视着宋局长的眼睛，暗自庆幸。

“你还在想什么？”宋局长看出对方心里藏着很多东西。

罗飞摇摇头。有太多的话他不方便说，也没有必要再说了。他只是问了句：“那您准备怎么处理钱要彬？”

“钱要彬同志卧底十一年，不管行动的结局如何，他都是警方的功臣。”宋局长虽然没有直接回答，但他的话语却坚定地表明了他的立场。

罗飞料到会有这样的结果。他默然移开目光，转头看向窗外的秋色。

“我知道你有保留意见。”宋局长并不介意罗飞的态度，“所以我把你从这个案子里撤出来，免得你左右为难。”

“我明白。”罗飞把头转回来，又加重语气说道，“我全都明白了。”

宋局长点点头，再次端起了桌上的茶杯。

罗飞看出对方送客的意思，便主动询问：“我现在可以走了吗？”

“你忙去吧。”宋局长喝了一口茶，随手翻看着桌上的案卷资料。在罗飞起身的时候，他又问了句：“所有的资料都在这里吧？”

罗飞“嗯”了一声，他用右手支撑着桌面，似乎在借力移转身体。他的手心里却攥住了一个小小的证物袋，在起步的同时，他借着整理衣襟的机会，将那个证物袋悄悄送入了自己的衣兜中。

第十四章 离别曲

十月二十三日，早晨七点整。

年轻人从睡梦中醒来。这一觉睡得非常踏实，他感觉神清气爽，精力充沛。

这套租来的两居室是他在省城的住所之一，也是他特为紧急情况而设置的避风港。那天他从张海峰的警车中逃脱之后，趁雨夜潜入此处，从此开始了深居简出的生活。

房屋的主人长期在国外定居，而年轻人早就在银行设置了房租定期转存，所以他尽可以放心地待在这里，没人会来打搅他。

年轻人下床拉开窗帘，晨光透进屋内，虽然不像春天里那样明媚，但至少是一个晴天。他向窗外远眺了一会儿，决定今天出门，将一些该办的事情做个了断。拿定主意之后他便转身来到厨房，这里摆着两台大冰箱，装满了各式各样的药物、食品、饮料、罐头，他即使在这里困顿上一两个月，也无须为了生活而发愁。

年轻人从冰箱里拿出一盒牛奶和一大块干面包，很快便把它们统统塞进了肚子里。然后他认真地洗了手，又来到了卧室对面的小屋中。

小屋里没有床，只贴墙竖着两大排立式衣架。衣架上挂满了衣帽服饰，不仅包括了警察、医生等等的各类制服，甚至还有女人才会用到的丝袜和长裙。

衣架旁边有一个梳妆台，年轻人坐在台前的椅子上。他正对着一面光洁锃亮的镜子，镜子里映出一张英俊帅气的面庞。

年轻人却轻叹着摇了摇头，似乎对这样的容颜很不满意。他盯着那面庞聚精会神地看了良久，然后慢慢拉开了台面下的一个抽屉。当他的右手重又抬上来的时候，手心里多了一把小巧纤细的剪子。

这剪子通常是女人们修理眉毛用的，年轻人将它捏在手里，像是狮子嘴里叼着根棒棒糖一样滑稽。不过他的神态却认真得很，他眯眼看着镜子，一丝不苟地用那剪子修理起自己的眉毛来。

原本浓密的、像两弯新月一样的眉毛渐渐变得粗短稀疏，眉间距变宽了，眉型也成了劈开的“八”字。年轻人停下手，他对着镜子左右晃了两下脑袋，自觉还不错，于是便把眉剪放回抽屉里，顺手又拿出一个“8”字形的小盒子放在台面上。

打开盒盖，里面却是一副隐形眼镜，年轻人撑开眼皮，熟练地将两个镜片贴在了自己的眼球上。于是那双漆黑明亮的眸子不见了，取而代之的是一对浑浊无光的眼睛，就连瞳孔也灰蒙蒙的，像是得了白内障的病患一般。

不过对于年轻人来说，一副眼镜还不够，他从抽屉里又摸出第二副来——这一副却是有着硕大的黑色边框。年轻人将这副眼镜架在自己的鼻梁上。镜框里的玻璃片毫无度数，纯属摆设。这副眼镜对于佩戴者真正的意义都隐藏在那一对粗大的黑框支脚上。

支脚的前后位置各有一个暗扣，前面的暗扣撑住太阳穴附近的皮肤，使得年轻人的眼角向侧上方吊起，眼型由此变得狭长扁平；后面的暗扣则在耳朵后面撑起了耳郭，刻意制造出一对“招风耳”的形态。

打理好眼眉和耳朵之后，年轻人从抽屉里摸出的第四样东西看起来更为古怪。那东西的主体由一段七八厘米长的坚硬钢丝构成，钢丝中间是两片黄巴巴的假牙，斜斜地撇向下方，钢丝两侧则顶着两个对称的塑料模子，各自约有半个核桃大小。

年轻人把嘴一张，竟将这古怪的东西塞入了口中。钢丝恰与他上牙床的内表面嵌套吻合，原来那东西却是一副牙箍。

两片发黄的假牙顶起了年轻人的上嘴唇，使他变成了双唇不关风的“龇牙男”，而钢丝两侧的塑料模子则填满了年轻人的两颊，于是原本苍劲的面庞曲线消失了，凭空生出来两块高耸突兀的“颧骨”。

年轻人看着镜中此刻的容颜，咧开嘴笑了，那两颗龅牙越发从唇齿中跳了出来。现在他的五官除了鼻子之外都已改头换面，丑得连他自己都认不出来了。

年轻人又站起身，顺手撩起镜子前一团蓬乱的假发，那假发有着长长的鬓角，扣在脑袋上以后，正好能盖住藏有玄机的眼镜支脚。

容貌算是装点完了，接下来还得挑选相配的衣着。年轻人在衣架前来回遛了两圈，最终挑出了一件厚大的夹克衫。夹克的款式有点过时，而且尺码偏大，穿在身上显得很不利索。但就是这样的效果才让年轻人满意。他走到换衣镜前，微微佝偻着背，在镜子里便出现了一个容貌丑陋、气质猥琐的男子，那男子眯缝着小眼睛，眼神黯淡无光；因为好几天都没洗脸，皮肤干蒙蒙的，毫无弹性；他的夹克衫软软地垂搭着，袖子遮住了大半只手，一副硕大的黑框眼镜有种要把鼻梁压垮的感觉。

“走吧。”年轻人对着镜子里的自己说道，他瑟缩着脖子，胆怯而又羞涩，活脱脱便是一个刚从末流大学毕业，混迹在社会底层的无业青年。

下午两点四十一分。

省警校青年教师公寓。

慕剑云正在书桌前为明天的《犯罪心理学》课程做着准备，忽然有敲门声响了起来。

“谁啊？”她一边问一边站起身走出书房。敲门者则简短地回答了一句：“快递。”

慕剑云过去打开房门。送快递的是个戴着棒球帽的小伙子，他递过一个小小的包裹，同时问道：“你是郑佳吧？”

“郑佳？”慕剑云一愣，有点出乎意料的样子，她本以为那快递该是送给自己的。

小伙子便意识到什么，停了动作问：“你不是？”

慕剑云摇摇头说：“不是。”她向卧房的方向看了一眼。郑佳就在那个屋子里，不过那女孩的视力还没完全复原，行动并不方便。于是她又转过头来问道：“我代签可以吧？”

“可以。”小伙子还挺痛快的，他把包裹塞到慕剑云手里，提醒说，“把你的身份证出示一下。”

慕剑云展示了身份证，然后在包裹上签下自己的名字，并且在名字后面用括号注明了“代收”二字。小伙子揭了回单自行离开，慕剑云则关门向卧室而去。

卧室门虽然是虚掩着的，但慕剑云还是很礼貌地敲了敲。郑佳清脆的声音立刻在屋内回应道：“请进吧。”

慕剑云推门而入，却见郑佳正坐在台灯下看着一本小说，脚下则趴着导盲犬牛牛。女孩的视力刚刚恢复，还不能见强光。所以白天时她会拉起窗帘，在灯光下进行适应性的生活。这些天没事的时候她多半都在看书。因为不到十岁便彻底失明，郑佳的阅读能力只停留在小学低年级的水平，一本普通的小说也需要借助字典才能读得透彻。

看到慕剑云进来，郑佳放下小说，笑问道：“慕姐，有事吗？”这两个月来她和慕剑云朝夕相处，颇得对方照料，两人间的关系已如亲姐妹一般。牛牛也站起身，欢快地直摇尾巴。

“有你的一个包裹，我帮你签收了。”慕剑云把包裹放在郑佳面前的桌子上，后者也有些奇怪：“我的包裹？怎么寄到这儿来了？”以前身患残疾，郑佳的交际本就不多，而知道她目前所在的人更是少之又少，谁会给她寄包裹呢？捡起包裹细看，寄件人一栏竟是空空如也，没有留下任何信息。

面对这样一个奇怪的包裹，郑佳忽地心中一动：难道是他？如此飘忽不定不正是他的风格吗？想到此处，女孩的心莫名悸动起来，她闪烁着目光看向慕剑云，吞吞吐吐地道：“慕姐，寄包裹的人可能……可能是我一个私密的朋友。”

慕剑云明白对方的意思，莞尔一笑：“那你慢慢看吧，我先出去了。”说完便转身离开了小屋。出来之后她顺手把门带好，然后快步走向自己的书桌。

书桌上放着一个小巧红色手机，慕剑云拿起手机，在常用通信录里很快找到罗飞的号码，并且按下了呼叫键。

振铃刚刚响到第二声，罗飞便在电话那头“喂”了起来。因为彼此之间已非常熟悉，慕剑云也没什么寒暄，直接压着声音悄悄说道：“郑佳刚刚收到一个匿名包裹，可能是那家伙寄来的。”

罗飞当然知道“那家伙”指的是谁，他立刻敏感起来，飞快地追问：“包裹里是什么东西？”

“还不知道。郑佳神神秘秘的，似乎不想让我看见，所以我非常怀疑……”

“我明白了。”罗飞打断慕剑云的话头，“你只管陪着郑佳，就当什么事也没有。我马上过来！”

慕剑云点头道：“好的。”然后她挂断电话，眼看着卧室的方向，心中感觉踏实了许多。

与此同时，在一墙之隔的卧室内，郑佳已经拆开了包裹的封口，将里面的东西一股脑倒了出来。除了几张文件纸之外，竟还有一只崭新的手机。她把手机拿在手里，正彷徨不知所措时，那手机却在她掌心中跳动起来。

郑佳吓了一跳，忙查看手机，发现原来是有来电呼入，而手机模式显然是调在了振动状态。女孩的心也随着那手机“砰砰”地跳动起来，她迫不及待地按下了接听的按钮，却又极缓慢地，像是鼓足了勇气似的才将手机听在了自己的耳前。

听筒里没有人说话，但分明有着清晰的呼吸声。

最终还是郑佳先打了声招呼：“喂。”

片刻的沉默之后，女孩终于等到了期盼已久的回应。

“你好。”只有短短的两个字。但那是如此熟悉、如此亲切的语调，正如多少个夜晚在梦中听见的一样。

“你在哪里？”女孩紧紧地攥着那只手机，似乎这样便能抓住那个隐藏在电波中捉摸不定的影子。

对方却只是“呵”了一声，并不愿意去回答这个问题。

女孩感觉到对方的情绪，便苦笑着追问：“你不想见我？”

这次对方回应得倒很干脆：“是的。”

女孩失落地咬着嘴唇：“为什么？”

“因为……”年轻人在电话那头叹了口气，“我不想让你看见我的样子。”

这算什么理由？女孩只能再次追问：“为什么？”

那人说：“你如果看见我，那我在你心中的形象便彻底毁了。”

女孩总算摸到些眉目，她小心翼翼地猜测道："你觉得自己长得很丑？"

"是的，"那人重重地强调说，"非常丑。"

"那又怎么样？"女孩坦诚说道，"如果我喜欢一个人，我看重的是他的本质，而不是他的外貌。"

可那人并不认同这样的说法。

"当你双目失明的时候，是这样的……可是你的视力已经恢复了，情况便会不同。"他悲伤地说着，"你不会喜欢我的，你只喜欢那个看不到的人。"

女孩从对方的话语中读出既自卑又留恋的味道。她心急如焚，不知该怎样才能劝服对方。忽然间，她心念一动，想到了一个主意。

那人竟是自觉长得太丑，所以不愿见面。对方既已抱定了这样的想法，自己再怎么解释也难以令他释怀。但如果双方能够见面，自己倒可以用真诚而又热情的态度向对方证明心迹。这方法既简单又直接，胜过任何言语上的雄辩。

想到了这一层，女孩决定向对方抛出一个善意的谎言。她说："我的眼睛现在还不能看东西呢，就算我们见面，我也看不见你的。"

电话那端的人沉默着，不置可否。

"我眼睛上的纱布还需要一周才能拆开。"女孩怕对方不相信，便多解释了一句，然后她又劝说道，"你不想来见我最后一面吗？等我的视力完全恢复之后，可能就再没有这样的机会了。"

女孩觉得对方没有理由拒绝自己的建议。只要那人同意见面，她就可以蒙着纱布赴约，然后再出其不意地将纱布解开。那人只是不敢让自己看到他的容貌，但如果真的看见了，而自己却仍然喜欢他，他的心结也就荡然无存了吧。

可惜这只是女孩一厢情愿的想法。那人却苦笑着说："你骗我，你的眼睛已经能看见东西了。"

女孩忙辩解："不，我真的看不见。"

那人"嘿"了一声，忽然反问道："一个眼睛上缠着纱布的人，有什么必要在大白天还拉着窗帘？"

女孩愕然怔住，转头往卧室窗口处看去——那里的窗帘严严实实地拉着，确实是个难以辩驳的破绽。

可那人怎么会发现这个破绽呢？女孩略一思忖，猛然间意识到了什么。她快步冲到窗前，撩起窗帘的一角，从三楼窗口向外看去。

此刻正是一天中日照最强的时分，阳光刺入女孩的双眼，带来一阵酸涩的痛感。但女孩已顾不上爱惜自己的眼睛，她的目光往楼下扫了半圈，很快便直直地定在了某个方位上。

在距离公寓楼不远的绿化带中站着一个长相丑陋的年轻男子，他拿着一部手机保持着通话的状态，目光则正与窗口的女孩相对。女孩的出现似乎在男子的预料之外，他的神色有些慌乱，手机也离开了耳边，随着手掌慢慢滑落下来。与此同时，一种难以抗拒的力量则牢牢地控制住了他的身体。

那力量来自女孩的眼睛，明亮的、漆黑的、充满了神采的眼睛，一股动人的波光在那双眼睛中流动着，就像小提琴的乐曲声一样优美。这样的眼睛镶嵌在女孩秀美的面庞上，沐浴着明媚的阳光，构成了年轻人一生中所见过的最美丽的画面。他贪婪地享受着这幅画面，难舍难离。

女孩也把手机垂在胸前。此时此刻，言语交流已成了多余的累赘。她只需要和那男子对视着，便能感受到对方的心绪。

两人就这样互相看着，整个世界似乎都随着他们的目光而静止。也不知过了多久，楼下的男人首先从沉迷的状态中清醒过来，他局促地低下了头，似乎在躲避着什么。他的这个动作立刻刺激到了女孩，令后者紧张而又焦急。

“你不用躲！我根本不在意你的相貌！”女孩忍不住叫出了声。

年轻人重又抬起头来看着女孩，不过这次却只是匆匆的一瞥。随即他便转身向着远离楼宇的方向而去，步履坚决。

“你别走！”女孩徒劳地呼喊着，却无法阻止对方的脚步。情急之下，她也转身离开窗前，直往卧室门外奔去。

客厅里的慕剑云被突然冲出来的郑佳吓了一跳，下意识地问了句：“怎么了？”后者却顾不上回答，开门就往楼下跑。慕剑云连忙也跟着追出去。两人一前一后，很快便冲到了楼前的空地上，只可惜视力所及之处已经没有了那个年轻男子的身影。

郑佳停下脚步，茫然不知该往哪个方向追赶。片刻后她又想起了什么似的，急匆匆地按动掌心中的手机。

可是听筒里却传来毫无情感的女声：“对不起，您拨打的用户已关机。”

郑佳的手无力地垂了下来。炫目的阳光照射在她那双美丽的眼睛上，刺激起了一层透明的泪水。

慕剑云这时也追到了郑佳身旁，她用手轻扶着女孩的肩头，再次追问道：“你怎么了？”

郑佳黯然答道：“是我的一个朋友……他不愿意再见我了。”

慕剑云隐隐猜到些什么，她转而拉住女孩的手，柔声劝道：“先上楼去吧，外面的光线这么强，到家里把你朋友的故事讲给我听，好不好？”

郑佳无声地点点头。她心里确有好多话想找人倾诉，而慕剑云看起来正是最合适的对象。

大约二十分钟后，罗飞赶到了慕剑云的公寓。他看到公寓的门敞开着，而慕剑云正站在门口等他。

“什么情况？”罗飞一边问一边往屋内张望着，不过他并没有看到那个女孩。

“郑佳在卧室里呢。”慕剑云冲罗飞做了个回避的手势，低声说，“我们出来谈。”

罗飞会意，和慕剑云一同来到了楼道的拐角处。站定之后，慕剑云神色郑重地说道：“我刚刚和郑佳聊了一会儿，情况和你当初的猜想恐怕不太一样。”

“哦？”罗飞的心一沉，对方的表情让他有一种不妙的预感。

“Eumenides已经来过了，他和郑佳见了一面。”慕剑云略作停顿后，又格外强调般地说道，“而这次见面在我看来，应该是两人之间的诀别。”

“他们见面了？”罗飞有些不相信似的。难道那人不怕被郑佳识破他的真实身份？

“是见面，但不是正常的见面。”慕剑云抱着胳膊解释说，“那个包裹里面有一只手机。Eumenides先是在电话里和郑佳道别，然后又把郑佳引到窗口处——而他就站在楼下的绿化带里。不过郑佳看到的是一个相貌极丑的年轻男子，并且他就是以自己相貌丑陋为借口，拒绝再与郑佳相处。郑佳后来追到楼下的时候，他已经消失不见了，电话从此也无法接通。”

罗飞深知Eumenides的真实相貌绝对和“丑陋”两个字不沾边，立刻又问：“他做了易容伪装？”

“应该是的。”慕剑云点着头分析道，“所以他只敢让郑佳远远地看到自己。”

罗飞认同这个逻辑。要知道，再精妙的易容，近距离相处的时候也难免露出破绽。那人把郑佳引到窗口，又在对方下楼之前离开，其目的明显就是在掩饰自己的真容。可他为什么要突然前来？将这样一种经不起检验的虚假面容展示在女孩面前，他的用意何在？

在罗飞思索的同时，慕剑云却反过来问他："你那边的情况怎么样？"

"嗯？"罗飞挑了挑眉头，不明对方所指。

"你不是说Eumenides会清除掉和杜明强有关的图像资料吗？他有没有开始行动？"

"应该是开始了。"罗飞斟酌着说道，"前两天省城电视台遭窃，丢失了一些原始素材，其中就包括杜明强接受庭审时的现场录像。窃贼手法高明，很像是那家伙的所为。我估计他下一步的目标应该就是警方系统内的图像资料了。我也做了一些特别的安排，包括让曾日华设置了一个网络陷阱，如果他试图从远程攻击警方的资料管理系统，立刻就会暴露出他的行迹。"

慕剑云却摇摇头说："这都没用的。"

罗飞皱起眉头，不知对方为何如此肯定。慕剑云则很快用事实加以解释，她将手中的一页文件纸递给罗飞，接着说道："这是那个人寄给郑佳的资料，你自己看看吧。"

罗飞接过那页纸，展开一看，却见占据了绝大部分版面的竟是一张杜明强的近身照片。而照片下还有一段小字，阐明了照中人的身份：

> 杜明强，男，25岁。二〇〇二年被刑警队罗飞逮捕，被指控为系列凶杀案的主角Eumenides。但因证据不足，仅被判处五年徒刑。二〇〇三年十月十一日从省城监狱越狱，越狱过程中以Eumenides之名继续行凶，致二人死亡、一人重伤。

罗飞愣住了："怎么会这样？"他以为Eumenides会全力销毁自己在杜明强一案中留下的图像资料，以便在郑佳面前隐藏住自己的身份。可没想人家居然主动把自己的照片寄给了郑佳，这到底是什么路数？

"那个人不会再和郑佳见面了。这张照片就是他写下的诀别书，包括今天他故意让郑佳看到那副丑陋的容貌，也是在配合这个目的——他要切断自己的退路。换句话说，在那两个分裂的角色中，他已经坚定地选择了Eumenides。”

慕剑云的语调有着森然的感觉，像冰河一样慢慢没过了罗飞的心胸。他明白了，那个年轻人就是要把自己的容貌和Eumenides的身份牢牢地绑定在一起；同时，他的声音和另外一个灵魂则配合着丑陋的容貌，幻化成一个虚拟的形象，这个形象只能存在于女孩的心中，却永远无法触摸。

的确，这张照片就像是一封诀别书，已彻底斩断了年轻人和女孩之间的联系，同时也斩断了罗飞期盼那孩子回头的最后一丝希望。

罗飞心中有一种难以言明的苦涩感觉，同时他又有些不甘心似的，喃喃自问：“既然他已经决定了分别，他又何必越狱呢？”

慕剑云已经提前想明了这层关系，苦笑着答道：“他确已铁了心要走Eumenides之路，但他仍然想保留自己在郑佳心中的另外一个形象。所以他越狱，并不是害怕郑佳看到他的容貌，他只是不想让对方认出自己的声音。”

罗飞恍然大悟。是的，那个年轻人并没有试图将自己的两个身份融合为一，相反，他是要将那两个形象彻底分开！黑与白，残酷和温情，英俊和丑陋，通通分割，成为两个完全独立的角色：一个继续走向宿命般的道路，另一个则成为年轻人和那女孩心中共同的精神寄托。从此以后，女孩会牢牢记住杀父凶手的容貌，同时又苦苦挂念一个记忆中的声音。而他绝不能让对方将自己的容貌和声音联系起来——所以他要越狱，所以他要销毁电视台的录像素材！

罗飞转身向楼道的气窗走了两步，他向窗外眺望着，神色黯然。虽然那年轻人早已没了踪迹，但他却分明看到了一个诀然远去的孤独背影。

慕剑云也跟过来。她感受到罗飞的情绪，便轻贴在对方身旁，柔声道：“从案子本身来说，这或许是最糟糕的结局。但你要明白，对郑佳来说，这却是最好的结局了。”

罗飞点点头。确实，留在郑佳心中的那个声音虽然虚幻而不可及，但却是可以永远存在的。若非如此，女孩或许享受到短暂的完美，但那完美终究会走向一个残酷的结局。

年轻人做出这样的选择，其实也是为了更好地保护那个女孩吧。毕竟在所有的故事中，只有那女孩是最纯洁、最无辜的。没有人会忍心伤害到她，不管是罗飞、慕剑云，还是Eumenides、阿华。

想到这里，罗飞的心情稍稍舒朗了一些。但有一点是他无论如何也回避不了的：自己和那年轻人之间已注定要战斗到最后一刻，再无任何回旋的理由！

十一月二十三日，下午四点四十一分。

省城爱宠驯犬中心。

这是一家专业提供犬类驯化服务的机构，郑佳今天到这里来是要领回自己的爱犬牛牛。

牛牛早已是一只合格的导盲犬，只是它的主人已经复明，它这次在此受驯显然是肩负着新的任务。

当驯犬师把牛牛交还给郑佳的时候，女孩想要检测一下爱犬这个月以来的训练效果。驯犬师完全理解对方的心思，他把郑佳带到了训练房里。

训练房是用仓库改造的，面积很大，进深足有数十米。在房屋的尽头摆着一排塑料模特，模特们穿着各种各样的衣服，远远看去像一群真人似的。

驯犬师拿出一个专用的眼罩，套在了牛牛的眼睛上。牛牛失去了视力，只能用鼻子来探测周围的情形。忽然间，它似乎闻到了什么，精神陡然间兴奋起来。

驯犬师松开狗链的同时，轻轻在牛牛脊背上一拍，说了声："去吧！"

牛牛低着头，一路边嗅边走，顺着某种气味直向训练房的那端而去。很快它便来到了那一排模特中间，然后它没有任何犹豫，一口咬住了其中某个模特的裤腿。

郑佳露出满意的微笑，她看到那模特身上穿着一身监狱囚服，而这套衣服正是自己送过来的。她让牛牛接受训练的目的，就是为了抓住杀害父亲的凶手——Eumenides。

她知道那家伙已经从监狱中逃脱，所以她要让牛牛永远记住对方的气味。以后只要那家伙再出现，牛牛就可以用敏锐的嗅觉找出对方的踪迹！

一个月后。

十二月二十四日，晚六点三十分。

绿阳春餐厅。

慕剑云走进门厅，目光四下里一扫，很快就找到了罗飞。后者正从一个靠窗的座位上站起来，挥手打着招呼。慕剑云便嫣然一笑，迈步向着对方而去。她今天的装扮与以往颇不一样，其中最明显的变化便是她散开了脑后的马尾辫。乌黑的长发披散下来，轻轻地垂在两侧肩后，透出一股江南女子独有的娇柔味道。

罗飞很有礼貌地等待慕剑云走近，同时帮对方拉开了餐桌前的椅子。慕剑云点头道了声："谢谢。"她脱去套在外面的米黄色风衣，款款入座。

罗飞顺手接过那件风衣，帮对方搭在了高背椅上。慕剑云则抬起双手，将脱衣过程中弄乱的长发往后撩了撩。她此刻穿着一件紫色的贴身毛衣，窈窕的身形勾勒无余。罗飞站在她的身后，感受到对方淡淡的体温和发香，一时间有些迷醉，竟舍不得离开了。

慕剑云下意识地回过头来，正好与罗飞四目相对。后者脸一红，像是一个偷吃糖果时被人发现的孩子。慕剑云心中暗笑，但也不去点破，只道："你也坐吧。"

罗飞忙跨步到餐桌对面坐好。两人又对视了一眼，罗飞窘迫地躲开视线，嘴里也不知该说些什么。

慕剑云终于忍不住了，笑问："你怎么了？"

"我没什么……"罗飞调整了一下情绪，看着对方说道："是你——嗯，你今天有点特别。"

"哦？"慕剑云低头打量着自己的装扮，又问，"这样不好吗？"

"不，很好。"罗飞睁大眼睛，像是在集聚勇气一样，然后他郑重总结道，"非常漂亮！"

慕剑云芳心大悦，得意地甩了一下头发。

这时一个服务生走到两人桌前，递上菜单问道："您好！哪位点菜？"

罗飞接过菜单推给慕剑云："你点吧，今天不用客气。"

慕剑云笑眯眯地说道："那我可就好好宰你一顿了。"不过话是这么说，她下手倒还温柔，只拣中等价位的菜肴点了两三个，然后便把菜单还给罗飞，"剩下的你来补充吧。"

罗飞加了个餐厅推荐的招牌菜，又点了饮料酒水。服务生自去后厨下单。罗飞在慕剑云来之前就要了壶绿茶，此刻张罗着给对方倒上。

慕剑云把茶杯捧在手里，借着茶水的热气暖暖身体。片刻后她似乎想到了什么，转头看向餐厅中央的表演台，问:“郑佳的演奏什么时候开始？”

“应该是七点左右。”罗飞看看手表说，“还得等一会儿。”

慕剑云“嗯”了一声，脸上露出期待的表情。这次罗飞请她吃饭，她主动提出要到绿阳春餐厅来，一个主要的目的就是想在现场听一听郑佳的演奏呢。

两人喝着茶，有一搭没一搭地闲聊了一会儿，菜肴却迟迟不见上桌。罗飞往周围看看，却见大厅内的餐位都已经坐满了，难怪上菜的速度会慢一些。他便感慨了一句:“今天也不是周末，怎么吃饭的人这么多？”

慕剑云翻起眼皮，神色诧异地看着罗飞。

“你看看……”罗飞努努嘴向对方展示着，“好像提前过节似的。”

“提前过节？”慕剑云咂着罗飞话，渐渐明白了对方的意思，便又验证似的反问，“你说是过什么节？”

“元旦啊。你看这酒店里装扮得这么漂亮，不都在等着过新年吗？”罗飞耸耸肩膀，总觉得有点不对劲，“不过今天就这么热闹，好像有点早了……”

慕剑云无奈了，她放下手中茶杯，苦笑着问道:“你真不知道今天为什么热闹？”

罗飞还真茫然:“为什么？”

慕剑云摇头不语，心中的兴奋劲已冷了一半。转念想想，像罗飞这个年纪的人，不知道“平安夜”的概念也算正常。只可怜自己满怀期待，还推掉了好几个追求者的邀约，最终却在面对一个不解风情的榆木疙瘩。

罗飞看出慕剑云有点不高兴，便忐忑追问:“怎么了？今天到底有什么特别？”

“没什么特别。”慕剑云摆摆手，重新校正好自己的情绪后，微笑反问，“只是你今天怎么有心情请我吃饭？”

罗飞犹豫了一会儿，却不直言，只道:“有些事一会儿再说吧。”

慕剑云知道罗飞的性格，他既不想说，追问也没用。于是她便主动把话题岔开，好在这两人已非常熟悉，即便是闲坐着也不至于冷场。

两杯热茶喝完，服务生总算把酒菜陆续端了上来。罗飞给慕剑云倒上饮料，自己则斟了啤酒，举杯敬道:“慕老师，和你合作一年多了，也没好好请你吃个饭。今天算是补上了，来，我祝你今后万事顺利，永远年轻美丽。”

慕剑云也举杯和罗飞轻轻一碰，同时自嘲地叹道:“唉，真要能永远年轻该多好？这一年过去，又老了一岁……”

“你可看不出来。”罗飞一口把啤酒干了，半开玩笑半认真地说，“走在校园里，总有人把你当学生吧？”

“你倒也会奉承人。”慕剑云莞尔一笑，把饮料送到嘴边，浅浅地饮了一口。

简单地开了个场，罗飞放下酒杯招呼说：“快吃菜吧。这里的淮扬菜应该是比较正宗的。”

慕剑云拿起筷子，拣入眼的菜尝了几口，正品味间，忽听得周围有人喝彩鼓掌。她抬头寻看一番，喜道：“郑佳上场啦！”

罗飞也看见了，一个穿着水绿色长裙的女孩正从后台款步走出。那女孩手里提着个小提琴，相貌清秀脱俗，确是郑佳无疑。

“她真是越来越漂亮了。”慕剑云轻声赞道。郑佳的双目恢复正常之后就搬离了警校的公寓，算起来两人分别已有一个多月。此刻虽然分处舞台上下，慕剑云心中还是泛起一番疼爱怜惜的温柔感觉。

郑佳往外走出两步之后，又停步转身，似乎在等待着什么——原来另有一名女子在身后跟随着她的脚步，那女子身形纤细苗条，着一身长袖汉服，颇有古典美女的风范。只可惜她头上戴了一顶蒙纱斗笠，白色的面纱垂盖下来，遮住了她的容颜。

郑佳牵着那女子的衣袖，两人款款而行，一同来到了表演台中央。郑佳坐在左前方的演奏椅上，而穿汉服的女子则来到侧后方的矮凳上坐好，矮凳前早已备好了一把古筝。

慕剑云抽空瞥了罗飞一眼，问：“那个人是郑佳的搭档？”

罗飞点点头说：“她们两人的合奏这一个月来极受欢迎，已经成为这家餐厅的台柱子了。”

慕剑云“呵”了一声：“看来你还是这里的常客呢？”

罗飞倒不否认：“这两个月，我几乎每天晚上都来。”不过他说话时神色严肃，似乎与美食和音乐的气氛并不相符。

慕剑云心中一动，猜测道：“你是在等那个人？”

罗飞不出声，算是默认了。

慕剑云淡淡一笑：“我告诉过你，他不会再来了——他已经做了决断。”

罗飞轻轻地叹了口气。确实，他这两个月的等待没有任何结果。也许他早该相信慕剑云的判断：那家伙走了，他既已给女孩留下了近乎完美的回忆，又何必再回来呢？重逢的唯一意义，除了破坏回忆，还有什么？

“噔……”轻灵而又古朴的乐曲声打断了罗慕二人的交谈，他们双双循声看去，却见那穿汉服的女子手抚着琴弦，已经撩开了演奏的序曲。这一声悠悠转转，绕梁不绝，便在将歇未歇之际，女子水袖轻拂，第二声又翩翩而至。

如此声声相连，初时间歇冗长，随后则渐归紧密，像是将听客们引入了一条辗转悠长的古巷，越往里走，前方越是狭窄紧促。

耳听古筝的节奏一阵急似一阵，三五个转折之后几乎压得人喘不过气来。但恰在此刻，古筝的弦音却戛然而止，悠扬的小提琴曲则衔接而上。

小提琴美妙悠长的旋律立刻释放了人们紧绷的神经，就像在转过古巷最狭窄的弯口时，眼前竟忽地呈现出了一片开阔的园林，那林中鸟语花香，林木葱郁，直叫人心旷神怡。

倏忽之后，本已终止的古筝弦音又隐隐若现。“叮咚”“叮咚”，像是水滴轻落，温柔地打在红花绿叶之上，令闻者如沐江南春雨。那雨声忽大忽小，忽徐忽急，就像是雨点润进了众人的心头。

慕剑云完全被迷住了，她不仅放下了手中的筷子，连眼睛也闭了起来，全心全意地沉浸在这迷人的琴筝合奏中。直到一曲终了之后，她才把眼睛睁开，由衷赞叹道：“真是太美了，难怪连那家伙都会被打动。”

可自己的赞叹并未得到同伴的附和，慕剑云略略转过头，却见罗飞手里端着一满杯的啤酒，眼睛却怔怔地看着那穿汉服的女子，神色肃穆。

“你想什么呢？”慕剑云伸手在罗飞面前晃了两下，打断了对方的思绪。罗飞将啤酒送到口边，但只抿了一小口便又放下，似乎那甘美的酒水已变得苦涩难咽。

“那个女人是谁？”慕剑云敏感地问道。

罗飞没有正面回答，只是反问：“你觉得她会是个漂亮的女人吗？”

慕剑云又仔仔细细地打量了那女子几眼，斟酌着说道：“从身材来看，应该是个美人坯子……可惜看不到她的脸，皮肤也不知道好不好。”

确实，那女子不仅脸被白纱蒙住，一双手也始终掩藏在水袖中，即便在抚琴的时候也不例外。似乎她的每一寸肌肤都如此矜贵，绝不能让外人看见似的。

“你说的不错，她以前的确是个美女。”罗飞叹了口气，语调黯然，“只是现在……”

“现在怎么了？”慕剑云的目光停留在女子的面纱上，她隐隐有种非常可怕的预感。而罗飞接下来的话则印证了她的感觉。

“你还记得袁志邦被炸伤后的样子吧？那女人现在便和他差不多！”

慕剑云“啊”的一声惊呼，那个“怪物”令人不忍卒睹的面容侵略着她的回忆，她实在无法将这样的可怕面容和一个如此窈窕娇美的女子联系在一起。愕然半晌之后，她才喃喃自语般问道：“怎么会这样？”

罗飞手攥着酒杯，低声说道：“她叫明明，就是那个和阿华在一起，后来被大火烧成重伤的女人。”

“是她！？”慕剑云再次被惊讶的情绪包围，同时她将目光从那女子身上挪开。因为她觉得看着这样的女子，脑子里却要想起一个怪物般的容貌，这实在是一件过于残忍的事情。

在慕剑云转头唏嘘之间，美妙的古筝弦音又再次响起。只是这一次听来却多了几分凄凉。

“她怎么会和郑佳在一起了？”慕剑云看着罗飞问道，她脑子里有太多的困惑，亟待对方解答。

罗飞道：“郑佳视力恢复之后去看守所探望阿华，阿华便托付她照料这个女人。郑佳原本就心地善良，又想着要对阿华报恩，所以她对待明明非常尽心。她们俩现在已经成了相依为命的伙伴。”

“是这样……”慕剑云露出恍然的表情，沉吟片刻后她又说道，“她们俩有这样的情谊倒不奇怪，因为郑佳也曾有过残疾，很容易和明明产生同病相怜的感情。”

罗飞点点头，并补充说：“而且她们还有相同的爱好和特长——音乐。”

“那女孩不是在酒店里做按摩的吗？”慕剑云难免诧异，“怎么古筝弹得这么好？”

“她以前是音乐学院的，专业学过古筝。只是后来经不起诱惑……你知道，漂亮的女孩很容易受到诱惑，毕竟做什么都不如那一行来钱快。”

慕剑云摇了摇头，她不想就此评判什么，因为这并不是女孩自身的问题，更多是属于这个社会的问题。不过沉默了一会儿之后，她似乎又有所感悟，轻叹道："一场大火烧去了她美丽的躯壳，也改变了她的生存方式——从这一点来看，倒有点塞翁失马的意思。"

罗飞"嘿"了一声："这也算一种安慰吧……但无论如何，这样的代价对一个青春女孩来说，太残酷了！"

"确实残酷……"慕剑云感觉到罗飞低沉的情绪，便探身握住对方的手劝解道，"可这样的事情你也无力阻止。能让作恶的人受到惩罚，你已经做得很好了。"

慕剑云不会想到，她的这番话恰恰刺痛了罗飞。后者挣脱了对方温暖的手掌，愤懑地说道："不，我什么也没有做……残害明明的真凶并没有受到任何惩罚。"

慕剑云只好尴尬地把手收了回来，同时反问："你怎么了？高德森不是已经死了吗？这难道不是你的功劳？"

罗飞苦笑道："高德森是死了。可是他的同谋，真正到现场制造爆炸的那个人——不仅毫发无损，甚至还成了媒体热捧的英雄。"

慕剑云愣了一下，很快她想到了一个人，讶然问道："你说的是……钱要彬？"

这两个月来，关于钱要彬的事迹已经被省城媒体热炒了好几轮。在省市公安系统宣传部门引导的舆论包装下，钱要彬被塑造成一个忍辱负重十一年，历尽重重艰难，最终成功捣毁了当市两大黑恶集团的英雄人物。整个省城，上至市井公婆，下至蹒跚幼童，人人都对"卧底神探"的名头耳熟能详。所以罗飞一说那话，慕剑云马上就联想到了钱要彬。

见罗飞很郁闷地沉默着，慕剑云便知道自己猜得不错。其实对于阿华和高德森集团的覆灭，罗飞功不可没。可是在媒体的诸多宣传中，钱要彬却将所有的功劳揽于一身，对罗飞则只字不提。慕剑云此前就为此帮罗飞深感不平。只是她万万没有想到：身为警方卧底的钱要彬，竟然还是亲手导演了公寓爆炸案的罪魁元凶！

"他怎么能这么做？"慕剑云用手重重地敲了一下桌子，自问自否，"无论如何也不能这么做的！"

罗飞叹了口气，默默喝光了杯中的啤酒。

“宋局长不了解这事？”慕剑云知道钱要彬现在正是宋局长极力扶植的爱将，故有此问。

“他知道，其实钱要彬的很多行动都是他默许的。”罗飞又倒上一杯啤酒，然后一边独饮一边将事情的前后经过向慕剑云讲述了一遍，包括“收割行动”的来龙去脉，以及宋局长如何修改行动原旨，钱要彬如何在高德森手下助纣为虐……详详细细，巨微无漏。

慕剑云听完之后沉默了良久，最终她只能苦笑着劝道：“我也不知说什么好了……只是这件事，你真的不用自责。这不是你能控制得了的。”

“是，我知道这事我管不了，”罗飞也回以苦笑，“可我又不能不管。”

“嗯？”慕剑云听出罗飞话里有话。

罗飞转头看向表演台，郑佳和明明仍然全神贯注于合奏中，她们的一举一动都是如此曼妙，在音乐的映衬下，更是美不胜收。

罗飞便这样静静地看着，直到又一曲终了。然后他才把头转回来对慕剑云道：“从上个月开始，郑佳便准备了检举材料，屡屡到刑警队要求立案。下面的同志不敢受理，她后来就直接找到了我。”

慕剑云也往表演台上的两个女孩瞥了一眼，问道：“郑佳也知道这案子的内情？”不过她随即便觉得此问多余。郑佳与阿华有过会面，现在又和明明形影不离，她能不知道吗？而以这女孩是非分明的性格，既然知道明明有冤屈，那是一定要讨出个公道来的。

于是慕剑云不待罗飞回答，直接又进入了下一个问题：“你一定无法拒绝她，你帮她了？”

罗飞点点头：“我当然无法拒绝。所以我找了一些渠道，试图去解决这件事情。”

“你怎么不告诉我呢？或许我可以帮你。”慕剑云自告奋勇。她在警校任教，平时会有机会接触到一些警界的高层领导。

罗飞摇头道：“这事没那么简单，我不想把你拖下水。”停顿片刻后，他又自嘲似的笑道，“事实也证明，我没有把你拖进来是明智的。”

慕剑云听出有些不对劲，忙问：“怎么了？”

罗飞盯着慕剑云看了一会儿，神色复杂。而他再次开口的时候，似乎却又换了个话题。

“你不是问我，今天为什么要请你吃饭吗？呵呵，现在我该回答你了。”

“为什么？”慕剑云忐忑地问道，她忽然间有种感觉，那绝不是一个能让自己高兴的答案。

“我是来向你告别的。”罗飞哑着嗓子说道，“我要走了。”

虽然有了不好的心理准备，但突如其来冒出“告别”这两个字，还是让慕剑云有些猝不及防。她茫然张了张嘴，半晌之后才发出声音：“你要去哪里？”

“回龙州。”罗飞从口袋里摸出一份文件，展开后推到慕剑云面前，“这是我刚刚接到的调令。”

慕剑云垂下眼帘，快速扫过文件上的内容：

罗飞同志自二〇〇二年十月起担任省城刑警队代理队长，专职主持“四一八”专案组的全部工作。该同志工作态度积极，较出色地完成了组织上分配的各项任务。鉴于目前“四一八”专案组的工作已告一段落，经省城公安局领导建议，省公安厅组织部审核批准，现决定将罗飞同志调回龙州，出任龙州市公安局副局长。省城刑警队队长一职，另有人选安排。

慕剑云深知这份调令的意义。她为罗飞感到深深的不平，同时也无法抑制住离别的伤感。她抽了一下鼻子，眼圈竟红了起来。

这次是罗飞反过来握住了慕剑云的手，他用尽量欢快的语气说道：“龙州离省城也不远，你没课的时候，可以多过来走走。”

慕剑云抬起头来，她勉力挤出一丝笑容：“是啊，你升官了，我们得庆祝一下呢。”

罗飞很配合地端起啤酒杯：“来，碰一下吧。”

慕剑云也端起自己面前的杯子，不过她把杯子里的果汁都倒掉了，转手也斟满了啤酒，说：“这么高兴的事，我应该陪你喝一杯。”说完也不等罗飞回应，伸过杯子和罗飞一敲，然后便大口地喝起来。

罗飞知道慕剑云不会喝酒，劝道：“你慢点儿。”

慕剑云不搭理对方，用另一只手指着罗飞的杯子，以示催促。罗飞无奈，只好仰着脖子，将自己杯子里的酒也统统干了。

一大杯啤酒下肚，慕剑云的脸上飞起了红霞。她略歇过一口气后又问罗飞："你什么时候动身？"

罗飞道："元旦之前吧。"

"这么急？"慕剑云失望地摇着头，表示难以理解。

"有人不想让我多待。"罗飞无奈地说道，"元月三号市里要召开这次扫黑除恶的公判和表彰大会。"

慕剑云轻轻"哦"了一声，明白其中的逻辑。元月三号的大会是省城警界的一次盛事，届时阿华等黑恶分子将在大会上接受宣判，而钱要彬则会获得省市领导的表彰。这么重要的场合，有关方面当然不希望出现任何干扰因素。对于罗飞这样的持异见者，最好的方式就是立刻打发走人。

事已至此，不仅酸楚的结局难以逆转，而且离别竟是迫在眼前。慕剑云感觉有太多话语涌在心中，但又舍不得浪费时间去述说。她只是默默地看着罗飞，所有的情绪都藏在那波光流动的眼神中。

须臾间，耳听琴筝的合奏声又起，而这次的乐曲不仅美妙，那旋律更是撩拨着慕剑云的心弦，将她拖入一种难以抑制的伤感情绪中。慕剑云的神色渐渐恍惚，眼前已看不到罗飞的身影，只浮现起这一年多来与对方相处时的点点滴滴，那些回忆随着音乐缓缓流转，直叫人痴惘不已。

慕剑云并不知道，她此刻对音乐的强烈感受正来自于她和演奏者之间的精神共鸣，因为正在合奏的这首曲目正是肖邦的名作《离别曲》。

舞台上下，三个女人。她们的身份、背景迥然不同，但每人守着一份离愁，音乐在这一刻则成为了联系她们精神世界的纽带。演奏者身心投入，听者如醉如痴。

一曲终了之后，慕剑云仍然无法从离别的愁思中解脱，直到罗飞轻轻地碰了碰她，她才回过神来。

"呵，这音乐……"慕剑云自我感怀道，"真是让人有种说不出的滋味。"

罗飞没有说话，他的左手从桌子底下伸出来，宽大的手掌撑得鼓鼓的，竟是握着一只红彤彤的苹果。他把苹果轻轻放在慕剑云面前，微笑说："这是送给你的。"

慕剑云意外地“啊”了一声，有些摸不着头脑：“你……”

“今天是平安夜。你以为我真的不知道吗？”罗飞的嘴角微微向上挑着，竟是一种从未有过的淘气笑容。

“你骗我……”慕剑云嗔怒地瞪了罗飞一眼，同时又迫不及待地将那只苹果捧在了手中。苹果鲜亮红润，散发出淡淡的香甜气息。

罗飞专注地看着慕剑云，直到对方抬起眼帘与自己相视之后，他才郑重送出了自己的祝福：“祝你圣诞快乐，祝你一生平安。”

“谢谢你。”慕剑云紧紧地握着那只苹果，心中暖意阵阵。但在这最甜蜜的时刻，却又有两颗泪珠轻挂在她的眼角，摇摇欲坠。

十二月二十五日上午。

省城公安局。

虽然已经接到了调令，但罗飞还是如往常一样，早早便来到了刑警大队。他一个人待在办公室里，整理着需要交接的档案文件，也整理着自己一年多来的心绪。

大约在八点半的时候，有人在屋外敲门。罗飞道了声：“请进。”那人推门而入，却是他的助手尹剑。

“你来得正好。”罗飞招招手，“这些档案我都整理过了，你清点一下，找个地方保管起来。”

尹剑“嗯”了一声，神情却不太好受。继韩灏之后，他又一次要和自己的领导分别。对这个颇重情义的小伙子来说，每一次分别都是一副沉重的负担。不过伤感归伤感，他可没忘记此行的任务。

“罗队，宋局长让您上去一趟。”小伙子走到罗飞桌前，一边接过那些资料一边说道。

“哦。”罗飞闻言便站起身，心中猜测了一下：是不是新的刑警队长有人选了，叫我上去好交接一下工作？

等来到宋局长的办公室之后，罗飞的猜测似乎得到了进一步的印证。因为屋里除了宋局长本人之外，还有另外一个重要人物——钱要彬。

自从罗飞的调令下达之后，省城警界都在传言，“卧底神探”钱要彬已经被内定为下一任的刑警队长。罗飞也相信这样的传言并非空穴来风。

“你来了。”宋局长看到罗飞进来，只简单地打了个招呼。钱要彬则特地从沙发上站起身，抢上前与罗飞热情握手。

罗飞用常规的礼节应付着，态度不冷不热，然后和钱要彬分坐在沙发两边。

宋局长看看罗飞，又看看钱要彬，却许久不说话，不知在想些什么。他不说话，那两人便也不好开口。屋内的气氛一时间有些肃穆。

片刻后，罗飞感觉有些不对劲，便转头看看身旁的钱要彬，没想到对方也在看着自己，神情既郑重又复杂。

这不像是正常的交接工作啊？罗飞正诧异间，宋局长终于开口了。

“罗飞啊，你最近两天在忙什么？”从他低沉的语调来看，这句话显然只是切入正题前的无谓寒暄。

罗飞便随意答了句：“没忙什么……就是在准备交接。”

“交接的事情先停一停吧。”宋局长摆了摆手，他把身体往罗飞的方向探了探，又解释说，“还有一些工作，需要你继续做完。”

罗飞没有说话，显示出一切服从组织安排的态度。

宋局长这时冲钱要彬略一点头：“要彬，你把那东西给罗队长看看吧。”

钱要彬从沙发的扶手上拿起一个信封递给罗飞，道：“这是今天一早在我的信箱里发现的。”

信封上空无一字——这信显然不是从正常的邮递渠道而来。罗飞心中一动，迅速将那信封打开，取出了里面的一张便笺。

无论从字迹、格式还是内容来说，那张便笺都是罗飞再熟悉不过的东西——那既是罗飞来到省城的原因，也是罗飞继续留在省城的意义。

白纸黑字，标准的仿宋体：

死亡通知单

受刑人：钱要彬

罪行：故意杀人

执行日期：二〇〇四年一月三日

执行人：Eumenides

罗飞轻轻地“嘿”了一声。这突如其来的变故既在意料之外，但又在情理之中。片刻之后，他的目光从便笺上挪开，意味深长地看了钱要彬一眼。后者咧了咧嘴，尴尬地挤出一丝笑容。

“罗飞啊。”宋局长招呼了一声，等后者转过头之后，他话中有话地说道，“别的事情我不管，但这最后一班岗，你无论如何都要站好！”

罗飞神色平静，只简单地回答了三个字：“我明白。”但他语气中的态度却是如此坚定和沉稳，透出一股令人信赖的感觉。

宋局长满意地点点头：“那你就尽快准备吧，时间应该还很充分。”略一停顿之后，他又建议道，“你们开专案会议的时候，要彬也可以列席。他不光是你们的保护对象，也能充当作战的主力。”

“这个……”罗飞委婉地拒绝道，“我看没有太大的必要。”

“既然是罗队的案子，就让罗队全权负责吧。”钱要彬看出罗飞的心态，便自觉找了个台阶走下来，“我一切听从安排就行。”

宋局长斟酌了一会儿，低声说：“也好。”他知道罗飞和钱要彬之间芥蒂已存，真要在一起合作，反而双方都会束手束脚，还不如让罗飞独自去应付。

“那我现在就召集人员开会去。”罗飞一边说一边站起身，同时将那张便笺收回信封中。

宋局长挥挥手：“去吧。”

罗飞又冲钱要彬点了点头，算是告辞。随后他便离开了局长办公室，下楼而去。等到了刑警队所在的楼层，却见尹剑正捧着个茶杯从开水房走出来，脚步匆匆。罗飞叫住他问道：“你瞎忙乎啥呢？”

尹剑一回头：“你下来了啊？”一边说话一边把茶杯塞到了罗飞手里，杯中热腾腾的一杯绿茶，香味扑鼻，显然是刚刚沏好的。

罗飞不明白对方的意思，不过没等他开口再问，尹剑又笑嘻嘻地解释道：“慕老师在你办公室坐着呢——你自己招呼她吧。”

罗飞心道：这来得倒巧。他“哦”了一声，又正色吩咐尹剑：“你赶快去安排一下，通知各专案组成员，十点半来开紧急会议。”

尹剑愣了一下，心中暗忖：您不是都办交接了吗？还张罗什么专案组？这话虽然没有说出来，罗飞却看得明白，便又加重语气道：“有新情况了，Eumenides下了新单子！”

尹剑神色一凛，他当然明白“新单子”的意义，忙挺起腰板回复说：“我这就去准备！”

这边尹剑自去安排会议。罗飞则端着茶杯回到了自己的办公室。一推门果然看见了慕剑云，女讲师正坐在沙发上，手里翻着一叠稿纸——那是罗飞为离任而写的述职报告。

“你怎么来了？”罗飞打了个招呼，走过去将那杯绿茶送到对方面前，又说，“我正要找你呢。”

慕剑云将手里的稿纸放下，反问道：“怎么了？”

罗飞道：“你先说吧。”他知道自己这边的话题一旦展开，恐怕就很难结束了。

慕剑云也不磨叽，便道：“我来找你商量个事。”

“什么事？”

“我不想在学校里待着了，我想去地方上锻炼锻炼。”慕剑云一边说一边端起那杯绿茶，目光却一直盯在罗飞脸上，观察着对方的反应。

罗飞显得有些意外，略略皱起眉问：“为什么？”在他看来，一个女同志在警校担任讲师多好啊，别人想进还进不去呢，干吗要到地方上受苦？

“学校里那种清闲的生活，我有些待腻了。”慕剑云用轻描淡写的口吻说道，“我想到地方刑警队多接触一些现实的案子。”

罗飞摇摇头：“我持保留意见……我劝你慎重决定。”略作停顿之后，他又问，“你还没跟学校领导说这事吧？”

慕剑云耸了耸肩膀：“没呢，我还不知道有没有地方上的单位愿意接收我。”

听对方这么说罗飞倒松了口气：原来这事八字还没一撇，只算个初萌的想法。不过他有些奇怪，慕剑云怎么会突然冒出这样的念头，而且还特意赶过来和自己讨论。这实在不像是一个成熟女人的表现。

慕剑云这会儿把茶杯送到唇边，但她却没有继续做出喝茶的动作，只是怔怔地看着那汪清澈的茶水，不知在想些什么。

罗飞以为对方也在犹豫，便趁势劝解道：“这是个大事，得慢慢来。我觉得你得先征求一下父母的意见。”

慕剑云“哧”地一笑：“我都多大人了？什么事还得先问父母？”她见罗

飞始终把不住事情的轻重，干脆把茶杯往茶几上一顿，单刀直入地问对方，“如果没有别的单位要我，你愿不愿意要我？”

“我？”罗飞没啥心理准备，被问得一怔。

“你不是龙州市公安局局长吗？”慕剑云彻底把话点透了，“你愿不愿意接收我到你那儿任职？”

看着对方那清亮而又执着的眼神，罗飞蓦然间恍然大悟。他的心中泛起一种酸甜交杂的感觉，情绪汹涌波动，在一次深沉的呼吸之后，他喃喃反问：“你这样……值得吗？”

慕剑云轻轻地“呵”了一声，似笑似叹，而她的目光则变得愈发锐利，直逼着罗飞道：“值不值得是我考虑的问题。你只要回答我，会，还是不会？”

罗飞心中一热，鼓足勇气道：“我当然会——无论从哪个角度来说，我都没有理由拒绝你！”

罗飞的后半句话中藏着极大的潜台词，慕剑云不可能听不出来。她更知道，以罗飞的性格，这已是一种非常奔放的情感表达。突然间，她反倒有些不好意思了，竟红着脸低下头去。

罗飞“呵呵”傻笑了两声，有心缓解一下这略显尴尬的气氛，却又不知该说些什么。一时间两人都沉默着。片刻之后还是慕剑云又先开口，她抬起头来，略显担忧地问道：“我这样……是不是给你很大压力？”

“不。”罗飞连忙表明态度，“我挺高兴的，也很感激，甚至，甚至是有点受宠若惊。”

看着罗飞又窘又急、想表白却又词不达意的样子，慕剑云忍不住笑了。话到此刻，正是适可而止的时候，于是她便主动转了话题：“好了，该说说你那边的事了。”

“我这边，”罗飞卖了个小关子，“有一个好消息和一个坏消息，你先听哪个？”

慕剑云端起茶杯喝了一口，随意说道：“那就先来好消息吧。”

“好消息是，我不用那么快离开省城了。”

“哦？”慕剑云并未表现出欣喜，她用双手捧着茶杯，敏感地问道，“那坏消息就是你留下来的原因吧？”

罗飞无语默认，同时他掏出那封信笺递了过去。

慕剑云腾出一只手接过信笺，她瞥了瞥那空白无字的信封，进一步猜测道:“死亡通知单？给钱要彬的吧？”

罗飞没有办法不惊讶了，他瞪着眼睛反问:“你怎么知道的？”

“昨晚你告诉我郑佳在帮那个女孩申诉，当时我就预见到Eumenides会有所行动。”慕剑云把那信笺放回到桌上，似乎没兴趣再拆开细看，然后她又轻轻摇头，“只是我没想到会这么快，我原以为他至少要等你先离开省城。”

听慕剑云这么一说，罗飞也品出些味道来，他低头沉吟道:“你的意思是，他这次行动完全是为了郑佳？”

慕剑云一针见血地说:“他不会让郑佳成为第二个白霏霏。”

“钱要彬会对郑佳下手？”罗飞觉得这个思路有些夸张了，“这还不至于吧？”

“也许是不至于，但你要了解Eumenides的心态。他决不允许那个女孩受到一点点的威胁，他会用自己的力量来确保这一点。你要离开省城了，Eumenides也会离开。而钱要彬以后会变成什么样子？谁都无法预料。你忽视了这个问题，说明你对郑佳的关怀还不够——至少是远远比不上Eumenides。”

慕剑云最后的话说得有些刺耳，但罗飞却难以否认。确实，如果郑佳一直不依不饶地揪着钱要彬的污点不放，谁能保证钱要彬不会使出什么坏招来？毕竟后者在黑道上浸染了逾十年，他的野心和手段罗飞是深有领教的。而罗飞却忽视了郑佳的安危，这里面的确体现出情感上的亲疏来。

“好吧……我承认是我疏忽了。”罗飞看着慕剑云，诚恳地表达了投降的态度。同时他心中暗自替郑佳诉苦:这孩子也是的，怎么会扯上这件麻烦事儿呢？这个问题不想还好，一想之下，罗飞竟蓦然心惊，他怔了片刻，随后苦笑着轻念出一个人的名字:“阿华。”

慕剑云也苦笑着一叹，道:“你终于想明白了。”

罗飞无语点头。这还有什么不明白的呢？郑佳之所以被扯进这个泥潭中，起始的原因就是阿华将明明托付给她照顾。现在看来，阿华的这个举动可是大有深意。要知道，Eumenides和钱要彬都是阿华不共戴天的仇人，让这两人拼个你死我活，岂不正是阿华求之不得的局面？这一来一去的分析下来，阿华虽然身处死牢，但举重若轻间，竟已导演了一场一箭双雕的复仇好戏，其心思之险恶，真是令人防不胜防！

“我真该早点把郑佳和这两人的关系告诉你。”罗飞懊恼地说道，“你或许能提前看破阿华的心思，阻止郑佳和他见面的。”

“所谓当局者迷，你也不用自责。”慕剑云劝慰了罗飞一句，然后又话锋一转，认真地问道，“你知不知道，就连你自己也是阿华计划中的一枚棋子？”

罗飞眯起眼睛，若有所思。

慕剑云继续说：“阿华最希望出现的局面，就是让Eumenides杀了钱要彬，而你又抓住了Eumenides。这样的话，他的两起大仇都可以得报，那真是死而无憾了。”

罗飞“嘿”地冷笑一声：“这也太理想化了吧？”现实又怎会像他设想的那样美妙？

“阿华把所有的宝都押在你的身上。因为他知道，他理想中的这个结果，也正是你最想看到的！”慕剑云用手指虚点罗飞的心口，带来的效果却如锤击一般。后者的心跳“突突突”地加快，就像是隐秘的心胸蓦然间被利刃割开，所有的筋脉都要暴露在空气中一样。

让钱要彬得到应有的制裁，同时将Eumenides也抓捕归案，这难道不是自己梦寐以求的结局吗？而自己也有能力操控这样的结局，只要把钱要彬当成诱饵，适当地撒下大网，诱敌深入，那鱼儿只要吞了饵，就别想逃脱！

罗飞越想越兴奋，呼吸也禁不住急促起来。尽管他表面上仍在伪装平静，但他内心深处的波澜已无法掩饰。

“现实中有一个Eumenides，在你心中则有另外一个。每当死亡通知单出现的时候，这两个Eumenides都会遥相呼应。”慕剑云用目光勾住了罗飞的眼睛，幽幽说道。

罗飞深深地吸了口气，想要摆脱那种异样的情绪，一时间却又无法自拔。是的，Eumenides这个角色本来就是自己创造，只是后来孟芸之死令自己对这个角色深恶痛绝。从此他将这个角色深深地埋葬起来，再也不愿回首。但那角色在他心中却并未死去，它只是沉睡着，在寂寞中等待主人的召唤。

一年前的那个秋天，当慕剑云面临着邓骅集团的生命威胁时，罗飞放任了凶手刺杀邓骅的计划。他眼睁睁地看着邓骅死在自己面前，而这一幕他本有能力阻止。也许正是从那天开始，他心中的那个Eumenides苏醒了。

一年之后，他又面临着同样的诱惑和选择。Eumenides要杀钱要彬，而自己也希望后者受到应有的惩罚。

罗飞的理由很充分，钱要彬手上不仅沾有无辜者的鲜血，而且他还在“收割行动”中夹带了太多的野心。他会成为第二个邓骅吗？罗飞不敢断言，但他知道，一旦钱要彬手握省城警界大权，加上他十多年的黑道背景，要成为第二个邓骅并非难事。如果真到了那一天，恐怕一切都晚了。

既然如此，何不像Eumenides保护郑佳的思路一样：趁早铲除后患，防患于未然？

罗飞越是深想，脑子便越乱，最后竟沉甸甸的一片混沌。他强迫自己站起来，缓步踱到窗前。他打开了推拉窗，让秋风吹进来，清洗着自己混乱不堪的思维。

窗外阳光明媚，虽谈不上灿烂煦暖，但也扫尽了深秋里的晨霾。

罗飞就这样伫立良久。他迎着晨光向远方眺望着，视线直达天际。当他终于转过头来的时候，他脸上神色坚毅，像是已做出了某个重大的决定。

“我会战胜他们的。”他看着慕剑云，如宣誓一般郑重说道，停顿片刻之后，他又特别补上一个强势的修饰词语，“彻底地！”

第十五章 曲终·人散

二〇〇四年一月三日。

元旦假期之间，省城飘起了皑皑白雪。雪势虽然不大，但也给人们带来了喜庆气氛和丰收寓意。雪停之后，天地间薄薄地白了一层，整座城市也平添了几分古朴的韵味。

三天的愉快假期已经结束。天色未亮，环卫工人最先出现在冷清的街头，他们清扫着道路上的积雪，拉开了各色人等新一年工作的序幕。

在城市的某个角落里，钱要彬刚刚从睡梦中醒来。他拿起枕边的手表看了看，时间是凌晨五点十三分。现在起床似乎还有些早，他想再眯一小会儿。但合了眼之后，脑子里却总是闹腾腾的，已然找不回睡意。

在钱要彬的计划表里，今天本该是个荣耀的日子。可恨的是，这份荣耀现在却被一层可怕的死亡阴影深深笼罩。

钱要彬并不怕死，要说十多年的卧底生涯，哪一天不是游走在生死边缘？在他看来，一个男人要有所成就，就必须具备敢死敢拼的劲儿。为了事业，为了自己的雄心，即便是死也值得。正是受这般力量的支撑，钱要彬才能在常人无法想象的困境中坚守下去，终于熬到了今天的辉煌时刻。如果这时却又莫名死在一个网络杀手的刀下，那就太可悲了。

钱要彬想不通自己的名字怎么会上了那个家伙的死亡通知单。那人杀了邓骅，而自己则进一步摧毁了龙宇集团，从这个意义上来说，他们应该是同一战壕的战友才对。从收到的死亡通知单来看，上面所列的罪名应该和自己制造的那起爆炸案有关。当时自己的目标是阿华，却意外误伤了另一个女孩。可这两个人难道又是什么好人吗？以惩罚罪恶为己任的Eumenides为何因此就将矛头指向自己？

只是他想得通也好，想不通也好，死亡通知单既然发出，那名单上的人便注定要面对着极端的险境。钱要彬虽然对自己的实力充满自信，但他也知道，对手同样是一个深不可测的可怕家伙。

即便是邓骅这样的人物也难逃Eumenides的毒手，自己在这场生死对决中又能有几成的胜算呢？

每每想到这个问题，钱要彬便不由得暗生冷汗。不过在心惊之余，他也会宽慰自己：世事变幻，是无法一概而论的，自己和邓骅毕竟处在两个截然不同的环境之中。

首先从运势上来说，邓骅遇害前虽然如日中天，但根据盛极而衰的生衍常理，那时其实已近强弩之末，气运难以继续；而自己则刚刚跨上人生的第一个台阶，前方道路宽广，仕途不可限量，这正是展翅欲飞的时刻，势头强劲，不可阻挡。

再从周围的环境来说，邓骅生前树敌太多，表面看起来风光，事实上强大的外压已经将他逼到了无路可走的绝境，死于非命其实正是他无可逃避的归宿，Eumenides的行动可谓顺应天意民心；而自己却恰恰相反，现在领导赏识，媒体夸赞，民众更是崇拜不已，一切外因都向着利好的方面发展，在这样的情况下，Eumenides想杀自己纯属逆势而为，谈何容易？

想到这里，钱要彬觉得心胸开朗了许多。左右也睡不着了，他干脆起身下床，走到卧室窗边拉开了窗帘。

站在二楼向窗外看去，远处的天际微微有些发白。昨晚的天气预报说今天会放晴，那温暖的日头此刻应该正从地平线下慢慢地往上爬吧？

积雪再冷，又怎能冰封住太阳的光辉？钱要彬觉得自己也正是一轮初升的太阳！他已经在地下蛰伏了十一年，现在要破土而出，谁也无法阻挡。

当年省城公安局到特种部队要人的时候，钱要彬便意识到这对自己是个天大的机遇。如果能在“收割行动”中立下头功，那必将是仕途上的一次美妙开端。所以钱要彬毫不犹豫地接下了这个任务。他背负起违纪退伍的名声，借机混迹于省城黑道。

钱要彬的黑道生涯很快风生水起，并且得到了阿华的信任。可“收割行动”却因为邓骅的势力牵扯太大而难以开展。这时局里领导有意将钱要彬召回，但钱要彬自己却执意要继续潜伏下去。

正如罗飞所料，钱要彬此时的目的已不局限于警方的任务，他开始有了更大的野心。自己能在黑道得势，而背后又有警方的背景，为何不能像邓骅那样干出一番大事业？正是基于这样的野心，钱要彬才能在孤独和落寞中坚守十一年——他在等待着属于自己的机会。

邓骅死后，这机会终于来了。

钱要彬游说宋局长，将“收割行动”进行了深化和“改良”，而他自己则投入到高德森麾下，意欲将后者扶植成省城新一任的黑道霸主。

在警方的新计划中，高德森这样的“霸主”其实只是一个傀儡，而钱要彬就是操控傀儡的那根绳索。

钱要彬相信自己完全能够控制高德森，他将取代邓骅，在省城建立起属于自己的庞大帝国。而和邓骅相比，钱要彬身上却又多了一份警方背景。这意味着即便高德森出事，他也能够华丽转身，毫无风险地逃脱罪责。

这便是钱要彬设计好的如意算盘，只可惜这个算盘却被罗飞在不知情之间插手打破了。不过钱要彬并没有太过沮丧，因为他早一步回归警界也未必不是好事。只要“收割行动”的主旨能维持下去，下一步还得选择一个新的傀儡，而这个傀儡又怎能逃脱自己的控制？

钱要彬远眺窗外，仿佛看见初升的阳光正照射出他的美妙前程。当然，他也没有忘记：要想踏上那条康庄大道，自己必须先蹚过今天的凶险关口。

突如其来的敲门声似乎也在格外提醒着他。同时有一个声音在门外呼喊着：“钱警官，请不要站在窗口。长时间暴露可能会有危险。”

钱要彬听出那是刑警队尹剑的声音，于是他重新拉上窗帘，并且高声应了句：“好嘞。”此刻屋前屋后虽然遍布了便衣特警，但在Eumenides的压力下，无论怎么小心都是不为过的。

钱要彬穿戴整齐，然后打开卧室门来到了客厅内。他看到除了尹剑之外，沙发上还坐着一个神态威严的中年男子，那自然就是刑警队队长，也是这次护卫行动的总指挥——罗飞。

“辛苦了。”钱要彬客套地打了个招呼，“你们一夜没睡吗？”

罗飞站起身来说道：“从今天零点开始，你随时都处于生命危险中，所以我们一分一秒也不能懈怠。”

“我倒是睡得很香呢。”钱要彬笑呵呵地说道，同时又顺带送了个高帽给罗飞，“我知道罗队长一定会有完美的计划，不但能保护我的安全，而且还会将那个杀手绳之以法！”

罗飞知道此人城府极深，就连阿华这等人物都深受其苦。所以对方虽然热情吹捧，他只是不以为意地淡淡一笑，道：“确实有计划，但要到公判大会的时候才正式展开。”

钱要彬点点头，表示理解。Eumenides本领再大，也不可能在警方的严密监控下入室杀人。他必须利用公判大会这样一个开放性的场合来下手，这也是他选择今天作为执行日的原因所在吧。因此警方的详细计划也必然要围绕公判大会的现场制定和展开。

一切的一切，都将在那场大会上走出最终的结果！

与此同时，在城市的另一个角落里，年轻人正在做临行前的准备。

距离公判大会正式开始还有很长时间，但他必须提前动身。因为此刻警方的力量一定会集中在钱要彬的住所，而公判大会现场则相对空虚。他正可以乘虚而入，预先到达现场潜伏起来。

选择警方大会的当天作为行刑日期，这的确是个大胆得近乎荒唐的举动，而年轻人正是要用这样大胆的举动，逼迫警方不得不出手应对。

元旦假期的时候，年轻人将那张死亡通知单在网络上进行了发布，迅速引起了舆论的震动和关注。当街头巷尾都在议论纷纷的时候，警方已无法取消既定的公判和表彰计划，因为那样做就意味着对杀手Eumenides的畏惧和退让，高唱着庆功歌的警方将瞬间沦为舆论的笑柄。

所以警方必须迎难而上，与Eumenides展开一场硬碰硬的交锋。

年轻人也期待着这场交锋，更准确地说，他是期待着自己和罗飞之间的了断。

他曾经在对方手中折过一次，通过自残手指才勉强自保。但他并不服气，他需要一个更加公平的环境和对方一较高下。就像是两个顶尖的棋道高手，如果你在对决中曾后手失了一局，那你怎能甘心？无论如何也要占先再决高下！

钱要彬的出现正给了年轻人最好的机会。而这个人物的过往背景使得两人之间争斗甚至会更深一步，上升到精神世界的层面。

最初是罗飞创造了Eumenides的角色，后来被袁志邦所用，而年轻人又继承了袁志邦的衣钵。在以往的交锋中，罗飞曾数次点化年轻人，希望将对方拉回光明的彼岸，但后者生父的死亡真相却击碎了罗飞的努力。年轻人终于坚定地踏上了老师指引的道路，彻底沦为徘徊于黑暗世界的罪恶制裁者。

年轻人对自己选择的道路已再无疑虑，而现在，他更要用钱要彬作为工具，对罗飞恪守的信仰展开反戈一击！

毫无疑问，钱要彬在卧底期间的某些作为已经超出法律的界限，而身为法律捍卫者的罗飞对此不仅无能为力，他自己还受到排挤，将被迫离开省城。这就给了Eumenides插手此事最充分的理由。如果后者用自己的手段制裁了钱要彬，那他对罗飞的胜利可谓具有双重的意义：他不仅证明了自己的可怕实力，更证明了自己坚持的道路才是惩治罪恶的终极方法。

年轻人和罗飞，他们都高举着正义的旗号，但却走上了两条截然相反的道路。如今，他们为了各自的信仰和尊严，必须要展开一场残酷的争斗。

当然了，年轻人之所以选择钱要彬下手，另一个重要的原因也不容忽视——为了那个女孩。

年轻人不愿让那女孩承受任何风险，同时，他也愿意用一种赎罪的心态帮那女孩去做任何事情。

他在网络上公布那份死亡通知单其实就是为了让那女孩看到。以前他也帮助过女孩，可都是以另外一个身份出现；而这一次，他要以Eumenides的身份出手，他要让对方感觉到自己所执行的正义。

年轻人也不知道这么做到底能有多大意义。即使他成功了，女孩对他的仇恨便能消退几分吗？他不敢奢望。只要女孩以后想起Eumenides的时候，除了仇恨，还能多一分别样的感觉，那他就非常满足了。这也是他离别前的唯一心愿。

正如慕剑云猜测的那样，年轻人已经下定了离别的决心。在彻查了自己的身世之谜，并且斩断了俗世情感之后，这座城市对他来说已无任何留恋的必要。而他在这里又太出名了，通缉他的画像甚至贴遍了大街小巷，继续留下来不仅危险，也不利于他执行Eumenides的使命。

他可以换一个地方，然后再蛰伏一段时间。他何必着急呢？这个世界，无论何时何地都不会缺乏罪恶。Eumenides也永远不会缺少用武之地。

除掉钱要彬，这是他临行前最后的任务，也是他必须处理的最后一丝牵挂，这牵挂一部分出自罗飞，另一部分则出自那个女孩。

年轻人出发了。他必须赶在天色将亮未亮的时候行动，这时候街面上已经有了早起的行人，他的行踪不会显得突兀。而昏暗的天色则可以掩护他做很多事情。

他要感谢前两天的飘雪。寒冷的天气使他出门时可以用衣帽把自己裹得严严实实。他粘上了灰白的眉发，在脸上涂抹出色斑和皱纹，当他走出楼梯口的时候，无论是形容还是仪态，都像极了一个步入人生暮年的老人。

中午十一点四十二分，省城看守所。

阿华被带进提审室，出现在他面前的并不是提审警官，而是一桌丰盛的饭菜。碗筷已经摆好，桌边甚至还放上了一包香烟。

“吃吧。这是我们田所长特意为你准备的。”管教把阿华押到桌前坐好，然后指着那些饭菜说道。

阿华“嘿”地一笑，自嘲道：“今天怎么有这个待遇，难道要枪决了么？”话虽这么说，他脸上却是一副无所谓的神情，只把带着铐子的双手举了举，示意对方：这样要我怎么吃饭？

管教有些犹豫，不知是否要给对方打开铐子。正在这时，一名男子从屋外走进来，边走边道：“打开吧，这顿饭让他好好享受一下。”

管教得到命令，便依言把阿华的手铐打开。反正审讯椅前面还锁着木封，料对方也逃脱不得。

阿华认得进来的那人，正是看守所的田所长。他淡淡地道了句：“谢了。”此外便不多言，只拿起碗筷，一顿风卷残云，不多时就将满桌饭菜消灭干净，吃得是酣畅淋漓、香甜不已。

“真是好胃口。”田所长挺着发福的身体，坐在阿华对面说道。言语竟似有些羡慕。

阿华惬意地伸了个懒腰，说："在这里好啊，不用操心，也不用劳碌，胃口当然就好——要是能来点酒就更好了。"

田所长摇着手说："烟你尽管抽，酒可不能喝。"

阿华便点起一根烟挑在嘴上，道："我知道，你是怕我喝多了闹事。"

"哦？"田所长笑了，"你倒是个明白人。"

阿华把香烟搓在嘴里，深深地吸了两口，然后把话进一步点透说道："田所长，我在贵地这么多天，管教们也没太为难我，今天还有这一桌好饭，你的心意也尽到了——你放心吧，今天晚上的公判大会，我不会给你添乱子的。"

"好，痛快。"田所长一挑大拇指赞道，"我相信你阿华是个言出必行的人。"

"多大点事？"阿华轻轻地弹了弹烟灰，"不就是个死刑吗？我早都知道了，今天过去，也就是走走过场，当个摆设。"

听阿华这么一说，田所长倒又踌躇起来，他又沉吟着说道："我知道你不怕死，不过今天大会还有一个主题：要对'豹头'进行表彰。"

阿华听明白了，原来对方担心的是这个。这也的确是个值得担心的理由，"豹头"和阿华已势如水火，双方出现在同一个会场，一个被判死刑，一个却荣誉加身，以阿华的性格脾气，难免要在现场搅出些动静来。到时候虽然有武警压阵，但阿华总能痛骂几句吧？到时候折了现场气氛就不好看了。

好在阿华立刻又给对方吃了颗定心丸。"这个你也不用担心，我不会有什么过激言行的。"他吐出一个烟圈，片刻之后又诡异地一笑，道，"我和一个死人计较什么？"

"死人？"田所长目光一凛，不太明白对方所指。

"那个网络杀手，Eumenides，他不是已经给'豹头'下了单子吗？"阿华探着身体，挑逗似的用眼神勾着对方，"我在号子里都知道了，你不会还没听说吧？"

田所长被阿华带入了气氛中，他不由自主地眯起眼睛，反问道："你以为那个杀手能够成功？"

"我希望如此。"阿华先是摊了摊手，然后又略带神秘地说，"而且我相信他一定会在公判大会的时候下手，所以我们就睁大眼睛，等着看一场好戏吧！"言罢，他悠悠然地吐出一串烟圈，那烟雾氤氲缭绕，令两人互视中的脸庞都变得扭曲起来……

下午四点四十一分。

某小区单身公寓内。

一名女子端坐在卧室床头梳妆台前，她面向着镶嵌在台板上的圆镜，正在精心打理自己的头发。

若只看这女子的背影身形，那必是一个窈窕动人的绝色佳人。只可惜镜子从不说谎，此刻在那镜面中映射出的，却是一张如鬼魅般可怕的残缺面庞。

这女子正是在煤气爆炸事件中幸存的明明。自从容貌毁损之后，她还是第一次如此认真地坐在梳妆台前。

半年多前爆炸引起的大火不仅烧光了她的头发，也烧坏了她的头皮，后来她为了和郑佳一块儿登台演出，专门配备了一副假发。那假发通常都是长发飘飘，垂在肩后，用来遮挡她颈肩部位的烧痕和伤疤，可今天她却特意将这一袭长发卷了起来，在脑后挽成了一个发髻。

发髻挽好之后，她对着镜子左右摇头看了看，似乎尚觉满意。随即她拉开身前的抽屉，伸进一只手去，从抽屉里轻轻夹出了一根发簪。

那发簪闪耀着灰白色的金属光泽，质地坚硬，似乎是用精钢打制。而它的款式则很简洁，细细长长，一头尖锐，一头浑圆，此外并未更多的修饰。

明明将发簪拿在手里仔细端详，似乎在检查着什么。而那发簪普普通通的，又能有什么异样？片刻后，她像是看不出什么毛病，这才又抬手，将那根发簪慢慢地插入了脑后的发髻中。

头发打理好了，明明的梳妆也就大功告成。她开始起身穿戴，看样子是准备出门。她穿了一件长长的羽绒服，然后又戴上帽子、围巾、口罩，这样她的全部身体都被包裹得严严实实的，只露出一双水灵灵的大眼睛。

她看了看表，约定的时间快要到了。于是她走出公寓，一路来到了小区前的路口。她在那里等待了一会儿，直到一辆出租车停靠在她的面前。

“明明，上车吧。”一个女孩从车后座探出头招呼，正是和明明相约会合的郑佳。明明便点点头，从另一侧开门上车，坐在了郑佳身旁。这时她发现，车内原来并不只有她们两个乘客，在后排座椅的中间还卧着一只机灵可爱的小狗。

“牛牛。”明明叫了声狗狗的名字，同时伸手去摸它的脑袋。牛牛则热情撩起舌头，在对方的手心里热乎乎地舔了一圈。

在逗弄牛牛的同时，明明又略带诧异地问郑佳：“你今天怎么把它带上了？”牛牛身为一只导盲犬，曾经和郑佳形影不离。不过郑佳视力恢复之后就很少带牛牛一同出门了，不知今天为何破例？要知道，她们即将出席的是一个相对特别的场合，带着一只小狗恐怕不太方便呢。

郑佳并没有回答对方，她只是看着那小狗，轻轻地似在自语：“牛牛啊牛牛，我训练了你那么久，今天可要看你的表现了。”

在两个女孩对话的过程中，司机已经发动好汽车，他略转过头来问了句：“接下来去哪里？”

女孩们异口同声地答道：“人民大礼堂。”

司机“哦”了一声，得出结论：“你们是要去看公判大会啊。”

这次两个女孩却都没有说话，她们各自沉默着，心中似乎都藏有些许秘密……

傍晚五点整。

省城人民大礼堂门口。

警方人员打开了一直处于封闭状态的警戒线，开始组织民众入场，此时距离公判大会正式开始还有一个半小时。

既然是公判大会，那对于全体市民来说应该都是一个公开的、能够自由参与的场合。大会的组织者早先也是这样的态度，不过几天前发生的一件事情却让情况有所改变。

自命为Eumenides的杀手在网络上发布了针对钱要彬的死亡通知单，执行日期正是公判大会当天。而市内各大媒体早就爆料：钱要彬本人将在公判大会上接受表彰。于是针对这场大会的第二个焦点话题迅速生成了。人们无不好奇：“卧底神探”是否真的身负罪名？而从不失手的Eumenides和警界英雄之间的较量又会碰撞出一个怎样的结果呢？

警方没有更改公判大会的相关计划，但他们采取了一些针对性的措施。首先他们通过媒体言论将Eumenides的行为描述为漏网的黑恶分子对警方的威胁和挑衅；同时他们还对参与公判大会的人员进行了筛选和控制。具体的方法是：入场名额被分发到各个居民社区，想要与会的市民必须到各居委会提出申请，经社区民警审核身份之后领取印有个人信息的入场证，大会当天凭此证实名进场。

即便如此，当警戒打开之后，每一个想要入场的人仍要接收警方人员的严密盘查。除了核对入场证和身份证上的个人信息是否吻合之外，所有的男性入场者还被要求伸出左手，让警卫检验其五根手指是否齐全。

郑佳和明明此刻正排在待检入场的队伍中。明明注意到前方男性遭遇的特殊检查，心中略微有些奇怪，便嘀咕了一句："这是干什么呢？"

郑佳则心中有数——在视力复明之后的这几个月里，她早已把杀父仇人的体貌特征了解得一清二楚。她便向明明解释说："那个自称Eumenides的凶手，他的左手中指断了一个指节。"

明明"哦"了一声，心中了然。指节的缺失是一个无法掩饰的身体特征，警方抓住这个特征进行排查，那杀手再想要混入场内，可就千难万难了。

随着队伍不断前行，两个女孩也渐渐接近了排查的关口。此时郑佳掏出一副墨镜戴好，同时压低声音对明明说道："一会儿你就按我刚才说的去做。"

明明一边点头道："你放心吧。"一边伸手搀住了郑佳的左臂，郑佳的右手则牵着一条狗绳，绳索的另一端自然是系在牛牛的脖子上。

两人缓步向前，不多时便抵达了入口处。一个年轻的警察伸手将她们拦了下来。

"这是我们的入场证。"明明连忙将相关证件掏出来交给对方。那入场证是郑佳托父亲生前的同事办理的，证件本身绝无问题。那警察接过证件的同时，目光向牛牛扫了一眼，说："这狗可不能带进去啊。"

"这是导盲犬。"明明忙解释说，"她是残疾人，离开这只狗就寸步难行了。"

郑佳配合着明明的话语摘掉墨镜，露出了一双茫然无神的眼睛。对她来说，要伪装成一个瞎子实在是太容易了。

警察看看郑佳，又注意到身份上的照片也的确是个盲人。他也就没再说什么，转而把注意力换到了明明身上。

"你把口罩摘了。"他手持着明明的身份证，想要对比一下对方的容貌。

明明便把口罩摘下，露出她那张可怕的容颜。警察毫无心理准备，骇然倒抽了一口冷气。半晌之后才结巴着问道："你……你这是怎么了？"

明明却很冷静，只淡淡答道："被火烧的。"

这时附近的一些市民也看到了明明如鬼魅般的面庞，一时间惊呼连连，骚动欲生。

"你快把口罩戴回去吧。"警察害怕节外生枝，连忙把证件还给两个女孩，挥手示意她们进场。这两人虽然都不太正常，但很显然，她们和那个自称Eumenides的杀手不会有任何关系。

于是明明和郑佳二人便带着牛牛顺利地进入了场馆内。这是全省规模最大的室内大礼堂，宽五十米，进深六十多米，总计有近五千个座席。礼堂正前方的主席台正是今天公判大会的核心会场所在。

场内也有警察在维持秩序。明明和郑佳来得算比较早的，她们被引导着坐在了礼堂第八排中间的位置。前五排此刻已经座无虚席，并且全都是些身穿制服的警方内部人员。

明明坐下来之后便摘去了帽子，口罩则仍然戴在脸上。

郑佳注意到明明的变化，笑着问了句："呦，今天怎么换发型了？"一边说一边伸出手，想要去摸一摸对方的发髻。

明明忽然低喝了一声："别动！"同时还别过脑袋躲避着郑佳的抚摸。

郑佳被明明吓了一跳，她的动作停在半空，愕然问道："怎么了？"

明明又加重语气强调说："别碰我的发簪！"

郑佳这才注意到明明发髻上插着一根发簪。那发簪看起来普普通通的，并没有什么特别的地方啊。她不明白对方为何如此。

明明也意识到自己有些反应过度了，她尴尬地笑了笑，解释说："这发簪很尖的，小心别把你的手扎伤了。"

郑佳定睛看了看，那发簪的头部果然很尖锐。不过就算有可能扎伤手指，也不至于这样紧张兮兮的吧？

明明似乎还不放心，干脆把帽子又戴上了。郑佳见对方确实在意，便主动放弃了发簪的话题，转头把目光投向了不远处的主席台。

主席台的正中设了一排座席，台面上还摆放着标注有姓名的号牌，显然那都是今天与会领导的位置。在座席台的左前方则设置了一个多媒体讲台，讲台上除了话筒之外，还有一套影像投放设备。讲台背后的电子大屏幕正与这套投放设备相连，目前屏幕上显示的是两行大字：××市扫黑除恶公判大会暨钱要彬同志表彰大会。

主席台下方被清理出一片空地，空地与观众席之间还立上了一排隔离栅。郑佳猜测那片空地应该是囚犯们接受宣判时所处的位置。此处与主席台高低有别，这才能显示出我专政力量对黑恶分子的压倒式的打击力度。

隔离栅外围是观看本次大会的最佳位置，这些位置目前都被各路媒体占据。大大小小的摄影摄像设备如长枪短炮般摆满了一整排。当初把大会安排在晚上进行，就是为了方便媒体在黄金时段向全市人民展开现场直播。后来Eumenides的插曲出现之后，组织者对是否还要进行直播产生过争论。主流的观点认为：警方作为一个强权部门，无论如何不该被Eumenides的一封通知单吓倒。既定的直播方案不能更改，要改进的应该是礼堂内的安保手段。

负责安保工作的罗飞也赞成媒体到场。并且他建议说：可以在一线的媒体人员中安插大量的警方便衣，这样不仅可以加强主席台附近的安保力量，而且一旦发生了异常状况，便衣们可以随时插手各媒体的现场工作，保证直播画面在警方的可控范围之内。这个方案得到了警界高层的一致认可，具体的操作事宜也就交给罗飞统筹安排。

当然了，以郑佳为代表的普通民众并不会知道这些内幕，大家此刻都在警察的引导下坐好，耐心等待着大会开幕。郑佳在观察完主席台之后，又把目光转向了观众席。她的视线扫来扫去的，似乎在寻找着什么。不过她并没有发现什么，于是她又低下头，看了看趴在自己脚下的牛牛。

那只导盲犬一直老老实实地待在原地，它耷拉着眼皮，像是快要打盹睡着了。

一切看起来都如此的平静，但女孩的神色却有些忐忑。不知为何，她总是隐隐有种预感：一场猛烈的暴风雨正在这样的平静气氛中悄然孕育。

到了十八点三十分左右，领导们排着队走上主席台，各自落座。公判大会随即开始。负责主持会议的是省城公安局的宋局长，他首先将在座的领导向大家做了介绍。省城公检法系统的主要负责人基本上都出席了这次会议，而与会的最高级别官员要属省公安厅的肖华厅长，此人正是当年发起“收割行动”的总指挥官。

不过一干众人中却看不到钱要彬的身影。作为本次大会的主角之一，他没有过早登上主席台自然是出于安全方面的考虑。此刻他正和罗飞等人一道待在后台化妆室内，这是一个相对封闭的空间，安全系数比开放性的礼堂要大很多。

此刻在主席台上，宋局长正在宣布大会的流程。按照既定计划，首先将由省城公安局宣传科的同志向大家介绍这次扫黑除恶行动的基本概况和辉煌战果，随后将由法院方面的代表对几个首恶分子进行公开宣判，而最后的压轴环节才轮到钱要彬上台，他要做一场个人事迹报告会，同时接受省厅领导的表彰。

宋局长高亢的话语声也传到了化妆室内，钱要彬估摸了一下时间："介绍打黑概况半小时，公判大会一小时，嗯，轮到我上场应该是晚上八点钟左右。"他一边说一边看着身旁的罗飞，意思是提醒对方提前做好准备。

罗飞却没有给出积极的回应，他沉默了片刻之后，忽然说道："你不能上台。"

"什么？"钱要彬愣了一下，不太明白对方的意思。

"你不能上台。"罗飞又强调了一遍，这次他补充了理由，"否则我们无法保证你的安全。"

钱要彬皱起眉头："怎么了？情况又有变化了？"

罗飞说："那倒没有，只是我们还没判断出杀手会用什么样的手法作案，在这种情况下让你暴露在公众场合是非常危险的。"

钱要彬"嘿"了一声，反问道："进入场馆的人员不是都严加排查了吗？"

"是排查了，但杀手还是有可能通过非正常的渠道进入，或者提前潜伏在礼堂内某个隐蔽的角落。"罗飞顿了一顿，更进一步说道，"这次大会的时间、地点早就公布了，所以杀手有充足的时间来准备。而他既然发布了死亡通知单，说明他一定想出了某种特别的计划。"

"什么计划？"钱要彬打断了罗飞的话语，"整个礼堂到处都是我们的人，就算他混在人群中，就凭他一个人，能干什么呢？"

钱要彬说话的语气虽然强硬，但罗飞却感觉到对方心底其实也是疑虑重重。这番话与其说是在争辩，倒不如说是给自己壮胆。

罗飞并不想多说什么，他只用事实提醒对方：“他此前杀过韩少虹，杀过邓骅，都是在警方的重重保护之下。”

“那他也未必杀得了我！”钱要彬感觉被轻视了，他有些愠怒地瞪起眼睛。

“我知道你的能耐，”罗飞郑重地竖起一根手指说道，“可是这一次你面临的局面也是最凶险的。”

钱要彬立刻追问：“为什么？”

罗飞道：“这次那个杀手可能会用枪！”

用枪？钱要彬的心禁不住缩了一下。如果那家伙手里又有枪的话，那就真的很难防范了。可罗飞又凭什么做出这样的判断呢？他提出了质疑：“那家伙好像从来没有用枪的习惯吧？”

“是没有，因为枪支本身会给警方留下太多的线索，所以他更偏好那些随手可得的凶器。”罗飞先是附和，随即又话锋一转，“但他去年秋天越狱的时候，曾经抢走了狱警的配枪。这支枪的来历已经被警方知晓，他也就不会再有什么顾虑了。我由此推测，他这次很可能会携枪而来！”

钱要彬不说话了。罗飞的分析合情合理，而这个情况完全在自己的意料之外。沉默了片刻之后，他用试探的口气问对方：“那依你看，现在该怎么办？”

“我们必须主动打乱他的计划，而不是被动地等待他来攻击。”罗飞眯着眼睛说道，“所以你今天不能上台。你不上台，他的计划就落空了。”

“这就是你们的方案？”钱要彬瞪着罗飞，脸上则露出不可思议般的表情。

罗飞点点头。

钱要彬重重地“呵”了一声，明显是在冷笑。然后他抬起头，用目光扫视着化妆室内那些负责保护他的刑警队员们，再次提高声调问道：“这就是你们的方案？！”

没有人回答。包括罗飞、尹剑在内的所有人都只是默默地看着钱要彬，似乎这本就是个无须作答的问题。

钱要彬终于忍不住了，他用手重重地拍着椅子扶手：“这是什么狗屁方案！如果待在这里不出去，还要你们保护什么？！”

罗飞冷眼看着钱要彬，他知道对方为何会如此激动。在钱要彬看来，他宁可遭受刺杀，也决不能在此刻龟缩不出。因为这本是他人生中难得的辉煌时刻，如果他退却了，那他就再也称不上什么英雄，他只会沦为市民们闲聊时的笑柄。对于一个充满了蓬勃野心的人来说，这样的结局是无论如何不能接受的。

果然，在深重地喘了几口粗气之后，钱要彬坚定地表明了自己的立场："我一定要上台！谁也阻止不了。不管是那个杀手，还是你们这帮废物刑警！"

罗飞用同样强硬的态度回应对方："我是这次行动的总指挥，你必须听从我的安排。你应该明白，这一切都是为了你的生命安全。"在他说话的同时，尹剑等人亦悄然上前，围在了钱要彬的周围，摆出一副不容对方离开的架势。

钱要彬心中一凉，他知道今天来的刑警队员都是罗飞的亲信，自己已无法控制局面。他恨恨地"哼"了一声，竖目和罗飞对视着，胸口气息难平。半晌之后，他又恨恨然地责问："既然你根本就没打算让我上台，又何必把我带到这里？你早把表彰环节取消不就完了？早点说，我还可以找个合适的理由去应付公众和媒体。到了这个节骨眼，你让我怎么收场？"

见对方如此愤然，罗飞却只是轻轻一叹。然后他告诉对方："我的计划本就是这样，而你也必须到场——因为这也是计划中不可或缺的部分。"说话的同时，他毅然站起身来，挥手向他的队员们发出了行动的指令。

礼堂内的公判大会正按既定计划有条不紊地进行着。宋局长做完开场白之后，一个宣传科的女警官走上讲台，开始介绍这次扫黑除恶行动的概况。她讲解所用的文稿显然是精心准备过的，图文并茂，数据翔实，在多媒体设备的辅助下，全景地展现出警方在这场专项行动中取得的辉煌战果。

不过台下的观众对这个环节的兴趣却不浓厚。近几个月来，媒体长篇累牍的宣传早已让大众产生了审美疲劳。对于今天亲赴现场的人来说，他们所期待的第一场好戏要等到公判的环节才会上演。

到了晚上七点钟左右，女警官的讲解终于结束了。等她走下主席台之后，宋局长用庄严的声音宣布："下面将对本次行动中被捕的部分首恶分子进行公开宣判，请法警将饶东华等十三名犯罪嫌疑人押上审判席。"

宋局长的语音甫落，一队法警便押着囚犯们从礼堂旁边的专用通道鱼贯而入。这些法警个个体型健硕，普遍身高都接近一米九，在这帮大汉的衬托下，那些凶顽的囚犯们便显得羸弱了许多。

礼堂内的观众们此刻全都伸长了脖子，想要见识一下这些传说中的黑道大哥们究竟是怎样一副尊容。坐在人群中的明明更是忍不住站起身来，与大部分人的猎奇心理不同，明明此刻的情绪要复杂许多，她的眼波闪动着，很快就从那一干众人中锁定了自己寻找的目标。

那是被押在队伍最前方的一名男子，虽然同为囚犯，但他的气度却与大部分同伴截然不同。在他的脸上没有恐惧，也没有懊恼，更没有伪装出来的痛苦和忏悔；厚重的镣铐压在他的身上，但他的身姿却仍然挺拔。他便这样淡然前行，就像是一个在河边散步的普通市民。

明明的目光注视在那个男子身上，她想大喊，但她最终还是控制住了自己。某种冲动被压抑在她的体内，让她的身体不由自主地颤抖起来。

坐在一旁的郑佳握住明明的手，轻轻地将对方拉回到座位上。明明开始把头埋进自己的双臂，肩头有节奏地抽动着。郑佳便侧过身体将那女孩搂在怀里，在陪对方感怀了一阵之后，她又附耳悄声说道："不管他犯了什么罪，他都不是一个坏人。"

"他当然不是坏人。"明明抬起脸庞坚定地说道，随即她的语调又变得悲伤，"他都是为了我……"

郑佳也了解其中的过节，阿华的确是为了给明明报仇，这才抱定了和高德森鱼死网破的决心。只可惜高德森虽死，但直接祸害明明的那个人并未受到任何惩罚。这样的事实虽然令人唏嘘，自己却也无能为力。郑佳无声地叹了口气，抬头向着主席台上的领导们看去。当他们给"英雄"颁发奖章的时候，难道真的不知道那"英雄"手上也沾着无辜者的鲜血吗？

阿华等人被一路带到主席台下方的隔离区，展开一排站好。这时台上检察机关的公诉人开始宣读相关的起诉书。阿华身上背着三条人命，是本次公判的首恶分子，此刻也是第一个接受宣判。

阿华的判决结果已经是板上钉钉的事，明明知道此刻的审判只是走个过场而已。当公诉人的起诉书堪堪念完的时候，她似乎已承受不了现场气氛的煎熬，便红着眼睛对郑佳说道："我要去下卫生间。"

郑佳理解地点点头。明明独自起身穿出观众席，向着礼堂东侧的卫生间而去。

这边的公判继续进行。阿华不出所料被判处死刑，其他的犯罪嫌疑人也各自领到或轻或重的刑期。大约四十分钟过去了，公判的程序渐渐进入尾声，但明明却仍然没有回来。郑佳觉得有些不对劲了，她决定去卫生间查看一下。

通往卫生间的走廊门口也有警方人员在把守站岗。郑佳牵着牛牛，继续伪装成双目失明的状态，卫生间外的警卫只是多看了她两眼，倒也没有对她进行排查。

郑佳推门进入女卫生间，反手又把门关好。她先唤了两声："明明，明明。"但却无人应答，于是她又摘掉墨镜，四下里扫了一圈。只见卫生间里看似空无一人，只是最靠里的那个小隔间却木门紧闭。

郑佳心生疑窦，便走到那小隔间门口，又喊了声："明明。"这次虽然还是没人应答，但隔间内却有些许轻微的响动。郑佳听力素来敏锐，立刻有所警觉。她低头看看牛牛，却见那小狗正往木门下方的缝隙里探头探脑，同时还欢快地摇着尾巴。

郑佳知道这是牛牛嗅到了熟人的气息，她再无怀疑，明明一定就在这个小隔间里。于是她伸手拉了拉那扇木门，但门从里面反锁着，无法打开。

郑佳有些担心了："明明，你在里面吗？说句话啊。"

里面的人终于应声了："我没事。"听声音正是明明。郑佳松了口气，说："你把门打开，让我看看你。"

明明却一口回绝："我不会开门的。你快走！"她的语调听起来有些怪异。

郑佳皱起眉头，她虽然不知道明明在那隔间里究竟在干什么，但这绝不是正常的情况！她犹豫了一会儿，觉得自己不能走，于是又伸手在木门上敲了两下，很认真地说道："明明，你快开门。"

"你走吧，别管我了！"明明的声音带着颤儿，显得既焦急又紧张。

郑佳也着急了，她既担心明明会想不开，又猜测对方会不会遭遇了什么危险。于是她更加坚决地说道："你再不开门我可要报警了。"

这句话立刻收到了效果，明明脱口阻止："别……"一秒钟之后，伴随着一声轻响，门闩终于被打开了。

郑佳立刻拉开木门，她看到只有明明一个人在隔间里，悬着的心便稍稍放下了一些。然后她又发现明明虽然人坐在抽水马桶上，衣物却穿戴完好，并不像上厕所的样子。于是她诧异地问道："你在干什么呢？"

明明咬着嘴唇不说话，她的脸色有些发白，目光也不敢和郑佳对视。

郑佳意识到对方肯定藏着什么隐情，她更加仔细地打量着对方。却见明明的双手紧紧地合在一起，似乎想掩藏手心里的什么东西。

"你手里是什么？"郑佳只是试探着问了一句。明明却像是受到了极大的惊吓，她的身体猛地一颤，手里握着的东西也掉落下来。只听"叮"的一声，似有金属坠地，郑佳再定睛看时，原来那东西竟是先前戴在明明发髻上的那根发簪。

明明回过神来，立刻想将那发簪捡回，但那发簪落地后跳了两下，正好到了郑佳身旁。后者便抢先一步，将发簪捏在了手里。

明明无比紧张地站起身，伸手说："快还给我。"

联想到先前在礼堂的时候，明明就曾阻止自己触碰她的发簪，郑佳意识到这根小小的发簪必有问题。她没有立刻还给对方，反而把发簪凑到眼前查看起来。很快她便发现了玄机：那发簪不仅锐利，而且是双层嵌套的结构，嵌套的部位就在尖口往上半寸左右的地方——那里有一道明显的嵌缝。郑佳便伸出另外一只手，轻轻捏住了发簪的尖口，想试试那嵌套的结构是否可以转动。

"你别动。"明明刷然变了脸色，她不得不提醒对方，"那尖口里有毒！"

郑佳也大惊失色，她松开发簪的尖口，骇然问道，"这……这是什么东西？你想干什么？"

明明却不回答，只说："你别管了，你快还给我。"

"不行。"郑佳隐隐有种不祥的预感，她把那发簪攥得更紧，道，"你不告诉我怎么回事，我是不会还给你的。"

明明默然看着郑佳，眼神中似有乞求的意思。但郑佳目光坚定，丝毫不肯让步。

在这样的对峙中，明明的情绪渐渐稳定下来。她知道已经瞒不过去，终于长叹一口气，说出了实情："我要杀了那个家伙。"

郑佳下意识地追问："谁？"

“你知道是谁。”明明咬着牙说道，“我要为华哥报仇，也为自己报仇。”

郑佳瞪圆了眼睛，她简直无法理解：“你疯了吗？你这是犯罪！”

“是犯罪又怎么样？”明明反问，“他难道不是犯罪吗？为什么他什么事都没有？”

“你干吗拿自己和那个人比？他犯了罪，我们可以向警方举报的。”

明明看看郑佳，冷笑着问道：“你觉得举报有用吗？”

郑佳愣住了，一时间竟无言以对。这两个月来，她为了明明的冤情跑了多少趟警局，可结果呢？她告诉自己不要放弃，但希望又在哪里？

沉默半晌之后，郑佳只好从另一个角度来劝阻对方：“就凭你怎么可能杀得了他？而且今天礼堂里到处都是警卫。你快醒醒吧！”

明明却早有主意：“警卫们都在防范那个杀手，他们不会注意我这样的弱女子。等那家伙上台的时候，我可以突然冲上去，把这个发簪刺进他的身体。发簪的尖口吃力后会往回缩，露出连接处的缝隙，只要簪子里藏着的剧毒沾到他的血液，他就死定了！”

郑佳越听越觉得可怕，她把那支发簪藏到自己身后，摇着头道：“你真是疯了。我决不允许你这么做，你会毁了你自己的！”

明明惨然一笑：“我现在这个样子，还有什么毁不毁的？能和他同归于尽最好。”

看着对方自暴自弃的样子，郑佳心中又怜又痛，她不知还能说些什么，情急之下，眼泪已忍不住滚落下来。

明明是个知恩情的人，见郑佳是真心对她，她的心也有些软了。她抬起手，用衣袖擦擦对方的眼角，反而宽慰对方说：“你哭什么？反正我也是生不如死，有什么好难过的？”

“那我怎么办？”郑佳含着泪说道，“你是我最好的朋友，你如果出事，以后还有谁能陪着我？谁和我一同演奏？”

这话倒说得明明一怔。她此前觉得自己的人生已毫无意义，这才有了和钱要彬同归于尽的念头。可郑佳这番泪语却让她死灰般的心灵重又得到些许滋润：毕竟这世上还有人真心挂念着自己，还有人需要自己的陪伴。

郑佳看出了明明心理上的变化。她擦擦眼泪，抓准时机趁热打铁：“还有阿华，他为了给你报仇，连命都不要了。你这么做对得起他吗？你就要在他眼前出事，让他死不瞑目吗？”

提到阿华更是戳到了明明的痛处。明明的鼻子一酸，眼角也有些湿了。是啊，华哥一定是希望自己好好活下去的，自己又怎能在这分别时刻辜负他的期望？

却听郑佳又说道：“你看，连牛牛都舍不得你呢。”

明明闻声低头，果然看见牛牛正蹲坐在自己脚边，耷拉着舌头，两眼水汪汪地盯着自己，一脸讨好的样子。她的心中一温，嘴角也露出了些许笑意。正在这时，女厕的门忽然被人推开，一个身穿制服的女警察走了进来。

明明和郑佳对视了一眼，两人都有点紧张，刚才她们说了那么多话，不知道有没有被别人听见？

那女警上前打量着二人，问道：“你们两个没事吧？”

明明和郑佳同时回答说：“没事啊。”

女警脸色却仍有疑虑：“门口的守卫说你们俩在卫生间里待了很久都不出来，怎么回事？”

“我们在这里聊聊天。”郑佳编了个借口，“到外面怕影响会场的秩序。”

女警将信将疑，她注意到郑佳的右手一直背在身后，便又问道：“你手里有什么东西吗？”

“我的发簪。”郑佳亮出手来展示了一下。

女警“哦”了一声，她的目光在屋内扫视了一圈，感觉没什么可疑之处，便转身准备离开。刚刚走出一步，她好像又想起了什么，转头问道：“守卫怎么说你们俩有一个是盲人？”

“我是。”郑佳连忙把墨镜戴上，拉着牛牛解释说，“我以前什么都看不见，现在刚刚做了手术，虽然能看到东西了，但行动还是不方便。”

女警嘱咐说：“那你自己小心一点。”说完自行离去。

郑佳伸左手拉了拉明明：“我们也走吧，别一个人在这里胡思乱想了。”

明明跟着郑佳迈动步伐，看起来她已不再坚持那个杀人的念头。不过她的眼睛却还在盯着郑佳右手中的那根发簪。

“这个我先帮你保管，等大会结束才能还给你。”郑佳一边说，一边将发簪小心地装入了自己羽绒服外兜中，然后她还用手捂着衣兜，好像生怕那发簪会飞出来似的。

明明抿着嘴唇，心中说不清是懊恼还是感激。两个女孩手拉着手离开卫生间，又回到了公判大会的礼堂现场。

这时法官已经把十三名犯罪分子的判决书全都宣读完毕，在明明和郑佳挤进观众席的当儿，正听宋局长在主席台上说道："公判程序到此结束，现在请法警将饶东华等案犯押离现场。"

法警们按秩序转身，押着各自的犯人准备撤离。正在这时，忽有一个身影从后台处转出来，截住当先带队的法警低语了几句。那法警便停下脚步，重新组织众人在隔离区内站好。宋局长在台上看见，心中难免诧异，定睛看那闪出来的人时，却认得正是尹剑。他知道尹剑的任务是协助罗飞负责全场的保安工作，现在阻止犯人们离开，莫非是为了安保的需要？由于尹剑办事素来低调沉稳，一般不会犯错，宋局长也就没有过问，继续按照会议的流程往下主持。

"这次扫黑除恶的行动能取得重大战果，和警方长期的谋划布局是分不开的。大家都知道了，我们有一位干警，从一九九二年开始就潜伏在涉黑组织内部，为警方摸清涉黑组织的结构框架、收集犯罪证据立下了汗马功劳。在长达十一年的卧底生涯中，该同志不但要面对险恶的环境，还要面对民众、甚至是亲朋的质疑和误解，那种孤独和痛苦是常人无法想象的。但他却一路坚持，最终出色地完成了党和人民赋予的任务。他是我们警察队伍的骄傲，是属于人民的真正的钢铁卫士！"

宋局长慷慨陈词到此处，故意停顿了一会儿。台上台下会意，掌声恰到好处地雷动起来。那掌声在明明听来分外刺耳，她圆瞪着双眼，怒苦难平。一旁的郑佳则紧紧地握着她的手，生怕对方按捺不住，做出什么出格的举动。而在观众席的最前方，阿华冷面而立，眼神中则流露出极端不屑的蔑色。

宋局长让掌声响了一会儿，这才抬手下压，做了个暂歇的手势。等掌声停住之后，他又加重语气说道："今天这位同志也来到了现场。现在就让我们用最热情的掌声欢迎'卧底神探'钱要彬上台！"

掌声哗然再起。所有的人都把目光看向后台出口处，等待今天大会的头号主角闪亮登场。记者们的摄像摄影器材也跟过来，寻找着即将出现的焦点。

在各种或期待、或崇敬、或好奇、或愤怒的聚焦中，一名男子终于款步而出，此人中等身材，穿着一身威严的警服，腰背挺拔，气宇轩昂。

有人鼓掌鼓得更加起劲，但也有人停下了动作——因为他们认得，正在出场的这名男子并不是钱要彬。

那男子径直走到多媒体讲台前，手扶话筒首先表明身份："大家先别鼓掌了。我不是你们期待的英雄，我是省城公安局刑警队队长，罗飞。"

大家都是一愣，不知为何会出现这样的关节。距离罗飞不远处的宋局长更是直接问道："钱要彬同志呢？"

罗飞扭头回答宋局长："他不能上台了。"然后他又正面看着媒体和观众席，大声宣布道，"我现在以省城刑警队队长的身份宣布，钱要彬同志涉嫌一桩刑事案件，已被执行强制措施！"

此言一出，台上台下一片哗然。人们不敢相信这突如其来的变故，在怔愕之余，甚至要怀疑自己的耳朵是否出了问题。

宋局长惊讶之余也感到此事非同小可。他知道罗飞对钱要彬之事一直心存异议，但绝想不到对方竟会在此刻突然发飙。最初的震惊之后，他很快定了定神，呵斥道："罗飞，你干什么？你今天的任务是保卫会场安全。谁给你胡作非为的权力？"

宋局长的声音通过话筒传遍了整个会场，不可避免地引起一阵更大的骚动。谁都听出来了，这刑警队长和公安局长之间并没有统一意见，公安局长甚至用了"胡作非为"这样的词来痛斥自己的属下。这其中究竟藏着怎样的隐情？这场荒唐不羁的闹剧又要以怎样的结局才能收场？

宋局长也意识到局面有些失控，赶紧编了个理由对台下解释说："钱要彬同志为了执行卧底任务，得罪了不少黑恶分子。现在有些漏网之鱼跳出来打击报复，我们需要擦亮眼睛，不要被敌人蒙蔽了。"然后又转头看向讲台，换了口气劝道，"罗飞，你不要冲动。你并不了解真实情况，这样贸然行动，伤害了自己的同志，是非常不恰当的！"

"宋局长，您说的不错。我们一定要了解了真实情况之后才能行动。"罗飞不紧不慢地说道，"所以我今天上台来，就是要占用一点时间，和各位领导、各位同僚、在座的热心民众，以及电视机前的广大市民们共同讨论一下，看看真实的情况到底是怎样的。"

罗飞一提到"电视机前的广大市民"，宋局长像是忽然醒悟似的，忙向着台下的媒体席连连挥手："你们先别转播了，这里面有误会！"

媒体记者们本也觉得莫名其妙，见主持会议的宋局长这么说了，便纷纷准备关机停播。但他们身旁的一些便衣男子此刻却站出来，阻止他们关闭转播机器。双方略作沟通之后，记者们似乎无法违抗便衣男子的意见，他们不但没有关机，反而将摄像镜头全都聚焦在了罗飞身上。

宋局长的心蓦然一沉。他知道那些便衣男子正是罗飞安插在记者席中的，号称是要近距离保护钱要彬的安全，可现在看来，罗飞的这步棋显然是另有所图！再细细一想，今天罗飞带来执行安保任务的警员，不管是便衣还是刑警、特警，竟没有一张是自己熟悉和亲信的面孔，其用心直令人不寒而栗！

对方既是有备而来，此刻若不能及时阻止，事情必将变得不可收拾。想到这里，宋局长愤然拍案而起，咆哮道："罗飞，你还有没有一点组织纪律性？赶快把你的人撤下去！否则我撤了你的职！"

宋局长的咆哮在警界内可是赫赫有名。不管是案犯还是下属，只要看到宋局长发火咆哮，人人都会吓得噤若寒蝉。但罗飞此刻却毫不退让，他正色回答说："撤我的职需要局党委会议讨论，报组织部发文生效。在此之前，我仍然是刑警队队长，抓捕刑事案件的疑犯是我的权力，也是我不可推卸的义务。"

台上这两人针锋相对，台下的观众们早已交头接耳，热议不止。人丛中郑佳则摇着明明的胳膊，欣喜不已地说道："罗队长真是好人！你的案子有希望了！"

明明远远地看着罗飞，屏息凝视，像是在等待着某个重要的时刻。而在案犯隔离区中，阿华的目光也紧紧地扎在罗飞身上，他的神色既意外，又带着些感慨和叹服之意。

宋局长还想再吼些什么，这时身旁有人拉了下他的衣袖。他低头一看，却是自己的老领导，省公安厅的肖华厅长。肖华冲宋局长摇摇头，轻声道："多争无益，你就先让他说吧，等找到他的漏洞，再反驳不迟。"

宋局长也知道，现场内外都是罗飞带来的人，自己已完全失去了对局势的掌控能力。如果继续和罗飞僵持，只会进一步暴露出个人的无力。与其这样，倒不如暂退一步，静思后招。想到这里，他愤愤地坐了下来，面沉如铁。

没了宋局长的牵绊，整个礼堂便成了罗飞唱独角戏的舞台。而台下的看客们也不再议论纷纷。他们齐刷刷地看着罗飞，等待着对方的下文。

罗飞拿出一个优盘插在多媒体接口上，然后点开文件开始讲述：

“去年四月二十一日晚十点三十二分，本市城里水乡小区发生了一起火灾。经勘查，起火的原因是室内煤气发生了泄漏，现场先是有一次爆炸，随后起火燃烧。这次事故导致了三间房屋不同程度的毁损，并有一人重伤。”

伴随着罗飞的操作，讲台后面的投影幕布上展现出了现场火灾之后的照片，只见残垣焦黑，一片狼藉。

片刻后，屏幕一闪，火灾现场的照片消失了，取而代之的却是一名年轻女子的写真。那女子秀美娇小，十分惹人怜爱。罗飞同时解说道：“这就是当事人，一个非常漂亮的女孩。不过这是她出事前的照片——火灾之后，她大面积深度烧伤，已经面目全非。考虑到大家的承受能力各不相同，我在这里只准备了她受伤之后的背影照片。”

屏幕上显示出一个女子烧伤后的背部，皮肤灼黑，伤痕累累，令人不忍目睹。就在这时，观众席中忽有一人站了起来，大声道：“为什么不放出我的正面？为什么不让大家看看，我到底被害成了什么样子？！”

这一下事出意料，大家纷纷转头看向那人。却见说话者长衣口罩捂得严严实实，看不到面容，只从身形判断应是个窈窕女子。然而众人的视线刚刚落定，那女子突然右手一扯，拽掉了口罩，左手一扯，拉去了假发，露出了一张丑陋扭曲、如鬼魅般恐怖的残缺脸庞。立时间，整个会场响起了一片惊呼之声，坐在那女子身边的几个观众甚至跳将起来，慌慌张张地向远处躲去。

媒体记者本来都把镜头转向了女子，此刻连忙切成了远景，生怕对电视机前的胆小者造成困扰。

罗飞也是一愣。随后他用手指着明明说道：“不错，她就是刚才照片里的那个女孩。只是我没想到，她今天也来到了会场。”说话间，他把照片又切到了明明先前的写真。

这一美一丑的对比是如此强烈，令人难抑唏嘘。有些心软的女市民甚至已偷偷抹起了眼泪，现场弥漫着一种同情和伤感相交杂的情绪。

罗飞这时又远望着明明，郑重承诺：“我一定会帮你讨回公道的。”

明明点点头，她坐下来，将假发口罩重又戴好。她身边的人这才稍稍缓过口气，而礼堂内的大部分人也将关注的焦点重新聚集在罗飞身上。

罗飞继续说道：“这起火灾看似意外，但又存在着诸多疑点。事发公寓的主人名叫饶东华，是今天接受公判的黑恶分子之一，受伤者则是他的女友。”罗飞一边说一边指了指台下的阿华，阿华则点点头，以示佐证。

“饶东华平时并没有做饭的习惯，他家的煤气灶至少有一个多月没使用过了。而他的女友事发时刚刚从外地过来，当天也没有使用过煤气灶。但现场勘查却显示，事发时屋内煤气阀门处于打开的状态，这便构成了一个大大的疑点。警方有理由相信，这场‘意外’很可能是一起人为制造的刑事案件。进一步分析之后，我怀疑有人提前进入过案发公寓，打开了室内的煤气阀门。然后他潜伏在室外设备间，先将此屋的燃气总阀关闭。等有人回家之后，他又将总阀打开，从而制造了这起煤气爆炸事件。”

听罗飞说到这里，台上台下都有不少人点头赞同。脑子慢一点的免不了向周围的人咨询几句，别人略一解释，也都明白了。现在大家的思路都不约而同地集中在一点：那这个制造爆炸的元凶到底是谁呢？

罗飞接下来正要解答这个问题。

“我带着技术人员仔细勘查过那个室外设备间，在那里我们找到了一根头发。”投影屏幕上显示出现场取证的记录照片，而罗飞这时又拿出一个证物袋，举在手里展示着说，“就是这根头发，特征非常明显的头发。”

摄像镜头适时地跟过去，给了一个特写。那是一根黄色的、带有明显卷曲的长发。

前排的大部分警察已经猜到头发的主人是谁，他们开始交耳低语。

罗飞却并不急着点明这个问题，因为他还有别的证据。

“案发公寓整个单元内的监控摄像都被破坏，可见嫌疑人非常害怕被记录下自己的影踪。不过我们通过排查小区内外各主要路口和小区出入口的监控，还是锁定了几个可疑人员的影像。现在录像中的这个人就是其中之一。他在案发前后出入过小区，但他既不是小区内的业主，也没有在任何业主家里做过停留。”

投影屏幕上出现的是一个魁梧男子的身影。他戴着帽子和口罩，看不清具体面容。不过他的体型和走路姿态还是能显现出某些特征。

录像有好几段，等全部放完之后，罗飞突然看着阿华问道：“饶东华，你觉得你认识这个人吗？”

阿华想也不想，大声说：“认识。”

罗飞又问："他是谁？"

阿华回答："豹头！"

罗飞点点头，又去问在场的另外一个受审案犯："葛新新，你认识录像上的这个人吗？"

通过先前的公判可知，这个叫作葛新新的案犯曾是高德森集团的首席打手，面对罗飞的提问，他也说："应该就是豹头。"

罗飞继续问道："葛新新，去年的四月二十一日，高德森有没有交代你去完成什么任务？"

葛新新说："有。"

"什么任务？"

"他要我去杀了阿华。"因为已经被判决死刑，而且这些问题都是以前交代过的东西，所以葛新新回答起来并没有什么顾忌。

"为什么要杀他？"

"高总当时征了块地，被阿华手下的人霸着，没法拆迁。耗不起，所以想杀了阿华。"

"那你有没有去杀他？"

"没有。"

"为什么？"

"因为豹头提出来，他要去杀。高总就让他去了。"

"他是主动要去的吗？"

"是的。"

"你觉得他为什么要去？"

"我觉得他就是想表功。因为他刚刚从阿华那边过来，高总还不信任他。"

"他任务完成得怎么样？"

"失败了。他没能伤得了阿华，反而误伤了一个女人。"

罗飞"嗯"了一声，好像是问完了。然后他又抬头面向观众和媒体，解释说："豹头原来是饶东华的手下，后来又投靠高德森集团。当然了，豹头只是他在江湖上的诨名，而他的大号对在座的所有人来说，都早已如雷贯耳——"

众人屏息凝神，虽然他们都已猜到了七八分，但还是急切等待着罗飞将那个名字确确实实地说出来。

罗飞回过头，目光往主席台上扫了一圈，同时他将嘴凑在话筒边，终于吐出了那三个字："钱——要——彬！"

台下观众的情绪像是在顶点时被突然放了闸，一下子全然宣泄出来。现场哗声四起，几乎所有的人都陷入了热火朝天的议论和分析之中。而无论从常理还是逻辑来看，这起爆炸案真凶的指向都已是如此明显！

主席台上，宋局长眉关紧锁。至此他已完全明白了罗飞的用意：那家伙身为大会安保负责人，控制着整个会场的秩序，他充分利用了这个条件，将一场计划中的表彰大会变成了冤案的新闻发布会。而自己作为大会的策划和主持人，现在只能品尝"为他人作嫁衣"的苦涩滋味了。

独自斟酌了片刻后，宋局长侧过头去，附耳对肖华不知说了些什么。肖华面无表情地听着，末了微微点了点头。

罗飞这时又将那个装有头发的证物袋举了起来，大声道："这根头发和钱要彬的发质特征非常吻合，如果有必要的话，还可以做一个DNA鉴定。综合以上的证据和证人证言，我认为钱要彬涉嫌故意伤害罪和以危险方式危害公共安全罪，应批准逮捕，立案侦查。"

台下有人附和赞同，也有人摇头表示反对。而罗飞则看着宋局长，等待着对方的回应。

宋局长迎着罗飞的目光，他再次站起身，手里拿着自己的话筒。

场内慢慢地安静下来，摄像镜头也对在了宋局长的身上。

宋局长先是轻轻咳嗽了一声，片刻后，他终于开口道："鉴于此案出现的新情况，我和肖华厅长商量了一下，同意由罗飞同志负责，对钱要彬展开刑事侦查。不管最终查出来的结果如何，都会给大家一个交代。原定在今天举行的表彰大会，暂时取消；以后是否表彰……看侦查的结果再定吧。"

罗飞点点头，接受了这意料中的胜果。他知道，只要将案情通过媒体公布于众，宋局长再想护短的成本就太大了。这起案子现在有了公众的监督，应该能得到一个公正的裁决。

台下众人再次议论纷纷。大家的立场和情感都不尽相同，有人欣喜，有人悲伤，有人鄙视，有人惋惜……如此种种，不一而足。唯有突变之后的诧异可算是所有人共通的情绪。

“好了，今天的会议就到这儿。”宋局长看着罗飞，冷冷问道，“现在可以散场了吧？”

罗飞却摇头道：“我还想耽误大家几分钟，我有些话必须要说。”

宋局长坐回到椅子上，神色有些无奈。

罗飞伸手扶住话筒，他用目光缓缓扫过人群，同时开口说道：“宋局长刚刚批准了我的申请，但我心中并没有什么喜悦。因为我很清楚这件事情的代价。我抓了自己的同事，得罪的不仅仅是台上这几位领导，恐怕整个省城警界都会视我为叛徒。即便是协助我的那帮特警和刑警弟兄们，今后的仕途也难免受到影响。我感到很内疚，我对不起你们。”

台下有人喊道：“罗队，你不用这么说，今天来的弟兄都是理解你的。”

罗飞循声看去，说话的人正是尹剑。罗飞心头一热，自己跟这小伙子共事一年多，此前再怎么亲密，也不过是上下级之间的工作关系。但是此时此刻，对方敢在这样的场合喊出这样的话，的确是喊出了属于“兄弟”之间的热血情感。

罗飞冲尹剑微微一笑，无声地表达了谢意。然后他又继续说道：“可今天的事情，我不得不做。先前宋局长说，我的任务是保卫会场安全，言下之意，我是不该插手这起案子的。是啊，在座的同僚们都知道，我罗飞是从龙州来的，组织上把我调任省城，是为了抓捕那个自称Eumenides的杀手。包括我今天的任务也是如此，那个杀手给钱要彬下了死亡通知单，我和我的团队必须挫败对方的计划。或许在宋局长看来，我只要保护好钱要彬的安全就可以了，我为什么非要去揭自己人的伤疤，去做这么一件吃力不讨好的傻事？”

罗飞一边说一边转过头，和宋局长对了一个眼神。后者也表现出了听对方讲述的兴趣。

罗飞又扶了一下话筒，说道：“一周前我和专案组的同事们开会时，我们内部也有过一场激烈的争论。有好几个同志都认为，保护好钱要彬就是我们的首要任务，可我认为不对。我们的任务应该是击败Eumenides，而保护钱要彬却恰恰与这个目的背道而驰。”

大部分人听到这话都糊涂了。Eumenides要杀钱要彬，专案组如果保护好钱要彬，难道不是击败了Eumenides？怎么说是背道而驰？

罗飞正要解释这一点：“那个Eumenides素来以正义的执行者自居，他为什么要杀钱要彬？因为钱要彬违反了法律，但却没有受到制裁。如果我们继续袒护钱要彬，那就是在进一步扭曲正义。或许我们可以挫败杀手的行凶计划，可那又怎么样呢？哪怕那杀手被抓住了，我这个专案组也远远配不上‘胜利’这个词语。因为只要法律的尊严仍被践踏，Eumenides就仍会孳生，那绝不仅仅是一个杀手的问题，那是躲藏在我们每个人心中的阴影。而摆脱阴影的唯一方法，就是让阳光照耀进来。”

台下有人开始点头，应是领悟到了罗飞话中的深意。台上的宋局长也愣了一下，眯着眼睛若有所思。

“现在我们逮捕了钱要彬，重新侦查那起爆炸案件。这才是真正击败了Eumenides；而从另外一个角度来说，给予钱要彬公正的法律裁决，这也是保护他的最恰当的方式。”罗飞顿了顿，又转头道，“宋局长，韩灏的堕落您肯定非常痛心吧？如果他最初犯错时能勇于接受惩处，又何至于越陷越深，直至不可收拾？”

宋局长这次没有和罗飞对视，只低着头沉默不语。

罗飞再次面向观众席，他扶了扶话筒，道：“或许有人会说，钱要彬的错误是情有可原的。他卧底那么多年，面对的都是穷凶极恶的黑势力分子，行事难免要采用一些非常手段。他那天针对的目标更是身负死罪的黑势力首恶，至于伤及无辜，那纯粹是个意外嘛。既然是为了打黑除恶的大目标而行事，对于这样的小错误，何必要抓住不放呢？”

听罗飞这么一说，台上台下均有骚动，看来持这种意见的人还不在少数。

罗飞“嘿”了一声，反问：“如果通过动机来判断一个人行为的正误，那我们又该如何看待Eumenides的杀戮？他发出死亡通知单的时候，哪一次不是以正义自居？既然维护正义的大目标不错，我们又何必要阻止那个杀手？”

众人讨论得愈发热烈。事实上，Eumenides的行为早就在市民中引起过极大的争议，有人厌恶，有人恐惧，但也有一帮人热情追随。这些追随者会为Eumenides的每一次行动喝彩叫好，并且在网络上发帖转帖，鼓吹所谓“残酷的正义”。今天的会议现场中便不乏这样的人。

罗飞等大家讨论了一会儿之后，又道：“今天在座的很多都是警察，惩治罪恶是我们的天职。不过Eumenides认为自己的使命也是惩治罪恶。还有钱要彬，当他准备谋杀饶东华的时候，肯定也把自己当成正义的一方吧？那到底什么才是正义？我们和他们的行为最根本的区别到底在哪里？”

有人陷入沉思，也有人跃跃欲试，似乎很想表达自己的看法。不过罗飞这时却转过头来，目光投向了隔离区里的阿华。

“饶东华，我想问你几个问题，希望你能如实回答。”

阿华略一点头，表示出配合的意愿。

“对于那个杀手，自称为Eumenides的家伙，你恨不恨他？”

“当然恨。”阿华眼中闪着冷光，“是他害死了邓总，我怎么能不恨？”

“如果有机会的话，你会找他报仇吗？”

阿华毫不犹豫地说道：“会！”

罗飞又问：“那钱要彬呢，你恨不恨他？”

“恨！”阿华说话的同时回过头，远远地看向观众席，愤然找到明明的身影。他用这样的方式告诉罗飞，那个女人的惨遇就是他仇恨的来源。

“你会找他报仇吗？”罗飞重复着先前的问题。

“当然了。”阿华耸了耸肩膀，似乎这根本就不值一问。

这样的答案其实也在罗飞的意料之中。他问这些是为了给接下来的话题做好铺垫。罗飞用一种坦诚的目光看着阿华，片刻后他提出了第三组类似的问题：“那你恨我吗？”

这次阿华一怔，对这个问题感觉有些突兀。

罗飞提示对方：“是我抓住了你。为了抓你，我盯了你整整一年，我还设计了一些圈套让你钻。现在你被判处死刑，你恨不恨我？”

阿华却笑了，然后他很认真地回答说：“不，我不恨你。我只是输给了你，有点不服气而已。”

罗飞也微微一笑，又问：“那你的亲朋好友呢？他们不会来找我报仇吧？”

阿华摇着头反问：“我自己犯了死罪，跟你有什么关系？你只是一个执法者而已。”

罗飞抬起头感慨道：“是啊。我当刑警也有十多年了，这些年抓住的罪犯数以百计。如果他们都来找我寻仇，我有几条命能活到今天？事实上，被我抓住的罪犯很少有人会恨我。他们中间甚至有人还希望和我交个朋友。”

阿华道：“这话我信。如果我阿华有命，也愿意交你这个朋友！”

罗飞便又对阿华问道："为什么呢？你既然认罪，为什么Eumenides，还有钱要彬，他们要对你动手，你就恨之入骨，而我把你送上了死刑台，你不但不恨我，还想和我交朋友？"

"因为你是于公，而他们是于私！"阿华非常清晰地答道，"我阿华犯了罪，按法律来，该怎么判就怎么判，我毫无怨言。但任何人都没资格用私刑来治我！谁如果敢对我动私刑，那我就要以牙还牙、血债血偿！"

"你说得不错。"罗飞高声道，"你不会恨我，正因为我从不凭私欲抓人。在我抓过的罪犯中，有些人的遭遇令我非常同情，但我仍要将他们绳之以法；而另有一些人，我虽然对其行径极为厌恶，但我却不会动他们分毫。我仅以法律作为执法行为的最高准则，在任何情况下，个人的好恶都不会影响到这个准则。只有这样，法律才能保持住她的尊严。法律有了尊严，人们才能安心地接受法律的保护，犯罪者也会心服口服地接受法律的制裁。当我以法律的名义去惩治罪恶的时候，罪犯们没有怨言，受害者一方也会感到由衷的欣慰。我不敢想象，如果我是Eumenides，我只凭自己的是非观就制裁了那么多的罪犯，那么今天又会是一种什么样的局面？"

会场内一时间无人说话了，即便是最激进的私刑支持者，此刻也禁不住要郑重思考这个问题。

在静默的气氛中，罗飞继续自问："我还敢这样安然站在灯光下吗？我又该怎么去面对当事人的亲属？或许我仍然可以说，我是为了维护'正义'，可这样的正义又有什么意义呢？鲜血只能引发更多的仇恨，人们的情绪将更加狂躁，社会矛盾也会更加尖锐，这就是我们想要的吗？"

罗飞用目光扫视着全场，自问自答："不，绝对不是！真正的正义应该能化解仇恨，抚平人们心头的创伤。我今天抓了钱要彬，那个受伤的女孩便可以得到宽慰，她会感谢法律，她会相信这个社会仍有公平存在；可如果让Eumenides制裁钱要彬，女孩又会怎么想？她感谢的是暴力，是私刑，而遭遇不公的仇恨感将长存在她内心深处，那仇恨在社会中侵蚀蔓延，最终将影响到你我的生活。"

郑佳在人丛中远望着罗飞，她或许是最理解对方话语的人。那饱含毒液的发簪就藏在她的衣兜里，无声地印证着罗飞的判断。而明明颇为动容，她的目光在罗飞和郑佳身上来回转了两圈，悄声但却诚挚地说道："我应该谢谢你们。"

郑佳无声一笑，她握住明明的手，一颗悬着的心到此刻彻底放了下来。

“也许我的话有些啰唆，但我还想再多说两句。”罗飞悠悠抬起目光，视线有些缥缈，“因为我相信，那个杀手，Eumenides，他现在也能听到我的话。”

好不容易平静下来的观众席又是一片哗然，人们纷纷转头四顾：难道那个家伙就藏在人群中间吗？

罗飞轻轻一叹，又道：“其实我很了解那个孩子。从情感上来说，我并不讨厌他，我甚至有些喜欢他。但他践踏了法律，所以我必须击败他，维护法律的尊严。不管最终的结局如何，我今天都已经尽到了最大的努力。我希望他能够明白，法律有时的确并不完美，有些罪恶超出了法律的惩治范围，而有些人则可以耍手段逃脱法律的制裁；但我们绝不可因此而摈弃法律，相反，我们应该努力去完善她，去捍卫她，即便是牺牲自己也在所不惜。而这样的牺牲才是有意义的！”

不知从哪个角落开始，台下有人在鼓掌。掌声一点一点地蔓延开来，谈不上整齐，更不如先前宋局长讲话时的掌声那样气势恢宏，但那掌声中却包含着某种真实的情感，叩击着罗飞的心房。当看到前排的警察们也渐渐加入到鼓掌的行列中，罗飞更是感到了由衷的欣慰。不过他此刻最想知道的，却是那个人会做何反应。

Eumenides。

罗飞相信自己此刻一定位于对方关注的焦点中，因为自己所在的位置正是计划中钱要彬要做报告之处。

Eumenides敢在警方大会当天执行死亡通知单，他最大的优势就是吃准了警方的大会步骤。他知道钱要彬要上讲台做一番报告，这样的开放环境正是他下手的最佳时机。而警方即便有所预料，也很难防范，因为警方的计划安排早已在媒体上公开，而Eumenides的计划警方却一无所知。这就好比两个军棋高手，一个落明子，一个落暗子，落明子者即便筑起铜墙铁壁，也难防落暗子者的隐秘偷袭。所以这盘棋几乎不用下，胜负已然分明。

所以罗飞临时改变了警方大会的既定流程。他在大会开始后才拘捕钱要彬，固然有借助现场媒体的需要，但另一个重要的目的则是要打Eumenides一个出其不意，这样警方的行动也变成了暗子，棋势复归均衡。

不过要想借此机会抓住Eumenides，罗飞还得摸清对方是如何落子的。他取代钱要彬走上讲台，在慷慨陈词的同时，也在暗中观察和揣摩Eumenides的布局。

在双方的既定计划中，这个讲台正是拼杀的核心战场。罗飞虽然还没掌握Eumenides的行刺方案，但他知道，Eumenides必然要对现场情况进行实时的监控，而他也定有能力对讲台所在之处实施突然性的致命一击。

要想知道敌人会如何攻击你，最好的办法莫过于身临其境，到最危险的地方去感觉那种细微的局势变化，从而判断出敌人的进攻方向——罗飞正是照着这个思路去做的。

当他站在讲台上，目光一遍遍地在礼堂里来回扫动的时候，他既在寻找着对手的身影，同时也在寻找着自己的防御漏洞。

如果自己会被人刺杀在这个讲台上，那对手的攻击可能从何方而来？这是罗飞走上讲台之后，一直在暗中思考的问题。可惜这个问题到目前为止仍然没有答案。

主席台上都是公检法系统的领导们，Eumenides不可能藏身其中；后台则有大批刑警、特警人员，对钱要彬实施着监控和保护的双重任务，Eumenides也不可能潜入；在主席台下方，最近的隔离区内除了阿华等十三名罪犯外，只有押送犯人的武警，他们中间显然不会有Eumenides；再往外则是记者席，这些记者罗飞倒不熟悉，或许会给对手留下可钻的漏洞，不过罗飞已经提前做了防范，几乎每个记者身边都有警方便衣贴身相随，这既是为了保证转播过程不被打断，也是为了防止Eumenides混迹其中。

稍微麻烦一点的要算观众席了，那里人员实在太多，Eumenides如果藏在里面还真是不好发觉。虽说观众入场时被严密盘查过，但Eumenides善于易容改扮，混过盘查也并非绝不可能；况且他还可以提前在场内潜伏——这么大的礼堂，天花板上管道纵横，藏起一个人来并不困难。

不过对手就算藏在礼堂里又能怎么样呢？他怎么才能杀得了自己？冲上讲台？那几乎没有可能。用枪？他有开枪的机会吗？场内遍布警方眼线，任何观众的小小异动都会被立刻发觉。退一万步说，就算他开枪射杀成功，他也必然要暴露自己，到时候他往哪里跑？他总不至于为了一个钱要彬而同归于尽吧？

这些可能性被罗飞一一排除之后，罗飞相信，对手一定有着某种极为特别的、绝对出人意料的计划，就像当初在机场杀死邓骅一样。

罗飞还需要更多的时间来观察和分析。为了这个目的，他必须将刚才那番演说继续下去。因为他知道，Eumenides已没了继续行动的必要。如果自己不能用语言吸引住对方，那家伙随时有可能撤离，从此逃之夭夭，再无踪迹。

罗飞略组织了些腹稿，用手扶了扶话筒，准备开言。就在这个时候，他终于发现了一丝异常之处。

从他走上讲台的那一刻起，他已经是第五次伸手去扶话筒了。那话筒连接着多媒体讲台，但连接线似乎并不够长，所以话筒总是落在距离演讲者身体较远的地方。这样演讲者在说话的时候，便屡屡要伸手去扶话筒，试图将那话筒拉得离身体稍近一些。

这似乎是个不值得关注的细节，但对于罗飞来说，正是对待这般细节的态度铸就了他与普通人之间的区别。他凝起目光，开始细细端详。那是新款的多媒体桌面式话筒，采音端时尚小巧，通过一根纤长的连接杆和底座相连，连接杆上套着铝合金材质的伸缩圈，使得整个杆体可以灵活弯曲。罗飞几次去扶话筒的时候，都会下意识地将杆体掰一掰，以便将采音端拉近一些，但由于话筒底座受到了连接线的限制，每一次都是治标不治本，效果差强人意。

罗飞便伸左手去理那根连接线。他发现那根线在台面之外又分成了两股，一股连着针形插口，最后插在多媒体操作台的面板上；另一股线则嵌入了操作台的面板内部，看不出最终连在了哪里，而限制住话筒底座的正是那第二股线。

罗飞知道普通的多媒体话筒只有一根插口线，并不会有电源线。那第二股线的出现显然是不正常的。他的心中蓦然一惊，首先想到的是：难道这多媒体讲台被安装了爆炸物？不过他随即又觉得不可能，因为大会开始之前，特警队的防爆警犬曾对主席台及周边区域进行过排爆搜查，当时并没有发现任何爆炸物的踪迹。

罗飞一时间有些茫然，他的右手扶在伸缩杆上，左手则缩回来，撑住了多媒体讲台的边缘——这正是所有的演讲者在伸手扶话筒的时候惯常摆出的姿势。在极端紧张的情绪下，他的感官系统变得异常敏锐，于是他立即捕捉到了从左手掌心传来的冰凉触感。

罗飞的目光倏地跳了过来，他看到讲台的边角上包着一层金属片，在这样的隆冬季节，触手自然会有凉意。那层金属片光滑铿亮，看起来除了保护讲台的边角不受磨损之外，还兼具着美观和装饰的作用。

只是那金属片实在是太光滑了，它的表面几乎找不到什么磨痕。罗飞马上判断出那应该是新近才被焊装上去的，它的作用绝不是防损和装饰这么简单！

罗飞的脑筋飞速地旋转着，很快他便有了一个大胆的猜想。他迅速颔首，将嘴部凑到衣领角上，对着藏匿的无线麦克低声呼叫道："立即行动，封锁地下车库出入口，搜查地下室配电机房！"

他的话音刚落，隐形耳机中便传出了特警队队长柳松的声音："明白！"作为本次行动的战略机动力量，柳松一直带着最精锐的特警潜伏在礼堂门口的作战车内，时刻等待着罗飞的命令。此刻消息传来，数个小伙子立刻从车上跳下，全速向着地下停车场奔去。

从罗飞最后一次手扶话筒到最终下达作战命令，所有的分析和行动都在很短的时间内发生。礼堂内的大部分人都没有感觉到异常，他们仍然在期待罗飞更加精彩的演讲。

可是罗飞的对手——那个年轻人已蓦然警觉。

从今早凌晨时分开始，年轻人便一直潜伏在地下配电机房内。他携带着一台便携式的电视机，通过电视即时转播监控会场核心区域的动态。

而他的刺杀计划，更早在半个月之前便拉开了帷幕。当时警方大会的方案已经确定，并通过媒体对公众进行了相关宣传。人民大礼堂作为会议的承办单位，必然要按照组织者的要求对会场进行布置。组织者希望在主席台上能增添一个多媒体讲台，于是礼堂方面便找了一家多媒体器材专营公司，将布置讲台的任务承包了出去。

多媒体器材公司准备好相关设备，并指派一名技术人员到现场指导安装，这些信息尽在年轻人掌握之中。约定开工的当天，年轻人乔装改扮一番，然后他开了一辆工程车来到器材公司，以礼堂工作人员的身份将这名技术员以及相关设备接走。两人随后来到礼堂，年轻人跟在技术员身后打杂忙碌，于是礼堂方面都认为他是技术员带来的助手。当天设备安装调试完毕，年轻人把自己的联系方式同时留给了器材公司和礼堂双方。于是在器材公司眼中，他便是礼堂方面继续跟进此事的代表；而在礼堂眼中，他又是器材公司方面继续跟进此事的代表。双方的信息从此都通过他来传递。

第二天，年轻人独自开工程车来到礼堂，声称要对多媒体讲台进行一些必要的改装。他在话筒上添了一根导线，同时在讲台的两侧扶手位置分别嵌上了两片金属包边。这样的改动并不算大，更不会影响多媒体设备的使用效果，礼堂的验收人员丝毫不疑有异。

然而到了当天深夜，年轻人又悄然潜入礼堂内，再次对多媒体讲台进行了改动，这次他下手的方向却是整个设备的电路系统。他给设备增添了一条电流回路，同时用导线将话筒的金属伸缩杆和讲台扶手的金属包边分别连在了这条电路的零线和火线上。当然相关电路都隐藏在讲台内部，从外部看不出任何端倪。这电路经由礼堂内的配电盒，最终连接到地下室的配电机房——年轻人可以在这里控制电路的关闭和启动。

年轻人还调整了话筒连接金属伸缩杆的那根电线的长度，使得话筒被限制在讲台上略略靠后的位置。话筒的位置粗看起来还好，但实际使用时会给演讲者带来一些微小的不便。

按照年轻人的计划，大会当天他早早就来到礼堂，蛰伏在地下室配电机房内。因为地下室是被当成礼堂停车场使用的，本身就是个开放空间，而警方的力量都集中在礼堂现场，并没有刻意加强对地下室的防备。年轻人藏匿在此处相对来说比较安全。他通过随身携带的小电视监控着会议现场的实况，耐心等待钱要彬上台。

只要看到钱要彬上台，年轻人就会启动讲台上的那条新添电路，而话筒的连接杆和讲台扶手正是这条电路的两个接口。因为话筒位置不当，钱要彬在演讲的过程中必然会伸手去调整话筒连接杆的角度，这时他的另一只手则会很自然地撑住讲台侧方的扶手，电路就此连通。当电流从人体两手之间穿过时，心脏是必经之地，电流将引起心室的纤维性颤动，在极短的时间内便可致触电者死亡。

年轻人的计划堪称巧妙，但令他料想不到的是：最后走上讲台的那个人并非钱要彬，而是刑警队长罗飞。

得知钱要彬被罗飞拘捕之后，年轻人便知道自己的行动已毫无意义。他本该立刻离去的，但罗飞的那段演说却吸引了他。私刑可以打着正义的旗号，但无法阻止仇恨的蔓延——这一点年轻人深有体会，他也留恋和那女孩之间的情感，可另一种无法淡忘的仇恨注定要将其无情吞没。

当罗飞最后一次触碰话筒的时候，神色在瞬息之间变得凝重起来。年轻人立刻意识到，对方很可能已发现了讲台里的秘密。随后罗飞对着衣领低语更是一个极为明显的突变信号，年轻人不再犹疑，他冲出了配电机房，急速向着车库出口处冲去。

但年轻人很快就发现自己走晚了。因为他远远看见几个狭长的人影从车道入口映射下来，并且还在迅速向通道内移动。他心中一沉，知道罗飞已经识破了自己的藏身处。警方的力量正在封锁各个出入口，并且很快就会在地下室内展开大规模的搜捕。

这情况固然有些被动，但年轻人对此也早有预案，他转身往回快跑几步，同时从腰间摸出了一个遥控器，按下了其中的一个按钮。

随着“砰”的一声闷响，一颗自制的炸弹被引爆了，那炸弹被安置在礼堂西南角天花板上的引风管道内。炸弹的威力并不大，只是将天花板炸出了一个一米见方的大窟窿。但礼堂内的人群却受到了极大的惊扰，随着爆炸产生的碎片飘散而下，礼堂内的惊呼声也响成了一片。而爆炸还同时点燃了引风管里几个自制的烟幕弹，大量的烟雾从管道里喷涌而出，那烟雾触发了火灾警报器，尖锐的火警声开始在礼堂上空回旋。

爆炸甫一发生，罗飞立即意识到这是Eumenides针对警方行动采取的反弹行为。他一时无法判断爆炸的威力如何，也无法判断礼堂的其他地方是否还藏有别的爆炸物。不过他知道Eumenides绝不是丧心病狂的凶徒，不会拿无辜者的生命开玩笑，这样的爆炸多半是为了在现场制造混乱。然而弥漫的烟雾和呼啸的火警还是让他大惊失色：一旦座无虚席的礼堂着了火，后果不堪设想！

不等罗飞发令，台上的宋局长已经拿起话筒大喊：“所有的警察同志，立刻组织群众疏散！”随即，不管是刑警、特警、便衣，还是前排与会的警察们全都行动起来，一边安抚群众的情绪，一边引导着大家向场外撤退。

从通风管内排出的烟雾越来越浓密，很快就笼罩住了礼堂南面的出入口。后排的观众虽然最先撤到了出口处，在呛人的烟雾中，他们不得不掩鼻闭眼，各自摸索着往室外逃生。

罗飞从主席台上跳下来，冲着押送囚犯的武警们喊道：“把犯人看好！不要乱动，更别让他们和群众接触！”他深知这些家伙可都是亡命之徒，一旦趁乱暴动起来，恐怕就不好控制了。而那些武警也不是吃素的，他们一个个稳如泰山，紧盯着各自身前的犯人，目光则瞪得溜圆，丝毫不为混乱的局势所动。

罗飞又健步如飞，直奔向礼堂东侧墙上的一扇小门，那扇门并不是通往室外的，那是通往卫生间的出入口。卫生间对面则有一道两米宽的步梯，从那步梯下去便可以直接进入地下停车场。

罗飞现在已经确信，Eumenides一定就藏身在地下室中！现在地下停车场的出入口已经被柳松的特警力量封锁起来，Eumenides制造了这么大的混乱，显然是想混在人群中从礼堂大门逃脱！他必须尽快赶往地下室，协助柳松一块将对手围堵起来！

也就短短的十来秒钟，罗飞已经赶到了地下室内。从楼道口冲出来的一刹那，他又突然间停下脚步，然后拔枪在手，警惕地往四周扫视着。

周围静悄悄的，并不见一个人影。柳松的人马正在各个出入口布控，还没那么快进入地下搜索。而Eumenides更是难觅踪迹。不过就在这静谧的气氛中，罗飞却分明感受到一股迫人的压力，那压力笼罩着他的身体，让他有种无法喘息的感觉。

罗飞知道那家伙就在周围。他虽然看不见对方，但已经嗅到了对方的气息！而这悄无声息的地下室，注定将是他们决斗的战场。

罗飞端着枪，以作战姿态不停变换着枪口搜寻的方向。同时他慢慢移步，向着不远处的一根建筑支撑柱靠过去——对手很可能也带着枪，他这样毫无遮蔽地暴露自己是非常危险的，他首先得找到一个合适的掩体。

当自己的背部终于贴上柱面之后，罗飞稍稍松了口气，并且庆幸自己首先占据了这个合适的地点。这根一米见方的柱子正位于停车场的某个拐角，躲在柱子后面不仅可以隐蔽自己的身体，而且还能对通往礼堂的楼道口进行全视野的监控。更妙的是，柱子旁边恰好立着一面交通反光镜，罗飞借助镜面的反射还可以看到柱子背面的情形。这可算是个绝佳的伏击点，他只要守住这里，Eumenides就别想进入礼堂。片刻后柳松的人马合围过来，就可以上演一出“瓮中捉鳖”的好戏了。

可惜事态的进展并不像罗飞设想的那样乐观。他刚刚摆好阵势，举枪紧盯着那个楼道口，忽然之间，整幢建筑内的所有灯光全都熄灭了。地下室立时变得漆黑一片，伸手不见五指。

罗飞眉关一锁，心知这必然又是出自Eumenides的手笔。他虽然带着警用手电，但此刻若把手电打开，自己便将暴露在对手的枪口下；可是不开手电，又如何对那楼道口进行监控？如果让Eumenides进入礼堂，往混乱撤退的人群中一扎，再想找到他就不太可能了。

形势瞬息万变，并没有太多时间给罗飞细细斟酌。仓促之间，他忽然拿定了一个主意，于是便暗暗深吸一口气，将警用手电从腰间的佩带中掏了出来。

当罗飞从楼道冲进地下室的时候，年轻人正从二十米开外的地方向楼道口赶来。听到罗飞的脚步声之后，他提前隐蔽在墙体的拐角处。所以罗飞虽然感觉到对手的存在，但并没有看到对手的身影。此后罗飞端着枪四下搜寻，年轻人则缩在墙后，不敢贸然探头观望，因为他深知对手的感官极为敏锐，自己一个不慎就会暴露踪迹。

年轻人料到罗飞一定会找个合适的角落，对通往礼堂的楼道口形成伏击的态势。而自己则绝不可在此地久留，于是他便施出了逃生计划中的另外一项预案：切断整幢建筑内的照明电源。

年轻人早已在配电室的照明总线上安置了小型炸药，他只需掏出遥控器轻轻一按，照明总线被炸断，礼堂上下便陷入了一片黑暗中，而处于封闭状态的地下室内更是全无任何光线。

年轻人自己也带着手电，但他和罗飞一样，并不敢在此刻将手电打开。于是这两人便同时成了没有视力的“盲人”。不过年轻人所处的位置相较罗飞而言却有着巨大的优势。因为他是贴着墙角隐蔽，而那墙体一直连向了楼道口，这意味着只要他顺着墙根慢慢摸索，便很容易找到楼道出口，向上逃往礼堂。而罗飞为了获得良好的伏击视野，却隐蔽在了楼道口斜对面的柱体后，他若是想往楼道处摸索，必须经过一片毫无参照物的开阔地，在视力全失的情况下，这么做极有可能在中途失去方向，成为一只茫然乱扎的无头苍蝇。

年轻人很清楚自己的优势所在，断电之后，他立刻便起身贴住了墙根，静悄悄地蛰伏前行。同时他右手往腰间一摸，手中已多了一柄手枪。这支枪是越狱时从张海峰手中劫得的，虽然他并不愿意和罗飞刀枪相见，但在这狭路相逢的时刻，他们不可避免地要成为你死我活的敌人。

年轻人一点点地向前，小心翼翼，不敢发出任何声响。同时他也侧耳倾听，手指扣在扳机上，随时做好射击的准备。不过他也知道这枪并不能随便开，因为开枪时枪口的火光会暴露出自己的位置，一旦射击不中，自己便将沦为对手的靶子。

如此行了片刻，感觉楼道口已越来越近，而周围仍无一丝异常的声息。年轻人渐渐宽心，料想罗飞该是被困在黑暗中，不敢轻易活动。自己只需再坚持一会儿，等摸到楼梯之后，便可以大步向上飞奔，冲进礼堂内混入疏散的人群。

然而就在这时，对面斜角方向忽然亮起了手电的光柱，那光柱沿着楼道口来回扫动，显然是在搜寻自己的身影。年轻人毫不迟疑，抬手就是一枪，向着那光柱始发的方向射去。只听“砰”“哐啷”，两响相连，除了枪声之外，另一声却似玻璃被击碎一般。而原本射向墙角的光柱则突然折向，反而射向了与楼道口相背离的远处。年轻人暗叫一声“不好”，他应变奇速，立刻一个飞身，向正前方卧倒躲避。然而他终究还是慢了一步，就在他跃起的同时，地下室内枪声再起。年轻人只觉得右肩处一麻，心知已然中弹。不过他也借机看到了对方射击时枪口的火光，于是他便就地一滚，用左手托起枪柄，右手再次扣动扳机，射出了自己的第二发子弹。

开枪击中Eumenides的人自然就是罗飞。当他掏出手电之后，并没有直接往楼道附近照射，而是反方向照向了柱子旁边的那面反光镜。光柱经过折射之后，调转方向又往楼道口而去。Eumenides果然上当，他对着光源来路射击，子弹只是击中了交通反光镜，而他枪口迸出的火光则暴露了自己的确切位置。罗飞立刻还击。因为子弹射出后没听到撞击墙壁的闷响，罗飞心中一动，料知是命中了目标。然而对手的反应也着实迅捷，罗飞尚未撤开，对方的第二枪紧跟着响起，那子弹贴着地面而来，不偏不倚，正击中了罗飞的右侧小腿。罗飞一下子失去了平衡，摇摇欲倒。他连忙就势一个侧翻，同时将警用手电远远扔在了一边，以免那电光暴露了自己的最新位置。

在这电光石火般的一刻，两人你来我往，于瞬息之间开了三枪。三枪过后，地下室内又复归平静。唯有那支手电带着光柱，兀自在地面上倏忽摇动着。决战中的双方均已负伤，他们各自潜伏在黑暗中，又形成了僵持的局面。

枪声既然响起，警方的增援力量很快就会赶来。年轻人不敢久留，他咬牙站起身，将手枪交到左手，用右侧伤臂探着墙壁继续往前蛰行。在行进的过程中，他的枪口始终对准了地上的那支手电，因为他知道：罗飞要想恢复行动能力，必须先将手电捡回。所以只要将那手电盯死，自己就暂时不会受到对方的威胁。

这次刚走出没两步，年轻人忽然感觉身边一空，终于摸到了楼道的入口。他心中一阵大喜，连忙探身进入通道内，抬头再看时，已然能察觉到楼上出口处透过来的微弱亮光。他便加快了步伐，踏着楼梯径直往上奔去。

黑暗中的罗飞忽然听到了年轻人急促的脚步声，知道对手已经上楼。情急之下他也顾不了许多了，一个翻滚捡起手电，然后起身便要向楼梯口追去，然而刚一迈步，右腿处便传来一阵剧痛，几乎要将他重新击倒。罗飞倒吸了一口冷气，勉强稳住身形，心中暗想：坏了，这一枪恐怕连腿骨都打断了！

就在这时，耳麦中传来了柳松的声音："罗队，你那边情况怎么样？我好像听见了枪声！"

罗飞来不及细说，只焦急反问："你在哪里呢？"

柳松道："我们已经进入了配电机房。Eumenides留下了不少物品，但是人并不在现场。"

罗飞这才想起，自己先前的命令的确是让柳松等人搜查配电机房。而此后他和Eumenides遭遇，一直没机会将新指令下达给自己的部下。于是他赶紧修改命令道："Eumenides已经到礼堂上面了，你们赶快到车库东面楼梯口。地上应该有血迹，你们如果找不到我，就顺着血迹追捕！"

柳松应了句："明白。"然后便在信号那端招呼特警队员们撤离配电机房。罗飞知道这地下车库不仅面积宽广，地形也盘旋复杂，柳松他们黑灯瞎火地摸过来至少还得两三分钟。他来不及等待了，独自忍着剧痛，一瘸一拐地向着楼上追去。

与罗飞相比，年轻人右肩的伤势并不会影响到他逃亡的匆匆步伐。当他快步跑到地面上的时候，礼堂内的烟雾缭绕，人们正乱糟糟地向着出口处撤离。因为有不少执行任务的警察都打起了手电，而屋外也有月光透进来，礼堂内依稀还有点能见度。年轻人把枪藏回腰间，一侧身闪进了熙熙攘攘的人群中。他知道罗飞很快就会追上来，而地上的血迹会暴露自己的行踪，所以他边走边脱下外套，将厚厚的冬衣揉成一团紧按在伤口上，尽力减缓血液流出的速度。

爆炸、火情以及随后从地下室里传来的枪声早已摧毁了人们的神经，与会市民们一个个惊慌失措，争先恐后地向着礼堂大门口挤去。门口的警卫早就被人群冲散——即便他们有能力坚守岗位，也不可能在这种情况下去核查那些逃难者的真实身份。

年轻人跟随着人群向前移动，他把脸埋在那团冬衣里，看起来似在过滤呛人的烟雾，实际上却是要遮挡住自己的容颜。

年轻人如此走了片刻，正要寻机往人丛深处钻的时候，背后忽然有人一把拽住了衣领，而那人用的力道绝非寻常的推拉拥挤，而是明显要将对方的身体拉转过来。

年轻人心中一惊，在这样的险境中根本来不及多想，下意识地抬起左臂反手一抓，将那人的手腕死死扼住，然后他躬腰反转，一个大甩臂闪躲到那人身后，右臂则同时跟上，横箍住来者的脖子。这一招得手之后，他的下一个动作应该是臂弯一拧，那人便会颈椎受创，轻者昏迷，重者身亡。在这个混乱的现场，其他人并不会注意这个突如其来的插曲。他大可继续前行，踏上不远处的自由之路。

然而年轻人的动作却蓦然停住了——不仅是动作，他的整个思维，乃至是呼吸都在这个瞬间彻底停顿。因为他看到了被自己反抱在怀中的那个人，正是这一瞥让他在瞬间失却了魂魄。

那是一个女孩，她努力向侧后方歪着脑袋，和年轻人瞪眼对视着。她的面容是如此的美丽，尤其是那一双又大又亮的眼睛。那双眼睛漆黑如浩瀚的夜空，纯净如透明的泉水，当那眼光微微闪动的时候，几乎能演奏出这世上最动听的乐曲。

年轻人还是第一次与复明后的女孩如此对视，对方的目光轻易刺穿了他的心肺，让他沉沦于一种万劫不复的痛苦深渊。他的身体被烈焰灼烧着，而灵魂却已被寒冰彻底冻结。

一双世上最美丽的眼睛，但那目光中却凝固着刻骨的仇恨！

年轻人知道对方已经认出了自己，或者准确地说，是自己体内的某一个灵魂。他们此刻不是心心相印的知己，而是誓不两立的仇人。

年轻人茫然不知能做些什么。他用颤抖的手臂继续箍住女孩的脖颈，不敢让对方发出声音。但此刻令他最为恐惧的，并不是那女孩会呼救，会揭穿他的身份，他只是不敢去承受那女孩面对自己时的另外一种声音。

女孩的左手被年轻人别在身后，盲人特有的灵敏触觉让她感觉到对方的中指缺少了一枚指节。她由此更加确定了对方的身份。她用右手扳扯着箍住自己颈部的手臂，竭力想要挣脱开来。但她的气力与对方实在相差太大，即便年轻人的右肩遭受了重创，女孩还是无法撼动他分毫。

周围忙着逃难的人匆忙掠过。在这黑暗而又混乱的环境中，没有人注意到正在他们身边发生的这特别的一幕。而那只名叫“牛牛”的导盲犬只是傻傻地站在一边，竟也没有要扑上来帮助主人的意思。

女孩有些绝望了，她开始后悔自己的冒失行为。在发现那个人之后，她本该大声呼喊，或者先通知警察的。可她心急了，她只想立刻将对方抓住，却完全没考虑自己是不是有这样的实力。现在对方要想杀死自己灭口，简直是易如反掌。

情急之间，女孩忽然想到了什么，她把右手伸向了自己的外衣兜，握住了明明带来的那支发簪。然后她便举起这最后一根救命稻草，反手狠狠地向那年轻人刺去。

后者仍处于半恍惚的状态，对这突如其来的一击毫无防备。那根发簪结结实实地扎在了他的颈部，他先是感觉一痛，随即又有一种麻痹感顺着血液的传播向周身扩散。这感觉来得极快，只两三秒钟的时间，他的力气便像被抽光了似的，身体软软地倒了下来。

女孩重获自由，她慌乱地退出两步，眼看着那年轻人倒在自己面前。片刻后，她才猛醒般大喊："来人哪，救命……"

慌乱逃生的人们并不知这边发生了什么，现场黑乎乎的也看不分明。女孩的这两声喊叫非但没能招来救兵，周围的一些人反而惊恐地逃避开去。直到一道手电光柱照射过来，才稍稍驱散了女孩心头的恐惧。

一个身影跟在手电光后面，瘸着右腿渐渐走近。他先是看到了女孩，然后又看到了躺在地上的年轻人。而女孩这时也认出来人正是刑警队长罗飞，她的神经一下子松弛了，泪水夺眶而出。

"他就是那个凶手，他就是那个凶手。"女孩指着躺倒的男子哭喊道。

罗飞的脸上写满诧异，他半蹲到年轻人身边，用手电查看着对方的伤势。很快他便发现了那根发簪，明白这才是真正致命的所在。罗飞立刻问女孩："这是你的簪子？"

女孩先点点头，然后又摇摇头，并且答非所问地告诉罗飞："这簪子里有毒！"

罗飞吃了一惊，再看年轻人的颈部伤口，果然是乌黑乌黑的极不正常。而后者此刻已气若游丝，他从那女孩身上转过目光，看向罗飞，然后又吃力地伸出一只手，像是要抓住什么似的。

罗飞伸手和年轻人相握。后者长舒了一口气，他长久地看着罗飞，好像有很多话要说，但又始终不能开口。

罗飞知道对方为什么无法开口——年轻人不能让那女孩听出自己的声音，

那是他珍藏在心中最后的秘密。

片刻后，罗飞的手心用力一握，同时他认真地说了三个字："我明白。"

年轻人欣慰地笑了。能在这个时刻听到自己的对手说出这三个字来，他感到无比的欣慰。

他究竟想说什么？罗飞又明白了什么？这些反倒并不重要了。

年轻人的气力将尽，他的眼皮渐渐耷拉下来，不过在合上前的一刻，他又再次勉力睁眼，最后看向了不远处的女孩。

女孩的目光与年轻人对上，她往后躲了半步，神色既恐惧又愤怒。年轻人便无力地将目光收回，这次他再次阖上眼皮的时候，终究不能再睁开了。

罗飞仍然紧握着年轻人的手，他的喉口有种酸涩的感觉，心胸间也沉甸甸的似压着块大石头。他追捕了半生的对手，此刻终于彻底倒在了自己面前，可他却不能感受到半分的喜悦。

良久之后，罗飞才想起要问郑佳："你是怎么遇上他的？"

"全靠牛牛。"郑佳指着脚下的那只导盲犬说道，"这几个月来我一直给它做特别训练，今天真的派上了用场。"

"特别训练？"罗飞显得不太明白。

郑佳便进一步解释说："我托人找来了他在监狱里留下的衣物，然后对牛牛进行了嗅闻训练。今天听说他也会来，我就把牛牛带过来了。牛牛果然在人群中把他找了出来。"

罗飞点点头，心中了然，原来是Eumenides混入人群的时候，被牛牛闻到了熟悉的气味。牛牛顺着气味寻找，便指引郑佳发现了年轻人的踪迹。这一切冥冥因果，竟真的似有天意一般。

郑佳这时也蹲下身来，她抱着那只导盲犬，有些嗔怪地说道："牛牛啊牛牛，刚才那个坏人欺负我，你怎么没有帮我呢？"

牛牛"呜呜"低叫了两声，也不知听懂了没有。片刻后它挣脱女孩的怀抱，来到了那年轻人的身体旁，它用前爪搭住年轻人的心口，鼻子在对方的脸上嗅闻着，眼睛里流露出的却是恋恋不舍的温情。

那狗和年轻人早已熟悉，它甚至会把对方当成自己的半个主人，可它永远也不会明白，那人为何会躺在了这里……

尾声

二〇〇四年一月四日，早晨七点四十一分。

省人民医院病房内。

阳光照在罗飞的脸上，把他从睡梦中唤醒。他睁开眼睛，看到自己正躺在病床上，右腿则打着厚厚的石膏。

“手术很顺利，你的腿以后不会有任何问题。”一个女人在他耳边柔声说道。罗飞听出那是慕剑云的声音，他的脸上浮现出一丝暖暖的笑意。然后他转头看着对方问道：“昨天现场群众没什么伤亡吧？”

“没什么事。”慕剑云摇着头说，“那炸弹的威力很小，浓烟都是自制的烟幕弹——硝酸钾加白糖。”

罗飞“嗯”了一声，又问：“那些犯人呢？有没有出乱子？”

慕剑云的表情严肃了一些：“还真有人想趁乱挑事呢，不过有人站出来吼了一声，那些家伙就全都老实了。”

“哦？”罗飞略有些诧异，“是谁这么厉害？”

慕剑云脑袋一歪，反问：“你猜？”

罗飞沉吟了一会儿，猜测说：“是阿华吗？”

慕剑云点点头：“他当时大吼一声说，谁他妈的现在不老实，回了看守所，我就叫他后悔！”“他妈的”本是脏话，但慕剑云用柔柔女声说起来，竟也有几分江南水乡的韵味。

罗飞会心一笑。像阿华这样的人，即便是沦为看守所内的死囚，他身上的霸气仍足以让其他的牢友胆寒。只是阿华素来与警方不睦，这次为什么要帮着弹压那些蠢蠢欲动的犯人呢。罗飞先是有些诧异，略一想却又明白了。自己抓了钱要彬，也算是履行了给阿华的承诺。阿华恩怨分明，自然会找机会报答自己。感慨之余，他撑着身体坐起来，目光远看向窗外。

“你先休息会儿。我去给你热早点。”慕剑云一边说，一边走向了病房内的微波炉。罗飞听着微波炉“嗡嗡”的低鸣声，这二十年的点点滴滴在脑海中如烟而过，思绪竟已惘然。

等微波炉停止转动的时候，罗飞的思绪也折转回来，他悠悠地长叹一声，自言自语道:“一切都结束了。”

“不，生活才刚刚开始呢。”慕剑云不知何时已回到了他的身边。女讲师端着热腾腾的豆浆和包子，笑靥如花。

二〇一一年二月九日星期三，于燕郊

（第三部完）

再漫长的停留，

终究也得有离别的时刻。